Claudia Stahl
Sternenpfade
Ein Alpenroman

Claudia Stahl

STERNENPFADE

Ein Alpenroman

G. H
2022

Bibliografische Information der Deutschen Nationalbibliothek:
Die Deutsche Nationalbibliothek verzeichnet diese Publikation in der Deutschen Nationalbibliografie; detaillierte bibliografische Daten sind im Internet über http://dnb.dnb.de abrufbar.

TWENTYSIX – Der Self-Publishing-Verlag
Eine Kooperation zwischen der Verlagsgruppe Random House und BoD – Books on Demand

Herstellung und Verlag:
BoD – Books on Demand, Norderstedt

ISBN: 978-3-740735357

PROLOG

Viele Menschen sind bisher in mein Leben getreten
und auch wieder daraus verschwunden.
Einige, die gegangen sind,
haben eine große Leere in meinem Herzen hinterlassen
und manchmal sogar
ist ein Teil von mir mit ihnen gegangen.
Aber dennoch,
Ich lebe weiter…
Und dafür bin ich dankbar.

1

Ein lautes Knacken über meinem Kopf ließ mich zusammenzucken und riss mich aus dem Schlaf.

Mein Herzschlag hallte laut in meinem Kopf wider und ich starrte orientierungslos in die tiefschwarze Dunkelheit. Ich wollte meinen Arm ausstrecken und stellte verwundert fest, das irgendetwas, was eng um meinen Körper geschlungen war, mich daran hinderte. Panisch bewegte ich mich hin und her, doch ich konnte mich einfach nicht befreien. Meine Haare klebten feucht an meiner Stirn und mein dünnes Nachthemd war schweißnass.

Ich blieb still liegen und versuchte, Herr über das Chaos in meinem Kopf zu werden. Erneut bewegte ich vorsichtig meinen Arm. Die Erkenntnis kam schlagartig und ich lachte erleichtert auf.

Ich hatte mich in meiner Bettdecke verheddert.

Umständlich wickelte ich mich aus dem Gewirr von Bettdecke und Laken. Mit meiner dadurch frei gewordenen Hand tastete ich nach dem Lichtschalter der Nachttischlampe neben meinem Bett. Das aufflammende Licht tauchte das Zimmer in ein warmes Gelb und stellte meine Sinne vollständig wieder her.

Ich starrte verärgert hinauf zu den dicken Holzbalken an der Zimmerdecke. An die merkwürdigen Geräusche in bayrischen Holzhäusern musste ich mich wohl erst noch gewöhnen.

Mein Blick fiel auf den Wecker, welcher auf meinem Nachttisch neben dem Bett stand. Drei Uhr vierzig, zeigte die Uhr an, also definitiv noch keine Zeit zum aufstehen. Diese Höllenmaschine würde erst in ein paar Stunden die Nacht für mich beenden. Bis dahin blieb mir noch genügend Zeit, um erneut ins Reich der Träume zu gleiten.

Doch das beklommene Gefühl, welches mein letzter Traum hinterlassen hatte, steckte mir noch allzu präsent in den Gliedern und ließ meinen Herzschlag noch immer nicht zur Ruhe kommen.

Seit Monaten schon hatte ich diese aufwühlenden Träume. Träume, in die sich stets die Gesichter zweier Personen schlichen, Adrian Falconelli und Matthias Peterson. Die Gesichter jener Menschen, die mein Leben in den letzten zwei Jahren grundlegend verändert hatten. Menschen, die der Grund dafür waren, dass ich meine Zelte in meiner Heimat Frankfurt am Main Hals über Kopf abgebrochen hatte und nun hier, im südlichsten Zipfel Deutschlands, gelandet war.

Entschieden schlug ich die Bettdecke zurück, schwang meine Beine aus dem Bett und stand auf, um erst einmal wieder Ordnung in meine chaotischen, durcheinander geratenen Gedanken zu bringen.

Ich zog mein feuchtes Nachthemd aus und tappte barfuß ins Bad, um mich frisch zu machen. Meine nackten Füße hinterließen leise patschende Geräusche in der sonst stillen und dunklen Wohnung.

Das kühle Wasser war eine Wohltat auf meiner erhitzten Haut und ein angenehmer, erfrischender Schauer lief mir über den gesamten Körper. Ich griff nach meinem flauschigen Morgenmantel, der neben der Dusche an der Wand hing, kuschelte mich hinein und zog den Gürtel eng um meine Taille.

Im Dunkeln wanderte ich weiter in die Küche, um mir eine Tasse Tee zu kochen. Obwohl ich noch nicht lange in dieser Wohnung wohnte, waren mir die Örtlichkeiten doch schon soweit vertraut, dass ich mich auch ohne Licht weitgehend zurecht fand.

In der Küche angekommen knipste ich das Licht dann aber doch an und brühte mir eine Tasse heißen marokkanischen Minztee auf, mein absoluter Lieblingstee. Mit der dampfenden Tasse des wohlriechenden Gebräus in der Hand tapste ich durch das dunkle Wohnzimmer, öffnete einhändig, um meinen kostbaren Tee nicht zu verschütten, die große Balkontür und trat hinaus in die sternenklare Nacht.

Ein laues Frühsommerlüftchen trug das stetige Plätschern der Stillach zu mir herüber, einem kleinen Flüsschen, welches unweit des Hauses durch die sattgrünen Wiesen fröhlich dahin floss, um sich etwas außerhalb des Örtchens Oberstdorf im Allgäu schließlich mit der Trettach und der Breitach zu vereinen und die Iller zu bilden.

Ich stellte meinen Tee vorsichtig auf den kleinen Beistelltisch meiner Rattansitzgruppe, trat dicht an das Balkongeländer heran und atmete die frische, klare Bergluft in tiefen Zügen ein.

Es lag eine wunderbare Stille über dem Tal am Fuße des mächtigen Nebelhorns, einem der unzähligen Gipfel, die den Talkessel von Oberstdorf majestätisch aufragend umschlossen und dessen Bergstation, den Höfatsblick, ich sogar bei Tage von meinem Balkon aus sehen konnte. Ich schloss kurz die Augen, um diese friedliche Ruhe gänzlich in mir aufzunehmen.

Genau das musste es gewesen sein, kam mir spontan in den Sinn, was ich all die Zeit in Frankfurt irgendwie vermisst hatte: diese friedliche Stille der Nacht, die alle Schrecken und Ärgernisse des Tages in sich aufnimmt, gänzlich verschlingt und nichts mehr davon übrig lässt als alles umfassenden Frieden.

Unendlich träge und zutiefst entspannt öffnete ich meine Augen schließlich wieder. Ich lehnte meine beiden Unterarme lässig über das hölzerne Geländer und spähte hinunter auf den spärlich beleuchteten Parkplatz unterhalb meiner Wohnung und die im Dunkeln liegende Anliegerstraße dahinter.

Auf Zehenspitzen stehend, beugte ich mich noch ein wenig weiter vor und versuchte, den Schriftzug auf der beleuchteten Hinweistafel an der Parkplatzeinfahrt zu lesen. In großen, schwarzen Buchstaben war mein Name auf dem Schild zu erkennen, was mich in diesem Moment mit einem gewissen Stolz erfüllte:

Dr. med. Sarah Steinbach, Fachärztin für Innere Medizin und Notfallmedizin,

stand dort für Jedermann deutlich zu lesen.

Und darüber, in schon etwas verblichenen Lettern:

Praxis Dr. med. Johannes Bronner, Facharzt für Allgemeinmedizin

Die Kirchturmglocke im Dorf fing an zu schlagen, und ich zählte instinktiv die Schläge mit: eins, zwei, drei, vier. Und wieder Stille.

Mich fröstelte plötzlich und mein Verstand sagte mir, dass ich schleunigst wieder ins Bett zurückkehren sollte, um weiter zu schlafen. Schließlich würde in ein paar Stunden in den Praxisräumen unterhalb meiner Wohnung eine Einstandsparty zu meinen Ehren stattfinden und ich wollte keinesfalls meinen neuen Kollegen, Johannes Bronner in Verlegenheit bringen, indem ich unausgeschlafen und bestenfalls noch gähnend und mit dunklen Augenringen vor die neugierigen Besucher trat.

Die friedliche Umgebung ließ mich jedoch noch einen Moment verweilen und ich kuschelte mich in den bequemen Rattansessel, der als Teil der Sitzgruppe auf meinem geräumigen Balkon stand.

Mein gequälter Geist wollte allerdings noch immer nicht zur Ruhe kommen und so wanderten meine Gedanken schließlich, ohne mein Zutun, einmal mehr zurück in die Zeit, in der ich in meiner alten Heimat, Frankfurt am Main, einst ein glückliches und zufriedenes Leben geführt hatte.

2

Die Glühbirne meiner Schreibtischlampe flackerte kurz auf und ich riss meine Gedanken von dem Papierstapel auf dem Schreibtisch vor mir los, um meiner treulosen Lichtquelle einen aufmunternden Klaps zu verpassen.

Lass mich jetzt bloß nicht hier im Dunkeln sitzen, Kumpel! beschwor ich die bereits in die Jahre gekommene Technik, *wir müssen noch einige Krankenkassenanfragen hinter uns bringen, bevor ich Dich in den wohlverdienten Feierabend schicke.*

Ich lehnte mich in meinem Schreibtischstuhl zurück und streckte ausgiebig Arme und Beine, die vom stundenlangen, nach vorn gebeugtem sitzen am Schreibtisch bereits ganz steif und taub geworden waren. Von meinem Platz aus konnte ich durch die große Fensterfront meines Arztzimmers direkt auf die Frankfurter Skyline blicken. Ein faszinierender Ausblick, der mich jedes Mal ein klein wenig an New York mit seinen vielen Wolkenkratzern erinnerte.

Nur, dass Frankfurt dem Big Apple natürlich bei Weitem nicht das Wasser reichen konnte. Die zahllosen Lichter der Hochhäuser flimmerten in der abendlichen Wärme der Stadt und ich beugte mich schließlich schicksalsergeben wieder über meine Papiere, um diese undankbare Arbeit endlich zu Ende zu bringen.

Schon als Kind in der Schule besaß ich die Gabe, mich vollständig auf eine Aufgabe zu fixieren und die restliche Umgebung um mich herum völlig auszublenden. Natürlich war ich dadurch oft das Ziel diverser Mitschülerstreiche geworden, was dazu geführt hatte, dass ich ein eher isoliertes, zurückgezogenes Dasein an der Schule gefristet hatte.

Dass sich meine Sprechzimmertür öffnete und jemand eintrat, hörte ich daher nicht. Ich war vollständig in meine Befunde vertieft.

Plötzlich legte sich eine Hand auf meine Schulter und rüttelte mich sanft. Ich schoss wie von einer Tarantel gestochen aus meinem Stuhl hoch und fegte dabei mit einer unkontrollierten Handbewegung meinen noch mehr als halb vollen, mittlerweile kalt gewordenen Becher Kaffee vom Schreibtisch. Die braune Brühe ergoss sich, ungerührt der Wichtigkeit des Papiers, über die Seiten meiner bereits bearbeiteten Anfragen und hinterließ große, koffeinhaltige Pfützen.

Oh nein! Ich stieß einen erstickten Fluch aus und riss hektisch die Blätter aus ihrem unfreiwilligen Bad, um noch größeren Schaden zu verhindern. Einige begannen jedoch bereits, die Farbe des Kaffees anzunehmen.

Eine gepflegte Hand mit langen, eleganten Fingern reichte mir hilfreich einen großen Stapel Papiertücher, die der Unfallverursacher in Windeseile aus dem Spender neben meinem Waschbecken an der Sprechzimmertür gezogen hatte.

Dio mio, Sarah. Das tut mir schrecklich leid, ich wollte Dich doch nicht erschrecken. Scusi, mio bella, scusi.

Ich warf dem Verursacher des Chaos auf meinem Schreibtisch einen vernichtenden Blick zu, ergriff wütend die Tücher und versuchte durch wischen und tupfen zu retten, was noch zu retten war.

Der Kaffee hatte einen großen Teil meines Arbeitsplatzes in einen braunen See verwandelt und viele Seiten meiner bereits beantworteten Krankenkassenanfragen begannen sich durch den Kontakt mit der Brühe bereits unschön zu wellen.

Mensch Adrian! Was sollen denn die Sachbearbeiter von mir denken, wenn ich denen so eine Schweinerei zurückschicke? Ich hielt mit zwei Fingern ein völlig durchweichtes Blatt Papier in die Höhe und wedelte damit anklagend vor Adrians Nase herum.

Mein Kollege zuckte hilflos mit den Schultern und senkte schuldbewusst den Blick. Wortlos ergriff er ebenfalls ein paar Tücher und wir befreiten meinen Schreibtisch schweigend von der Kaffeeflut.

Nachdem alle Dokumente säuberlich auf meiner Untersuchungsliege zum trocknen platziert waren und das letzte kaffeegetränkte Wischpapier seinen Weg in den Mülleimer gefunden hatte, ließ ich mich, noch immer deutlich verstimmt, auf meinen Schreibtischstuhl zurück plumpsen und schloss kurz die Augen.

12

Sekunden später öffnete ich sie jedoch wieder und blickte anklagend zu meinem Kollegen empor, der lässig an meinem Schreibtisch lehnte und mich entwaffnend anlächelte.

Nochmals scusi, Kollegin, das war nicht meine Absicht. Adrians wohlklingende Stimme mit seinem prickelnden, italienischen Akzent zauberte letztendlich allerdings doch noch ein ungewolltes Lächeln auf mein erschöpftes Gesicht und ich hob beschwichtigend die Hände.

Schon gut, schon gut, ich bin nicht mehr sauer! Ich warf meinem Kollegen einen prüfenden Blick zu, *Aber verrate mir bitte irgendwann einmal, wie Du das immer hinbekommst, dass man Dir nie länger als ein paar Sekunden böse sein kann, okay?*

Adrian schenkte mir ein umwerfendes Lächeln und entblößte dabei eine Reihe strahlend weißer, gepflegter Zähne.

Seine äußere Erscheinung erinnerte mich unvermittelt an das männliches Giorgio Armani Model, welches ich neulich beim Friseur in einer Modezeitschrift entdeckt hatte. Seine kurzen, schwarzen Haare waren trendig frisiert, an seinem markanten, maskulinen Gesicht mit südländischem Teint ließ sich nach gründlicher Rasur kein einziges Barthaar mehr finden und die dunkelbraunen Augen funkelten schelmisch und ließen jeder Frau vor Verzücken das Herz in die Kniekehle rutschen.

Zu allem Überfluss thronte dieser schöne Kopf auch noch auf einem mindestens genauso perfekten, wohlproportionierten Körper. Kurz gesagt, Dr. med. Adrian Falconelli war einfach ein Traumtyp und er stand im Augenblick keine zwei Meter von mir entfernt und streckte mir einladend seine Hände entgegen.

Doch wie immer im Leben wäre all dies ja viel zu schön und viel zu einfach, um wirklich wahr zu sein.

Ich war vor etwa sechs Monaten als letztes und auch jüngstes Mitglied der ärztlichen Belegschaft in die aus, mich eingeschlossen, fünf Internisten bestehende Gemeinschaftspraxis im Herzen von Frankfurt am Main aufgenommen worden. Neben den ursprünglichen Gründern der Praxis, Dr. med. Klaus Bergmann und Dr. med. Theo Langenbach kamen im Laufe der Jahre, durch stetig wachsende Patientenzahlen und damit verbundenes erhöhtes Arbeitsaufkommen, Dr. med. Marcus Schönfeld und Dr. med. Adrian Falconelli hinzu. Letzterer trug, nach Aussagen der ausschließlich weiblichen Mitarbeiterbelegschaft der Praxis, zu einem deutlichen Anstieg von weiblichen Patienten bei, deren Altersklasse von ziemlich jung bis deutlich betagt reichte.

Schließlich entschied man sich dann vor einem halben Jahr erneut, einen weiteren Kollegen mit ins Boot zu holen und da ich durch meinen hervorragenden beruflichen Werdegang die besten Voraussetzungen mitbrachte und alle anderen, überwiegend männlichen Mitbewerber ausgestochen hatte, erhielt ich den Zuschlag.

Bereits in den ersten Tagen meiner Praxiszugehörigkeit bekam ich die geballte Charme-offensive von Adrian Falconelli zu spüren. Er verstand es wie kein Zweiter, seine körperlichen Reize gekonnt einzusetzen und sein feuriges, italienisches Temperament konnte buchstäblich Eisberge zum schmelzen bringen.

Doch nach meiner letzten Beziehung mit einem wirklich gut aussehenden, allerdings überaus karrierehungrigen Banker, die vor knapp einem Jahr mit reichlich Tränen, Frust und Enttäuschung zu Ende gegangen war, hatte ich von Männern generell, und besonders von diesen tödlich Gutaussehenden, erst einmal die Nase gestrichen voll.

Die gutgemeinten Ratschläge von Leonie, unserer MFA-Erstkraft in der Praxis, meine Finger von Adrian Falconelli zu lassen, der unter der weiblichen Belegschaft den nicht allzu sehr schmeichelhaften Ruf des *Doktor-ich-krieg-alle-in-die-Kiste* besaß, waren nur eine Bestätigung dessen, was ich seit meiner ersten Begegnung mit Mister Bombastic bereits vermutet hatte.

Dieser Mann war nicht nur hochintelligent, sondern auch optisch wahrhaft göttlich, absolut testosterongesteuert und sehr von sich und seinem umwerfenden Charme überzeugt.

Alles in allem also ein Mann, der einer Frau nie alleine gehören würde und von dem man (beziehungsweise Frau) tunlichst die Finger lassen sollte, es sei denn, man (oder Frau) greift gerne freiwillig auf eine heiße Herdplatte.

Ich zeigte mich also in meiner ersten Arbeitswoche konsequent immun gegen Adrians massive Charme-Attacken und schon in der zweiten Woche nach meinem Praxiseinstieg ließ er von mir ab und wandte sich offensichtlich einem neuen Objekt seiner Begierde zu.

Die Tatsache, dass dieser Mann nun erneut in unmittelbarer Nähe von mir auftauchte und mich mit seinen körperlichen Reizen bombardierte, ließ mich ihn argwöhnisch mit zusammengekniffenen Augen betrachten.

Nach einem kurzen Moment des Überlegens ergriff ich allerdings doch seine, mir einladend entgegen gestreckten Hände und ließ mich von ihm aus meinem Schreibtischsessel hochziehen.

Ich wollte Dich eigentlich nur fragen, werteste Kollegin, ob Du nicht Lust hast, eine Kleinigkeit mit mir Essen zu gehen? Adrians Lächeln war aufrichtig und er schien diesmal ausnahmsweise keine sexuellen Hintergedanken zu haben.

Mein Magen nahm mir meine Zustimmung vorweg und knurrte völlig schamlos bei der Erwähnung von Nahrungsaufnahmemöglichkeiten drauflos. Mit gespielt schockiertem Gesichtsausdruck legte ich gebieterisch eine Hand auf mein Epigastricum, um den Übeltäter zum Schweigen zu bringen, woraufhin Adrians Lächeln noch breiter wurde.

Er machte einen Schritt auf mich zu, ergriff überschwänglich meinen Arm und bedeutete mir, ihm zu folgen. *Zwei gegen einen, Du bist überstimmt, Sarah.*

Ich schlüpfte schnell noch aus meinem Arztkittel, ergriff meine an der Garderobe hängende Handtasche, löschte das Licht und folgte Adrian hinaus auf den Flur.

Der Abend verlief allerdings völlig anders, als ich erwartet hatte. Wir erreichten die Pizzeria, die nur wenige Minuten von der Praxis entfernt am Mainufer von Sachsenhausen lag, zu Fuß in wenigen Gehminuten.

Da die meisten Gäste das Restaurant nach dem Essen bereits schon wieder verlassen hatten, ergatterten wir einen ruhigen Zweiertisch am Fenster des Lokals mit herrlichem Blick auf das Mainufer und die dahinterliegende Frankfurter Skyline. Adrian zeigte sich, für mich vollkommen unerwartet und befremdlich, an diesem Abend von seiner besten Gentlemen-Seite, unterließ seine sonst durchaus üblichen, allzu offensichtlichen Anbaggerversuche in meiner Gegenwart gänzlich und pflegte stattdessen interessante, frische und angenehme Konversation mit mir.

Während des Essens erzählte er mir zudem von diversen Charity-Veranstaltungen, die er mit einigen seiner wohlhabenden und einflussreichen Freunde im Großraum von Frankfurt regelmäßig organisierte. Dabei erschien er allerdings weder prahlerisch noch überheblich, er verstand es im Gegenteil sogar sehr gut, seine eigene Person eher im Hintergrund zu halten und den Wohltätigkeitsgedanken in den Vordergrund seines Ansinnens zu stellen.

Dieser neue Adrian irritierte mich gewaltig, machte mich aber auch irgendwie wahnsinnig neugierig. Da ich von meiner Art her bedauerlicher Weise schon immer wie ein offenes Buch zu lesen war, konnte ich mein neues Interesse ihm gegenüber leider nur sehr schwer verbergen.

Nachdem wir das Restaurant verlassen hatten, Adrian hatte natürlich darauf bestanden, mich einzuladen, standen wir uns auf dem Gehweg vor dem Restaurant gegenüber und musterten uns gegenseitig unentschlossen.

Möchtest Du noch auf einen Espresso mit zu mir nach Hause kommen? Die Frage aus meinem Mund überraschte mich selbst mindestens genauso sehr wie Adrian, denn seine Augenbrauen zogen sich ungläubig nach oben. Ich hob selbstbewusst den Kopf und reckte entschlossen mein Kinn empor, um die Verwirrung über meine eigenen Worte zu kaschieren, die da ohne große Überlegungen aus meinem Mund hervorgequollen waren und fügte schließlich entschieden, und keinen Widerspruch duldend, hinzu:

Dein zweites Ich, dieser testosterongesteuerte Lüstling, ist übrigens nicht eingeladen, nur damit das klar ist!

Meine letzten Worte hatten die eigenartige Spannung, die kurzfristig zwischen uns entstanden war, sofort aufgelöst und so schlenderten wir ausgelassen durch die schummerig beleuchteten Gassen von Sachsenhausen und genossen die milde Brise des Spätsommers.

Meine kleine Wohnung lag lediglich zwei Querstraßen von der Pizzeria entfernt im Dachgeschoss eines sanierten Altbaus im Herzen von Sachsenhausen. Adrian betrat das überschaubare Wohnzimmer und blickte sich neugierig um.

Tja, zwei Zimmer, Küche, Bad und das Ganze auf geräumigen 45 Quadratmetern. Ich breitete einladend die Arme aus und lächelte: *Willkommen in meinem bescheidenen Reich.*

Mein Kollege nahm auf meiner bereits in die Jahre gekommenen, mokkafarbenen Ledercouch Platz und ich entschwand in die Küche, um die versprochenen Espressi zuzubereiten. Als ich nach wenigen Minuten mit zwei Tassen des heißen Elixiers ins Wohnzimmer zurückkehrte, hatte Adrian seinen Sitzplatz jedoch bereits wieder verlassen. Er stand mit leicht geneigtem Kopf vor der Wand gegenüber meiner Couch und betrachtete interessiert die diversen Fotos, die ich dort in zahllosen Bilderrahmen ordentlich neben- und übereinander aufgehängt hatte.

Ich stellte die Tassen auf dem Wohnzimmertisch ab und gesellte mich zu ihm. So beiläufig wie irgend möglich fragte Adrian schließlich, den Blick nach wie vor auf die Fotografien an der Wand geheftet:

Hat denn Dein Freund nichts dagegen, wenn Du so spät abends noch wildfremde Männer zu einem Espresso empfängst?

Tadelnd und mit zusammengekniffenen Lippen blickte ich ihn von der Seite an.

War mir doch klar, dass dieser Typ mir irgendwann diese Frage stellen würde, Männer waren doch wirklich alle gleich, dachte ich resigniert und zugleich auch ein wenig enttäuscht. Und dabei hatte ich noch bis vor einer Sekunde tatsächlich fast begonnen zu glauben, Adrian wäre vielleicht doch nicht ausschließlich nur ein testosterongesteuerter Macho, wie ihn meine Kolleginnen in der Praxis regelmäßig äußerst boshaft titulierten. Aber solche Fantasien gab es scheinbar wohl nur in den unzähligen Schnulzenromanen und nicht im wirklichen Leben.

Ich trat entschieden einen Schritt zurück und verschränkte demonstrativ die Arme vor der Brust.

Adrian Falconelli! Zum Ersten, ich erhob bei meinen folgenden Worten theatralisch meine zur Faust geschlossene Rechte und wedelte deutlich gereizt mit meinem ausgestreckten Daumen vor seinem Gesicht herum, *bin ich niemandem Rechenschaft schuldig, wen ich wann in meine Wohnung lasse und wen nicht. Punkt!* Zweitens, ich nahm meinen Zeigefinger hinzu, *bist Du kein wildfremder Mann, sondern ein mir durchaus bekannter Kollege aus der Praxis und Drittens,* mein Mittelfinger vervollständigte meine optische Geste, *geht Dich das alles leider auch überhaupt nichts an!*

Huh, Adrian, der sich mir bei meinen Worten überaus schadenfroh grinsend zugewandt hatte, hob seinerseits beschwichtigend die Hände, *ich wollte Dir keinesfalls zu nahe treten, verehrteste Kollegin.* Er stand eine Armeslänge von mir entfernt und blickte schließlich herausfordernd auf mich hinunter. Adrian war fast einen ganzen Kopf größer als ich, was infolge meiner nicht gerade hochwüchsigen Statur auch keine allzu große Kunst war. Seine dunkelbraunen Augen funkelten schelmisch. *Scheinbar habe ich allerdings einen wunden Punkt bei Dir getroffen, oder täusche ich mich?*

Ich merkte, wie ich unvermittelt rot im Gesicht wurde und wandte mich hastig von ihm ab. Diesen Triumph wollte ich ihm in keinem Fall gönnen.

Eins zu null für Dich, Adrian Falconelli, dachte ich grimmig. Um schnellstens das Thema zu wechseln, ging ich zum Couchtisch zurück, ergriff meine Espressotasse und nahm einen kräftigen Schluck. Ich stellte die Tasse zurück auf die Glasplatte und setzte mich in meinen gemütlichen Fernsehsessel, der neben der Ledercouch stand.

Dein Espresso wird übrigens kalt, mit einer einladenden Geste und übertrieben liebenswürdig lächelnd bedeutete ich Adrian, wieder Platz zu nehmen.

Er folgte meiner Aufforderung und setzte sich auf das Sofa. Elegant schlug er seine langen Beine übereinander und betrachtete mich unverhohlen interessiert. Mittlerweile hatte ich gottlob meine Fassung zurück gewonnen und nahm das Gespräch schließlich wieder auf.

Du hast natürlich mit Deiner Vermutung recht, gestand ich ihm nach kurzem Zögern ein, denn es machte keinen Sinn, diese offensichtliche Tatsache zu leugnen, *ich lebe hier alleine und meine letzte Beziehung war in meinen Augen ein einziges Desaster.* Adrian öffnete den Mund, um etwas zu sagen, doch ich gebot ihm mit einer abwehrenden Handbewegung Einhalt. *Doch ich möchte heute Abend absolut nicht über meine Verflossenen sprechen, verstanden?!*

Adrian nickte, verständnisvoll lächelnd, und wechselte anstandslos umgehend das Thema: *Wolltest Du schon immer Ärztin werden?*, fragte er statt dessen neugierig.

Ich lehnte mich entspannt in meinem Sessel zurück, diese Art Konversation definitiv bevorzugend, und dachte kurz nach. *Nun, ich denke, die Entscheidung fiel an meinem dritten Geburtstag.*

Lächelnd dachte ich an ein Foto, welches mich als Kleinkind mit Rot-Kreuz-Haube auf dem Kopf und Plastikstethoskop in der Hand auf dem Sofa zuhause in Bad Homburg zeigte. *Ich habe damals von meinen Eltern einen Arztkoffer geschenkt bekommen und ihn tagelang nicht mehr aus den Händen gegeben. Selbst nachts im Bett lag dieser kleine Plastikreflexhammer neben mir.* Bei den Erinnerungen an meine Kindheit stieg mir plötzlich eine Kloß im Hals auf und ich geriet kurzfristig ins stocken. Nach wenigen Sekunden fügte ich gedankenverloren hinzu: *Ja, dieser Koffer war wohl ausschlaggebend für meine spätere Berufswahl.*

Adrian hatte mir schweigend zugehört und ein merkwürdig verträumter Ausdruck lag unvermittelt in seinem Blick. Als er merkte, dass ich ihn fragend ansah, lächelte er und blickte verlegen zu Boden. *Du warst sicher ein super braves, niedliches kleines Mädchen.*

Ich lachte kurz und hell auf: *In diesem Alter vermutlich schon, aber Du hättest sehen sollen, was meine Eltern mit mir in der Pubertät mitgemacht haben, da sah die heile Familienwelt schon wieder ganz anders aus.*

In der Tat war ich als heranwachsender Teenager alles andere als einfach gewesen. Rebellion gegen Alles und Jeden war meine damalige Devise. Meine Eltern hatten es zu dieser Zeit wirklich nicht leicht mit mir.

Vielleicht bekomme ich ja irgendwann einmal die Gelegenheit, Deine Eltern kennenzulernen. Diese haarsträubenden Geschichten aus Deiner wilden Jugendzeit wären mit Sicherheit äußerst amüsant, schlug

Adrian, noch immer belustigt von meinen Erzählungen, unvermittelt vor.

Ich blickte mit zusammengepressten Lippen auf meine Hände hinab, die locker zusammengefaltet in meinem Schoß ruhten. *Diese Gelegenheit wird sich Dir leider nicht mehr bieten. Meine Eltern sind beide bereits verstorben,* flüsterte ich traurig.

In Adrians Gesicht erschien mit einem Mal ein schockierter Ausdruck und er machte sofort Anstalten aufzustehen, doch meine abwinkende Handbewegung ließ ihn in der Bewegung innehalten. Er ließ sich langsam wieder zurück auf das Sofa sinken, senkte zutiefst betroffen den Blick und sagte leise: *Das tut mir Leid, Sarah, das wusste ich nicht.*

Mit einem tiefen Seufzer stieß ich die Luft aus: *Nein, das konntest Du ja auch nicht wissen, aber sei mir bitte nicht böse, wenn ich jetzt nicht weiter darüber reden möchte.*

Adrian nickte schweigend, noch immer erschüttert von dieser, für ihn völlig unerwarteten Nachricht und starrte verlegen auf die noch halbvolle Tasse Espresso, die vor ihm auf dem Couchtisch stand.

Ich beugte mich nach vorne, ergriff indes meine Espressotasse und leerte den Rest mit einem Zug. Das Koffein ließ meine Lebensgeister wieder zurückkehren. Ich stellte die Tasse mit Nachdruck zurück auf den Untersetzer, lehnte mich entspannt in meinem Sessel zurück und lächelte Adrian schließlich unbekümmert an. *Und jetzt zu Dir, mein lieber Kollege. Ich hoffe allerdings, dass Du nicht so deprimierende Lebensgeschichten zu erzählen hast, wie ich.*

Ein verschmitztes Lachen umspielte Adrians Mundwinkel, als er es sich auf meiner Couch bequem machte, erneut entspannt die Beine übereinander schlug und seinerseits mit Erzählungen, allerdings meist lustiger Anekdoten aus seinem bisherigen Leben begann.

Die Zeit raste unbemerkt nur so dahin, während Adrian eine interessante Geschichte nach der anderen aus seinem ereignisreichen Leben zum Besten gab, und am Ende des Abends taten mir meine Bauchmuskeln vom herzhaften Lachen wirklich weh.

Adrian blickte beiläufig auf seine Armbanduhr, runzelte ungläubig die Stirn und schaute noch einmal genauer auf seinen Chronographen.

Ach du Schreck, es ist ja schon nach Mitternacht. Mein Kollege erhob sich abrupt und mit einen deutlichen Ausdruck tiefen Bedauerns auf seinem Gesicht, vom seinem Platz und streckte seine vom langen sitzen bereits steif gewordenen Glieder. *Sorry, aber ich muss wirklich los, Sarah. Morgen wartet wieder ein ganzer Haufen von Patienten auf einen ausgeschlafenen Doktor.* Adrian streckte mir einladend seine Hände entgegen und zog mich schwungvoll vom Sofa hoch.

Unsere Blicke kreuzten sich, während wir nun so voreinander standen, und für den Bruchteil einer Sekunde lief mir beim Anblick seiner dunkelbraunen, feurigen Augen ein prickelnder Schauer über den Rücken. Ich hielt seinem Blick jedoch entschlossen stand und verhinderte gerade eben so, dass ich wieder rot im Gesicht wurde.
Adrian stand nur ein paar Zentimeter von mir entfernt und ich konnte den verführerischen Duft seines Aftershaves riechen. Unvermittelt schnellte meine Pulsschlag in die Höhe und ich blickte fast wie hypnotisiert und unfähig, meinen Blick zu befreien, in das markante, anziehende Gesicht meines Gegenüber.

Ganz langsam, fast wie in Trance, hob Adrian schließlich seine rechte Hand und zog unendlich sanft, fast schon unmerklich, mit dem Daumen die Konturen meines Jochbeins in meinem Gesicht   nach. Mein Herz hämmerte mir plötzlich bis zum Hals hinauf, während ich völlig regungslos Adrians Bewegungen verfolgte. Ich schloss unbewusst meine Augen und hielt den Atem an, all meine Sinne auf seine Berührung konzentriert.

So unerwartet dieser Moment entstanden war, genauso schnell war er wieder vorbei.
Mit einem Ausdruck völliger Verwirrung in seinem Gesicht ließ Adrian seine Hand ruckartig wieder sinken und starrte anschließend verlegen auf den Boden. Ich erwachte unvermittelt aus meiner Regungslosigkeit und trat erschrocken einen Schritt zurück. Was zum Kuckuck war bloß in uns gefahren? Eine solche Wendung durfte dieser Abend in gar keinem Fall nehmen.

Wieder einigermaßen bei klaren Verstandes räusperte ich mich schließlich entschieden und sagte flapsig zum Abschied, wobei ich krampfhaft versuchte, meiner Stimme einen unbekümmerten Tonfall zu verleihen: *Tja, dann wünsche ich Dir noch eine geruhsame Restnacht.*

Ohne Adrian auch nur die kleinste Möglichkeit einer Antwort zu geben, drehte ich mich entschlossen um und steuerte in großen Schritten auf meine Wohnungstür zu. Adrian folgte mir schließlich schweigend. Ich öffnete die Tür und wartete wortlos, bis Adrian an mir vorbei hinaus ins Treppenhaus getreten war. Er drehte sich noch einmal auf dem Treppenabsatz zu mir um und in seinem Blick lag mit einem Mal ein Ausdruck, den ich noch nie zuvor in seinen Augen gesehen hatte.

Gute Nacht Sarah, und pass auf Dich auf, ja? Adrians Stimme war nicht mehr als ein Flüstern und ich nickte bloß stumm, unfähig, in diesem Moment einen zusammenhängenden Satz hervorzubringen.

Gute Nacht Adrian., presste ich der Höflichkeit halber nach wenigen Sekunden schließlich doch noch mühsam hervor.

Adrian nickte mir noch einmal schweigend zu, machte dann abrupt auf seinem Absatz kehrt, stieg eilig die Treppen in Richtung Ausgang hinunter und entschwand damit meinem Blick.

Ich schloss leise die Tür, lehnte mich mit meinem Rücken dagegen und atmete langsam aus. Was sollte ich nur von diesem sonderbaren Abend halten?

In den darauf folgenden Tagen versuchte ich, Adrian so gut es eben ging, in der Praxis aus dem Weg zu gehen. Dieser an sich so schöne Abend hatte eine überaus verstörende Wende genommen und ich hatte plötzlich gefühlstechnisch meine Hormone nicht mehr unter Kontrolle.

Jedes mal, wenn mir Adrian nun an unserem Arbeitsplatz über den Weg lief, bekam ich ungewollt feuchte Hände und mein Herz begann schneller zu schlagen. Dies ärgerte mich derart, dass ich stets nur noch ruppig und abweisend auf ihn reagierte, wenn wir uns doch das ein oder andere Mal zufällig auf den Praxisfluren begegneten. Selbst meinen ärztlichen und nicht-ärztlichen Kollegen blieb mein sonderbares Verhalten nicht verborgen. Ich kam mir dabei selbst überaus lächerlich vor.

Adrian fing mich schließlich einige Tage später morgens in der Kaffeeküche ab, um mich wegen meines abweisenden Verhaltens ihm gegenüber zur Rede zu stellen.

Er schloss nachdrücklich die Tür hinter sich und stellte sich mir mit überaus verärgerter Mine in den Weg, als ich noch schnell versuchte, an ihm vorbei in den Flur zu schlüpfen, um der an sich unausweichlichen Aussprache doch noch in letzter Sekunde zu entgehen. Adrian baute sich, dicht vor mir stehend, zu seiner vollen Körpergröße vor mir auf, seine dunklen Augen zornig zu schmalen Schlitzen verengt.

Sag mal Sarah, was soll denn Dein kindisches Verhalten mir gegenüber bedeuten?, polterte er ungehalten los. *Hab ich Dir etwas angetan, von dem ich vielleicht nichts mehr weiß? Hab ich Dich irgendwann unsittlich angefasst oder Dich ohne mein Wissen beleidigt?* In seiner sonst so angenehm klingenden Stimme lag ein überaus gereizter, scharfer Unterton. *Warum bist Du denn so sauer, wenn wir uns begegnen?*, fragte er schließlich völlig perplex, da er sich offensichtlich noch immer keinen Reim auf mein zickiges Gehabe ihm gegenüber machen konnte.

Ich verschränkte abweisend die Arme vor meinem Körper und presste störrisch die Lippen aufeinander.

Es hat überhaupt nichts mit Dir zu tun! antwortete ich überaus schnippisch und schüttelte energisch den Kopf, sodass mir meine langen, blonden Locken, die ich ausnahmsweise an diesem Tag nicht, wie sonst in der Praxis üblich, zu einem dicken Zopf zusammengebunden hatte, wirr in die Stirn fielen.

Adrian, der nur eine Armeslänge von mir entfernt mit seinem Rücken zur Tür stand, streckte instinktiv seine Hand aus, um mir eine Haarsträhne, die sich in meinen Wimpern verfangen hatte, aus dem Gesicht zu streichen. Ruckartig wandte ich den Kopf zur Seite, um seiner Berührung zu entgehen und ihn außerdem bloß nicht ansehen zu müssen.

Verflucht, Sarah, was soll das denn?, rief er aufgebracht, ließ allerdings seine Hand dabei schnell wieder sinken. Als er schließlich fortfuhr, wurde seine Stimme immer lauter und der Zorn, der ihm bei seinen folgenden Worten deutlich ins Gesicht geschrieben stand, ließ seine hübschen, braunen Augen funkeln. *Neulich Abend in Deiner Wohnung bin ich doch weder über Dich hergefallen, noch habe ich anderweitig anzügliche Gesten gemacht.* Er blickte mich herausfordernd an, seine Augen zu bedrohlichen Schlitzen verengt. Ich nickte schweigend, fast unmerklich. Völlig entnervt fuhr er fort: *Ich habe mich einfach nur sehr nett mit Dir unterhalten und ich dachte eigentlich, dass*

es Dir genauso ging. Meines Wissens nach habe ich nicht die gerings-
ten Anstalten gemacht, Dich, wie Du vielleicht von mir geglaubt hast,
sofort flachzulegen. Er atmete schwer und sein Gesicht hatte vor Wut
eine unschöne Rotfärbung angenommen.

Seine nächsten Worte trafen mich unmittelbar wie ein Schlag
ins Gesicht, als er sagte: *Wann kapierst Du denn endlich, dass ich*
nichts dergleichen von Dir will? Ich möchte einfach nur nett zu Dir
sein, verstehst Du?! Doch kaum bin ich das, behandelst Du mich im
nächsten Moment so, als hätte ich Ebola! Und da soll ein Mann Euch
Frauen noch verstehen!?
Er schüttelte noch einmal überaus verärgert den Kopf, drehte sich dann,
ohne eine Antwort von mir abzuwarten, um und riss entschlossen die
Tür auf. Mit wehendem Kittel stampfte er hinaus auf den Flur. Die Tür
fiel krachend hinter ihm ins Schloss und ich zuckte bei dem Knall unkontrolliert zusammen.

Wie angewurzelt stand ich da, unfähig auch nur einen Muskel
meines Körpers zu bewegen. Ich hatte mich selbst an sich stets für einen gebildeten Menschen gehalten, doch im Moment fragte ich mich
mittlerweile insgeheim, wie man sich dann wohl derartig idiotisch verhalten konnte, wie ich es im Augenblick tat.

Am selben Nachmittag assistierte mir Leonie Wagner, unsere leitende
medizinische Fachangestellte und Wundmanagerin in unserer Praxis bei
der Nachbehandlung eines Patienten mit Zehenamputation bei diabeti-
schem Fußsyndrom.

Zwischen Leonie und mir hatte sich seit meinem Eintritt in die
Praxis eine herzliche Freundschaft entwickelt. Die junge Frau war etwa
so alt wie ich und hatte eine wunderbar humorvolle und lebenslustige
Art. Überall wo sie auftauchte, versprühte sie ihre gute Laune und
steckte ihre Mitmenschen damit an.
Aus diesem Grund mochte ich Leonie sehr. Zudem besaß sie ein außer-
gewöhnliches Maß an Menschenkenntnis und ein ausgeprägtes Gespür
für besondere Situationen.

Der Patient, dessen Fuß wir zu versorgen hatten, war ein langjähriger insulinpflichtiger Diabetiker. Er hatte mir während seiner ersten Vorstellung in der Wundsprechstunde vor einigen Wochen berichtet, dass ihm etliche Wochen zuvor ein Freund mit einem Motorrad über den rechten Fuß gefahren war. Dank seiner durch den Diabetes verursachten Neuropathie, also einer krankheitsbedingten Nervenschädigung, hatte er zuerst nicht einmal Schmerzen danach empfunden. Doch nach einiger Zeit begannen sich drei seiner Zehen schwarz zu verfärben und er stellte sich, mittlerweile dann doch etwas besorgt über das Aussehen seines Fußes in unserer Praxis vor.

Bei der ersten Untersuchung des Fußes in meiner Sprechstunde fand sich ein bereits deutlich ausgeprägtes Gangrän unter dem Fußballen. Das umliegende Gewebe war nur noch Matsch und stank fürchterlich. Die ersten drei Zehen waren zudem nicht mehr durchblutet und bereits abgestorben. Ich hatte den Unglücksseeligen sofort an die Chirurgie der Universitätsklinik überwiesen und seelisch und moralisch schon einmal auf die bevorstehende Amputation vorbereitet. Diese war zwischenzeitlich erfolgt und im Rahmen seiner heutigen Kontrolle wollte ich mich gemeinsam mit Leonie um die Nachsorge der Wunde kümmern.

Das Amputationsareal sah nach wie vor gar nicht gut aus. Es zeigten sich wieder deutliche Entzündungzeichen und das Gewebe an der Naht entlang war gerötet und nässte zudem. Auch für einen erfahrenen Wundarzt wie mich war dies kein schöner Anblick und ich hielt zeitweise angeekelt den Atem an. Zusammen mit Leonie führte ich das dringend notwendige Wund- Debridement durch, eine mechanische Reinigung der Wunde, wobei ich vorsichtig mit einem scharfen Löffel und einer feinen Pinzette das abgestorbenes Gewebe an und in der Wunde entfernte. Zum Schluss legte meine versierte MFA dem Patienten einen sterilen Verband an.

Ich instruierte den Pechvogel noch einmal eindringlich, penibel auf eventuelle Veränderungen am Wundareal zu achten, dann schickte ich ihn zur Anmeldung nach vorne, um einen neuen Termin zur Wundkontrolle in 2 Tagen zu vereinbaren.

Nachdem der Mann den Behandlungsraum verlassen hatte, blieben Leonie und ich im Zimmer zurück. Während ich die Fotodokumentation der Wunde in den PC einlas und validierte, richtete Leonie den Raum für den nachfolgenden Patienten her. Ich spürte instinktiv, dass Leonie etwas auf dem Herzen hatte. Da die kesse Blondine mit dem frechen Kurzhaarschnitt nicht gerne um den heißen Brei herumredete, fragte sie mich, während sie das benutzte Papier der Patientenliege sorgsam zusammenfaltete und in den Mülleimer stopfte, also unvermittelt:

Du Sarah, sag mal, läuft da was zwischen Dir und Doktor Falconelli? Ich meine, fügte sie schnell hinzu, als sie merkte, dass ich sofort zum Gegenangriff übergehen wollte, *die Anderen haben auch schon mitgekriegt, dass Ihr zwei Euch echt seltsam verhaltet seit ein paar Tagen.*

Ich zog gerade meine Latexhandschuhe aus und wollte sie, wie immer, mit einem gezielten Wurf in den Mülleimer befördern. Statt wie sonst üblich zu treffen, warf ich sie dieses Mal in hohem Bogen daneben.

Ja spinnst Du denn jetzt total? Wie kommt ihr denn auf diese bescheuerte Idee? Entrüstet warf ich die Arme in die Luft und verdrehte dabei entnervt die Augen. *Ich war lediglich unter Kollegen einmal einen Happen mit Adrian essen und wir haben uns nett unterhalten, sonst nichts, verstanden?!,* fauchte ich sie an, deutlich wütender, als eigentlich beabsichtigt.

Mit einer energischen Handbewegung hob ich die Handschuhe vom Boden auf und zerknüllte sie erneut in meinen Händen.

Schon klar, Leonie legte den Kopf schief, ihre Zweifel an meinen Worten mit ihrer Geste allzu deutlich zur Schau stellend. Dann zwinkerte sie mir mit ihren himmelblauen Augen verständnisvoll zu und sagte beschwichtigend: *Reg` Dich wieder ab Sarah. War doch bloß eine Frage, deswegen musst Du nicht gleich an die Decke gehen.*

Sie nahm mir überaus selbstgefällig die Handschuhe aus meinen Händen und warf sie nun an meiner statt in den Abfallkorb.

Du hast aber schon von dem Spruch gehört, dass getroffene Hunde bellen, oder?, fragte sie anschließend frech und grinste mich dabei herausfordernd an.

Die stoische Art meiner neuen Freundin brachte mich einmal mehr auf die Palme und ich entgegnete aufgebracht: *Ich sag es Dir noch einmal*

Leonie und erzähl es ruhig auch Deinen tratschenden Kolleginnen. Ich habe nichts mit Doktor Falconelli. Wir sind höchstens vielleicht angehende Freunde, wenn man das überhaupt als solches bezeichnen kann. Nicht mehr und nicht weniger, verstanden?! Leonie blickte mich übertrieben skeptisch mit hochgezogenen Augenbrauen an. Dass sie mir noch immer nicht glaubte, war allzu offensichtlich.

Okay Sarah, lass mal gut sein. Beschwichtigend hob sie schließlich beide Hände, *aber dennoch möchte ich Dich nochmals warnen. Doktor Falconelli ist und bleibt ein Herzensbrecher und ich kenne mittlerweile echt schon zu viele Frauen, die auf ihn hereingefallen und nun todunglücklich sind.* Sie legte mir kameradschaftlich ihre Hand auf meinen Unterarm und drückte leicht zu. *Ich mag Dich wirklich, Sarah und deshalb sage ich es Dir immer wieder: Fall nicht auf diesen Sunnyboy herein, Du wirst es bereuen.*

Nun war ich plötzlich wirklich richtig sauer. Ich konnte zum Einen einfach nicht glauben, dass Leonie allen Ernstes von mir dachte, ich würde mich tatsächlich mit diesem Doktor Herzensbrecher auf eine Affäre einlassen. Andererseits dachte ich erneut an den besagten Abend in der Pizzeria zurück, der völlig anders verlaufen war, als ich erwartet hatte. Ich hatte dort einen ganz anderen Mann kennen gelernt, dessen höfliches, angenehmes Verhalten in keinster Weise mit dem übereinstimmte, was mir von allen Seiten bereits über ihn zugetragen worden war. Energisch schüttelte ich Leonies Hand von meinem Arm.

Was weißt Du denn schon wirklich über Adrian, Leonie? Ich ließ ihr nicht einmal Zeit für eine Antwort. *Nichts!,* fuhr ich sie zornig an. *Ich persönlich habe aber mittlerweile eine ganz andere Seite von ihm kennengelernt und diese entspricht nicht annähernd dem Bild, welches ihr Alle von ihm habt, glaub mir!* Ruckartig machte ich auf dem Absatz kehrt und wandte mich energisch zur Tür. *Und damit ist unser Gespräch beendet.*

Leonie blieb kopfschüttelnd allein im Zimmer zurück und rief hinter mir her: *Na, hoffentlich hast Du Recht, Sarah.*

3

Am nächsten Morgen erschien ich ziemlich unausgeschlafen zum Dienst.
Ich hatte die ganze Nacht über wach gelegen und über mein unangenehmes Zusammentreffen mit Adrian in der Kaffeeküche und die provokante Unterredung mit Leonie nachgedacht. Letztendlich kam ich immer wieder zu dem einen Schluss: dass ich mich in jedem Fall bei Adrian und auch bei Leonie wegen meines dämlichen und unangemessenen Verhaltens entschuldigen musste.

Adrian konnte natürlich nicht ahnen, dass sein Besuch in meiner Wohnung ein derartiges Gefühlschaos in meinem Kopf hinterlassen hatte. Ich konnte es mir ja nicht einmal selbst erklären, was eigentlich genau zur Zeit mit mir los war. Letztendlich schob ich es auf eine schlichte Verschiebung in meinem Hormonhaushalt. Ich war mir mittlerweile wieder vollkommen sicher, dass ich nichts, aber auch gar nichts von meinem Kollegen wollte und dass dieser sonderbare Abend für uns beide völlig unbedeutend gewesen war.

Dennoch hatte ich seine Nähe durchaus genossen und auch unsere Gespräche waren überaus unterhaltsam gewesen. Ich nahm mir schließlich vor, Adrian einfach meine Freundschaft anzubieten. Er sollte ruhig wissen, dass ich mich gerne in seiner Gesellschaft aufhielt, doch in keinem Fall würde ich auch nur einen einzigen Anbaggerversuch von ihm, egal welcher Art auch immer, dulden.

Um Adrian diesbezüglich endlich zur Rede zu stellen und ihm mein eigenartiges Verhalten der letzten Tage zu erklären, passte dementsprechend nun ich ihn dieses Mal in der Kaffeeküche ab.
Er saß mit gesenktem Kopf am Tisch und rührte verschlafen in seinem Kaffeebecher, als ich eintrat und leise die Tür hinter mir schloss. Als er mich erkannte, hob er ruckartig den Kopf und blickte mich mit zusammengekniffenen Augen herausfordernd an, als erwartete er, dass ich in den nächsten Sekunden die zweite Runde gegen ihn eröffnen würde.

Schuldbewusst senkte ich meinen Blick und presste verlegen die Lippen aufeinander. Mein Herz klopfte mir vor Nervosität bis zum Hals, als ich an den Tisch herantrat, einen Stuhl heranzog und mich, noch immer schweigend, neben ihn setzte.

Es tut mir leid, dass ich mich Dir gegenüber gestern so bescheuert verhalten habe, murmelte ich leise in seine Richtung, hielt aber vor lauter Scham den Blick starr auf den Tisch vor mir geheftet. *Ich weiß selbst nicht, was in mich gefahren ist, aber ich würde mir persönlich wünschen, wenn wir einfach Freunde sein könnten.* Nach kurzer Unterbrechung fügte ich, noch immer kleinlaut, hinzu: *Bitte entschuldige.*

Adrian blickte mich mit ausdrucksloser Mine und undurchschaubarem Pokerface-Blick an und schwieg. Mein Unbehagen wuchs sekündlich und ich starrte unsicher einfach weiter stur auf die Tischplatte vor mir.

Endlich bewegte Adrian sich. Er beugte sich langsam zu mir herüber, legte ganz vorsichtig seinen Zeigefinger unter mein Kinn und hob meinen Kopf leicht an, wobei er ihn zusätzlich in seine Richtung drehte, sodass ich ihm direkt ins Gesicht blicken musste.

Kannst Du das bitte noch einmal wiederholen? Seine Stimme klang zuckersüß mit seinem ausgeprägten italienischen Akzent, *Du weißt doch, ab einem gewissen Alter werden Männer schwerhörig. Ich habe Dich leider nicht richtig verstanden.*

Oh... Du gemeiner Schuft...! Ich prustete unvermittelt laut los und Adrian stimmte schließlich, sichtlich erleichtert, in mein herzhaftes Gelächter mit ein. Das Eis war endgültig gebrochen und Sekunden später lagen wir uns schließlich in den Armen, beide noch immer herzlich lachend. Adrian kam als Erster wieder zu Atem, stand auf und zog mich ebenfalls auf die Beine. Als wir so dicht beieinander standen, wurde er plötzlich wieder ernst.

Sarah, begann er leise und sein Blick war dabei fest auf mein Gesicht geheftet, *ich möchte, dass Du weißt, wie wichtig mir Deine Freundschaft ist.* Er räusperte sich verlegen, bevor er fortfuhr: *Ich habe noch nie einen Menschen wie Dich kennen gelernt und uns verbinden so viele Gemeinsamkeiten. Sollte irgendwann einmal etwas zwischen uns stehen, oder Dir etwas an mir nicht passen, dann sag mir das einfach. Aber vor allem: Lass uns bitte nicht Energie in etwas investieren, was Deiner Meinung nach von vorne herein keinen Bestand hat.*

Er blickt mich mit hochgezogenen Augenbrauen fragend an.

Bitte verzeih mir mein zickiges Verhalten der letzten Tage. Ich weiß selbst nicht, was da mit mir los war, wiederholte ich noch einmal und wandte dabei schuldbewusst meinen Kopf zur Seite.

Ist schon okay. Adrian grinste mich frech an, nun wieder ganz der Alte. *Vermutlich bekommst Du bald Deine Tage, da sind Frauen doch immer ziemlich verhaltensauffällig.*

Entrüstet boxte ich ihm vor die breite Brust. *Ja ist denn das zu fassen, was ich mir hier anhören muss?! Verhaltensauffällig?!* Ich stemmte in gespielter Empörung beide Arme in die Hüften und baute mich, so drohend es eben bei meiner mangelnden Körpergröße ging, vor ihm auf. Adrian brach ob meiner offensichtlich lustigen Geste in schallendes Gelächter aus und ich stimmte überaus erleichtert mit ein.

Nachdem unser überschwängliches Lachen schließlich abgeebbt war, sagte ich, nun wieder ernst: *Ich bin froh, dass wir das nun endlich geklärt haben. Also sind wir jetzt offiziell Freunde?*

Ich streckte Adrian auffordernd meine Rechte entgegen. Er ergriff sie erleichtert und drückte zur Bestätigung fest zu. *Freunde,* antwortete er bestimmt und nickte lächelnd.

Nach einigen Sekunden zog ich meine Hand mit einem bedauernden Seufzer aus der seinen. Ich lächelte noch einmal überaus erleichtert zu ihm auf, dann machte ich schwungvoll auf dem Absatz kehrt und steuerte zielstrebig in Richtung Tür. Über die Schulter hinweg rief ich meinem Kollegen noch zu: *Ciao, Adrian, bis bald.*

Bis bald, Sarah. Ciao bella.

Ich verschwand auf dem Flur. Adrian blieb noch einen Augenblick gedankenverloren im Zimmer stehen und blickte hinter mir her, dann nahm er seine Kaffeetasse in die Hand und machte sich beschwingt an die Arbeit.

Da zwischen Adrian und mir nun endlich klare Verhältnisse herrschten, genoss ich jede Minute, die wir zusammen verbrachten. Es erstaunte uns immer wieder aufs Neue, wenn wir Gemeinsamkeiten zwischen uns entdeckten, etwa, dass wir dieselbe Musik mochten, ähnliche Interessen hatten, ja selbst unsere Führerscheine am selben Tag ausgestellt worden waren. Wir gingen zusammen Essen, besuchten Konzerte oder trafen uns entweder bei mir, in meinem kleinen Appartement in Sachsenhausen, oder in seiner luxuriösen Penthouse-Wohnung am Westhafen von Frankfurt, um gemeinsam zu kochen. Kurz gesagt, wir hatten eine Menge Spaß miteinander.

Das Einzige, was mich etwas stutzig machte, war die Tatsache, dass Adrian seit Beginn unserer Freundschaft keinen einzigen Flirt mehr angefangen hatte, obwohl ich des öfteren mitbekam, wie sich ihm die ein oder andere Frau an den Hals warf. Doch Adrian schien sich mit einem Mal so gar nicht mehr für das andere Geschlecht zu interessieren.

Als ich ihn einmal daraufhin ansprach, meinte er nur ausweichend, dass er aus diesem Alter doch mittlerweile wirklich endlich heraus wäre. Er beharrte auch dann noch auf seinem Standpunkt, als ich ihm mitteilte, dass ich kein Problem damit hätte, wenn er eine Affäre hätte oder gar eine feste Beziehung mit einer anderen Frau eingehen wollte, schließlich wären wir ja nur befreundet. Doch Adrian blieb beharrlich.

Du fliegst auch nach Berlin zu dieser Fortbildung über neue Ansätze in der Tumortherapie?, fragte ich einige Wochen später erstaunt, als Adrian mir beiläufig von seiner Anmeldung für besagte Fortbildungsveranstaltung am kommenden Wochenende im Berliner Astron-Hotel erzählte. *Du etwa auch?*, Adrian zog überrascht die Augenbrauen nach oben und ich nickte bestätigend.

Da ich selbst noch nie in Berlin gewesen war, Adrian jedoch bereits mehrfach unsere Bundeshauptstadt besucht hatte und sich nach eigener Aussage dort recht gut auskannte, schmiedeten wir also gemeinsam fleißig Pläne, welche Sehenswürdigkeiten er mir zeigen wollte und was wir alles gemeinsam unternehmen könnten. Unsere Vorfreude war riesig und so flogen Adrian und ich schließlich am folgenden Freitagnachmittag gemeinsam nach Berlin.

Unsere Stimmung war entsprechend ausgelassen, als der Taxifahrer uns vor dem gebuchten Hotel ganz in der Nähe des Checkpoint Charly absetzte. Der namhafte Pharmakonzern hatte sich für die Fortbildungsveranstaltung nicht lumpen lassen und als Domizil ein fünf-Sterne Luxushotel im Herzen Berlins auserkoren.

Wir durchquerten mit unserem Gepäck die elegante Lobby und steuerten zielstrebig auf die Rezeption zu, hinter deren Tresen uns eine freundlich lächelnde Empfangsdame bereits erwartete. Der Pharmariese hatte für Adrian und mich jeweils ein Einzelzimmer reserviert, wobei sich mein Zimmer im fünften, Adrians im dritten Stock des Gebäudes befand. Die Zimmer waren, entsprechend der Klasse des Hotels, sehr elegant eingerichtet, mit gemütlichem Ledersessel am Schreibtisch und großem Marmorbad mit walk-in-shower und Regenbrause.
Wir hatten gerade eben genügend Zeit, um uns schnell von der Reise noch ein wenig frisch zu machen, dann begann auch schon der erste Programmpunkt der Veranstaltung.

Der Dozent des Abends, ein über die Grenzen der Republik hinaus bekannter Professor der Berliner Charité, hielt einen langatmigen Vortrag über palliativ-medizinische Behandlungsansätze bei fortgeschrittener Tumorerkrankung, ein recht trockenes Thema.

Mir fielen unbeabsichtigt ein über das andere Mal unvermittelt die Augen zu, da mir die stundenlange Anreise wider erwartend doch deutlich zugesetzt hatte, und Adrian stieß mir mehr als ein Mal seinen Ellenbogen belustigt in die Seite, wenn ich im Begriff war, ins Reich der Träume abzudriften. Ihm selbst schien der lange Tag nicht das geringste auszumachen und er verfolgte den Vortrag interessiert und ohne mit der Wimper zu zucken.

Nach gefühlten Stunden war der erste Veranstaltungstag dann endlich vorüber und Adrian und ich begaben uns zum Abendessen ins hoteleigene Restaurant. Dort wartete im Rahmen unserer Halbpension ein umfangreiches Buffet auf uns. Wir saßen gemeinsam mit einigen Kollegen, die ebenfalls an der Fortbildung teilnahmen, an einem großen Tisch und diskutierten während des Essens angeregt über die aktuellen Themen der medizinischen Fachwelt.

Der lange Tag hatte mich allerdings sehr müde gemacht und daher verabschiedete ich mich bald von der netten Gruppe und von Adrian, und ging schlafen.

Früh am nächsten Morgen begann der Fortbildungsmarathon nach einem kurzen Frühstück im Hotel für uns von Neuem.

Nach mehreren Vorträgen am Vormittag, kurzer Mittagspause zum verschnaufen und Weiteren am Nachmittag, bei denen ich Adrian zeitweise aus den Augen verlor, trafen wir uns am Abend schließlich im Restaurant zum gemeinsamen Abendessen wieder. Wir suchten uns diese Mal jedoch einen Zweiertisch am Fenster, an dem wir alleine sein konnten. Adrian und ich bedienten uns am abwechslungsreichen Buffet und bestellten zudem eine Flasche Rotwein. Wir waren in ausgelassener Stimmung und alberten aufgekratzt herum. Nach der ersten Flasche Wein folgte die Zweite und auch die Dritte. Es war ein wundervoller Abend.

Ziemlich spät am Abend, die meisten Gäste hatten das Restaurant bereits längst schon verlassen, stand ich, nachdem auch wir unsere Gläser endlich geleert hatten, leicht schwankend auf, um mich von Adrian zu verabschieden. Dieser erhob sich ebenfalls und hielt mir, wie immer ganz der italienische Gentleman, einladend seinen Arm entgegen.

Komm, ich begleite Dich noch bis zu Deiner Zimmertür. Wir sind beide, glaube ich, nicht mehr ganz nüchtern und ich möchte einfach verhindern, dass Du Dich verläufst und gar im falschen Zimmer landest.

Ich kicherte bei Adrians Worten hemmungslos vor mich hin. Das letzte Glas Wein musste wohl wirklich eines zu viel gewesen sein, dachte ich verwundert über meinen, in der Tat recht angeheiterten Zustand und hakte mich dann anschließend brav bei Adrian ein. Mir war gar nicht bewusst gewesen, dass ich so viel getrunken hatte. Gemeinsam schwankten wir zum Lift.

Im fünften Stock angekommen torkelten wir beschwingt durch den Flur in Richtung meines Zimmers.

Ich konnte mich an diese eine, verflixte Stufe im Flur gar nicht mehr erinnern. Also stolperten wir beide natürlich prompt über die selbige und stürzten anschließend, mit wild rudernden Armen, ziemlich unsanft zu Boden.

Adrian prallte hart mit dem Rücken auf die Kante des Absatzes und ich landete, während unseres gemeinsamen Sturzes einen spitzen Schrei ausstoßend, mehr oder weniger auf ihm. Als sich mein, durch den übermäßigen Weinkonsum noch immer benebelter Verstand allmählich wieder geklärt hatte, rollte ich mich etwas schwerfällig zur Seite, rappelte mich mühsam auf und hockte mich neben Adrian auf den Boden. Dieser lag bewegungslos und mit geschlossenen Augen auf der Kante der verflixten Stufe. Aus seinem Mund drang ein leises, schmerzerfülltes Stöhnen.

Um Gottes Willen, hast Du Dich verletzt? Schlagartig war ich wieder weitgehend nüchtern.

Ich blickte besorgt in Adrians schmerzverzerrtes, blasses Gesicht. Keine Reaktion.

Adrian, sag doch was. Was ist los? Ich rüttelte leicht an seiner Schulter, peinlich darauf bedacht, ihm nicht noch mehr Schmerzen zuzufügen, als er offensichtlich ohnehin schon hatte.

Adrian öffnete langsam die Augen und antwortete mit zusammengebissenen Zähnen:

Mein Gott, ich glaub ich hab mir mindestens eine Rippe gebrochen, ich bekomme kaum noch Luft.

Er versuchte mühsam, sich langsam aufzurichten und sich auf diese verdammte Stufe zu setzen. Wie zur Hölle konnte ich dieses blöde Ding bloß einfach vergessen haben? Adrians Atem ging stoßweise und ein dünner Schweißfilm bildete sich auf seiner Stirn.

Ich musterte meinen Kollegen besorgt. *Soll ich einen Rettungswagen rufen? Ich glaube, es ist besser, Du lässt Dich im Krankenhaus untersuchen. Ich finde, das sollte geröntgt werden.*

Nein, bloß keinen Krankenwagen. Adrian winkte entschieden ab und verzog bei dieser Bewegung erneut vor Schmerzen das Gesicht. Durch seine zusammengebissenen Zähne stieß er mühsam hervor: *Ich war bisher immer in der Position des Arztes und das soll auch so blei-*

ben. Lass mich erst einmal einen Moment einfach hier sitzen und bleib bei mir.

Ich blieb neben ihm hocken, meine Hand besorgt auf seinem Arm ruhend. Er ließ sich vorsichtig seitlich gegen die Wand sinken und schloss erneut die Augen. Sein Atem ging immer noch stockend, doch offensichtlich ließ der Schmerz ganz allmählich nach. So vergingen einige Minuten. Als er die Augen schließlich wieder öffnete und mich noch immer neben sich hocken sah, lächelte er schwach.

Mach Dir keine Sorgen, es geht schon wieder. Wenn Du mir etwas hilfst, kann ich sicher auch schon wieder aufstehen.

Ich ergriff seine beiden Hände und er zog sich mit einigen Mühen daran hoch. Als er, noch immer etwas wackelig, endlich vor mir stand, sah ich ihn streng an.

Adrian Falconelli, jag´ mir bitte nie wieder einen solchen Schrecken ein, sagte ich tadelnd, fügte dann aber doch etwas sanfter hinzu:*Du kommst jetzt erst einmal mit in mein Zimmer, damit ich mir Deine Rippen ansehen kann.*

Ich hielt ihm auffordernd meinen Arm entgegen und er hakte sich widerstandslos bei mir unter.

Und Du bist sicher, dass Du wirklich nicht ins Krankenhaus möchtest? fragte ich ihn erneut, noch immer skeptisch.

Völlig sicher. Es ist schon wieder alles okay., versicherte er entschieden.

In Wirklichkeit sah er alles andere als okay aus, denn bei der geringsten Bewegung zuckte er noch immer schmerzhaft zusammen und hielt kurz den Atem an.

Wir gingen eingehakt das kurze Stück bis zu meinem Zimmer nebeneinander her. Ich öffnete etwas umständlich die Tür, schritt rasch durch den dunklen Raum und knipste die große Stehlampe neben dem Schreibtisch an. Das Zimmer wurde dadurch in ein warmes, gelbes Licht getaucht.

Du setzt Dich jetzt erst mal hier hin! Ich wies, keinen Widerspruch duldend, entschieden mit der Hand auf einen Stuhl, welcher vor dem modernen Holzschreibtisch stand. *Ich gehe derweilen ins Bad und schau in meinem Notfallköfferchen, ob ich vielleicht eine Schmerzsalbe mitgenommen habe.*

Als ich nach wenigen Sekunden mit leeren Händen wieder zurückkam, saß Adrian tatsächlich auf seinem zugewiesenen Stuhl und schaute mit hochgezogenen Brauen zu mir auf.

Leider keine Salbe, ich zuckte entschuldigend mit den Schultern, *aber komm, zieh trotzdem Dein Hemd aus, damit ich mir Deinen Rücken näher anschauen kann.*

Er stand etwas mühsam auf und begann ganz langsam damit, sein Hemd aufzuknöpfen. Dabei hielt er meinen Blick die ganze Zeit mit seinen Augen fest. Er ließ das offene Hemd elegant über seine breiten Schultern nach hinten gleiten und stand dann mit nacktem Oberkörper abwartend vor mir. Sein Brustkorb hob und senkte sich gleichmäßig mit jedem Atemzug, den er tat, ansonsten stand er vollkommen still. Ich konnte meinen Blick einfach nicht von diesem unglaublich schönen Körper, der nur wenige Zentimeter entfernt vor mir stand, abwenden und musterte gebannt jeden Quadratzentimeter seiner im weichen Licht der Stehlampe seidig schimmernden Haut.

Unvermittelt klopfte mir mein Herz wieder bis zum Hals und meine Hände wurden feucht. Das muss am Alkohol liegen, beruhigte ich mich stoisch und schwor mir gleichzeitig, niemals mehr so viel zu trinken, dass ich nicht mehr Herr meiner Sinne und Gefühle war. Ich war hier schlicht und einfach im Moment die Ärztin und Adrian war somit nichts weiter als mein Patient, basta.

Und jetzt dreh Dich um, meine Stimme zitterte leicht vor plötzlicher Nervosität und ich spürte einen Kloß in meinem Hals aufsteigen. In gar keinem Fall durfte ich jetzt schwach werden und etwas unüberlegtes tun, ermahnte ich mich eindringlich.

Adrian drehte sich, noch immer schweigend, langsam um und wandte mir schließlich seinen Rücken zu. Völlig regungslos betrachtete ich einige Sekunden lang fasziniert seine deutlich ausgeprägte, kräftige Rückenmuskulatur.

Ich machte langsam einen Schritt auf ihn zu und streckte, wie in Zeitlupe, meine Hand nach seinem Rücken aus. Meine Fingerspitzen berührten zögernd die geröteten und abgeschürften Stellen des Sturzes an seinem hinteren Rippenbogen. Ich strich ganz behutsam darüber und nahm beiläufig die Gänsehaut auf Adrians Körper wahr, die meine Berührung bei ihm hervorrief. Mein Herz klopfte immer heftiger und meine Hände begannen vor Aufregung leicht zu zittern.

Ich versuchte krampfhaft, mich auf meine Untersuchung zu konzentrieren, doch dies wollte mir einfach nicht gelingen.

Adrian drehte sich, ohne dass ich ihn erneut dazu aufgefordert hatte, langsam wieder zu mir um und meine Hand glitt zögernd von seiner Seite. Der angenehme, verführerische Duft seiner nackten Haut ließ mich leicht schwindelig werden. Er stand schweigend vor mir und sein Blick ruhte abwartend auf meinem Gesicht. Ganz langsam streckte er seine Hand aus und zog in sanfter Faszination mit seinen Fingerspitzen die Konturen meiner vollen Lippen nach. Ein leichtes Lächeln umspielte dabei seine Mundwinkel. Ich wagte kaum zu atmen und schloss kurz die Augen.

Er ergriff meine Hände und zog mich dichter an sich heran. Ich leistete nicht den geringsten Widerstand und spürte die Hitze seines Körpers durch mein dünnes Sommerkleid hindurch. Zärtlich legte er seine Arme um meine Schultern und mein Kleid glitt langsam von meinen Schultern zu Boden. Seine Hände fuhren in meinen Nacken und meine langen blonden Locken, die ich mit einer Haarspange zu einem dicken Zopf gebändigt hatte, fielen plötzlich wallend über meine Schultern und bedeckten meine prallen, nackten Brüste.

Beklommen standen wir dicht voreinander. Eine unbeschreibliche Spannung lag zwischen uns in der Luft, man konnte das Knistern förmlich spüren. Ganz langsam und wie im Trance hob ich eine Hand und strich sanft über Adrians muskulöse Brust. Meine Fingerspitzen glitten liebkosend über seine kleinen, festen Brustwarzen und bewegten sich langsam weiter nach oben, hinauf zu seinem Hals. Sie wanderten über sein markantes Kinn, zeichneten seine kühn geschwungenen Nasenflügel nach und verloren sich schließlich in seinem dichten, tiefschwarzen Haar.

Adrian zog mich noch dichter an sich heran. Er senkte zögernd den Kopf und seine warmen Lippen berührten schließlich unendlich sanft die Meinen. Seine zärtlichen Berührungen ließen mich augenblicklich in Flammen stehen.

Ich erwiderte seinen Kuss, zuerst noch zaghaft, dann jedoch immer stürmischer, mutiger. Ich schlang meine Arme um seinen Hals und drängte mich, noch mehr fordernd, an seine nackte, warme Brust. Langsam sanken wir aufs Bett hinunter. Seine sanften Lippen und liebkosenden Hände überall auf meinem nackten Körper ließen mich schließlich die Realität um uns herum vollkommen ausblenden.

4

Am nächsten morgen erwachte ich mit dem unvermittelten Gefühl, beobachtet zu werden. Ich schlug die Augen auf und zuckte leicht verwirrt zusammen. Adrians dunkle Augen blickten mir voller tiefer Zuneigung entgegen, es lag jedoch auch eine gewisse Unsicherheit darin verborgen. Er hatte mir sein Gesicht zugewandt und lächelte mich schüchtern an.

Buongiorno mia bella, flüsterte er zärtlich und streichelte dabei sanft über meinen nackten Arm.

Ich beugte mich ein wenig vor und gab ihm einen schüchternen Kuss auf die Wange.

Buongiorno mio bello. Meine Stimme klang noch etwas rau vom Schlaf.

Befangen blickte ich ihn an, denn eine Frage brannte mir seit den Geschehnissen der letzten Nacht wie Feuer auf der Seele und nagte zermürbend an meinem Herzen.

Wie geht es jetzt weiter mit uns?, mein Herz klopfte mir plötzlich bis zum Hals und ich hatte mit einem Mal panische Angst vor Adrians Antwort.

Er berührte unterdessen mit seinen Fingern mein Gesicht und streichelte mir liebevoll über meine Wange, wobei er mich verträumt anlächelte.

Du bist eine so wundervolle Frau, Sarah Steinbach. Jemanden wie Dich hab ich noch nie zuvor kennen gelernt. Mit seinen sanften Berührungen zeichnete er die Linie meines Kinns nach, während er fortfuhr. *Du bist ehrlich, klug, warmherzig und wunderschön. Ich habe bisher noch für niemanden solche eigenartigen Gefühle empfunden. Mein Herz zerspringt schier, wenn ich Dich ansehe. Ich möchte Dich berühren, Dich festhalten und einfach nie wieder loslassen.* Er stockte kurz und Unsicherheit schwang bei seiner nächsten Frage in seiner Stimme mit: *Verrate mir bitte eines Sarah, fühlt sich so verliebt sein an?*

Ich seufzte tief, kuschelte mich aber dennoch dichter an ihn heran. Meine Hand ruhte auf seiner nackten Brust und meine Finger streichelten zögernd seine vom Schlaf noch warme Haut.

Weißt Du, begann ich verlegen, *ich habe mit aller Macht zu verhindern versucht, dass so etwas wie letzte Nacht jemals zwischen uns beiden passiert.*

Adrian hielt abrupt in seiner Berührung inne und in seinen Augen lag unvermittelt echte Bestürzung, doch ich fuhr unbeirrt fort. *Ich habe so viele schlimme Dinge über Dich und Deine Frauengeschichten gehört und ich habe einfach die Befürchtung, dass Du mir niemals alleine gehören wirst.* Ich konnte die Angst, die mit einem Mal in meiner Stimme mitschwang, nicht mehr länger verbergen, als ich schließlich regelrecht flehte: *Ich möchte einfach nicht bloß eine weitere Nummer auf Deiner Liste von Bettgeschichten sein, verstehst Du?*

Adrian ließ seine Hand sinken und rutschte ein Stück von mir weg. Er drehte sich wortlos auf dem Rücken und starrte einige Sekunden lang schweigend hinauf zur Zimmerdecke. Schließlich antwortete er, offensichtlich zutiefst verletzt von meinen letzten Worten, knapp und ohne mich dabei anzusehen: *Ich verstehe. Das war's dann also?*

Ich richtete mich auf und setzte mich im Schneidersitz neben ihn, die dünne Bettdecke um meinen Oberkörper geschlungen. Unschlüssig blickte ich auf ihn hinab. Meine Gefühle fuhren Achterbahn und ich wusste einfach nicht, was ich machen sollte. Verlegen knetete ich am Zipfel der Decke herum, bevor ich schließlich erneut das Wort ergriff.

Mensch Adrian, Du verstehst überhaupt nichts. Ich verstehe es ja selber nicht einmal. All das, was ich in den letzten Wochen von Dir kennengelernt habe, ist so anders. Es entspricht überhaupt nicht dem Bild, was ich anfangs von Dir hatte. Ich hielt kurz inne, um nach den passenden Worten zu suchen, dann fuhr ich aufgewühlt fort: *Du sprühst plötzlich voller Lebensfreude, bist überaus charmant und bringst mich zudem ständig zum lachen. Und dann wiederum kann ich auch ernsthafte Themen mit Dir diskutieren. Du hörst mir zu, verstehst, was ich meine und lässt sogar Kritik über Dich ergehen. All das habe ich bisher noch bei keinem anderen Mann in dieser Form erlebt. Und vor allem respektierst Du meinen dringenden Wunsch nach Eigenständigkeit und beruflichem Erfolg.*

Ich schwieg einen Moment, dann fügte ich, fast schon verzweifelt, hinzu: *Das passt alles irgendwie nicht zu dem Bild, was ich ursprünglich von Dir hatte, verstehst Du?!* So, als hätte ich zwei unterschiedliche Menschen in einer Person kennen gelernt. Wobei der Eine leider ein abstoßender Macho ist. Ich machte eine kurze Pause, bevor ich schließlich kleinlaut zugab: *In den anderen Teil hab ich mich allerdings tatsächlich dummerweise verliebt.*

Adrian drehte ruckartig seinen Kopf in meine Richtung. Diese Worte hatte er augenscheinlich überhaupt nicht mehr von mir erwartet.

Er richtete sich überaus erleichtert auf, als wäre ihm ein tonnenschwerer Stein vom Herzen gefallen. Dann schlang er seine kräftigen Arme um meinen nackten Oberkörper, zog mich fest an sich und küsste mich leidenschaftlich und ausgiebig. Atemlos sanken wir schließlich zurück in das Kopfkissen.

Nach einer Weile richtete ich mich auf, stützte meinen Oberkörper auf den Ellenbogen und blickte noch einmal fast flehentlich auf ihn herab.

Bitte enttäusch' mich nicht, Adrian Falconelli, hörst Du?! flüsterte ich und meine Augen füllten sich unvermittelt mit Tränen. Ich wiederholte meine letzten Worte noch einmal eindringlich, ihm dabei tief in seine wunderschönen dunkelbraunen Augen schauend: *Bitte, Adrian, enttäusch' mich nicht.*

Adrian nahm mich tröstend in den Arm und wiegte mich wie ein kleines Kind. Sein Kinn ruhte auf meinem Kopf und er murmelte nur immer wieder: *Ich liebe Dich, Sarah. Bitte, vertrau mir!*

Nach unserer Rückkehr in die Praxis sprachen sich die Neuigkeiten natürlich wie ein Lauffeuer herum, obwohl wir anfänglich noch verzweifelt versucht hatten, unsere Beziehung geheim zu halten. Doch das war uns natürlich nicht lange geglückt und so blieben selbstverständlich auch genau die gutgemeinten Sprüche nicht aus, welche ich erwartet und befürchtet hatte.

Um Gottes Willen, Sarah. In Leonies Gesicht spiegelte sich fast blankes Entsetzen wider, als sie mich auf die neuen Umstände meiner Beziehung zu Adrian ansprach. *Mach Dich bitte nicht unglücklich und überleg' es Dir gut, was Du da tust. Ich kenne Doktor Falconelli schon*

*einige Jahre und ich kann mir im Traum nicht vorstellen, dass er plötz-
lich so einen Sinneswandel bekommt und einer einzigen Frau treu
bleibt. Das geht nicht lange gut, glaub mir.*

Leonie hatte mich im Pausenraum angetroffen, als ich mir gerade einen
frischen Kaffee holen wollte. Im Laufe der Zeit waren wir echte Freundinnen geworden und ich mochte Leonie sehr. Ihre unbekümmerte, lustige und direkte Art machten sie sehr sympathisch. Außerdem besaß sie
hervorragende Menschenkenntnisse, ihr entging nicht die geringste
Veränderung an ihrem Gegenüber.

Da sie nicht die Erste war, die mir Warnungen solcher Art zu-
steckte, lächelte ich nur nachsichtig. *Glaub mir, Leonie. Ich weiß sehr
wohl was ich tue. Adrian liebt mich wirklich und ich liebe ihn auch und
er ist sehr wohl in der Lage, eine feste, dauerhafte Beziehung einzuge-
hen. Es musste nur eben erst die Richtige kommen.*

Leonies Zweifel blieben hartnäckig. *Ich hoffe, Du behältst Recht und
ich habe ausnahmsweise einmal Unrecht. Wir wünschen es Dir jedenfalls alle von ganzem Herzen, das kannst Du mir glauben.* Leonie
schloss mich spontan in die Arme und drückte mich fest, dann drehte
sie sich ohne ein weiteres Wort um und verließ den Raum.

Die nächsten Wochen unserer frischen Beziehung rasten nur so dahin
und ich schwebte buchstäblich auf Wolke sieben. Adrian brachte soviel
frischen Wind in mein Leben, dass ich mich manchmal heimlich und
von Adrian unbemerkt selbst kneifen musste, um mich von der Realität
dieser Erlebnisse zu überzeugen.

Adrian selbst war regelrecht mit Feuereifer dabei, unseren All-
tag niemals langweilig werden zu lassen. Für jede freie Minute, die wir
gemeinsam verbrachten, ließ er sich schier unglaubliche Dinge einfal-
len. Ich hätte es bis dato nicht für möglich gehalten, dass Menschen in
unserem Alter (nun ja, wir waren natürlich noch nicht wirklich alt, aber
zumindest beide schon in den Dreißigern) noch so unvorstellbar ver-
rückte Sachen machen würden.

An einem unserer freien Nachmittage, es herrschte traumhaftes Wetter
und die Luft über der Stadt flimmerte vor Hitze, fuhr Adrian mit mir

zur BG-Unfallklinik in den Frankfurter Norden. Ich war sehr irritiert, als ich erkannte, wohin mich Adrian zu entführen versuchte und fragte ihn schließlich verdattert, ob er sich etwa , ohne mir vorher davon zu erzählen, einen neuen Arbeitsplatz gesucht hätte?

Doch Adrian schüttelte nur lachend den Kopf und setzte seine Fahrt unbeirrt, mich mit geheimnisvoller Mine von der Seite anblickend, fort.

Er parkte den Wagen auf dem Klinikgelände und wir schritten eilig auf den Haupteingang der Klinik zu. Ich konnte mir überhaupt keinen Reim darauf machen, was Adrian an einem solchen Ort mit mir vorhaben könnte und so fragte ich ihn immer wieder, leider natürlich ohne Erfolg, nach dem Ziel unserer ungewöhnlichen Reise. Wir durchquerten schließlich die große Eingangshalle, steuerten zielsicher auf die Aufzüge zu und Adrian drückte entschlossen den Knopf zum Dachgeschoss.

Mittlerweile hatte ich meine aussichtslose Fragerei aufgegeben und folgte Adrian stumm in den auf uns wartenden Großraumaufzug. Im Dachgeschoss angekommen öffneten sich die Aufzugtüren und ein mir bis dato völlig unbekannter Mann in Rettungsfliegeruniform nahm uns freundlich lächelnd im Empfang. Er begrüßte Adrian mit einer herzlichen Umarmung, worauf ich schloss, dass die beiden sich wohl schon länger kannten.

Der mir Unbekannte führte uns anschließend, nachdem er auch mich höflich begrüßt hatte, noch ein paar weitere Treppen nach oben. In diesem Bereich war der Zutritt für Unbefugte normalerweise strengstens untersagt, worauf ein Schild an der Wand des Treppenhauses deutlich hinwies.

Adrian hielt die ganze Zeit meine Hand fest in der seinen umschlossen und zog mich übermütig hinter sich her. Als wir schließlich auf dem obersten Treppenabsatz ankamen und sich die schwere Metalltür am Ende des Ganges öffnete, um den Blick auf das Flachdach der Klinik preiszugeben, blieb Adrian abrupt stehen, zog mich unvermittelt an sich und küsste mich stürmisch. Seine eigene Vorfreude stand ihm nur zu deutlich ins Gesicht geschrieben und er schien vor Neugier fasst zu platzen, wie ich wohl auf seine Überraschung reagieren würde.

Als ich den Hubschrauber vor uns auf der Startrampe des Daches ausmachte, stieß ich kleine Schreie der Entzückung aus. Bisher war ich noch nie in einem Hubi geflogen, doch es war einer meiner sehnlichsten Wünsche, die ich mir in meinem Leben unbedingt noch erfüllen wollte. Woher hatte Adrian das bloß gewusst?, schoss es mir unmittelbar durch den Kopf, doch der Unbekannte, der uns vorausgegangen war und nun die Türe des Helikopters einladend für uns öffnete, hinderte mich daran, Adrian sogleich danach zu fragen.

Wir spurteten im Laufschritt zu dem bereits auf uns wartenden Fluggerät, stiegen eilig ein und nahmen in der recht engen Kabine nebeneinander Platz. Nachdem wir uns ordnungsgemäß angeschnallt und die Kopfhörer mit Funkmöglichkeit aufgesetzt hatten, platze ich schließlich, noch immer völlig überwältigt von Adrians Überraschung, heraus: *Wie viele Leute musstest Du um Gottes Willen dafür bestechen, und wie ist das überhaupt möglich??*

Anstatt mir zu antworten, nahm Adrian einfach nur meine Hand, welche vor Aufregung schon ganz feucht geworden war, in die seine. Warm, fest und unendlich kraftvoll und beschützend war sein Händedruck und er formte anschließend mit seinen wunderschön geschwungenen Lippen tonlos die Worte: *Ich liebe Dich, Sarah.*

Dann wurden die Rotoren gestartet und wir hoben nach wenigen Augenblicken zu einem unvergesslichen Rundflug über die Main-Metropole Frankfurt ab.

Einige Wochen später hatte Adrian eine ganz andere Überraschung für mich. Wir saßen im Wohnzimmer seiner schick eingerichteten Fünf-Zimmer Designer-Penthousewohnung am Westhafen und aßen eine Kleinigkeit zu Abend, als Adrian plötzlich feierlich sein Weinglas anhob und mir lächelnd zuprostete.

Sarah, seine Stimme klang warm und voller Zuneigung, *wir kennen uns nun schon eine gefühlte Ewigkeit und ich habe mir überlegt, dass es langsam Zeit wäre, Dich meiner Familie vorzustellen.* Etwas verunsichert fügte er anschließend hinzu: *Was hältst Du von dieser Idee? Oder ist das zu altmodisch?*

Adrians Vorschlag überraschte mich völlig und ich konnte und wollte meine Freude darüber gar nicht erst verbergen. Wenn Adrian mich nun auch noch seiner Familie vorstellen wollte, war dies doch nur ein weiterer Schritt in Richtung einer gemeinsamen Zukunft, fand ich. Es lief einfach im Moment alles perfekt zwischen uns und ich war überglücklich.

Es ist mir eine große Freude, Deine Familie endlich kennen zu lernen. Ich erhob ebenfalls mein Weinglas und stieß mit Adrian auf unsere Zukunft an. Nachdem ich mein Glas wieder auf den Marmortisch vor mir abgestellt hatte, fügte ich ein wenig traurig hinzu: *Schade nur, dass meine Eltern nicht mehr da sind und ich Dir niemanden aus meiner Familie vorstellen kann.*

Ich stockte kurz, um den Klos im Hals, der sich bei diesen Worten in meiner Kehle gebildet hatte, wieder zurückzudrängen, dann fuhr ich leise fort. *Meine nächsten Verwandten leben, wie ich Dir bereits erzählt habe, in den vereinigten Staaten, doch zu denen habe ich schon seit Jahren keinen Kontakt mehr, was ich mittlerweile sehr bedauere, aber das ist nun leider nicht mehr zu ändern.*

Ich blickte auf und sah Adrian, der meinen Worten mit bedauernder Mine gelauscht hatte, zuversichtlich an: *Umso mehr freue ich mich, durch Dich nun doch wieder einen Familienanschluss zu bekommen.*

Adrian strahlte mich an, ergriff meine Hände, führte sie zu seinen Lippen und küsste mich sanft auf meine Fingerknöchel.

Du wirst meine Mutter lieben. Sie ist so eine warmherzige und gute Frau, die muss man einfach gernhaben. Und auch mein Vater ist überaus liebenswert, gerecht, klug und fleißig. Er hielt kurz inne und lächelte entschuldigend, als er fortfuhr: *Sicherlich wirst Du über seinen starken italienischen Akzent schmunzeln.*

Adrian schüttelte leicht den Kopf und in seinem Gesichtsausdruck spiegelte sich die Liebe und der Respekt wider, welche er für seine Eltern empfand. *Er lebt nun schon sein halbes Leben hier, doch diesen konnte er bis heute nicht ablegen.* Überglücklich fügte er hinzu: *Ach Sarah, das wird wundervoll, Du wirst sehen.*

Ein paar Tage später war es dann soweit. Adrian hatte seine Eltern und mich zu einem gemeinsamen Essen in seine Wohnung eingeladen. Ich platzte fast vor Aufregung und Adrian streichelte mir beruhigend die Hand.

Sie werden Dich lieben, das verspreche ich Dir.
Die Klingel an der Wohnungstür ertönte und ich zuckte vor Nervosität zusammen.

Da sind sie. Ich mache die Tür auf, Du kannst in der Zeit im Wohnzimmer Platz nehmen und dort auf uns warten. Er kniff mich aufmunternd in den Po. *Du siehst übrigens umwerfend aus, Sarah.*
Ich hatte mir in der Tat die größte Mühe gegeben. Meine langen Haare hatte ich mir beim Friseur zu einer modischen Hochsteckfrisur auftürmen lassen, einige Strähnen hingen rechts und links in leichten Wellen heraus und umspielten romantisch mein rundliches Gesicht. Als Garderobe hatte ich mir einen neuen dunkelgrünen Zweiteiler zugelegt, der geschickt meine kleinen Problemzonen Po und Hüfte kaschierte. Außerdem gab das Grün einen tollen Kontrast zu meinen blonden Locken.

Überaus nervös nahm ich auf der schwarzen Designercouch Platz, die den Mittelpunkt des geräumigen Wohnzimmers bildete und versuchte, meine feuchten Handflächen an einem Taschentuch zu trocknen.
Kurz darauf erschien Adrian in Begleitung seiner Eltern. Ich erhob mich hastig von meinem Sitzplatz und trat mit klopfendem Herzen Adrians Eltern, Gino und Lucia Falconelli, entgegen.
Wir standen gemeinsam im Eingangsbereich des großzügigen Wohnzimmers, als Adrian schließlich neben mich trat und mir mit besitzergreifender Geste einen Arm um meine Schulter legte. Er zog mich zärtlich dichter an sich heran, lächelte liebevoll zu mir hinunter und sagte dann mit deutlich hörbarem Stolz in seiner wohlklingenden Stimme:
Cara Mamma, mio caro Babbo, darf ich Euch Sarah vorstellen, meine Lebenspartnerin. Sarah, Adrian deutete mit einer förmlichen Handbewegung auf seine Eltern, *miei genitori Gino und Lucia Falconelli.*
Es war ein überaus herzlicher Empfang. Adrians Mutter, eine kleine rundliche Mittsechzigerin mit graumeliertem, adrett frisiertem Haar und überaus liebenswertem Gesicht, begrüßte mich überschwänglich und drückte mich herzlich an ihren überdimensionalen Busen.
Adrians Vater, Ende sechzig, mittelgroß und noch immer ebenso gut aussehend wie Adrian selbst, mit den gleichen, schelmisch funkelnden braunen Augen, küsste mir charmant zur Begrüßung die Hand. Ich war

überwältigt von all der Herzlichkeit, die mir diese fremden Menschen entgegenbrachten und strahlte gemeinsam mit Adrian um die Wette.

Nachdem wir alle am gedeckten Tisch im Essbereich von Adrians Penthouse Platz genommen und Adrian uns mit Getränken versorgt hatte, begannen wir ein unverfängliches Gespräch mit den üblichen Themen eines ersten Beschnupperns.

Adrian schien seinen Eltern noch nicht allzu viel von uns erzählt zu haben, oder aber sie gaben sich betont unwissend, denn sie reagierten überaus verzückt, als sie erfuhren, dass auch ich Medizinerin war.

Es war eine sehr angenehme Atmosphäre und ich fühlte mich sofort wohl im Kreise von Adrians Eltern.

Nach etwa einer halben Stunde stand Adrian auf, um das vorbereitete Essen zu servieren. Er hatte darauf bestanden, uns alleine zu bekochen, als ich ihm meine Hilfe diesbezüglich angeboten hatte.

Als typisch italienische Vorspeise hatte Adrian für uns Bruscetta mit Tomate und Mozzarella vorbereitet. Als Hauptgang gab es anschließend Scaloppine al limone mit Steinpilzrisotto und als Nachtisch servierte Adrian uns noch Kirschen Panna Cotta. Es schmeckte einfach phantastisch und ich war völlig überwältigt von Adrians Kochkünsten. Auch seine Eltern überschütteten ihn mit Lob über das gelungene Essen. Adrian bekam daraufhin vor Freude ganz rote Ohren und strahlte übers ganze Gesicht.

Am späten Abend verabschiedeten sich Adrians Eltern von uns und versprachen, dass wir solche Zusammenkünfte nun öfter wiederholen würden.

Ich half Adrian anschließend noch beim aufräumen. Als ich gerade die benutzten Teller in der Küche in die Spülmaschine räumen wollte, trat Adrian hinter mich, legte mir besitzergreifend beide Arme um die Hüften und ließ seinen Kopf auf meiner Schulter ruhen.

Ich möchte Dir für diesen wunderschönen Abend danken, Sarah. Grazie tanto, mio bella.

Ich drehte mich langsam zu ihm um, schlang meine Arme um seinen Hals und küsste ihn lange und zärtlich.

Ich habe zu Danken. Du hast so liebenswerte Eltern, Adrian. Eine derart herzliche Familie wie Euch habe ich noch nie kennen gelernt.
Adrians Miene wurde plötzlich erst und er trat einen kleinen Schritt zurück und ergriff feierlich meine Hände.

Sarah, ti amo, ich liebe Dich und ich wünsche mir nichts sehnlicher, als dass wir noch viel mehr Zeit miteinander verbringen. Kannst Du Dir vorstellen, mit mir zusammen hier in meiner Wohnung zu leben? Bevor ich auch nur die Chance auf eine Antwort hatte, fuhr er schnell fort, um all meine eventuellen Einwände auch ganz sicher auszuschalten: *Es gibt hier mehr als genug Platz für uns beide. Ich könnte Dir zudem ein eigenes Arbeitszimmer einrichten, wo Du Dich, wenn Du möchtest, auch mal zurückziehen kannst.*
In seinem Blick lag soviel Zuneigung und Liebe, dass mir bei seinen Worten fast die Tränen in die Augen stiegen.

Möchtest Du in Zukunft hier, an meiner Seite leben, Sarah?
Ja, das will ich. Eine Freudenträne lief mir über die Wange und Adrian küsste sie zärtlich weg.

Ti amo, Adrian Falconelli. Meine Stimme war nur noch ein heiseres Flüstern, so bewegend war dieser Moment für mich. Adrian schloss mich leidenschaftlich in die Arme und auch er konnte seine Freudentränen nicht länger zurückhalten.

In dieser Nacht blieb meine Wohnung leer.

Nach kurzer Zeit hatte ich mich dann endgültig für Adrian entschieden und meine Zweizimmerwohnung in Sachsenhausen fristgerecht gekündigt. Der Umzug gestaltete sich völlig unproblematisch, zumal ich Gott sei Dank nicht zu den Menschen gehörte, die selbst den nutzlosesten Dingen noch irgendetwas Brauchbares abringen konnten.
Ich besaß weder Keller noch Dachboden, wo sich sinnloser Plunder hätte aufstauen können und somit war mein Besitz an persönlichen Gegenständen relativ überschaubar.

Das Appartement hatte ich damals möbliert übernommen und somit passte der Rest meiner Habseligkeiten, der überwiegend aus Fachliteratur, etwas Geschirr und einigen Klamotten bestand, in einigen wenigen Umzugskartons verpackt, in den Kofferraum meines Geländewagens und der Umzug war mitsamt Zusammenpacken innerhalb von sechs Stunden erledigt.

Adrian hatte Wort gehalten, seine eigenen Sachen zusammen geräumt und mir das freigewordene Zimmer in seiner Wohnung als Arbeitszimmer zur Verfügung gestellt. Er hatte mir sogar einen modernen Schreibtisch und einen überaus bequemen Bürostuhl geschenkt. Ich war total aus dem Häuschen.

Damit Du als Fachärztin zukünftig noch standesgemäß Deine Doktorarbeit fertig stellen kannst, hatte er mir liebevoll ins Ohr geflüstert, als er die Zimmertür öffnete und mir mein neues Reich präsentierte. In der Tat befand ich mich mitten in den Vorbereitungen zum Abschluss meiner Dissertation. Während des Studiums war mir dieser Titel noch nicht so wichtig erschienen, doch im Laufe der Zeit bekam er doch immer größere Bedeutung für mich. Er war einfach ein gewisses Prestigeobjekt, das ich nun endlich erlangen wollte, um meinen bisherigen beruflichen Erfolg zu vervollständigen.

Ich fiel Adrian überglücklich in die Arme. Es kam mir vor, als wäre ich am Ende einer langen Reise angekommen. Mit Adrian hatte ich endlich einen Partner an meiner Seite, der es akzeptierte, dass ich mich in meinem Herzensberuf verwirklichen wollte. Der mich sogar tatkräftig dabei unterstützte und zudem selbst ebenfalls mit beiden Beinen fest im Leben stand.

Sogar die zweifelnden Blicke und skeptischen Äußerungen des Praxisteams hatten mittlerweile nachgelassen. Auch sie schienen endlich begriffen zu haben, dass Adrians Beziehung zu mir nicht nur ein vergängliches Strohfeuer war, sondern sich zu einer festen Partnerschaft manifestierte.

5

Die nächsten Monate vergingen wie im Fluge. Ich hatte mich häuslich in Adrians Wohnung am Westhafen Frankfurts eingerichtet und fühlte mich in seiner Gesellschaft ausgesprochen wohl. Außerdem lernte ich durch ihn in dieser Zeit ein völlig neues Leben kennen. Adrian war schon immer ein absoluter Lebemann gewesen. Jedes Wochenende standen daher entweder eine Cocktailparty, ein Wirtschaftsball oder eine Galaveranstaltung auf unserem gemeinsamen Terminkalender.

Er entführte mich in eine völlig fremde, glitzernde und schillernde Welt. Urplötzlich war ich umgeben von Prominenz und Wirtschaftsgrößen, für mich eine riesige Herausforderung.

Manchmal kam ich mir fast schon vor wie Aschenputtel im Märchen, wenn ich in einem schönen Abendkleid gemeinsam mit Adrian im Smoking in einem Ballsaal Walzer tanzte oder mir Menschen, denen ich noch nie zuvor begegnet war, einen Begrüßungskuss auf die Wange hauchten, bloß, weil ich Adrians Begleitung war, und er selbst zu ein festen Teil dieser Gesellschaft zählte.

Ich lernte eine Menge sehr liebenswerte, aber auch genauso viele versnobte Leute kennen, doch ich persönlich hatte nach wie vor gewisse Schwierigkeiten, mich in diese neue Gesellschaftsform einzupassen. Meine Eltern waren zwar zu ihren Lebzeiten selbst auch wohlhabend gewesen, von diesen Kreisen hatten sie sich allerdings stets ferngehalten. Sie waren immer sehr bodenständig, was man von manchen Freunden Adrians leider jedoch nicht behaupten konnte.
Und trotzdem fand ich Gefallen an diesem neuen Leben mit all seinen schillernden Facetten.

Adrian genoss es sichtlich, mich als seine feste Partnerin zu präsentieren. Er erntete dafür anerkennende Blicke aus der ihn umgebenden Männerwelt, wohingegen ich oft abschätzende Musterungen und neidische Sticheleien des weiblichen Geschlechts hinnehmen musste, die es mir offensichtlich teilweise sehr übel nahmen, dass ein Mann wie Adrian durch mich auf dem hart umkämpften Single-Markt nun nicht mehr verfügbar war.

Natürlich ließ es sich auch die ein oder andere Dame trotz meiner Präsenz nicht nehmen, sich vor meinen Augen an Adrians Hals zu werfen. Doch dieser erstickte solche Annäherungen stets bereits umgehend im Keim, um nur kein falsches Bild bei mir aufkommen zu lassen.

Ich selbst tröstete mich gegen solche gemeinen Attacken damit, dass Adrian sich bewusst für mich entschieden hatte, obwohl er diese Art Frauen bereits schon lange vor mir kannte.

In dieser Zeit stand ich auf der Sonnenseite des Lebens. Adrian trug mich auf Händen, er überhäufte mich mit Komplimenten und gab mir das Gefühl, endlich angekommen zu sein. Ich war ein wichtiger Teil seines Lebens geworden, den er nicht mehr hergeben wollte, wie er immer wieder glaubhaft betonte.

Er überraschte mich an meinem Geburtstag mit zwei Karten für die Alte Oper Frankfurt. Zur Aufführung kam die Zauberflöte von Wolfgang Amadeus Mozart, einem meiner liebsten Klassik-Komponisten.

Ich hatte dieses wundervolle Stück bereits vor vielen Jahren schon einmal angesehen und war vor allem von den beiden Arien der Königin der Nacht sehr angetan. Adrian hatte ein ausgezeichnetes Gespür für meinen Geschmack und mit den beiden Eintrittskarten voll ins Schwarze getroffen. Ich freute mich riesig auf diesen Abend.

Es herrschte, wie erwartet, dichtes Gedränge im Foyer des Opernhauses, denn die Vorstellung war nahezu ausverkauft. Adrian, der in seinem schwarzen Smoking wie immer umwerfend gut aussah, hielt mir, ganz italienischer Gentleman, seinen Arm entgegen, damit ich mich bei ihm einhaken konnte und nicht in den Menschenmassen verloren ging.

Ich musste mich ständig darauf konzentrieren, nicht auf den Saum meines langen Chiffonkleides zu treten. Adrian hatte sich vor Komplimenten fast überschlagen, als ich in diesem Traum aus schwarzen, wallenden Stoffen aus unserem gemeinsamen Schlafzimmer geschwebt kam.

Unsere Sitzplätze boten uns einen phantastischen Blick auf die Bühne und ich wartete, dicht an Adrian gekuschelt, gespannt auf den Beginn der Vorstellung.

Dies wird ein ganz besonderer Abend werden, raunte Adrian mir mit einem geheimnisvollen Augenzwinkern ins Ohr und drückte kurz meine Hand, die er die ganze Zeit fest umschlungen in der seinen hielt.

Ich blickte ihn verblüfft an und wollte gerade neugierig fragen, was er damit meinte, doch in diesem Moment setzte das Orchester ein und mit der Ouvertüre begann die Aufführung der Zauberflöte.

Es war eine hervorragende Darbietung mit stimmgewaltigen Sängern und tollen Bühnenbildern. Die Oper handelt von einem jungen Prinzen, Tamino, der in Begleitung des Vogelfängers Papageno im Auftrag der Königin der Nacht deren durch den bösen Fürsten Sarastro entführte Tochter Pamina retten soll.

Doch natürlich ist am Schluss alles anders als man zu Beginn glaubt, denn der Fürst ist letztendlich der Gute und die Königin der Nacht die Böse. Als Höhepunkt wird sie dann im zweiten Akt vernichtet. Tamino ist schlussendlich glücklich vereint mit seiner Pamina und auch für Papageno findet sich noch das passende Weibchen, Papagena.

Kurz vor Ende der Vorstellung beugte sich Adrian zu mir herüber und flüsterte: *Ich bin gleich wieder da.* Durch ärgerliches Kopfschütteln meinerseits bedeutete ich ihm eindringlich, bei mir zu bleiben, da das Ende der Veranstaltung schon fast in greifbarer Nähe war. Doch Adrian war bereits aufgestanden und verließ seinen Sitzplatz, ohne sich noch einmal nach mir umzusehen. Leise vor mich hin grollend, versuchte ich mich wieder auf das Geschehen auf der Bühne zu konzentrieren.

Die Minuten verstrichen, doch Adrian blieb beharrlich verschwunden. Unruhig, und mittlerweile sogar deutlich mehr als nur leicht verstimmt, rutschte ich auf meinem Platz hin und her.

Wo zum Kuckuck steckte dieser Mann bloß?, fragte ich mich immer wieder. Gleich würde die Aufführung zu Ende sein und ich würde mir dann, wenn er nicht in den nächsten Minuten noch auftauchte, wohl oder übel alleine meinen Weg durch die nach draußen strömenden Menschenmassen bahnen müssen, um zu unserem Auto in der Tiefgarage zu gelangen und dort auf ihn zu warten.

Na warte, der kann was erleben, wenn ich ihn erst in die Finger kriege.
In Gedanken malte ich mir bereits in bunten Bildern aus, wie ich Adrian später gehörig die Meinung bezüglich seines unglaublichen Verhaltens sagen würde.

Als schließlich der Schlussakkord erklang und der Vorhang fiel, kochte ich schon fast vor Wut. Die Zuschauer jubelten begeistert, alle außer mir natürlich, und klatschten Beifallsstürme. Der Vorhang erhob sich noch einmal und sämtliche Darsteller standen im Halbkreis auf der Bühne und verbeugten sich vor der donnernden Applaus spendenden Menschenmasse. Ich war total frustriert darüber, derart im Stich gelassen worden zu sein und konnte mich auch von dem euphorischen Publikum um mich herum nicht mitreißen lassen.

Plötzlich trat Tamino, der Königssohn, aus dem Kreis heraus auf den Bühnenrand zu, ein Mikrofon in der Hand. Die Menge verstummte verwundert, es wurde auf einmal mucksmäuschenstill im Saal.

Meine sehr verehrten Damen und Herren, es ist mir eine überaus große Freude, Ihnen zum Abschluss unserer heutigen Vorstellung eine Überraschung zu präsentieren. Er machte eine gekonnte, kleine Pause, um die Spannung zu erhöhen, bevor er fortfuhr: *Es ist jemand mit einem außergewöhnlichen Wunsch an die Hausleitung und unser Ensemble herangetreten. Einen Wunsch, den wir alle hier mit dem größten Vergnügen erfüllen möchten. Ich bitte um Ihre geschätzte Aufmerksamkeit, verehrtes Publikum......*

Tamino machte eine ausschweifende Handbewegung und der Halbkreis der Darsteller teilte sich plötzlich in der Mitte. Ich hatte den spannungsgeladenen Worten des Königssohnes, wie die Zuschauer um mich herum auch, gebannt gelauscht und wartete nun mit klopfendem Herzen, was als nächstes passieren würde. Meinen untreuen Begleiter Adrian hatte ich in diesem Augenblick vollkommen vergessen.

Ein einzelner Spot beleuchtete eine männliche Person, die nun durch den Halbkreis trat und, ebenfalls ein Mikrofon in der Hand, zielstrebig auf Tamino zusteuerte.

Mein Herz setzte vor Schreck eine Sekunde aus, als ich die Person schließlich erkannte. Neben Tamino stand..... *Adrian?!*
Ungläubig starrte ich auf die Bühne hinauf. Was um alles in der Welt hatte dies wohl zu bedeuten?

Adrian stand selbstbewusst neben dem hübschen Prinzen und blickte vielsagend lächelnd in die Menge. Er sah so aus, als wäre seine Anwesenheit dort oben auf der Bühne das natürlichste auf der Welt, nicht ein Funken Nervosität war in seinen Bewegungen zu erkennen.

Mit ruhiger Stimme und seinem charmanten italienischen Akzent begann er schließlich würdevoll seine sorgfältig vorbereitete Rede:

Verehrtes Publikum, zunächst einmal möchte ich mich bei der Leitung dieses Hauses bedanken, dass sie es ermöglicht hat, dass ich heute hier oben stehen darf, um mein Anliegen vorzutragen. Verzeihen Sie mir bitte vorab, dass ich Sie alle als Zeugen in meiner Sache heranziehe. Aber noch wichtiger wird gleich sein, dass Sie auch Zeuge jener Antwort werden, auf eine Frage, die ich einem ganz besonderen Menschen stellen möchte, der mir im Laufe der letzten Monate zum Wichtigsten geworden ist, was ich auf der Welt besitze. Er deutete plötzlich mit der Hand auf mich und ein anderer, weiterer Spot folgte seiner Geste unvermittelt und tauchte meinen Sitzplatz, und somit auch mich, in gleißendes, grelles Licht. Alle Köpfe wandten sich sofort zu mir herüber und ich wünschte mir instinktiv ein Mauseloch herbei, in dem ich augenblicklich von dieser Erde verschwinden konnte.

Doch das ersehnte Mauseloch war natürlich, wie immer, wenn man es brauchte, weit und breit nicht in Sicht und so blieb mir nichts anderes übrig, als Adrians Einladung, zu ihm auf die Bühne zu kommen, Folge zu leisten.

Nachdem Adrian ein zärtliches: *Sarah, kommst Du bitte zu mir* ins Mikro gehaucht hatte, stand ich unter dem Jubel der Menge mit zitternden Knien auf und steuerte auf den Seitenaufgang zu Bühne zu. Der helle Lichtkegel des Scheinwerfers wies mir schließlich den Weg hinauf, direkt an Adrians Seite.

Sekundenlang standen wir uns regungslos gegenüber und ich war mir der vielen hundert Augenpaare, die in diesem Moment auf uns beiden ruhten und das weitere Geschehen gespannt erwarteten, nur allzu deutlich bewusst.

Noch nie zuvor hatte ich in der Öffentlichkeit vor so vielen Menschen gestanden. Meine Nervosität ließ fast keinen klaren Gedanken zu, mein Herz raste unaufhörlich und ich hatte klamme, eiskalte Hände. Doch Adrian schien sich daran nicht zu stören. Er lächelte mich voller Zuneigung an, kniete sich plötzlich vor mir nieder und sagte schließlich feierlich, mit fester, klarer Stimme:

Meine liebe Sarah, ich weiß, dass ich Dich in diesem Augenblick hier völlig überrasche, doch ich möchte, dass alle Menschen dort draußen wissen, dass Du die einzige Frau bist, mit der ich in Zukunft mein Leben teilen möchte. Er machte eine kurze Pause, um seinen Worten Nachdruck zu verleihen.

Du hast immer an mich geglaubt, Dich auch nicht von meiner wilden Vergangenheit abschrecken lassen und mich letztendlich wohl zu einem besseren Menschen gemacht. Er lächelte zu mir herauf. *Dafür möchte ich Dir danken. Du hast direkt in meine Seele gesehen und deswegen liebe ich Dich über alles.*

Mit seiner rechten Hand zog er eine kleine Schachtel aus seiner Jackett-Tasche. Er öffnete sie und zum Vorschein kam ein goldener Ring mit einem kleinen Diamanten in der Mitte. Mit nun doch leicht zitternden Fingern nahm er den Ring heraus und hielt ihn mir entgegen.

Sarah, im Beisein der hier anwesenden Menschen möchte ich Dich nun fragen: Willst Du meine Frau werden?

Die Menge brach unvermittelt in Jubelschreie aus, verstummte dann aber genauso schnell wieder, als ihnen klar wurde, dass meine Antwort ja noch fehlte. Ich hatte das Gefühl, als würden hunderte Augenpaare in diesem Augenblick gebannt an meinen Lippen heften.

Eine Freudenträne sammelte sich in meinem Augenwinkel, lief über und kullerte über mein Gesicht. Ich musste mich kurz räuspern, bevor ich Adrian, und allen im Saal wartenden Menschen schließlich meine klare, deutliche Antwort gab:

Ja, ich will.

Meine Stimme klang fest und entschlossen und Adrian erhob sich unvermittelt und schloss mich erleichtert in die Arme. Das Publikum war regelrecht außer sich und spendete minutenlangen Beifall. Ich löste mich schließlich aus Adrians Umarmung und streckte ihm einladend meinen linken Ringfinger entgegen, damit er mir endlich meinen Verlobungsring anstecken konnte. Dabei flüsterte ich ihm zärtlich ins Ohr: *Du bist tatsächlich vollkommen verrückt, doch dafür liebe ich Dich umso mehr.*

Unter dem Jubel der Massen verließen wir die Bühne und nahmen anschließend im Foyer gefühlte tausend Glückwünsche entgegen. Adrian und ich strahlten miteinander um die Wette, dies war für uns beide der bisher wohl schönste Tag unseres Lebens.

6

Die Nachricht über unsere Verlobung verbreitete sich erwartungsgemäß wie ein Lauffeuer. Die Kollegen in der Praxis klopften Adrian anerkennend auf die Schulter und beglückwünschten ihn, dass er endlich doch noch bodenständig geworden sei und eine sehr gute Wahl mit mir getroffen hätte. Die ganze Praxis schien an den Hochzeitsvorbereitungen teilhaben zu wollen, schließlich war es das erste Mal, dass sich zwei Kollegen das Jawort geben würden.

Da diese Hochzeit für uns beide die erste und natürlich auch einzige sein sollte, planten wir ein üppiges Fest und die Liste der zu ladenden Gäste wurde länger und länger.

Ich hatte immer schon von einer Märchenhochzeit geträumt und Adrian war fest entschlossen, diesen Traum für mich wahr werden zu lassen. Leonie, die ich mittlerweile meine beste Freundin nannte, hatte ich dazu auserwählt, mich bei der Suche nach meinem Traumbrautkleid zu unterstützen.

An einem Samstagmorgen zogen wir beide los. Doch es war von Anfang an klar, dass dies kein leichtes Unterfangen werden würde, da ich konkrete Vorstellungen von meinem Traum in Weiß hatte. Adrian blieb natürlich zuhause, er wollte einige Schreibarbeit für die Praxis erledigen, die in den letzten Tagen aufgrund der vielen Termine liegen geblieben war.

Leonie und ich trafen uns in einem Café in der Frankfurter Fressgass. Zu Beginn unserer Tour wollten wir erst noch gemeinsam ausgiebig frühstücken.

Hey Sarah, bist Du schon genauso aufgeregt wie ich? Leonie erwartete mich bereits. Ich nahm auf dem freien Stuhl neben ihr Platz und bestellte bei der vorbeilaufenden Bedienung unser Frühstück.

Natürlich. Was denkst Du, wo wir unsere Tour starten sollten? Vielleicht in dem kleinen Laden hier um die Ecke? Der wurde mir als Geheimtipp letzte Woche auf einer Cocktailparty empfohlen.

Gute Idee. Leonie nickte zustimmend, d*och zuerst essen wir jetzt mal was Ordentliches, ich sterbe gleich vor Hunger.*
Mit einem prüfenden Blick auf Leonies weibliche Formen erwiderte ich trocken: *Ganz sicher. Du siehst wirklich aus, als würdest Du jeden Moment vom Fleisch fallen.*
Während des Essens plauderten wir aufgekratzt über die Planungsfortschritte des Festes und was noch alles erledigt werden musste. Leonie versprach, mir die eine oder andere Sache abzunehmen und schrieb eifrig in ihre to-do-Liste.

Nach der Stärkung winkte ich die Kellnerin herbei und bat um die Rechnung. Leonie zückte sogleich ihre Geldbörse, doch ich hielt sie am Arm zurück. *Lass bitte stecken, Leonie, Du bist natürlich eingeladen.*
Ich kramte in meiner Handtasche nach dem Geldbeutel, doch dieser war nirgends zu finden. *Mist!* entfuhr es mir etwas zu laut.
Leonie blickte mich fragend an. Ich schüttelte genervt den Kopf. *Ich hab tatsächlich mein Portmonee zuhause liegen gelassen. So was Blödes kann aber auch nur mir passieren,* schimpfte ich überaus verärgert über meine eigene Schusseligkeit.
Leonie winkte entschieden ab: *Komm schon, ist doch kein Problem. Ich übernehme das natürlich.* Sie legte ihre Kreditkarte auf den Tisch.
Steck bloß Dein Plastikgeld wieder weg. Das kommt überhaupt nicht in Frage. Ich hatte mich bereits vom Tisch erhoben und war im Begriff zu gehen. *Bestell Du Dir noch einen Latte Macchiato, ich düse derweil schnell nach Hause und hole meinen Geldbeutel. Schließlich kann ich ja auch nicht ohne Geld zu meinem Traumkleid kommen.* Leonie schmunzelte amüsiert. Ich schnappte mir schnell noch meine Handtasche, hastete eilig zu meinem Wagen zurück, den ich nur wenige Gehminuten entfernt im Parkhaus der Alten Oper abgestellt hatte, und fuhr zurück zum Westhafen.

Knapp fünfzehn Minuten später stand ich, durch die ganze Hetzerei ein wenig außer Atem, vor unserer Wohnungstür. Um Adrian nicht bei der Arbeit zu stören, verzichtete ich auf das klingeln und kramte stattdessen in meiner Tasche nach dem Wohnungsschlüssel. Ich öffnete leise die

Tür und spähte zur Garderobe an der Wand gegenüber. Die verflixte Geldbörse lag tatsächlich seelenruhig auf dem Beistelltisch.

Da bist Du ja, Du blödes Ding. Wegen Dir muss ich nun eine halbe Stunde durch Frankfurt hetzen. Leise vor mich hin schimpfend ergriff ich den Lederbeutel...

...und erstarrte.

Durch die halb offene Schlafzimmertür am Ende des Flures drangen gedämpfte Stimmen zu mir herüber, verhaltenes Kichern, leises Stöhnen. Ich zog umständlich meine Schuhe aus und schlich anschließend auf Zehenspitzen den Flur entlang in Richtung der Geräusche. Tausend Dinge schossen mir in diesem Moment gleichzeitig durch den Kopf.

An der Schlafzimmertür angekommen späte ich durch den Türspalt zu unserem großen Doppelbett herüber, aus dem die eindeutigen Geräusche kamen.

Ich kann im Nachhinein gar nicht mehr sagen, was ich in diesem Augenblick alles empfand oder auch nicht.

Ich stand sekundenlang wie versteinert da und blickte auf Adrian herab, der sich mit einer, mir unbekannten, dunkelhaarigen jungen Frau in unserem gemeinsamen Bett vergnügte. Er schien mich noch gar nicht bemerkt zu haben, sosehr war er in sein exzessives, heißes Liebesspiel vertieft.

Eine Weile starrte ich völlig regungslos auf das Bild hinunter, das sich mir da gerade vor meinen Augen bot. Dann endlich ging ein Ruck durch meinen Körper und befreite mich aus meiner bestehenden Fassungslosigkeit. Ich holte tief Luft und fragte, mit einem Mal völlig ruhig:

Hallo, störe ich Euch etwa?

Adrians Kopf schoss panisch in die Höhe. Völlig verwirrt drehte er sich zur Tür herüber, sah mich dort im Türrahmen stehen und wurde augenblicklich kreidebleich im Gesicht. Seine Sex-Gespielin zog sich bei meinem unerwarteten Anblick mit einem spitzen Aufschrei die Bettdecke über ihren nackten Busen. Adrian rappelte sich umständlich hoch, sein Mund stand vor Schreck weit offen und er stotterte:

Sarah, w...w...was machst Du denn schon hier? D...Du...Du bist doch mit Leonie unterwegs, ich, ich meine, Du wolltest doch............?

Mich überkam ein plötzliches Schwindelgefühl und ich musste mich kurz am Türrahmen festhalten. Mein Puls raste und ich hörte das Pochen meines Herzens in meinen Ohren. Meine Hände begannen zu zittern und es kostete mich unsagbar viel Kraft, Haltung in dieser abstrakten Situation zu bewahren.

Meine Hände ballten sich instinktiv zu Fäusten. Ich schluckte mehrmals trocken und zwang mich innerlich zur Ruhe. Nach kurzem Schweigen hatte ich mich wieder einigermaßen unter Kontrolle und antwortete langsam und mit eisiger Stimme:

Du verlogener Mistkerl. Ich spuckte ihm die Worte regelrecht vor die Füße. *Und ich hab Dir vertraut!* Fassungslos schüttelte ich den Kopf und schloss kurz die Augen, bevor ich schließlich, immer lauter werdend, fortfuhr. *Ich hab Dich geliebt, Adrian, doch in Deinen Augen war ich wohl wieder einmal nichts weiter, als eine zusätzliche Trophäe in Deiner verdammten Weibersammlung.* Meine Stimme überschlug sich nun fast vor Wut. *Was bist Du nur für ein verachtenswertes Subjekt, Adrian Falconelli. Fahr zur Hölle mitsamt Deinem..... billigen Flittchen.*

Ich machte auf dem Absatz kehrt und stürzte den Flur entlang in Richtung Ausgang. Adrian hatte sich inzwischen aus dem Bett gekämpft, schlang sich die leichte Bettdecke um seine nackten Hüften und rief vergebens hinter mir her:

Sarah, ...mein Gott warte doch, ...ich kann Dir alles erklären. .....Es, es ist nicht so, wie Du denkst. Sarah, ...so bleib doch stehen!

Hektisch, ja fast panisch schlüpfte ich in meine Schuhe, ergriff meine Handtasche, riss die Wohnungstür auf und stürmte fluchtartig hinaus ins Treppenhaus. Die Tür fiel krachend hinter mir ins Schloss und Adrians Rufen verstummte abrupt.

Tränenströme liefen unkontrolliert über mein Gesicht, als ich die Tiefgarage erreichte. Mit verschleiertem Blick fand ich schließlich nach kurzer Suche meinen Wagen, stieg ein, startete den Motor und verließ Hals über Kopf diesen Ort der unvorstellbaren Demütigung.

Ich fuhr ziellos umher, unfähig, auch nur einen einzigen, klaren Gedanken zu fassen. Meine bis dato heile, friedliche Welt mit einer ach so perfekten, harmonischen Zukunft war von einer Sekunde auf die Nächste vollständig aus den Fugen geraten.

Am späten Nachmittag hielt ich endlich an einem kleinen Hotel vor den Toren der Stadt. Ich parkte meinen Wagen auf dem Schotterparkplatz vor dem Eingang und mietete mich spontan für eine Nacht dort ein.

Die Rezeptionistin, eine freundliche ältere Dame, sah mich mitleidvoll an, als ich, noch immer völlig aufgelöst, durch die Eingangstür der schlichten Herberge trat. Ich musste einen jämmerlichen Eindruck auf sie gemacht haben, wie ich tränenüberströmt und ohne Gepäck vor ihr stand. Sie gab mir ein gemütliches und sauberes Zimmer und lud mich anschließend auf Kosten des Hauses zu einem kleinen Abendessen ein. Dies lehnte ich jedoch dankend ab. Das Allerletzte, was ich an diesem Tag noch wollte, war etwas zu Essen und in fürsorglicher Gesellschaft der netten Frau über meine Probleme zu plaudern.

Statt dessen zog ich mich auf mein Zimmer zurück und ließ meinen Tränen erneut freien Lauf. Irgendwann fiel ich vollkommen erschöpft in einen unruhigen Schlaf.

Am nächsten Morgen erwachte ich völlig gerädert. Meine Augen waren vom Weinen zugeschwollen und mein Gesicht aufgedunsen und gerötet. So wollte und konnte ich mich unter keinen Umständen in der Öffentlichkeit zeigen.

Ich rief an der Rezeption meiner Unterkunft an und verlängerte meinen Aufenthalt, zu meiner großen Erleichterung absolut unbürokratisch, um weitere zwei Nächte. Schließlich hatte ich keine eigene Wohnung mehr. Wo sollte ich denn nun auf die Schnelle hin, nach dem Desaster mit Adrian.

Es klopfte an die Tür und als ich öffnete, stand die nette Dame von der Rezeption mit einem Frühstücks-Tablett vor mir. Der Duft des frisch aufgebrühten Kaffees waberte einladend durch mein Zimmer und hinterließ einen wohligen Geruch. Die Frau, sie war bereits älteren Semesters und hatte viele, sympathisch wirkende Lachfältchen in ihrem rosigen Gesicht, zwinkerte mir freundlich zu und stellte das Tablett auf dem kleinen Schreibtisch neben dem Fenster ab. Beim verlassen das Zimmers drehte sie sich noch einmal zu mir um und raunte mir, dabei verständnisvoll nickend, zu:

Kindchen, glauben Sie mir eins: Kein Mann ist es wert, sich derartig die Nerven zu ruinieren. Es gibt so viel wichtigere Dinge im Leben und Sie haben ihr ganzes Leben doch noch vor sich. Also, Kopf hoch, Augen zu und durch. Sie schaffen das schon.

Sie lächelte mir noch einmal aufmunternd zu und verschwand anschließend im dunklen Hotelflur. Ich stand regungslos mitten im Raum und ihre tröstenden Worte hallten in meinen Ohren wider.

Ich ging schließlich zurück zum Bett, setzte mich mit hochgezogenen Beinen darauf, schlang beide Arme um meine Knie und begann wieder und wieder über diese ständig gleichen Fragen zu grübeln.

Warum war ich bloß auf Adrian hereingefallen?

Warum hatte ich all die Warnungen in den Wind geschlagen?

Ich hätte doch wissen müssen, dass etwas Wahres daran sein musste.

Vielleicht war dieser Mann wirklich beziehungsunfähig?

Hatte er mir das Ganze tatsächlich nur vorgespielt?

Nein, dass wollte ich nicht glauben, aber warum war das gestern dann passiert?

Erneut sah ich das Bild vor mir, was sich mir geboten hatte, als ich an der Tür zu unserem Schlafzimmer stand und wieder spürte ich diesen tiefen Schmerz, als würde mir jemand mit einem glühenden Eisen mitten ins Herz stechen. Ein ganzes Jahr meines Lebens hatte mich dieser Mann offensichtlich zum Narren gehalten und an der Nase herumgeführt.

Und immer wieder kreisten meine Gedanken beharrlich um diese eine Frage: WARUM???

Als es bereits dämmerig wurde, erwachte ich schließlich aus meiner Lethargie. Das Frühstückstablett stand noch immer unberührt auf dem Schreibtisch. Ich raffte mich auf, ging ins Bad, um mich ein wenig frisch zu machen und nahm mir anschließend eines der Croissants von schön angerichteten Tablett, um appetitlos darauf herumzukauen. Nach drei Bissen legte ich es wieder zurück und setzte mich erneut aufs Bett. Was sollte ich als nächstes tun? Ich konnte mich hier nicht ewig verstecken. Ich brauchte dringend eine neue Bleibe, meine Sachen aus Adrians Wohnung und einen neuen Job. Denn eins war wir zwischenzeitlich klar geworden, in diese Praxis würde ich keinen Fuß mehr hineinsetzen.

Mein Kartenhaus war unvermittelt zusammengestürzt, ich stand vor dem großen Scherbenhaufen meiner einstmals glücklichen und ach so erfolgversprechenden Zukunft.

Ich überlegte Stunde um Stunde, wie es weitergehen sollte. Eines stand in jedem Fall und ganz klar für mich fest: Niemals mehr wieder würde ein Mann noch einmal die Chance auf einen Platz in meinem Herzen bekommen. Diese schrecklichen Gefühle würde ich nicht noch ein einziges Mal in meinem Leben durchmachen, das schwor ich mir.

Statt dessen würde ich mich nun ganz und gar auf meine berufliche Karriere konzentrieren. Vielleicht würde ich eine Stelle in einer Klinik annehmen. Ich könnte mich dort hocharbeiten, am Besten bis zur Chefärztin und endlich meine Dissertation beenden. Die Freude an meinem Beruf war alles, was mir noch geblieben war und darauf, und auf nichts anderes mehr, würde ich nun mein neues Leben aufbauen. Eine Zukunft gänzlich ohne Männer und ihre gemeinen Lügen und hinterhältigen Intrigen

Mit dem Gedanken, endlich einen kleinen Lichtblick am Horizont erspäht zu haben, schlief ich erschöpft ein.

Als ich am nächsten Morgen erwachte, fühlte ich mich bereits etwas besser. Meine Lebensgeister kehrten langsam zu mir zurück und ich machte mich nach einer ausgiebigen, belebenden Dusche auf, um im hoteleigenen Restaurant mein Frühstück einzunehmen. Die nette Dame von der Rezeption lächelte mich wohlwollend an, als sie mich die Treppe herunterkommen sah und ich lächelte schüchtern zurück.

Der Frühstücksraum war leer, ich war der einzige Gast um diese Zeit und das Buffet war noch immer vollgestopft mit allerlei leckeren Köstlichkeiten.
Ich bediente mich großzügig, denn mittlerweile war ich wirklich hungrig. Nach dem Essen ging ich zur Rezeption zurück und fragte, ob ich im Hotel einen Internetzugang finden könnte. Ich wurde freundlich zu einer Ecke in der Lobby geleitet, in der ein Computer zur kostenlosen Internetnutzung für die Hotelgäste bereitstand.

Ich ließ mich auf dem einfachen Bürostuhl, der vor dem Schreibtisch stand nieder und machte mich im Internet auf die Suche nach einer passenden Stellenausschreibung an einer der zahlreichen Kliniken in Frankfurt und der näheren Umgebung. Aufgrund der positiven Arbeitsmarktlage für Jungmediziner wurde ich innerhalb kürzester Zeit fündig. Ich notierte mir mehrere Kontaktadressen mit Telefonnummer und zog mich anschließend auf mein Zimmer zurück, um in Ruhe zu telefonieren.

Nach zwei Absagen, da die ausgeschriebenen Stellen bereits kurz zuvor besetzt worden waren, hatte ich beim dritten Anruf schließlich den ersten Erfolg. Ich vereinbarte nach kurzer Beschreibung meiner Vita mit der freundlichen Sekretärin für den übernächsten Tag ein Vorstellungsgespräch bei dem Chefarzt der medizinischen Klinik III, Abteilung Kardiologie an dem Klinikum der Johann-Wolfgang-Goethe Universität in Frankfurt.
Mir blieb somit noch ein wenig Zeit, um jemanden zu organisieren, der meine wenigen persönlichen Sachen aus Adrians Wohnung holen konnte. Ich selber würde natürlich keinen Fuß mehr dort hinein setzen, geschweige denn, Adrian noch einmal gegenüberzutreten.

Ich überlegte kurz, wer für diese Aufgabe am besten in Frage kommen könnte und meine Wahl fiel natürlich auf Leonie, die taffe medizinische Fachangestellte aus der Praxis. Leonie besaß den entsprechenden

Schneid, Adrian nach all den schlimmen Ereignissen autoritär genug entgegen zu treten.

Ich wählte mit leicht zitternden Händen ihre Mobiltelefonnummer und hoffte eindringlich, dass sie an ihr Handy ging. Nach kurzem Läuten meldete sie sich tatsächlich.

Ja, hallo?

Hey Leonie, ich bin es, Sarah. Ich holte kurz Luft, damit meine Stimme nicht anfing zu zittern. *Hast Du kurz Zeit für mich?*

Meine Güte Sarah, wo um alles in der Welt steckst Du denn? Leonies Stimme überschlug sich fast vor Aufregung. *Die ganze Praxis ist in heller Aufregung und sucht Dich schon die ganze Zeit. Was ist denn bloß passiert?* Sie war offensichtlich völlig aus dem Häuschen.

Na, was denkst Du denn, was wohl passiert ist? blaffte ich sie mit einem Mal ungehalten an und am anderen Ende der Leitung herrschte verwirrtes Schweigen. Unvermittelt schossen mir nun doch wieder Tränen in die Augen und die Worte sprudelten plötzlich nur so aus meinem Mund heraus: *Dieser verlogene Mistkerl. Mir so was anzutun.* Ich schniefte kurz und fuhr mit weinerlicher, aufgewühlter Stimme fort: *Ach Leonie, ich weiß nicht mehr weiter. Kannst Du bitte vorbeikommen? Ich brauche dringend jemanden, bei dem ich mich ausheulen kann.* Ich schniefte erneut ins Telefon und wischte mir umständlich mit einer Hand die Tränen vom Gesicht.

Natürlich komm ich sofort. Wo bist Du, ich bin gleich da?!

Ich beschrieb ihr das Hotel und nach einer halben Stunde klopfte es polternd an meine Zimmertür. Leonie stürmte wie ein Hurrikan der Kategorie fünf in mein Zimmer, als ich die Türe öffnete und ich fiel ihr erleichtert in ihre ausgebreiteten Arme.

So ein gemeiner Schuft! Leonie schimpfte wie ein Rohrspatz. *Aber glaub mir eins Sarah, der kriegt schon noch seine gerechte Strafe dafür. Doktor Bergmann und die anderen Ärzte haben ebenfalls schon Wind von der Sache bekommen und sind alles andere als begeistert. Der Typ schadet ja der gesamten Praxis mit seinen Eskapaden. Ich habe schon aus verschiedenen Quellen munkeln gehört, dass seine Tage dort bereits gezählt sind.* Sie hielt in ihrem Wortschwall kurz inne, hielt mich auf Armeslänge von sich entfernt und musterte mich eindringlich von oben bis unten. *Mensch Sarah, Du siehst ja völlig elend aus.* Sie schob mich zum Bett hinüber und wir setzten uns dicht nebeneinander.

Aber jetzt erzähl mir erst einmal im Einzelnen, was wirklich passiert ist. Leonie gestikulierte vor Aufregung wild mit ihren Händen. *Du kannst Dir ja denken, dass die Gerüchteküche in der Praxis brodelt, zumal sich Adrian, dieser Mistkerl, noch immer in eisiges Schweigen hüllt.*

Ich musste über ihre emotionalen Ausbrüche unvermittelt lächeln und drückte ihr zum Dank für ihr schnelles Kommen die Hand.

Stockend begann ich schließlich zu erzählen, was mir nach Verlassen des Cafés in unserer gemeinsamen Wohnung am Westhafen ungeheuerlich Demütigendes widerfahren war. Zwischendurch musste ich mich oft unterbrechen, um mir die Tränen vom Gesicht zu wischen und Leonie hörte mir aufmerksam zu und hielt die ganze Zeit über tröstend meine Hand. Als ich geendet hatte, saß sie schweigend da und schaute mich traurig an.

Oh Sarah, das tut mir alles so schrecklich Leid. Ich hätte damals viel intensiver auf Dich einreden sollen, damit Du bloß die Finger von diesem verdammten Typen lässt. Mir war von Anfang an klar, dass das so ein Ende findet. Sie umarmte mich tröstend. *Heul diesem Penner bloß nicht noch mehr Tränen nach. Der ist eh keine einzige davon wert, verstehst Du?!*

Ich schniefte noch einmal und putzte mir ausgiebig die Nase, dann straffte ich endlich die Schultern, nickte Leonie zustimmend zu und antwortete mit fester Stimme: *Du hast Recht Leonie, der ist es wirklich nicht wert.*

Nach kurzer Pause fügte ich leise hinzu: *Ich brauche jetzt allerdings Deine Hilfe. Würdest Du bitte meine Habseligkeiten aus der Wohnung holen und sie hierher bringen? Es sind nicht viele, nur ein paar Klamotten und ein oder zwei Kartons persönliche Dinge. Ich hab Dir eine Liste gemacht und auch aufgeschrieben, wo Du die Sachen findest.* Ich kramte etwas umständlich in meiner Hosentasche und zog einen zerknitterten Zettel hervor.

Vielleicht kann Dir ja Dein Freund dabei helfen, dann geht es schneller. Ich hielt kurz inne und ballte meine Hände demonstrativ zu Fäusten: *Ich möchte Adrian nicht noch einmal gegenüber treten, denn dann kann ich für nichts mehr garantieren.*

Entschlossen erhob ich mich vom Bett, ging hinüber zum Schreibtisch und nahm die dort liegenden Schlüssel. Meine Hand schloss sich um das kühle Metall und ich empfand plötzlich erneut diese tiefe Traurigkeit. Wie um alles in der Welt hatte es nur soweit kommen können? Doch diese Grübelei brachte mich natürlich auch jetzt nicht weiter und so drehte ich mich entschieden um und reichte Leonie den kleinen Schlüsselbund.

Hier sind die Wohnungsschlüssel. Wenn Ihr alles ausgeräumt habt, lass die Schlüssel einfach dort liegen. Ich hielt seufzend inne, bevor ich noch hinzufügte. *Ach Leonie, eine weitere Bitte hab ich noch an Euch: Ich habe auch noch ein paar Sachen in der Praxis auf meinem Schreibtisch, könntest Du die auch gleich mitbringen?*

Ja, natürlich. Leonies Gesichtsausdruck war sehr ernst, als sie fragte. *Was soll ich denn den anderen sagen, wenn sie nach Dir fragen? Die Wahrheit?*

Ich überlegte kurz. *Ich denke, das ist das Beste. Schließlich habe ich nichts verbrochen und warum sollte ich Adrian noch schützen? Nein, erzähl ruhig, was passiert ist. Aber warte,* ich legte eine Hand auf Leonies Arm, die schon im Begriff war, sich von meinem Bett zu erheben, *Doktor Bergmann rufe ich am besten gleich selber an, um ihm mitzuteilen, dass ich nicht länger in seiner Praxis tätig sein kann. Er wird es sicher verstehen und mir keine Steine in den Weg legen.*

Leonie blickte mich traurig an. *Ich verstehe Dich natürlich voll und ganz, dass Du nach dieser Geschichte mit dem Idioten keinen Fuß mehr in die Praxis setzen kannst. Ich für meinen Teil, und ich spreche da im Namen der gesamten Belegschaft, kann nur sagen, wir werden Dich total vermissen.* Eine Träne kullerte ihr plötzlich über die Wange und sie wischte sie schnell mit einer energischen Handbewegung beiseite.

Ich drückte ihr noch einmal zum Abschied voller Dankbarkeit ihre Hand: *Wir bleiben auch weiterhin auf jeden Fall in Kontakt, Leonie. Das verspreche ich Dir.*

Kurze Zeit später machte sich Leonie mit meiner Liste und dem Schlüssel zu Adrians Wohnung auf den Weg.

Ich nahm mein Telefon zur Hand und setzte mich an den Schreibtisch, um Doktor Bergmann anzurufen und ihm meine Entscheidung mitzuteilen. Er war sichtlich bestürzt und untröstlich und machte auch keinen

Hehl daraus, dass das Verhalten Adrians nicht ohne Konsequenzen für ihn bleiben würde. Am Ende des Gespräches wünschte er mir noch alles Gute und versprach, Leonie ein ordentliches Empfehlungsschreiben für mich mitzugeben. Auch ließ er es sich nicht ausreden, persönlich beim Chefarzt der medizinischen Klinik III anzurufen, um meine, seiner Meinung nach außergewöhnlichen Fähigkeiten als Medizinerin anzupreisen.

Er versicherte mir zudem, dass ich mir, zumindest was meine berufliche Zukunft betraf, nicht die geringsten Gedanken machen müsste. Jemanden wie mich würden die Kliniken und auch sämtliche Arztpraxen jederzeit mit Kusshand nehmen.

Nach einer herzlichen Verabschiedung beendete ich schließlich das Gespräch.

Gegen Abend traf Leonie gemeinsam mit ihrem Freund Marco wieder im Hotel ein.

Sie hatte ihren Kombi vollgeladen mit meinen Sachen. An der Rezeption fragte ich nach einer Möglichkeit, die Kisten an einem sicheren Ort aufzubewahren und bekam von der Rezeptionistin einen Schlüssel zu einer kleinen, leeren Abstellkammer in die Hand gedrückt. Dort könne ich die Sachen lagern, bis ich eine neue Bleibe gefunden hätte, sagte sie zu mir. Ich war sehr erleichtert, auch dieses Problem gelöst zu haben.

Zum Dank für ihre Hilfe lud ich Leonie und Marco noch zum Abendessen ein. Da das Restaurant des Hotels an diesem Abend leer blieb, setzten wir uns dort an einen Fenstertisch und bestellten beim Koch zur Feier des Tages ein Überraschungsmenü. Ich wollte mit Leonie und Marco unbedingt auf den Beginn meines neuen Lebensabschnitts anstoßen.

Natürlich überwog noch immer die Trauer über das Verlorene, doch ich hatte mich zwischenzeitlich insoweit wieder gefangen, dass ich vorsichtig optimistisch in meine Zukunft blickte.

Dennoch interessierte mich natürlich eines brennend. *Ist Adrian Dir über den Weg gelaufen?* Meine Wangen begannen sich vor Aufregung zu röten und ich wartete gespannt auf Leonies Antwort.

Leonie spießte gerade ein Stück Rinderfilet auf ihre Gabel: *Natürlich ist mir der Typ begegnet. Der ist heute gar nicht in der Praxis erschie-*

nen, hat sich wohl krank gemeldet und somit sind wir in Eurer, ähm ...
ich meinte natürlich in seiner Wohnung buchstäblich aufeinanderge-
troffen. Leonie grinste verschmitzt und Marco verschluckte sich vor lachen fast an seinem Kartoffelgratin, welches er sich gerade in den
Mund gesteckt hatte. *Wenn Marco mich nicht zurückgehalten hätte,
wäre vielleicht sogar Blut geflossen.* Sie schüttelte den Kopf und lächelte bei dem Gedanken daran, wie ihre Begegnung mit Adrian abgelaufen war. *Mann, ich kann Dir sagen, ich war echt in Rage.*
Ich lachte herzhaft auf und glaubte Leonie jedes einzelne Wort.
Wenn sie erst in Fahrt kam, gab es definitiv kein Halten mehr.
Meine Freundin legte ihre Gabel beiseite, schluckte bedächtig das
Stück Fleisch hinunter und begann mit der Darstellung der Geschehnisse an diesem ereignisreichen Nachmittag.

*Marco und ich sind zuerst in die Praxis gefahren, um die Lage
zu checken, doch wie gesagt, Adrian war gar nicht dort.* Sie ruderte wie
immer, wenn sie in Rage kam, beim reden theatralisch mit den Armen,
*Also haben wir, wie versprochen, Deine Sachen aus Deinem Sprech-
zimmer geholt und sind anschließend in die Höhle des Löwen gefahren.
...Ach übrigens, Doktor Bergmann hat mir einen Umschlag für Dich
mitgegeben und ich soll Dir von der ganzen Belegschaft die besten
Wünsche ausrichten. Sie sind alle sehr traurig darüber, dass Du nicht
mehr zurück kommst. Nun ja,* Leonie fuhr ausschmückend mit ihrer
Ausführung fort, *wir fahren also zu der Wohnung. Als ich die Tür mit
Deinem Schlüssel aufschloss, hörte ich schon Geräusche in der Wohnung. Adrian hat mehrmals Deinen Namen gerufen. Scheinbar hat dieser Vollpfosten wirklich geglaubt, dass Du zu ihm zurückkommst.*
Leonie schüttelte ungläubig den Kopf. *Jedenfalls sieht er Marco und
mich dann im Flur stehen und fragt allen Ernstes, wo Du steckst?! Das
muss man sich mal überlegen!*
Ein Lächeln umspielte ihre Mundwinkel und sie zwinkerte mir
verschwörerisch zu: *Hab ich nebenbei übrigens schon erwähnt, dass er
überhaupt nicht gut ausgesehen hat, dieser blöde Kerl?* Leonie wischte
ihre Andeutung über Adrians Zustand mit einer lachenden Handbewegung beiseite. *Na egal, auf jeden Fall stellt er sich vor mich und ver-
sperrt mir erst einmal den Weg, um eine Antwort von mir über Deinen
Aufenthaltsort zu bekommen. Doch Du kennst mich ja, da war er bei
mir an der falschen Adresse.*

Ich nickte lachend, mir in Gedanken die Szenerie in der Wohnung aus-malend, und Leonie fuhr, nun sichtlich aufgebracht, mit ihrer Darstel-lung fort: *Ich hab ihm dann natürlich unverblümt ins Gesicht gesagt, was ich von seiner Aktion mit der Bettgeschichte halte und dieser Ca-sanova fängt doch tatsächlich an zu jammern. Es täte ihm alles so Leid und er hätte nicht gewollt, das das passiert und ich soll Dir sagen, dass Du wieder zurückkommen sollst und so weiter und so fort.* Sie holte, ihren Wortfluss dabei nur kurz unterbrechend, Luft. *Der Mann konnte echt froh sein, dass Marco dabei war, sonst hätte ich ihm wahrschein-lich spätestens an dieser Stelle die Augen ausgekratzt.*

Leonie schaute Marco mit hochgezogenen Augenbrauen an und beide lachten bei dem Gedanken an die skurrile Szenerie in Adrians Woh-nung.

Nachdem ich Adrian glaubhaft versichert habe, dass das Letz-te, was passieren würde, Deine Rückkehr zu ihm wäre, hab ich dann Deine Liste hervorgekramt und Adrian hat bereitwillig Deine Sachen herausgerückt. Er wollte mich scheinbar nicht noch mehr verärgern.

Marco nickte zustimmend. *Leonies Auftritt war wirklich furchteinflö-ßend und fast schon filmreif.*

Wohlwollend nickend über die Zustimmung ihres Freundes fuhr die kesse Arzthelferin fort: *Also haben wir schließlich Deine Sachen einge-packt und den Tatort wieder verlassen. Adrian war völlig fertig mit den Nerven und ich persönlich wünsche ihm für die Zukunft die Pest an den Hals.*

Leonie ergriff mit zufriedener Miene ihr Glas und prostete mir lächelnd zu: *Auf Deine neue Zukunft, Sarah. Mögest Du von nun an mehr Glück in Deinem Leben haben.*

Wie stießen alle drei mit klirrenden Gläsern an: *Auf die Zukunft.*

Am nächsten Tag bereitete ich mich umfassend auf mein bevorstehen-des Vorstellungsgespräch am Uniklinikum Frankfurt vor. Ich suchte alle nötigen Unterlagen aus meinen Kartons zusammen und informierte mich noch einmal im Internet über die Klinik und deren einzelne Ar-beitsbereiche. Nichts würde ich am morgigen Tag dem Zufall überlas-sen.

Nach einem schnellen Dinner im Hotel entschloss ich mich spontan zu einem Abendspaziergang in der Frankfurter Innenstadt, um für meine bevorstehende Aufgabe am nächsten Morgen den Kopf frei zubekommen.

Ich parkte meinen Wagen am Gerichtsgebäude und schlenderte langsam von der Konstabler Wache über die Zeil bis zur Hauptwache. Die Zeil, Haupteinkaufsmeile in Frankfurt, war an diesem Spätsommerabend überfüllt mit flanierenden Menschen und verliebten Pärchen. Da mir nach solchen Aussichten im Moment der Sinn nicht stand, wanderte ich weiter über den Römer bis zum Mainufer. Dort herrschte weniger Betriebsamkeit und so schlenderte ich vom Eisernen Steg am Main entlang in Richtung Westhafen. Nach ein paar hundert Metern hielt ich auf eine der zahlreichen Bänke am Ufer zu und setzte mich auf die hölzernen Planken, um die Lichtspiele der Skyline im Main zu beobachten.

Aus den Augenwinkeln nahm ich eine Bewegung war. Ich wandte meinen Blick in Richtung der Bewegung und sah einen jungen Mann, offensichtlich aus der Drogenszene, der sich am Mainufer lässig an eines der metallenen Geländer lehnte. In seiner Hand hielt er eine lange Leine und an deren Ende stand ein großer Hund regungslos mit der Nase im lauen Wind.

Dieses Tier erregte irgendwie meine Aufmerksamkeit. Etwas stimmte mit dem Hund nicht. Er bewegte sich unaufhörlich und rastlos hin und her, zuckte beim kleinsten Geräusch zusammen und zerrte unruhig an seiner Leine. Ich kniff die Augen leicht zusammen, um schärfer sehen zu können.

Der Hund war groß, hatte überproportional lange, weiße Beine, einen schmalen Rumpf und einen ebenso schmalen Kopf mit einer langen Schnauze. Sein Fell war weiß mit grau und braun, seine lange Rute ebenfalls in diesen Farben gezeichnet.

Ich bewegte mich auf meiner Bank und der Kopf des Hundes drehte sich blitzschnell zu mir herüber, die großen Ohren waren lauschend in meine Richtung gespitzt. Er stand nun völlig still und starrte mich mit seinen bernsteinfarbenen Augen an.

Erst jetzt erkannte ich, was mich an diesem Tier irritiert hatte: dies war kein Hund, sondern ein Wolf.

Gebannt beobachtete ich das Tier von meinem Standort aus. Vor einiger Zeit hatte ich in einem Tiermagazin von diesen Wolfszüchtungen gelesen, sie kamen aus Polen. Dort wurden wilde Wölfe gefangen und Schäferhunde in diese Spezies eingekreuzt. Es entstand eine neue Rasse, halb Wolf, halb Hund.

Um anschließend wieder den Charakter des Wolfes hervorzuheben, wurde diese Art erneut mit einem Wolf gekreuzt und heraus kam schließlich eine Kreatur mit mindestens 75 Prozent Wolfsanteil.

Die polnischen Züchter versuchten derzeit nun, laut dem Artikel, diese Tiere in Deutschland beim Verband der Hundezüchter als neue Rasse anerkennen zu lassen, bisher Gott sei Dank noch ohne Erfolg. Doch über den Schwarzmarkt hielten die Wolfshunde trotz alledem Einzug in die Zivilisation mit der Folge, dass es bereits mehrfach zu gefährlichen Zwischenfällen, und nicht nur mit anderen Hunden gekommen war. Diese Tiere waren völlig ungeeignet für die Domestizierung. Das waren Wildtiere, die in die weiten Wälder und in Freiheit gehörten.

Plötzlich empfand ich tiefes Mitgefühl mit dieser Kreatur, die mich nach wie vor beobachtete. Ich hatte schon Wölfe in Gefangenschaft von Wildgehegen gesehen. Dort hatten sie allerdings trotz der Zäune die Möglichkeit, in einem Rudel zu leben und ihr Sozialverhalten aufrecht zu erhalten.

Doch dieser Wolf hier war nicht nur seiner Freiheit beraubt worden, er hatte auch noch sein Rudel verloren und der junge Mann am anderen Ende der Leine machte mir nicht wirklich den Eindruck, sich der Rolle als Rudelführer eines Wolfes bewusst zu sein.

Dieses Tier war dazu verdammt, sich als Einzelgänger in einer ihm völlig fremden Umgebung zurecht zu finden. In meinen Gedanken sah ich den Wolf gemeinsam mit seinem Rudel durch die tiefen, endlosen Wälder streifen.

Doch die Realität stand leider mitten in Frankfurt unmittelbar vor mir und beobachtete mich mit wachsamen Augen.

Irgendwie trug ich das gleiche Schicksal wie dieser Wolf, dachte ich unvermittelt. Auch ich war unverschuldet aus meiner heilen Welt herausgerissen worden und ungewollt in die harte Realität des unerbittlichen Lebens hineingestoßen worden. Auch meine Zukunft war im Augenblick noch ungewiss, doch ich würde, genau wie dieser Wolf versuchen, das Beste daraus zu machen.

Ich erhob mich von meinem Platz auf der Holzbank, warf noch einmal einen letzten Blick auf den Wolf und seinen unwissenden, gedankenlosen Besitzer und wanderte zurück zu meinem Auto.

7

Natürlich hatte Doktor Bergmann es nicht lassen können und, wie bereits angekündigt, ein intensives Gespräch mit seinem Kollegen Prof. Dr. med. Manfred Litzinger, dem Chefarzt der Medizinischen Klinik III der Universitätsklinik Frankfurt geführt.

Daher war im Verlauf meines Vorstellungsgespräches dort in kürzester Zeit entschieden, dass ich zukünftig als Funktionsoberärztin ein neues Mitglied des Teams der Medizinischen Klinik III werden sollte. Meine Freude darüber war natürlich riesig. In ein paar Wochen würde ich die Stelle antreten. Da ich momentan noch immer keine eigene Wohnung hatte, bot man mir von Seiten der Verwaltung an, für die Übergangszeit ein freies Appartement im naheliegenden Schwesternwohnheim beziehen zu können. Dieses Angebot löste damit auch mein letztes Problem und entsprechend gut gelaunt rief ich am Abend bei Leonie an, um ihr die freudigen Nachrichten mitzuteilen.

Ich freue mich total für Dich, Sarah meinte sie aufrichtig, fügte dann aber etwas traurig hinzu: *Schade nur, dass wir dann wahrscheinlich nur noch selten Kontakt halten können. Die Arbeit wird Dich in der ersten Zeit sicherlich völlig vereinnahmen.*

Rede doch keinen Unsinn, Leonie, gab ich entschieden zurück, *natürlich werden wir regelmäßig miteinander telefonieren, ich hab doch sonst sowieso niemanden mehr außer Dir. Und außerdem sind wir doch Freundinnen, nicht wahr?*

Leonies Stimme klang erleichtert: *Ich habe echt gehofft, dass Du das sagst. Klar sind wir Freundinnen und Du kannst Dich jederzeit bei mir melden, hörst Du, jeder Zeit?!*

Danke Leonie. Ich bin froh, dass ich Dich kennengelernt habe.

Ich auch. Gute Nacht Sarah.

Zum nächsten Monatsanfang trat ich meine neue Funktionsoberarztstelle an. Die erste Zeit in der Klinik war natürlich eine große Umstellung für mich, war ich doch die letzten Jahre in der Versorgung ambulanter Patienten tätig gewesen. In einer Klinik zu arbeiten, noch dazu in einer so großen wie der Uniklinik Frankfurt, brachte ein völlig neues Aufgabengebiet mit sich, mit ganz anderen Arbeitsprozessen, als ich es bisher gewohnt war.

Neben den Visiten auf den Stationen und den zahlreichen Untersuchungen, die von ärztlicher Seite aus begleitet werden mussten, den Aufklärungsgesprächen mit Patienten und deren Angehörigen und dem Schreiben von Entlassungs- und Untersuchungsberichten versah ich zudem regelmäßig 24 Stunden-Dienste in der Notaufnahme, um kardiologische Notfälle aufzunehmen. In unserer Abteilung wurden Patienten mit Herzinfarkt, Schlaganfällen und anderen Herz-Kreislaufstörungen aufgenommen und behandelt. Die Schichten waren lang und anstrengend und abends sank ich todmüde in meinem nüchtern eingerichteten Appartement in unruhigen, oft mit sehr intensiven Träumen behafteten Schlaf.

Auf den Stationen wurde ich, der Neuling, überaus herzlich aufgenommen und ich tat alles mir mögliche, um meine Mitmenschen, sei es das Stationspersonal, meine übrigen Kollegen und natürlich vor allem die Patienten zufrieden zu stellen. Schon bald war ich der Liebling der Stationen und dieser Umstand spornte mich nur noch mehr an. Ich wollte alles noch viel besser machen und wurde im Laufe der Zeit geradezu besessen von meiner Arbeit.

Meine eigenen Bedürfnisse schaltete ich in den folgenden Monaten nahezu komplett aus. Ich verließ die Stationen lediglich noch, um zu schlafen oder mich kurz frisch zu machen. Nahrungsaufnahme entwickelte sich zur lästigen Nebensache und erfolgte gezwungener Maßen, wenn mir bereits schlecht vor Hunger wurde und ich aufgrund des zu niedrigen Blutzuckerspiegels in meinem Blut Kopfschmerzen bekam, lediglich zwischendurch in der klinikeigenen Cafeteria.

In meiner spärlich bemessenen Freizeit schrieb ich verbissen an meiner Doktorarbeit. Für Freunde oder andere soziale Kontakte außerhalb des Klinikums nahm ich mir keine Zeit mehr. Auch mit Leonie telefonierte ich nur noch selten, was diese sehr traurig stimmte.

Während eines unserer seltenen Telefongespräche bemerkte Leonie schließlich vorsichtig: *Sag mal Sarah, merkst Du eigentlich selbst, dass Du mittlerweile fast besessen von Deinem neuen Job bist? Ich meine,* sie zögerte kurz, *ich finde es ja löblich, dass Du Dich dort derart hineinkniest, aber mittlerweile habe ich fast das Gefühl, dass Du es ein wenig übertreibst, meinst Du nicht auch?*

Aus der nachfolgenden Stille, die an meinem Ende der Leitung herrschte, zog Leonie genau den richtigen Schluss, nämlich den, mit ihrer Äußerung hundertprozentig ins Schwarze getroffen zu haben.

Nun ja, räumte ich etwas kleinlaut ein, *Du hast vermutlich schon Recht damit.*

Aber, meine Stimme festigte sich wieder und ich erklärte mit einer plötzlichen Härte darin, die mir selbst fremd in meinen eigenen Ohren klang: *wenn ich schon in meinem Privatleben nichts auf die Reihe bekomme, dann will ich eben in meinem Beruf die Beste sein, und das werde ich auch erreichen, verdammt noch mal. Du wirst schon noch sehen.*

Bereits im nächsten Augenblick bereute ich die Bestimmtheit und Unmissverständlichkeit, mit der ich Leonie diese Worte an den Kopf geworfen hatte, doch zu einer Entschuldigung konnte ich mich im Nachhinein einfach nicht durchringen.

Leonie schloss traurig mit den Worten: *Ist schon okay Sarah, Du brauchst Dich mir gegenüber nicht zu rechtfertigen* und beendete daraufhin mit einem geflüsterten *Ciao Sarah* unser Telefonat.

Ich legte das Telefon beiseite und starrte minutenlang regungslos aus meinem Appartementfenster auf die in der Abenddämmerung in vielen Farben schillernde Skyline der Rhein-Main-Metropole.

Trotz Leonies mahnender Worte kniete ich mich noch intensiver in meine Arbeit. Ich übernahm freiwillig Wochenendschichten, wenn Kollegen private Festivitäten planten und sprang ein, wenn ein Kollege sich kurzfristig krank meldete oder sonst ein personeller Engpass bestand.

Denn nur, wenn ich nach vielen Stunden auf den Beinen todmüde ins Bett sank und schon fast eingeschlafen war, bevor mein Kopf die Kissen berührte, konnte ich die quälenden Träume von mir fernhal-

ten, die mich sonst Nacht für Nacht heimsuchten und mich schweißgebadet hochschrecken ließen. Jene Träume, welche immer wieder diese
eine, nach wie vor unbeantwortete Frage in meinem Kopf nachhallen
ließen: WARUM?

Trotz des buchstäblichen Raubbaus an meinem Körper wurde ich mehr
und mehr mit beruflichen Erfolgen verwöhnt. Nach abgeschlossener
Dissertation durfte ich endlich den lang ersehnten Titel *Dr. med.* vor
meinem Namen tragen und dieser Umstand erfüllte mich mit unsagba-
rem Stolz. Die Besessenheit hatte nach und nach völligen Besitz von
mir ergriffen.

Selbst in meiner dienstfreien Zeit verließ ich die Stationen nur
noch selten. Ich nutzte stattdessen die mir zur Verfügung stehende Freizeit, um mich zu meinen Patienten ans Bett zu setzen und ihnen durch
intensive Aufklärungsgespräche die Angst vor bevorstehenden Untersuchungen zu nehmen, oder mit den Angehörigen die Behandlungsmaß-
nahmen zu erörtern und nötigenfalls, bei in fausten Prognosen, einfach
nur Trost zu spenden.

Auch die Weihnachtsfeiertage und den Jahreswechsel verbrachte ich
auf den Stationen und tröstete die Menschen, die in dieser Zeit nicht bei
ihren Liebsten zu Hause sein konnten. Zwar hatte mich Leonie eingeladen, die Feiertage gemeinsam mit ihr und Marco zu verbringen, doch
ich sagte ihr, wie schon oft zuvor, wegen meiner Arbeit ab. Natürlich
war sie enttäuscht und äußerte zum wiederholten Male Zweifel darüber,
ob ich mit meinem Einsatz nicht vielleicht doch vor etwas weglaufen
würde. Ich ging jedoch, wie immer, auf ihre Äußerungen nicht weiter
ein.

In den ersten Monaten des neuen Jahres begann sich langsam zu rä-
chen, was ich die ganze Zeit über meinem Körper zumutete. Ich wurde
zunehmend unkonzentriert, machte immer öfter Flüchtigkeitsfehler und
schlief manchmal sogar während meiner Arbeitszeit im Arztzimmer an
meinem Schreibtisch vor Erschöpfung ein.

Doch auch diese Warnsignale ignorierte ich trotzig und keiner
der Belegschaft fand den Mut, mich auf meine mittlerweile allzu offensichtlichen Probleme hin anzusprechen. Nach Außen hin versuchte ich
weiterhin, die unbekümmerte und stets hilfsbereite, freundliche und un-

erschütterliche Ärztin abzugeben, doch meine heimlichen Selbstzweifel begannen mich innerlich langsam aufzufressen.

Die Wende kam an einem kalten, trüben Samstag Mitte Februar.

Ich hatte bereits einen 24 Stundendienst auf Station hinter mir, in dessen Verlauf ich nur jeweils ein paar Minuten Schlaf gefunden hatte und hängte, als Vertretung für einen erkrankten Kollegen noch eine weitere Schicht in der Notaufnahme hinten dran, als das Notfalltelefon läutete. Ein Rettungswagen, der mit einem Patienten mit akutem Hinterwandinfarkt auf dem Weg in unsere Notaufnahme war, wurde mir telefonisch durch den begleitenden Notarzt angekündigt. Ich eilte hinunter ins Erdgeschoss und begab mich gemeinsam mit drei Intensivpflegern zum Eingang der Liegendaufnahme.

Der Rettungswagen hatte bei unserem Eintreffen gerade die Parkposition erreicht und die hinteren Türen öffneten sich schwungvoll.

Hallo Klaus, was hast Du denn heute wieder für uns an Bord? fragte ich, wie immer um gute Laune bemüht, meinen notärztlichen Kollegen, der lässig aus dem Rettungswagen sprang, während die beiden Rettungsassistenten begannen, die Trage mit dem Patienten aus dem Inneren des Wagens hervorzuziehen.

Dreiundvierzigjähriger Mann, intubiert und beatmet, vermutlich akuter Myocardinafkt. Der Notarzt setzte mich über die Geschehnisse kurz in Kenntnis. *War mit seiner Frau und der Tochter in der Innenstadt einkaufen und ist plötzlich auf einer Rolltreppe zusammengebrochen. Als wir eintrafen, hatte er einen akuten Herz-Kreislauf-Stillstand und wir haben ihn gleich vor Ort erfolgreich reanimiert. Nach Angaben der Ehefrau keine wesentlichen Vorerkrankungen, er ist jetzt soweit stabil. Alle Maßnahmen und Medis kannst Du im Protokoll nochmal ausführlich nachlesen, denn wir müssen bereits sofort weiter. Es gab einen schweren Unfall mit mehreren Verletzten auf der A661 und die haben uns natürlich gleich wieder mit angefordert.*

Fahr ruhig, ich komme schon klar. Ich winkte Klaus zum Abschied noch kurz zu, *Bis demnächst.*

Wir fuhren den Patienten auf direktem Weg in den Schockraum und begannen sofort mit den Untersuchungen. Da der Mann kreislaufmäßig noch immer sehr instabil war, entschied ich mich, ihn im Anschluss an die folgende Herzkatheteruntersuchung vorsichtshalber auf der Intensivstation in ein sogenanntes künstliches Koma zu versetzen, um die Körperfunktionen auf ein Minimum herunterzufahren. Dadurch wurde der Kreislauf entlastet und der Körper des Patienten konnte sich intensiver mit dessen Genesung befassen. Nach der notfallmäßigen Versorgung wurde der Patient beatmet auf die Intensivstation gebracht und ich ordnete routinemäßig ein anticoagulierendes Medikament an, um das Blut des Patienten stark zu verdünnen, womit einem erneuten Verschluss der, während der Katheteruntersuchung wieder durchgängig gemachten Herzkranzgefäße vorgebeugt werden sollte.

Im Anschluss an die Erstversorgung nahm ich mir trotz meiner fortschreitenden Müdigkeit und dem bereits allzu offensichtlichen Schlafmangel noch Zeit, mich mit der Ehefrau des Mannes zu befassen. Diese war mittlerweile, zusammen mit ihrer kleinen Tochter ebenfalls im Klinikum eingetroffen und wartete völlig aufgelöst vor der Intensivstation auf mich.

Mit panischem Gesichtsausdruck kam die junge Frau auf mich zu, als ich die Tür der Intensivstation öffnete und auf den Flur hinaustrat.
Sie war schlank und zierlich und unter einer wollenen Pudelmütze, die sie noch immer auf ihrem Kopf trug, lugten einzelne Strähnen ihres hellbraunen Haares hervor. Ihr weinendes kleines Mädchen zog sie an einer Hand hinter sich her.
Frau Doktor, was ist mit meinem Mann? Kann ich zu ihm? Tränen liefen ihr über die Wangen und sie zog ein Taschentuch aus ihrer Manteltasche hervor, um sich über die Augen zu wischen.
Hallo Frau Peterson, ich bin Dr. Steinbach. Ich streckte der jungen Frau zur Begrüßung die Hand entgegen und sie klammerte sich regelrecht Halt suchend daran. *Wir haben ihren Mann soeben erstversorgt und weitgehend stabilisieren können. Er hatte einen schweren Herzinfarkt. Doch kommen Sie bitte mit in mein Arztzimmer, dort können wir uns in Ruhe über die derzeitige Situation unterhalten.*
Frau Peterson folgte mir mit ihrer Tochter über die Station zu meinem Zimmer. Dort bot ich ihr einen Stuhl an und setzte mich ihr gegenüber auf die Behandlungsliege.
Das Adrenalin, welches erfahrungsgemäß während einer jeden Notfallversorgung in großen Mengen durch meinen Körper flutete, baute sich

allmählich wieder ab und der schon viel zu lange andauernde Schlafmangel drohte fast, meinen Körper völlig außer Gefecht zu setzen.
Doch ich riss mich entschlossen zusammen, rieb mir mit einer Hand erschöpft über die Augen, blinzelte kurz und konzentrierte mich wieder
ganz und gar auf das vor mir liegende Gespräch.

Also Frau Peterson, ich will ehrlich sein. Ich suchte mühsam
nach den passenden Worten, denn auch das Denken fiel mir von Minute
zu Minute schwerer. *Ihr Mann hat großes Glück gehabt, dass er überhaupt noch am Leben ist. Das Blutgerinnsel hat in seinem Herzen ein
großes Gefäß, welches für die Versorgung des Herzmuskels zuständig
ist, verschlossen und es ist bereits ein großer Teil des Gewebes dahinter beschädigt. Ob sich das Herz wieder vollständig erholt, kann ich Ihnen zum jetzigen Zeitpunkt natürlich noch nicht sagen. Aber ich versi-
chere Ihnen, dass ich alles in meiner Macht stehende versuchen werde,
damit ihr Mann wieder gesund wird.*

Mareike Peterson hatte ihre kleine Tochter auf den Schoß genommen
und diese kuschelte sich verstört und völlig eingeschüchtert ob dieser
für sie vollkommen unverständlichen Situation in die Arme ihrer Mutter.

Ich wandte mich müde lächelnd an das Mädchen. *Hallo meine Kleine,
wie heißt Du denn?*

Sie drehte schüchtern den Kopf in die andere Richtung.

Komm schon Mäuschen, sag der netten Frau, wie Du heißt, forderte ihre Mutter sie lächelnd auf und strich ihr dabei liebevoll mit einer Hand durch die Haare. Der hellbraune Wuschelkopf des Mädchens
drehte sich ganz langsam wieder zu mir herum.

Stella Peterson, antwortete die Kleine schließlich prompt und
nach kurzer Pause fügte sie stolz hinzu: *und ich bin so...* Sie hielt triumphierend drei Finger ihrer kleinen Hand in die Höhe.

Ich lächelte sie weiter an und bemühte mich, meine Stimme zuversichtlich klingen zu lassen: *Ich verspreche Dir Stella, dass ich versuchen
werde, Deinen Papa wieder gesund zu machen. Doch vorerst braucht
er noch sehr, sehr viel Ruhe und muss schlafen.*

Danke Frau Doktor Steinbach. Mareike Peterson sah mich
hoffnungsvoll an. Ihre Augen waren vom weinen gerötet, doch in ihrem
Blick lag ein unendliches, schon fast naives Vertrauen, dass es mir ohne

jeden Zweifel gelingen würde, ihren Mann ganz bestimmt wieder gesund zu machen.

Ein kleiner Schauer lief mir über den Rücken und die Last der Erwartung wog schwer auf meinen müden Schultern, doch ich riss mich weiter zusammen. Ich wollte und konnte diese arme Frau und deren kleine Tochter in keinem Fall enttäuschen.

Also, Frau Peterson, begann ich schließlich mit meiner Anamnese-Erhebung, *erzählen Sie mir bitte noch einmal genau, was mit ihrem Mann passiert ist. Sie waren beim einkaufen und er ist plötzlich zusammengesackt und die Rolltreppe heruntergestürzt?*

Mir war bei der Erstuntersuchung im Schockraum nebenbei eine kleine Platzwunde am Hinterkopf des Patienten aufgefallen. Diese, meiner Einschätzung nach unbedeutende Verletzung, die weder geblutet hatte, noch einer weiteren medizinischen Versorgung bedurfte, war in Anbetracht der Schwere der Grunderkrankung für mich absolut unwesentlich gewesen und ich hatte ihr keine weitere Bedeutung zukommen lassen.

Mit stockender Stimme begann die junge Frau mit ihrer Schilderung auf meine Befragung: *Ja, Matthias und ich waren mit Stella in der Innenstadt bummeln. Wissen Sie, die Kleine hat bald Geburtstag und wir wollten schon mal nach einem passenden Geschenk Ausschau halten. Matthias liebt seinen Sonnenschein abgöttisch und die Kleine hängt stets wie eine Klette an ihm.* Sie lächelte und streichelte dem Mädchen liebevoll über den Kopf. *Wir wollten in diesem Einkaufszentrum gerade die Rolltreppe herunterfahren, als mein Mann sich plötzlich mit der Hand an die linke Seite fasste. Er stieß noch einen kurzen Schmerzensschrei aus, sackte dann plötzlich in sich zusammen und stürzte auf einmal kopfüber die letzten Stufen der Rolltreppe hinunter.* Sie stockte kurz und schien die schreckliche Szene in ihren Gedanken noch einmal zu erleben. *Ich bin sofort zu ihm hingerannt, doch da war er schon nicht mehr ansprechbar. Ich habe gleich Puls und Atmung überprüft, doch da er keine Lebenszeichen mehr hatte, habe ich umgehend mit Wiederbelebungsmaßnahmen begonnen.*

Mareike Peterson schaute mir fragend ins Gesicht und wartete offensichtlich auf eine Bestätigung von mir, dass sie in diesem Augenblick das einzig Richtige getan hatte.Ich nickte ihr anerkennend zu und sagte mitfühlend: *Sie haben genau richtig gehandelt.*

Die junge Frau atmete erleichtert aus und fuhr etwas heiser fort: *Passanten haben dann den Rettungswagen gerufen. Der kam Gott sei Dank auch innerhalb kürzester Zeit.*

Ihre Lippen bebten plötzlich und sie begann erneut zu weinen. *Mein Mann war nie zuvor ernsthaft krank gewesen und hat mir gegenüber auch niemals irgendwelche Herzbeschwerden erwähnt. Natürlich ist er auch nicht zum Arzt gegangen, obwohl ich ihn immer wieder gedrängt habe, mal endlich eine Vorsorgeuntersuchung machen zu lassen. Doch Matthias ist eben so, ein Mann wie ein Baum, immer standhaft und unverwüstlich.*

Tränen kullerten über ihr Gesicht und tropften auf Stellas dunkelrotes Wintermäntelchen. *Was sollen wir nur ohne ihn machen? Wir haben erst vor kurzem gebaut und wir brauchen ihn doch so sehr?*

Ich erhob mich von meiner Liege, trat neben Frau Peterson und legte ihr Trost spendend eine Hand auf ihre Schulter. *Ich verspreche Ihnen nochmals, ich werde alles tun, damit Sie Ihren Mann wieder zurückbekommen.*

Mareike Peterson ergriff meine Hand und drückte sie ganz fest. *Vielen Dank, Frau Doktor.*

Der Zustand meines Patienten blieb in den nächsten Tagen unverändert und ich verbrachte jede freie Minute bei ihm. Auch seine Ehefrau und Klein-Stella wichen nicht von seiner Seite. Stella streichelte unaufhörlich die kalte und blasse Hand ihres Papas und sang ihm ihre Lieblingskinderlieder vor, die er ihr beigebracht hatte.

Mareike Peterson erzählte mir viel von ihrem Mann, wie sie sich kennengelernt, geheiratet und eine Familie gegründet hatten. Erst vor zwei Jahren hatten sie ein kleines Haus im Taunus gebaut, Matthias war der Alleinverdiener der Familie. Er arbeitete als Verkäufer in einem großen Autohaus in Bad Homburg und Mareike kümmerte sich um den Haushalt und die Erziehung von Stella. Die süße Maus war der Mittelpunkt der kleinen Familie und Matthias hätte alles für sie gegeben. Er war immer gut gelaunt und lebenslustig, nie mürrisch oder aggressiv, berichtete mir seine Frau und jedes Mal, wenn sie von ihm erzählte, begannen ihre Augen vor Zuneigung zu leuchten. Seine ungezwungene Art hatte Mareike schon zu Beginn ihrer Beziehung an ihm geliebt. Und nun lag er vor ihr in einem Krankenhausbett auf der Intensivstation und kämpfte um sein Leben. Mareike Peterson war immer noch fassungslos, wie hart das Schicksal ihre kleine Familie heimgesucht hatte.

Nach fünf Tagen hatten sich die Vitalfunktionen meines Patienten endlich soweit stabilisiert, dass ich es wagen konnte, ihn aus dem künstlichen Koma wieder aufzuwecken. Ich hatte das geplante Vorgehen bereits mit unserem Anästhesisten und auch Mareike Peterson besprochen und ich versprach, ihr umgehend Bescheid zu geben, sobald ihr Mann die ersten Reaktionen zeigte.

Ich reduzierte routinemäßig Schritt für Schritt das Narkosemittel und wartete auf eine Reaktion seines Körpers...doch nichts geschah. Er wollte einfach nicht aufwachen.

Die Stunden vergingen. Langsam wurde ich unruhig. Was passierte hier, warum kam er nicht zu sich? Hatte ich etwas übersehen? Fieberhaft suchte ich nach einer Erklärung und wälzte noch einmal intensiv die Krankenakte.

Plötzlich fiel mir die kleine Wunde an seinem Hinterkopf wieder ein. Ich hatte sie bereits bei meiner Erstuntersuchung am Aufnahmetag entdeckt, dieser jedoch keine weitere Bedeutung zukommen lassen, da es sich lediglich um einen oberflächlichen Gewebeschaden gehandelt hatte. Eine böse Vorahnung beschlich mich plötzlich. Konnte der statt gehabte Sturz auf den Kopf vielleicht doch etwas mit der jetzigen Situation zu tun haben?

Sofort ordnete ich eine computertomographische Untersuchung des Kopfes von meinem Patienten an.

Dr. Müller, einer der Radiologen unserer Klinik, der die Darstellung des Schädels für mich auswerten sollte, saß an seinem Schreibtisch im Nebenzimmer des CT-Raumes und wartete geduldig auf das Erscheinen der Bildgebung auf einem seiner großen Computerbildschirmen. Ich stand direkt hinter ihm und trat ungeduldig von einem Bein auf das andere.

Mein Kollege ertrug meine Zappelei hinter sich für einige Augenblicke, dann wandte er sich in seinem Drehstuhl zu mir um, schaute mich tadelnd an und sagte bestimmt: *Liebe Frau Kollegin. Entweder Sie setzen sich jetzt augenblicklich neben mich,* Dr. Müller deutete mir seiner Hand auf einen freien Hocker neben sich, *oder Sie stehen bitte gefälligst still. Ihr Herumgezappel macht einen ja völlig verrückt.* Ich stand sofort still, senkte beschämt den Blick und ließ mich dann gehorsam auf dem Hocker neben dem Chefarzt der Radiologie niedersinken.

Nach für mich ewiger Zeit erschienen endlich die CT-Bilder auf dem Monitor vor uns. Doktor Müller sog betroffen die Luft ein und ich starrten ungläubig auf das Unfassbare, was da vor uns auf dem Computerbildschirm klar und unmissverständlich für Alle zu sehen war.

Anstelle des Gehirns bot sich uns ein erschreckender Anblick. Eine sich über weite Areale des Schädels ausdehnende Blutung hatte den Druck auf das Gehirn meines Patienten derart erhöht, dass bereits große Teile des Organs abgestorben sein mussten.

Ich sprang von meinem Hocker auf und beugte mich ganz dicht vor den Schirm, als könne mein hypnotisierter Blick irgendetwas an der unfassbaren Wahrheit ändern, die sich vor uns auftat: Matthias Peterson war offensichtlich hirntot.

Meine Beine begannen zu zittern und ich ließ mich zurück auf den Hocker neben meinem Kollegen sinken. Dr. Müller blickte mich besorgt von der Seite an. *Alles in Ordnung, Frau Kollegin?*

Mir wurde schwindelig und kalter Schweiß brach mir am ganzen Körper aus. Mein Gott, ich hatte diesen Patienten auf dem Gewissen.

Tausend Gedanken schossen mir gleichzeitig durch den Kopf: Warum war das passiert, wie hatte ich so etwas übersehen können? Hätte ich ihn retten können, wenn ich die Situation gleich korrekt eingeschätzt und die entsprechenden Untersuchungen durchgeführt hätte? In meinem Kopf drehte sich alles und mir wurde plötzlich schwarz vor Augen. Mein Körper fühlte sich taub an und es rauschte in meinen Ohren.

Mit einem beherzten Satz war der alte Radiologe von seinem Stuhl aufgesprungen, um mich im letzten Moment aufzufangen, bevor ich ohnmächtig von meinem Hocker auf den Boden glitt.

Auf einer Behandlungsliege kam ich schließlich wieder zu mir. Zwei Krankenschwestern und Doktor Müller standen um mich herum, eine der beiden Schwestern hatte meine Beine in die Luft gehalten, um meinen Kreislauf zu stabilisieren.

Eine Blutdruckmanschette war um meinen linken Arm gewickelt und die jüngere der beiden Krankenschwestern nahm soeben das Stethoskop aus ihren Ohren. *Achtzig zu fünfzig* berichtete sie meinem Kollegen. Doktor Müller sah mich besorgt an. *Ich glaube, Sie haben sich in letzter Zeit wohl ein wenig viel zugemutet, junge Frau. Sie sind ja ständig im Dienst, wie ich gehört habe. Vielleicht sollten Sie mal ein bisschen kürzer treten und besser auf Ihren Körper hören. Wenn er nach Ruhe verlangt, sollte er diese auch bekommen.*

Der Radiologe hatte in der Tat recht. In letzter Zeit hatte ich noch weniger als sonst geschlafen und gegessen und dieses rächte sich nun, indem mein Körper zu streiken begann.

Dr. Müller legte seine knorrige Hand väterlich tröstend auf meine Schulter. *Soll ich es der Ehefrau sagen? Ich glaube nicht, dass Sie dazu im Augenblick in der Verfassung dazu sind.*

Nein, nein. Alles wieder okay, wiegelte ich entschieden ab, *mir ist nur noch ein bisschen schummerig.* Ich setzte mich vorsichtig auf und wartete geduldig, bis das erneute Schwindelgefühl nachließ. Doktor Müller drückte mir zum Abschied noch einmal die Hand und ich machte mich auf, um meinen bisher schwersten Gang zu gehen und einer kleinen Familie mitzuteilen, dass ihr geliebter Ehemann und Vater seinen Kampf endgültig verloren hatte. Und mich traf daran leider eine nicht unerhebliche Mitschuld.

Mareike Peterson wartete mit Stella bereits in meinem Arztzimmer auf mich. Eine Schwester der Intensivstation hatte sie auf mein Geheiß hin angerufen. Allerdings wollte ich Frau Peterson eigentlich an dieser Stelle mitteilen, dass ihr Mann bereits in der Aufwachphase war und sein Zustand sich weiter stabilisiert hatte. Mit dieser Wende hatte ich noch vor ein paar Stunden nicht gerechnet.

Ich betrat blass den Raum und mein Herz begann vor Angst zu rasen. Mein Gesichtsausdruck muss Bände gesprochen haben, denn Stella begann unvermittelt zu weinen und Mareike Peterson wurde mit einem

Mal schlagartig bewusst, dass ich ihr nicht die erhofften guten Nachrichten bringen würde. Ich schloss leise die Tür und lehnte mich Halt suchend mit dem Rücken dagegen.

Was ist mit Matthias? Vor Aufregung überschlug sich die Stimme der jungen Frau. Ich ging langsam auf sie zu, fasste sie sanft an beiden Unterarmen und führte sie zu den beiden Besucherstühlen vor meinem Schreibtisch. Dort ließ ich sie hinsetzen und ging vor ihr in die Hocke. Stella saß auf ihrem Schoß und weinte ununterbrochen.

Meine Stimme zitterte und ich musste ein paar Mal schlucken, bevor ich beginnen konnte. Auch mir liefen nun die Tränen über das Gesicht.

Es tut mir so schrecklich leid, was ich ihnen jetzt sagen muss, Frau Peterson. Ich stockte kurz, atmete noch einmal tief durch und begann dann noch einmal von Neuem.

Als ich Ihren Mann heute Morgen vereinbarungsgemäß aus dem künstlichen Koma erwecken wollte, zeigte er wider erwartend keine Reaktion. Ich habe dann sofort eine computertomographische Untersuchung seines Kopfes durchgeführt. Händeringend suchte ich nach den weiteren Worten. *Durch seinen Sturz auf der Rolltreppe sind wohl Gefäße in seinem Gehirn verletzt worden und es hat sich eine ausgedehnte Blutung entwickelt, die über einige Tage ungehindert einen enormen Druck auf das Organ ausgeübt hat.* Ich griff nach ihren Händen, sie waren eiskalt, und drückte sie fest. *Mareike, ich konnte bei Ihrem Mann leider keine Hirnströme mehr feststellen.* Ich machte noch einmal eine kurze Pause, bevor ich schließlich das Unabwendbare aussprach: *Es tut mir Leid, aber er ist tot.*

Mein letzter Satz hallte im Raum wider als hätte ich ihn laut geschrien. Mareike Peterson saß mit versteinerter Miene vor mir und sagte kein Wort. Schließlich bewegte sie sich langsam und sah mir ausdruckslos ins Gesicht: *Ich möchte zu ihm.*

Auch ich riss mich aus meiner Trance und erhob mich unendlich müde.

Selbstverständlich. Ich lasse Sie hinbringen. Vielleicht ist es besser, wenn Stella bei einer Krankenschwester bleibt. Sie sollte ihren Vater so in Erinnerung behalten, wie sie ihn zuletzt lebend gesehen hat. Stella schrie auf: *Nein! Will zu Papa. Ich will Papa sehen.* Sie war schier außer sich und wand sich in den Armen ihrer Mutter wild hin und her.

Ich blickte auf das kleine Mädchen, welches schweißnass vom weinen auf dem Schoß seiner Mutter saß und zum letzten Mal ihren Vater sehen wollte. *Also gut. Ich denke, das geht in Ordnung.*

An Frau Peterson gewandt erklärte ich müde: *Ihr Mann sieht im Augenblick so aus, als würde er schlafen. Ich denke, wir können es verantworten, dass Stella ihn noch ein letztes Mal sehen kann. Aber bitte,* ich schluckte hart, *haben Sie jetzt keine falschen Hoffnungen. Durch die angeschlossenen Geräte werden sowohl seine Herz- als auch die Lungenfunktion vorerst noch aufrecht erhalten, Ihr Mann sieht tatsächlich so aus, als wäre er noch am Leben. Aber sein Gehirn ist bereits abgestorben, er kann nichts mehr spüren. Es ist lediglich eine leere Hülle, von der Sie Abschied nehmen können.*

Frau Peterson nickte tapfer und ich rief eine Krankenschwester, welche die Angehörigen auf ihrem letzten schweren Gang begleiten sollte. Ich selbst hatte nicht mehr die Kraft dazu.

Eine bleierne Müdigkeit überkam mich plötzlich und ich setzte mich an meinen Schreibtisch, verschränkte die Arme auf der Tischplatte und ließ meinen Kopf erschöpft auf die Unterarme sinken. Ungehindert ließ ich meinen Tränen endlich freien Lauf. Ich fühlte mich vollkommen leer und empfand nur noch unerträglichen Schmerz.

Welches Leid hatte ich über diese junge Familie gebracht. Meine Besessenheit, stets die Beste sein zu wollen, hatte nun ein Menschenleben gekostet. Was war ich doch für eine erbärmliche Versagerin. Nicht einmal meinen Beruf konnte ich anständig ausüben, ganz zu Schweigen von meiner Unfähigkeit, einen Mann an meiner Seite zu halten.

Die nächsten Stunden verschwanden aus meiner Erinnerung. Ein dichter Nebelschleier umgab mich und mein Bewusstsein hatte sämtliches Gefühl zur Realität verloren. Ich nahm auch nicht wahr, wie ich zu meinem Schrank in der Ecke meines Arztzimmers herüber ging, die Packung mit den Schlaftabletten herausnahm, die ich dort aufbewahrte, um gelegentlich eine Tablette wegen meiner schweren Schlafstörungen und meiner Alpträume einzunehmen, sämtliche Tabletten vor mir auf den Tisch kullern ließ, mir ein Glas Wasser aus dem Wasserhahn am Waschbecken neben meinem Schreibtisch eingoss und eine Tablette nach der anderen herunterschluckte. Es sollte doch nur dieser unerträgliche Schmerz endlich aufhören. Dann umhüllte mich eine tiefe Dunkelheit und ich verlor das Bewusstsein.

8

Hände....

Das einzige, was ich wahrnahm, als ich mich kurz durch den dunklen Schleier der Bewusstlosigkeit an die Oberfläche kämpfte, waren Hände. Unbekannte Hände, die grob an mir herumzerrten. Sie rissen an meinen Armen, an meinen Kleidern, an meinem Kopf. Um mich herum nichts als grobe Hände. Dann glitt ich erneut in die Dunkelheit.

Als ich wieder zu mir kam, lag ich in einem weißen Bett. Das grelle Licht, welches unerbittlich von der Decke auf mich herunter strahlte, ließ mich irritiert blinzeln und ich kniff verwirrt die Augen zusammen. Als ich sie nach wenigen Sekunden schließlich langsam wieder öffnete, konnte ich etwas klarer sehen und ich versuchte, die für mich bis dahin noch immer unverständlichen Puzzleteile zu einem sinnvollen Gesamtbild zusammen zu fügen.
Um mich herum Schläuche und piepsende Apparaturen, überall an mir hingen Kabel herunter. Ich blinzelte erneut verstört, drehte langsam den Kopf und erblickte Leonie, die kreidebleich im Gesicht neben mir auf meinem Bett saß und mir unaufhörlich meine eiskalte Hand streichelte. Als sie bemerkte, dass ich aufgewacht war, kullerten dicke Tränen über ihre Wangen und sie lächelte mich erleichtert an.
Hallo Sarah. Mehr brachte sie in diesem Moment nicht hervor, ihre Lippen bebten und sie schluckte. Leonie sah erbärmlich aus. Ihr Gesicht war aufgequollen und sie hatte tiefe, dunkle Ringe unter den Augen. Sie musste wohl sehr lange geweint haben. Ich versuchte zu sprechen, doch mein Mund war ganz trocken, meine Lippen spröde und meine Stimme war nicht mehr als ein dünnes Flüstern.
Leonie, was ist passiert? Wo bin ich? Ich bewegte vorsichtig den Kopf in die andere Richtung und sah mich langsam im Zimmer um.

Du bist im Krankenhaus, Sarah. Kannst Du Dich denn an nichts mehr erinnern?

Ich schloss erneut die Augen und überlegte lange. Was war nur mit mir geschehen?

Die Zimmertür öffnete sich und ich konnte eine mir bekannte, männliche Stimme vernehmen, die an Leonie gewandt zu sprechen begann.

Ich habe gehört, sie kommt langsam zu sich. Hat sie schon etwas zu Ihnen gesagt? Weiß sie, was passiert ist?

Nein, Doktor Haller, bisher hat sie mich nur gefragt, wo sie ist und was geschehen ist. Ich habe ihr aber noch nichts weiter gesagt.

Doktor Haller...?

Meine Gehirnzellen begannen allmählich wieder zu funktionieren. Das war doch mein Kollege von der Inneren Station. Wo zum Teufel war ich? Ich kramte in meinem Gedächtnis nach irgendeiner Erklärung für meinen momentanen Zustand, doch es ließ sich noch immer keine plausible für mich finden. Also öffnete ich die Augen wieder und blinzelte Doktor Peter Haller verwirrt an.

Hey Sarah, die Stimme meines Kollegen klang angenehm warm und freundlich, *schön, dass Du wieder bei uns bist. Du hast wirklich lange geschlafen.*

Hallo Peter. Ich versuchte ein zaghaftes Lächeln. *Würdest Du mir bitte erklären, was mit mir passiert ist?*

Peter Haller trat an mein Bett und setzte sich Leonie gegenüber zu mir auf die Bettkante. Er ergriff meine Hand. Meine eigene war noch immer eiskalt und die Seine strahlte eine wunderbare Wärme aus, die sich ausgehend von meinem Arm in meinem ganzen Körper auszubreiten schien. Er schenkte mir ein mitfühlendes Lächeln, doch ich konnte die tiefen Sorgenfalten erkennen, die er hinter seinem freundlichen Gesichtsausdruck zu verbergen versuchte.

Leonie, die zu meiner Rechten saß und Dr. Haller begannen anschließend beide abwechselnd zu erzählen, was mir in den letzten Tagen widerfahren war.

Schwester Ina, die Krankenschwester, die ich beauftragt hatte, Frau Peterson und Stella zu ihrem toten Ehemann zu bringen, war sehr beunruhigt über meinen Zustand gewesen, als sie mich in meinem Arztzimmer zurückgelassen hatte. Ina kehrte kurze Zeit später zu mir zurück und fand mich weinend an meinem Schreibtisch sitzen. Ich hatte sie allerdings überhaupt nicht wahrgenommen und so war sie zurück auf ihre Station gegangen. Doch sie kam, da sie sich Sorgen um mich machte, in regelmäßigen Abständen zurück, um nachzusehen, ob noch alles in Ordnung mit mir war.

Bei ihrem letzten Kontrollgang hatte sie mich regungslos auf dem Boden liegend gefunden, die leere Packung Schlaftabletten auf meinem Schreibtisch gesehen und schnell die ganze Belegschaft alarmiert, die sogleich die notwendigen Maßnahmen ergriffen hatten und mich anschließend zur Überwachung auf die Intensivstation verlegten.

Hätte Ina sich nicht solche Sorgen um mich gemacht und nicht regelmäßig nach mir gesehen, wenn meine Aktion unentdeckt geblieben wäre, hätte mich wohl das gleiche Schicksal ereilt wie meinen Patient, Matthias Peterson. Schwester Ina hatte mir das Leben gerettet.

Auch Mareike Peterson hatte von dem Zwischenfall mit mir gehört und war schwer erschüttert.

Die Klinikleitung war an sie herangetreten und hatte ihr eine genauere Untersuchung der Todesumstände ihres Mannes angeboten. Doch dies lehnte Frau Peterson entschieden ab. Ihr Mann war für sie durch eine unglückliche Verkettung von Umständen gestorben und das Letzte, was sie nun wollte war, seiner behandelnden Ärztin dadurch noch zusätzlich Schwierigkeiten zu bereiten. Zumal sich diese, so hatte die Angehörige des Verstorbenen entschieden mitgeteilt, trotz des traurigen Ausgangs aufopfernd um den Patienten gekümmert hatte.

Mareike Peterson wollte die Angelegenheit ruhen lassen. Sie war der Überzeugung, dass einzig und allein das Schicksal bestimmt hatte, dass die Zeit auf Erden für ihren Mann zu Ende war. Die Klinikleitung stimmte Frau Petersons Wunsch erleichtert zu und schloss die Akte Matthias Peterson endgültig.

Ich wurde allerdings vorerst bis auf Weiteres von meinem Dienst freigestellt.

Nachdem Leonie und Peter Haller ihre Ausführungen der Ereignisse beendet hatten, blieben beide schweigend an meinem Bett sitzen. Ich starrte fassungslos zur Decke und wusste nicht, was ich sagen sollte. Schließlich brach Leonie das Schweigen:

Das Wichtigste ist jetzt erst einmal, dass Du wieder völlig gesund wirst. Alles andere ergibt sich dann von selbst.

Tränen rollten mir übers Gesicht und Leonie zog ein Taschentuch hervor, um mir zaghaft damit über beide Wangen zu tupfen.

Ich werde meine Tätigkeit als Ärztin aufgeben, entgegnete ich trotzig und versuchte, meiner Stimme einen entschlossenen Klang zu geben. Doch das Zittern darin ließ erkennen, wie sehr mich die ganze Situation überforderte. *Meine Besessenheit, stets die Beste sein zu müssen, hat einen Menschen das Leben gekostet, Leonie. Wie kann ich das je wieder gutmachen, geschweige denn, vergessen. Ich bin eine echte Gefahr für die Menschheit.*

Tränen strömten über mein Gesicht und Leonie und Peter hörten sichtlich schockiert meinem Redefluss zu. Verzweifelt fuhr ich fort: *Hätte Ina mich doch bloß nicht gefunden, dann wäre es jetzt einfach vorbei mit mir und ich müsste diese Qualen hier nicht länger ertragen! Was soll ich denn noch mit diesem Scheißleben anfangen, beziehungsunfähig und eine Mörderin obendrein?* Wieder durchfuhr ein Weinkrampf meinen müden Körper und Leonie ergriff meine kalte Hand und streichelte beruhigend darüber.

Hör endlich auf, so einen Schwachsinn zu reden. Leonie gab sich empört, doch ihre Stimme klang warm und sehr tröstend. *Du bist und bleibst eine der besten Ärztinnen, die ich je kennengelernt habe.* Sie lächelte mich aufmunternd an. *Was Du alles in kürzester Zeit erreicht hast, das soll Dir erst mal einer nachmachen. Und dass Du nach solchen Höhenflügen nun auch einmal einen Tiefpunkt erreichst, ist doch nur verständlich. Du hast Dir viel zu viel zugemutet in letzter Zeit.*

Nun schaltete sich auch mein Kollege wieder in das Gespräch ein: *Was Du nun brauchst, ist absolute Ruhe, Sarah. Wenn Du körperlich wieder soweit auf dem Posten bist, schicken wir Dich zur Anschlussheilbehandlung für einige Wochen in die Hohe Mark Klinik nach Oberursel. Dort hast Du dann genügend Zeit, Dein Leben wieder zu ordnen und Dich neu zu orientieren. Natürlich steht nach Deiner Rückkehr Deine Stelle hier weiterhin für Dich bereit.*

Die Hohe Mark Klinik war eine Fachklinik für Psychiatrie und Psychotherapie und hatte sich neben der Therapie für sämtliche Suchterkrankungen auch auf die Behandlung von Burnout- Patienten spezialisiert. Ich war mir sicher, dass dies im Moment der richtige Platz für mich sein würde.

Nach einer Woche körperlicher Genesung in der Uniklinik trat ich meinen Aufenthalt in Oberursel an, um nun auch meine geschundene Seele endlich zur Ruhe kommen zu lassen. Leonie versprach natürlich, mich regelmäßig anzurufen und sooft es ihre Zeit erlaubte, mich auch zu besuchen.

Während meiner Zeit im Taunus hatte ich genügend Zeit zum nachdenken. Die Frage nach dem WARUM geisterte Tag und Nacht in meinen Gedanken umher und ich kam nach wie vor zu keiner plausiblen Antwort. Die zurückliegenden Monate liefen immer und immer wieder wie ein Film vor meinem inneren Auge ab. Doch wo war die Stelle, an der ich hätte eingreifen sollen? Wann hätte ich anders handeln müssen, als ich es getan hatte? Wie hatte ausgerechnet mir so etwas passieren können?

Diese Fragen waren Inhalt und Diskussionsstoff vieler Gespräche, die ich mit meiner Psychotherapeutin, Doktor Sandra Schneider, aus der Klinik führte. Sie selbst hatte auch schon eine Scheidung hinter sich und konnte sich nur allzu gut in meine Situation hinein versetzen. Gemeinsam mit dieser Frau gelang es mir, Stück für Stück diese vielen belastenden Fragen loszuwerden, wobei einige trotz allem nach wie vor unbeantwortet blieben.

Ich musste mich allerdings auch der Tatsache stellen, dass ich mich mit Adrian auf einen Menschen eingelassen hatte, der eine andere Wertvorstellung von Partnerschaft und Liebe besaß, als ich selbst.

Am hartnäckigsten dabei war meine Wut über mich selbst, dass ich so wenig Menschenkenntnis besessen hatte, diese Tatsache nicht rechtzeitig zu erkennen. Adrian hatte wohl mir zu liebe versucht, seine ureigenen Instinkte zu unterdrücken, doch er war nun einmal eben ein Eroberer-Typ, ein Macho mit der Faszination für das Unbekannte. Er hatte sich offensichtlich selbst etwas vorgemacht. Er wollte sowohl mir, als auch sich selbst Glauben machen, dass auch er sich nach einer festen Partnerschaft sehnte. Ihm war seine Unfähigkeit zur Treue mit der Zeit bewusst geworden und diese Erkenntnis war für ihn unerträglich geworden, da er sich auf mich eingelassen hatte und mich in gar keinem Fall verletzen wollte. Doch er konnte letztendlich nicht aus seiner Haut, er blieb, was er war: ein Macho und ein Schürzenjäger. Hätte ich dies früher erkannt, wären mir die schlimmsten Momente meines Lebens vielleicht erspart geblieben.

Natürlich machte ich mir nach wie vor auch noch schlimme Vorwürfe bezüglich des Todes von Matthias Peterson. Mit meiner selbstzerstörerischen Handlungsweise hatte ich versucht, über die Wut und Trauer, die ich durch Adrians Untreue empfand, hinwegzukommen. Doch ich hatte damit nicht nur mir selbst, also meinem Körper schwer geschadet, ich hatte auch noch ein Leben ausgelöscht und einer Familie den Ernährer und Versorger genommen. Mit dieser Vorstellung konnte ich nur schwer weiterleben.

Die befreiende Absolution für mein fatales Handeln erteilte mir Mareike Peterson schließlich persönlich. Eines Tages stand sie unerwartet vor meiner Zimmertür in der Rehaklinik Hohe Mark, einen Strauß Blumen in der Einen, Stella an der anderen Hand. Ich war völlig überrascht von ihrem unangekündigtem Erscheinen.

Hallo Frau Doktor Steinbach begrüßte sie mich herzlich, als ich die Tür öffnete.

Frau Peterson, wie haben Sie mich denn gefunden? Völlig verblüfft starrte ich meine beiden unerwarteten Besucher an.

Das war gar nicht so schwer entgegnete sie lächelnd. *Ich habe bei Ihnen auf Station angerufen und dort wurde mir nach einigem Hin und Her schließlich mitgeteilt, wo ich Sie erreichen kann.*

Oh, entschuldigen Sie bitte, kommen Sie doch herein. Ich trat einen Schritt zur Seite und Stella und Mareike Peterson betraten mein Krankenzimmer.

Stella überreichte mir den Blumenstrauß, den ihre Mutter ihr noch vor der Tür in die kleinen Hände gedrückt hatte.

Für Dich. Sie hielt mir den Strauß entgegen und kuschelte sich schnell wieder an das Bein ihrer Mutter, als ich ihr die Frühlingsblumen aus den Händen genommen hatte.

Vielen Dank. Die sind aber sehr schön. An Frau Peterson gewandt sagte ich: *Aber setzen Sie sich doch bitte.* Ich deutete mit der Hand auf die Sitzgruppe mit den drei Stühlen, die in der Ecke meines Zimmers vor dem kleinen Balkon stand. Nachdem wir Platz genommen hatten, begann Mareike Peterson endlich zu erzählen.

Frau Doktor Steinbach, ich habe erfahren, was passiert ist, nachdem sie mich über den Tod meines Mannes informiert haben. Ihre blauen Augen suchten in meinem Gesicht nach einer Regung, doch ich saß ihr wie versteinert gegenüber, unfähig, auch nur einen Muskel zu bewegen.

Ich möchte, dass Sie wissen, fuhr sie darauf hin fort, *dass ich Ihnen keinerlei Schuld gebe an dem, was meinem Mann widerfahren ist. Seine Zeit auf Erden war abgelaufen und ich bin froh über jede Minute meines Lebens, die ich mit ihm gemeinsam verbringen durfte.* Ihre Lippen bebten kurz, doch sie hatte sich sehr schnell wieder unter Kontrolle. *Sie müssen sich deswegen keine Vorwürfe machen, Sie haben sich bis zum Schluss sehr gut um ihn gekümmert. Dass diese Blutung seinen Tod herbeigeführt hat, war Schicksal. Uns war nur eine begrenzte gemeinsame Zeit gegeben und damit muss ich mich abfinden. Umso dankbarer bin ich, dass ich Stella habe. Sie bedeutet mir wirklich alles.*

Aber wer sorgt denn jetzt für Sie?, fragte ich verzweifelt.Ich blickte auf und sah direkt in ihr Gesicht, sie sah so jung und zerbrechlich aus. *Sie haben mir einmal erzählt, dass Ihr Mann das Geld verdient und Sie sich um das Eigenheim kümmern.* Meine Stimme zitterte und ich war den Tränen nah, so hilflos fühlte ich mich in diesem Augenblick.

Natürlich hat sich so manches verändert, doch mein Mann hat für uns im Falle seines Todes gesorgt. Mareike Peterson sprach ruhig und legte beschwichtigend ihre Hand auf meinen Unterarm. *Er hatte vor vielen Jahren schon eine Lebensversicherung abgeschlossen. Matthias machte sich immer Sorgen darüber, was aus uns werden würde, wenn er nicht mehr da wäre. Durch diese Lebensversicherung sind wir nun sehr gut abgesichert. Stella geht vormittags in den Kindergarten und ich habe eine Teilzeitbeschäftigung angenommen, um wieder unter Menschen zu kommen. Auch wenn Matthias nicht zu ersetzen ist und er mir jeden Tag sehr fehlt, so haben wir doch zumindest keine finanziellen Sorgen.*

Bei diesen Worten atmete ich erleichtert auf und lächelte Mareike Peterson schüchtern an. *Ich bin sehr froh, dass Sie mir das erzählt haben. In der Tat habe ich mir schwerste Vorwürfe gemacht und wollte meinen Beruf deswegen aufgeben.*

Frau Peterson ergriff bewegt meine Hände und sagte eindringlich: *Bitte tun Sie das nicht. Ich habe selten eine Ärztin erlebt, die diesen Beruf mit soviel Liebe und Hingabe ausgeführt hat, wie Sie. Es wäre ein unsagbarer Verlust für alle Ihre zukünftigen Patienten.* Mit Nachdruck fuhr sie fort: *Überlegen Sie es sich bitte noch einmal und denken Sie immer daran: Am Tod von Matthias trifft Sie keine Schuld.*

Ich stand auf und umarmte Mareike Peterson. *Ich danke Ihnen für Ihren Trost. Sie sind eine bemerkenswerte, sehr starke Frau.*

Wir müssen beide zuversichtlich in die Zukunft schauen. Frau Peterson hatte sich ebenfalls erhoben und reichte mir zum Abschied die Hand. *Ich wünsche Ihnen von Herzen, dass Sie bald wieder neuen Mut schöpfen und ihren Platz im Leben finden. Mir ist es auch gelungen und Sie sind genauso stark wie ich. Wir werden beide unseren Weg gehen, da bin ich ganz sicher.*

Nachdem Mareike Peterson mit Stella mein Zimmer verlassen hatte, saß ich noch sehr lange einfach nur da, dachte über ihre tröstenden Worte nach und beobachtete die hinter den Hügeln des Taunus langsam untergehende Sonne.

9

Der Rattansessel knarrte, als ich mich bewegte. Mittlerweile wurde mir etwas kühl in meinem flauschigen Morgenmantel.

Eine laue Brise strich durch das tief und fest schlafende Tal unter mir. Ich rieb mir meinen verspannten Nacken und stand auf, um wieder in mein, mir noch immer ungewohntes Bett zurückzukehren. Ich wollte fit und ausgeschlafen sein für die Praxiseröffnung, die in wenigen Stunden stattfinden sollte. Eine durchwachte Nacht trug dazu sicherlich nicht bei und was würde mein neuer Kollege, Johannes Bronner wohl sagen, wenn ich mit tiefen Augenringen vor ihm und meinen zukünftigen Patienten stehen würde? Ich ging zurück ins Bett und schlief sofort ein.

Am nächsten Morgen, es war ein sonniger und warmer Samstag Mitte Juni, fand planmäßig die Praxisneueröffnung statt. Für 9 Uhr hatte Johannes Bronner alle neugierigen Patienten, aber auch die ortsansässigen Ärztekollegen, Apotheker und Physiotherapeuten in seine Praxis nach Oberstdorf eingeladen, um mich als die neue, zweite Hälfte in der Gemeinschaftspraxis offiziell vorzustellen. Johannes selbst war vor einigen Jahren in die Praxis eingestiegen und hatte diese mit seinem damaligen Senior-Partner bis zu dessen Ruhestand vor 4 Monaten gemeinsam geführt.

Ich hatte bereits während meiner Zeit in der Reha-Klinik Hohe Mark die Suche nach einem neuen Aufgabengebiet bundesweit gestartet und war zufällig auf den ausgeschriebenen Praxisteil im Oberallgäu gestoßen. Ich hatte Johannes Bronner kurz entschlossen telefonisch kontaktiert und da wir uns von Anfang an sympathisch waren, wurden wir uns auch schnell handelseinig in Bezug auf meine Einstiegskonditionen. Nachdem sämtliche Formalitäten erledigt waren, machte ich mich unmittelbar nach meiner Klinikentlassung auf den Weg in mein neues Leben.

Ich hatte mir bei meinem Umzug fest vorgenommen, die Vergangenheit komplett hinter mir zu lassen und alle Brücken abzubrechen. Diese Praxis war für mich die Chance, ganz von vorne anzufangen und ich wollte auf jeden Fall verhindern, dass unangenehme Details aus meiner Zeit in Frankfurt mich im Allgäu wieder einholen könnten.

Daher hatte ich mir vor meiner Abreise geschworen, niemandem in meiner neuen Heimat meine wirklichen Beweggründe für meinen Umzug nach Oberstdorf zu nennen, nicht einmal meinem neuen Kollegen Johannes Bronner.

Er kannte lediglich meine offizielle Version, dass ich das Großstadtleben über hatte und im letzten Winkel Deutschlands ein geruhsameres Leben führen wollte. Mehr ging meiner Meinung nach Niemanden etwas an.

Nachdem ich über drei Stunden gefühlte tausend Hände geschüttelt hatte und mindestens genauso oft den Grund erklären musste, warum eine junge, alleinstehende Ärztin der Mitte Deutschlands den Rücken kehrt, um in den hintersten Zipfel der Republik auszuwandern, riss der Strom der Neugierigen endlich langsam ab. Johannes gesellte sich an meine Seite und lud mich ein, gemeinsam mit ihm und seiner Frau Isabelle zusammen zu Mittag zu essen, und so fanden wir uns, nachdem auch der letzte Neugierige die Praxis verlassen hatte, im Gasthof zum goldenen Lamm im Herzen Obsterstdorfs ein, um zum ersten Mal seit meiner Ankunft ungestört ein paar private Worte zu dritt zu wechseln.

Bisher hatte sich mein Kontakt zu Johannes Bronner fast ausschließlich auf Telefonate beschränkt, lediglich ein einziges Mal war ich nach Bayern gefahren, um den notariellen Praxisvertrag zu unterzeichnen. Auch bei meiner Ankunft vor drei Tagen übergab mir eine Angestellte der Praxis die Schlüssel zu meiner neuen Wohnung, da sich Johannes gemeinsam mit Isabelle auf einer Tagung in München befand.

Nun saßen wir zum ersten Mal alle drei gemeinsam an einem Tisch in der gemütlichen Gaststube zum goldenen Lamm, einem traditionsreichen Restaurant mit angeschlossenem Hotel in der Oberstdorfer Fußgängerzone, und musterten uns gegenseitig neugierig.

Johannes Bronner war ein überaus gut aussehender Mann Ende dreißig mit blondem, schulterlangen Haar, welches er nach eigener Aussage meistens zu einem lockeren Zopf zusammengebunden hatte, Dreitagebart und durchtrainierter Körper. Er überragte mich von seiner Körpergröße her um fast einen ganzen Kopf.

Seine sportliche Statur stand im krassen Gegensatz zu der meinen. Ich war für mein Gewicht eher etwas zu klein geraten, was ich zum Glück bisher immer geschickt durch entsprechend vorteilhafte Klamotten kaschieren konnte. Meine körperliche Aktivität hatte sich in letzter Zeit allerdings weitgehend auf das Treppensteigen zwischen zwei Klinikstockwerken beschränkt und ich konnte mich daher leider wirklich nicht als ausdauernd bezeichnen.

Isabelle Bronner, Johannes Ehefrau war das absolute Gegenteil von mir. Sie war einige gute Zentimeter größer als ich, fast so groß wie Johannes selbst, der nach meiner Schätzung mindestens einsfünfundachzig maß, schlank und trug ihre dunkelbraunen, langen Haare eng zu einem Pferdeschwanz zusammengebunden. Johannes und Isabelle passten optisch sehr gut zusammen und schienen sich auch bestens zu verstehen. Diese Glückspilze, dachte ich leicht neidisch über ihre offensichtlich harmonische Zweisamkeit.

Nachdem die freundliche Bedienung, ein junges, blondes Mädel mit kreativer Flechtfrisur und standesgemäßem Dirndl, unsere Getränkebestellung aufgenommen hatte, lehnte ich mich entspannt in meinem Stuhl zurück, schlug die Beine übereinander und betrachtete meine beiden Gegenüber unverhohlen neugierig.

Also denn, ihr zwei, erzählt doch mal. Welcher Typ Mensch steckt hinter meinem neuen Partner und seiner Frau? Ich zwinkerte Isabelle keck zu, die sich daraufhin ein Lachen kaum noch verkneifen konnte und Johannes schmunzelte belustigt über meine, ihm bisher anscheinend unbekannte, hessische Direktheit.

Die Bedienung kam mit unseren Getränken und nachdem Johannes einen kräftigen Schluck aus seinem Weizenbierglas genommen hatte, gab er mir bereitwillig Einblicke in ihr beider Leben.

Die Familien Bronner und Mayrhofer, also Isabelles Familie, stammten beide aus Oberstdorf und das bereits seit mehreren Generationen, erklärte mir mein neuer Kollege nicht ohne einen gewissen Stolz in seiner

Stimme mitschwingen zu lassen. Mit seinem angenehmen, wohlklingenden Bariton, der mich an einen Märchenerzähler erinnerte, erzählte er mir viele nette Anekdoten über sich und Isabelle.

Ich erfuhr, dass Isabelles Eltern in der Oberstdorfer Fußgängerzone eine Dirndlboutique mit eigener Kollektion unterhielten, die über die Grenzen des Oberallgäus hinaus bekannt war. Isabelle, die in München ihr Modestudium abgeschlossen hatte, würde den Laden in einigen Jahren, wenn sich ihre Eltern gänzlich zur Ruhe setzen würden, übernehmen. Im Augenblick entwarf sie die neuen Schnitte für ihre kommende Kollektion und unterstützte ihre Eltern zudem im Ladengeschäft beim Verkauf.

Johannes selbst war der Letzte seiner Familie, der noch in Oberstdorf lebte. Seine Eltern, so erklärte er mir mit unterschwelliger Traurigkeit in seiner Stimme, waren vor einigen Jahren bei einem Lawinenunglück in den Schweizer Alpen ums Leben gekommen. Er beließ es allerdings bei dieser kurzen Erwähnung und wechselte unvermittelt das Thema.

Ich kenne Isabelle seit Kindertagen, eine Sandkastenliebe sozusagen, er streichelte beiläufig, jedoch voller Zuneigung Isabelles Hand, die neben der seinen auf dem rustikalen Holztisch ruhte. *Vor vier Jahren haben wir dann endlich geheiratet, nachdem jeder von uns erst einmal seine berufliche Karriere auf den Weg gebracht hatte.*

Johannes nippte erneut an seinem Weizenglas, bevor er fortfuhr: *Vor etwa fünf Jahren, nachdem ich meine Facharztprüfung unter Dach und Fach hatte, bin ich in die Praxis meines damaligen Kollegen, Walter Iacobi, eingestiegen. Mit ihm habe ich bis zu seinem wohlverdienten Ausscheiden in den Ruhestand Anfang diesen Jahres die allgemeinmedizinische Gemeinschaftspraxis hier im Ort geführt. Da ich die Praxis nicht alleine weiterführen wollte und konnte, habe ich mich auf die Suche nach einem geeigneten Praxispartner begeben.* Er lehnte sich entspannt auf seinem Sitzplatz zurück, verschränkte die Hände hinter seinem Kopf und lächelte mich auffordernd an: *Und nun kommst Du ins Spiel, liebe Sarah. Deine Vita kenne ich ja bereits, doch welchen Typ Mensch habe ich mir denn tatsächlich mit Dir in meine Praxis geholt?*

Zwischenzeitlich erschien die Chefin des Hauses an unserem Tisch, die es sich nicht nehmen lassen wollte, unser Essen persönlich zu servieren. Die beiden Familien, Bronner und Mayrhofer, waren angesehene Oberstdorfer und gern gesehene Gäste überall im Ort, daher war es eine

Selbstverständlichkeit, dass die Gastgeberin des goldenen Lamms uns persönlich bewirtete. Nach einem freundlichen, unverfänglichen Plausch zwischen der Wirtin und meinen beiden Tischnachbarn, wobei mich die Hausherrin beim Erwähnen meiner zukünftigen Funktion in Johannes Praxis mit einem höflichen Kopfnicken bedachte, verabschiedete sich die Dame von uns und wandte sich wieder ihren weiteren Gästen zu.

Während wir uns das köstliche Essen schmecken ließen, begann ich meine Erzählungen über mein bisheriges Leben in Frankfurt.

Ich bin in Bad Homburg, das liegt in der Nähe von Frankfurt, aufgewachsen und habe in Frankfurt mein Medizinstudium absolviert. Auch meine Eltern leben seit einigen Jahren nicht mehr, sie sind bei einem Bootsunfall auf der Nordsee tödlich verunglückt. Ich stockte kurz, da mich der tragische Verlust meiner Eltern noch immer aufwühlte, und blickte aus dem Fenster zu meiner Rechten, hinter dem sich ein gemütlicher Biergarten befand. Nach einigen Sekunden hatte ich mich wieder unter Kontrolle und fuhr mit meiner Lebensgeschichte fort. *Zum Zeitpunkt des Unglücks stand ich gerade kurz vor meiner Approbation, es war eine sehr schwere Zeit für mich, plötzlich ganz alleine zu sein. Nach der Facharztanerkennung arbeitete ich in einer großen internistischen Praxis und anschließend in der Kardiologie der Universitätsklinik Frankfurt. Da mir das Stadtleben auf Dauer zu stressig geworden ist, hat es mich schließlich hierher, in die Abgeschiedenheit der bayrischen Alpen verschlagen.*

Im Großen und Ganzen glichen meine Erzählungen stark meinem Lebenslauf, den Johannes bereits von unserem ersten Kennenlernen vor Vertragsunterzeichnung kannte, doch ich vermied es bewusst, den beiden die wirklich brisanten Details meiner Vorgeschichte zu erzählen. Zu tief waren noch die Wunden, die Adrian und die Folgen meiner Trennung von ihm in mein Leben gerissen hatten.

Ausweichend starrte ich nach Beendigung meiner Rede zu Boden. Vielleicht würde ich den beiden eines Tages erzählen, was mich tatsächlich hierher geführt hatte, doch nicht jetzt. Nicht heute.

Was sagt denn Dein Partner zu Deinem beruflichen Neustart? Isabelles ungewohnt direkte Frage riss mich aus meinen Gedanken und ich blickte lächelnd auf. Sie lernte wirklich schnell, dachte ich amüsiert und Johannes schaute seine Frau erstaunt von der Seite an. Sie hatte einen neugierigen Blick auf meine beiden Ring losen Hände geworfen, die gedankenverloren mit dem Wasserglas vor mir auf dem Tisch spielten.

Tja, wie unschwer zu erkennen ist, ich blickte nun selbst auf meine beiden Hände und hielt sie demonstrativ in die Höhe, *bin ich Single.* Damit ich bei meinem neuen Kollegen und seiner Frau nicht voreilig als alte Jungfrau abgestempelt wurde, fügte ich schnell hinzu: *Natürlich hatte ich schon einige Beziehungen, aber irgendwie war noch nicht der Richtige dabei. Zudem habe ich mir ja auch einen Beruf ausgesucht, in dem es nicht so einfach ist, Privatleben und Karriere unter einen Hut zu bringen.*

Johannes und Isabelle schauten sich gegenseitig an und nickten dann verständnisvoll. Auch bei ihnen schien das nicht ganz so einfach zu funktionieren, wie sie es an sich gerne hätten. Mit einem lapidaren Schulterzucken beendete ich schließlich meine Ausführungen: *Doch wer weiß, vielleicht kommt ja doch noch ein Prinz auf seinem weißen Pferd angeritten und entführt mich in sein Märchenschloss?*

Wir lachten alle drei herzhaft drauflos und einige Köpfe an unserem Nachbartisch drehten sich neugierig zu uns um. Gespielt betroffen ging unser Lachen in halblautes kichern über und Johannes meinte schließlich, mit einem vielsagenden Augenzwinkern: *Da können wir Dir vielleicht unter die Arme greifen.* Er stupste Isabelle spielerisch seinen Ellenbogen in die Seite. Diese zog, den Wink ihres Mannes durchaus verstehend, erfreut die Augenbrauen nach oben und nickte anschließend zustimmend.

Nach dem Dessert erzählten Johannes und Isabelle abwechselnd, welche umfassenden Möglichkeiten zur Freizeitgestaltung Oberstdorf und die gesamte Umgebung des Allgäus für einen bot. Es sei für jede Altersklasse und jeden Geldbeutel das Passende dabei.

Neben zahlreichen Outdooraktivitäten boten sich den Besuchern und auch den Einheimischen zudem viele kulturelle Möglichkeiten. Es wurden regelmäßig diverse Konzerte veranstaltet und sportliche Großereignisse wie das Skispringen im Rahmen der Vier-Schanzen-Tournee lockten jährlich abertausende Besucher in die Region. Davon profitierten nicht nur die Hoteliers und Gastonomen, sondern zu guter

Letzt auch die Kleingewerbetreibenden wie etwa die Hausarztpraxis von Johannes und das Trachtengeschäft der Mayrhofers. Der Tourismus war eine der wichtigsten Einnahmequellen im Allgäu und so waren natürlich auch sämtliche Bestrebungen der Marktgemeinde auf die Unterhaltung und qualitativ hochwertige Beschäftigung der zahlreichen Gäste ausgelegt.

In den Hochsaisonzeiten, also im Sommer und auch über den Jahreswechsel, beziehungsweise in einem sehr schneereichen Winter, platzte das kleine Örtchen allerdings regelrecht aus allen Nähten und den Einheimischen, so erklärte mir Johannes ein wenig wehmütig, wurde der ganze Trubel zeitweise schon ein wenig zu viel. Doch in der Nebensaison war es hier überaus beschaulich und im November war man fast vollständig wieder unter sich.

Im Moment befanden wir uns glücklicherweise noch in der Vorsaison des Sommers und man war auch in den Bergen überwiegend alleine unterwegs, wenn man die nötigen Geheimtipps der Region kannte.

Ich als Flachländer war noch nie in meinem Leben auf einem Berg gewesen, höchstens auf dem Feldberg im Taunus, der einzigen höheren Erhebung in der Rhein-Main-Region, die den Namen Berg verdiente. Doch im Vergleich zum Nebelhorn etwa, mit circa 2200 Metern über Seehöhe einer der höchsten Gipfel rund um Oberstdorf, war der Feldberg natürlich nichts anderes als ein unbedeutendes Hügelchen.

Als ich meinen beiden Begleitern erzählte, dass ich bisher noch keinen einzigen Gipfel erklommen hatte, der höher als 1000 Meter gelegen war, lud mich Johannes spontan, gemeinsam mit Isabelle für den folgenden Tag auf eine, seinen eigenen Aussagen sogar kinderfreundliche, leichte Wanderung zum Höfatsblick ein, der Bergstation des Nebelhorns auf über 1900m Höhe ein. So hätte ich die erste Gelegenheit, meine neue Heimat besser kennenzulernen. Ich freute mich sehr über diese Einladung und sagte, ohne groß zu überlegen, sofort zu.

Früh am Sonntagmorgen brachen wir auf. Noch gänzlich unerfahren bezüglich der notwendigen Ausrüstung für eine solche Wanderung erschien ich in Jeans und Turnschuhen vor dem Haus der Bronners, unserem vereinbarten Treffpunkt.

Johannes öffnete mir auf mein Klingeln hin die Haustür und schüttelte sogleich missbilligend den Kopf, als er meinen unpassenden Dresscode erblickte. Doch es war bereits dringend Zeit aufzubrechen. Zu meiner Wohnung zurückzulaufen und mich entsprechend umzuziehen, dafür blieb keine Zeit mehr, und so trabte ich schließlich in meiner typischen Touri-Kleidung, wie mein Kollege meinen Aufzug schmunzelnd nannte, hinter Johannes und Isabelle her, die beide selbstverständlich passende Wanderbekleidung trugen und natürlich auch an einen Rucksack für den notwendigen Wegproviant gedacht hatten.

Der Weg führte uns über die Schanzenstrasse vorbei an den Skisprungschanzen der Erdinger Arena, wo jedes Jahr Ende Dezember das Oberstdorfer Skispringen der Vierschanzentournee ausgetragen wurde, in Richtung Höhenalm/Seealpe.

An sich war die Strecke sehr gut begehbar, doch bereits während des ersten Anstieges zum Berggasthof Seealpe kamen mir ernsthaft Zweifel, ob meine desolate Kondition es überhaupt zuließ, dass ich die Bergstation des Nebelhorns überhaupt erreichen würde. Ich japste und schnaufte neben Johannes und Isabelle her, die scheinbar mühelos bergauf gingen und noch nicht einmal zu schwitzen begonnen hatten. Ab und an blieben sie wie zufällig stehen, um mir hier eine Waldblume und dort ein Eichhörnchen zu zeigen, doch in Wirklichkeit wollten sie mir nur eine kurze Verschnaufpause gönnen. Diese nahm ich sehr dankbar an und bestaunte intensiv die mir dargebotenen Wunder der Natur.

Am Berggasthof Seealpe angekommen machten wir kurz Rast, um meiner überstrapazierten Oberschenkelmuskulatur eine kleine Erholungspause zu gönnen. Morgen würde ich mich vor Muskelkater an meinem ersten Arbeitstag in der Praxis wahrscheinlich nicht vom Fleck bewegen können, dachte ich grimmig.

Der nächste Streckenabschnitt versprach jedoch, laut Aussage von Isabelle, nicht mehr ganz so steil zu werden. Wir würden durch das Hochtal bis zum Fuß des Nebelhorns auf fast ebener Straße gehen. Aschließend müssten wir allerdings noch ein paar deutliche Meter Höhe überwinden, bevor wir die Bergstation Höfatsblick erreichen würden.

Ich rollte resigniert die Augen und Johannes klopfte mir aufmunternd auf den Rücken. *Du schaffst das schon. Glaub mir, wenn Du das ein paar Mal gemacht hast, läufst Du die Berge hier hoch, als wäre dies ein Sonntagsspaziergang.* Er warf einen prüfenden Blick auf meine ausladende Hüfte. *Und stell Dir vor, was Du heute an Kalorien verbrennst. Das ist besser als in jedem Fitness-Studio.*

Ich starrte ihn mit zusammengekniffenen Lippen finster an, erhob mich dann äußerst würdevoll, soweit es meine schmerzende Muskulatur überhaupt noch zuließ und stampfte entschlossen los, dem Gipfel entgegen. Ich würde dort oben ankommen, schwor ich mir insgeheim, und wenn ich meine letzten Kraftreserven dafür motivieren musste. Johannes und Isabelle folgten mir lächelnd.

Nach gefühlten Stunden und sicherlich mehrerer tausend Höhenmeter erreichten wir schließlich die Bergstation Höfatsblick auf 1932 Meter Höhe. Von dort aus führten mehrere Bergwanderwege und Alpinsteige in die umliegende, atemberaubende Gipfellandschaft.

Den weiteren, letzten Aufstieg zum 2224 Meter hohen Nebelhorngipfel ersparte mir Johannes aus Rücksicht auf meine Flachlandkondition schließlich aber doch.

Wir suchten uns auf der Aussichtsterrasse der Bergstation ein freies Plätzchen und genossen die warme Frühsommersonne, die in dieser Höhe bereits deutlich mehr Kraft hatte als unten im Tal. Der Ausblick auf das Tal unter uns und die umliegenden Bergkämme war atemberaubend schön und so saßen wir schweigend zusammen und genossen das wundervolle Bergpanorama.

Und, hast Du es Dir so vorgestellt? Johannes Stimme riss mich aus meinen Gedanken und ich blickte lächelnd zu ihm hinüber.

Es ist viel schöner, als ich in meinen kühnsten Träumen erhofft hätte. Mein Blick wanderte fasziniert über die Gipfel und den wolkenlosen, sonnenbeschienenen Himmel. *Jetzt fehlt mir nur noch die entsprechende Zeit, regelmäßig meine Kondition mit derartigen Touren zu trainieren.*

Ein Seufzer entfuhr mir und Johannes lachte auf. *Die Zeit werden wir Dir schon verschaffen. Die Sprechzeiten in unserer Praxis sind wirklich sehr Freizeit verträglich und an den Wochenenden gibt es hier einen geregelten Notdienst.* Er stupste mich herausfordernd mit seinem Zeigefinger gegen meine Schulter. *Dann müssten wir nur noch den passenden Bergführer für Dich finden.*

Lass den Bergführer lieber zu Hause, von Männern habe ich in diesem Leben die Nase gestrichen voll, gab ich, ohne groß zu überlegen, von mir. Erst als mich Johannes zuerst verdutzt und anschließend überaus neugierig von der Seite betrachtete, fiel mir auf, was ich da gerade gesagt hatte. Ich biss mir verlegen auf die Unterlippe, blieb meinem Kollegen aber eine weitere Erklärung meiner Äußerung schuldig und schwieg beharrlich.

Ich konnte auf einmal Leonies Stimme in meinem Kopf deutlich hören, die in dieser Situation sicherlich etwas wie: *Wie kann ich wissen, was ich denke, bevor ich höre, was ich sage,* zum Besten gegeben hätte. Die taffe Arzthelferin hatte immer den passenden Spruch für alle Lebenslagen auf Lager. Ich vermisste meine Freundin wirklich schmerzlich.

Wortlos stand ich schließlich auf, um das immer peinlicher werdende Schweigen zu unterbrechen, und ging ein paar Schritte hinüber zum Terrassengeländer. Ich lehnte mich mit den Unterarmen auf das hölzerne Geländer und blickte in das unter mir liegende Tal, an dessen Ende Oberstdorf mit der Skisprungschanze noch undeutlich zu erkennen war.

Isabelle, die mit drei dampfenden Kaffeetassen beladen, welche sie im angrenzenden Restaurant für uns besorgt hatte, zu unseren Plätzen zurückkam, setzte sich zu Johannes und deutete fragend auf mich: *Was hat Sarah denn? Ist was passiert?* Johannes schüttelte den Kopf. *Nein, nein, es ist nichts passiert.* Nachdenklich schaute er zu mir herüber. *Aber ich glaube, dass sie uns in einer Sache nicht ganz die Wahrheit gesagt hat.* Isabelle zog fragend die Augenbrauen hoch, doch Johannes blieb ihr eine Antwort schuldig. Stattdessen winkte er mich zum Tisch zurück: *Hey Sarah, Isabelle hat uns allen Kaffee mitgebracht. Komm und setz Dich wieder zu uns.*

Ich drehte mich, entschuldigend lächelnd, zu meinen beiden Begleitern um und kam zurück an den Tisch. Dankbar nahm ich einen vorsichtigen Schluck des heißen Kaffees und Johannes und Isabelle fingen schnell ein anderes Gesprächsthema an.

Der nächste Tag war die Hölle....

Nicht, dass ich mich an meinem ersten Arbeitstag in der Praxis nicht gut geschlagen hätte, dieser lief hervorragend. Doch mein Muskelkater brachte mich fast um. Jede Treppenstufe war eine schier unüberwindbare Hürde und ich ärgerte mich im nach hinein sehr, dass ich Johannes'

Angebot, für den Rückweg die Bergbahn zu benutzen, hochmütig abgelehnt hatte.

Bergab zu laufen sei doch keine Kunst, hatte ich ihm oben an der Bergstation der Seilbahn noch leichthin erklärt und Johannes hatte Isabelle einen vielsagenden Blick zugeworfen. Schon auf halber Strecke hatte ich meinen Hochmut allerdings bereits bitterlich bereut, doch ich war viel zu stolz, um mir auch nur die kleinste Kleinigkeit anmerken zu lassen. Ich biss tapfer die Zähne zusammen und ignorierte meine rebellierende Beinmuskulatur so gut ich eben konnte.

Doch kurz vor dem Ziel hatte ich das Gefühl, dass mich meine Beine keinen Meter mehr weiter tragen würden. Isabelle betrachtete mich mitfühlend: *Das wird von Mal zu Mal besser, glaub mir,* versuchte sie mich aufzumuntern. Weder ihr noch Johannes war in irgend einer Form anzumerken, dass sie soeben 1100 Höhenmeter sowohl in die eine, als auch in die andere Richtung zurückgelegt hatten. Wie sehr ich die beiden in diesem Moment für ihre Kondition und Fitness beneidet hatte.

Zu meinem Glück hatten auch unsere beiden Arzthelferinnen, Monika und Gabi, ein Einsehen mit meinem angeschlagenen Gesundheitszustand und so ersparten sie mir unnötige Wege vom Obergeschoss, in dem die Sprechzimmer lagen, hinunter ins Erdgeschoss, in dem sich die Anmeldung und die Funktionsräume befanden. Die beiden waren ein eingespieltes Team und absolut fit in ihrem Beruf. Johannes war sehr stolz auf seine Mädels, wie er sie neckisch nannte.

Am Abend nach meinem ersten Arbeitstag telefonierte ich mit Leonie. Sie wollte natürlich in allen Einzelheiten wissen, wie meine ersten Tage in meinem neuen Leben verlaufen waren und ich erzählte ihr von Johannes und Isabelle, unserer Wanderung, meinem ersten Tag in der Praxis und auch von meinem Missgeschick bei der Erwähnung von Johannes' Suche nach einem passenden Bergführer für mich. Leonie prustete ins Telefon: *Mensch Sarah, Du musst wirklich besser aufpassen mit dem, was Du sagst. Du stellst Dich ja so hin, als wenn Du etwas Schlimmes zu verbergen hättest. Wenn Du Dein Mundwerk nicht im Zaum halten kannst, dann sag ihnen lieber jetzt, was wirklich passiert ist, bevor sie noch irgendwelche falschen Schlüsse ziehen.*

Ich finde, das ist noch zu früh. Ich konnte der Vorstellung, Johannes und Isabelle in diesem frühen Stadium unseres Kennenlernens meine ganze Leidensgeschichte zu erzählen, nun wirklich nichts abgewinnen. *Ich kenne die beiden erst seit ein paar Tagen, Leonie. Da will ich doch nicht gleich meine ganze Lebensgeschichte vor ihnen ausbreiten. Nein,* ich schüttelte instinktiv den Kopf, obwohl mich Leonie am anderen Ende der Leitung natürlich nicht sehen konnte, *ich muss in Zukunft einfach vorsichtiger mit meinen Äußerungen sein, dass mir so etwas nicht noch einmal passiert.*

Leonie pflichtete mir bei.

Ach übrigens, begann ich ein anderes Thema, *ich habe Johannes und Isabelle von Dir erzählt und die beiden möchten Dich gerne kennenlernen. Johannes hat mich für übernächstes Wochenende zu seiner Geburtstagsparty eingeladen, er wird 40 und Isabelle und Johannes würden sich freuen, wenn Du auch kommen würdest. Die Feier findet in einem ganz exklusiven Fünf-Sterne Hotel hier in der Nähe statt, der Sonnenalp in Ofterschwang. Johannes ist mit dem Hotelier befreundet und dieser hat ihm für diesen besonderen Anlass das Gourmetrestaurant Silberdistel und einen Teil der herrlichen Gartenanlage für die Geburtstagsgesellschaft reserviert.* Nach kurzer Pause fügte ich etwas unsicher hinzu: *Du kommst doch, oder?*

Klar komme ich. Bei einer solchen verlockenden Einladung brauchte ich Leonie nicht lange zu bitten und außerdem freuten wir uns beide auf ein Wiedersehen, schließlich hatten wir uns seit Wochen nicht mehr gesehen.

Leonie hatte mich zwar in der Klinik besucht, aber in der Zeit zwischen meinem Entschluss nach Bayern zu gehen und meinem Umzug nach Oberstdorf hatte ich viel zu erledigen und leider keine Zeit mehr für meine Freundin gehabt. Auch brannte Leonie darauf, meinen neuen Kollegen und dessen Frau kennenzulernen.

10

Das Hotel Sonnenalp war wirklich eine ausgezeichnete Adresse. Herrlich gelegen inmitten bunter Alpwiesen, etwas außerhalb des Dörfchens Ofterschwang und umgeben von sanften Hügeln befand sich das nach Süden ausgerichtete Nobeldomizil mitsamt seinen wohlhabenden Gästen buchstäblich auf der Sonnenseite des Lebens.

Für dieses Wochenende waren hochsommerliche Temperaturen vorausgesagt und so fuhren Johannes und Isabelle nebst Leonie und mir im Oldtimer-Cabriolet zum Eingang des Hotels.

In der im alpenländischen Stil, und doch sehr gediegen gehaltenen Hotelhalle, begrüßte uns am Fuße der mächtigen, hölzernen Freitreppe, die zu der Galerie mit Bibliothek und antikem Mobiliar emporführte, der Hotelchef persönlich zum Sektempfang. Er war ein guter Freund der Familie Bronner und ließ es sich daher nicht nehmen, Johannes und seine zahlreichen Gäste persönlich willkommen zu heißen.

Johannes hatte über 100 Freunde und Verwandte zu diesem Fest geladen und alle waren sie seiner Einladung, auch wegen der wunderbaren Location, überaus gerne gefolgt.

Innerhalb kürzester Zeit füllte sich die Halle mit den ohne Unterlass durch die Eingangstür strömenden Geburtstagsgästen.

Leonie und ich blieben dicht bei Isabelle und Johannes stehen und beobachteten den nicht abreißenden Strom der Gratulanten. Denjenigen, die mich noch nicht von unserer Praxiseröffnung kannten, stellte Johannes mich stolz als seine neue Partnerin vor.

Ein junger Mann, der soeben durch die Eingangstür trat und sich suchend umschaute, erregte Leonies Aufmerksamkeit und sie stieß mir leicht ihren Ellenbogen in die Seite und deutete mit dem Kopf zur Tür.

Das ist aber ein überaus netter Anblick, raunte sie mir ins Ohr, als ich ihrem Blick folgte und die besagte Person interessiert musterte. Leonie hatte stets einen ausgesprochen guten Geschmack.

Der Unbekannte sah wirklich verdammt gut aus. Er hatte haselnussbraune, kurze Haare und ein markantes, glattrasiertes, überaus hübsches Gesicht. Zudem trug er ein körpernah geschnittenes, weißes Hemd und eine verwaschene Jeans, die seinen sportlichen und durchtrainierten Körper optimal in Szene setzten. Gewollt oder nicht, bereits kurz nach seinem Eintreffen zog der Fremde reihenweise die Blicke der anderen, vor Allem die der weiblichen Gäste, auf sich.

Auch Johannes und Isabelle hatten den Neuankömmling bemerkt und Johannes winkte ihn zu uns herüber.

Hallo Sebastian, schön dass Du es doch noch geschafft hast, zu kommen. Ich freue mich sehr, dass Du da bist.

Der Angesprochene steuerte zielstrebig auf unsere Gruppe zu, ergriff Johannes Hand und schüttelte sie kräftig. *Ich kann doch nicht zulassen, dass mein bester Freund seinen 40. Geburtstag ohne mich begeht. Herzlichen Glückwunsch und vor allem Gesundheit für Dich und Deine Familie und mögen all Deine Träume in Erfüllung gehen.*

Er strahlte Johannes mit einem umwerfenden Lächeln an und ließ dann von ihm ab, um Isabelle zu begrüßen. *Hallo meine Liebe, schön Dich endlich wiederzusehen.* Er umarmte Isabelle herzlich.

Hallo Seb. Herzlich willkommen zurück in der Heimat. Ich hoffe, Du hattest einen ruhigen Flug. Auch Isabelle freute sich offensichtlich über das Auftauchen des gutaussehenden Fremden.

Der junge Mann nickte. *Bis auf einige wenige Turbulenzen und eine Schlechtwetterfront in Lukla war alles okay.* Sein Blick wanderte von Isabelle zu Leonie und mir.

Oh entschuldige, ihr kennt Euch ja noch gar nicht. Johannes übernahm als Gastgeber bereitwillig unsere gegenseitige Vorstellung und deutete höflich mit der Hand auf mich. *Sebastian, das ist meine neue Kollegin aus meiner Praxis, Sarah Steinbach. Ich glaube, ich habe Dir schon von ihr erzählt.* Mit einem Blick auf Leonie fuhr er fort: *Und die zweite junge Dame hier heißt Leonie Wagner und ist Sarahs beste Freundin.*

Sebastian musterte erst mich und anschließend Leonie interessiert und nickte uns dann freundlich lächelnd zu. Johannes fuhr unterdessen mit der Vorstellung fort. Er deutete kopfnickend auf seinen jungen Freund: *Sebastian Kramer. Extrembergsteiger, Physiotherapeut und seit Jahren der beste Freund, den man sich nur wünschen kann. Er ist erst vor drei Tagen von einer Trekkingtour aus dem Himalaya zurückgekehrt.*

An mich gewandt fügte er schelmisch blinzelnd hinzu: *Er ist übrigens der beste Bergführer, den man sich nur vorstellen kann. Ihm würde ich sogar meine neue und kostbare Kollegin anvertrauen.*

Ich warf Johannes einen bösen Seitenblick zu, den dieser mit einem frechen Grinsen quittierte.

Sebastian schien das kurze Geplänkel zwischen Johannes und mir nicht weiter zu beachten. Er reichte zuerst Leonie und anschließend mir zur Begrüßung höflich die Hand.

Sein Händedruck war fest und selbstsicher und sekundenlang hielt er meine Hand mit der seinen fest umschlossen. *Freut mich, Dich kennen zu lernen,* sagte er mit seiner wohlklingenden, angenehmen Stimme, in der ein deutlicher und meiner Vermutung nach einheimischer Akzent mitschwang. Seine blaugrünen Augen ruhten interessiert auf meinem Gesicht und mein Herzschlag beschleunigte sich plötzlich ungewollt. Schnell senkte ich meinen Blick, um nicht noch rot zu werden.

Nachdem das Begrüßungszeremoniell offiziell beendet war, verabschiedete sich Sebastian fürs Erste von uns wandte sich dem Rest der Geburtstagsgesellschaft zu. Auch von anderen Gästen wurde er überaus herzlich begrüßt.

Leonie sah ihm anerkennend nickend nach und bedachte mich anschließend mit einem vielsagenden Seitenblick: *Na, der sieht doch ganz nett aus. Vielleicht solltest Du tatsächlich mal in Erwägung ziehen, ihn als Bergführer anzuheuern. Der würde Dich sicherlich auf andere Gedanken bringen.*

Fängst Du jetzt auch schon damit an, zischte ich erbost zu ihr herüber. Johannes und Isabelle hatten sich zwischenzeitlich einer neuen Gruppe ankommender Gäste zugewandt und so fuhr ich im sicheren Glauben daran, dass meine nächsten Worte ausschließlich für die Ohren meiner Freundin bestimmt waren, aufgebracht fort: *Glaub mir eins, Leonie. Das Letzte, woran ich im Moment Interesse habe, sind Männer jeglicher Art, Bergführer hin oder her. Ich bin doch nicht durch die halbe Republik gezogen, nur um mich gleich wieder dem Nächstbesten an den Hals zu hängen.*

Leonie hob beschwichtigend die Hände: *Hey, ruhig bleiben, Sarah. Du weißt doch, Aufregung ist schlecht fürs Immunsystem.*
Bevor ich noch etwas passendes antworten konnte, drehte sie sich lachend um, ließ mich einfach stehen und mischte sich ebenfalls unter die immer zahlreicher werdenden Gäste.

Das Fest war wirklich ein voller Erfolg. Das Hotel hatte nach Johannes´ Vorgaben alles bis ins kleinste Detail organisiert. Die Tische waren mit wunderschönen Arrangements aus Alpenblumen geschmückt, eine Kapelle spielte zum Tanz auf und die Tische des Buffets bogen sich unter den servierten Köstlichkeiten.

Aufgrund des herrlichen Wetters war die Veranstaltung kurzfristig in die wunderschöne Gartenanlage des Hotels verlegt worden.
Auf der großen Rasenfläche waren mehrere Pavillons aufgebaut, die Tische hatte man auf den Sonnenterrassen vor dem Restaurant arrangiert und im schattenspendenden Schutz großer Bäume und blühender Sträucher waren kleine Sitzgruppen aufgestellt.
Rings um mich herum standen oder saßen die Gäste, unterhielten sich angeregt, lachten oder flirteten und alle schienen diesen herrlichen Tag zu genießen.

Ich selbst hatte mich etwas von der lustigen Gesellschaft zurückgezogen. Abseits der Menge und des Trubels saß ich auf einer hölzernen Bank am Rande der Rasenfläche und hing verträumt meinen Gedanken nach. Ich dachte an die rauschenden Bälle, auf denen ich in Frankfurt gern gesehener Gast gewesen war, an mein altes Leben und natürlich auch an Adrian. Unvermittelt stiegen mir Tränen in die Augen und ein dicker Kloß setzte sich in meiner Kehle fest. Irgendwie vermisste ich das alles doch sehr. Auch wenn mir dieser italienische Macho die schlimmste Enttäuschung meines bisherigen Lebens zugefügt hatte, ich trauerte der unvergesslich schönen Zeit tatsächlich hinterher.

Ein Schatten fiel plötzlich auf den Rasen vor meinen Füßen. Erschrocken blickte ich auf. Wieder einmal hatte ich überhaupt nicht bemerkt, dass ich nicht mehr allein war.

Sebastian stand vor mir und deutete lächelnd auf den leeren Platz auf der Bank neben mir.

Hey, Sarah. Darf ich mich zu Dir setzen? Seine Stimme klang warm und freundlich.

Ich blickte verlegen zu Boden und nickte nur. Verstohlen wischte ich mir eine Träne aus den Augenwinkeln. Hoffentlich hatte der junge Mann nichts von meiner Gefühlsduselei mitbekommen.

Sebastian schien allerdings tatsächlich nichts gemerkt zu haben, oder aber er war Gentleman genug, nicht danach zu fragen, denn er begann unvermittelt, nachdem er neben mir auf der Bank Platz genommen hatte, ein unverfängliches Gespräch:

Johannes hat mir erzählt, dass Du erst seit kurzem in Oberstdorf wohnst. Neugierig beäugte er mich von der Seite. *Wie kommt denn ein Stadtmensch wie Du mit dem langweiligen Leben hier in der Provinz zurecht?*

Die Gegenwart des jungen, gutaussehenden Mannes verscheuchte meine trüben Gedanken. Ich wandte lächelnd mein Gesicht in seine Richtung, bevor ich ehrlich antwortete:

Nun ja, ich gebe zu, dass es eine gewisse Umstellung ist, sich hier zurecht zu finden. Schon allein die Tatsache, dass hier sämtliche Läden bereits um spätestens 20 Uhr schließen, hat mich am Anfang mit einem gewissen Unbehagen erfüllt. Ich blickte selbstkritisch an mir herunter und fuhr schmunzelnd fort: *Nicht, dass ich Angst hätte, ich müsste hier verhungern, weil ich nicht ausreichend Zeit für meine Lebensmitteleinkäufe hätte, aber...,* ich brach den Satz bewusst ab und Sebastian prustete herzhaft. Durch seine unbekümmerte, jugendliche Art wuchs mir der junge Mann binnen Sekunden ans Herz.

Sebastian ließ seinen Blick prüfend über meinen Körper wandern. Ich hatte mich für den heutigen Tag wirklich herausgeputzt. Dem feierlichen Anlass entsprechend trug ich ein luftiges, blau-buntes Sommerkleid. Zudem steckten meine Füße ausnahmsweise in blauen, zu meinem Kleid passenden, Highheels, die mich vorteilhaft noch ein gutes Stück größer erscheinen ließen, als ich tatsächlich war. Meine blonde Lockenpracht hatte der Friseur zu einer sensationellen Hochsteck-Flechtfrisur gebändigt und Leonie hatte mir mit ihrem Geschick für solche Dinge, zu einem perfekten Make-up verholfen. Nach einem kritischen Blick in meinen großen Spiegel an der Schlafzimmerwand meiner Wohnung war ich überaus zufrieden mit meinem äußeren Erscheinungsbild gewesen.

Ich finde, Du siehst toll aus, wenn ich das so direkt sagen darf, verkündete Sebastian unverhohlen sein Urteil und ich wurde unvermittelt rot. Schnell das Thema wechselnd, fragte ich spontan: *Wie lange kennt Ihr Euch denn schon, ich meine, Du und Johannes?*
Der junge Mann überlegte kurz, bevor er antwortete: *Schon eine gefühlte Ewigkeit, schätze ich.* Er strich sich gedankenverloren mit einer Hand durch sein kurzes Haar, *ich war bereits als Kind Patient in der Praxis seines Vaters. Dort hat sich auch Johannes jede freie Minute aufgehalten und so wurden wir schließlich irgendwann enge Freunde und ich würde fast behaupten, dass Johannes so etwas wie ein großer Bruder für mich ist. Johannes' Berufswahl ist übrigens zum großen Teil dem Respekt gegenüber seinem Vater geschuldet gewesen. Er war ein großartiger Mann, dieser Doktor Xaver Bronner, warmherzig und gerecht. Er liebte die Menschen und das Leben. Hat Dir Johannes von seinen Eltern erzählt?* Fragend blickte Sebastian zu mir hinüber. *Nicht viel,* entgegnete ich, *er hat lediglich erwähnt, sie wären beide während eines Lawinenunglückes umgekommen.*

Ja, das stimmt, ein bedauernder Unterton lag in Sebastians Stimme, als er fortfuhr, *das hat Johannes damals ziemlich mitgenommen, wie man sich denken kann. Unsere Familien, also meine Eltern, die in Oberstdorf eine Physiotherapiepraxis betreiben, und die Bronners waren viele Jahre lang eng befreundet. Der Tod von Johannes Eltern war für uns alle ein Schock.* Der junge Mann seufze noch einmal betroffen, dann verlagerte er sein Gewicht auf der hölzernen Bank, wandte sich mir unvermittelt zu und fragte neugierig: *Was ist mit Deiner Familie? Lebst Du ganz alleine hier?*

Belustigt über die Direktheit des jungen Mannes antwortete ich wahrheitsgemäß: *Ich habe keine Elten mehr. Auch meine sind durch ein Unglück ums Leben gekommen.* Als ich Sebastians bestürzten Gesichtsausdruck bemerkte, fuhr ich hastig fort: *Doch das ist eine andere Geschichte.* Im Augenblick wollte ich mich lieber den erfreulicheren Themen meines Lebens widmen. Schließlich gab ich Sebastian also einen kurzen, ausgewählten Einblick in mein bisheriges Leben. Ich muss natürlich nicht ausdrücklich erwähnen, dass Namen wie Adrian Falconelli und Matthias Peterson darin nicht vorkamen.

Interessiert lauschte Sebastian meinen Erzählungen. Als ich schließlich geendet hatte, fragte ich, nun ebenfalls neugierig: *Und Du? Was gibt es über Dich noch Interessantes zu berichten? Johannes erwähnte, Du bist Bergsteiger und Tourenguide. Was muss ich mir darunter vorstellen?*

Nun ja, Sebastians Lippen kräuselten sich zu einem angedeuteten Schmunzeln, *eigentlich bin ich ebenfalls gelernter Physiotherapeut, genau wie meine Eltern, doch irgendwann war mir das einfach nicht mehr genug.* Er machte eine ausladende Handbewegung und deutete in Richtung der Berge am Horizont, die majestätisch in der Nachmittagssonne in den strahlend blauen Himmel aufragten. *Ich bin hier aufgewachsen, hab'mein ganzes bisheriges Leben hier in der Region verbracht.*

Lächelnd blickte er in die Ferne. *Doch irgendwann kannte ich jeden Gipfel hier in der Gegend, ja fast jeden Stein und plötzlich hatte ich das drängende Gefühl, dass es das für mich noch nicht gewesen sein kann. Also beschloss ich, natürlich sehr zum Leidwesen meiner Eltern, mir eine Auszeit von hier zu gönnen. Ich begann, um die Welt zu reisen, neue Territorien für mich zu erkunden und so kam ich schließlich dazu, fremde Berge zu erklettern.*

Ohne auch nur einen Hauch von Überheblichkeit in seiner Stimme fuhr der junge Mann bescheiden fort: *Irgendwann wurde mein Hobby dann zu meinem zweiten Beruf. Mittlerweile organisiere ich Trekkingtouren, überwiegend in Nepal. Ich habe mich mit einer Gruppe Gleichgesinnten zusammengeschlossen und wir sind zudem ständig auf der Suche nach neuen Trails für unsere Kunden.* Seine Mine verfinsterte sich mit einem Mal und er gab schließlich kleinlaut zu: *Allerdings verläuft leider nicht immer alles so nach Plan, wie man es gerne hätte, verstehst Du?*

Fragend blickte ich in Sebastians Gesicht, doch der junge Man schien mir keine weitere Erklärung dafür geben wollen, was er damit meinte. Schließlich beließ ich es bei seiner Ausführung, ich wollte die angenehme Zeit, die wir hier gemeinsam verbrachten, nicht mit unhöflichen Fragen vergeuden. Zufrieden lehnte ich mich auf der Bank zurück und starrte einige Augenblicke schweigend in den Sommerhimmel, während ich Sebastian Zeit gab, sich zu sammeln.

Obwohl ich mir fest vorgenommen hatte, dass niemals mehr ein Mann einen Platz in meinem Herzen einnehmen würde, die liebenswerte, unbekümmerte Art Sebastians′ zog mich jedoch regelrecht magisch an.

Allerdings, so gab mein zweites Ich mahnend zu bedenken, woher war ich mir so sicher, dass Sebastian nicht schon längst in festen Händen war? Allein die Tatsache, dass er scheinbar ziemlich oft durch die Weltgeschichte gondelte, hieß noch lange nicht, dass nicht irgendwo auf der Welt doch noch ein Mädchen saß, das auf den hübschen Kerl wartete. Entschlossen entschied ich daher, es einfach bei einer netten Unterhaltung zu belassen.

Was hat mein Kollege denn sonst noch so alles über mich erzählt, fragte ich spontan, die absterbende Unterhaltung wieder in Gang bringend.

Och, Sebastians gute Laune war wieder zurückgekehrt und er blinzelte mich verschmitzt an, *zum Beispiel, dass Du auf der Suche nach einem Bergführer bist, der Dir hier ein bisschen die Gegend zeigt.* Sein breites Lächeln zeigte eine Reihe weißer, gepflegter Zähne.

Entrüstet fuhr ich auf. *Das hat er Dir wirklich erzählt?!* Zu meiner Verärgerung wurde Sebastians Grinsen nur noch breiter. *Na, dem werd′ ich aber was pfeifen, meinem lieben Kollegen, das kannst Du mir glauben.*

Unsere Unterhaltung wurde unvermittelt durch Leonies Auftauchen unterbrochen. Sie kam mit wehenden Röcken und barfuß auf uns zugerannt und ruderte dabei wild mit den Armen. Alarmiert waren Sebastian und ich gleichzeitig von unserer Sitzbank aufgesprungen. Noch bevor meine Freundin prustend vor uns zum stehen kam, rief sie uns, völlig außer Atem, entgegen: *Da bist Du ja endlich, ich such Dich schon überall.*

Was ist passiert?, fragte ich ohne große Umschweife. Nur ein echter Notfall konnte meine Freundin derart in Aufregung versetzt haben.

Leonie rang nach Atem. *Isabelle…,* presste sie schließlich hervor, *sie hat einen allergischen Schock. Du musst sofort mitkommen!*

In sekundenschnelle zog ich meine hochhackigen Schuhe aus und rannte barfuß neben Leonie den kleinen Hügel hinauf zur Terrasse des Hotels, auf der die Gäste mittlerweile das Kuchenbuffet geplündert hatten. Im laufen erzählte mir Leonie in abgehakten Worten, was in den letzten Minuten passiert war. Sebastian folgte uns dicht auf den Fersen.

Isabelle hatte gerade ein Stück Kuchen gegessen und eine Biene muss wohl unter ihrer Gabel gesessen haben. Sie hat sie nicht gesehen und mit dem Kuchen in den Mund gesteckt. Die Biene hat ihr in den Hals gestochen. Leonie stockte kurz, um neuen Atem zu holen, *Johannes ist sofort zu ihr gerannt und hat ihr bereits notfallmäßig die übliche Dreierkombination gespritzt, doch es scheint nicht schnell genug zu wirken. Sie erstickt vor unseren Augen.*

Aus den Augenwinkel sah ich, wie sich Sebastians Gesichtsausdruck vor Entsetzten weitete und ich beschleunigte meine Schritte noch mehr.

Innerhalb kürzester Zeit hatten wir drei die Terrasse erreicht. Die große Menschentraube, welche sich um Isabelle und Johannes gebildet hatte, versperrte uns jedoch erst einmal den weiteren Weg.

Leonie hatte einen Kellner bereits angewiesen, meinen an der Rezeption in weiser Voraussicht deponierten Notfallkoffer zu holen. Nun war sie mit Hilfe von Sebastian und seinen starken Ellenbogen dabei, die eng beieinanderstehenden Menschen etwas zur Seite zu drängen. Ich folgte ihnen direkt dahinter.

Herrgott, nun lasst mich doch endlich durch! Wütend, und meine Ellenbogen ebenfalls nicht zimperlich einsetzend, zwängte ich mich mit meinem Koffer, den der Kellner am Rande der Terrasse abgestellt hatte, durch die fassungslos dastehende Menschenmenge.

Isabelle saß auf einem Stuhl an der wunderschön eingedeckten Geburtstagstafel, vor ihr noch der Teller mit einem angegessenen Stück Kuchen. Sie war sehr blass. Ihre Lippen begannen bereits, zyanotisch zu werden und sie hatte sich leicht vornüber gebeugt und die Hände auf ihren Oberschenkeln abgestützt. Ihr Atem ging schwer und keuchend und sie drohte jeden Moment, das Bewusstsein zu verlieren.

Johannes, mindestens genauso blass wie Isabelle, hatte sich neben sie gehockt und streichelte ihr sanft über die angespannten Schultern. Dabei murmelte er ihr beruhigende Worte zu. Ich ging neben Johannes in die Knie, fasste nach Isabelles Handgelenk und überprüfte nebenbei ihren Puls. Dieser war viel zu schnell und flach. Als Johannes mich erkannte, war ihm die Erleichterung ins Gesicht geschrieben.

Sarah, endlich. Gott sei Dank, dass Du da bist. Er wischte sich eine Haarsträhne aus der schweißnassen Stirn und die Panik, die in seiner Stimme mitschwang, war nicht zu überhören. *Isabelle ist von einer Biene in den Hals gestochen worden. Ich...*
Ich hob die Hand, um ihn zu unterbrechen. *Leonie hat mir bereits erzählt, was passiert ist. Sie hat bereits Kortison und auch das Antihistaminikum von Dir bekommen?*
Johannes nickte nur. In seinen blauen Augen stand blankes Entsetzen geschrieben. Die Situation war wirklich lebensbedrohlich, wie ich mit einem Seitenblick auf Isabelle feststellen musste. Diese saß mit geschlossenen Augen vor uns und versuchte, durch die immer enger werdende Stelle in ihrem Hals noch genügend Luft in ihre Lungen zu bekommen, doch das fiel ihr von Sekunde zu Sekunde schwerer.
Noch immer Isabelles Puls kontrollierend fragte ich Johannes, so beiläufig wie ich nur konnte, um meine Patientin nicht noch mehr in Panik zu versetzen: *Intubationsmöglichkeit?*
    Johannes schüttelte verzweifelt den Kopf und flüsterte so leise wie möglich, sodass ich ihn gerade noch verstehen konnte: *Unmöglich. Ihr Hals ist schon so weit zugeschwollen, dass man nichts mehr sehen kann. Ich habe bereits nach einem Rettungshubschrauber geschickt, doch der wird frühestens in fünf Minuten hier sein.*
Alarmiert blickte ich von Johannes zu Isabelle. Diese bekam langsam immer blauere Lippen und ihre Brust und Schultern hoben sich krampfhaft bei jedem verzweifelten Versuch, noch etwas Sauerstoff in ihren langsam immer schwächer werdenden Körper zu pumpen.
    Wir haben keine fünf Minuten mehr, sagte ich bestimmt.

In diesem Augenblick sackte Isabelle langsam in sich zusammen und Johannes sprang panisch auf, um sie festzuhalten, damit sie nicht vom Stuhl rutschte. Ich war ebenfalls aufgesprungen und gemeinsam packten wir die schlaffe Gestalt und legten sie vorsichtig auf den Granitboden der Terrasse. Ein entsetztes Raunen ging durch die Menge um uns herum, doch weder Johannes noch ich achteten darauf. Isabelle hatte aufgehört und zu atmen, und wenn wir nicht sofort handelten, würde sie sterben.
    Ich atmete tief durch und zwang mich zur Ruhe. Johannes suchte mit zitternden Händen nach einem Puls an Isabelles Halsschlagader.

Es war selbst für einen Arzt grausam, einen Angehörigen in einer lebensbedrohenden Situation vor sich liegen zu sehen und auch als Mediziner war man einer solchen Angelegenheit alleine nicht ohne Hilfe gewachsen.

Los, wir schaffen das gemeinsam. Meine Stimme klang ruhig und gefasst.

Auffordernd ergriff ich Johannes Unterarm, seine Muskeln waren bis zum zerreißen angespannt, dann zog ich entschlossen den Notfallkoffer neben mich, den Leonie bereits vor Isabelle auf den Boden gestellt hatte. Ich kramte in dem Koffer nach dem Koniotomie-Set, welches normalerweise ein fester Bestandteil meiner Ausrüstung als Notfallmedizinerin war, doch es war nicht an seinem Platz und ich griff ins Leere.

Irritiert hielt ich inne, beugte mich tiefer über meinen Koffer und begann, hektisch darin herum zu wühlen. Wo zur Hölle war dieses verdammte Set nur hingekommen. Die kostbaren Sekunden verstrichen, doch das medizinische Set für meinen geplanten Luftröhrenschnitt war nicht aufzufinden.

Ich richtete mich verärgert auf und schaute direkt in Johannes immer panischer werdendes Gesicht. *Mein Koniotomieset ist nicht da,* flüsterte ich aufgebracht und Johannes Augen weiteten sich vor Entsetzen.

Mein Gott Sarah, sie schafft es nicht mehr bis zum Eintreffen des Helis. Johannes Stimme überschlug sich fast und die Panik über Isabelles lebensbedrohliche Situation drohte ihn um den Verstand zu bringen.

Ich atmete tief durch und sagte dann bestimmt: *Also gut, wir machen es eben wie früher, ohne Koniotomie-Set.* Ich drehte mich zu Leonie um, die hinter mir stand und ihre aufsteigende Panik ebenfalls nur noch schwer verbergen konnte. *Los Leonie, ich brauche sofort einen Kugelschreiber.*

Bei meinen Worten ging augenblicklich ein Raunen durch die um uns herum stehende Menge. Ein solches Vorgehen war den Menschen offensichtlich aus dem Fernsehen bekannt, doch keiner von ihnen hatte sich wohl einmal auch nur die geringsten Gedanken darüber gemacht, dass diese Methode auch in der Realität Erfolg haben könnte.

Ich selbst hatte bei Eingriffen dieser Art bisher zwar auch immer auf den Komfort von medizinischen Hilfsmitteln zurückgreifen können, da diese Arten von Notfällen eigentlich immer erst in der Klinik passierten, oder man als Notarzt qualifiziertes Personal und vollständiges Equipment bei sich hatte, doch das nutzte mir im Augenblick herzlich wenig. Isabelle lag, mittlerweile bläulich angelaufen, vor mir auf dem Boden und war im Begriff zu sterben. Ich musste einfach sofort handeln.

Ein metallener Kugelschreiber fand von irgendwo her den Weg in mein Blickfeld und ich griff entschlossen danach. Ich entfernte die Miene des Kulis und reichte Leonie die leere Hülse. *Schnell, desinfiziere das irgendwie für mich.* Ich deutete mit einem Kopfnicken in Richtung meines Notfallkoffers und Leonie ergriff die sich darin befindliche Flasche mit dem medizinischen Alkohol.

Während ich mich wieder über meine Patientin beugte, sah ich aus den Augenwinkeln, wie Leonie einen beherzten Schluck der Flüssigkeit über die Kugelschreiberhülse goss und diesen Vorgang noch mehrmals wiederholte. Ich griff unterdessen nach dem Skalpell, den ich aus meiner Notfalltasche bereits heraus gekramt hatte und der, noch in seiner Schutzhülle verpackt, neben Isabelles Kopf auf dem Granitboden lag.

Mit einem Mal vollkommen ruhig kniete ich mich hinter Isabelles Kopf und bog diesen soweit wie möglich nach hinten, um den lebensrettenden Luftröhrenschnitt vornehmen zu können. Ihr braunes Haar fiel mir wallend über mein Sommerkleid und ihr blass-blaues Gesicht bildete einen grotesken Gegensatz zu den bunten Farben des Stoffes.

Johannes hockte mit versteinerter Mine mir gegenüber an Isabelles Seite auf dem Boden und hielt die bleiche Hand seiner Frau fest umklammert in der seinen. Ich nickte ihm ein letztes Mal zu, dann senkte ich entschlossen das Skalpell in Richtung des Halses meiner Patientin.

Mit der linken Hand tastete ich nach der Mulde zwischen Schildknorpel und Ringknorpel, mit der Rechten führte ich mit der Spitze des Skalpells einen kleinen Hautschnitt durch. Leonie reichte mir, vor Anspannung selbst erheblich zitternd, die mittlerweile ausreichend desinfizierte Kugelschreiberhülse und ich stach diese anschließend mit einem beherzten Druck über der Kehlkopfmitte senkrecht in die Tiefe.

Eilig beugte ich mich über Isabelle, legte meine Lippen um das Röhrchen in ihrem Hals und blies mit leichtem Druck vorsichtig wieder ausreichend Luft in ihre Lungen. Nachdem ich diese Maßnahme einige

Male wiederholt hatte, setzte bei Isabelle die Spontanatmung wieder ein und ich ließ mich erleichtert auf die Knie zurücksinken. Die Menge brach über die gelungene Wiederbelebungsmaßnahme spontan in Jubelrufe aus und Johannes, der noch immer an Isabelles Seite saß und deren Hand hielt, blickte erleichtert zu mir herüber und seine Lippen formten über Isabelles Körper hinweg ein einziges Wort: *DANKE.*

Ich erhob mich etwas mühsam aus der Hocke und streifte mir eine Haarsträhne aus der Stirn. Von einer plötzlichen Schwindelwelle erfasst, taumelte ich leicht nach hinten. Sebastian, der irgendwo am Rande der Menge gestanden und das surreale Szenario gebannt verfolgt hatte, sprang beherzt mit wenigen Schritten an meine Seite, um mich festzuhalten, doch ich schüttelte nur mit dem Kopf und hob abwehrend die Hand. *Alles okay, es geht schon wieder.* Ich kniff kurz die Augen zusammen und die Schwindelattacke war vorüber.

Der Eingriff hatte alles in allem weniger als eine Minute gedauert und erleichtert beobachtete ich, wie sich Isabelles Brustkorb wieder regelmäßig hob und senkte. Aufgrund der kurzen Sauerstoffunterversorgung waren Folgeschäden des Gehirns Gott sei Dank nicht zu erwarten und ich ließ mich, mit einem Mal zutiefst erschöpft, auf einen unmittelbar neben mir stehenden Stuhl sinken.

Während Johannes noch immer neben seiner Frau auf dem Boden kniete, hörte ich bereits den Rettungshubschrauber näher kommen. Wenige Sekunden später tauchte er am Himmel über dem Hotel auf und landete im nächsten Augenblick, höllischen Lärm machend, auf der gegenüberliegenden Wiese.

Kurze Zeit später teilte sich die Menschenmenge und die Helikoptercrew einschließlich Notarzt traten an unsere Seite. Die Sanitäter übernahmen sofort die weitere Versorgung von Isabelle, während ich den Helikopter-Notarzt über die Patientin, das Geschehen und die bisher durchgeführten Maßnahmen informierte.

Johannes stand, mittlerweile seiner Aufgabe beraubt, noch immer blass und mit versteinerter Mine neben den Rettungskräften und starrte fassungslos auf die Helfer, die damit beschäftigt waren, Isabelle für den Abtransport in das Klinikum Immenstadt vorzubereiten.

Sebastian war unvermittelt an ihn heran getreten, hatte ihn sanft am Arm gefasst und ihn ein Stück zur Seite geschoben, damit Johannes nicht im Weg stand, während die Crew des Helikopters Isabelles schlaffen Körper auf die Trage hievten und sie anschnallten.

Das Adrenalin, welches durch die Ereignisse der letzten Minuten in rauen Mengen meine Blutbahn geflutet hatte, baute sich langsam ab und ich begann mit einem Mal, unkontrolliert zu zittern. Halt suchend klammerte ich mich an meinem Stuhl fest, auf dem ich noch immer saß und schloss kurz die Augen. Erst jetzt realisierte auch ich, wie knapp das Ganze tatsächlich gewesen war.

Eine Hand legte sich plötzlich auf meine Schulter und ich zuckte erschrocken zusammen. Als ich die Augen wieder öffnete, sah ich den Notarzt an meiner Seite stehen. Er öffnete den Mund und sagte etwas zu mir, doch das Rauschen meines eigenen Blutes in meinen Ohren war noch zu laut, als dass ich den Mann hätte verstehen können.

Entschuldigung, ich habe Sie gerade nicht verstanden. Ich kniff fest die Augen zusammen, um meinen Kopf wieder klar zu bekommen. Dann blickte ich entschuldigend zu dem erfahrenen Fliegerarzt auf und lächelte schwach. Der Notarzt tätschelte mir daraufhin anerkennend den Arm und wiederholte, was er eben schon einmal zu mir gesagt hatte: *Das war eine super Leistung unter den gegebenen Umständen, Frau Kollegin. Wenn Sie mal nichts Besseres zu tun haben, Ärzte wie Sie können wir in unserem Team immer gebrauchen. Melden Sie sich bitte einfach bei uns in der Leitstelle.*

Er streckte mir seine breite, schwielige Hand entgegen und stellte sich mir schließlich vor. *Anton Schütz, doch nennen Sie mich bitte Toni, leitender Notarzt des Bereitschaftsdienstes Oberstdorf. Ich würde mich sehr freuen, Sie künftig als neue Kollegin in meinem Team begrüßen zu dürfen.*

Lächelnd ergriff ich die mir angebotene Rechte und erwiderte den kräftigen Händedruck meines Kollegen. *Sarah Steinbach. Vielen Dank für Ihre Einladung, Herr Schütz. Ich werde es mir überlegen.*

Der Notarzt klopfte mir nochmals anerkennend auf die Schulter, dann wandte er sich wieder seiner Crew und der Patientin zu, die mittlerweile bereit zum Abtransport war und gab in Bundeswehrfeldwebel ähnlichem Tonfall die letzten Anweisungen.

Sebastian hatte die kurze Unterredung zwischen mir und dem Chef des Rettungsdienstes verfolgt. Er überließ Johannes der Obhut von Leonie und gesellte sich zu mir herüber.

Ein Lob aus seinem Mund, das ist schon was ganz besonderes, wusstest Du das?

Ich zuckte erschrocken zusammen. *Hallo Sebastian, hast Du mich erschreckt.* Auf seine Frage zurückkommend sah ich ihn stirnrunzelnd an: *Was meinst Du damit?*

Sebastian zog vielsagend die Schultern hoch: *Naja, Dr. Schütz ist der große Boss des Bereitschaftsdienstes und führt seinen Haufen, wie Du eben selbst erlebt hast, mit strenger Hand. Er ist ein absoluter Perfektionist und kann es nicht abhaben, wenn seine Kollegen ihre Arbeit nicht genauso gewissenhaft erledigen wie er selbst. Der Arztberuf ist seine Passion und wer unter ihm arbeitet, sollte dies genauso sehen.*

Ich blickte gedankenverloren dem Helikopter nach, der soeben startete, um Isabelle auf die Intensivstation des Klinikums Immenstadt zu bringen. *Dann wäre das ja genau die richtige Herausforderung in meinem bis jetzt so langweiligen Leben hier.* Sebastian grunzte vor Belustigung.

Wie geht es Johannes? Ich drehte mich, Ausschau nach meinem Praxispartner haltend, um. Leonie hatte ihn in der Zwischenzeit auf einen Stuhl verfrachtet und redete beruhigend auf ihn ein. Die ganze Sache setzte ihm noch immer erheblich zu, sein Gesicht war blass und seine Hände zitterten nach wie vor leicht, als er das von Leonie angebotene Glas Wasser zum Mund führte, um einen Schluck zu trinken. Ich ging zu ihm hinüber und hockte mich neben ihn.

Leonie, sag bitte den anderen Gästen Bescheid, dass ich mit Johannes in die Klinik zu Isabelle fahre, wies ich meine Freundin an. *Sie möchten aber bitte noch hierbleiben und zumindest das Abendessen abwarten. Es wäre sicher nicht in Isabelles Sinn, wenn wir die Feier jetzt auflösen würden. Sebastian kann Dich später dann zu mir nach Hause fahren. Der Haustürschlüssel ist in meiner Jackentasche an der Garderobe.*

Ich wandte mich an Sebastian, der sich zu uns gesellt hatte. *Würdest Du meine Freundin bitte nachher zurück nach Oberstdorf bringen?*

Der Angesprochene nickte eifrig, ohne lange zu überlegen. *Ja natürlich, ist doch Ehrensache.*

Ich trat an Johannes Seite und legte ihm kameradschaftlich den Arm um seine Schulter. *Komm, lass uns fahren.* Johannes blickte müde zu mir empor. In der letzten viertel Stunde schien er um Jahre gealtert zu sein. Er wirkte eingefallen und es sah so aus, als würde sein Kreislauf jeden Moment schlapp machen.

Er ergriff meine Hand und drückte sie derart fest, dass ich erstaunt nach Luft schnappte. *Ich weiß gar nicht, wie ich Dir dafür danken soll, Sarah. Du hast meiner Frau das Leben gerettet.* Er senkte traurig den Kopf. *Leider war ich dazu nicht in der Lage.*

Ich packte Johannes an beiden Schultern und schüttelte ihn leicht. *Was redest Du denn da?*, rief ich aufgebracht, *dass ich in meinem Leben schon mehr Koniotomien als Du durchgeführt habe, liegt einzig und allein an meiner Notfallmedizinerausbildung.*

Etwas verstörend schoss mir plötzlich durch den Kopf, dass dies allerdings auch meine erste Koniotomie mit einem Kugelschreiber gewesen war, doch diese Tatsache behielt ich in diesem Moment lieber für mich. Satt dessen fuhr ich eindringlich fort: *Allein die Tatsache, dass Du so einen Eingriff noch nie selbst durchgeführt hast, macht Dich doch nicht zu einem schlechteren Arzt, als ich es bin.* Ich schüttelte ärgerlich den Kopf. *Ich will so einen Unsinn nicht noch mal hören, haben wir uns verstanden?!* Sein Blick traf den Meinen und er nickte fast unmerklich. Ich ergriff seinen Arm und zog ihn entschlossen auf die Beine. *Und jetzt komm!*

11

Isabelles Zustand stabilisierte sich rasch und bereits nach wenigen Tagen konnte sie die Klinik wieder verlassen.

Ich hatte in dieser Zeit die Praxis alleine geführt, damit sich Johannes ganz um seine Frau und deren Genesung kümmern konnte. Die beiden waren überglücklich, dass Isabelle dieses Ereignis ohne bleibende Schäden überstanden hatte.

Die Nachricht über mein beherztes Eingreifen während der Geburtstagsfeier verbreitete sich in Oberstdorf indes wie ein Lauffeuer. In den ersten Tagen nach meinem Einstieg in die Gemeinschaftspraxis hatten sich nur einigen wenige Patienten zu mir verirrt, meist Urlauber oder neugierige Einheimische mit banalen Infekten, die die Neue einmal begutachten wollten.

Dies änderte sich nach diesem Wochenende schlagartig.

Das Wartezimmer quoll über vor Patienten, die sich alle in meine fachkundigen Hände begeben wollten. Teils belustigt, teils auch etwas verärgert über die Lobeshymnen, die mir von allen Seiten zugetragen wurden, behandelte ich nun auch endlich die interessanteren Fälle unserer Praxis.

Leonie war mittlerweile wieder nach Frankfurt zurückgekehrt, doch wir telefonierten fast jeden zweiten Tag miteinander.

Sie erkundigte sich bei mir über Isabelles Genesungsfortschritte und ich berichtete ihr zudem über meinen neuen Erfolg bei den einheimischen Patienten.

Siehst Du, das ist doch genau so, wie Du es Dir immer gewünscht hast, neckte Leonie mich während unseres letzten Gespräches.

Jetzt fehlt nur noch der passende Mann für Dich und alles ist wieder in Butter.

Hörst Du jetzt wohl endlich damit auf, Du vorlautes junges Ding. Lachend nahm ich den Telefonhörer in die andere Hand, ich konnte Leonie beim besten Willen nicht böse sein. *Du weißt doch, dass*

in meinem zukünftigen Leben ausschließlich noch meine Arbeit in wohldosierten Maßen einen Platz hat. Ein Typ wird ganz bestimmt nicht noch einmal die Möglichkeit bekommen, mein Herz zu erobern. Da kannst Du Dir völlig sicher sein.
Leonie lachte am anderen Ende der Leitung. *Abwarten, Sarah, abwarten.*

Nachdem ich an einem Freitagnachmittag den letzten Patienten der Sprechstunde versorgt hatte und mich gerade auf den Weg zu Toni Schütz, dem Chef des Rettungsdienstes machen wollte, klingelte das Telefon auf meinem Schreibtisch im Sprechzimmer. Genervt von der unpassenden Störung nahm ich den Hörer von der Gabel.

Ja, was denn noch? Ich bin eigentlich schon gar nicht mehr da, blaffte ich, unfreundlicher als eigentlich beabsichtigt, ins Telefon.

Entschuldigung, Frau Doktor, aber da ist noch jemand am Telefon, der Sie unbedingt sprechen möchte, es sei privat, meldete sich Monika, eine unserer pfiffigen Arzthelferinnen am anderen Ende der Leitung. Resigniert zuckte ich die Schultern: *Na gut, stellen Sie denjenigen bitte durch.*

Ich wartete ungeduldig, bis Monika das Gespräch auf meinen Apparat umgestellt hatte und meldete mich forsch bei dem unerwünschten Anrufer:

Hallo? Steinbach hier!

Der andere Teilnehmer blieb jedoch stumm. Ich sagte erneut, diesmal etwas verärgerter *Halloo ....?,* und lauschte. Wieder nur Stille, ich konnte lediglich den Atem des Unbekannten hören.

Dann eben nicht! Wütend knallte ich den Hörer auf die Gabel.

Ich ergriff meine Handtasche und verließ eilig das Sprechzimmer. Als ich die Treppe zur Anmeldung herunter lief, fragte ich Monika, die den Anruf entgegengenommen hatte, leicht angesäuert: *Was war denn das für ein Blödmann? Hat der Ihnen vielleicht gesagt, wer er ist und was er wollte? Bei mir hat er nämlich leider keinen Ton herausgebracht!*

126

Meine Wut verrauchte umgehend, als ich an meinen bevorstehenden Termin mit meinem Kollegen, Toni Schütz dachte. *Dabei bin ich doch eigentlich ganz nett, oder?*, fragte ich unsere Angestellte scheinheilig und mit hochgezogenen Augenbrauen.

Monika lachte schallend und schüttelte dann den Kopf: *Nun...es war eindeutig eine Männerstimme, doch der Anrufer hat sich auch bei mir leider nicht vorgestellt. Aber die Art, wie der Mann gesprochen hat, ließ mich darauf schließen, dass es etwas Dringendes war, was er Ihnen sagen wollte.*

Nach erneutem Kopfschütteln fügte sie hinzu: *Die Leute sind aber auch manchmal zu seltsam.*

Mein Treffen mit dem Chef des Rettungsdienstes der Wache Oberstdorf verlief überaus zufriedenstellend.

Nachdem mir Anton Schütz umgehend das kollegiale Du angeboten, mich durch die Rettungswache geführt und der restlichen Crew pro forma schon einmal als zukünftige neue Kollegin vorgestellt hatte, war mein Eintritt in die Rettungsstaffel so gut wie beschlossene Sache.

Natürlich würde ich nicht Vollzeit bei ihnen einsteigen können, gab ich Toni am Ende unserer Führung zu bedenken, doch dieser lachte nur und machte eine abwinkende Handbewegung.

Auf so gute Leute wie Dich stößt man nicht alle Tage, junge Frau. Hauptsache, Du bist überhaupt bereit, bei unserem Haufen mitzumachen. Über die Dienstpläne werden wir uns doch sicherlich noch einig werden. Er schlug mir kumpelhaft auf die Schulter.

Tonis offene Art gefiel mir und auch im Team wurde ich bereits als neue Kollegin akzeptiert. *Also gut, versuchen wir es.*

Darauf müssen wir anstoßen. Toni schleifte mich in den Aufenthaltsraum und wir begossen meinen Einstand mit einem Gläschen Orangensaft.

Bereits am nächsten Wochenende sollte ich meinen erster Dienst versehen.

Es war schon Abend, als ich endlich wieder an meiner Wohnung ankam. Das Treffen mit Toni Schütz hatte länger gedauert, als ich an sich eingeplant hatte. Nun freute ich mich schon auf ein schönes Entspannungsbad und einen ruhigen Fernsehabend.

Als ich die Stufen zu meiner Wohnung hinaufstieg, löste sich plötzlich eine Gestalt aus dem Schatten vor der Haustür. Ich stieß einen kurzen Schrei aus und presste mir entsetzt die Hand vor den Mund.

Herr im Himmel, hast Du nicht mehr alle Tassen im Schrank? Du hast mich fast zu Tode erschreckt.

Meine Knie waren immer noch wie Pudding und ich funkelte den jungen Mann, welcher, lässig gegen das metallene Geländer meines Treppenabsatzes gelehnt, im Stockdunkeln auf mich gewartet hatte, böse an. Sebastian, der erst jetzt zu bemerken schien, dass er mir einen Mordsschrecken eingejagt hatte, senkte betroffen den Kopf.

Tut mir Leid Sarah, entschuldigte er sich kleinlaut, *aber ich habe Dich telefonisch nicht erreichen können. Darum habe ich hier nur auf Dich gewartet, weil ich Dich fragen wollte, ob Du nicht Lust hast, mit mir im Pub am Bahnhof noch einen Absacker zu trinken?*

Er blickte mich mit großen Augen derart betreten an, dass ich ihm keine Sekunde länger böse sein konnte.

Resigniert schob ich die Pläne für mein Entspannungsbad und den anschließenden gemütlichen Fernsehabend beiseite und lächelte den jungen Mann schicksalsergeben an. *Okay, überredet. Aber nicht zu lange, es war ein anstrengender Tag heute.*

Sebastians Miene hellte sich schlagartig auf. *Super, dann komm, wir fahren mit meinem Auto. Ich setze Dich dann anschließend auch wieder hier ab, okay?*

Er nahm mich überschwänglich bei der Hand und ich folgte ihm mit einem resignierten Schulterzucken.

Das Pub am Bahnhof in Oberstdorf war an diesem Abend, wie an jedem Wochenende, gut besucht. Nachdem wir noch einen Platz am Fenster ergattert hatten, bestellte Sebastian ein Glas Hefeweizen für mich und ein alkoholfreies Bier für sich selbst.

Schließlich muss ich später noch meine wertvolle Fracht sicher nach Hause befördern, lächelte er mir augenzwinkernd zu, nachdem er bei dem vorbei hastenden Kellner eilig unsere Bestellung aufgegeben hatte.

Es wurde ein sehr ausgelassener Abend.
Da ich am Vormittag nur ein schnelles Brot zwischendurch gegessen hatte und mir nun doch deutlich der Magen knurrte, ließ ich mich von Sebastian zu dem Tagesgericht verleiten: Frisch gebackener Ochsenleberkäse.
Obwohl ich sehr skeptisch an die Sache heranging, musste ich zugeben, dass dieses Gericht einfach lecker war und ich vertilgte meine Portion mit großem Appetit. Auch Sebastian ließ es sich zufrieden schmecken.
Nachdem die Bedienung das Geschirr abgeräumt und uns jeweils ein frisches Glas Bier vor die Nase gestellt hatte, verlagerte sich unser Gesprächsthema schließlich irgendwann auf Sebastians riskante Himalaya-Expeditionen.
Ich hatte mich satt und zufrieden auf meinem Stuhl zurückgelehnt und lauschte gespannt den Abenteuern und Anekdoten, die Sebastian aus seinem Leben als Guide zum Besten gab.
Aber sag mal, das ist doch lebensgefährlich, wenn Du dort in solchen Höhen herum kletterst. Hast Du keine Angst, dass Du irgendwann einmal dabei draufgehen könntest?
Ich schüttelte leicht verständnislos den Kopf, nachdem Sebastian seine Erzählung von einer besonders heiklen Gipfeltour beendet hatte.
Mit einem Mal veränderte sich der Gesichtsausdruck des jungen Mannes.
Er war plötzlich sehr blass geworden und blickte, offensichtlich deutlich aufgewühlt, über meinen Kopf hinweg in die Ferne. Meine Frage hatte augenscheinlich unvermittelt schmerzliche Erinnerungen in ihm heraufbeschworen, die er lieber niemals mehr in sein Gedächtnis zurückkehren lassen wollte.
Er schluckte hart und richtete dann den Blick sekundenlang starr auf seine beiden Hände, die vor im auf der Tischplatte ruhten.

Natürlich ist es gefährlich, und manchmal weiß ich selbst nicht genau, was mich dazu treibt, gab er leise zu und sprach dabei eher zu sich selbst, als zu mir.

Plötzlich hob Sebastian ruckartig den Kopf und starrte mir durchdringend, ja fast flehend, direkt in die Augen, sodass ich überrascht zusammenzuckte. *Kannst Du Dir vorstellen, was es bedeutet, einen sehr guten Freund zu verlieren, nur weil Deine verdammten, armseligen, schwachen Hände ihn nicht länger festhalten konnten?* Seine Stimme bebte deutlich. Er brachte die einzelnen Worte nur mühsam hervor und schien kurz davor, die Kontrolle über seine Gefühle zu verlieren. *Hast Du eine Ahnung, wie sich so etwas anfühlt? Was für einen Wert hat da noch mein eigenes, lausiges, erbärmliches Leben?*

Er hatte seine Rechte zu einer Faust geballt und ließ sie plötzlich mit einem Ausdruck von unendlichem Schmerz in seinen blaugrünen Augen auf den Tisch vor sich niedersausen, sodass die Gläser darauf wackelten. Die Leute an den Nachbartischen um uns herum verstummten abrupt und wandten neugierig und erstaunt die Köpfe in unsere Richtung.

Ich hob beschwichtigend die Hände und erklärte laut, um Gelassenheit bemüht: *Alles okay Leute, kein Grund zur Aufregung.*

Sebastian hatte sich soweit wieder unter Kontrolle, dass er ein entschuldigendes, gequältes Lächeln zustande brachte. Ich erhob mich von meinem Stuhl, umrundete eilig den Tisch und setzte mich neben den jungen Mann auf die Holzbank. Tröstend legte ich ihm meinen Arm um seine breiten Schultern.

Ich kann mir nicht vorstellen, dass man irgendjemandem die Schuld für einen Unfall geben kann, sagte ich leise, sodass nur er es verstehen konnte. *Ich weiß zwar nicht, was genau geschehen ist, und Du musst auch nicht darüber sprechen, wenn Du nicht willst, aber...* ich blickte von der Seite in sein noch immer blasses Gesicht, *...indem Du Dich mit Gleichgesinnten auf derart riskante Tour begibst, ist Euch doch auch sicherlich bewusst, dass letztendlich jederzeit schlimme Sachen passieren können? Du begibst Dich genauso in Lebensgefahr wie die anderen Expeditionsteilnehmer auch.*

Sebastian ließ schweigend und noch immer zutiefst betrübt den Kopf hängen, gab mir aber mit einem Nicken zu verstehen, dass er wusste, worauf ich hinaus wollte.

Aber glaub mir eins, fuhr ich ebenfalls mit trauriger Stimme fort, *ich kann sehr gut verstehen, wie Du Dich im Moment fühlen musst. Auch durch meinen Hochmut ist vor einiger Zeit ein Mensch zu*

*Tode gekommen und ich bin an den Schuldgefühlen darüber fast zer-
brochen.*
Ich verstummte abrupt und biss verlegen mir auf die Unterlippe. Keinesfalls wollte ich hier in einem Gasthaus in Gesellschaft eines mir bis
dato noch völlig fremden Mannes über die bisher schlimmsten Erlebnisse meines Lebens reden. Das, was mit Matthias Peterson passiert
war, würde auch weiterhin mein striktes Geheimnis bleiben und ich
wollte mir zum augenblicklichen Zeitpunkt noch keine Gedanken darüber machen, ob ich mein persönliches Waterloo irgendwann einmal einem anderen Menschen anvertrauen würde.
Mareike Peterson hatte mich damals zwar von sämtlicher Schuld freige-
sprochen, doch das hieß noch lange nicht, dass ich selbst auch davon
überzeugt war. In meinen Augen trug ich nach wie vor die alleinige
Schuld an dem frühen, und mit Sicherheit vermeidbaren Tod des jungen
Familienvaters.

Sebastian straffte den Rücken und schüttelte sich, als wolle er
die dunklen Geister seiner schrecklichen Erinnerungen damit ein für
alle Mal vertreiben. *Ich weiß, Du hast Recht, Sarah. Lass uns daher lieber auf die Lebenden im hier und jetzt anstoßen und auf die Zukunft,
die vor uns liegt.*
Ich klopfte ihm aufmunternd auf den Rücken, auch ich hatte meine
Geister für heute wieder begraben. *So gefällst Du mir schon tausend-
mal besser.* Mein Glas erhebend prostete ich ihm zu: *Auf uns und ein
langes, zufriedenes Leben.*
Unsere beiden Gläser stießen klirrend zusammen und in diesem Moment spürte ich, dass ich in Sebastian einen Seelenverwandten gefunden hatte.

Spät am Abend lenkte Sebastian seinen Golf auf den beleuchteten Parkplatz vor meiner Wohnung und stellte den Motor ab.

Einen Moment blieben wir unschlüssig schweigend nebeneinander sitzen. Sollte ich ihn noch auf einen Kaffee zu mir nach oben bitten?

Nein, diesen Gedanken verwarf ich schnell wieder. Nur zu lebendig kam mir die Erinnerung an jenen verhängnisvollen Abend in Frankfurt wieder in den Sinn, an dem ich nach dem gemeinsamen Essen beim Italiener Adrian Falconelli noch zu mir auf einen Espresso eingeladen hatte. Sebastian war sicherlich ein netter Kerl, mehr aber auch nicht.

Entschlossen löste ich das Schloss meines Sicherheitsgurtes und nahm meine Handtasche. Ich schaute noch einmal zu Sebastian herüber, der mich abwartend beobachtete.

Vielen Dank für den echt netten Abend, Seb. Ich darf Dich doch auch Seb nennen, oder?

Natürlich. In Sebastians ausdrucksloser Mine war keine Regung zu erkennen. Was mochte ihm wohl gerade durch den Kopf gehen? Seine Regungslosigkeit verunsicherte mich zunehmend und so reichte ich ihm einfach nur meine Hand zum Abschied. *Ich hoffe, ich sehe Dich bald mal wieder.*

Er ergriff meine Hand und schloss die seine darum. Sie war warm, stark, voller Energie und doch unheimlich zärtlich. Sebastian flüsterte fast tonlos: *Das hoffe ich auch, Sarah.*

Nach wenigen Sekunden regungslosen Verharrens entzog ich ihm schließlich meine Hand und stieg, ohne noch ein weiteres Wort zu sagen, aus dem Wagen. Ich ging langsam den gepflasterten Weg bis zur Haustreppe entlang und erreichte wenige Sekunden später, ohne mich noch einmal umgedreht zu haben, meine Wohnungseingangstür.

Sebastian musste noch hinter mir hergeschaut haben, denn erst in dem Moment, als ich den Wohnungsschlüssel aus meiner Handtasche zog, hörte ich, wie er seinen Wagen startete und davonfuhr.

Noch im Auto hatte ich eine bleierne Müdigkeit verspürt, die unaufhaltsam von meinem Körper Besitz ergriffen hatte, doch als die Wohnungstür hinter mir ins Schloss fiel, war ich augenblicklich wieder hellwach.

Ich zog meine dünne Jacke aus und hängte sie mitsamt meiner Handtasche an den Garderobenständer neben der Haustür. Obwohl es Sommer war, wurden die Abende in den Bergen doch trotzdem oft schnell unangenehm kühl.

Durch den dunklen Flur tappte ich ins Wohnzimmer und setze mich, ohne Licht zu machen, in meinen Fernsehsessel. Der Vollmond schien durch die großen Balkontüren und erhellte den Raum soweit, dass ich die Umrisse der Möbel ohne Probleme erkennen konnte. Ich zog die Beine an, kuschelte mich zusammen und dachte über die Ereignisse des Tages nach.

Das Bild von Sebastian schlich sich immer wieder in meine Gedanken. Der junge Mann hatte etwas an sich, was mich faszinierte. Natürlich war er gutaussehend, doch das war Johannes Bronner und viele andere Männer auch. Aber das war es nicht, was mich ständig an ihn denken ließ.

Vielmehr war es seine unbekümmerte, lebensbejahende Art, die er so offensichtlich zur Schau stellte, seine jugendliche Neugier und sein Mut, sich solchen Herausforderungen, wie sie sein gefährliches Hobby mit sich brachten, zu stellen. In meinem tiefsten Inneren empfand ich sogar ein bisschen Neid.

Der junge Mann gab sich in der Öffentlichkeit stets locker und gut gelaunt, wohingegen ich durch die letzten Monate sehr viel von meiner früheren Lebensfreude verloren hatte.

Sogleich schalt ich mich für diese missgünstigen Gedanken, hatte doch Sebastian in Nepal wohl genauso schlimme Dinge erlebt, wie ich in Frankfurt. Und natürlich konnte ich ja auch nicht ahnen, wie es wirklich in seinem Innersten aussah. Vielleicht war seine Heiterkeit auch nur eine Fassade, die den Außenstehenden etwas vortäuschen sollte. Niemand ließ sich schließlich gerne von einem Fremden in seine Seele schauen.

Ich selbst hatte mich nach der Trennung von Adrian ganz ähnlich verhalten mit dem kleinen Unterschied, dass ich mich wie ein Wahnsinniger in meine Arbeit gestürzt hatte und nicht, wie Sebastian, in halsbrecherische Abenteuer.

Plötzlich bedauerte ich, dass ich den jungen Mann nicht doch noch in meine Wohnung gebeten hatte. Ich hätte mich gerne noch weiter mit ihm unterhalten, um eventuell neue Gemeinsamkeiten zu entdecken, die unser Leben verbanden.

Doch vielleicht hätte Sebastian mein Interesse an ihm auch missverstanden, schließlich war ich nicht an einer neuen Beziehung interessiert, sondern lediglich an seiner oberflächlichen Freundschaft.

Ich war Mitte dreißig, Sebastian geschätzt höchstens Ende zwanzig, ich hatte ganz vergessen, mich nach seinem genauen Alter zu erkundigen. Zudem hatte ich ihn noch nicht einmal gefragt, ob er vielleicht doch eine feste Freundin hatte oder gar verheiratet war. Diese Frage hatte mich bis zum heutigen Tag auch nicht weiter interessiert, da in meinem zukünftigen Leben ein Mann niemals mehr eine solche Rolle spielen würde, wie damals Adrian.

Über meiner ganzen Grübelei war ich nun doch müde geworden. Ich erhob mich mühsam und streckte meine steif gewordenen Muskeln. Die Zeit würde es schließlich zeigen, wie mein Leben hier weiterging.

Zuerst einmal würde ich meinen Job in der Praxis weitermachen und auch in den Rettungsdienst einsteigen. Ansonsten würde ich mich einfach überraschen lassen, was das Leben noch alles für mich bereithielt.

Mit diesem letzten Gedanken legte ich mich, mit mir und der Welt bis auf Weiteres vorerst im Reinen, ins Bett und schlief sofort ein.

12

In einem Notarzteinsatzfahrzeug, kurz NEF genannt, hinter einem Rettungswagen herzujagen, war für mich als Notärztin nichts unbekanntes und hätte mich auch niemals weiter beunruhigt. Hinter einem Rettungswagen herzujagen, der auf einer derart schmalen Landstraße vorweg raste, dass beide Fahrspuren gerade soviel Platz boten, um den RTW nicht rechts oder links in den Straßengraben rutschen zu lassen, war für mich mich als Städter allerdings überaus beunruhigend.

Ich klammerte mich mit meiner Rechten, krampfhaft Halt suchend, am Griff der Beifahrerseitentür des NEF fest, schloss vor jeder Kurve kurz die Augen und schickte nach jeder unfallfrei hinter uns gebrachten Biegung ein kurzes Dankgebet zum strahlend blauen Himmel. Ich spürte den enormen Adrenalinpegel unangenehm durch meine Blutbahn rauschen und meine Wangen waren vor Anspannung gerötet.

Jan Harter, mein mich auf diesem ersten Einsatz begleitender Rettungsassistent, der das NEF steuerte, lächelte mich aufmunternd von der Seite an. Er sah für meinen Geschmack noch sehr jung und knabenhaft aus und ich hatte insgeheim vor Beginn unserer gemeinsamen Fahrt ernsthaft Zweifel an seinen Fahrkünsten gehegt, doch dieser Schein trog gewaltig.

Jan steuerte das NEF sicher und völlig entspannt über die engen Straßen und nach wenigen Minuten erreichten wir einen abgelegenen Weiler, wie die Gehöfte hier in der Region üblicherweise hießen, auf dem mein allererster Einsatz als Notärztin auf mich wartete.

Der Einsatzauftrag war einsilbig: 78 Jahre, männlich, Luftnot und konnte erfahrungsgemäß fast alles bedeuten. Daher war ich bei unserem Eintreffen am Einsatzort äußerst angespannt und nervös.

Der RTW parkte bereits auf dem nicht geteerten Vorplatz des großen Bauernhauses und Jan, mein Fahrer, manövrierte unser NEF direkt neben den Rettungswagen in die matschige Wiese. Es hatte kurz vor unserem Einsatz geregnet und der Boden war aufgeweicht von den Wassermassen, die aus den Wolken herunter gekommen waren.

Ich öffnete die Beifahrertür, setzte einen Fuß auf den Boden ... und versank erst einmal fast bis zum Knöchel mit meinen Schuhen im Schlamm. Ich zog mein Bein schnell wieder zurück ins Auto und starrte finster zu meinem Fahrer hinüber, der noch immer neben mir im Wagen auf seinem Sitz saß und mich überaus amüsiert beobachtete.

Du hast Dir diesen Platz zum aussteigen sicherlich rein zufällig ausgesucht, nicht wahr Jan? Ich funkelte den jungen Mann mit zusammengekniffenen Augen böse an, doch dieser lächelte nur schadenfroh und entgegnete leichthin: *Tja, willkommen auf dem Lande!*

Dann öffnete er die Fahrertür, stieg noch immer frech grinsend aus und gesellte sich zu den beiden Kollegen des Rettungswagens, die damit begonnen hatten, ihre Ausrüstung auszuladen.

Ich fluchte leise, streckte meinen Fuß erneut aus dem Fahrzeug und suchte mir eine weniger feuchte Stelle zum aussteigen. Der drei Augenpaare, die mich bei meinen Bemühungen belustigt beobachteten, überaus bewusst, fand ich etwas weiter hinten ein Stück trockeneren Boden. Ich stieg so elegant wie möglich aus dem Wagen, reckte als Siegeszeichen Zeige- und Mittelfinger meiner rechten Hand in die Höhe und grinste triumphierend den drei Rettungsassistenten zu. Diese lachten anerkennend zu mir herüber, dann packten sie ihre Ausrüstung und marschierten zielstrebig auf den Eingang des Bauernhauses zu. Ich folgte ihnen und trat als Letzte durch die mittlerweile geöffnete Haustüre.

Das Haus war alt. Für mein Verständnis als Städter uralt, oder eher noch ur-uralt.

Die Wände des Flures, in dem wir uns befanden, waren mit alten Holzpaneelen verkleidet und wirkten schäbig und heruntergekommen. Der Boden war uneben und mit mehreren, völlig abgewetzten Teppichläufern ausgelegt, die einstmals wahrscheinlich leuchtend bunten Farben nach den vielen Jahren intensiven Gebrauchs nur noch blass braungrau. Nach links zweigte eine Tür ab, hinter der sich ein kleiner Raum befand, der augenscheinlich als Küche oder Waschküche genutzt wurde.

Beim eintreten in das Haus schlug uns ein durchdringender Tiergeruch entgegen und ich hielt instinktiv den Atem an. Mein mangelndes Verständnis für Nutztiere ließ jedoch meine Frage offen, ob es sich hierbei um Kühe oder Schweine, oder vielleicht aber auch beides handelte. In jedem Fall war der Gestank fast unerträglich und verursachte mir plötzlich Übelkeit.

Ich versuchte, ganz flach durch den Mund ein und aus zu atmen und die Übelkeit ließ bald nach.

Meine Crew war bereits nach links durch die offene Zimmertür getreten und breitete in der kleinen, schummerigen Kammer unser Equipment auf dem schmuddeligen Küchenboden aus. An einem schäbigen Holztisch, der so alt wie das Haus selbst zu sein schien, saß leicht nach vorne über gebeugt unser Patient.

Ich schob mich an meinen Leuten und der Notfallausrüstung vorbei und ging neben dem Stuhl des Mannes am Tisch in die Hocke.

Guten Tag. Mein Name ist Dr. Steinbach und ich bin die Notärztin. Wie können wir Ihnen denn helfen?

Der alte Bauer drehte langsam seinen Kopf in meine Richtung. Ein paar grün-blauer Augen betrachteten mich abschätzend von oben bis unten, dann sagte der Alte in breitem allgäuer Dialekt: *Grias Sie Gott, Frau Doktor.* Seine Stimme war rau wie ein Reibeisen und passte zu seinem wettergegerbten Gesicht. Er trug ein abgewetztes Karohemd unter einer dunkelgrünen Strickweste, die schon deutlich bessere Zeiten hinter sich hatte. Seine knorrigen, arthritisgezeichneten Hände, die vor ihm auf der Tischkante ruhten, waren rau, schwielig und trugen unverkennbare Zeichen jahrzehntelanger, schwerer körperlicher Arbeit.

Ich richtete mich wieder auf, trat einen Schritt zurück und lehnte mich seitlich gegen die Tischplatte. *Dann erzählen Sie mal, seit wann haben Sie denn die Beschwerden mit der Luft?* Ich sprach laut und deutlich und der Alte runzelte argwöhnisch die Stirn.

Fräulein, antwortete der mit starkem Dialekt, *ich bin sicherlich alt und auch nicht mehr ganz so gut beieinander wie früher, aber,* er erhob mahnend seinen durch die starke Arthritis deutlich gekrümmten rechten Zeigefinger, *taub bin ich noch lange nicht. Sie müssen mich nicht so anschreien.*

Um mich herum ertönte verhaltenes Kichern und ich bemerkte, wie ich mal wieder rot wurde. Meine Körperhaltung versteifte sich und ich schob entschlossen das Kinn vor, bevor ich, so selbstbewusst wie in dieser peinlichen Situation nur möglich, antwortete:

Natürlich, das verstehe ich. Um weitere Eskalationen zu vermeiden fuhr ich unbeeindruckt, jedoch deutlich leiser fort: *Seit wann also können Sie nicht mehr richtig atmen?*

Jan, mein NEF-Fahrer hatte dem Bauer den linken Hemdsärmel hoch gekrempelt und legte ihm die Blutdruckmanschette um den runzeligen Oberarm. Markus, einer der beiden anderen Assistenten, befestigte das Pulsoximeter am Zeigefinger des Alten. Seine Fingernägel waren unter den Rändern schwarz vom Dreck der schweren, landwirtschaftlichen Arbeit und mir schoss plötzlich durch den Kopf, dass wir doch hoffentlich nach jedem Einsatz unsere Arbeitsgeräte ausreichend desinfizierten.

Blutdruck 175/110, tönte Jans Bariton von der Linken des Patienten. *Frequenz 95, Sättigung 87,* verkündete Markus die weiteren Vitalwerte.

Wissen Sie, Frau Doktor, das mit der Luft hab ich bereits seit vielen Jahren. Endlich schien mein Patient gewillt zu sein, mich bei meiner bisher recht schwierigen Anamnese Erhebung zu unterstützen. *Ich habe doch die kopt.*

Die... bitte was? Ich schaute irritiert auf ihn herunter. Seine Lippen waren leicht bläulich, ein deutliches Zeichen einer dauerhaften Sauerstoffunterversorgung.

Gebt ihm mal ein bisschen O2, möglichst über Maske, wies ich Markus an, der sofort unsere tragbare Sauerstoffflasche auspackte und dem Bauern eine Sauerstoffmaske überstülpte. *Vorerst 3 Liter, Markus, und behalte bitte die Sättigung im Auge.*

An meinen Patienten gewandt versuchte ich erneut, seine Grunderkrankung zu eruieren: *Was bitte meinen Sie mit kopt, Herr ....Sellmayr?* Ich hatte den Namen meines Patienten soeben von dessen Versichertenkarte abgelesen, die vor mir auf dem abgewetzten Küchentisch lag.

Na die kopt eben, der Bauer blieb beharrlich, *wo man halt so schlecht Luft bekommt.*

Langsam dämmerte es mir. *Meinen Sie vielleicht C-O-P-D, die chronisch obstruktive Lungenerkrankung?* Ich blickte Herrn Sellmayr fragend an. Dieser nickte nur bestätigend und meinte leichthin unter der Sauerstoffmaske hindurch: *Ja, sag ich doch die ganze Zeit.*

Mein Blick fiel auf meine drei Begleiter, die unter sich schauten und sich nur noch schwer das Lachen verkneifen konnten. Meine Geduld mit meinem widerspenstigen Patienten neigte sich indes langsam dem Ende zu.

Also schön, nachdem wir das ja jetzt endlich geklärt hätten. Nehmen Sie denn auch Medikamente dagegen ein, Herr Sellmayr? Zum Beispiel ein Spray oder vielleicht irgendwelche Tabletten?

Ja freilich, der Alte nickte eifrig und eine dünne, lange Strähne seines schlohweißen Haares rutschte ihm dabei in die Stirn. Er strich sie sorgfältig wieder zurück an ihren Ursprungsort und fuhr dann fort: *Aber wenn Sie mich jetzt fragen wie die heißen, muss ich Sie leider enttäuschen, Fräulein. Das macht alles meine Bäuerin, und die ist im Moment nicht da.*

Mittlerweile ziemlich entnervt hob ich die Hände: *Ist ja gut, ist ja gut. Das werden wir bestimmt über Ihren Hausarzt erfahren.* Ich gab Jan mit einem Kopfnicken zu verstehen, dass er sich dieser Aufgabe bitte umgehend annehmen sollte und wandte mich dann wieder meinem Patienten zu: *Gibt es denn Situationen, in denen es besonders schlecht ist mit Ihrer Luft, Herr Sellmayr?*

Der Angesprochene überlegte kurz und strich sich mit seiner knorrigen Rechten über das stoppelige Kinn, wobei die Sauerstoffmaske auf seinem Gesicht ein wenig verrutschte, dann antwortete der bedächtig: *Also, eigentlich ist es fast immer gleich schlecht, nur wenn ich im Stall arbeite oder Holz hacke, dann wird's minder mit der Luft.*

Ich blickte, leicht irritiert auf den Bauern herunter. Das ergab irgendwie alles keinen Sinn, doch wenn mein Patient das so behauptete, musste ich ihm wohl oder übel erst einmal glauben. Ich hakte dennoch nach: *Na, das ist aber schön, wenn ihre Beschwerden beim Arbeiten sogar besser werden. Und da sag nochmal einer, Arbeiten ist nicht gesund.*

Vier Augenpaare sahen mich völlig entgeistert an und ich zuckte verständnislos mit den Schultern: *Was ist?* fragte ich, in die Runde blickend, *hab ich was Falsches gesagt?*

Nacheinander brachen alle vier, einschließlich des alten Bauern in schallendes Gelächter aus und ich stand wie bepudelt vor ihnen und hatte keine Ahnung, was ich um alles in der Welt dieses Mal schon wieder falsch gemacht haben könnte.

Es war schließlich Jan, mein NEF-Fahrer, der mich letztendlich von meiner Unwissenheit erlöste. *Oh Sarah,* er lachte noch einmal herzlich und wischte sich anschließend mit einer Hand über die mittlerweile tränenden Augen, *wir müssen unbedingt noch an Deinem Sprachverständnis für Einheimische arbeiten.* Als er meinen noch immer verständnislosen Blick sah, klärte er mich endlich auf: *Minder bedeutet hier in der Region schlimmer und nicht, wie Du es vermutlich kennst, besser oder weniger.*

Ungläubig starrte ich von einem zum anderen. Ich hatte niemals damit gerechnet, dass ein einziges Wort eine derart entgegen gesetzte Bedeutung haben könnte. Vielleicht sollte ich wirklich bei Johannes oder Sebastian einen Crashkurs in Sachen Allgäuerisch für Anfänger nehmen, damit mir in meinen kommenden Einsätzen bei der Landbevölkerung zukünftig nicht mehr solche Fauxpas passierten.

Okay, ich gab schließlich auf, *für heute habe ich wohl meine Lektion gelernt.* Ich blickte wieder zu meinem Patienten, der mittlerweile dank der mobilen Sauerstoffzufuhr deutlich besser sättigte, als bei unserem Eintreffen vor einigen Minuten. *Nichts desto trotz werde ich Sie aber mit ins Krankenhaus nehmen, Herr Sellmayr. Ihre medikamentöse Versorgung der COPD ist nicht optimal und an Ihrem erhöhten Blutdruck können wir sicher auch noch etwas verbessern.*

Der Bauer überlegte kurz, dann nickte er zustimmend und meine Feuertaufe schien sich endlich dem Ende zuzubewegen.

Also Jungs, dann mal alles hier eingesammelt und ab durch die Mitte, ordnete ich mit Heeresführerstimme an, die keinerlei Widerspruch mehr duldete. Die Mannschaft lud den Patienten auf die Trage, Jan packte unsere Ausrüstung wieder zusammen und Minuten später war der erste Einsatz meines Dienstes als Notärztin der Einsatzstelle Oberstdorf erfolgreich beendet.

Das Ladengeschäft der Trachtenmodenboutique Mayrhofer lag im Zentrum von Oberstdorf, direkt gegenüber dem Bahnhof und gleich zu Beginn der Fußgängerzone.

In den großen Schaufenstern präsentierten täuschend echt wirkende Schaufensterpuppen die exklusiven Kollektionen des Traditionsunternehmens, alle aus eigener Schneiderei entstanden und nach den selbst entworfenen Schnittmustern hergestellt. Ich blieb einen Moment vor dem Laden stehen und bestaunte die wunderschönen Dirndl und feschen Lederhosen in der Auslage.

Die Sonne stand hoch am Himmel und die Fußgängerzone war um die Mittagszeit überfüllt mit Flanierenden, die das herrliche Spätsommerwetter für einen Ausflug oder einen Bummel durch die Marktgemeinde genutzt hatten.

Während ich die Tür öffnete und aus dem grellen Sonnenlicht in das Halbdunkel der Boutique trat, bemerkte ich den Fremden nicht, der sich gegenüber des Geschäftes in einem dunklen Hauseingang versteckt hatte, um mich zu beobachten.

Als ich mich an der Tür noch einmal umdrehte, duckte er sich blitzschnell in den Schatten der Hauswand und wartete ab, bis ich in dem Gebäude verschwunden war.

Eine Glocke über der Eingangstür hatte Besuch angekündigt und Isabelle Bronner schob den schweren Vorhang beiseite, der den Nebenraum, in dem kleine Änderungen an der Passform der Trachten vor Ort vorgenommen werden konnten, vom Verkaufsraum trennte, und umrundete den Tresen, um ihren neuen Kunden zu begrüßen.

Sie trug ein wunderschönes, figurbetontes gelb-grünes Dirndl mit ausgefallenen Applikationen, welches in herrlichem Kontrast zu ihren braunen Haaren stand. Um den Hals hatte sie ein farblich passendes Tuch gebunden, sie wollte die noch frische Narbe, die mein Eingriff an Johannes Geburtstag an ihrem Hals hinterlassen hatte, vor den neugierigen Blicken ihrer Kundschaft verbergen.

Als Isabelle mich erkannte, kam sie mit ausgebreiteten Armen auf mich zu. *Hallo Sarah, was für eine Freude, Dich hier in meinem Laden begrüßen zu dürfen.*

Sie umarmte mich herzlich. Es war mein erster Besuch bei ihr, seit Isabelle vor ein paar Wochen das Krankenhaus wieder verlassen hatte. Sie hatte sich noch einige Zeit zuhause ausgeruht und stand nun den ersten Tag wieder in dem Geschäft ihrer Eltern hinter dem Tresen, um ihre exklusiven Dirndl an die wohlhabende Kundschaft zu bringen.

Hallo Isabelle, Du siehst gut aus.

Ich trat einen Schritt zurück, um mir Johannes Frau besser anschauen zu können. Das, was ich sah, beruhigte mich. Scheinbar hatte ihr allergischer Schock keine gesundheitlichen Folgen hinterlassen.

Ich habe ein ganz schlechtes Gewissen, dass ich Dich erst heute besuchen kann, aber die letzten Wochen waren echt irre anstrengend für mich. Da ich nun auch, wie Dir Johannes sicher erzählt hat, in den ärztlichen Rettungsdienst eingetreten bin, hat sich meine freie Zeit deutlich reduziert.

Ich lächelte Isabelle entschuldigend an, doch diese winkte ab.

Ach Sarah, mach Dir doch deswegen keine Gedanken. Ich freue mich sehr, dass mir meine Lebensretterin einen Besuch abstattet. Johannes hat mir haarklein erzählt, wie Du dem Sensenmann, der mich holen wollte, ein Schnippchen geschlagen hast.

Bei dem Gedanken an diese kritischen Minuten fröstelte mich noch immer.

Na, nun übertreib aber nicht, wiegelte ich ab, *schließlich war Dein Ehemann auch nicht unerheblich an Deiner Rettung beteiligt. Er hat hervorragende Vorarbeit geleistet, sonst wäre die Sache vermutlich noch viel schlimmer ausgegangen.*

Isabelles Gesichtszüge verdunkelten sich ein wenig. *Aber Du hast schließlich den Luftröhrenschnitt durchgeführt, ohne den ich vermutlich erstickt wäre,* entgegnete sie beharrlich.

In ihrer Stimme klang unterschwellig der Vorwurf gegen Johannes mit, dass dieser augenscheinlich nicht in der Lage gewesen war, diesen Eingriff bei ihr durchzuführen. Einerseits freute ich mich über ihr Kompliment, ihre Lebensretterin zu sein, doch andererseits tat mir mein Kollege leid.

Ich konnte mir lebhaft vorstellen, wie schlimm es für ihn gewesen sein musste, die eigene Ehefrau in einem derart kritischen Zustand zu sehen und nicht erfahren genug zu sein, um ihr ausreichend helfen zu können.

Doch dass Isabelle ihm dies nun zum Vorwurf machte, fand ich nicht richtig. Ich musste mich dringend mit Johannes über dieses Thema unterhalten.

Um Isabelle nicht noch weiter Gelegenheit zu geben, auf ihrem Ehemann herum zu hacken, blickte ich mich interessiert in der Boutique um.

An den Wänden ringsherum hingen Kleiderstangen voll mit trendiger und stilvoller Trachtenmode für Sie und Ihn, für Jung und Alt. Alles in allem war für jeden Geschmack und jeden Geldbeutel etwas dabei.

Ich pfiff anerkennend durch die Zähne: *Und Ihr stellt die gesamte Kollektion selbst her, vom Schnittmuster bis zum fertigen Dirndl?* Johannes hatte dies während eines unserer Gespräche erwähnt.

Isabelle erklärte mir, nicht ohne einen gewissen Stolz in der Stimme: *Ja, natürlich. Alles, was Du hier siehst, wurde von mir und meiner Familie selbst entworfen und genäht.*

Diese Boutique ist schon seit vielen Jahrzehnten im Familienbesitz, ein Generationsunternehmen sozusagen. Schon meine Ur-Großeltern haben hier ihre selbst gestalteten Kollektionen angeboten. Ich möchte dieses Geschäft später einmal von meinen Eltern ganz übernehmen, bin aber mittlerweile zudem auch dabei, mir in München ein zusätzliches Standbein aufzubauen.

Isabelle geriet ins Schwärmen.

München ist eine traumhafte Stadt, weißt Du. Überhaupt nicht mit so einem Dorf wie hier zu vergleichen. Die Menschen dort lieben meine Mode, meine neue Dirndlkollektion ist der Renner in der feineren Gesellschaft. Mittlerweile haben bereits die ersten Prominenten nach einem passenden Outfit für das Oktoberfest bei mir angefragt.

Sie machte eine kurze Pause, als sähe sie sich schon als Inhaberin einer exklusiven Dirndlboutique in Münchens Maximilianstraße.

Über kurz oder lang werde ich Oberstdorf wohl verlassen, um mir in München eine neue, viel gehobenere Existenz aufzubauen.

Bei diesen Worten staunte ich nicht schlecht.

Ach wirklich? fragte ich verblüfft, *und was sagt Johannes zu Deinen Plänen? Wird er dann unsere Praxis aufgeben und mit Dir nach München gehen?*

Der Gedanke, dass ich bald alleine in unserer Gemeinschaftspraxis sitzen würde und mir dann auch noch einen neuen Partner suchen musste, behagte mir überhaupt nicht. Schließlich entwickelte sich zwischen Johannes und mir mittlerweile ein fast freundschaftliches Verhältnis und ich hatte gehofft, auch in Isabelle eine neue Freundin finden zu können. Doch ihre neuen Pläne machten meine Vorstellung wieder einmal zunichte.

Isabelle plauderte ungezwungen weiter: *Ach was, der weiß vorerst noch nichts von meinem Vorhaben. Es ist ja auch noch überhaupt nicht spruchreif.* Sie zwinkerte mir verschwörerisch zu: *Ich hoffe, Du kannst dieses kleine Geheimnis für Dich behalten, ich möchte Johannes nämlich damit überraschen.*

Skeptisch zog ich die Augenbrauen hoch, doch ich versicherte ihr im Anschluss, dass ich Verschwiegenheit wahren würde. Dies war nun eben einmal eine Angelegenheit zwischen Johannes und Isabelle, ich wollte mich darin nicht einmischen oder gar noch zwischen die Fronten geraten.

Das Thema wechselnd schlüpfte Isabelle zurück in ihre Rolle als Verkäuferin und fragte mich neugierig: *Wolltest Du mir ausschließlich einen Krankenbesuch abstatten, oder darf ich Dir auch meine neuesten Dirndl zeigen?*

Ich konnte mein Interesse an dieser für mich ungewöhnlichen Mode nicht länger verbergen und antwortete ehrlich: *Ich habe so was noch nie getragen, aber ich finde Trachtenmode toll. Dein Kleid, das Du da trägst, steht Dir übrigens ausgezeichnet.*

Isabelle drehte sich stolz einmal um die eigene Achse. *Dieses stammt ebenfalls aus meiner neuen Kollektion. Lass mich mal schauen, wir werden sicherlich auch etwas Passendes für Dich finden.*

Sie betrachtete prüfend meine Körpermaße und steuerte dann zielstrebig auf eine Stange mit Modellen zu. Nachdem sie kurz zwischen den Kleidern gekramt hatte, zog sie zufrieden ein Dirndl hervor, welches augenscheinlich ihrer Vorstellung als für mich perfekt passend entsprach. Als ich das Kleid erblickte, sog ich bewundernd die Luft ein.

Es war ein wunderschönes, aus schwarzem, glänzendem Stoff genähtes, Unterschenkel langes Dirndl mit bordeauxroter Schürze und goldenen Stickereien. Dazu eine weiße, tief ausgeschnittene Spitzenbluse.

Ich berührte den feinen Stoff fast ehrfürchtig und Isabelle lachte über meine offensichtliche Faszination. *Na los, probier es einmal an, dort drüben ist die Garderobe.* Sie schob mich mitsamt dem Kleid zu einer geräumigen Umkleidekabine in der Ecke des Ladens.

Schon als Kind hatten mich Dirndl fasziniert, doch ich hatte noch nie die Gelegenheit gehabt eines anzuprobieren, geschweige denn, mir eins zuzulegen. Ich hätte auch bis dato nicht gewusst, zu welchen Anlässen ich es hätte tragen sollen.

Neugierig, wie mir diese Trachtenmode stehen würde, streifte ich mein dünnes Sommerkleid über den Kopf und schlüpfte in die Bluse. Dabei fiel mein Blick auf das Preisschild und ich musste erst einmal schlucken. Mit fast 1000 Euro war dieser Traum in schwarz und rot nicht gerade ein Schnäppchen.

Aber ich musste es ja auch nicht gleich kaufen, sagte ich mir und zog mich fertig an. Zum Schluss schlüpfte ich noch in ein paar schwarze Riemenpumps, die mir Isabelle unter dem Vorhang hindurch in die Kabine geschoben hatte.

Als ich aus der Kabine heraus in den Verkaufsraum trat, klatschte Isabelle begeistert in die Hände. *Sarah, Du siehst umwerfend aus. Ich habe aber auch wirklich ein gutes Auge für die Bedürfnisse meiner Kunden,* sagte sie selbstgefällig nickend. Ich trat gespannt vor den großen Spiegel neben der Umkleidekabine und riss begeistert die Augen auf.

Wow, Isabelle, das Kleid ist ja wirklich der Knaller. Meine Zweifel, ich könnte für das Dirndl zu klein oder gar zu pummelig sein, lösten sich unmittelbar in Luft auf. Der Schnitt kaschierte nahezu perfekt meine Problemzonen an Hüfte und Po und rückte meine, für meine Verhältnisse zu üppig ausgefallene Oberweite gekonnt ins rechte Licht. Eigentlich, so stellte ich verwundert fest, hatte ich die perfekte Dirndl-Figur.

Auch Isabelle schien dieser Auffassung zu sein. *Das könntest Du super gut auf dem Viehscheid in ein paar Wochen tragen, was meinst Du?* Wegen des doch recht üppigen Preises zögerte ich.

Ja, das wäre eine gute Idee gab ich schließlich zu.

Isabelle bemerkte meine Unschlüssigkeit und kam mir mit dem Vorschlag entgegen: *Weißt Du was, ich lege es Dir einfach erst einmal zurück und Du kannst Dir ja später noch Deine Gedanken darüber machen, okay?*

Ich nickte erleichtert, nicht gleich meine Entscheidung über die Verwendung von 1000 Euro für ein Kleid treffen zu müssen, drehte mich noch ein letztes Mal um mich selbst und verschwand dann wieder in der Kabine.

Als ich in meinem blumigen Sommerkleid wieder hervortrat und Isabelle mit einem leichten Bedauern das Dirndl zurückgab, überraschte sie mich mit einer Einladung.

Sarah, möchtest Du nicht am Sonntag zum Mittagessen zu uns kommen? Ich würde mich wirklich sehr freuen, und Johannes natürlich ebenfalls. Sozusagen als kleines Dankeschön, was Du für mich getan hast. Ich habe mir außerdem eine Überraschung für Dich überlegt. Isabelle zwinkerte geheimnisvoll mit den Augen und ich musste unwillkürlich lachen.

Gerne nehme ich Eure Einladung an. Ich habe am Sonntag sowieso keinen Notdienst und war schon am überlegen, wie ich den Tag alleine gestalten sollte.

Fein, dann bis Sonntag. Isabelle drückte mich zum Abschied herzlich an sich.

Ich verließ das Geschäft und trat in die grelle Sonne hinaus. Meine mittlerweile an die Dämmerung der Boutique gewöhnten Augen blinzelten entrüstet und ich konnte im ersten Moment nicht richtig sehen. Deshalb nahm ich auch den Fremden noch immer nicht war, der im Schatten der Häuser verborgen auf mich gewartet hatte und, nachdem ich Isabelles Laden verlassen hatte, unbemerkt meine Verfolgung aufnahm.

13

Das Haus von Johannes Bronner lag nur ein paar Straßen von unserer Praxis entfernt und da es ein warmer, sonniger Tag war, entschloss ich mich, die paar hundert Meter zu Fuß zu gehen. Es war das erste Mal, dass mich mein Kollege und seine Frau zu sich nach hause eingeladen hatten und ich war schon sehr neugierig darauf zu sehen, wie die Bronners wohnten.

Als ich das Ende der Sackgasse erreicht hatte, stand ich vor einem schönen, im alpenländischen Stil erbauten und in Hanglage errichteten Wohnhaus mit kleinem Erker und Blumenkästen mit bunten Sommerblumen vor den Fenstern. Neben der großen Doppelgarage führte eine breite Steintreppe hinauf zur Haustür.

Ich stieg die Stufen empor und betätigte die Türglocke. Kurze Zeit später erschien Johannes, um mir die Tür zu öffnen und mich willkommen zu heißen.

Sarah, schön dass Du unserer Einladung gefolgt bist. Johannes schenkte mir ein herzliches Lächeln und machte einen Schritt zur Seite, damit ich eintreten konnte.

Hallo Johannes, ich freue mich wirklich sehr, dass ich heute Euer Gast sein darf. Ich überreichte Johannes eine Flasche Wein, die ich als kleines Präsent mitgebracht hatte. Nebenbei registrierte ich, wie gut mein Kollege wieder einmal aussah.

Sein blondes, schulterlanges Haar hatte er zu einem lockeren Pferdeschwanz zusammen gebunden und die hellblauen Augen in seinem attraktiven Gesicht mit blondem Dreitagebart betrachteten mich freundlich. Johannes trug ein weißes Hemd und eine knielange, hellbraune Hirschlederhose mit traditionellem Trägergeschirr. Ich betrachtete ihn fasziniert von Kopf bis Fuß.

Isabelle hatte aber auch wirklich unglaubliches Glück, einen derart sympathischen und gutaussehenden Ehemann zu haben, schoss es mir, tatsächlich etwas neidisch auf meine neue Freundin, durch den Kopf.

Johannes, der von meiner heimlichen Neiderei Gott sei Dank nichts bemerkt hatte, machte eine einladende Geste, ihm zu folgen.

Isabelle ist noch in der Küche mit den Vorbereitungen beschäftigt. Komm, ich zeige Dir erst einmal unser bescheidenes Heim.

Er ging voraus und führte mich zuerst in das geräumige Wohnzimmer mit einer riesigen Fensterfront mit Blick auf Oberstdorf und die den Talkessel umschließenden Berge. Ein großer Balkon verlief auf der gesamten Breite des Raumes am Haus entlang. Direkt neben der Tür zur Diele stand ein wunderschöner Kachelofen, der von einer Sitzbank mit kuscheligen Kissen darauf umschlossen wurde, die in kalten Wintertagen nach einer eisigen Pistengaudi zum Aufwärmen einlud.

Auch in seinem eigenen Haus hatten Johannes und Isabelle, ähnlich wie in meiner jetzigen Wohnung über unserer Praxis, die zuvor als zusätzliche Nebenwohnung ebenfalls von meinem Kollegen genutzt worden war, viel Holz verbaut. In dem Erker, den ich bereits von außen bestaunt hatte, war eine urige Holzeckbank passgenau eingebaut worden, mit einem runden, massiven Holztisch in der Mitte. An diesem Tisch hatte Isabelle für das Mittagessen gedeckt.

Das Mobiliar des großen Wohnzimmers bestand aus einer gemütlich anmutenden, schwarzen Ledercouch mit passendem Couchtisch davor, einem riesigen LCD-Fernseher an der gegenüberliegenden Wand und einem augenscheinlich sehr alten Sekretär aus Lärchenholz. Anstelle von Tapete war der gesamte Raum mit Rauputz verkleidet, was in Bayern äußerst üblich war, wie ich von meinem Kollegen erfuhr, und weiß gestrichen worden. Die sich von der Decke absetzenden und Natur belassenen Holzbalken gaben dem Ganzen ein altertümliches, ur-gemütliches Flair. Ich fühlte mich auf Anhieb wohl in diesem Haus.

Mein Blick fiel erneut auf den einladend gedeckten Mittagstisch im Erker, doch plötzlich wurde ich stutzig. Eins, zwei, drei, nein vier Gedecke hatte Isabelle vorbereitet.

Irritiert deutete ich in die Nische hinein: *Erwartet Ihr etwa noch einen Gast außer mir?* fragte ich Johannes verwundert.

Dieser grinste mich nur schelmisch an und meinte gutgelaunt: *Isabelles Idee. Lass Dich überraschen.*

Gespannt und neugierig, wer wohl noch eine Einladung zum Mittagessen bei den Bronners erhalten haben könnte, folgte ich Johannes in die angrenzende, geräumige Küche.

Diese war hochmodern eingerichtet. Hier würde auch ein Spitzenkoch auf seine Kosten kommen, dachte ich anerkennend. Isabelle stand mit hochgebundenen Haaren an der Anrichte und bereitete die Nachspeise vor. Als sie mich neben Johannes erblickte, wischte sie sich schnell die Hände an ihrer bunten Umhängeschürze sauber und kam freudig strahlend auf mich zu.

Hallo Sarah, ich freue mich so, dass Du gekommen bist. Das wird ein toller Nachmittag werden, Du wirst sehen. Dabei warf sie Johannes vielsagende Blicke zu. Noch konnte ich mir aus dem sonderbaren Verhalten der beiden keinen Reim machen.

Na gut, dachte ich mir. Egal, wer da noch erwartet wurde, ich war schließlich nicht mundfaul. Mit dem oder der geheimnisvollen Unbekannten würde ich schon klar kommen.

An Johannes gewandt erkundigte sich Isabelle: *Ich hoffe, Du hast unserem Gast schon etwas zu trinken angeboten. Es dauert noch etwa eine Viertelstunde, dann bin ich hier fertig und wir können mit dem Essen beginnen.*

Mein Kollege schüttelte den Kopf. *Ich wollte Sarah schnell noch den Rest des Hauses zeigen, danach setzen wir uns schon mal und warten auf Euch.*

Isabelle kicherte verschwörerisch und schob uns anschließend aus der Küche hinaus. Ich blickte Johannes fragend an, doch dieser zuckte nur, ebenfalls grinsend, mit den Schultern und gab kein einziges Wort als Erklärung ab. Resigniert hob ich die Hände. *Okay, lass ich mich halt überraschen.*

Nachdem Johannes seinen Hausrundgang mit mir beendet hatte, nahmen wir am geräumigen Esszimmertisch im Erker Platz. Ich rutschte unruhig auf der Bank hin und her, vor lauter Aufregung hielt es mich fast nicht mehr auf meinem Sitz. Johannes schenkte uns etwas zu trinken ein und begann ein belangloses Gespräch, doch ich konnte diesem fast nicht folgen.

Ich platzte mittlerweile fast vor Neugier auf den unbekannten, zusätzlichen Gast.

Endlich öffnete sich die Küchentür und Isabelle kam mit einer dampfenden Suppenterrine herein. Dicht hinter ihr folgte, breit grinsend....

Sebastian Kramer.

Es fiel mir sehr schwer, mir mein Lachen zu verkneifen. Dieser Kuppelversuch war nun wirklich zu offensichtlich.

Zufrieden mit der gelungenen Überraschung stellte Isabelle ihren Suppentopf ab und Johannes stand auf, um den jungen Physiotherapeuten zu begrüßen. An mich gewandt erklärte mein Kollege: *Sarah, ich glaube, Du kennst Sebastian ja noch von meiner Geburtstagsfeier in der Sonnenalpe.*

Ich nickte lächelnd und streckte Sebastian kokett die Hand zur Begrüßung entgegen. Dabei musterte ich ihn genau. Für den heutigen Anlass hatte er seine überaus ansprechenden, körperlichen Reize durch entsprechende Kleidung perfekt in Szene gesetzt. Er trug, genau wie Johannes, eine feine traditionelle Hirschlederhose und ein weißes Hemd. Die beiden Männer sahen beinahe aus wie zwei Brüder. Instinktiv stockte mir bei Sebastians Anblick kurz der Atem.

Als er nun so dicht vor mir stand und ich zudem den angenehmen Duft seines Aftershaves wahrnahm, bekam ich plötzlich feuchte Hände und mein Herzschlag beschleunigte sich merklich.

Na, Sarah, Schluss jetzt, rief ich mich selbst zur Ordnung und nahm schnell wieder am Esstisch Platz, damit die anderen nichts von meinem kurzen Gefühlsabstecher mitbekamen.

Johannes und Isabelle hatten es so eingefädelt, dass Sebastian natürlich den Platz neben mir zugewiesen bekam. Nicht ahnend, in welches emotionale Chaos die beiden mich mit ihrem Kuppelversuch stürzten, begann Johannes ein belangloses Gespräch mit Sebastian.

Somit hatte ich erst einmal die Möglichkeit, mich wieder zu sammeln, noch immer hin und her gerissen zwischen der Tatsache, dass ich mich definitiv zu Sebastian hingezogen fühlte und der panischen Angst, noch einmal ähnliche Höllenqualen wie in meiner letzten Beziehung durchmachen zu müssen.

Ich fragte mich insgeheim, ob Sebastian in den Plan der Bronners eingeweiht worden war, oder ob er genauso ahnungslos gewesen war, wie ich selbst.

Verstohlen warf ich ihm einen Seitenblick zu, doch ich konnte keinerlei Anzeichen für die ein oder andere Variante meiner Vermutung bei ihm feststellen. Nun gut, dachte ich mir, das werde ich schon noch herausbekommen.

Zwischenzeitlich hatte auch Isabelle sich auf ihrem Platz neben Johannes niedergelassen und schenkte uns allen von der herzhaft duftenden Maultaschensuppe ein.

Während des Essens verebbte das Gespräch weitgehend, bis auf einige Lobeshymnen über Isabelles Kochkünste schwiegen alle und genossen den ersten der angekündigten drei Gänge. Ich half Isabelle anschließend beim abräumen der Teller und folgte ihr in die Küche, um ihr noch beim Auftragen des Hauptganges behilflich zu sein. Während sie die selbstgemachten Semmelknödel in die bereitgestellte Schüssel füllte und ich die mit Bergkäse überbackenen Älplesteaks auf einer Servierplatte anrichtete, musterte mich Isabelle neugierig.

Sebastian ist ein wirklich lieber Kerl, weißt Du? Isabelles Stimme klang beiläufig, doch sie hielt kurz inne, um in meinem Gesicht nach Spuren einer Gefühlsregung zu suchen. Ausnahmsweise hatte ich dieses Mal jedoch meine Mimik vollkommen unter Kontrolle und ließ mir nicht anmerken, was mir in diesem Augenblick durch den Kopf ging. Dennoch sicher, dass sie auf dem richtigen Weg war, fuhr Isabelle fort:

Leider hat er in seinen jungen Jahren schon denkbar schlechte Erfahrungen mit dem anderen Geschlecht machen müssen und mittlerweile hat er, glaube ich, die Hoffnung fast aufgegeben, dass auch er früher oder später einmal den passenden Deckel finden wird. Sie seufzte und ihr Gesichtsausdruck wurde traurig. *Ich kenne den Jungen seit Kindertagen und er hat schon so viel Schlimmes durchgemacht. Ich wünsche mir nichts sehnlicher, als dass auch er endlich seinen Platz im Leben findet.*

Isabelle hatte die Knödelschüssel fertig gefüllt und starrte gedankenverloren auf das Handtuch, mit dem sie ihre Hände abgetrocknet hatte.

Manchmal habe ich schreckliche Angst um Sebastian. Ihre Stimme klang beiläufig, als würde sie die Worte eher zu sich selbst sprechen, als zu mir. *Er geht momentan enorme Risiken ein, die mit normalem Menschenverstand schon nicht mehr zu rechtfertigen sind. Mittlerweile glaube ich fast, er begibt sich absichtlich in Lebensgefahr.* Isabelle seufzte. *Auch Johannes macht sich große Sorgen, doch wir kommen beide einfach nicht an ihn heran.* Traurig schüttelte sie den Kopf:

Wir haben Sebastian sehr gern. Er ist wie der kleine Bruder, den Johannes nie gehabt hat und wir würden es uns niemals verzeihen, wenn ihm etwas zustieße. Verzweifelt hob sie die Hände und zuckte mit den Schultern, *Aber sobald einer von uns das Gespräch in diese bestimmt Richtung lenkt, blockt Sebastian sofort ab und gibt uns zu verstehen, dass mit ihm alles in Ordnung ist. Wir bräuchten uns um ihn wirklich keine Sorgen machen, sagt er bloß immer.* Ihre Stimme war schließlich fast nur noch ein Flüstern: *Doch Johannes und ich, wir wissen beide, dass das nicht der Wahrheit entspricht.*

Ich hatte Isabelle schweigend zugehört und blickte fragend in ihr plötzlich mit tiefen Sorgenfalten durchzogenes Gesicht. *Denkst Du, ich sollte vielleicht mal mit ihm reden?*

Isabelle zuckte ratlos die Schultern und schüttelte dann traurig den Kopf. *Ich glaube nicht, dass das viel Sinn macht. Sebastian ist ein sehr verschlossener Mensch geworden. Er braucht mittlerweile lange, bis er zu jemandem Vertrauen fasst. Die letzten Jahre waren einfach zu viel für ihn.* Verstohlen wischte sich Isabelle eine Träne aus dem Auge, sie machte sich offensichtlich wirklich sehr große Sorgen um Sebastian.

Eigentlich sollte ich Dir das alles gar nicht erzählen, schließlich kennen wir beide uns ja auch noch gar nicht wirklich, aber ich habe einfach das Gefühl, dass Du und Sebastian irgendwie...., Isabelle winkte hilflos ab, *...ach, ich weiß auch nicht. Ich glaube einfach, dass Du ein genauso liebenswerter Mensch bist wie Sebastian und dass ihr beide echt zueinander passen könntet.*

Die letzten Worte sprudelten regelrecht aus ihrem Mund heraus und es folgte betretenes Schweigen.

Einerseits fühlte ich mich schon zu dem jungen Mann hingezogen, andererseits hatte ich mindestens genauso viel Angst vor einer neuen Enttäuschung, wie Sebastian anscheinend selbst. Doch das konnten Isabelle und Johannes natürlich nicht wissen.

Ich ärgerte mich mittlerweile schon ein wenig, dass ich den beiden nicht reinen Wein über meine Vergangenheit eingeschenkt und ihnen von meinen bitteren Erfahrungen mit Adrian erzählt hatte. Isabelle war die Erste, die das Gespräch wieder aufnahm. Sie griff lächelnd nach der Knödelschüssel und deutete auf mich und die vor mir stehende Fleischplatte.

Ich glaube, wir sollten wieder zu den anderen gehen, sonst verhungern die Männer uns noch.

Als Isabelle und ich mit den dampfenden Schüsseln und Platten im Esszimmer erschienen, unterbrachen Johannes und Sebastian ihr Gespräch und blickten uns erwartungsvoll entgegen. Als ich Sebastians Blick begegnete, fragte ich mich, ob Johannes mit ihm vielleicht ein ähnliches Gespräch geführt hatte.

Während des Essens unterhielten wir uns über Belanglosigkeiten. Dann und wann begegneten sich Sebastians und meine Blicke und jedes Mal schnellte mein Puls merklich in die Höhe.

Ich war hin und hergerissen zwischen dem instinktiven Bedürfnis, dem jungen Mann näher zu kommen und der panischen Angst, wieder sehenden Auges in das nächste Unglück zu rennen. Einerseits sehnte ich mich endlich nach jemandem, an dessen Schulter ich mich anlehnen konnte, dem ich von meinem Tag erzählen und Erfreuliches und auch Trauriges austauschen konnte.

Was aber, wenn ich früher oder später feststellen musste, dass Sebastian leider doch nicht der Mensch war, für den ich ihn im Moment hielt? Oder vielleicht war aber auch ich nach dem ersten Strohfeuer letztendlich einfach nicht sein Typ. Könnte ich einen solchen erneuten Tiefschlag noch einmal verkraften? Ich wusste schließlich gar nichts über Sebastian und sein früheres Leben. Doch die Art und Weise, wie er mich ansah, signalisierte definitiv ein glaubhaftes Interesse an mir.

Durch meine Grübelei hatte ich das Gespräch nicht weiter verfolgen können und ich zuckte merklich zusammen, als Sebastian mich leicht am Arm berührte. *Erde an Sarah, in welchen Sphären schwebst Du denn momentan? Ich rede schon die ganze Zeit mit Dir, doch scheinbar warst Du mit Deinen Gedanken ganz wo anders.* Sebastian musterte mich amüsiert mit seinen blaugrünen Augen. *Was hältst Du also von meinem Vorschlag?*

Ich ärgerte mich tierisch über meine blöde Grübelei und die daraus resultierende Unaufmerksamkeit, welche mich nun in diese peinliche Situation gebracht hatte und wäre am liebsten vor Scham im Erdboden versunken. Doch ich versuchte, mich von der Neckerei des jungen Mannes nicht aus der Ruhe bringen zu lassen und konterte statt dessen ausnahmsweise einmal schlagfertig: *Sorry, aber ich war gerade am spazierendenken.* Ich lächelte ihn übertrieben liebenswürdig an. *Was war das doch noch gleich für ein Vorschlag?*

Sebastian, Johannes und Isabelle brachen in schallendes Gelächter aus und ich war froh, mich mit meiner Antwort souverän aus der Affäre gezogen zu haben. Schließlich räusperte sich Sebastian und wiederholte sein Anliegen.

Ich hatte Dich soeben, wohl während Deines spazierendenkens, gefragt, ob Du mich nicht auf eine kleine Bergtour begleiten möchtest. Johannes hat mir erzählt, dass Du gerne wanderst und da dachte ich mir, ich könnte Dir ein wenig unsere schöne Bergwelt näher bringen.

Johannes kam seinem Freund unterstützend zu Hilfe: *Seb ist der beste Bergführer, den man sich nur wünschen kann. Er kennt jeden Stein und jedes Murmeltier im Umkreis von vielen hundert Kilometern. Ich wüsste niemanden, dem ich meine teure Kollegin lieber anvertrauen würde als meinem besten Freund Seb.* Er schlug seinem Freund herzlich auf die kräftige Schulter.

Nun denn, antwortete ich schicksalsergeben, nachdem eine andere Antwort außer Ja sowieso nicht zählen würde, *dann kann ich wohl den Vorschlag gar nicht ausschlagen.* Direkt an Sebastian gewandt fügte ich hinzu: *Ich hoffe nur, Du wählst eine Tour, die meiner Kondition angemessener ist, als diejenige, die sich Johannes und Isabelle vor meinem ersten Arbeitstag ausgesucht hatten.* Ich zwinkerte den beiden lächelnd zu und gab abschließend zu bedenken: *Schließlich bin ich noch immer nicht richtig im Training.*

Ich erinnerte mich schmerzlich an meinen Muskelkater nach der ersten Wanderung mit Johannes und Isabelle auf das Nebelhorn und ein Schauer lief mir über den Rücken bei dem Gedanken, dass Sebastian ein Extrembergsteiger war.

Sebastian, der sich sichtlich über meine Zusage freute, beteuerte aufrichtig, dass er sehr gewissenhaft bei der Routenwahl vorgehen würde, schließlich sollte ich diesen Ausflug mit ihm in guter Erinnerung behalten.

Nach dem Essen hatte Isabelle noch eine weitere Überraschung für mich. Sie nahm mich an der Hand und führte mich, die beiden Männer ebenfalls im Schlepptau, in das Dachgeschoss des Hauses. Diesen Teil hatte Johannes bei seiner Führung vorhin scheinbar bewusst ausgelassen.

Unter dem Dach befand sich Isabelles Nähatelier, in dem sie ihre neuen Kollektionen entwarf. Vor der Tür blieb sie stehen und bestand darauf, dass Sebastian mir mit einem Seidenschal die Augen verband. Anscheinend wussten die Männer über Isabelles Überraschung Bescheid, denn auch Johannes und Sebastian waren offensichtlich voller Vorfreude.

Nachdem man sich vergewissert hatte, dass ich auch wirklich nichts mehr sehen konnte, führte mich Sebastian vorsichtig durch die Tür in das Arbeitszimmer. Nach wenigen Schritten bedeutete er mir, stehen zu bleiben und nahm mir die Augenbinde wieder ab. Ich kniff mehrfach hintereinander die Augen zusammen, um mich an das helle Licht des Raumes zu gewöhnen, doch als meine volle Sehschärfe wieder hergestellt war, sog ich überrascht die Luft ein.

Mitten im Raum stand eine Kleiderpuppe, die das wunderschöne schwarze Dirndl mit der bordeauxroten Schürze trug, welches ich in Isabelles Boutique anprobiert hatte. Fragend wandte ich mich zu Isabelle und den beiden Männern um. Sie standen gespannt abwartend hinter mir, jede meiner Gefühlsregungen genau beobachtend. Als sie meine Begeisterung über das Kleid sahen, freuten sie sich riesig über die gelungene Überraschung. Ich runzelte fragend die Stirn: *Isabelle, was hat das bitte zu bedeuten?*

Isabelle eilte zu dem Kleid hinüber und zupfte aufgeregt daran herum: *Das, liebe Sarah, möchte ich Dir schenken zum Dank dafür, dass Du mir an Johannes Geburtstag das Leben gerettet hast.*

Als ich widersprechend den Mund öffnen wollte, kam sie mir eilig zuvor: *Ich möchte keine Widerrede hören. Ich habe meinen Entschluss gefasst, Dir dieses Kleid zu schenken und daran werden auch Deine eventuellen Einwände nichts ändern. Und außerdem ist dieses Dirndl Dir wie auf den Leib geschnitten, als hätte ich es nur für Dich angefertigt.* Isabelle hob gebieterisch die Hände und erstickte damit jegliche eventuellen Proteste von mir direkt im Keim: *Also, ich will nichts hören!*

Ich blickte hilfesuchend von Isabelle zu den beiden Männern, die sich wohl wissend im Hintergrund gehalten hatten.

Johannes, Sebastian, jetzt sagt doch auch einmal etwas. Isabelle kann mir unmöglich dieses Kleid schenken! Wisst Ihr überhaupt, was das kostet? Ich zuckte hilflos mit den Schultern, mir war natürlich klar, dass die beiden in Isabelles Plan eingeweiht waren und mir in keiner Form eine Hilfe sein würden.

Johannes war der Erste, der etwas entgegnete: *Tja Sarah, da hast Du wohl schlechte Karten. Wenn Isabelle sich etwas in den Kopf gesetzt hat, dann ist es absolut sinnlos, ihr zu widersprechen.* Er zwinkerte mir lächelnd zu: *Ich spreche da aus langjähriger Erfahrung als Ehemann.* Isabelle warf ihm einen entrüsteten Blick zu, der allgemeines Gelächter zur Folge hatte. Ich musste letztendlich erkennen, dass es zwecklos war, der jungen Frau ihre Absicht auszureden und so beugte ich mich dem einheitlichen Willen und nahm das Geschenk dankbar an.

Nach einer herzlichen Umarmung deutete mir Isabelle an, ich müsse das Dirndl allerdings noch einmal anprobieren, um den Anwesenden zu zeigen, wie perfekt das Kleid zu mir passte. Da ich auch diesem Wunsch nicht widersprechen konnte, verließen Sebastian und Johannes das Atelier und begaben sich wieder ins Wohnzimmer, um dort auf mich zu warten. Isabelle blieb bei mir, um mir beim anziehen zu assistieren.

Als ich mich in meiner neuen Garderobe einschließlich passender Schuhe vor dem großen Spiegel in der Mitte des Raumes hin und herdrehte, stieß ich begeisterte kleine Freudenschreie aus. Das Dirndl war echt der helle Wahnsinn. Darum würde mich eine jede Frau beneiden.

Vor der Wohnzimmertür blieb ich stehen und wartete, bis Isabelle den beiden Männern mein Erscheinen angekündigt und die Aufforderung ausgesprochen hatte, nun ihrerseits selbst die Augen zu schließen.

Nach ein paar Sekunden erschien sie wieder und winkte mich ins Wohnzimmer.

Ich blieb mitten im Zimmer stehen und Isabelle forderte Johannes und Sebastian auf, die Augen wieder zu öffnen. Es war ein Bild für die Götter, als mein Kollege und der junge Bergführer mich erblickten.

Sie rissen nun ihrerseits die Augen auf und vor Staunen blieb ihnen der Mund offen stehen. Isabelle und ich nickten uns bestätigend zu und ich drehte mich langsam um meine eigene Achse, um den begeisterten Zuschauern einen Rundumblick zu ermöglichen.

Johannes war der Erste, der sich wieder fasste. Bewundernd pfiff er durch die Zähne: *Wow, Frau Kollegin, Du siehst umwerfend aus, wenn ich das sagen darf.*

Sebastian saß, nach wie vor schweigend, neben Johannes und betrachtete mich wie ein hypnotisiertes Kaninchen. Erst als eine abwartende Stille entstand, erkannte er schließlich, dass alle nun auf seine Meinung warteten. Vor Scham röteten sich plötzlich seine Wangen und er wandte blitzschnell den Blick von mir ab und starrte intensiv auf den Boden vor seinen Füßen. Sichtlich aus der Fassung gebracht, stammelte er endlich überaus verlegen: *Du... Du bist echt der Hammer, äh... ich meine natürlich, das Kleid ist der Hammer.*

Drei schadenfrohe Gesichter waren nachsichtig lächelnd auf ihn gerichtet, doch Sebastian kriegte letztendlich doch noch die Kurve und stellte mit fester Stimme klar: *Ich wollte damit nur sagen, dass du wunderschön aussiehst in diesem Dirndl.* Während er das sagte, fixierten seine blaugrünen Augen intensiv meinen Körper und nun stieg hingegen mir die Röte ins Gesicht.

14

Das schrille läuten der Türglocke riss mich aus meinen Gedanken. Ein Blick auf meine Armbanduhr signalisierte mir erschreckend, dass ich sehr spät dran war. Erneut ertönte die Türklingel, diesmal länger und ungeduldiger. Ich stopfte die Regenjacke, die ich in den Händen hielt, in meinen Rucksack, der fast fertig gepackt vor mir auf dem Wohnzimmertisch stand und eilte zur Haustür, bevor der ungeduldige Besucher davor noch ein drittes Mal schellen konnte.

Ich komme ja schon! rief ich durch den Flur und riss etwas außer Atem die Haustüre auf. Vor der Tür stand natürlich Sebastian, der mich zu unserer verabredeten Wanderung abholen wollte. Er lehnte lässig am Geländer und deutete mit gespielter Entrüstung auf seine Uhr.

Typisch Frauen, brauchen immer eine Ewigkeit, bis sie sich in der Reihe haben. Dabei fiel sein Blick auf meine bis dato noch ungebändigte Lockenmähne und er lächelte nachsichtig. *Ich gehe einmal davon aus, dass es in Deiner Küche noch einen anständigen Kaffee für mich gibt? Dann kannst Du Dich in Ruhe fertig machen.*

Ich nickte lachend und bedeutete ihm, mir zu folgen. In meiner kleinen, aber trotzdem sehr gemütlichen Küche goss ich Sebastian eine Tasse dampfend heißen Kaffee ein und bot ihm einen Platz an dem kleinen Bistrotisch an, der mir täglich für mein schnelles Frühstück als Abstellfläche diente. Nachdem Sebastian es sich mit seiner Tasse gemütlich gemacht hatte, eilte ich zurück ins Wohnzimmer, um meine Sachen fertig zu packen.

Sebastian hatte für unsere Wochenendwandertour eine Übernachtung auf der Mindelheimer Hütte eingeplant und dementsprechend wollte ich für alle Eventualitäten gerüstet sein. Doch egal, wie ich die Sachen auch in meinem großen Rucksack zu verstauen versuchte, sie wollten einfach nicht alle hineinpassen.
Die Minuten verstrichen, während ich mich abmühte und plötzlich stand Sebastian in der Wohnzimmertür und beobachtete mich amüsiert.

Aus den Augenwinkeln heraus bemerkte ich seine Anwesenheit und hielt abrupt in meiner Bewegung inne.

Vielleicht könntest Du mir ja mal behilflich sein, anstatt nur an meinem Türpfosten zu lehnen und mich unverschämt anzugrinsen! Ich blickte finster zu ihm hinüber, was zur Folge hatte, dass sein Grinsen nur noch breiter wurde. Als er jedoch all die Sachen um mich herum realisierte, die noch in meinen Rucksack passen sollten, griff er sich entsetzt mit der Hand gegen die Stirn.

Du lieber Himmel, Sarah, wir wollen lediglich eine Nacht dort oben bleiben und nicht eine ganze Woche. Du kannst doch unmöglich diesen ganzen Plunder dort mit hinauf nehmen wollen. Schließlich musst Du ihn doch auch bis zur Hütte hin schleppen.

Mein Blick fiel auf Sebastians eigenen Rucksack, den er nach betreten meiner Wohnung im Flur gegenüber dem Wohnzimmer an die Wand gelehnt hatte. Er hatte zwar die gleiche Größe wie meiner, wog aber augenscheinlich lediglich die Hälfte.

Komm, ich helfe Dir, den unnötigen Ballast auszusortieren. Sebastian trat neben mich an den Tisch, nahm mir entschieden die Hausschuhe, die ich gerade in der Hand hielt, ab und legte sie zurück auf die Couch. *Dorthin kommen alle Sachen, die Du nicht brauchst,* wies er mich im keinerlei Widerspruch duldenden Bergführerbefehlston an.

Nach fünf Minuten und einigen hitzigen Diskussionen über die Notwendigkeit beziehungsweise Unsinnigkeit mancher Gepäckstücke im alpinen Terrain war mein Rucksack genauso leicht wie Sebastians und meine Couch übersät mit, laut Sebastians Aussage, unnützem Weiberkram.

Zufrieden nickend richtete sich mein privater Bergführer auf und lockerte seine durch die gebückte Haltung verspannte Rückenmuskulatur. Anschließend fiel sein prüfender Blick auf meine Kleidung und er schüttelte erneut missbilligend den Kopf.

Nein, nein und noch mal nein. So kannst Du unmöglich stundenlang in den Bergen herummarschieren. Er deutete auf meine enge Jeans und zupfte mit gerümpfter Nase an meiner auf Figur geschnittenen Sommerbluse.

Ich besaß zwar Trekkingsachen, die ordentlich in meinem Kleiderschrank hingen, doch ich hatte mich für Sebastian extra hübsch machen wollen und Jeans und Bluse zum anziehen gewählt, anstatt der in meinen Augen eher schlichten Outdoorbekleidung.

Sebastian selbst trug eine schokobraune Trekkinghose, die man durch einen Reißverschluss oberhalb des Knies in eine kurze Hose verwandeln konnte und ein leuchtend grünes, kurzärmeliges Hemd im Karodesign, das sehr gut zu seinem braunen Haar passte. Unbewusst pfiff ich beim Betrachten seiner Erscheinung anerkennend durch die Zähne, er sah einfach umwerfend aus.

Ungeduldig nahm mich der junge Mann bei der Hand und wandte sich in Richtung Schlafzimmer, um für mich eine etwas passendere Bekleidung für unseren Ausflug zu finden. Ich trat vor meinen Kleiderschrank, öffnete die großen Flügeltüren und förderte eine schwarze, lange und atmungsaktive Wanderhose zu Tage, die sogleich auf Sebastians Zustimmung stieß. Als Oberteil entschied er sich für eine knallrote, leichte Trekkingbluse, die mir selbst allerdings auch sehr gut gefiel. Zu guter Letzt ließ er sich noch meine Wanderschuhe vorführen. Diese waren knöchelhoch, mit fester Sohle und bestanden ohne Tadel Sebastians kritische Prüfung.

Zufrieden nickend verließ Sebastian das Schlafzimmer, damit ich mich ungestört umziehen konnte. Kurze Zeit später erschien ich ausgehfertig im Wohnzimmer, wo mein Begleiter ungeduldig an der Balkontüre von einem Bein auf das andere trat und auf das sonnenbeschienene Tal hinausblickte. Als er mich bemerkte, drehte er sich zu mir um und lächelte zustimmend. *Sehr schön, so nehme ich Dich gerne mit.*

Wir fuhren in Sebastians Wagen zur Talstation der Fellhornbahn im Stillachtal. Auf dem großen Parkplatz luden wir unser Gepäck aus dem Kofferraum und lösten ein Ticket für eine Bergfahrt in der Kabinenbahn zur Gipfelstation des Fellhorns auf über 1960 Metern.

Es war ein wunderschöner Spätsommertag und der Wartebereich der Fellhornbahn entsprechend mit vielen, wanderfreudigen Touristen überfüllt. Sebastian und ich stellten uns an das Ende der langen

Schlange und warteten geduldig auf das Eintreffen der nächsten freien Gondel.

Ich nutzte die Zeit, um die Menschen um mich herum ein wenig zu betrachten und musste staunend feststellen, dass längst nicht alle, die gemeinsam mit uns den Gipfel des Berges erreichen wollten, auch entsprechend ausgerüstet waren.

Gebannt beobachtete ich eine, wenige Reihen vor uns stehende Familie, bestehend aus Vater, Mutter und zwei kleinen Mädchen, die ich auf etwa vier bis fünf Jahre schätzte. Keiner der Familienmitglieder trug auch nur annähernd geeignetes Schuhwerk für diese alpinen Höhen, in denen wir uns am Ende der Bahnfahrt befinden würden. Ich zupfte Sebastian am Ärmel seines Hemdes, um seine Aufmerksamkeit auf mich zu lenken und deutete mit dem Kopf auf die kleine Familiengruppe. *Sieh mal*, raunte ich ihm ins Ohr, *die Frau trägt ja lediglich dünne Riemensandalen und an den Füßen der Kinder, sind das wirklich Flip-Flops?* Ich starrte fassungslos auf das Schuhwerk der beiden kleinen Mädchen.

Sebastian lehnte sich ein wenig vor, um besser sehen zu können, dann zuckte er verständnislos mit den Achseln. *Tja, Du hast leider Recht. Aber den Menschen ist einfach nicht mehr zu helfen. Was glaubst Du, was ich als Guide schon alles erlebt habe?* Er schüttelte resigniert den Kopf. *Diesen Leuten ist überhaupt nicht klar, dass sie sich auf fast 2000 Meter Höhe bereits in alpinem, nicht ganz ungefährlichen Gelände bewegen. Die sehen einfach nur, dass sie mit einer Bahn ohne körperliche Anstrengung auf einen hohen Berg hinaufgebracht werden und glauben wahrscheinlich noch, dass der Weg bis zum Gipfelkreuz geteert und selbst mit einem Kinderwagen leicht befahrbar ist.* Sebastian fuhr sich mit einer Hand durch seine kurzen Haare. *Dass es dort oben aber steinig ist, man ohne passendes Schuhwerk jederzeit umknicken oder abrutschen und sich mit unter schwer verletzen kann, soweit denken viele Touristen einfach nicht.*

Zumal eine Rettung aus diesen Höhenlagen doch sicherlich auch nicht ganz einfach und ungefährlich ist, räumte ich ein und erschauerte bei dem Gedanken, welche Risiken ein Bergretter auf sich nahm, bloß um Menschen aus den Bergen zu retten, die dort aufgrund ihrer mangelnden Ausrüstung normalerweise überhaupt nicht hingehörten.

Sebastian winkte ab. *Das Schlimme ist bloß, dass man rein gar nichts dagegen tun kann. Solange solche Touries die Gelegenheit haben, ohne eigene Körperkraft auf Berggipfel zu gelangen, auf die sie, wenn sie selbst den ganzen Weg nach oben laufen müssten, niemals hinaufkommen würden, wird sich an diesen gefährlichen Umständen nichts ändern.* Er deutete mit der Hand auf ein Hinweisschild der Bergbahnenbetreiber, auf dem vor den diversen Gefahren im alpinen Gelände gewarnt wurde. *Dies ist die einzige Möglichkeit, den Möchtegernbergsteigern die Gefahren näher zu bringen, doch damit ist das Ende der Fahnenstange bereits leider erreicht.* Mein junger Guide schüttelte resigniert dem Kopf: *Man kann eben nicht alle Eventualitäten im Leben mit Gesetzen regeln. Für viele Dinge müssen die Leute einfach Eigenverantwortung für sich selbst übernehmen und den normalen Menschenverstand einsetzen.*

Eine Glocke kündigte das Eintreffen der nächsten Gondel an und es kam Bewegung in die Menge, sodass Sebastian von diesem offensichtlichen Reizthema abließ, meine Hand ergriff und wir gemeinsam mit den anderen Fahrgästen die Kabinenbahn zur Bergstation des Fellhorns bestiegen.

In der Gondel war es warm und stickig, obwohl sämtliche Oberfenster in Kippstellung gebracht waren. Immer mehr Menschen drängten in die etwa 10 Quadratmeter große Kabine und mit jeder zusteigenden Person wuchs mein Unbehagen. Sebastian und ich hatten etwa in der Mitte der Warteschlange gestanden und ich hatte eigentlich erwartet, dass wir einer der letzten Zusteigenden sein würden. Doch der Gondelbegleiter, ein Mitarbeiter des Bergbahnbetriebes, forderte die sich bereits in der Kabine befindlichen Fahrgäste mit unmissverständlicher Stimme auf, noch ein wenig enger zusammen zu rutschen. Ich drängte mich dicht neben Sebastian in eine Ecke der Kabinenbahn und eine meiner Hände fand schließlich Halt an einem der Gummischlaufen, die von der Decke der Bahn herunterbaumelten.

Ich schloss unwillkürlich die Augen und mein Körper versteifte sich merklich, als drei der um mich herum stehenden Fahrgäste derart dicht an mich heranrückten, dass ich nicht einmal hätte umfallen können, wenn ich es denn nur gewollt hätte. Ich spürte eine Hand, die sich sanft auf meinen angespannten Unterarm legte und leicht zudrückte. Meine Augen öffneten sich schließlich wieder und ich blickte in Sebastians fragendes Gesicht. *Alles in Ordnung bei Dir?*, erkundigte sich mein Begleiter leicht besorgt. Ich nickte schnell, denn ich wollte Sebastian in keinem Fall enttäuschen, der sich für die Planung des Tages soviel Mühe gegeben hatte. *Alles okay*, antwortete ich knapp und unterdrückte einen Schmerzlaut, als mir einer der Mitreisenden beim Anfahren der Bahn aus Versehen auf die Füße trat.

Sebastian lächelte zu mir hinüber und versprach: *Die Fahrt dauert nicht sehr lange. Bald sind wir oben und Du hast einen herrlichen Ausblick, das verspreche ich Dir.*

Ich hatte leider große Mühe, die Bergfahrt zur Mittelstation zu genießen. Ständig stieß mir etwas gegen den Körper und einer meiner Vordermänner hatte stoisch die Anweisungen des Kabinenführers ignoriert, sämtliche Rucksäcke bei Fahrtbeginn abzuziehen und auf dem Boden der Kabinenbahn zu verstaut. Statt dessen hatte ich das große Frachtstück nebst zwei Teleskop-Wanderstöcken nun unmittelbar an meiner rechten Seite. Als sich der Mann, von seiner Begleitung angesprochen, abrupt zu dieser herumdrehte, wischte der Rucksack nur Millimeter entfernt an meiner Nase vorbei und die Wanderstöcke hätten mir dabei fast die Augen ausgestochen. Ich fuhr erschrocken zurück und prallte unsanft gegen Sebastian, der mich reflexartig in die Arme schloss.

Haben Sie denn nicht gehört, dass Sie vor Fahrtbeginn Ihren verdammten Rucksack auf den Boden stellen sollten? Ich wetterte laut gegen den Beinahe-Unfallverursacher und dieser drehte sich erschrocken um und schaute mich mit großen Augen verständnislos an. *Sie hätten mir mit Ihren blöden Stöcken fast die Augen ausgestochen*, schimpfte ich weiter und der ältere Mann errötete peinlich berührt, *und jetzt passen Sie gefälligst besser auf!*

Ich bitte um Entschuldigung, sagte der Herr schließlich knapp und drehte sich, nun etwas vorsichtiger, wieder um. Damit war das Thema für ihn offensichtlich erledigt.

Ich zitterte mittlerweile vor Erregung und spürte einen leichten Anfall von Klaustrophobie in mir aufsteigen. So ähnlich musste sich wohl eine Sardine in einer Dose fühlen. Um mich abzulenken, drehte ich meinen Kopf zu Seite und blickte aus dem Panoramafenster in die atemberaubend schöne Landschaft. Im Spiegelbild der Scheibe konnte ich Sebastians Gesicht hinter meinem Rücken erkennen, er sah sichtlich enttäuscht aus.

Ich versuchte, mich wieder zusammen zu reißen, schließlich wollte der junge Mann mir zwei unvergessliche Tage in den Bergen bereiten. Er stand ganz dicht hinter mir und ich musste nur ein wenig mein Gewicht nach hinten verlagern, um mich sacht an ihn zu lehnen. Sebastian registrierte meine Absicht sofort und ich konnte ein Lächeln auf dem Gesicht seines Spiegelbildes in der Panoramafensterscheibe erkennen. Er trat ganz dicht hinter mich, legte wie selbstverständlich seine beiden Arme um meine Taille und zog mich noch dichter an sich heran, sodass ich seinen warmen Körper durch meine dünne Bluse hindurch spüren konnte, ein überaus angenehmes Gefühl. So dicht aneinander gekuschelt erreichten wir schließlich wenige Minuten später die Bergstation des Fellhorns.

Ich konnte meine Erleichterung kaum verbergen, als die enge Kabine uns schließlich wieder ausspuckte und wir auf die Aussichtsplattform in die frische Bergluft traten. Selig, endlich wieder festen Boden unter den Füßen zu haben, trat ich an das Geländer am Rande der Aussichtsplattform heran, schloss zufrieden die Augen und wandte mein Gesicht zum Himmel empor in die wunderbare Spätsommersonne.

Ein Klappern neben mir verkündete Sebastians Ankunft. Er hatte uns in dem Restaurant der Station zwei Kaffee geholt und stellte das Tablett mit den Tassen auf die hölzerne Sitzgarnitur zu meiner Rechten. Ich öffnete die Augen und lächelte meine Begleiter dankbar an. *Genau das, was ich jetzt brauche.*

Sebastian hatte sich schon auf eine der Sitzbänke plumpsen lassen und klopfte einladend mit der Hand auf das Holz an seiner Seite. *Komm, setz Dich zu mir,* sagte er und ich nahm sein Angebot nur zu gerne an. Ich genoss die Gesellschaft des jungen Mannes in vollen Zügen und fühlte mich in seiner Nähe überaus wohl.

Was hältst Du denn davon, wenn wir für die letzten Meter zum Fellhorn-Gipfel nicht noch einmal die Bahn nehmen, sondern den Rest zu Fuß gehen? Er schaute mich fragend an und ich nickte erleichtert. In diese Bergbahnen würden mich heute und wohl auch in Zukunft keine zehn Pferde mehr hineinbringen.

Nachdem wir unseren Kaffee getrunken hatten, begannen wir unseren Aufstieg zum Fellhorngipfel. Der Weg dort hinauf war wirklich nicht allzu schwierig, nicht sehr steil und sollte laut Beschilderung bloß etwa 60 Minuten in Anspruch nehmen.

Nach der Hälfte unseres Weges konnten wir von unserem Standort am Fuße des Höhenkammes, einige Meter oberhalb der zweiten Bergbahnstation, den nicht abreißenden Strom von Menschen beobachten, die allesamt dem Gipfel entgegenstrebten. Diese machten sich, teils mit sehr guter Ausrüstung, teils aber auch tatsächlich lediglich in Turnschuhen oder schlimmer noch, in Sandalen gut gelaunt an den letzten Aufstieg hinauf zum Gipfelkreuz.

Für eine bessere Begehbarkeit des Weges waren große Holzstämme als Stufenabschlüsse horizontal in den felsigen Boden getrieben worden. Ich war trotz der Steighilfen überaus froh, nicht zuletzt wegen der vielen großen Steine, die überall auf den Wegen herumlagen, dass meine Füße in ausreichend stabilen, alpintauglichen Wanderschuhen steckten, die ein Umknicken auf dem teilweise sehr losen Untergrund verhinderten.

Sebastian stieg in moderatem Tempo voran und ich folgte ihm auf dem zuerst noch angenehm breiten, nach oben hin jedoch immer schmaler werdenden Pfad hinauf zum Gipfelkreuz des Fellhorn.

Aufgrund der sommerlichen Temperaturen hatte Seb an der Bergstation von der Zip-Funktion seiner Trekkinghose Gebrauch gemacht und die beiden langen Hosenbeine mit Hilfe des Reißverschluss am Knie abgetrennt, sodass er nun eine knielange Hose trug.

An und für sich hatte ich mich beim Aufstieg auf die wunderschöne Natur um uns herum konzentrieren wollen und den atemberaubenden Ausblick auf die Berge. Doch die Aussicht auf Sebastians beeindruckende Rückseite, seine breiten, muskulösen Schultern, den knackigen Po, dessen wohlproportionierte Rundungen sich bei jeder Stufe, die er hinauf stieg, deutlich in seiner körpernah geschnittenen Wanderhose abzeichneten und die nackte, braungebrannte Haut seiner durchtrainierten Unterschenkel, die in robusten Bergstiefeln steckten, lenkte ständig meinen Blick ab. Es fiel mir zunehmend schwerer, mich ausreichend auf den immer steiniger werdenden Weg unter meinen Füßen zu konzentrieren.

So war es natürlich nur eine Frage der Zeit, bis ich einen Fehltritt tat, strauchelte und unsanft auf dem Hosenboden im staubigen Weggraben landete. Sebastian drehte sich erschrocken um, sah mich auf dem Boden sitzen und war mit einem einzigen, eleganten Sprung bei mir. Er streckte mir auffordernd die Hand entgegen und zog mich mit einem kräftigen Ruck wieder auf die Füße. *Bist Du okay?*, fragte er besorgt. Prüfend betrachtete er mich von oben bis unten und ich klopfte mir sichtlich verärgert den Staub aus meinen Kleidern.

Ja, ja, alles in Ordnung, antwortete ich leicht gereizt, da ich mich über mich selbst und meine dämliche Unachtsamkeit ärgerte. Doch Sebastian schien meinen Unmut nicht zu bemerken, denn er lächelte zu mir herunter und gab mir einen aufmunternden Klaps auf den Rücken. *Na, dann lass uns weitergehen, wir sind gleich oben.* Er drehte sich beschwingt um und nahm die letzten Stufen bis zum Gipfel mit derartiger Leichtigkeit, dass ich ihm nur staunend hinterher sehen konnte.

Kurze Zeit später kam auch ich endlich oben an. Das Gipfelkreuz stand auf einem kleinen Plateau, auf dem sich etliche der Menschen, mit denen wir zusammen in der Bergbahn gestanden hatten, nun wiedertrafen. Ich hatte gerade meine Hand nach dem hölzernen Stamm des Kreuzes ausgestreckt, um es ehrfürchtig zu berühren, als zwei dunkle Lockenköpfe dicht an mir vorbeischossen und kreischend auf dem steinigen Plateau fangen spielten. Ich blickte mich erschrocken um und erkannte schließlich die beiden kleinen Mädchen wieder, die in Flip-Flops an der Talstation der Fellhornbahn vor uns in der Warteschlange gestanden hatten. Von den beiden Eltern war weit und breit nichts zu sehen und ich schüttelte verständnislos den Kopf, wie man zwei derart kleine Kinder unbeaufsichtigt in diesem gefährlichen Terrain alleine spielen lassen konnte.

Sebastian, der wenige Meter von mir entfernt am Rande des Gipfelplateaus stand und den steilen Abhang hinunterschaute, hatte die Mädchen gleichfalls wiedererkannt. Auch er blickte sich suchend um, konnte die Eltern der beiden aber augenscheinlich ebenfalls nicht ausmachen.

Die Mädchen tobten nun unmittelbar an einem steil nach unten abfallenden Hangstück herum. Eines der Kinder, es trug ein blaues Sommerringelkleidchen, schlug vergnügt kreischend einen Haken, um der es verfolgenden Schwester auszuweichen. Dabei verlor es plötzlich den Halt. Einer seiner Flip-Flops flog in hohem Bogen von seinen blanken Füßen und es stürzte, einen panischen Schrei ausstoßend, mit dem Kopf voraus über den Rand des Plateaus in die Tiefe.

Ein Aufschrei des Entsetzens ging durch die umstehende Menschenmenge und sämtliche Wanderer, die sich auf der Gipfelebene befunden hatten, rannten umgehend zu der Stelle, wo das kleine Mädchen eine Sekunde zuvor noch gespielt hatte.
Ihre Schwester stand kreidebleich und heftig zitternd an der Unglücksstelle und starrte fassungslos den Abhang hinunter. Ich drängte mich durch die Menge hindurch zu der Absturzstelle und hielt dabei angespannt nach Sebastian Ausschau.

Nachdem ich ihn nirgends entdecken konnte, trat ich so dicht wie mir nur möglich an den Rand des Plateaus heran und blickte den steilen Abhang hinunter. Etwa zwanzig Meter unterhalb meines Standortes konnte ich meinen Begleiter schließlich ausmachen.
Sebastian war, da auch er den Sturz des Mädchens beobachtet hatte, ohne zu zögern hinter der Kleinen her in die Tiefe gesprungen. Das Kind lag ausgestreckt auf dem Rücken in einer kleinen Mulde etwa in der Mitte des Steilhanges und Sebastian kniete neben ihr auf dem grasbewachsenen Boden. Er beugte sich hektisch über die Verunglückte und streichelte ihr anschließend tröstend über den wuscheligen Haarschopf. Dann richtete er sich auf, schirmte seine Augen mit einer Hand gegen die ihn blendende Sonne ab und blickte suchend den Hang hinauf. Als er mich am Rande des Plateaus stehend erkannte, schrie er zu mir hinauf: *Sie lebt.*
Ein erleichtertes Raunen ging durch die Menge und ich drehte mich zu dem mir am nächsten stehenden Passanten um. *Kümmern Sie sich bitte um die Schwester des Mädchens und suchen Sie auch unbedingt diese verfluchten Eltern.* Ich war mittlerweile mehr als nur ein wenig wütend

auf diese hirnlosen Erzeuger, die durch die Verletzung ihrer Aufsichtspflicht soeben das Leben ihrer beiden Kinder auf Spiel gesetzt hatten.

Vom Fuße des Abhanges hörte ich Sebastian meinen Namen rufen und ich beugte mich vorsichtig wieder nach vorne, um nachzusehen. Ein fast Fußball großer Stein löste sich plötzlich unter meinem rechten Fuß am Rande des Abgrundes und fiel polternd in die Tiefe, natürlich genau Kurs nehmend auf die Stelle, an der sich Sebastian und das Mädchen befanden. *Achtung!*, rief ich erschrocken in Richtung des jungen Bergführers. Dieser hob, als er das Poltern des Felsens ebenfalls vernahm, augenblicklich alarmiert den Kopf und duckte sich hektisch mit seinem eigenen Körper schützend über das Kind. Doch der Felsen nahm glücklicherweise doch noch einen anderen Weg und verfehlte Sebastian somit um wenige Meter.

Sorry, tut mir Leid, entschuldigend hob ich meine Arme in die Höhe und Sebastian starrte finster zu mir hinauf, nachdem er sich wieder aufgerichtet hatte.

Was ist mir der Kleinen?, rief ich nervös zu ihm hinunter, *wie schwer ist sie verletzt?*
Sebastian beugte sich erneut über das Kind und antwortete wenige Sekunden später: *Ich denke, sie hat sich den linken Unterschenkel gebrochen und vermutlich auch den rechten Oberarm.* Er fuhr sich verzweifelt mit einer Hand durch die Haare. *Ich werde sie wohl nicht alleine wieder noch oben tragen können, sie hat zu große Schmerzen.*

Ich komme zu Dir, verkündete ich schließlich entschlossen, doch als ich erneut dicht an den Rand des Abhanges herantrat, um einen für mich möglichen Weg nach unten zu der kleinen Patientin auszuloten, bekam ich vor Angst plötzlich weiche Knie. Wie sollte ich da bloß heil herunter kommen?
Sebastian ruderte wild gestikulierend mit beiden Armen und schrie aufgebracht zu mir hinauf: *Bleib bloß, wo Du bist, hörst Du! Es reicht doch, dass einer hier unten verletzt ist. Einen zweiten kann ich nun wirklich nicht noch zusätzlich gebrauchen!*

Mit einem Unterarm wischte er sich umständlich den Schweiß aus der Stirn, der ihm wegen der Hitze des herrlichen Tages in die Augen zu tropfen drohte. Schließlich wandte er sich entschlossen wieder an mich: *Sarah, hol bitte das Handy aus meinem Rucksack und ruf damit die Rettungswache Oberstdorf an. Sie sollen schnellstmöglich die*

Bergwacht verständigen und einen Helikopter zur Bergung des Mäd-
chens schicken. Über den Landweg bekommen wir die Kleine hier nicht
geborgen.

Ich nickte, überaus erleichtert, dass mir die Entscheidung bezüglich dieses wahnsinnigen Abstiegs durch Sebastian schlussendlich abgenommen worden war. Hastig wandte ich mich um, um Sebastians Rucksack
und das Mobiltelefon zu suchen und überließ die Betreuung der kleinen
Patientin somit meinem, in solchen Situationen sehr erfahrenen Begleiter.

Keine zehn Minuten, nachdem ich den Notruf über Sebastians Handy
erfolgreich abgesetzt hatte, erschienen auf dem Gipfelplateau vier Männer von der Oberstdorfer Bergwacht mitsamt umfangreicher Rettungs-
ausrüstung. Ich rannte ihnen erleichtert entgegen und schilderte dem
Anführer der Gruppe, einem drahtigen Mann etwa Mitte sechzig mit
silbernem Rauschebart, in kurzen Worten die Fakten des Unfalls. Anschließend führte ich den Trupp, allesamt durchtrainierte, erfahrene
Bergretter, zu der Absturzstelle und die Männer machten sich unvermittelt ans Werk, um zu Sebastian und dem verunfallten Mädchen zu gelangen.

Ich stand so dicht wie möglich am Abgrund und verfolgte gebannt die
laufende Rettungsaktion. Die Helfer seilten sich, einer nach dem anderen, den steilen Abhang hinab, wobei der letzte von ihnen oben blieb
und die Sicherung seiner Kollegen übernahm.

Am Unglücksort in der Senke angekommen, begannen die drei
Männer sofort mit der Erstversorgung des Mädchens. Sie legten der
Kleinen entsprechende Schienen zur Stabilisierung der beiden offensichtlichen Frakturen von Unterschenkel und Oberarm an und Sebastian
half ihnen anschließend dabei, die Kleine für den Abtransport mittels
des angeforderten Helikopters vorzubereiten. Ein paar Minuten später
war bereits das laute Dröhnen der Rotoren des immer näher kommenden Hubschraubers zu hören und nach einigen weiteren Minuten tauchte dieser endlich am Himmel über unseren Köpfen auf.

Der auf dem Plateau verbliebene Bergretter hatte die bis zu diesem
Zeitpunkt noch immer um uns herumstehende Menschenmenge, welche
das aufregende Spektakel die ganze Zeit über äußerst neugierig beob-

achtet hatte, endlich zum Abstieg bewegt. Es wurde mit einem Mal unangenehm windig, als der Helikopter schließlich seine Position über der Unglücksstelle erreichte und in der Luft buchstäblich stehen blieb. Eine Menge Dreck, Staub und kleine Steine wurden vom Boden aufgewirbelt und ich hielt mir schützend die Hände vors Gesicht, um nichts davon in die Augen zu bekommen.

Die Seitentür des weiß-blauen Helikopters öffnete sich unvermittelt und eine Bergetrage wurde an einer Seilwinde herausgelassen. An einer Seite der Trage hing zudem ein Notarzt der Luftrettung Reutte, um sich mitsamt der Trage zu den, am Boden wartenden Rettungskräften und der kleinen Patientin abzuseilen. Ich beobachtete fasziniert und nicht ohne Neid diese spektakuläre Bergungsaktion. Etwas in der Art hatte ich noch nie zuvor live erlebt.

Der Notarzt erreichte innerhalb weniger Sekunden den Boden der kleinen Senke und befreite sich mit geübten Handgriffen aus der Halterung, welche die Bergetrage mit seinem Sicherungsgeschirr verband. Anschließend kniete er sich neben der kleinen Patientin auf den felsigen Boden und nahm routiniert eine kurze, körperliche Untersuchung des verunglückten Mädchens vor. Als er sich kurze Zeit später wieder aufrichtete, machten sich die Helfer umgehend daran, die Kleine, nachdem sie durch den Notarzt mit ausreichend Schmerz- und Beruhigungsmittel für den bevorstehenden Flug versorgt war, in den bereitstehenden Bergesack zu verbringen. Der Notarzt befestigte seinen Hüftgurt wieder an der Bergetrage und gab dem Piloten im Helikopter ein Zeichen, dass er zum Abflug bereit war. Einige Sekunden später hob der Arzt mitsamt dem Mädchen vom Boden ab und die kleine Patientin wurde in die Kinderklinik Reutte zur weiteren Versorgung geflogen.

Einige Augenblicke lang blickte ich dem sich langsam entfernenden Hubschrauber wehmütig nach. Neben mir regte sich unvermittelt der vierte Bergwachtler und bereitete mit geübten Handgriffen den Rückaufstieg seiner Kameraden vor, die sich noch immer in der Senke am Berghang befanden. Einer nach dem Anderen erreichte schließlich wieder das Plateau und zum Schluss blieb nur noch Sebastian allein an der Unglücksstelle zurück. Er trug, da wir für dieses Wochenende an sich lediglich eine gemütliche Wanderung geplant hatten, natürlich dieses Mal keinen Kletterhüftgurt und konnte sich daher auch nicht, wie vor ihm die Männer von der Bergwacht, mit dem Bergeseil nach oben ziehen lassen.

Ich blickte von meinem Standort oberhalb der Unglücksstelle hinab zu der Senke, in der sich mein Begleiter noch immer befand und sah, wie sich Sebastian nach beiden Seiten hin suchend umschaute. Einer der Bergwachtler hatte im zuvor angeboten, seinen eigenen Hüftgurt nach erreichen des Gipfelplateaus erneut abzuseilen, doch Sebastian hatte lächelnd und dankend abgelehnt. Er würde, ganz der risikofreudige Extrembergsteiger eben, schon aus eigener Kraft und ohne fremde Hilfe wieder nach oben gelangen, versicherte er dem Bergretter überaus zuversichtlich.

Als ich erkannte, was dieser unbedarfte Bursche da unten vorhatte, wurden meine Augen vor Angst immer größer. Mein Herzschlag begann unvermittelt zu rasen bei der Vorstellung, dass Sebastian ohne jegliche Sicherung den steilen Hang wieder hinaufklettern wollte und vor Angst schnürte es mir fast die Kehle zu.

Nach einigem Überlegen wandte sich der junge Mann entschlossen nach links und stieg vorsichtig einige Meter seitlich in dem steil abfallenden Gelände am Abhang entlang. Ich wagte kaum noch zu atmen und war bereits kurz davor, die Augen zu schließen. Doch die Faszination, mit welcher Geschmeidigkeit und Sicherheit sich Sebastian in diesem für mich bedrohlichen Terrain fortbewegte, war letztendlich stärker und so beobachtete ich gebannt, wie er schließlich den Fuß einer mit Geröll ausgekleideten Rinne erreichte. Diese Rinne führte etwa dreißig Meter ziemlich steil nach oben und endete dort wieder auf dem Wanderweg, kurz bevor dieser auf das Gipfelplateau mündete.

Ein eiskalter Schauer lief mir unangenehm über den Rücken bei dem Gedanken, dass Sebastian durch diesen gefährlichen Korridor nach oben steigen wollte, doch auch ich konnte von meinem derzeitigen Standort aus nirgends einen geeigneteren, weniger gefährlichen Weg ausmachen.

Ich lief schließlich zu der Stelle, an der die Rinne wieder auf den Wanderweg mündete und schickte ein Stoßgebet gen Himmel, als ich sah, dass Sebastian sich bereits an den schwierigen Aufstieg machte.

Sei um Himmels Willen vorsichtig, hörst Du, rief ich in die Tiefe und Sebastian hob den Kopf, um zu mir hinauf zu blicken. Er lächelte zuversichtlich, doch meine Angst wurde unvermittelt nur noch größer.

Ich pass schon auf, vertrau mir Sarah, antwortete er leichthin, *das ist doch nur eine Kleinigkeit.* Sebastian blickte noch einmal prüfend die Steigung hinauf, dann begann er seinen Aufstieg. Er kam erstaunlich schnell voran und ich beobachtete gebannt, wie er scheinbar ohne große Anstrengung den Korridor nach oben kletterte.

Kurze Zeit später hatte der das Ende der Rinne fast erreicht. Er war nur noch etwa fünf Meter von mir entfernt, als der Boden unter seinen Füßen unvermittelt nachgab. Das Geröll bot ihm plötzlich keinen ausreichenden Halt mehr und er kam ins straucheln und stürzte daraufhin ein gutes Stück weit den Hang hinunter. *Sebastian!!!* Ich schrie vor Schreck auf, doch Sebastian hatte seinen Fall bereits schon wieder abgefangen. Er blickte zu mir nach oben. *Alles okay, Sarah. Mir ist nichts passiert,* gab er bemüht zuversichtlich zurück, doch seine Stimme zitterte leicht. Auch ihm hatte der plötzliche Sturz einen Schrecken eingejagt, den er nicht ganz vor mir verbergen konnte.

Mein Herz hämmerte mir vor Angst bis zum Hals hinauf, als sich der junge Extrembergsteiger wieder in Bewegung setzte, um seinen Aufstieg endlich zu vollenden.

Wenige Sekunden später stand er schließlich unversehrt wieder vor mir auf dem Wanderweg und klopfte sich, nun wieder ganz der Alte, lässig den Staub aus seinen Kleidern. Er lächelte zufrieden und fuhr sich mit den Fingern durch die Haare, um auch diese von Staub und Gras zu befreien.

Ich betrachtete ihn prüfend von oben bis unten, noch immer völlig aufgewühlt von den letzten, bangen Minuten. Mein Blick verharrte schließlich auf Sebastians rechtem Unterschenkel, der aufgrund des erlittenen Sturzes eine großflächige Schürfwunde aufwies.

Mit meinem Zeigefinger deutete ich anklagend auf sein aufgeschürftes Bein: *Du bist verletzt,* sagte ich knapp. Der junge Mann folgte verwundert meinem Fingerzeig, dann blickte er mich an, zuckte entschuldigend mit seinen breiten Schultern und entgegnete schließlich lächelnd: *Ach Sarah, das ist doch nur ein kleiner Kratzer.*

Ich verzog missbilligend den Mund und schüttelte energisch den Kopf. *Oh nein,* entgegnete ich entschieden, *gerade solche Schürfwunden können sich schnell infizieren und Du hast dann echt ein Problem.* Ich blickte mich suchend um, dann deutete ich entschieden mit einer Hand auf einen großen Felsen, der am Rande des Weges lag und ausreichend Platz als Sitzmöglichkeit bot. *Hinsetzen!* befahl ich gebieterisch und Sebastian gehorchte mir widerspruchslos, noch immer lächelnd.

Er setzte sich auf den Stein und streckte das verletzte Bein elegant von sich. Ich nahm meinen Rucksack, in dem sich mein Erste-Hilfe-Kit befand und stellte ihn neben Sebastian auf den steinigen Boden. Dann ging ich in die Hocke, um mir das Ausmaß der Verletzung näher zu betrachten. Es war zum Glück wirklich nur eine oberflächliche Ablederung, etwa so groß wie meine Handfläche. Allerdings war sie reichlich mit kleinen Steinchen und Dreck verunreinigt.

Ich werde die Wunde jetzt sauber machen und sie dann steril abdecken, ließ ich meinen Patienten an seiner Behandlung teilhaben. Ohne seine Antwort abzuwarten, griff ich in meinen Rucksack und zog die kleine Flasche Hautantiseptikum hervor, welche ich neben dem Ersten-Hilfepäckchen eingesteckt hatte. Ich schüttete einen ordentlichen Schluck auf eine sterile Kompresse und begann vorsichtig mit der Reinigung der Wunde.

Die alkoholische Flüssigkeit brannte ein wenig und Sebastian zuckte unwillkürlich bei meiner Berührung mit seiner Wunde zusammen, doch er gab keinen Laut von sich. Lediglich einmal, als ich eine besonders schmerzhafte Stelle erwischte, sog er scharf die Luft ein, doch es kam nach wie vor kein Wort über seine Lippen. Ich blickte kurz zu ihm auf, um mich zu vergewissern, dass alles in Ordnung war.

Der junge Mann beobachtete mich interessiert und lächelte, als sich unsere Blicke trafen. *Das sieht sehr professionell aus, was Du da machst,* neckte er und ich lachte kurz auf. *Das freut mich aber zu hören,* antwortete ich keck und fuhr gewissenhaft mit meiner Arbeit fort.

Sebastian beugte sich mit dem Oberkörper ein wenig vor, um besser sehen zu können. Sein Gesicht war nicht mehr weit von meinem entfernt und mein Puls schnellte plötzlich merklich in die Höhe, als ich mir seiner blaugrünen Augen bewusst wurde, die mich unentwegt beobachteten.

Ich bemerkte, wie mir wieder einmal die Röte ins Gesicht stieg und wandte mich ruckartig ab, um in meinem Rucksack nach den sterilen Wundschnellverbänden zu suchen. Schließlich wurde ich fündig und klebte die Pflaster sorgfältig auf die zuvor gründlich desinfizierten Abschürfungen.

Mit meinem Werk überaus zufrieden richtete ich mich auf und rieb mir meinen vom längeren Hocken schmerzenden Rücken. Sebastian warf einen prüfenden Blick auf sein Bein und wandte sich dann lächelnd an mich: *Ich fürchte, ich werde Johannes zukünftig untreu werden müssen.* Irritiert runzelte ich die Stirn und blickte fragend auf ihn hinunter. *Was meinst Du damit?*, wollte ich schließlich von ihm wissen und Sebastians Lächeln wurde immer breiter.

Na, dass ich ab heute wohl eine neue Hausärztin habe. Er strich anerkennend über die Pflaster an seinem Unterschenkel, *eine derart zärtliche Wundversorgung habe ich in meinem ganzen Leben noch nicht bekommen.* Seinen Worten folgte ein umwerfendes Lächeln, dass eine Reihe strahlend weißer, gepflegter Zähne entblößte. Dieses Mal konnte ich es leider nicht mehr verhindern und ich errötete heftig.

Komm, Sebastian erhob sich geschmeidig von seinem Stein und begann, seinen Rucksack zu schultern. Dabei blickte er betont interessiert in den Himmel, um mir etwas Zeit zu verschaffen, mich wieder unter Kontrolle zu bekommen. Ich bückte mich schnell, um ebenfalls meinen Rucksack aufzuziehen. Die kurze Zeit genügte, und ich war wieder Herr meiner Gefühle. Ich drehte mich lächelnd zu Sebastian um, der gerade auf seine Armbanduhr blickte. *Oh, so spät schon,* er runzelte die Stirn. *Jetzt müssen wir uns aber wirklich beeilen, bis zur Mindelheimer Hütte ist es noch ein Fußmarsch von vier bis fünf Stunden. Ich habe keine Lust, bei Einbruch der Dämmerung mit Dir noch durch die Berge zu streifen, das ist viel zu gefährlich für Dich.* Er rückte seinen Rucksack zurecht und wir brachen auf.

Nach dem Abstieg vom Gipfel des Fellhorns wandten wir uns nach links und stiegen zuerst auf einem schmalen Pfad hinab in den Gundsattel. Die Sonne schien vom strahlend blauen Himmel und ich genoss jede Sekunde unserer Wanderung.

Anschließend ging es unterhalb der Kanzelwand auf dem Krumbacher Höhenweg weiter bergab bis zur auf 1745 Meter hoch gelegenen Kühgundalpe. Dort legten wir dann doch noch eine kurze Rast ein, bevor wir mit dem Aufstieg zur Rossgundscharte begannen.

Sebastian bewegte sich mühelos und trittsicher wie eine Gämse, von denen wir einige Exemplare an den steilen Berghängen beobachten konnten, in dem steinigen Terrain. Das Tempo, welches er vorlegte, war in Anlehnung an meine mangelnde Kondition gewählt und somit fiel es auch mir nicht allzu schwer, mit ihm Schritt zu halten. Zwischendurch hielten wir immer wieder an und Sebastian zeigte mir seltene Gebirgspflanzen, sich in der Sonne badende Murmeltiere oder den in dieser Region mittlerweile nur noch sehr selten zu beobachtenden Steinbock.

Am frühen Abend erreichten wir schließlich die auf 2013 Meter Seehöhe gelegene Mindelheimer Hütte. Ich war noch völlig überwältigt von den Eindrücken der Wanderung und ließ mich auf einer Bank vor der Hütte nieder, um die atemberaubende Aussicht auf die Berge zu genießen. Sebastian suchte unterdes den Hüttenwirt auf, um ihm unsere Ankunft mitzuteilen.

Als erfahrener Alpinist hatte Sebastian vorsorglich zwei Lagerplätze für uns gebucht. Die Hütte verfügte zwar mit ihren 120 Lagern über genügend Platz für müde Wanderer, doch bei diesem herrlichen Wetter waren die Herbergen in den Bergen auch entsprechend stark frequentiert.

Nach wenigen Minuten kehrte Sebastian zufrieden lächelnd zurück, setzte sich neben mich auf die Holzbank und streckte erleichtert seufzend seine langen Beine von sich. Er verschränkte die Arme hinter seinem Kopf, lehnte seinen muskulösen Oberkörper gegen die steinerne Hüttenwand und blickte gedankenverloren in das unter uns liegende Tal. Eine Zeit lang saßen wir schweigend nebeneinander und genossen die atemberaubende Schönheit der Alpen.

Als die Dämmerung langsam hereinbrach, erhoben wir uns schließlich, streckten unsere verspannten Muskeln und machten uns auf ins Innere der Hütte, wo bereits eine zünftige Brotzeit auf uns wartete.

Durch die Fenster beobachteten wir das legendäre Alpenglühen, jene traumhaften Sonnenuntergänge, welche die Berge und blutrotes Licht tauchen und die Gipfel wie Feuerschein erleuchten. Nachdem die Sonne vollständig verschwunden war, senkte sich der schwarze Schleier der Nacht über die Hütte. Drinnen brannte ein kuscheliges Kaminfeuer, denn die Nächte waren in dieser Höhe bereits meist schon empfindlich kalt. Ich hatte es mir mit Sebastian auf einer Bank nahe dem Feuer gemütlich gemacht und wir plauderten ausgelassen über Gott und die Welt. Der Hüttenwirt hatte uns zwei Tassen heiße Schokolade serviert und ich schlürfte genüsslich an der meinen, während ich Sebastians spannenden Erzählungen über seine Abenteuer in Nepal lauschte.

Müde von dem anstrengenden Tagesmarsch verabschiedeten wir uns bald von den übrigen Wanderern und unserem netten Gastgebern und legten uns schlafen.

Obwohl sich am Kamin noch eine bleierne Müdigkeit über mir ausgebreitet hatte, lag ich nun wach in meinem Schlafsack in unserem spartanischen Lager und lauschte den regelmäßigen Atemzügen der bereits tief und fest schlafenden Menschen rings um mich herum.

Ich war es nicht gewöhnt, mir mit derart vielen Fremden einen einzigen Schlafraum zu teilen und so wälzte ich mich, zunehmend unruhiger werdend, von einer Seite auf die andere. Sebastian selbst lag regungslos neben mir und gab keinen Laut von sich, er schien bereits längst ins Reich der Träume geglitten zu sein. *Tja,* dachte ich etwas neidisch, *der ist es eben gewöhnt, unter solch einfachen Bedingungen und wohl fast überall einzupennen.*

Seinen Erzählungen nach zu urteilen, hatte er schon an weitaus unkomfortableren Plätzen als diesem hier genächtigt und so manche Nacht in einem Bivag hoch in den Bergen des Himalaja-Gebirges verbracht. Für mich, den Komfort eines weichen Bettes gewohnten Stadtmenschen, war bereits diese Art der Unterkunft sehr gewöhnungsbedürftig.

Ich wälzte mich noch ein paar Mal hin und her, dann gab ich meine Bemühungen nach baldigem Schlaf schließlich resigniert auf. Leise schälte ich mich aus meinem warmen Schlafsack, zog mir die mitgenommene Allwetterjacke über und verließ auf Zehenspitzen den Raum. Im gesamten Haus war es still und ich tappte durch die dunklen Flure. Zum Glück hatten wir in dieser Nacht Vollmond und dessen

Licht war ausreichend, um den Weg hinaus vor die Hütte auch ohne elektrisches Licht zu finden.

Ich öffnete die schwere, hölzerne Haustür und trat hinaus in die Nacht. Der Himmel war wolkenlos und Millionen von Sternen funkelten über meinem Kopf um die Wette. Etwas verwundert stellte ich fest, dass es gar nicht so kalt war, wie ich befürchtet hatte. Im Gegenteil, es war sogar unerwartet mild. Im nächsten Moment erinnerte ich mich wieder an die Worte des Hüttenwirtes vom Abendessen, dass in dieser Nacht Fön erwartet wurde, der warme Luft bis in diese Höhen befördern würde. Froh über diese laue Brise ging ich leise zu der Bank an der Seite der Hütte, auf der Sebastian und ich nach unserem Aufstieg gesessen und die herrliche Berglandschaft genossen hatten. Ich zog meine Jacke wieder aus, da sie aufgrund der milden Temperaturen nicht von Nöten war, setzte mich auf das angenehm kühle Holz der Bank und machte es mir bequem.

Fernab von den schrillen Geräuschen der Zivilisation unten im Tal herrschte hier oben eine wohltuende Stille und ich lehnte zufrieden meinen Kopf gegen die steinerne Hüttenwand und schloss die Augen, um den fremden Geräuschen der Nacht zu lauschen. Ab und an drang das Poltern von ins rutschen kommenden Geröllmassen an meine Ohren und für mich nicht definierbare Tierlaute hinterließen kurzfristig eine Gänsehaut auf meinen Unterarmen.

Sebastian könnte die Rufe der Nachttiere sicherlich unterscheiden, kam es mir plötzlich in den Sinn und ich bedauerte auf einmal, dass er nicht neben mir saß und diese herrliche, friedvolle Nacht gemeinsam mit mir genießen konnte.

Mit einem Mal fühlte ich mich sehr einsam und verlassen. All die Jahre waren mir meine Freiheit und berufliche Unabhängigkeit wichtiger gewesen als eine Beziehung und die schlimmen Erlebnisse mit Adrian hatten meinen ersten ernsthaften Versuch, mich fest zu binden, bereits nach kurzer Zeit zunichte gemacht.

Doch in diesem Moment sehnte ich mich fast schmerzlich nach einer starken Schulter zum anlehnen. Ich wollte auch endlich einmal wieder schwach und zerbrechlich sein, und meinen inneren Schutzwall, der mich seit Monaten wie eine Festung umgab, fallen lassen dürfen.

Ganz in meiner Nähe flatterte plötzlich ein Nachtvogel auf und ich zuckte erschreckt zusammen. Ein angenehmer Luftzug wehte mir einzelne Haarsträhnen ins Gesicht und ich strich sie mit einer Hand zurück hinter die Ohren.

Ich blickte nach oben zu den abertausenden von Sternen und suchte nach dem großen Wagen, jenem Sternenbild, dass mir mein Vater bereits als kleines Kind immer wieder gezeigt hatte und daher das einzige Sternenbild, welches ich immer und überall am Firmament wiedererkannte. Es war ein sehr tröstliches Gefühl, als ich sie endlich entdeckte, diese sieben Sterne, deren Anordnung dem Aussehen eines altrömischen Fuhrwerks ähnelte.

Ich schloss meine Augen und konnte die Berührung meines Vater fast spüren, wie er, gemeinsam mit mir auf der großen Dachterrasse unseres Bad Homburger Hauses sitzend, seinen großen, kräftigen Arm um meine schmalen, zerbrechlichen Kinderschultern legend mit der anderen Hand in den Himmel deutete, um mir die einzelnen Sternenbilder zu erklären.

Meine Eltern, speziell mein Vater, hatten mich stets wie einen Schatz behütet und ich hatte immer das beruhigende Gefühl gehabt, mir könne nie ein Leid geschehen, solange er nur an meiner Seite war. Doch nun waren beide tot. Viel zu früh waren sie aus meinem Leben gerissen worden und ich musste mich seitdem alleine in der harten, kalten Welt zurechtfinden. Bisher hatte ich geglaubt, dass mir dieses auch recht gut gelang, doch Adrians schwerer Vertrauensbruch hatte mein Leben mit einem Mal völlig aus der Bahn geworfen. Ich war so tief in meine Gedanken versunken, dass ich nicht hörte, wie sich die Hüttentür öffnete und jemand um die Hausecke trat.

Ach, hier steckst Du. Beim Klang von Sebastians Stimme fuhr ich erschrocken zusammen. *Entschuldige, ich wollte Dich nicht erschrecken.* Er sprach leise, als wolle er die uns umgebende, friedliche Stille nicht vertreiben.

Ich blickte lächelnd zu ihm auf, durch das fahle Licht des Vollmondes konnte ich seine Silhouette deutlich erkennen. Flüchtig schüttelte ich den Kopf, dann deutete ich einladend mit der Hand auf die Sitzfläche an meiner linken Seite. Die Kieselsteine unter seinen Schuhen knirschten leise, als er die Bank erreichte und sich neben mir niederließ.

Eine Weile saßen wir einfach nur schweigend nebeneinander und genossen den nächtlichen Frieden.

Ich komme oft hier herauf, um meinen Kopf frei zu bekommen. Sebastians Stimme klang ein wenig zögerlich, als wüsste er nicht recht, wie, oder ob er überhaupt fortfahren sollte. Einem plötzlichen Impuls folgend legte ich ihm sanft meine Hand auf seinen Oberschenkel, um ihm Mut zu machen, weiterzusprechen. Auch er schien eine schwere Last mit sich herum zu tragen. Nach ein paar Sekunden spürte ich seine warme, starke Hand, die sich über die meine legte und diese mit der seinen fest umschloss.

Weißt Du Sarah, ich gehöre nicht zu der Art von Menschen, die ihre eigenen Probleme mit der ganzen Welt teilen müssen. Er machte eine kurze Pause, als ob er sich nicht mehr sicher war, wie viel er mir wirklich erzählen wollte. Doch als ich weiterhin keinen Laut von mir gab und lediglich mit meinem Daumen sachte über seinen Oberschenkel strich, fuhr er schließlich zögernd fort.

Bisher habe ich neben meinen Eltern lediglich mit Johannes über das, was damals passiert ist gesprochen, doch seit wir beide uns das erste Mal begegnet sind, habe ich das Gefühl, dass Du irgendwie etwas ganz Besonderes bist. Ich schwieg noch immer, denn ich hätte an dieser Stelle wahrscheinlich auch keine passenden Worte gefunden. Sebastian holte tief Luft, um fortzufahren, doch er stockte kurz darauf noch einmal zögernd und stieß die Luft einige Sekunden später geräuschvoll wieder aus. Dann lehnte er sich auf der Bank etwas zurück, blickte gedankenverloren hinauf in den funkelnden Sternenhimmel und begann schließlich entschlossen mit leiser, fester Stimme zu erzählen.

Ich habe in den letzten fünf Jahren zwei Menschen verloren, die mir sehr wichtig waren und an deren Tod ich mir in gewisser Weise die Schuld gebe, auch wenn meine Eltern und auch Johannes mir immer wieder beteuern, dass es sich jeweils um überaus tragische Unfälle gehandelt hat. Doch ich komme mit diesen Schuldgefühlen einfach nicht klar und weiß nicht, was ich dagegen tun soll. Bei seinen letzten Worten war die Stimme des jungen Mannes unvermittelt etwas lauter geworden und der Schmerz, der darin mitklang, war überdeutlich spürbar. Er räusperte sich kurz und fuhr dann, wieder etwas gedämpfter fort.

Ich war gerade einmal zwanzig, als ich sie kennengelernt habe, Tamara. Er sprach den Namen dieses Mädchens derart liebevoll aus, dass mir ein Schauer über den Rücken lief. *Es war die buchstäbliche Liebe auf den ersten Blick, obwohl ich an so etwas normalerweise nicht glaube. Doch es war tatsächlich so, auch bei ihr, wie sie mir sagte. Wir verstanden uns auf Anhieb prächtig und bereits nach wenigen Monaten zogen wir in unsere erste gemeinsame Wohnung. Ich arbeitete damals schon als Physiotherapeut in der Praxis meiner Eltern und Tamara, die ein Jahr jünger war als ich, machte in Oberstdorf eine Ausbildung zur Hotelfachfrau.* Die Holzbank knarrte ein wenig, als Sebastian sein Gewicht etwas verlagerte.

Wir hatten vier wunderschöne, gemeinsame Jahre miteinander und schmiedeten bereits Hochzeitspläne. Tamara wünschte sich so sehr eine eigene, kleine Familie mit zwei Kindern und ich wollte ihr diese Wünsche unbedingt erfüllen. Ich habe sie wirklich über Alles geliebt, weißt Du. Seine Stimme brach abrupt ab und er vergrub schluchzend sein Gesicht in beiden Händen. Ich wartete schweigend und zugleich zutiefst bewegt, bis er sich wieder gefangen hatte. Nach einiger Zeit ließ er die Hände schließlich sinken und sprach merklich aufgewühlt weiter, fast flüsternd und eher zu sich selbst, als zu mir.

Es war Freitagabend, der 24. Mai. Ich erinnere mich noch daran, als wäre es erst gestern gewesen. Wir hatten uns gestritten, wegen einer blöden Nichtigkeit. Sebastian schüttelte ungläubig, ja geradezu noch immer fassungslos den Kopf, bevor er bewegt fortfuhr: *Normalerweise stritten wir nur äußerst selten, an sich fast nie, trotz dieser langen, gemeinsamen Zeit unserer sonst immerzu harmonischen Beziehung.* Die folgenden Worte kamen abgehackt aus seinem Mund und machten deutlich, wie schwer ihm das Sprechen viel. *Tamara wollte noch einmal an die frische Luft, um wieder einen klaren Kopf zu bekommen. Sie musste nachdenken, hatte sie damals noch zu mir gesagt. Warum habe ich sie nicht aufgehalten?*
Er stöhnte unvermittelt auf und aus seiner Kehle drang ein Laut, der mir regelrecht das Blut in den Adern gefrieren ließ. Sebastian litt offensichtlich in diesem Moment Höllenqualen.

Eine Stunde später standen zwei Polizisten vor meiner Haustür. Sie sagten, Tamara hatte einen Unfall gehabt. Ein Betrunkener war mit viel zu hoher Geschwindigkeit durch den Ort gerast und plötzlich von der Fahrbahn abgekommen. Tamara war zu Fuß auf dem Gehweg unterwegs gewesen, sie wollte gerade wieder zurück zu mir nach Hause kommen. Sie hatte keine Chance, sie war sofort tot.

Sebastians Lippen bebten plötzlich und er ließ seinen längst überfälligen Tränen endlich freien Lauf. Ich wartete noch einen Moment, dann drehte ich mich zu ihm herüber und rüttelte ihn mit einer Hand sanft an der Schulter.

Es war nicht Deine Schuld, hörst Du? Und das weißt Du genauso gut wie ich und alle anderen auch. Ich sprach leise und eindringlich, doch meine Worte waren natürlich auch nur eine Wiederholung derer, die er bestimmt schon tausendfach gehört hatte.

Er schüttelte beharrlich den Kopf, die zahlreichen Tränen hatten feuchte Spuren auf seinen Wangen hinterlassen. *Wenn wir nicht gestritten hätten oder ich sie aufgehalten hätte...* Sebastian schloss die Augen und vergrub sein Gesicht erneut in seinen Händen. Eine Weile saß er regungslos da und schluchzte leise vor sich hin. Hilflos blickte ich zu ihm hinüber, meine Hand noch immer Trost spendend auf seiner Schulter ruhend.

Nach einiger Zeit verebbten seine Tränen schließlich und er wischte sich fahrig mit beiden Händen über das Gesicht. Sein Atem ging nun ruhiger und er hatte sich weitgehend wieder unter Kontrolle.

Zögernd griff er nach meiner Hand und hielt sie fest umschlossen in der seinen.

Ich konnte anschließend nicht mehr in unserer gemeinsamen Wohnung leben, verstehst Du? Jeder Gegenstand erinnerte mich Tag um Tag an Tamara. Meine Eltern haben darauf bestanden, dass ich erst einmal wieder bei ihnen einziehe. Sie haben mir sehr viel Halt gegeben und auch Johannes, mit dem ich schon seit vielen Jahren eng befreundet bin, war in dieser schweren Zeit immer für mich da. Ich verdanke ihnen allen sehr viel.

Ich nickte schweigend, noch immer viel zu ergriffen von dem, was ich soeben von dem jungen Mann erfahren hatte.

Nach einer Weile fuhr Sebastian schließlich mit ruhiger Stimme fort. *Johannes war es übrigens auch gewesen, der der Meinung war, ein Tapetenwechsel wäre nach dieser schlimmen Zeit das Richtige für mich.* Sein Gesicht hatte endlich wieder einen annähernd entspannten Ausdruck angenommen und seine Mundwinkel umspielte bei diesen Gedanken sogar ein leises Lächeln.

Einer seiner Kollegen, mit dem er noch immer eng befreundet ist, wollte nach Nepal aufbrechen, um im Khumbugebiet die medizinische Betreuung deutscher Trekkingtouren zu übernehmen. Da auch meine großen Leidenschaften stets die Berge und das Klettern waren, beschloss man also kurzerhand, dass ich Johannes Kollege auf seiner Reise begleiten sollte.

Sebastian richtete sich etwas auf und streckte seine langen Beine aus, um die verspannte Muskulatur in seinen Waden zu lockern. Fast schüchtern blickte er plötzlich zu mir hinüber. *Hoffentlich langweile ich Dich nicht mit meinen Problemen, doch ich habe einfach das Bedürfnis, Dir zu erklären, warum ich in manchen Situationen so überreagiere, wie zum Beispiel damals in der Bar in Oberstdorf.* Er stockte kurz. *Ich...., ich möchte Dir einfach dies alles erzählen.*

Zögernd zog ich meine Hand aus der seinen und strich mit den Fingerspitzen sanft über seine Wange. Er fasste nach meiner Hand und presste sie zärtlich gegen seine vom weinen noch immer feuchte Haut. Es war eine Geste tiefer Verbundenheit und wir genossen beide schweigend diesen magischen Moment. Nach einer Weile ließ er meine Hand wieder los, legte seinen linken Arm um mich und zog mich sanft dichter an sich heran. Er blickte gedankenverloren in den Sternenhimmel und sagte leise: *Du bist die allererste, mir an sich noch immer fremde Person, der ich je überhaupt etwas davon erzählt habe.* Sein Gesicht war dem Vollmond zugewandt und ich konnte jeden einzelnen seiner markanten Gesichtszüge im bleichen Licht des Mondes erkennen.

Was ist mit dem zweiten Menschen passiert, den Du vorhin erwähnt hast?, fragte ich nach einer Weile leise. Ich wollte Sebastian zu nichts drängen, doch ich spürte einfach, dass er mir seine Erlebnisse nun auch zu Ende erzählen wollte.

Er hieß Luca und war einer der Expeditionsteilnehmer im Khumbu. Sebastian überlegte kurz und runzelte dann ungläubig die Stirn. *Mein*

Gott, das ist mittlerweile auch schon fast zwei Jahre her. Mir kommt es vor, als wäre es erst letzten Monat gewesen. Er schüttelte kurz den Kopf und fuhr dann bedächtig fort:

Es war bereits das dritte Jahr, in dem ich als Betreuer gemeinsam mit Karl Bremer, Johannes Kollegen, an Trekkingexpeditionen in Nepal teilnahm. Luca war im selben Alter wie ich damals und genauso bergverrückt. Wir saßen auf dem Flug von Kathmandu nach Lukla nebeneinander und ich erfuhr, dass er einer unserer Tour-Teilnehmer war. Sofort verstanden wir uns prächtig und hatten jede Menge Spaß zusammen. Ein schwaches Lächeln umspielte Sebastians Mundwinkel, als er von seinem Kennenlernen mit Luca erzählte, doch bei seinen nächsten Worten verschwand es sogleich wieder. Er wurde unvermittelt ernst und blickte traurig in die Ferne. *Obwohl ich, wie bereits gesagt, schon im dritten Jahr an diesen Touren teilnahm, fehlte mir noch immer die zwingend notwendige Ernsthaftigkeit an der Sache und die Demut vor den Mächten der Natur. Leider war ich damals kein Einzelfall, denn Luca stand mir in diesen Dingen in nichts nach. Wir wollten stets auf Biegen und Brechen auf jeden Gipfel, den wir uns in den Kopf gesetzt hatten und schlugen sämtliche Warnungen der erfahreneren Bergsteiger in den Wind.*

Sebastian stockte und presste kurz die Lippen zusammen. *Das ist Luca schließlich zum Verhängnis geworden und ich trage einen großen Teil der Schuld daran.*

Was ist passiert? Meine Stimme war nicht mehr als ein Flüstern und ich empfand mit einem Mal eine unendliche Traurigkeit. Ich wusste nur zu genau, was in Sebastians Innerem vorging. Die selben Gefühle hatte ich nach dem Tod meines Patienten Matthias Peterson auch durchgemacht.

Luca und ich waren von unserem Basislager aufgebrochen, um den Gipfel der Ama Dablam zu besteigen, obwohl unsere Sherpas das überhaupt nicht gerne sahen, denn dieser Berg ist für das Volk der Sherpas einer der heiligen Berge im Khumbu. Sebastian tat einen tiefen Atemzug, bevor er leise fortfuhr. *Wir wählten die Normalroute über den Südwestgrat. Eine aufkommende Schlechtwetterfront hätte uns normalerweise zwingend die Entscheidung treffen lassen müssen, noch kurz vor dem Gipfel umzukehren und wieder ins Basislager abzustei-*

gen. Doch Luca und ich waren beide wie besessen darauf, diesen Gipfel zu erreichen.

Eine kleine Wolke schob sich vor den Vollmond und verdunkelte für einen kurzen Moment Sebastians Gesicht. Als das Mondlicht das Plateau wieder ausleuchtete, saß der junge Mann mit versteinerter Mine neben mir und blickte hinauf zu den funkelnden Sternen.

Wir kamen langsamer voran als erhofft und mit einem Mal waren wir von dichtem Nebel umgeben. Man konnte fast die Hand vor Augen nicht mehr erkennen. Ich stieg voran und Luca folgte dicht hinter mir. Plötzlich hörte ich über unseren Köpfen das Poltern von herabstürzenden Steinen. Ich drehte mich schnell zu Luca um, um ihm eine Warnung zuzurufen, doch bereits in meiner Bewegung sah ich, dass sich Luca in diesem Moment aus dem Sicherungsseil ausgeklinkt hatte. Es hatte sich wohl zuvor darin verheddert. Ich habe geschrien und meine Hand nach ihm ausgestreckt, doch in diesem Augenblick traf ihn ein großer Stein an der rechten Schulter. Ich bekam noch kurz seine Hand zu fassen, die er instinktiv nach mir ausstreckte, doch ich konnte sie nicht festhalten. Seine Stimme wurde immer leiser und war am Ende fast nur noch ein ersticktes Flüstern. *Niemals mehr in meinem Leben werde ich den Ausdruck in seinen Augen vergessen, als es rückwärts taumelte, stürzte und vor meinen Augen in der Tiefe verschwand.*

Sebastian drehte sich plötzlich unwirsch zu mir um, zog seinen Arm unvermittelt von meiner Schulter und fragte anschließend provozierend: *Und nun sag Du mir bitte, dass es nicht meine Schuld gewesen ist!*

Ich ließ seine Hand los, die ich noch immer festgehalten hatte, stand abrupt auf und lief ein Stück weit über die vom Mondschein erhellte Wiese. Nach ein paar Schritten drehte ich mich wieder zu ihm um und riss verzweifelt die Arme in die Höhe. Es fiel mir mit einem Mal unendlich schwer, nicht die Beherrschung zu verlieren.

Natürlich ist es zum Teil Deine Schuld, zum Kuckuck. Was willst Du denn anderes von mir hören? Meine Stimme war deutlich lauter als beabsichtigt. Ich schrie ihn fast an, doch ich war zu erregt, um meine aufgewühlten Gefühle im Augenblick wieder unter Kontrolle zu bekommen.

Du warst Euer Anführer, Du hättest es besser wissen müssen! Ich schluchzte laut auf, und die Erinnerungen meiner eigenen, schrecklichen Erlebnisse, die sich so sehr mit Sebastians deckten, drohten mich zu überwältigen. *Doch was spielt das denn nun noch für eine Rolle, Sebastian? Luca ist tot und Du wirst für den Rest Deines Lebens mit dieser Schuld leben müssen. Genauso, wie ich mit der Schuld am Tode meines Patienten Matthias Peterson leben muss, und mit den Schuldgefühlen bezüglich des Todes meiner Eltern, an dem ich zu einem gewissen Teil auch die Schuld trage.*

Ich stand heftig zitternd und weinend am Rande des steilen Wanderweges, auf dem wir am Nachmittag die Hütte erreicht hatten. Sebastian hatte während meines plötzlichen Gefühlsausbruches wie erstarrt auf der Bank gesessen, doch nach ein paar Sekunden hörte ich die Steine auf dem Weg unter seinen Schritten knirschen.

Er trat hinter mich, packte mich sanft bei den Schultern und drehte mich zu sich herum, damit ich ihm direkt ins Gesicht sehen musste. Seine Hand berührte zögernd meine Wange und wischte ungeschickt eine Träne fort, die sich dort einen Weg gebahnt hatte.

Es tut mir Leid, flüsterte er leise. In seinem verstörten Gesicht spiegelte sich seine innere Zerrissenheit wider und aus seiner traurigen Stimme sprachen die tiefen Wunden in seiner Seele. Ein Teil von ihm schien natürlich zu wissen, dass er über diese tragischen Unfälle hinwegkommen musste, um sein Leben wieder in geordnete Bahnen bringen zu können, doch der andere Teil sträubte sich dagegen, aus Angst, die Toten könnten sich verraten fühlen, weil er weiterleben durfte und sie selbst irgendwann vielleicht einmal in Vergessenheit geraten würden.

Ich lehnte mich erschöpft an ihn und meine Worte klangen durch den Stoff seiner Windjacke dumpf an seine breite Brust. *Es tut gut, etwas mit jemandem zu teilen, von dem man denkt, man selbst wäre der einzige Mensch im Universum, der so etwas durchleben musste,* murmelte ich, in diesem Moment irgendwie zutiefst erleichtert.

Sebastian legte tröstend seine starken Arme um mich, hielt mich schweigend fest und wartete geduldig, bis ich wieder zu sprechen begann. Stockend erzählte ich Sebastian schließlich von dem Bootsunglück meiner Eltern.

Sie waren beide schon immer fasziniert vom Meer und besonders mein Vater war ein begeisterter Segler gewesen. Ich war damals mitten in den Prüfungsvorbereitungen zum Abschluss meines Medizinstudiums und hatte meinem Vater zu seinem Geburtstag eine Woche Segelurlaub auf der Nordsee geschenkt. Er hatte sich riesig darüber gefreut. Meine Eltern hatten sich nach Antritt der Reise jeden Abend per Satellitentelefon bei mir in Frankfurt gemeldet, um mir von den eindrucksvollen Erlebnissen ihres Tages zu berichten. Am Vorabend des Unglücks wurde die See jedoch rau, ein Sturm zog auf. Ich drängte meine Eltern inständig, zurück in Richtung Festland zu segeln, doch mein Vater war guten Mutes, dass es nicht so schlimm werden würde und sie ihren Kurs beibehalten könnten. Er war normalerweise stets sehr sicherheitsbewusst und hätte niemals leichtsinnig das Leben seiner Frau oder sein eigenes aufs Spiel gesetzt.

Was in den darauffolgenden vierundzwanzig Stunden geschehen war, konnte später nur teilweise rekonstruiert werden. Der Sturm wuchs unerwarteter Weise zu einem mächtigen Orkan heran und brachte die kleine Segelyacht meiner Eltern zum kentern. Sie gingen beide über Bord und wurden erst Tage später und viele Kilometer von der tatsächlichen Unglücksstelle entfernt, von Fischern in Küstennähe tot aus dem Wasser geborgen. Ich wartete an jenem Abend vergeblich auf ihren Anruf.

Wenn ich ihnen diese Reise nicht geschenkt hätte, oder sie vielleicht noch viel beharrlicher zum Umkehren gedrängt hätte! Womöglich wären sie dann heute noch am Leben.

Flehend blickte ich in Sebastians Gesicht, er möge mir endlich für meine Schuld die Absolution erteilen, doch natürlich spiegelte sich dort nur die Trauer und Verzweiflung über sein eigenes Unvermögen wider.

Manchmal möchte ich einfach glauben, dass unser Schicksal vorbestimmt ist. Dass alles, was passiert auch ohne unser Zutun passiert wäre. Sebastian sprach aus, was ich mir selbst auch nur allzu sehnlichst wünschte. Denn wenn die Zukunft eines jeden Einzelnen bereits im Heute feststand, so hätte unser Handeln dann auch nur höchstens noch einen minimalen Einfluss auf die Dinge, die sowieso geschehen würden. Diese Vorstellung linderte den Schmerz zumindest vorübergehend ein wenig.

Sebastian löste sich zögernd aus unserer Umarmung, nahm mich an der Hand und führte mich zu der Bank an der Hütte zurück. Doch ich war noch viel zu aufgewühlt, um mich wieder hinzusetzten. Stattdessen blieben wir wenige Schritte von der hölzernen Sitzgelegenheit inmitten der vom Mondlicht beschienenen Spätsommerwiese stehen und blickten gemeinsam hinauf in den zum greifen nah scheinenden Sternenhimmel.

Sebastian hatte sanft einen Arm um meine Taille gelegt und mich dicht an seine Seite gezogen. So eng nebeneinander stehend erzählte ich ihm schließlich auch noch von Matthias und Mareike Peterson.

Adrian allerdings, und die Zeit vor meiner Anstellung an der Uniklinik Frankfurt erwähnte ich Sebastian gegenüber nicht. Zu tief saß noch immer der Schmerz, den ich durch das Fremdgehen meines damaligen Verlobten empfunden hatte. Ich schämte mich zutiefst, dass ich vielleicht etwas falsch gemacht haben könnte, dass ich diesem Mann damals einfach nicht gut genug gewesen war.

Dieses Kapitel hatte ich noch lange nicht aufgearbeitet und so lange, das hatte ich mir fest geschworen, würde ich auch niemandem auch nur ein Sterbenswörtchen von Adrian und meiner gescheiterten Verlobung erzählen.

Nachdem ich geendet hatte, standen wir eine Weile schweigend nebeneinander. Sebastians Gegenwart und seine starke körperliche Präsenz ließen mich endlich zur Ruhe kommen und zum ersten Mal seit Monaten fühlte ich mich wieder sicher und geborgen. Ich hatte zwischenzeitlich ebenfalls einen Arm um seine Taille gelegt und meine Finger ertastete den ausgeprägten Rückenstrecker an seiner Flanke. Sanft streichelte ich über seine angespannten Muskeln und er zog mich noch ein wenig dichter an sich heran.

Nach einiger Zeit räusperte er sich und seine Stimme klang ein wenig belegt, als er schließlich zu sprechen begann, den Kopf in den Nacken gelegt und des Gesicht dem Himmel zugewandt:

Es gibt im Khumbu einen Sherpa-Stamm, der ein sehr abgelegenes und nur schwer zugängliches Tal fernab jeglicher Zivilisation bewohnt. Nur wenige Fremde verirren sich dort hinauf, denn das Tal liegt weit weg von den gängigen Trekkingrouten. Vor geraumer Zeit habe ich mit Karl Bremer neue Gebiete für unsere Touren erkunden wollen und wir gelangten durch Zufall in diese abgelegene Gegend. Die Sherpas waren sehr gastfreundlich und gestatteten uns, in ihrem Dorf zu übernachten. Es zog eine Schlechtwetterfront auf und wir hätten unser Camp niemals vor Anbruch des nahenden Gewitters erreicht. Als das Unwetter vorüber war, luden uns unsere Gastgeber ein, mit ih-

nen gemeinsam am Feuer zu Abend zu essen. *Karl konnte sich Gott sei Dank aufgrund seines jahrelangen Sprachstudiums der nativen Völker Nepals gut verständigen und er übersetzte mir all die Geschichten, die die Sherpas uns in dieser Nacht über ihr Volk und deren Bräuche erzählten.*

Ich stand ganz dicht an ihn gelehnt und lauschte gebannt seiner faszinierenden Erzählung. *Das Dorf der Sherpas liegt am Fuße des Khumbi Yul Lha, einem bis heute noch nicht bestiegenen Fünftausender. Dieser Berg ist den Sherpas absolut heilig und dessen Besteigung auch den Ausländern strengstens untersagt. Die Sherpas glauben, dass die Seelen ihrer Toten diesen Berg auswählen, um von dessen Gipfel aus über die Sternenpfade zu ihren Ahnen in die Ewigkeit zu gelangen.*

Diese Vorstellung hatte etwas sehr tröstliches an sich, fand ich. Dass die von uns gegangenen, geliebten Menschen von den Weiten des Himmels auf uns herabblickten und uns trotz der unendlichen Entfernung noch nah waren.

Sternenpfade als Wege der Seelen in den Himmel. Meine Stimme war kaum mehr als ein Flüstern und ich konnte nicht sagen, ob Sebastian mich überhaupt gehört hatte. Statt einer Antwort zog mich der junge Mann langsam zu sich herum, sodass ich schließlich dicht vor ihm stand und zu ihm aufsah.

Der Mond erleuchtete sein schönes Gesicht und verlieh seinen Gesichtszügen eine Sanftheit und Zerbrechlichkeit, die mich bei dessen Betrachtung unendlich traurig stimmte. Mein Gesicht hingegen lag im Schatten. Sebastian legte seinen Zeigefinger unter mein Kinn und hob langsam meinen Kopf an, um das Mondlicht auch in meinen Gesichtszügen einzufangen. Seine Finger berührten unendlich sanft die empfindliche Haut über meinen Wangenknochen, zogen langsam die Konturen meines Gesichtes nach und glitten schließlich an meinem Hals entlang abwärts. Ein Schauer der Erregung durchflutete unvermittelt meine Körper und ich drängte mich instinktiv dichter an seine Brust, die Hitze seines starken Körpers wie Flammen durch meine dünne Bluse hindurch spürend.

Du bist wunderschön... Sebastians Stimme klang ungewöhnlich rau und zitterte leicht. Noch eh ich etwas erwidern konnte, beugte er sich zu mir hinunter und seine samtweichen Lippen verschlossen meinen Mund mit einem unendlich zärtlichen Kuss.

Yiehh..., Leonie quiekte vor Begeisterung in den Telefonhörer, *Ihr habt Euch geküsst?* Sie war nach meinen Schilderungen der Ereignisse auf der Mindelheimer Hütte völlig aus dem Häuschen. *Na, das sind ja supertolle Nachrichten, Sarah. Ich gratuliere.*

Ich schmunzelte über den Enthusiasmus meiner Freundin. Allerdings war ich, trotz des intensiven Gefühls, welches ich bei Sebastians Kuss verspürt hatte, mittlerweile nicht mehr ganz so euphorisch.

Nun ja, es war schon ein schönes Gefühl, ihn zu küssen, räumte ich ein, *aber...*

Nix, aber, Leonie fiel mir entschieden ins Wort, *jetzt fang nicht schon wieder mit Deinen blöden Zweifeln an, Sarah.* Ihre Stimme am anderen Ende der Leitung klang bestimmt und duldete keinen Widerspruch. *Sebastian ist ein echt cooler Typ und eine ganz andere Hausnummer als Adrian. Du musst ja nicht gleich wieder alles überstürzen und ihn am Besten morgen schon heiraten, aber gib Euch doch einfach eine Chance.* Der Klang ihrer Stimme wurde weicher, als sie fortfuhr: *Mensch Sarah, lass es einfach langsam angehen, die Sache mit Dir und Sebastian. Und wenn Du merkst, es passt doch nicht, dann ist es eben so und Du beendest das Ganze halt wieder.*

Ich seufzte in den Hörer. Leonie hatte ja Recht und zu genau dem selben Entschluss war die eine Seite meines Verstandes auch gekommen. Ich mochte Sebastian wirklich sehr und fühlte mich nach dem wunderschönen Abend auf der Hütte umso mehr zu ihm hingezogen. Uns verband in gewisser Weise ein überaus ähnliches Schicksal und das tröstete mich ungemein über mein eigenes, bisher ziemlich schief gelaufenes Leben hinweg.

Die andere Seite war allerdings, und dieser Teil meines Verstandes bohrte sich immer wieder wie ein bitterer Stachel in meine positiven Gedanken an Sebastian, dass ich einfach nach wie vor panische Angst vor einer weiteren Enttäuschung hatte. Diese elementaren Ängste waren so mächtig, dass sie all das Positive, was ich bisher mit dem jungen Bergführer erlebt hatte, wieder in den Hintergrund zu stellen vermochten. Sie ließen der Panik vor einer weiteren, bitteren Enttäuschung nur allzu gerne den Vortritt.

Ich saß mit meinen Gefühlen in einem Hamsterrad fest, aus dem es zur Zeit keinen Ausgang zu geben schien. *Ach Leonie,* seufzte ich traurig, *was soll ich nur machen?*

15

Als Viehscheid bezeichnet man in der Alpenregion den Abtrieb der Kühe von den Sommerweiden auf den oft im Hochgebirge gelegenen Alpen hinunter ins Tal und somit zurück in die Winterquartiere. Der Viehscheid läutet zudem das Ende des Alpsommers ein.

Dieses Großereignis findet jährlich im September in der gesamten Alpenregion statt und wird überall mit einem riesigen Volksfest gefeiert. Menschen aus dem ganzen Land kommen in die kleinen Dörfer und Gemeinden, um sich dieses Spektakel anzuschauen. Ich selbst hatte noch nie an einem Viehscheid teilgenommen und war mächtig gespannt, was mich dort erwarten würde.

Die Luft an diesem frühen Morgen war schon recht kühl und deutete einen zeitigen Herbstbeginn an. Der aus den Wiesen am Grund des Tales aufsteigende Bodennebel tauchte die Szenerie vor unseren Augen in ein fast unheimliches Bild. Die Hochtäler rings um Oberstdorf, aus denen die großen Herden hinunter getrieben wurden, waren durch den Dunst nur schemenhaft zu erkennen. Doch das immer näher kommende, donnerartige Dröhnen der aberhundert Kuhschellen, die um die Hälse der Kühe baumelten, deuteten auf deren baldiges Erreichen des Scheidplatzes hin.

Sebastian, Johannes, Isabelle und ich hatten uns schon früh an dem mit Holzzäunen in viele einzelne Pferche aufgeteilten Scheidplatz eingefunden. So hatten wir die Möglichkeit, den bestmöglichen Blick auf die bereits vor Stunden von den Alpweiden aufgebrochenen Tiere und deren Treiber zu erhaschen.

Wir waren alle vier ordentlich herausgeputzt. Ich trug mein neues Dirndl aus Isabelles Kollektion, sie selbst hüllte sich in ein Traumdirndl aus dunkelgrüner Seide und Sebastian und Johannes hatten sich traditionell in fesche Lederhosen gezwängt mit weißen Oberhemden und schmucken Trachtenjacken.

Um uns herum versammelten sich immer mehr Menschen, die ebenfalls gespannt auf die Ankunft der immer näher kommende Herde warteten.

Dann war es endlich soweit.

In der Ferne tauchten die ersten Silhouetten der weit über tausend Tiere zählenden Herde auf. Ihre Körper dampften von Schweiß über den anstrengenden Abstieg und die vielen hundert Schellen dröhnten ohrenbetäubend und machten eine normale Unterhaltung schier unmöglich.
Die Herde, allesamt bestehend aus original Allgäuer Braunvieh, wurde angeführt von einer besonders schön herausgeputzten Kuh mit einem großen Blumenschmuck auf dem breiten Kopf.
Ich beugte mich zu Sebastian herüber, der neben mir stand und ebenso gebannt das Schauspiel beobachtete und fragte ihn nach der Bedeutung dieser ersten Kuh. Durch den Lärm musste ich fast schreien, damit Sebastian mich überhaupt verstand.
Die so genannte Kranzkuh führt die Herde an zum Dank dafür, dass dieses Jahr keine Tiere auf der Sommerweide zu Schaden gekommen sind.
Verwundert runzelte ich die Stirn und fragte verständnislos: *Wie, zu Schaden gekommen? Die Kühe stehen doch bloß den ganzen Tag auf den Weiden herum und fressen, was sollte ihnen denn dort wohl zustoßen?*
Sebastian lächelte mich nachsichtig an: *Oh, da kann eine ganze Menge passieren. Zum Beispiel kann eine Kuh in ein Murmeltierloch treten und sich das Bein brechen,* er zog die Nase kraus, *auf einer Hochgebirgsweide ein denkbar ungünstiges Ereignis. Das Tier könnte nicht mehr aus eigener Kraft ins Tal gelangen und ein Abtransport mit einem Fahrzeug ist in diesem unwegsamen Gelände schier aussichtslos.* Diese Erkenntnis ließ mich große Augen machen und Sebastians Lächeln wurde breiter.
Außerdem gibt es hier in den Bergen bisweilen heftige Sommergewitter und jedes Jahr werden mehrere Kühe auf ihren Weiden vom Blitz erschlagen. Du siehst also, Sebastian erhob mahnend den Zeigefinger, *immer vorsichtig sein in den Bergen und auch als Wanderer stets das Wetter im Auge behalten.*

Oh... Ich nickte beklommen mit dem Kopf und dachte bei mir, wie viele Menschen jährlich ohne hinreichende Vorbereitung oder Grundwissen in dieser wunderschönen Landschaft herumspazierten und dadurch leichtsinnig ihr Leben aufs Spiel setzten.

Ein unwillkürlicher Schauer lief mir unmittelbar den Rücken hinunter und ich rutschte ein Stück näher an Sebastian heran, der dieses Angebot sofort annahm, mir seinen Arm um meine Hüfte legte und mich noch dichter an sich heran zog.

Die ersten Tiere hatten mittlerweile den Scheidplatz erreicht und wurden den einzelnen Gattern zugeordnet, wo sie von ihren stolzen Besitzern in Empfang genommen wurden. Sebastian erklärte mir gerade, das das Wort Scheidplatz daher kam, dass die Herde aufgeteilt, also geschieden würde und die Bauern ihre eigenen Tiere aus der riesigen Herde wieder zugeteilt bekamen, als neben uns in der Menschenmenge Unruhe ausbrach.

Unsere Köpfe fuhren neugierig in Richtung des Tumultes und ich konnte aus den Augenwinkeln erkennen, dass ein junger Bursche sich weit über den Holzzaun gelehnt hatte, um eine der vorbei trottenden Kühe zu streicheln. Da Kühe generell aber sehr kurzsichtig sind, hatte sich diese wohl erschreckt und zur Verteidigung unvermittelt den Kopf hochgeworfen. Der Junge, der seinen eigenen Kopf daraufhin nicht schnell genug hatte zurückziehen können, wurde mit voller Wucht vom massigen Nasenrücken der Kuh im Gesicht getroffen.

Mit einem spitzen Schreckensschrei taumelte der Halbstarke rückwärts und riss im Verlauf seines Sturzes ein hinter ihm stehendes, kleines Mädchen mit sich zu Boden. Blut spritzte in hohem Bogen aus der Nase des Buben und verteilte sich auf zahlreichen Dirndln und Lederhosen der herumstehenden Menschenmenge. Der Junge hielt sich heulend die Hände vor die Nase und das kleine Mädchen schrie durch den Schrecken ihres plötzlichen zu Fallkommens den halben Scheidplatz zusammen.
Die herumstehende Menge starrte kopfschüttelnd auf die zu ihren Füßen liegenden, jammernden Kinder. Sekunden später riss die Mutter des

Mädchens ihre Tochter unter dem unglückseligen Burschen hervor, nahm sie tröstend auf den Arm und verschwand unter wüsten Beschimpfungen gegen den Verursacher in der Menschenmenge.

Ehe Johannes oder ich reagieren konnten, waren auch schon zwei Sanitäter zur Stelle, hoben den immer noch völlig verstört wirkenden Jungen auf die Füße und führten ihn zu einem in der Nähe stehenden Erste-Hilfe-Zelt.

Nachdem sich die Unruhe über den Vorfall wieder gelegt hatte, beobachteten wir weiter fasziniert den sich mit immer mehr Tieren füllenden Platz.

Gegen Mittag waren alle Tiere im Tal angekommen und die Zuschauer verließen die große Wiese, um sich in dem in der Nähe stehenden Festzelt mit deftigem Essen und reichlich Bier zu stärken. Dankbar über die erste Sitzgelegenheit nach vielen Stunden des stehens ließ ich mich auf einer Bank im hinteren Teil des großen Zeltes nieder. Sebastian setzte sich neben mich und Isabelle und Johannes nahmen uns gegenüber Platz. Wir bestellten uns allen ein großes Hefeweizen und Schweinshaxe mit Sauerkraut und Holzofenbrot. Eine Kapelle hatte sich auf der Bühne des Zeltes formiert und begann alsbald, zünftige Bierzeltmusik zu spielen.

Die nächsten Stunden vergingen wie im Fluge. Durch die heitere Zeltatmosphäre und die entsprechende Menge an Alkohol wurde unsere Stimmung immer ausgelassener.

Sebastian und ich flirteten heftig miteinander und Johannes und Isabelle beobachteten dieses Schauspiel mit größtem Vergnügen. Endlich schien sich ihr Sorgenkind doch wieder ernsthaft für eine Frau zu interessieren und beide hegten die Hoffnung, dass sich Sebastian nun von seinem gefährlichen Hobby etwas distanzieren würde und nicht länger halsbrecherische Touren zu den gefährlichsten Gipfeln der Welt unternahm. Wir tanzten, lachten und plauderten bis in den späten Abend hinein.

Plötzlich unterbrach Sebastian das angeregte Gespräch mit mir und legte mir eine Hand auf den Arm. Er lehnte sich, der besseren Verständigung halber, leicht zu mir herüber und sagte kurz: *Ich bin gleich wieder da.* Dann stand er auf und verschwand eilig aus meinem Blickfeld in der Menge am Fuße der Tanzfläche.

Ich blickte ihm irritiert hinterher und Isabelle fragte mich über den Tisch hinweg: *Wo will er denn hin?* Ich zuckte leichthin mit den Schultern: *Keine Ahnung, vielleicht ein natürliches, biologisches Bedürfnis.*

Johannes, Isabelle und ich nahmen unsere Unterhaltung wieder auf und die Zeit verging, ohne dass Sebastian wieder auftauchte. Nach stundenlangem, nicht unerheblichen Getränkekonsums verspürte auch ich nun das Bedürfnis auf Erleichterung und ich erhob mich etwas schwankend, um den Toilettenwagen neben dem Zelteingang aufzusuchen.

Als ich aus dem stickigen Zelt in die bereits tiefschwarze Nacht hinaustrat, blieb ich kurz stehen und sog erleichtert die kühle und klare Luft ein. Das Schwindelgefühl, welches ich noch im Zelt empfunden hatte, ließ bald nach und ich bekam schnell wieder einen klaren Kopf. Ich wandte mich nach links zu dem etwa 100 Meter entfernt stehenden Toilettenwagen. Nachdem ich meine Notdurft in der engen Kabine verrichtet hatte, entschied ich mich spontan, nicht gleich wieder ins Zelt und dem Trubel darin zurückzukehren. Stattdessen schlenderte ich gemächlichen Schrittes am Zelt entlang und beobachtete amüsiert die vielen, jungen Pärchen, die in den dunklen Ecken rings um das Festzelt standen und hemmungslos herumknutschten.

Da es in dieser Jahreszeit zu der fortgeschrittenen Stunde aber doch bereits recht kühl draußen war, wandte ich mich bald wieder um, um in das warme Zeltinnere zurückzukehren. Vielleicht war Sebastian ja mittlerweile auch wieder an seinem Platz und wir konnten gemeinsam den einen oder anderen Discofox tanzen, dachte ich vergnügt.

Ich hatte schon Kurs auf den Eingang genommen, als mich der Klang einer vertrauten Stimme innehalten ließ. Ich blieb stehen und lauschte angestrengt. Doch es blieb still um mich herum. Gerade als ich meinen Weg zurück ins Zelt wieder fortsetzen wollte, hörte ich die Stimme jedoch erneut. Sie kam aus einer dunklen Ecke hinter einer Schaubude, die bereits geschlossen hatte.

Die Person war nicht allein, ich konnte zudem eine zweite, eine weibliche Stimme ausmachen. *Sebastian, was zur Hölle machst Du dort?* schoss es mir in Sekundenbruchteilen durch den Kopf.

Leise schlich ich auf den Zuckerwattewagen zu und blieb an einer Ecke der Vorderseite stehen. Mein Herz hämmerte mir in den Ohren und ich war völlig verwirrt. Ich verharrte regungslos in meiner Deckung und hielt vor Anspannung den Atem an. Die aufgebrachte Stimme einer jungen Frau war deutlich zu verstehen. *Mensch Sebastian, hör' endlich auf mit Deinen Spielchen. Du begibst Dich auf sehr dünnes Eis. Ich möchte Dich nicht auch noch verlieren.*

Bei diesen Worten gefror mir das Blut in den Adern. Was zum Kuckuck hatte das zu bedeuten? Spielte dieser Typ etwa auch ein doppeltes Spiel mit mir, genauso wie Adrian damals? Vor lauter Wut bekam ich die Antwort von Sebastian nicht vollständig mit. Ich hatte die Zähne zusammengebissen und die Hände fest zu Fäusten geballt und hörte ihn nur noch sagen: *Mach Dir keine Sorgen Jessy, die ganze Sache wird bald ein Ende haben, das verspreche ich Dir.*

Nun brannten bei mir endgültig die Sicherungen durch. Wie konnte dieser Kerl es wagen, mir schöne Augen zu machen und nebenbei einer Anderen die Treue zu versprechen! Dieser Mistkerl würde sein blaues Wunder erleben, so etwas würde er nicht mit mir machen. Mit mir nicht!

Ich trat vorsichtig um die Ecke des Wagens und konnte gerade noch beobachten, wie Sebastian zärtlich das blasse Gesicht des jungen Mädchens in beide Hände nahm und ihr liebevoll einen Kuss auf die Stirn drückte.

Mit drei großen Schritten stand ich vor den beiden und baute mich, beide Arme in die Hüften gestemmt, drohend vor ihnen auf. Sebastian, völlig perplex durch mein unerwartetes Auftauchen, fuhr erschrocken einen Schritt zurück und das junge Mädchen, welches er vorhin so vertraut mit Jessy angesprochen hatte, suchte fluchtartig hinter seinem breiten Rücken Schutz.

Du miese kleine Ratte!, zischte ich durch meine zusammengebissenen Zähne hindurch, *Was glaubst Du eigentlich, wer Du bist?* Vor lauter Wut drohte meine Stimme, sich zu überschlagen. *Du hältst Dich wohl für sehr clever, was? Wenn's mit der einen vielleicht doch nicht klappt, dann hat man sicherheitshalber schon gleich die Nächste am Start, wie?*

Sebastian starrte mich ungläubig und fassungslos an, brachte aber vor lauter Verwirrung vorerst kein Wort über die Lippen. Ich machte noch einen weiteren Schritt auf die beiden zu und hob drohend meine zur Faust geballte rechte Hand.

Wie konnte ich auch nur eine Sekunde lang glauben, dass Du es ernst mit mir meinst? Wütend schüttelte ich den Kopf und einzelne Strähnen meiner langen Haare blieben mir im Gesicht kleben. Ich strich sie unwirsch wieder hinter die Ohren und funkelte die beiden, wie ertappt dastehenden Gestalten, bitterböse an.

Endlich schien Sebastian aus seiner Lethargie zu erwachen. Er straffte die Schultern und setze entschlossen zu einem Gegenangriff an. *Sarah, was zur Hölle soll denn das!?* Auch er schien nun wütend zu werden. *Das glaubst Du doch wohl nicht im ernst, oder? Lass es mich Dir kurz erklären, ja?*

Die letzten Worte Sebastians hallten in meinem Kopf wider wie ein Echo und vor meinem inneren Auge erlebte ich unvermittelt ein Deja vu. Ich stand wieder im Rahmen der Schlafzimmertür und blickte auf Adrian und dieses Flittchen auf der Matratze neben ihm. Seine Worte hatten sich für alle Ewigkeit in meinem Gedächtnis eingebrannt und ich hörte nur zu deutlich Adrians Stimme: *Sarah, mein Gott warte doch, ich kann Dir alles erklären. Es ist nicht so, wie Du denkst. Sarah, bleib hier!*

Im Nachhinein konnte ich mich nicht mehr daran erinnern, ausgeholt zu haben. Meine flache Hand traf mit voller Wucht Sebastians Gesicht und der Schwung der Ohrfeige ließ die Nerven und Muskeln in meinem Arm vibrieren. Meine Handfläche brannte wie Feuer.

Sebastian taumelte erschrocken einen Schritt zurück und prallte gegen das junge Mädchen, welches wie erstarrt hinter ihm stand und meinen Wutausbruch fassungslos mitverfolgte. Er presste ungläubig eine Hand gegen seine glühende Wange, auf der sich bereits die ersten Spuren meines Schlages abzuzeichnen begannen.

Bist Du jetzt völlig übergeschnappt? Sebastian schrie mich wutentbrannt an und seine Augen wurden vor Zorn immer schmaler. Der junge Mann machte nun seinerseits drohend einen Schritt in meine Richtung und im ersten Moment dachte ich tatsächlich, er würde zurück-schlagen. Ich reckte selbstsicher den Hals und blickte ihm herausfor-dernd entgegen.

Doch die erwartete Reaktion blieb aus.

Wir standen uns für einige Sekunden regungslos und schwer atmend gegenüber. Schließlich drehte ich mich abrupt um und ließ die beiden einfach stehen. Im gehen rief ich ihm über die Schulter hinweg noch zu: *Du hast wirklich recht. Ich muss total übergeschnappt gewesen sein, mich mit Dir eingelassen zu haben.*
Ob Sebastian noch etwas antwortete, bekam ich nicht mehr mit. Kaum war ich um die Ecke der Schaubude gebogen und aus dem Sichtfeld der beiden verschwunden, beschleunigte ich meine Schritte und begann zu rennen.

Ich wollte nur noch weg. Weg von diesem Mann, der mich of-fensichtlich, genau wie Adrian an der Nase herumgeführt hatte. Weg von diesem Ort der Demütigung und am liebsten weg aus der gesamten Region, damit ich diesem Menschen nicht noch einmal über den Weg laufen musste.

Letzteres war natürlich nicht so ohne Weiteres machbar. Ich hatte hier meine Praxis, eine vertragliche Verpflichtung gegenüber mei-nem Partner Johannes und auch meine Arbeit als Notärztin im Ret-tungsdienst. So mir nichts, dir nichts konnte ich das alles nicht einfach aufgeben, und natürlich wollte ich das auch gar nicht. Ich hatte schon einmal alle Zelte hinter mir abgebrochen und war geflüchtet, dieses Mal würde ich das nicht noch einmal tun.

Ein lautes Klopfen an meiner Sprechzimmertür ließ mich hochschre-cken. Ich hatte den ganzen Vormittag einen Patienten nach dem ande-ren behandelt, denn durch den Viehscheid hatten die meisten Ärzte im Umkreis ihre Praxen dichtgemacht. Dementsprechend groß war der An-drang bei mir gewesen. Die viele Arbeit hatte aber auch ihr Gutes, denn so hatte ich nicht eine Minute lang Zeit gehabt, über das Desaster des zurückliegenden Abends nachzudenken.

Ich war nach dem letzten Zusammentreffen mit Sebastian direkt nach Hause gerannt und hatte mich in meinem Schlafzimmer verschanzt. Doch ich konnte natürlich nicht einschlafen und hatte daher die ganze Nacht wach gelegen und über meine Zukunft gegrübelt. Letztendlich war ich zu dem Entschluss gekommen, mich hier weiter durchzubeißen. Sollte dieser Idiot eben mit seiner Anderen glücklich werden, ich hatte doch an sich sowieso gar nicht vor gehabt, mich wieder an einen Mann zu ketten. Der Typ konnte mir echt gestohlen bleiben.

Es klopfte erneut, diesmal bestimmter. *Ja, herein!* Ich blickte leicht gereizt zur Tür, in Erwartung des nächsten Patienten, denn der Strom derer wollte heute einfach nicht abreißen.

Doch an Stelle eines weiteren Patienten streckte Johannes Bronner seinen Kopf durch den Türspalt. *Hey Sarah, hast Du einen Augenblick Zeit für mich?*

Natürlich, für Dich doch immer. Komm rein und setz Dich. Ich lächelte entschuldigend und deutete mit meiner Hand auf einen der beiden Stühle vor meinem Schreibtisch.

Johannes machte es sich auf seinem Platz bequem und schlug entspannt die Beine übereinander. Ein paar Sekunden musterte er mich neugierig und schweigend. Er gab mir offensichtlich die Möglichkeit, unser Gespräch von mir aus zu beginnen. Doch ich lehnte mich stattdessen ebenfalls in meinem Sessel zurück und schwieg vorerst abwartend.

Du warst gestern Abend plötzlich verschwunden, was war denn los?, Johannes blickte mich prüfend an und versuchte, hinter meiner ausdruckslosen Mine eine Reaktion zu erkennen. Doch ich gab mich betont teilnahmslos und desinteressiert und antwortete statt dessen leicht schnippisch: *Ich hatte Kopfschmerzen.*

Mein Kollege ließ jedoch nicht locker und hakte nach: *Wir haben uns Sorgen gemacht, als Du nicht zurückgekommen bist. Vor allem Sebastian war sehr beunruhigt über Dein unerwartetes Verschwinden.*

Wohl eher über mein unerwartetes auftauchen hinter der Schaubude, platzte ich, ohne groß darüber nachzudenken heraus, hielt aber sofort inne, als ich Johannes triumphierenden Gesichtsausdruck bemerkte. Er hatte mich tatsächlich in eine Falle gelockt.

Was meinst Du damit, ich verstehe nicht ganz? Natürlich verstand er den Sachverhalt in Wirklichkeit ganz genau. Ich war mir hundert Prozent sicher, dass Sebastian ihm alles über unser Zusammentreffen erzählt hatte, zumindest seine eigene Version davon. Dennoch schaute mich mein Kollege fragend an und wartete geduldig auf eine Antwort von mir.

Ich rutschte leicht verlegen auf meinem Stuhl hin und her und überlegte fieberhaft, was ich antworten sollte. *Jetzt tu doch nicht so, Du weißt doch sowieso schon über alles Bescheid,* entgegnete ich schließlich beleidigt.

Johannes schüttelte lächelnd den Kopf. *Ihr zwei seid wirklich wie kleine Kinder. Man müsste Euch nacheinander packen und übers Knie legen, das würde Euch die Flausen schon austreiben und Euch endlich wieder zur Vernunft bringen.*

Mir war leider überhaupt nicht nach scherzen zumute. *Ich weiß zwar nicht, welche Lügen Dir Dein langjähriger Freund über unsere Begegnung hinter der Schaubude aufgetischt hat, aber ich kann dazu nur sagen: für mich ist dieser Mensch ein für alle Mal gestorben. Ich möchte ihn niemals mehr wieder sehen und ich bitte Dich als meinen Geschäftspartner inständig, meinen Wunsch zu respektieren.* Ich erhob mich ruckartig und wandte mich zielstrebig zur Tür. Diese Unterredung war für mich damit beendet. *Du entschuldigst mich jetzt bitte, ich möchte noch einen Happen zu Mittag essen, bevor die Nachmittagssprechstunde wieder losgeht* entgegnete ich kühl und verließ ohne einen weiteren Abschiedsgruß das Sprechzimmer.

In den folgenden Tagen stürzte ich mich wieder einmal regelrecht in meine Arbeit. Zum Glück waren über die Viehscheidtage einige Dinge in der Praxis liegen geblieben und ich war froh über jede Arztanfrage und jedes Versorgungsamtschreiben, welches mir in die Finger flatterte.

Denn nur so konnte ich mich von meinen ständigen Gedanken an Sebastian ablenken.

Johannes hatte es vorerst aufgegeben, mich weiter mit diesem Thema zu bedrängen und wir konzentrierten unsere Konversation bei zufälligen Begegnungen ganz bewusst ausschließlich auf die Praxis und unsere Patienten.

Nachts allerdings lag ich stundenlang wach und grübelte. Wie konnte ich mich in Sebastian nur so getäuscht haben? All die schönen Stunden, die wir gemeinsam verbracht hatten, unser erster Kuss? War das wirklich alles bedeutungslos für ihn gewesen? Doch egal, wie lange ich auch hin und her rätselte, eine zufriedenstellende Antwort blieb mir bis dato leider verwehrt.

Die Abenddämmerung brach bereits herein, als ich nach der Sprechstunde in meinem Behandlungszimmer schließlich zum Telefonhörer griff und entschlossen Sebastians Nummer wählte. Das eingeschaltete Licht an meinem Schreibtisch fiel auf unzählige, zusammengeknüllte Papierfetzen. Ich hatte zuvor stundenlang versucht, eine Entschuldigung für den jungen Mann aufzuschreiben, doch mir waren einfach nicht die passenden Worte dafür eingefallen.

In den letzten Tagen war ich zu dem Entschluss gekommen, dass ich Sebastian wahrscheinlich Unrecht getan hatte. Es musste eine logische Erklärung für dieses Zusammentreffen mit dem jungen Mädchen geben, denn ich wollte einfach nicht glauben, dass dieser Mensch mich genauso hinterhältig betrügen würde, wie Adrian mich damals betrogen hatte.

Meine Hände zitterten leicht vor Nervosität, als ich die Zahlen von Sebastians Mobiltelefonnummer in den Apparat auf meinem Schreibtisch eintippte. Zuerst geschah gar nichts. Ich trommelte ungeduldig mit der freien Hand auf die Tischplatte vor mir. Dann ein kurzes knacken und eine monotone Frauenstimme am anderen Ende der Leitung verkündete schließlich desinteressiert: *Der gewünschte Gesprächspartner ist vorübergehend nicht erreichbar.*

Frustriert legte ich den Hörer zurück auf die Gabel. Nun hatte ich mich endlich nach über einer Woche Funkstille zu einer Entschuldigung durchgerungen und dann war Sebastian nicht zu erreichen. Enttäuscht erhob ich mich von meinem Schreibtisch und ging über den Flur hinüber zur Tür von Johannes Bronners Sprechzimmer. Ich hoffte inständig, dass mein Kollege mir sagen konnte, wo ich Sebastian finden würde. Als auf mein drängendes Klopfen hin niemand reagierte, öffnete ich vorsichtig die Tür. Im Zimmer war alles dunkel, Johannes hatte die Praxis offensichtlich bereits verlassen.

Resigniert kehrte ich in mein Behandlungszimmer zurück und setzte mich erneut an meinen Schreibtisch. Ich ergriff einen Stift, der vor mir auf der Tischplatte lag und drehte ihn gedankenverloren hin und her. Was sollte ich jetzt tun? Ich wollte dieses Thema endlich aus der Welt schaffen.

Einer spontanen Eingebung folgend griff ich erneut zum Telefonhörer. Vielleicht konnte ich Johannes oder Isabelle zuhause erreichen. Johannes wusste normalerweise immer, wo sich sein bester Freund gerade aufhielt.
Ich wählte die Privatnummer meines Kollegen und wartete angespannt. Nach kurzen läuten meldete sich Johannes' vertraute Stimme.
Bronner.

Hallo Johannes, Sarah hier. Ich stotterte leicht vor Nervosität, *Tut..., tut mir Leid, dass ich Dich nach Feierabend noch störe, aber weißt Du vielleicht, wie ich Sebastian erreichen kann? Er geht nicht an sein Mobiltelefon und ich muss dringend mit ihm reden.* Vor Aufregung sprudelten die Worte nur so aus mir heraus. *Ich habe noch einmal intensiv über die Sache am Viehscheidabend nachgedacht und ich glaube, ich sollte Sebastian eine Chance geben, mir die Situation aus seiner Sicht zu erklären.*

Oh, hallo Sarah. Johannes Stimme klang überrascht. *Es freut mich, dass Du scheinbar endlich zur Vernunft gekommen bist, allerdings......* Er machte eine kurze Pause und holte hörbar Luft ..... *Allerdings kommt Dein Sinneswandel etwas zu spät. Sebastian ist heute Morgen zu einer mehrmonatigen Trekkingtour in den Himalaya aufgebrochen. Ein Guide- Kollege aus seinem Team ist leider akut erkrankt und es musste dringend Ersatz her. Sebastian musste sich sofort entscheiden.....* Johannes machte eine kurze Pause, bevor er leise hinzufügte: *Es tut mir wahnsinnig Leid für Euch, Sarah.*

Ich schwieg total schockiert, unfähig, auch nur ein Wort über meine Lippen zu bringen. Damit hatte ich nun wirklich nicht gerechnet. Mein Mund war völlig ausgetrocknet und mein Pulsschlag hämmerte gegen meine Schläfe.

Das war's dann wohl. Ich hatte einfach zu lange gewartet.

Sarah, bist Du noch dran? Johannes' beunruhigte Stimme holte mich schließlich zurück in die Gegenwart.
Ähm.... Ja,...klar. Ich versuchte krampfhaft, einen klaren Gedanken zu fassen. In meinem Kopf purzelte alles wild durcheinander. All meine zuversichtlich geschmiedeten Zukunftspläne waren mit einem Schlag wieder zunichte gemacht worden.
Tja, ...dann will ich Dich nicht länger belästigen, Johannes. Danke für Deine Auskunft. Bis morgen.
Noch ehe mein Kollege etwas erwidern konnte, ließ ich den Hörer auf die Gabel fallen. Ich verließ fast fluchtartig die Praxis und lief die Stufen zu meiner Wohnung hoch. Die Haustür fiel krachend hinter mir ins Schloss, doch ich achtete nicht weiter darauf. Ich wollte nur noch alleine sein und im Schutz meines tröstenden Bettes meinen Tränen freien Lauf lassen.

Am nächsten Morgen erschien ich äußerst unausgeschlafen in der Praxis. Ich hatte dunkle Ringe unter den Augen und unsere beiden Arzthelferinnen bedachten mich mit mitleidigen Blicken. Offensichtlich hatte sich die Sache mit Sebastian und mir wie ein Lauffeuer verbreitet.

Johannes Bronner tat in den ersten Stunden des Tages so, als würde ihm mein desaströser Gemütszustand nicht weiter auffallen. Er gab sich betont locker und ging überhaupt nicht weiter auf unser gemeinsames Telefonat vom Vorabend ein. Kurz vor der Mittagspause passte er mich jedoch im Gemeinschaftsraum ab, als ich mir eine frische Tasse Kaffee eingoss.

Hallo, Frau Kollegin. Darf ich anmerken, dass Du heute nicht gerade sehr repräsentativ aussiehst. Johannes betrachtete mich prüfend von oben bis unten und in seinen Mundwinkeln zuckte es verräterisch.

Oh, vielen Dank für das nette Kompliment, Herr Kollege, antwortete ich mit säuerlicher Mine.

Johannes´ Gesichtsausdruck wurde wieder ernst. Er zog sich einen Stuhl heran und setzte sich zu mir an den Tisch. Nach kurzem Schweigen ergriff er schließlich erneut das Wort.

Ich weiß, dass ich mich wiederhole, Sarah, aber ich möchte Dir noch einmal sagen, dass mir das mit Dir und Sebastian wirklich sehr leid tut. Ich wäre überaus froh gewesen, wenn es zwischen Euch gefunkt hätte. In seinen Augen spiegelte sich tiefe Enttäuschung wieder.

Resigniert zuckte ich mit den Schultern. Bei dem Gedanken an Sebastian stiegen mir erneut Tränen in die Augen, ich hatte die ganze Nacht zuvor wieder einmal durch geweint. Doch dieses mal blinzelte ich entschlossen, ich wollte schließlich nicht vor meinem Kollegen losheulen wie ein kleines Kind. Ich rieb mir entschlossen mit beiden Händen kräftig durch das Gesicht und ließ die Arme anschließend kraftlos in den Schoß sinken.

Ach, Johannes. Warum passiert so etwas ausgerechnet immer mir? Hab ich vielleicht einen Zettel auf der Stirn kleben, den ich selbst noch nicht bemerkt habe? Ich betastete versuchsweise meine Stirn, ob vielleicht tatsächlich etwas Derartiges dort haftete und Johannes lächelte mitfühlend. Er legte mir tröstend seine Hand auf meinen Arm und drückte leicht zu.

Vielleicht möchtest Du trotzdem noch hören, was es mit Sebastian und diesem fremden Mädchen auf sich hat?

Ich nickte zerknirscht, ohne noch ein weiteres Wort zu sagen. Auch ohne die folgende Erklärung wusste ich bereits längst selbst, dass ich Sebastian an besagtem Abend Unrecht getan hatte. Johannes warf mir einen letzten, prüfenden Blick zu, dann begann er mit der Auflösung des Rätsels.

Das Mädchen heißt Jessica und ist Tamaras jüngere Schwester. Johannes blickte mich fragend an: *Sebastian hat Dir ja bereits von Tamara erzählt, nicht wahr?*

Ich nickte bloß zur Bestätigung und Johannes fuhr schließlich fort: *Nach deren Tod haben Sebastian und Jessy sich gegenseitig Halt gegeben. Jessica hatte seit dem Unfall ihrer Schwester mit großem Missfallen beobachtet, wie Sebastian sich aufgrund seiner schweren Schuldgefühle an Tamaras Tod oft genug bei seiner Kletterei in Lebensgefahr gebracht hat. Sie hat ihn mehr als einmal, zuletzt an diesem schicksalhaften Viehscheidabend, eindringlich gebeten, endlich damit aufzuhören, immerzu sein Lebens aufs Spiel zu setzen. Als Sebastian ihr schließlich von Dir und seinen Gefühlen für Dich erzählt hat, war sie voller Hoffnung, dass Sebastians selbstzerstörerischer Wahnsinn bald ein Ende haben und er in Zukunft nicht mehr ganz so leichtsinnig mit seinem Leben umgehen würde.*

Johannes zog die Augenbrauen hoch und betrachtete mich nachdenklich: *So, und nun weißt Du Bescheid über Sebastian und Jessy.*

Ich saß zusammengesunken auf meinem Stuhl und starrte an Johannes vorbei ins Leere. Wieder einmal hatte ich in meinem Leben alles falsch gemacht. Das erste Wort, was mir nach längerem Schweigen über die Lippen kam, war nicht gerade damenhaft: *Scheiße.*

Ja, Du sagst es, bestätigte Johannes trocken. *Sebastian war sehr enttäuscht von Dir gewesen, dass Du ihm keine Möglichkeit gegeben hast, die Sache aufzuklären. Also hat er mich gebeten, Dir an seiner statt das Ganze zu erklären, doch leider wolltest Du nicht einmal mir zuhören.*

Und jetzt ist er stocksauer darüber, dass ich ihm zugetraut habe, er wäre ein Polygamist, beendete ich resigniert Johannes' Ausführungen.

Tja, so oder so ähnlich. Er fuhr sich ratlos mit seinen Fingern durch die blonden Haare und massierte sich kurz die Schläfen, als hätte er plötzlich Kopfschmerzen. *Es ist alles einfach mehr als blöd gelaufen und nun ist Sebastian leider tausende Kilometer entfernt und schmollt dort vor sich hin, während Du hier neben mir sitzt, wie ein Häufchen Elend und mich mit einem derart bemitleidenswerten Gesichtsausdruck anstarrst, der selbst Eisberge zum schmelzen bringen könnte.*

Johannes stand auf und streckte seine Hände nach mir aus. *Na los, komm schon her.*

Ich erhob mich ebenfalls, schlang dankbar meine Arme um seinen muskulösen Oberkörper und presste mein Gesicht an seine breite Brust.

Dann ließ ich meinen Tränen endlich freien Lauf und Johannes streichelte mir tröstend hin und wieder über den Kopf.

Nachdem wir einige Zeit so dagestanden hatten und meine Wasserbäche endlich versiegt waren, nahm mich Johannes sanft bei den Armen und schob mich ein Stück von sich fort. Er betrachtete mich prüfend und reichte mir dann ein sauberes Taschentuch.

Ich glaube, ich sollte Dir für den heutigen Nachmittag freigeben. Mit Deinem momentanen Aussehen vergraulst Du uns ja sonst noch die Patienten. Sein Lächeln wirkte ansteckend und ich strich mir verlegen eine Haarsträhne aus dem vom Weinen noch feuchten Gesicht.

Vermutlich hast Du recht. Ich gehe am besten in mein Bett und hole den Schlaf nach, der mir von der letzten Nacht fehlt. Bis morgen dann.

Ich drehte mich um und wandte mich zum gehen. Johannes nutzte die Gelegenheit, um mir einen freundschaftlichen Klaps auf den Rücken zu geben. *Und beim nächsten Mal bis Du einfach nicht mehr so zickig und lässt Dir die Sachen, die Du nicht verstehst, eben gleich erklären, okay? Ich versuche unterdessen, telefonisch die andere Zicke in Nepal zu erreichen, um ihm zu erklären, dass ich mit Dir gesprochen habe und dass Dir Dein dummes Verhalten sehr, sehr Leid tut.*

Ich blieb abrupt stehen und drehte mich noch einmal zu ihm um. *Das würdest Du wirklich für mich tun?* Mein hoffnungsvoller Gesichtsausdruck zauberte erneut ein Lächeln auf sein Gesicht.

Ja, das verspreche ich Dir.

16

Leider konnte Johannes sein Versprechen nicht einhalten. So oft er es auch versuchte, es ließ sich aufgrund des erheblich schlechten Wetters im Himalaya keinerlei Verbindung zu Sebastian herstellen. Meine Hoffnung auf eine baldige Versöhnung mit ihm schwand mit jedem vergehenden Tag ein bisschen mehr.

Doch es blieb wenig Zeit, mir über Sebastian den Kopf zu zerbrechen. Eine heftige Grippewelle hielt die gesamte Allgäu- Region in Schach. Die Zahl der Erkrankten stieg täglich und schon bald schlugen selbst die Behörden Alarm und sprachen mittlerweile von einer Epidemie.

Johannes, ich selbst und unser gesamtes Praxisteam versuchten krampfhaft, uns mit intensiven Hygienemaßnahmen vor einer möglichen Ansteckung zu schützen. Doch als dann schließlich noch eine unserer beiden Angestellten erkrankte und ausfiel, kamen wir bald an die Grenze unserer Leistungsfähigkeit.

Wir hatten das Labor zu einem zusätzlichen Warteraum umfunktioniert, um die vermeintlich infizierten Patienten von den augenscheinlich noch gesunden, beziehungsweise anderweitig erkrankten Menschen zu separieren.

Ich kam mir zeitweise vor, wie in einem Hollywoodfilm, da durch das Medienspektakel eine regelrechte Massenhysterie auszubrechen drohte.

Viele Menschen gingen nur noch mit Mundschutz, oder vor die Nase gebundenen Halstüchern vor die Haustür und beim einkaufen beäugten sie sich gegenseitig misstrauisch, ob der Hinter- oder Vordermann etwaige Symptome der, leider in einigen Fällen auch tödlich endenden Erkrankung aufwies.

Das öffentliche Leben kam fast vollständig zum erliegen. Zahlreiche Cafés, Restaurants und Bars in Oberstdorf und der weitläufigeren Umgebung blieben geschlossen, zum einen aus Angst vor der Ansteckung mit dem Virus, aber oft auch einfach aus dem Grund, weil es an Personal mangelte, dass nicht selten selbst danieder lag und sich erst wieder auskurieren musste. So glich das Örtchen über Wochen regelrecht einer Geisterstadt.

Doch irgendwann Mitte November war die Grippewelle überstanden. Die Zahl der Neu-Infizierten ging kontinuierlich zurück und der Andrang in den Arztpraxen und Krankenhäusern ebbte deutlich ab. Johannes und ich atmeten erleichtert auf. Weder einer von uns beiden, noch irgendjemand aus der Familie hatte sich infiziert.

Der Herbst hatte längst in der Region Einzug gehalten, fast völlig unbemerkt durch die ganze Aufregung über die Grippeepidemie. Die Tage wurden immer kürzer, und die Nächte lang und kalt. Das Laub war bereits fast vollständig von den zahlreichen Bäumen und Sträuchern gefallen und die Natur bereitete sich auf die nahende Winterruhe vor.

Bisher hatte ich das Allgäu lediglich im Frühling und Sommer kennengelernt und zu diesen beiden Jahreszeiten war es mir stets freundlich und einladend vorgekommen. Nun aber zeigte es sich von seiner dunklen, einsamen Seite und diese wirkte leider nicht gerade stimmungsaufhellend auf meinen sowieso schon erheblich angeschlagenen Gemütszustand. Tagelang hingen dunkle Regenwolken über dem Talkessel, sodass man die Gipfel der Berge nicht einmal mehr erahnen konnte. Man hatte zeitweise den Eindruck, als würde einem buchstäblich der Himmel auf den Kopf fallen. Ein überaus befremdliches, unangenehmes Gefühl, das einem fast die Luft zum Atmen nahm. An anderen Tagen zog Nebel auf, der so dicht war, dass man die Hand nicht mehr vor Augen erkennen konnte. Derartige Naturphänomene hatte ich bisher in dieser Intensität noch nicht erlebt.

Von Sebastian hatte ich noch immer nichts gehört. Entweder hatte Johannes ihn tatsächlich noch nicht erreicht, wie er mir immer wieder, jedoch nicht wirklich glaubhaft, versicherte. Oder aber, der beleidigte Bergsteiger schmollte noch immer vor sich hin und hatte es Johannes untersagt, mir von ihrem statt gehabten Kontakt zu berichten.

Egal, welche der beiden Varianten zutrafen, mit fortschreitender Zeit fand ich mich schließlich mit der Situation ab. Ich würde mein

Leben auch ohne Mann auf die Reihe kriegen, das hatte ich mir nach dem Desaster mit Adrian fest vorgenommen.

Uff, geschafft! Ich schob erleichtert meinen Schreibtischstuhl zurück und dehnte ausgiebig meine vom langen sitzen steif gewordene Rückenmuskulatur.

Die Abendsprechstunde war endlich vorbei und hatte wieder einmal länger gedauert, als erhofft. Der letzte Patient hatte einfach nicht gehen wollen. Ständig fiel ihm noch irgend eine, super wichtige Frage ein, die er unbedingt sofort erklärt haben wollte. Solche Patienten waren der Graus eines jeden Hausarztes, doch auch um diese musste man sich letztendlich gleichermaßen bemühen.

Ich griff nach meiner Handtasche, löschte das Licht und verließ mein Sprechzimmer. Im dunklen Flur blieb ich kurz stehen und lauschte. Gabi und Monika hatten sich bereits vor einer halben Stunde von mir verabschiedet, während ich noch mit meinem Härtefall beschäftigt war. Ich ging an Johannes Sprechzimmertür vorbei, sie war nur angelehnt. Missmutig spähte ich in den dunklen Raum. Johannes war bestimmt schon längst in seinem kuscheligen Zuhause und ließ sich von Isabelle bekochen.

Und wer bekocht mich?, fragte ich enttäuscht in den leeren Flur hinein. An das ständige Alleinsein am Abend, wenn ich in meine Wohnung kam, hatte ich mich mittlerweile zwar weitgehend gewöhnt. Doch gerade an den langen und dunklen Abenden, wie sie im Herbst und Winter im Allgäu herrschten, sehnte ich mich doch nach ein wenig Gesellschaft.

Ich wandte mich zur Treppe, die ins Erdgeschoss führte und ging an der Anmeldung vorbei auf den Ausgang zu. Vor dem Raum neben dem Labor, auf dessen Tür deutlich das Wort SONOGRAPHIE zu lesen war, hielt ich jedoch zögernd inne. Ich beute mich leicht nach vorn und erspähte einen Lichtspalt, der unter dem Türblatt hindurch auf den Boden vor mir fiel.

Na, wer hat denn da das Licht brennen gelassen? fragte ich tadelnd in die Stille, wohl wissend, dass natürlich niemand antworten und gestehen würde.

An der Tür hielt ich kurz inne, die Hand bereits auf der Drückergarnitur ruhend, und lauschte. Aus dem Raum dahinter waren verhaltenes Gemurmel und belustigtes Gekichere zu hören. Neugierig öffnete ich die Tür einen Spalt breit und spähte hinein.

Oh, sagte ich verdutzt, *ich hoffe, ich störe nicht?*

Johannes saß auf einem Drehhocker vor der Ultraschall-Liege, auf der Isabelle mit entblößtem Bauch ausgestreckt lag, und hatte einen Abdomenschallkopf auf dem Unterbauch seiner Frau platziert. Beide starrten fasziniert auf den Monitor des Gerätes. Beim Klang meiner Stimme fuhren sie verschreckt hoch und wandten ertappt ihre Köpfe in meine Richtung.

Sarah, Johannes schien sehr überrascht, *was machst Du denn noch hier? Ich dachte, Du wärst längst schon oben in Deiner Wohnung.*

Ich schmunzelte und antwortete amüsiert, nachdem ich erkannt hatte, bei was ich die beiden da gerade erwischt hatte. *Tja, das Gleiche dachte ich eigentlich auch von Dir, beziehungsweise von Euch,* verbesserte ich mich mit einem Seitenblick auf Isabelle.

Nun denn, gab Johannes resigniert zurück, *wenn Du schon einmal da bist, kannst Du auch gleich selbst einen Blick darauf werfen.* Er bewegte vorsichtig den Schallkopf über Isabelles Bauch und stellte den Monitor so ein, dass er ein optimales Bild erhielt. Dann drehte er sich lächelnd zu mir um und verkündete stolz: *Darf ich vorstellen? Unser erstes gemeinsames Baby.*

Ich starrte gebannt auf das Ultraschallbild. Und tatsächlich, es war eindeutig ein Embryo in der Gebärmutter zu erkennen. *Wie weit bist Du,* fragte ich Isabelle neugierig, *...doch nein, warte. Lass mich raten... zwölfte, dreizehnte Woche?* Ich taxierte das Bild genau.

Isabelle fuhr sich mit der Hand liebevoll über den mit Ultraschallgel beschmierten Bauch und antwortete stolz: *Fast gut. Ich bin jetzt in der vierzehnten Woche, und ich kann Dir gar nicht sagen, wie sehr ich mich...,* sie blickte lächelnd zu Johannes hinüber, *...wie sehr wir uns freuen.*

Johannes streichelte sanft über Isabelles Unterarm. Beim Anblick der beiden wurde mir richtig warm uns Herz, denn es war schön, jemanden derart glücklich zu sehen. Mein Kollege legte den Schallkopf beiseite und reicht seiner Frau Papiertücher zum Abwischen des Gels. *Also liebe Sarah,* er drehte sich zu mir um und holte tief Luft, *da Du bisher der einzige Mensch bist, der unser kleines Geheimnis kennt, wären wir Dir zu großem Dank verpflichtet, wenn Du es noch ein wenig für Dich behalten könntest. Ist das okay?*

Oh, ich blickte überrascht von einem zum anderen, *es weiß also tatsächlich noch niemand etwas davon?* Das Paar schüttelte simultan den Kopf und ich wurde rot vor Freude bei dem Gedanken, dass ich, gezwungener Maßen oder nicht, die Erste war, die Johannes und Isabelles süßes Geheimnis kannte.

Keine Sorge, von mir erfährt niemand etwas. Ich machte einen Schritt nach vorne und umarmte die beiden nacheinander. *Meinen aller herzlichsten Glückwunsch für Euch, und alles erdenklich Gute für Euren zukünftigen Nachwuchs.*

Ich wandte mich zum gehen, nachdem ich mich von meinem Kollegen und seiner Frau verabschiedet hatte. Bevor ich die Türe wieder hinter mir schloss, drehte ich mich noch einmal zu ihnen um. Isabelle hatte ihre beiden Hände stolz über ihren Bauch gelegt und Johannes hatte die ihren schützend mit seinen großen, starken Hände umschlossen. Sie verharrten still in unendlicher Glückseligkeit.

Ein Kloß stieg in meinem Hals auf und ich empfand mit einem Mal eine tiefe Traurigkeit. Ich schloss schnell die Tür und verließ fast fluchtartig die Praxis, hinauf in meine dunkle Wohnung, hinauf in die ewige, trostlose Einsamkeit.

17

An einem Montagabend, kurz nach Ende der Sprechstunde, läutete das Telefon auf meinem Schreibtisch. Ich ergriff den Hörer und vernahm die vertraute Stimme von Gabi, unserer Arzthelferin.

Ich hoffe, Du willst mir nicht noch einen Patienten aufs Auge drücken, meine Liebe fragte ich die junge Frau am anderen Ende der Leitung vorwurfsvoll.

Oh nein, Sarah, das würde ich Dir nach einem solch anstrengenden Tag doch nicht mehr zumuten. Gabis Lachen drang durch den Hörer. *Da ist aber jemand am Telefon, der Dich sprechen möchte. Hat echt geheimnisvoll geklungen. Er wollte mir nicht mal seinen Namen verraten. Vielleicht ein heimlicher Verehrer?* Sie kicherte neckisch.

Ha, ha, ha, antwortete ich trocken. Doch Gabis Worte hatten meine Neugier geweckt. *Jetzt gib endlich das Gespräch her, damit auch ich meinen heimlichen Verehrer endlich kennenlernen kann.*

Kleinen Moment, ich verbinde. Ich hörte Gabi noch einmal kurz losprusten, dann drückte sie die Weiterleiten-Taste und übergab mir den geheimnisvollen Anrufer.

Hallo? Ich lauschte kurz in den Hörer, doch von der anderen Seite war kein Laut zu hören. *Hallo, Sarah Steinbach hier, was kann ich für Sie tun,* versuchte ich dem Unbekannten auf die Sprünge zu helfen.

Statt einer Antwort hörte ich lediglich den Atem des anonymen Anrufers und nach einem weiteren, nun etwas ungehaltenerem *Haaaallo* meinerseits wurde die Verbindung schließlich unterbrochen. Ich starrte einen Moment verwundert auf den Hörer, dann legte ich kopfschüttelnd auf und ging nach unten zur Anmeldung, wo Gabi gespannt auf mich wartete.

Und? Tatsächlich ein neuer Verehrer, oder doch lediglich ein Patient, der mich an der Nase herumgeführt hat, um zu Dir durchgestellt zu werden? Sie schaute mich neugierig an.

Ich verzog irritiert das Gesicht. *Weder noch. Es war keiner dran, der mit mir sprechen wollte, ich habe lediglich jemanden beim atmen zugehört.*

Verdutzt zog die Arzthelferin ihre Augenbrauen nach oben. *Sehr seltsam. Mit mir hat dieser Typ ganz normal geredet. Er wollte todsicher ausschließlich Dich sprechen. Es wäre privat, hat er gesagt.*

Und Du bist Dir sicher, dass es nicht Sebastian war? Ein kleiner Hoffnungsschimmer keimte unvermittelt in mir auf.

Sorry, aber der war es ganz bestimmt nicht. Gabi runzelte die Stirn und überlegte kurz. *Diese Stimme habe ich vorher noch nie gehört.* Anschließend zuckte sie gleichgültig mit den Achseln. *Aber egal. Mach Dir keinen Kopf wegen diesem Dussel. Vielleicht ist ihm bloß vor lauter Faszination über Deine umwerfend klingende Telefonstimme schlichtweg der Hörer aus der Hand gefallen. Wenn dieser Jemand etwas wirklich Wichtiges von Dir will, wird er sich doch sowieso nochmal melden. Bis dahin, vergiss den Anruf einfach.*

In den nächsten Tagen und Wochen ereigneten sich allerdings weitere, in meinen Augen überaus beunruhigende Zwischenfälle ähnlicher Art, die mich schon ernsthaft überlegen ließen, mich an die örtliche Polizeistation zu wenden. Nicht nur, dass diese anonymen Anrufe sich in unregelmäßigen Abständen wiederholten, ich wurde sogar mehrfach von einem Unbekannten bei meiner Hausbesuchstour durch Oberstdorf verfolgt.

Johannes Bronner und Isabelle versuchten zwar, mich zu beruhigen, dass es sich hierbei sicherlich um einen üblen Streich handeln würde, doch meine Nerven lagen nach einigen Wochen äußerster Anspannung im wahrsten Sinne des Wortes blank.

Steigere Dich da nur nicht so hinein, ermahnte mich mein Kollege freundschaftlich eines Abends, als ich ihm völlig aufgelöst von einem erneuten Anruf erzählte.

Du hast gut reden, antwortete ich gereizt, *Du bist ja schließlich nicht das Stalkingopfer eines vermutlichen Psychopathen.* Ich hatte mich am Vormittag mit der Polizeistation im Ort in Verbindung gesetzt, doch leider waren dort die Reaktionen auf mein Anliegen ähnlich gewesen.

Es ist doch noch nichts passiert, hatte der Beamte mich zu beruhigen versucht, und mich mit einem gutgemeinten: *lassen Sie sich von so einem dummen Feigling doch nicht ins Boxhorn jagen, Frau Doktor,* aus der Wache geleitet.

Mein Nervenkostüm wurde zunehmend dünner, jedes Telefonklingeln und jedes Türklopfen ließ mich zusammenfahren. Abends nach der Sprechstunde verließ ich nur noch in Begleitung von einer unserer Angestellten oder Johannes selbst die Praxis und beeilte mich, die paar Stufen bis zu meiner Haustür hinauf zu spurten. Meine Hausbesuche übernahm vorerst freundlicherweise Johannes. *Bis sich die Situation wieder entspannt*, versprach er mir lächelnd. Was nichts anderes bedeutete als: bis Du von Deinem Verfolgungswahn kuriert bist.

Ich selbst redete mir mittlerweile natürlich auch ein, dass außer ein paar blöden Anrufen und einem vermeintlichen Verfolger während meiner Hausbesuche, der sich bestimmt rein zufällig in meiner Nähe aufgehalten hatte, überhaupt nichts weiter geschehen war. Ich hatte mir in der kurzen Zeit, seit ich mich im Allgäu befand, nichts zu Schulden kommen lassen und niemanden verärgert, den ich nun zum Feind haben könnte. Und doch konnte ich mir diese seltsamen Vorfälle einfach nicht erklären.

Es war bereits stockdunkel und Nieselregen hatte eingesetzt, als endlich der letzte Patient die Praxis nach der Abendsprechstunde verlassen hatte. Monika und Gabi waren bereits auf dem Nachhauseweg und ich wartete geduldig auf Johannes, der noch einen letzten Befund in den Computer eintippte, bevor auch er seine Sachen zusammenpackte und wir gemeinsam die Praxis verließen.

Wie vereinbart ging er mit mir die wenigen Schritte bis zum Fuße der Treppe, die hinauf zu meiner Eingangstür führte.

Danke, dass Du noch immer so nachsichtig mit mir bist und mich begleitest. Ich kam mir mittlerweile schon ein bisschen blöd vor mit meiner Panikmache, doch Johannes hatte allem Anschein nach seinen Spaß dabei.

Nix für ungut, liebe Kollegin. Du weißt ja, dass Du auf mich als Retter in der Not jederzeit zählen kannst. Johannes' breites Grinsen entblößte seine gepflegten, ebenmäßigen Zähne.

Wahrscheinlich hast Du Recht und ich übertreibe die ganze Sache bestimmt ein bisschen, seufzte ich. *Bisher bin ich von dem Unbekannten weder obszön angemacht noch tätlich angegriffen worden und ich glaube mittlerweile selbst auch nicht mehr, dass sich das in Zukunft ändern wird.* Ich zuckte resigniert mit den Schultern. *Es wird Zeit, dass ich mich wieder den tatsächlich wichtigen Dingen des Lebens zuwende, nicht wahr?*

Johannes klopfte mir aufmunternd auf den Rücken. *Genau so will ich das hören, Sarah. Vergiss die ganze Sache endlich.*

Zuversichtlich nickend verabschiedete ich mich von meinem Kollegen und wandte mich den wenigen Stufen zu, die hinauf zu meiner Wohnungstür führten. Entschlossen nahm ich immer zwei auf einmal. Ich würde mich nicht länger von diesen Vorfällen einschüchtern lassen, das hatte ich mir soeben fest vorgenommen.

Ich hatte den Podest vor meiner Haustür fast erreicht, als ich mitten in der Bewegung innehielt und erstarrte. Irgendetwas Großes lag dort vor meiner Tür.

Johannes, von meinem unbewusst ausgestoßenen Schreckensausruf alarmiert, stand innerhalb einer Sekunde keuchend neben mir. *Was ist?,* fragte er atemlos. Ich deutete stumm auf das am Boden vor der Wohnungstür im Dunkeln liegende Etwas. Johannes trat unerschrocken einen Schritt vor und beugte sich nach vorn, um den Gegenstand genauer zu betrachten. Plötzlich lachte er auf, sichtlich erleichtert, und griff nach dem Corpus delicti.

Also doch ein heimlicher Verehrer. Mein Kollege überreichte mir augenzwinkernd den riesigen Strauß roter Rosen, den er vom Boden aufgehoben hatte.

Völlig verblüfft starrte ich auf die Blumen in meinem Arm. Was hatte das den nun schon wieder zu bedeuten? Der einzige Verehrer, der mir für solche Überraschungen einfiel, weilte derzeit tausende

Kilometer von mir entfernt im Himalaya und schmollte dort vermutlich bis in alle Ewigkeit vor sich hin. Bis heute hatte ich nichts mehr von Sebastian gehört. Von ihm konnten die Rosen bestimmt nicht sein.

Johannes, stets ein überaus praktisch denkender Mensch, griff geistesgegenwärtig nach der Verpackung und förderte tatsächlich eine kleine Karte zutage, die an dem Strauß befestigt war.

Nun sieh schon endlich nach, drängte ich meinen Kollegen, als ich dessen Zögern bemerkte, *ich hab bestimmt keine Geheimnisse vor Dir.* Johannes faltete die Grußkarte auseinander und las laut die Worte vor, die der Unbekannte als Nachricht hinterlassen hatte:

BITTE VERZEIH MIR ENDLICH, SARAH! ICH LIEBE DICH NOCH IMMER.

Vor Schreck hätte ich fast den Strauß fallen lassen. Das konnte doch nicht wirklich wahr sein. All die Monate hatte ich verbissen versucht, die Vergangenheit hinter mir zu lassen und nun holte sie mich scheinbar völlig mühelos einfach so wieder ein. Diese Nachricht konnte nur einen Absender haben:

DR. ADRIAN FALCONELLI

Johannes, der meine Reaktion auf die Grußkarte genau richtig gedeutet hatte, fragte neugierig: *Wohl doch kein unbekannter Verehrer, oder?*

Nein, offensichtlich nicht! antwortete ich knapp, warf den Strauß samt Karte ungehalten in die einige Meter entfernt stehende Mülltonne und knallte wütend den Deckel zu, als könnte ich so den Geistern der Vergangenheit entgehen.

Wenn Du darüber reden willst... ? Johannes schaute mich mit hochgezogenen Brauen fragend an.

Nein! fuhr ich meinen Kollegen heftiger an, als beabsichtigt und Johannes runzelte überrascht die Stirn. Er hob beschwichtigend die Hände und winkte ab: *Das sollte bloß ein Angebot sein. Wenn Du nicht willst, werde ich Dich bestimmt nicht dazu zwingen.*

Ich blickte schuldbewusst zu Boden und biss mir verlegen auf die Unterlippe. *Entschuldige bitte,* antwortete ich einige Sekunden später kleinlaut, *ich weiß Dein Angebot selbstverständlich zu schätzen. Ich bin*

im Augenblick einfach zu durcheinander, um darüber zu sprechen. Sei nicht böse, ja?
Johannes legte mit versöhnlich seine Hand auf meinen Arm. *Ist schon okay. Wenn Du jemanden zum reden brauchst, weißt Du ja, wo ich zu finden bin.*

Die ganze Nacht hatte ich wach gelegen und über das Ereignis des Abends nachgedacht. Was sollte ich bloß tun, wenn Adrian plötzlich tatsächlich irgendwann vor mir stand? Wie würde ich wohl auf ihn reagieren? Würde ich ihn überhaupt zu Wort kommen lassen? Oder sollte ich ihm ohne Umschweife zu verstehen geben, dass er endlich für immer aus meinem Leben zu verschwinden hatte?

Ich wusste wieder einmal nicht mehr weiter. Irgendwie schien das im Augenblick bei mir zur Gewohnheit zu werden. Entsprechend unausgeschlafen erschien ich am nächsten Morgen in der Praxis. Gabi und Monika runzelten bei meinem Eintreffen verdutzt die Stirn, vermieden es aber höflichst, mir irgendwelche blöden Fragen zu stellen. Scheinbar hatten sie von dem Vorfall mit den Blumen nichts mitbekommen und Johannes würde ihnen gegenüber nicht ein Sterbenswörtchen erwähnen, da war ich mir hundertprozentig sicher.

Ich verkrümelte mich mit einem Becher frischen Kaffees in mein Sprechzimmer und versuchte, wieder Normalität in mein Leben zu bringen. Keinesfalls durfte ich zulassen, dass die Gedanken an Adrian mich wieder derart aus der Bahn warfen, dass mir solche schlimmen Fehler wie damals erneut passierten. Das musste ich um jeden Preis verhindern.

Kurz vor Beginn der Sprechstunde steckte Johannes nach kurzem klopfen seinen Kopf durch meine Sprechzimmertür. *Alles okay bei Dir?* erkundigte er sich freundlich und ich nickte ihm dankbar lächelnd zu. *Alles okay.*

Der Tag verlief ohne Zwischenfälle und bald hatte ich Adrian wieder völlig aus meinen Gedanken verbannt und widmete mich uneingeschränkt den zahlreichen Belangen meiner Patienten. Bereits bis zum Mittag erforderten schlecht eingestellter Diabetes, entgleister Bluthochdruck, Rückenschmerzen und kleinere Verletzungen meine gesamte Aufmerksamkeit.

Auch die Abendsprechstunde war gut besucht. Johannes, der an diesem Abend noch etwas privates vorhatte, hatte sich bereits vor einer halben Stunde von mir verabschiedet und ich übernahm bereitwillig den Rest seiner Patienten. Das war natürlich reine Ehrensache nach alle dem, was er seit meiner Ankunft in Oberstdorf für mich getan hatte.

Durch den Schlafmangel und den anstrengenden Tag bereits ziemlich geschafft, nahm ich die Nachricht von Gabi, dass der letzte Patient ein neuer Privatpatient sei, nicht gerade begeistert auf. Privatpatienten waren oft sehr wissbegierig und forderten meist längere Erörterungen ihrer Anliegen als Kassenpatienten. Natürlich bekam ich das zu einem gewissen Teil über meine Abrechnung honoriert, aber im Moment stand mir eher der Sinn nach einem entspannten Fernsehabend als nach ausführlichen Befunddiskussionen, GOÄ-Honorar hin, GOÄ-Honorar her.

Gabi, die die gleiche Befürchtung hatte, wie ich, und die Chance auf einen pünktlichen Feierabend für sich ebenfalls schwinden sah, fragte daher hoffnungsvoll: *Meinst Du Sarah, Du bräuchtest mich noch für diesen Patienten?* Eilig fügte sie hinzu: *Der sieht meines Erachtens nach eher wie ein Gesprächsbedürftiger aus, er hat sicher nichts Organisches.*

Ich zuckte resigniert die Achseln. Es reichte ja wohl vollkommen aus, wenn dieser Typ mich meinen Feierabend kosten würde, Gabi musste nicht auch noch sinnlos in der Praxis herumsitzen und warten, bis er sich bei mir ausgeheult hatte.

Mach Dich ab nach Hause, Gabi. Die Arzthelferin winkte mir dankbar zum Abschied zu und drehte sich auf dem Absatz um, um mir den letzten Fall für diesen Tag ins Zimmer zu schicken. *Und denk an mich, wenn Du zuhause vor dem Fernseher sitzt und genüsslich eine Tüte Chips vertilgst,* rief ich ihr wehmütig hinterher. Gabi verschwand vergnügt im Flur und ich machte es mir schicksalsergeben in meinem Sessel für das letzte Patientengespräch dieses Tages bequem.

Mein Blick schweifte gedankenverloren über meinen Schreibtisch und blieb an der noch halb gefüllten Kaffeetasse neben dem Telefon hängen. *Noch schnell einen Schluck, bevor der unliebsame Kunde eintrifft,* murmelte ich leise zu mir selbst und streckte die Hand nach dem Becher aus. Dabei streifte der Ärmel meiner Bluse den großen Stapel Karteikarten, der sorgsam aufgeschichtet am Rande des Schreibtisches lag.

Obwohl wir ein Computersystem für unsere Patientenkartei hatten, wurde trotzdem für jeden Patienten zusätzlich eine Karteikarte angelegt, um aktuelle Fremdbefunde darin abzulegen, solange wir noch keinen Scanner dafür besaßen. Da die Sprechstunde an diesem Tag überaus gut besucht gewesen war, hatte der Karteikartenstapel eine beträchtliche Höhe erreicht und war zudem entsprechend instabil.

Der Stapel kam natürlich ins Rutschen und fast die Hälfte der Karteikarten segelte unaufhaltsam zu Boden und zerstreuten sich zu meinen Füßen.

Oh nein, so ein Mist, jammerte ich entnervt und bückte mich eilig, um die Papiere wieder einzusammeln. Bis unter meinen Schreibtisch hatten sich die letzten Karteikarten verteilt und ich kroch auf allen Vieren unter den schweren Massivholztisch.

Es klopfte verhalten an meiner Sprechzimmertür und von meinem Aufenthaltsort unter dem Schreibtisch sah ich, wie sich Sekunden später die Türe öffnete und mein Patient das Zimmer betrat. Von dem Mann konnte ich allerdings nur die Schuhe und einen Teile seiner Hose bis zum Knie erkennen, der Rest wurde von der Schreibtischplatte über mir verdeckt.

Verzeihen Sie bitte meine kurze Abwesenheit, rief ich aus meinem vermeintlichen Versteck unter dem Tisch hervor. *Nehmen Sie doch bitte schon einmal Platz Herr...,* ich sammelte die letzte Karteikarte auf, die zu meinem neuen Patienten gehörte und las laut dessen Namen davon ab: *Herr .... Falcone?*

Mein Kopf fuhr alarmierend nach oben und ich prallte mit voller Wucht gegen die massive Schreibtischplatte über mir. Durch die Wucht des Aufpralls biss ich mir schmerzlich auf die Zunge und vor meinen Augen tanzten tausende bunte Ringe. Ich sank benommen nach hinten und landete mit einem dumpfen Plumps auf meinem Hosenboden. Der

Schwindel ließ Sekunden später langsam nach und ich schmeckte zum Glück auch kein Blut im Mund. Unvermittelt kehrte mein Verstand allerdings wieder zu dem Grund zurück, der mir einen solchen Schrecken verursacht hatte.

Eine Hand auf die noch immer überaus schmerzende Stelle an meinem Hinterkopf gepresst, rappelte ich mich langsam auf und lugte vorsichtig über den Rand meines Schreibtisches hinweg, in der Hoffnung, das sich meine Befürchtung vielleicht doch nicht bewahrheiten würde.

Leider vergebens.

Er stand, keine drei Meter von mir entfernt, mitten in meinem Sprechzimmer. Regungslos wie die Statue eines römischen Kaisers auf dem Kapitol in Rom, aufrecht und äußerst Respekt einflößend. Unsere Blickte trafen sich und er war der Erste, der das Schweigen brach.

Hallo Sarah. Seine Stimme klang irgendwie fremd, rau und heiser. Auch der Rest von ihm erinnerte mich nur entfernt an den Mann, den ich einst, vor scheinbar unendlich langer Zeit, einmal geliebt hatte.

Ich hatte mich mittlerweile etwas umständlich an meinem Schreibtisch hoch gezogen und war erleichtert in meinen Schreibtischstuhl gesunken, da ich erhebliche Bedenken hegte, dass mich meine Beine im Augenblick sowieso nicht mehr tragen würden.

Was willst Du hier, Adrian?, fragte ich schließlich schlicht. Den eisigen, schneidenden Unterton in meiner Stimme konnte ich allerdings nicht verbergen. Ich war noch immer geschockt wegen seines unerwarteten Auftauchens in meinem Sprechzimmer und spürte zudem unangenehm das Hämmern meines Herzschlages vor Nervosität in meinen Schläfen widerhallen. Meine beiden Hände klammerten sich krampfhaft an den Armlehnen meines Bürostuhles fest, verzweifelt um Gelassenheit bemüht. Abschätzend ließ ich meinen Blick über seine äußere Erscheinung schweifen.

Er sah schlecht aus, war mein erster Gedanke. Beim näheren Betrachten fielen mir zudem immer mehr Details ins Auge, dass unsere Trennung auch an Adrian nicht spurlos vorüber gegangen war. Sein Gesicht war hager geworden und seine Wangen deutlich eingefallen. Er trug einen unvorteilhaften Dreitagebart und sein Mantel schien ihm zwei Nummern zu groß zu sein. Seine Augen jedoch, auch wenn sie im Moment von unschönen dunklen Ringen umgeben waren, funkelten umwerfend verführerisch wie eh und je, als er seinen undurchdringlichen Blick über mein Gesicht schweifen ließ.

Ich schob entschlossen das Kinn vor. Von diesem Blick würde ich mich sicherlich nie wieder einlullen lassen, schwor ich mir in diesem Moment eindringlich, und meine Augen blitzten ihn überaus wütend an, bevor ich meine Frage, dieses mal etwas lauter und noch unfreundlicher, wiederholte: *Was willst Du?!* Ich verschränkte demonstrativ beide Arme vor meiner Brust und wartete mit vor Anspannung zusammengepressten Lippen auf eine Antwort.

Adrian machte entschlossen einen Schritt auf mich zu, blieb jedoch unvermittelt wieder stehen, als er meine abwehrende Körperhaltung registrierte und sah mir statt dessen mit starrem Blick direkt in die Augen. In seinem Gesicht spiegelte sich nach einigen Sekunden reglosen Verharrens plötzlich unendliche Bitterkeit wider, als er endlich seinen Mund langsam öffnete und mit belegter Stimme flüsterte: *Ich möchte Dich um Verzeihung bitten, Sarah...,* Weiter kam er nicht mehr, denn ich sprang unvermittelt von meinem Stuhl auf, machte drei große Schritte auf Adrian zu und baute mich drohend vor ihm auf. Ein recht schwieriges Unterfangen, da er nach wie vor über einen Kopf größer war als ich. Ich stemmte empört die Hände in meine Hüften und zischte, nunmehr außer mir vor Zorn: *Das ist doch wohl jetzt nicht wirklich Dein ernst, oder?* Er wich nicht einen einzigen Millimeter zurück, obwohl wir uns, mittlerweile nur noch eine knappe Armeslänge voneinander entfernt, dicht gegenüber standen. *Sarah,* begann er, fast flehentlich von Neuem und hob dabei beschwichtigend die Hände, *bitte... Ich will Dir doch nur erklären, warum....*

Wie bitte...? Ich schrie ihn an, mühsam um den letzten Rest Fassung ringend, der mir nach seinem unerwarteten Auftauchen noch zur Verfügung stand. *Du willst mir jetzt nicht wirklich allen Ernstes erklären, warum Du nur wenige Tage vor unserer Hochzeit mit einer Nutte ins Bett gestiegen bist und mir dadurch mein ganzes Leben ka-*

puttgemacht hast??? Meine Stimme überschlug sich schließlich und es kam nur noch ein unkontrolliertes Schluchzen aus meiner Kehle.

Yasmin ist keine Nutte..., verteidigte Adrian sich unsinniger Weise, *sie....*

Nun verlor ich letztendlich doch noch die Kontrolle. Meine rechte Hand schoss reflexartig in die Höhe und landete klatschend in Adrians Gesicht. Er hatte nicht eine Sekunde Zeit zu reagieren. Völlig regungslos stand er nach dem Schlag vor mir, mit versteinerter Mine starrte er mich an. Lediglich sein Atem hatte sich etwas beschleunigt und ich roch plötzlich einen Hauch von Alkohol. Angewidert wandte ich den Kopf zur Seite und blickte zu Boden.

Wir standen einige Sekunden schweigend da, bis Adrian erneut das Wort ergriff. *Bitte Sarah,* seine Stimme klang noch immer so unendlich flehend, dass es mir fast das Herz zerrissen hätte, *ich weiß, dass ich Dir wahnsinnig weh getan habe und ich verdiene es eigentlich auch gar nicht, dass Du mich anhörst, aber...,* er stockte. Ganz langsam hob er seine Hand und legte sie sanft unter mein Kinn. Er drehte meinen Kopf zu sich herüber, bis ich ihm erneut direkt ins Gesicht sehen musste. Seine schönen braunen Augen, welche ich einstmals so geliebt hatte, waren schmerzerfüllt und seine Stimme bebte, als er fortfuhr: *Du bist die einzige Frau in meinem Leben, die ich jemals wirklich geliebt habe und ich werde Dich bis in alle Ewigkeit lieben. Sarah... bitte komm zu mir zurück.*

Ich blickte schweigend in dieses Gesicht, dass ich viele Monate Nacht für Nacht in meinen Träumen vor mir gesehen hatte. Diese warmen, braunen Augen, die mich so oft verführerisch und neckisch angeblickt hatten. Diese gerade, aristokratische Nase, die dem Gesicht einen ganz speziellen, intellektuellen Ausdruck verlieh. Und letztendlich diese seidenweichen, vollen Lippen, die einst jede Stelle meines Körpers liebkost hatten. Meine Augen füllten sich unvermittelt mit Tränen und Adrians Gesicht verschwamm schließlich bis zur Unkenntlichkeit. Ich schloss die Augen, bedeckte mein Gesicht mit beiden Händen und fing hemmungslos an zu weinen.

In den vergangenen Monaten hatte ich mir fast jeden Tag ausgemalt, wie es wohl sein würde, wenn ich Adrian noch einmal gegenüber stehen würde. Ich hatte mir tausend Szenarien ausgemalt, wie ich reagieren würde, was ich ihm alles an den Kopf werfen wollte. Und nun war er plötzlich einfach da. Er stand nur eine Armeslänge von mir entfernt vor mir, mitten in meiner Praxis und ich konnte mit einem Mal nichts anderes tun, als weinen, weinen, weinen. Meine im Laufe der Zeit so mühsam aufgebaute Festung um meine zerbrochene Seele bröckelte innerhalb weniger Sekunden auseinander und es blieb nichts weiter davon übrig, als purer, nackter Schmerz.

Ich spürte seine Hand auf meinem Arm, doch ich hatte nicht die Kraft, sie abzuschütteln. Hilflos ließ ich die Wellen der Trauer und des Schmerzes über mich hinweg fluten und ich erlebte jede Sekunde dieses schicksalhaften, dunkelsten Tages in meinem Leben noch einmal. Zitternd und bebend stand ich da und hoffte inständig, dass mein Herz endlich aufhören würde zu schlagen, um mich von meinen unendlichen Qualen zu erlösen.

Die Zeit verstrich, jedoch ohne dass mein Herz tatsächlich stehen blieb. Das Zittern ließ irgendwann nach, meine Tränen versiegten schließlich und mein Atem ging wieder gleichmäßig. Als ich die Hände langsam vom Gesicht nahm, stand Adrian noch immer vor mir. Auch in seinen Augen spiegelten sich die Qualen wider, die er nach unserer Trennung durchlebt hatte. Er hatte offensichtlich in den letzten Monaten genauso gelitten, wie ich.

Bitte geh jetzt... Meine Stimme klang sonderbar fremd in meinen Ohren, als sie endlich das Schweigen durchbrach. Ich blickte fast flehend in Adrians Gesicht. Als dieser jedoch keine Anstalten machte, meiner Aufforderung nachzukommen, sagte ich noch einmal, diesmal eindringlicher: *Bitte, Adrian, geh jetzt!*

Sarah, ich...

Lass mich endlich in Ruhe, Adrian. Ich kann einfach nicht..., ich meine, ich will nicht... Ich begann zu stottern, denn meine Gedanken schlugen plötzlich erneut Purzelbäume. Das einzige, was ich im Augenblick wollte, war, dass Adrian endlich wieder aus meinem Leben verschwand. Verzweifelt fuhr ich mir mit den Händen durch meine wilden Locken und wandte den Kopf zur Seite, damit ich ihn nicht mehr ansehen musste. Dieser Mann raubte mir einfach noch immer den Verstand.

Geh endlich, hörst Du?!!, rief ich aufgebracht, denn ich wollte im Augenblick nichts anderes, als dass er schnellstens wieder aus meinem Leben verschwand.

Adrian streckte erneut die Hand aus, um mich zu berühren, doch ich schlug sie energisch weg und machte einen Schritt zurück. In diesem Moment blitzte etwas in seinen Augen auf, eine Erkenntnis, zu der er offensichtlich gerade erst gekommen war. Seine Mine veränderte sich schlagartig. Sein soeben noch sanfter, flehender Blick wurde plötzlich hart und er betrachtete mich abschätzend von oben bis unten. *Oh,* sagte er mit auf einmal eisiger Stimme, die mich unwillkürlich noch einen weiteren Schritt zurückweichen ließ, *daran habe ich doch tatsächlich noch gar nicht gedacht. Du hast Dich natürlich bereits über den Verlust hinweg getröstet und liegst schon längst mit einem Anderen im Bett, stimmt´s?!*
Ich starrte ihn fassungslos und mit weit aufgerissenen Augen an. Das war nun wirklich der Gipfel der Frechheit, was da gerade aus seinem Mund heraus gekommen war.

Doch Adrian ließ sich nicht beirren. Er baute sich drohend vor mir auf und beim Klang seiner Worte gefror mir unvermittelt das Blut in den Adern: *Wer ist dieser Mistkerl?* Er packte mich grob am Arm und seine Finger bohrten sich schmerzhaft in meine fast zum bersten gespannte Unterarmmuskulatur. *Vielleicht Dein Kollege hier? Wie heißt er doch gleich, ... dieser Bronner?* Ich riss mich mit einem wütenden Aufschrei aus seinem eisernen Griff los und rieb mir meinen schmerzenden Unterarm.

Was ist denn hier los?

Adrian zuckte merklich zusammen und sein Kopf wandte sich ruckartig in Richtung Tür, von wo die Stimme gekommen war. Im Türrahmen stand Johannes Bronner und blickte deutlich irritiert in die Runde.

Ich atmete erleichtert aus und schickte ein Stoßgebet zum Himmel. Selten war ich derart froh gewesen, meinen Kollegen zu sehen, als in diesem Augenblick.

Hallo Johannes. Schön, Dich zu sehen, ich bemühte mich um Gleich-
gültigkeit, doch das leichte Zittern in meiner Stimme war unüberhörbar.
Johannes runzelte bei meinem Anblick die Stirn. *Ist alles okay bei
Dir?,* fragte er zunehmend alarmiert, als er mich nun näher betrachtete.
In der Tat war überhaupt nichts mehr okay bei mir. Vor meinen Augen
begann sich plötzlich alles zu drehen, in meinen Ohren rauschte es un-
aufhörlich und Johannes Stimme klang mit einem Mal weit, weit weg.
Meine Lippen kribbelten und wurden taub.

Mit einem beherzten Sprung war Adrian, der noch immer dicht
vor mir stand, neben mir und fasste mich gerade noch rechtzeitig unter
den Armen, bevor meine Beine nachgaben. Johannes war innerhalb einer Sekunde ebenfalls an meiner Seite und beide schleiften mich mehr,
als dass sie mich führten, zu meinem Bürostuhl hinüber, in den ich
mich mit einem erleichterten *Uff* hineinfallen ließ. Ich hatte die Augen
fest geschlossen und wartete, um regelmäßige Atmung bemüht, bis das
Schwindelgefühl wieder nachließ.

Johannes und Adrian standen sich rechts und links neben meinem Stuhl
gegenüber und blickten besorgt auf mich hinunter.
Endlich verschwanden die bunten Kreise wieder und das Rauschen in
meinem Kopf ließ langsam ebenfalls nach. Ich öffnete versuchsweise
die Augen. Das Licht der Neonröhre über meinem Kopf blendete mich
und ich blinzelte kurz, dann blickte ich erst zu Johannes, dann zu Adrian hinauf und sagte schließlich resigniert:
Also gut..., ich deutete mit der Hand zuerst auf
Johannes, *...mein derzeitiger Kollege, Johannes Bronner...,* und anschließend auf Adrian *...mein ehemaliger Kollege und Ex-Verlobter,
Adrian Falconelli.*
Johannes Augen fuhren vor Erstaunen in die Höhe, als ich ihm Adrian
als meinen früheren Verlobten vorstellte. Bisher hatte ich mich über
mein damaliges Leben in Frankfurt ihm gegenüber beharrlich ausge-
schwiegen und er betrachtete mich nun mit unverkennbarer Neugier.
Ich würde ihm wohl ein paar Dinge erklären müssen, entschied ich resigniert.

Adrian warf Johannes über meinen Stuhl hinweg einen finsteren Blick zu, doch Johannes ließ sich von Adrians testosterongesteuerter Gebärde nicht beeindrucken. Er streckte Adrian statt dessen höflich seine rechte Hand entgegen und sagte übertrieben freundlich:

Ich weiß zwar nicht, ob es mich tatsächlich freuen sollte, Sie kennenzulernen, da ich im Augenblick noch nicht so recht einordnen kann, was das hier alles zu bedeuten hat, aber... Grüß Gott, Herr ... Falconelli?!

Ich blickte zu Adrian hinauf, der bei diesen deutlich ironisch gemeinten Worten demonstrativ die Arme vor der Brust verschränkte, die Lippen zusammenpresste und Johannes mit ausdrucksloser Mine anstarrte. Er rührte sich keinen Millimeter, um Johannes ebenfalls die Hand entgegen zu strecken und nach wenigen Sekunden ließ Johannes seine Hand, noch immer lächelnd, wieder sinken.

Adrians Gesichtsausdruck veränderte sich unvermittelt, als er mir sein Gesicht zuwandte. Er ging neben meinem Stuhl in die Hocke und legte mir zaghaft eine Hand auf meine Rechte, die eiskalt und klamm auf der Armlehne meines Schreibtischstuhles ruhte. Reumütig senkte er den Blick und flüsterte heiser: *Bitte verzeih mir Sarah, das wollte ich alles nicht. Es tut mir wahnsinnig leid, hörst Du?* Er streichelte zärtlich meine Hand, *Bitte, verzeih mir.*

Johannes beobachtete das Geschehen äußerst interessiert. Er hatte sich seitlich an meinen Schreibtisch gelehnt und nun seinerseits abwartend die Arme vor seiner Brust verschränkt.

Ich starrte auf Adrians Hand, die noch immer auf der meinen ruhte und dann zu ihm hinauf, sodass sich unsere Blicke schließlich begegneten. Meine Stimme klang ruhig und beherrscht, als ich endlich antwortete: *Verschwinde ein für alle Mal aus meinem Leben, Adrian Falconelli. Ich möchte Dich nie mehr wiedersehen, hast Du das verstanden?!* Ich entzog ihm entschlossen meine Hand und forderte ihn mit einer unmissverständlichen Kopfbewegung zum Gehen auf.

Adrian ließ seinen Blick noch einige Sekunden lang auf meinem Gesicht ruhen, dann erhob er sich langsam, strich bedächtig seinen Mantel glatt, drehte sich auf dem Absatz um und wandte sich zur Tür. Er verließ den Raum ohne ein weiteres Wort und blickte auch nicht mehr zurück.

Die Tür fiel krachend hinter ihm ins Schloss. Adrian war fort.

Was um alles in der Welt hatte denn das zu bedeuten, Sarah? Johannes Stimme holte mich in die Realität zurück. Mein Kollege ging neben meinem Stuhl in die Knie, um mit mir auf Augenhöhe zu sprechen und legte tröstend seine Hand auf meinen Arm. *Ist alles okay bei Dir?*

Außer einem müden Kopfnicken brachte ich vorerst keine weitere Reaktion auf seine Frage zustande. Ich war total schockiert von dem, was gerade soeben passiert war.

Johannes verharrte noch kurz neben mir, dann richtete er sich wieder auf und streckte mir einladend die Hände entgegen, um mich aus meinem Stuhl hochzuziehen.

Na komm, Sarah. Lass uns gehen. Seine warme, wohlklingende Stimme war Balsam für meine angespannten Nerven. Ich blickte noch immer völlig verstört zu ihm auf. Er ergriff entschlossen meine Hände und zog mich auf die Beine.

Ich kann Dich in dieser Verfassung wohl schlecht alleine hier zurücklassen, oder? Ein verschmitztes Lächeln umspielte seine Mundwinkel: *Also habe ich gerade eben für Dich mit entschieden, dass Du mich und Isabelle heute Abend begleiten wirst, okay?*

Er warf einen prüfenden Blick auf die geschlossene Sprechzimmertür, als erwartete er, Adrian würde jeden Augenblick noch einmal zurückkommen. *Und so angetrunken, wie dieser Kerl da eben war, möchte ich nicht, dass er Dir heute Abend noch einmal auflauert.*

Mein überaus erleichterter Gesichtsausdruck während seiner Worte war Johannes nicht entgangen und er tätschelte mir beinahe väterlich den Rücken. Das wirklich allerletzte, was ich an diesem Abend wollte, war alleine in meiner Wohnung zu sitzen und die Tür anzustarren in der Befürchtung, es würde jeden Augenblick jemand dort klingeln.

Danke, Johannes! war das einzige, was ich in diesem Moment über die Lippen brachte.

Natürlich hatte Johannes mir nicht erzählt, was er an diesem Abend mit Isabelle noch vorhatte und viel zu spät realisierte ich, dass die beiden eigentlich in trauter Zweisamkeit ihren Hochzeitstag feiern wollten. Ich versuchte vergebens, Johannes von seinem Vorhaben, mich zu seinem

Candle-light-Dinner mit Isabelle mitzunehmen, abzubringen, doch es half alles nichts. Johannes war fest entschlossen, den Abend in geselliger Dreisamkeit gemeinsam mit mir als fünftes Rad am Wagen zu verbringen.

Als wir schließlich das Haus der Bronners erreichten, wartete Isabelle schon ungeduldig auf ihren zeitlich längst überfälligen Gatten. Kaum, dass Johannes die Haustür aufgeschlossen hatte, kam sie ihm aus dem Wohnzimmer heraus mit leicht genervtem Gesichtsausdruck entgegen.

Wo um alles in der Welt bleibst Du denn nur, Johannes? Es kann doch nicht so lange dauern, in die Praxis zu fahren und Deinen Geldbeutel zu holen... Sie verstummte abrupt, als sie mich als kleines Häufchen Elend hinter Johannes breiten Schultern entdeckte.

Oh, Sarah? Mit Dir hab ich ja jetzt gar nicht gerechnet! Sie verstummte irritiert und blickte Johannes fragend an. *Ist etwas passiert?*

Mein Kollege winkte ab: *Ich erklär' Dir alles auf der Fahrt nach Bad Hindelang. Aber jetzt kommt endlich, damit wir los können. Wir sind sowieso schon sehr spät dran.*

Johannes griff nach seinem Jackett, das an der Garderobe in der Diele hing und schob Isabelle, die bereits in ihre leichte Trachtenjacke geschlüpft war, und mich vor sich her durch die Tür hinaus ins Freie.

Ich saß zusammengesunken auf dem Rücksitz von Johannes geräumigen SUV und kam mir total fehl am Platze vor, während Johannes sein wuchtiges Gefährt durch die schmalen Straßen von Oberstdorf manövrierte und Isabelle in kurzen Sätzen von den Ereignissen in der Praxis berichtete. Als er geendet hatte, wir hatten mittlerweile die Bundesstraße nach Sonthofen erreicht, drehte Isabelle sich mit ehrlich betroffener Mine zu mir herum.

Meine Güte Sarah! Das hört sich ja fast schon an wie ein Krimi. Wie hat er Dich hier bloß gefunden? Ihr Gesicht lag weitgehend im Schatten, doch ich konnte ihren geschockten Gesichtsausdruck, auch ohne ihn direkt zu sehen, allzu deutlich erahnen.

Na, das wird so schwer nicht gewesen sein, warf Johannes, leicht belustigt über Isabelles naive Frage, vom Fahrersitz aus ein, *schließlich hat sich Sarah als Ärztin in einer Praxis niedergelassen und steht somit in jedem Telefonbuch und auch im Internet. Du musst leider bloß den Namen eingeben und zack... schon bist Du für Jedermann sichtbar.*

Johannes hatte natürlich absolut Recht, doch dieser Tatsache war ich mir nie richtig bewusst gewesen. Ich war dummerweise stets davon ausgegangen, dass die 500 Kilometer, die zwischen Oberstdorf und Mittelhessen lagen, vollkommen ausreichen würden, um die Vergangenheit ein für alle Mal hinter mir zu lassen. Auch wäre ich nie auf die Idee gekommen, dass Adrian irgendwann bewusst nach mir suchen würde, geschweige denn, dass er sich in sein Auto oder welches Verkehrsmittel auch immer setzen würde, um hierher zu kommen und mich persönlich aufzusuchen.

Meine Gedanken kreisten immer und immer wieder um den Moment, als er plötzlich in meinem Sprechzimmer vor mir stand. Heruntergekommen, eingefallen und überhaupt nicht mehr mit dem Mann zu vergleichen, den ich damals in Frankfurt zurückgelassen hatte.

Wie hatte er selbst wohl die letzten Monate erlebt? Leonie hatte, selbstverständlich auf meinen eigenen, ausdrücklichen Wunsch hin, niemals mehr seit meiner Flucht aus unserer gemeinsamen Wohnung auch nur ein Sterbenswörtchen über Adrian erwähnt.

Sein desolater Zustand hatte mich wirklich schockiert und ohne, dass ich darauf Einfluss hätte nehmen können, regte sich ein Funken Mitleid in meinem tiefsten Inneren. Hätte ich ihn vielleicht doch nicht ganz so direkt und barsch abweisen sollen?

Verärgert über mich selbst schüttelte ich energisch den Kopf und Johannes blickte fragend in den Rückspiegel, um zu schauen, ob mit mir alles in Ordnung war. Ich brachte ein verlegenes Lächeln zustande und Johannes nahm seine Unterhaltung mit Isabelle wieder auf, womit ich mich erneut ganz und gar meiner Selbstkritik widmen konnte.

Allein die Tatsachen, dass er mich wochenlang verfolgt hatte, denn ich war mir mittlerweile absolut sicher, dass er über all die Wochen hinweg der unbekannte Stalker gewesen war, und mich zudem an diesem Abend in betrunkenem Zustand persönlich in der Praxis aufgesucht hatte, waren allesamt Zeichen dafür, wie sehr auch er unter unserer Trennung litt, fuhr ich mit meiner Analyse der Ereignisse der letzten Stunde fort.

Ich hatte natürlich nach der Trennung von Adrian ausschließlich meinen eigenen Kummer vor Augen gehabt und die Scham über die Tatsache, dass er mich mit einer anderen betrogen hatte, fraß sich ungehindert in mein zutiefst gekränktes Ego. Keine einzige Sekunde hatte ich an den Gedanken verschwendet, wie es Adrian selbst nach dieser ganzen Sache gegangen war. Logischerweise war mir dies in den ersten Monaten nach unserem Beziehungs-Aus auch völlig egal gewesen, doch nach unserem heutigen Wiedersehen hatte ich immense Zweifel daran, dass ihn das dramatische Ende unserer kurzen, aber im Nachhinein betrachtet, sehr intensiven Beziehung so kalt gelassen hatte, wie ich es bisher stets geglaubt hatte.

Johannes stoppte plötzlich den Wagen und machte damit meiner Grübelei ein jähes Ende. *Okay, ladies. Bitte aussteigen, wir sind da.*

Irritiert blickte ich aus dem Fenster des Wagens und versuchte vergeblich, die Orientierung wiederzufinden. Johannes hatte sein Fahrzeug auf dem Parkplatz neben einer alten Mühle an der Ostrach im Bad Hindelanger Ortsteil Bad Oberdorf geparkt, deren exzellente Küche als sehr gute Adresse zum Einkehren bekannt war.

Erst jetzt realisierte ich, dass sich Isabelle und Johannes in elegante Abendgarderobe gekleidet hatten, während ich, da ich noch vor nicht allzu langer Zeit in der Praxis hinter meinem Schreibtisch gehockt und Patienten behandelt hatte, lediglich Jeans und eine normale Bluse trug. Der Anblick der zahlreichen Gäste, die mit uns zusammen den Parkplatz erreichten und zum Eingang strömten, beziehungsweise derjenigen, die das Restaurant bereits wieder verließen, bestätigte meine plötzliche Bestürzung: ich war für diesen Abend völlig underdressed.

Ich bleibe lieber im Auto und warte auf Euch, wehrte ich schließlich vehement ab, als Johannes mir galant die hintere Tür öffnete und zunehmend ungeduldig darauf wartete, dass ich endlich ausstieg.

Mein Kollege runzelte perplex die Stirn. *So ein Quatsch, natürlich kommst Du mit rein. Ich hab´ Dich doch nicht den ganzen Weg hierher mitgenommen, nur damit Du im Wagen sitzen bleibst und Trübsal bläst, während Isabelle und ich diesen schönen Abend genießen.* Er packte mich fest entschlossen an der Hand und zog mich unter deutlichem Protest meinerseits vom Rücksitz herunter.

… Aber guck' doch mal, wie ich aussehe, jammerte ich fast verzweifelt, *so kann ich doch dort nicht hineingehen. Da starren mich bestimmt die anderen Gäste alle an und denken, aus was für einer Gosse ist die denn entstiegen.* Ich wand mich aus Johannes' Griff und wollte gerade wieder ins Auto schlüpfen, als sich nun auch Isabelle in unseren Wortwechsel mit einschaltete.

Ach komm schon, Sarah. So schlimm, wie Du es hinstellst, siehst Du nun wirklich nicht aus. Sie stellte sich vor mich, hielt mich auf Armeslänge von sich entfernt und betrachtete mich prüfend mit Kennerblick. *Also, Jeans kann man heute auch zu gehobenen Anlässen tragen und Deine Bluse steht Dir wirklich gut, vor allem diese Farbe passt wunderbar zu Deinen blonden Haaren.*

Isabelle kniff mich aufmunternd in die Wange, wie man es bei einem kleinen Kind tat, dass man soeben überzeugt hatte, doch in die Schule zu gehen. Ich schnitt, teils belustigt, teils beleidigt über ihre Geste eine Grimasse und folgte den beiden schließlich schicksalsergeben zum Eingang.

Das Restaurant war, trotz der Tatsache, dass es sich um einen Tag unterhalb der Woche handelte, fast bis zum letzten Platz besetzt. Zu meiner Erleichterung blieben die abschätzigen Blicke der anderen Gäste mir gegenüber jedoch aus und es war auch für den Kellner kein Problem, aus dem reservierten Zweiertisch einen Dreiertisch für das geplante Candle-light-Dinner zu zaubern.

Mir war dieser unerwartete Verlauf des zurückliegenden Tages noch immer total unangenehm, schließlich war dies der Hochzeitstag von Johannes und Isabelle und sie hatten sich den Abend bestimmt anders vorgestellt, als mit mir gemeinsam am wunderschön gedeckten Tisch bei Kerzenschein zu dinieren und sich meine Leidensgeschichte von damals anzuhören.

Ich versuchte also, mich so durchsichtig wie möglich zu machen, um die beiden nicht noch mehr zu stören, als irgend nötig und beteiligte mich auch nur in absoluten Ausnahmefällen an ihrem Gespräch.

Umso erstaunter war ich, als Isabelle schließlich ihr Weinglas neben ihren fast leeren Teller stellte und mich über den Tisch hinweg auffordernd anblickte.

Nun spann uns doch bitte nicht länger auf die Folter, Sarah.

Ich zog fragend die Augenbrauen hoch: *Was meinst Du, ich verstehe nicht ganz?*

Isabelle knuffte Johannes, der neben ihr saß und sie ebenfalls verwundert anschaute, belustigt in die Seite. *Jetzt mach es doch nicht so spannend, Sarah. Wer ist denn nun genau dieser Adrian und was ist tatsächlich zwischen Euch beiden passiert?*

Ein Blick in die beiden neugierigen Gesichter meiner Tischgenossen genügte, um mir im klaren darüber zu werden, dass ich meine Geschichte nicht länger hinter dem Berg würde halten können.

Johannes und Isabelle hatten mir selbst bisher bereits sehr tiefe Einblicke in ihr Privatleben gewährt und so lehnte ich mich schicksalsergeben auf meinem Stuhl zurück und begann meine Erzählung an jenem Tag, als ich meinen damaligen Kollegen und absoluten Frauenheld, Dr. Adrian Falconelli, zum ersten Mal in meine Wohnung in Sachsenhausen eingeladen hatte.

Während ich schilderte, wie ich Adrian kennen und später lieben gelernt hatte und wie er mich zu guter Letzt so schändlich enttäuschte, verlor ich jegliches Gefühl für die Zeit. Ich war in Gedanken wieder in Frankfurt, in unserer gemeinsamen Wohnung, in der Praxis, bei Leonie und an all den vielen schönen Orten, die ich gemeinsam mit Adrian besucht hatte.

Erst als mir Isabelle ein sauberes Taschentuch über den Tisch hinweg reichte, wurde mir bewusst, dass meine Wangen feucht waren. Noch sichtlich verstört von meiner erneut sehr real erlebten Erzählung trocknete ich schließlich meine Tränen, dann schnäuzte ich mir ausführlich die Nase und griff mit leicht zitternder Hand nach dem Glas Wasser, das seit geraumer Zeit unberührt vor mir auf dem Tisch stand.

Johannes und Isabelle betrachteten mich, nachdem ich meine Erzählung beendet hatte, einen Moment lang schweigend. Isabelle war schließlich die erste, die ihre Stimme wiederfand: *Ach Du liebe Zeit, Sarah. Du könntest ja ein Buch schreiben über das, was Du bisher alles erlebt hast.* Sie schüttelte, noch immer zutiefst erschüttert von dem, was sie soeben erfahren hatte, den Kopf. *Jetzt wird mir auch klar, warum Du Dich so vehement gegen eine Beziehung mit Sebastian gewehrt hast und dass Dich die Sache mit Jessy, Tamaras Schwester, derart aus der Bahn geworfen hat.*

Sie legte mir tröstend ihre warme Hand auf meinen Unterarm und betrachtete mich mitfühlend. Beim Anblick ihres freundlichen und aufrichtig getroffenen Gesichts bereute ich zum ersten Mal wirklich, dass ich mich den beiden nicht schon längst offenbart hatte.

Es geht mich zwar nichts an, und das ist auch schließlich keine Angelegenheit, mit der man bei Jedermann hausieren geht, aber... Isabelle blickte mich mit hochgezogenen Brauen fragend an, *warum hast Du Sebastian nichts von alledem erzählt? Er hätte ganz anders mit Dir umgehen können, wenn er es gewusst hätte. Auch er hat schließlich einen Menschen verloren, den er sehr geliebt hat,... obwohl man das nicht mit Deiner Geschichte vergleichen kann,* fügte sie schnell hinzu.

Ich zuckte traurig mit den Schultern und schüttelte langsam den Kopf. *Ich weiß es wirklich nicht... Doch jetzt ist alles zu spät. Sebastian ist fort und ich habe wieder einmal alles falsch gemacht.Ich bin eben ein total bescheuerter Idiot.*

Alles, was ich darauf als Antwort erhielt, war betretenes Schweigen und mitleidvolle Blicke.

18

Als wir drei die alte Mühle verließen, war es bereits deutlich nach Mitternacht. Ich empfand eine unermessliche Erleichterung darüber, mich Johannes und Isabelle bezüglich meines traumatischen Erlebnisses mit Adrian endlich anvertraut zu haben. Mein Kollege hatte seine Frau am Ende meiner Erzählung vielsagend angeschaut und sagte anschließend nachdenklich zu mir:

Das erklärt natürlich Vieles. Zeitweise hast Du Dich wirklich sehr sonderbar aufgeführt, Sarah. Sein warmes Lächeln, welches er mir im Anschluss an seine Worte schenkte, ließ mir erneut fast die Tränen in die Augen steigen. Ich hatte über so viele Monate meine Ängste, meine Wut und meine Selbstzweifel in mich hineingefressen. Doch an diesem Abend, als ich all das endlich aussprach, war es fast so, als wäre ein Knoten in meinem Inneren geplatzt und zutiefst erleichtert stellte ich fest, dass ich jetzt bereit war, die Vergangenheit endlich abzuschließen und ich nun auch meinen Frieden mit Adrian machen konnte.

Die Nacht war kalt. Dunkle Regenwolken hatten sich am Himmel ausgebreitet und ließen nicht einen Lichtstrahl des aufgegangenen Vollmondes mehr hinunter auf den Boden scheinen. Der auffrischende Wind verkündete bereits die ersten Regentropfen. Er zupfte aufdringlich an meiner dünnen Bluse und ließ mich erschauernd zusammenfahren. Ärgerlich darüber, dass ich mir bei meinem fluchtartigen Verlassen der Praxis nicht einmal eine Jacke übergezogen hatte, schlang ich Schutz suchend beide Arme um meine Brust, zog die Schultern hoch und beschleunigte meine Schritte über den kiesbedeckten Parkplatz.

Bis wir Johannes Mercedes erreichten, goss es bereits wie aus Kübeln. Wir stiegen in Windeseile in den Wagen und Johannes startete den Motor. Mein Körper baute langsam endlich den seit Stunden in meinem Blut befindlichen Adrenalinspiegel ab und ich ließ mich müde und erschöpft von dem langen und ereignisreichen Tag auf die Rückbank sinken.

Das monotone Geräusch des Dieselmotors während der Fahrt hatte eine überaus beruhigende Wirkung auf mich und noch bevor wir Sonthofen erreicht hatten, glitt ich sanft in die wohlige Dunkelheit eines alles vergessenden Schlafes.

Das Fahrzeug stoppte jäh und ich wurde unsanft in die kalte und nasse Realität der Nacht zurückbefördert.

Noch völlig desorientiert und benommen riss ich die Augen auf und schüttelte energisch den Kopf, um wieder einigermaßen klar denken zu können.

Johannes hatte bereits sein Gurtschloss gelöst und war mit einem gemurmelten: *So ein Mist!* im Begriff, aus dem Wagen zu steigen. Ich zog mich an den beiden Fondsitzen nach vorn und spähte angestrengt durch die Windschutzscheibe, um den Grund unseres plötzlichen Anhaltens auszumachen.

Wir mussten uns nach meinem ersten vagen Orientierungsversuch irgendwo auf der Bundesstraße zwischen Sonthofen und Fischen befinden. Ich erkannte unweit vor uns die Ampelanlage, an der die Straße nach Bolsterlang und zur Hörnergruppe abzweigte. Zu dieser fortgeschrittenen, nächtlichen Stunde war das Verkehrssignal allerdings ausgeschaltet und der Stahlmast der Lichtanlage hob sich nur schemenhaft von der Dunkelheit rings um uns herum ab.

Auf der Straße vor uns stand ein großer Lastwagen quer und versperrte uns mit seinem langen Aufleger den Weg. Johannes hatte bereits die Fahrertür seiner Mercedes geöffnet und bedeutete Isabelle und mir mit einer energischen Handbewegung, im Wagen zu bleiben.

Ich werde erst einmal allein nachsehen, was hier passiert ist! Sollte ich Hilfe benötigen, gebe ich Dir ein Handzeichen, sagte er mit bestimmendem, keinen Widerspruch duldenden Ton zu mir und ich nickte. Ich hatte sowieso keine große Lust, in dem Wind, dem Regen und der Kälte ohne Jacke durch die Nacht zu stapfen.

Bestimmt hat der Idiot von LKW-Fahrer ein Reh oder ähnliches erwischt und ist dadurch ins Schlingern geraten, mutmaßte ich an

Isabelle gewandt, nachdem Johannes die Fahrertür geschlossen hatte. Isabelle drehte sich zu mir um und nickte bestätigend. *Vermutlich hast Du Recht. Die Leute rasen hier nachts entlang, ohne Rücksicht auf Verluste. Es passieren ständig Wildunfälle in dieser Gegend.*

Mein Blick folgte meinem Kollegen, der eilig seinen Wagen umrundete, um an den Kofferraum zu gelangen. Er öffnete ihn, beugte sich hinein und wenige Sekunden später erleuchtete der gleißende Lichtkegel einer großen Stablampe die nächtliche Szenerie. *Wenigstens hat er an seine Jacke gedacht,* murmelte ich, mehr zu mir selbst, als ich ihn beobachtete, wie er sich hektisch seine Allwetterjacke überstreifte und mit einer freien Hand die Kapuze aus deren Kragen zupfte, um sie sich über seinen mittlerweile schon recht feuchten Kopf zu stülpen. In der anderen Hand hielt Johannes die große Taschenlampe und richtete deren Lichtkegel auf das im Dunkeln vor uns liegende Führerhaus des LKW.

Isabelle rutschte unruhig auf dem Beifahrersitz hin und her. Ich konnte ihr ansehen, dass ihr die Situation Unbehagen bereitete. Es wäre ja auch schließlich nicht das erste Mal, dass hilfsbereite Ersthelfer bei einem Unfallgeschehen anhielten und überfallen wurden, weil der vermeintliche Unfall nur gestellt war.

Noch lebhaft konnte ich mich an derartige Berichte in den Zeitungen aus meiner Zeit in Frankfurt erinnern. Isabelle schien zudem ebenfalls von solchen Ereignissen gehört zu haben, obwohl ich mir beim besten Willen nicht vorstellen konnte, dass sich diese Art Überfälle auch in einer augenscheinlich so friedlichen Gegend wie hier im Allgäu ereignet haben könnten. In meiner Vorstellung passierten diese bösen Dinge doch eher in der wilden Großstadt, als hier auf dem beschaulichen Lande, wo so gut wie Jeder Jeden kannte und die Nachbarn noch gegenseitig auf sich achtgaben.

Doch ganz sicher war ich mir natürlich auch nicht und so beobachtete ich genauso gebannt wie Isabelle, wie Johannes sich vorsichtig dem Führerhaus des Lastwagens näherte und mit dem hellen Lichtkegel seiner Lampe durch die geschlossene Seitenscheibe in das Dunkel der Führerkabine hinein leuchtete.

Von unserer Position aus dem Wageninneren konnten Isabelle und ich nicht erkennen, ob sich jemand in der Kabine befand, doch plötzlich setzte Johannes einen Fuß auf die Einstiegshilfe des LKW, zog sich entschlossen hoch und riss mit der freien Hand hektisch die Fahrertür auf. Eine Gestalt kippte ihm vom Inneren der Kabine heraus seitlich entgegen und noch ehe er mir mit einem Handzeichen bedeuten konnte, ihm zu Hilfe zu kommen, hatte ich auch schon die Hecktür des Mercedes aufgerissen und hastete eilig in die dunkle Nacht hinaus.

Wind und Regen schlugen mir entgegen, als ich das Fahrzeug verließ und in Nu war meine Kleidung unangenehm feucht. Meine Haare klebten wirr in meinem Gesicht und wehten mir durch die Windböen in die Augen, sodass ich sie mit einer energischen Handbewegung immer wieder zurück hinter die Ohren befördern musste. Ich zog entschlossen die Schultern hoch und spurtete über die regennasse Straße auf meinen Kollegen zu, der das augenscheinliche Unfallopfer bereits wieder in das Innere der Fahrerkabine zurück geschoben hatte und sich nun ebenfalls mit auf den Fahrersitz zwängte.

Beim aussteigen hatte ich Isabelle noch schnell aufgefordert, im Mercedes sitzen zu bleiben und über Johannes' Mobiltelefon die Polizei zu alarmieren. Was auch immer hier geschehen war, die Polizei würden wir in jedem Fall benötigen, um die Bergung des großen Sattelzuges zu koordinieren, der die gesamte Straße über beide Spuren hinweg versperrte.

Um diese fortgeschrittene Uhrzeit herrschte so gut wie kein Verkehr mehr auf den umliegenden Straßen und wir drei waren vorerst die einzigen Menschen, die bisher die Unfallstelle erreicht hatten.

Binnen weniger Sekunden hatte ich zu Johannes aufgeschlossen, der mir zwischenzeitlich wieder den Rücken zugewandt hatte, um sich um den augenscheinlich verletzten LKW-Fahrer zu kümmern. Als er meine Schritte hörte, drehte er sich zu mir um und deutete energisch mit einer Hand vor sich hin die Straße herunter. *Ich komme hier alleine klar, aber dort unten steht noch ein weiteres Fahrzeug,* wies er mich hastig an, bevor er sich wieder zu dem LKW-Fahrer umdrehte. Ich nickte kurz zur Bestätigung, dann folgte mein Blick seinem Fingerzeig und ich starrte angestrengt in die Dunkelheit vor mir.

Das zweite, offensichtlich ebenfalls in den Unfall verwickelte Fahrzeug stand unweit des massigen 30Tonners am rechten Fahrbahnrand. Die Scheinwerfer des Lastwagens erhellten, da er schräg zur Straße stand, lediglich den linken Straßenrand und das andere Auto lag dadurch weitgehend im Dunkeln. Mit klopfendem Herzen rannte ich die wenigen Meter zu dem Unfallwagen die Straße hinunter. Meine Augen gewöhnten sich zunehmend an die Dunkelheit um mich herum und ich erkannte immer mehr Details in meiner näheren Umgebung, als ich schließlich wenige Sekunden später und etwas außer Atem den PKW erreichte.

Die gesamte Fahrzeugfront war bis zur Windschutzscheibe hin faktisch nicht mehr vorhanden. Ich wandte den Kopf und blickte prüfend zurück zum LKW. Auch dieser wies im Frontbereich erhebliche Beschädigungen auf. Die beiden Fahrzeuge mussten also offensichtlich regelrecht frontal ineinander gefahren sein. Meine Nackenhaare sträubten sich bei dem Gedanken daran, welche Kräfte auf den PKW beim Zusammenprall mit dem LKW geherrscht haben mussten. Ein eisiger Schauer lief mir unvermittelt über den Rücken, und das lag nicht nur an der unangenehmen Kälte und meiner durch den Regen bereits immer feuchter werdender Kleidung. Wer auch immer in diesem Auto vor mir sitzen mochte, er oder sie war mindestens einmal schwer verletzt.

Es ist etwas völlig anderes, wenn man als Arzt mit einem ganzen Team aus Rettungskräften an eine Unfallstelle kommt und sämtliches Notfallequipment im Rettungswagen zur Verfügung hat. In diesem Moment wurde mir überaus unangenehm bewusst, dass ich zu diesem Zeitpunkt komplett auf mich allein gestellt war. Bei kleineren Unfällen stellte dieser Umstand an sich für mich kein großes Problem dar, ich verfügte über eine exzellente notfallmedizinische Ausbildung. Leider hatte ich allerdings neben meinem Fachwissen in diesem Augenblick keinerlei weitere medizinische Hilfsmittel zur Hand, außer eventuell einen kleinen, unbedeutenden Verbandskasten in Johannes Mercedes.

Ein weiterer, prüfender Blick auf das völlig zerstörte Fahrzeug vor mir machte jedoch allzu deutlich, dass es hier mit ein paar Pflastern oder Mullbinden sicherlich nicht getan war.

Ich machte auf dem Absatz kehrt und rannte die paar Meter zurück bis zum Führerhaus des Lastwagens. Johannes Mercedes parkte mit Warnblinkleuchten unmittelbar hinter dem LKW am rechten Fahrbahnrand und Isabelle hatte zwischenzeitlich den Wagen verlassen und stand aufgeregt telefonierend auf der regennassen Straße.

Ich schrie hektisch zu ihr hinüber: *Isabelle, wir brauchen hier mindestens einen RTW mit NEF. Dort vorne,* mit einer ausschweifenden Handbewegung deutete ich auf den Bereich vor dem LKW, der von Isabelles momentanem Standort aus nicht einsehbar war, *steht noch ein weiteres Fahrzeug, total kaputt. Und sag der Leitstelle, die sollen sich bloß beeilen.* Isabelle hob zur Bestätigung die Hand in die Höhe. Ich machte wieder kehrt und lief zurück zu dem Unfallwagen im Straßengraben.

Vorsichtig näherte ich mich der Beifahrerseite. Mein Puls raste vor Nervosität darüber, was ich wohl im Inneren des Wagens vorfinden würde.

Glücklicherweise hatte der Regen zwischenzeitlich weitgehend aufgehört, rings um mich herum hörte ich das plätschern von Wasser, dass nun unaufhörlich von den umliegenden Bäumen und Sträuchern auf den Boden tropfte. Ich blieb stehen, hielt kurz den Atem an und lauschte angestrengt, ob eventuell noch andere Flüssigkeiten aus dem völlig zerstörten Wagen liefen, die sich vielleicht entzünden und mir schlimmstenfalls sogar um die Ohren fliegen konnten. Doch außer dem entfernten tropfen des Regenwassers war nichts Verdächtiges zu hören.

Die Regenwolken am nächtlichen Himmel rissen in diesem Augenblick zu meiner großen Erleichterung teilweise auf und es gelang dem vollen Mond endlich das ein ums andere Mal, sein fahles, weißes Licht bis hinunter auf den dunklen Nachtboden zu senden. Dadurch konnte ich von meinem Standort neben der Beifahrertür aus schemenhaft das Wageninnere erkennen. Die Fahrerseite des Wagens, das hatte ich zuvor schon bereits erkannt, war total demoliert, von dort aus konnte ich unmöglich an die Insassen des Wagens gelangen. Ich beugte mich zum Seitenfenster der Beifahrerseite hinunter und spähte angespannt hinein.

Der Beifahrersitz war leer und auch im Heck des Wagens war niemand zu erkennen. Es war folglich von lediglich einer verletzten Person auszugehen, nämlich der, die sich auf dem Fahrersitz befand.

Er, es war allem Anschein nach eine männliche Person, saß nach vorne über gebeugt zusammengesunken und noch immer angeschnallt auf dem Fahrersitz, das Gesicht halb vom aufgeblasenen Airbag, der durch die Wucht des Aufpralls gezündet hatte, verborgen.

Ich fasste nach dem Griff der Beifahrertür und zog versuchsweise daran, doch sie klemmte natürlich. Ich verstärkte meine Zugkraft, leider noch immer vergebens. Die Tür bewegte sich keinen Millimeter. Verärgert kniff ich die Lippen zusammen und schnaubte resigniert.

Doch ganz so kampflos würde ich definitiv nicht aufgeben. Ich nahm den Griff in beide Hände und zerrte mit meinem ganzen Gewicht an dem deformierten Stück Blech, das mich als letzte Hürde noch von meinem Patienten trennte.

Und siehe da ... , die Tür gab ihren Widerstand nach wenigen Sekunden schließlich auf, schwang mit einem lauten Stöhnen und Ächzen zur Seite und gab mir den Weg zu dem Verletzten frei.

Vorsichtig kletterte ich mit den Knien auf den Beifahrersitz. Überall lagen Scherben und Trümmerteile im Fahrzeuginneren verstreut und ich musste überaus vorsichtig sein, um mich nicht noch selbst an etwas zu verletzen. Mit einer Hand wischte ich hastig über die Sitzfläche, um sie von den gröbsten Verletzungsrisiken zu befreien, dann beugte ich mich ein wenig nach vorn und berührte leicht die Schulter des Mannes. Keine Reaktion.

Hallo, können Sie mich hören?

Noch immer gab der Mann kein Lebenszeichen von sich. Hektisch tastete ich nach der Carotis an der rechten Seite seines Halses. Unter meinen Fingerspitzen flackerte eine Spur von Leben, hauchdünn, flach und viel zu schnell, jedoch immerhin ein Puls.

Ich startete einen erneuten Versuch: *Können Sie mich hören, Hallo?* Vorsichtig legte ich ihm meine Hand auf seinen rechten Arm und drückte leicht zu. Dieses mal regte sich der Mann endlich ein wenig. Ein leises Stöhnen drang aus seinem Mund und er drehte ganz langsam den Kopf einige Zentimeter weit in meine Richtung, sodass ich im fahlen Licht des Vollmondes schließlich sein Gesicht sehen konnte.

Mein Herzschlag setzte für einige Sekunden aus und ich riss entsetzt die Augen weit auf, als ich den Fahrer schließlich erkannte: *Oh mein Gott!... Adrian....*

Ich schnappte panisch nach Luft und fuhr mir anschließend mehrfach mit zitternden Händen durchs Gesicht. Auch wenn ich diesem Mann noch vor wenigen Stunden die Pest an den Hals gewünscht hatte, das hier hatte ich nun wirklich nicht gewollt.

Sein erneutes Stöhnen katapultierte mich augenblicklich wieder zurück in die Realität. Ich schloss kurz die Augen und schluckte einige Male trocken, dann öffnete ich sie wieder und besann mich endlich auf meine vor mir liegende Aufgabe als Notfallmedizinerin. Noch immer überaus aufgewühlt begann ich schließlich, fast schon verzweifelt um Professionalität bemüht, mit einer ersten Bestandsaufnahme seiner Verletzungen.

Adrian bewegte sich ein wenig und öffnete einen Spalt breit die Augen. Sein Gesicht war großflächig mit Blut verschmiert, die Blutungsquelle für mich in diesem ersten Moment jedoch nicht auszumachen. Das war für den Augenblick allerdings sowieso das geringste Problem, entschied ich, endlich wieder logisch denkend.

Durch die Wucht des Aufpralls hatte sich die gesamte Front des Wagens zusammengeschoben. Adrians Beine waren unter dem nach vorne ins Fahrzeuginnere gedrückten Armaturenbrett eingeklemmt. Ich würde ihn niemals alleine und ohne zusätzliche Hilfe aus dem Wrack herausziehen können, erkannte ich frustriert.

Er hatte im Bereich der unteren Extremitäten mindestens eine, aufgrund des schweren Unfallmechanismus vermutlich aber eher mehrere, mehr oder minder schwere Frakturen erlitten, mutmaßte ich weiter. Aber auch mit diesen würde er wahrscheinlich zumindest noch nicht unmittelbar in Lebensgefahr schweben.

Was mir wirklich richtig Angst machte, war der absolut dringende Verdacht auf Verletzungen oder Rupturen der inneren Organe, denn davon war nach der Schwere des Aufpralls und seines derzeitigen Zustandes nach zu urteilen am wahrscheinlichsten auszugehen.

Adrians Augenlider flatterten kurz, dann machte er die Augen noch ein Stück weiter auf. Er kam langsam wieder zu sich. Ich tastete erneut nach seiner Carotis, doch sein Puls war noch immer zu flach und zu schnell und mittlerweile stolperte er auch das ein oder andere Mal. Ich schluckte krampfhaft den Kloß hinunter, der seit Minuten in meinem Hals fest zuhängen schien und streckte, noch immer vollkommen aufgewühlt meine Hand aus, um Adrian vorsichtig eine feuchte Haarsträhne aus seinem blutverschmierten Gesicht zu streichen.

Sein rechter Mundwinkel zuckte plötzlich und seine Lippen begannen sich langsam zu bewegen, als wollte er etwas sagen, doch es fehlte ihm letztendlich die Kraft dazu. Seine Augen schlossen sich wieder und er glitt erneut zurück in die tiefe Schwärze der Bewusstlosigkeit.

Ich kroch noch ein wenig dichter an ihn heran und streichelte sanft über seine mir zugewandte Wange. Mehr konnte ich im Moment leider nicht für ihn tun. Ich konnte ihm lediglich durch meine bloße Anwesenheit irgendwie Trost spenden und ihm das Gefühl geben, in seinem Überlebenskampf nicht alleine zu sein. Ohne technische Ausstattung waren selbst mir als Notfallmedizinerin in diesem Augenblick völlig die Hände gebunden. Ich schickte ein eindringliches Stoßgebet auf den Weg, meine Kollegen vom Rettungsdienst mochten sich bitte beeilen, denn ich konnte nicht sagen, wie viel Zeit Adrian noch blieb.

Die Minuten tickten dahin und sie kamen mir schier endlos vor, während ich unermüdlich Adrians Wange streichelte, tröstende Worte vor mich hin murmelte und mit einem Ohr angestrengt auf die Geräuschen außerhalb des Wagens lauschte.

Während ich neben meinem schwerverletzten Ex-Verlobten auf die Rettungskräfte wartete, kehrten meine Gedanken immer wieder zu den

Ereignissen der letzten Stunden zurück. All die Wut, die ich in den letzten Monaten empfunden hatte, die Scham darüber, was Adrian mir durch seinen Seitensprung angetan hatte, dass er dadurch fast mein ganzes Leben zerstört hatte, diese Gefühle existierten seit diesem Abend nicht mehr. Adrians unerwartetes Auftauchen in meiner Sprechstunde hatte mich zwar völlig verwirrt, doch ich war nach der Unterredung mit Isabelle und Johannes an und für sich zu dem Entschluss gekommen, dass ich Adrian nun doch zumindest die Möglichkeit einer vernünftigen Aussprache geben sollte.

Es tat mir plötzlich unendlich leid, wie aggressiv und abweisend ich mich ihm gegenüber während unseres Zusammentreffens wenige Stunden zuvor verhalten hatte. Allein die Tatsache, dass er mir nach all den Monaten unserer Trennung bis hierher gefolgt war, um mich um Verzeihung zu bitten, versetzte mir einen Stich tiefen Bedauerns mitten ins Herz. Ich war natürlich von seinem plötzlichen Auftauchen völlig überrumpelt worden, doch ich hätte nicht so hart gegen ihn sein dürfen. Eine Welle von Schuldgefühlen schnürte mir die Kehle zu und heiße Tränen kullerten mir plötzlich übers Gesicht.
Ich blinzelte ein paar Mal energisch, um wieder klar sehen zu können und verlagerte ein wenig mein Gewicht, da mir die Beine vom langen knien auf dem Beifahrersitz langsam taub wurden.
Endlich war in der Ferne das vertraute Geräusch herannahenden Martinshorns zu hören, die Rettungsmannschaft musste jeden Moment eintreffen. Ich tastete noch einmal nach Adrians Puls und rutschte alarmiert näher an ihn heran. Es war mittlerweile nur noch ein schnelles, unregelmäßiges Flattern zu spüren.
Oh nein, das kannst Du mir jetzt nicht antun, hörst Du! Du wirst mir jetzt hier nicht einfach unter den Händen wegsterben, kapiert?!.... Adrian, komm schon!!!
Panisch packte ich ihn an der rechten Schulter und rüttelte ihn, allerdings ganz sacht, um ihm keine weiteren Schmerzen zuzufügen. Meine eindringlichen Worte zeigten jedoch Wirkung, er regte sich ein wenig und öffnete langsam wieder die Augen. Sein Blick versuchte krampfhaft, mich zu fixieren und ein angedeutetes Lächeln zuckte schließlich in seinem Mundwinkel. Er öffnete unter großen Anstrengungen den Mund. Seine folgenden Worte waren nicht mehr als ein leises, heiseres

Flüstern, doch sie sorgten dafür, dass mir sofort wieder die Tränen in die Augen schossen.

Es...tut...mit...Leid.

Meine Hände zitterten, als ich ihm zärtlich über seine mittlerweile alarmierend kalte Wange strich und durch den Tränenschleier hindurch konnte ich kaum noch etwas erkennen.

Bitte Adrian...bleib bei mir stammelte ich zutiefst verzweifelt, dann brach meine Stimme unvermittelt und es kam nur noch ein Schluchzen aus meinem Mund.

Um mich herum wurde mit einem Mal alles in gleißendes, helles Licht getaucht. Ich hatte nicht bemerkt, dass die Rettungskräfte mittlerweile am Unfallort angekommen waren und zuckte erschrocken zusammen, als die Beifahrertür aufgerissen wurde und eine mir vertraute Stimme erklang: *Okay Sarah, wir sind da. Los komm raus, wir übernehmen das jetzt hier.*

Anton Schütz, mein Notarztkollege aus Oberstdorf tauchte an meiner Seite auf und zog mich mit sanfter Bestimmtheit aus dem Fahrzeuginneren heraus und somit von Adrian fort. Völlig benommen blieb ich einige Sekunden neben dem Wagen stehen und ließ mich dann von den heranströmenden Helfern widerstandslos an den äußeren Straßenrand schieben. Die Feuerwehr hatte in der Zwischenzeit bereits Flutlichtlampen ringsherum aufgebaut und das grelle Licht, das nun den Unfallort erhellte, zeigte deutlich, welche wahnsinnigen Kräfte bei dem Zusammenstoß von Adrians Wagen mit dem LKW geherrscht haben mussten.

Überall lagen Trümmerteile des Auto kreuz und quer über die Fahrbahn verteilt und sogar noch in dem angrenzenden kleinen Waldstück, welches links neben der Straße verlief. Adrians Wagen musste mit sehr hoher Geschwindigkeit unterwegs gewesen sein und war beinahe frontal in den Lastwagen hineingerast. Dass Adrian diesen Aufprall überhaupt noch lebend überstanden hatte, grenzte bereits schon an ein Wunder.

Isabelle tauchte plötzlich neben mir auf und legte mir fürsorglich eine warme Wolldecke, die sie eilig von einem der Feuerwehrleute organisiert hatte, um die Schultern. Erst jetzt bemerkte ich, wie sehr ich fror und meine Zähne schlugen vor Kälte und Erschöpfung hart aufeinander.

Es... ist Adrian... brachte ich mühsam hervor und Isabelles Augen weiteten sich bestürzt bei meinem Worten.

Komm Sarah, lass uns hier weggehen, wir stehen den Leuten nur in den Füßen herum. Ich bin sicher, sie werden alles tun, um ihm zu helfen. Sie packte mich sanft bei den Schultern und führte mich zu einem der Rettungswagen, wo Johannes bereits auf uns wartete. Er hatte den LKW-Fahrer erstversorgt und anschließend den ankommenden Kollegen zur Weiterversorgung übergeben. *Er ist außer Lebensgefahr,* teilte er uns beim näherkommen mit, doch dann fiel sein Blick auf mein verstörtes Gesicht und er zog fragend die Augenbrauen hoch.

Was ist mit dem anderen Wagen? wollte er von Isabelle wissen, doch ich kam ihr mit der Antwort zuvor: *Es ist Adrian* brachte ich mühsam hervor und meine Stimme kam mir selbst sonderbar fremd vor. Die Auswirkungen des Schocks schienen nun endgültig die Kontrolle über meinen Körper zu übernehmen, denn meine Lippen kribbelten plötzlich, grelle Lichtpunkte tanzten wild vor meinen Augen und ich hörte nur noch das immer lauter werdende Rauschen meines eigenen Blutes in den Ohren, bevor meine Beine taub wurden und schließlich nachgaben.

Als ich kurze Zeit später wieder zu mir kam, blinzelte ich sichtlich verstört in das grelle Licht der Deckenbeleuchtung eines Rettungswagens. Ich lag auf der Bergetrage, hatte eine Decke über meinem nach wie vor zitternden Körper ausgebreitet und einen venösen Zugang im rechten Arm liegen, durch den langsam eine Infusionslösung tropfte. Isabelle stand mit besorgter Mine neben mir, hielt meine linke Hand und streichelte sie unaufhörlich. Als sie merkte, dass ich wieder wach war, erhellte sich ihr Gesicht und sie stieß einen erleichterten Seufzer aus.

Na, Du hast uns aber eben ganz schön erschreckt! tadelte sie mich, allerdings mit einem überaus warmherzigen, aufmunternden Lächeln.

Dann sind wir uns ja jetzt quitt. Meine Stimme krächzte ein wenig und ich räusperte mich kurz. Noch immer deutlich benommen blickte ich mich langsam um, inständig bemüht, endlich wieder einen klaren Kopf zu bekommen. Unvermittelt stürzten mit einem Mal die Geschehnisse der letzten Stunden wieder auf mich ein und ich fuhr panisch von der Trage hoch.

Adrian!?Wie geht es ihm? Ich versuchte, mich soweit aufzurichten, dass ich aus dem Heckfenster des Rettungswagen heraus einen Blick auf die voranschreitenden Bergungsarbeiten erhaschen konnte, doch Isabelle drückte mich sanft, aber dennoch entschieden wieder zurück auf die Trage. In Anbetracht einer neuerlichen Schwindelattacke, die mich durch meine hektische Bewegung heimsuchte, ließ ich sie schließlich gewähren und sank widerstandslos zurück auf die Liege.

Obwohl Isabelle mit dieser Frage aus meinem Mund gerechnet hatte und mich auf gar keinen Fall beunruhigen wollte, sie war leider eine schlechte Schauspielerin und ihr Gesicht verdunkelte sich sorgenvoll, als sie zögernd antwortete: *Sie haben ihn gerade eben aus dem Wrack herausgeholt und versorgen ihn nun im Rettungswagen.* Sie versuchte, dennoch eine zuversichtlicher Mine zu machen und legte mir tröstend eine Hand auf meinen Oberschenkel: *Er wird schon durchkommen, Du wirst sehen. Die Jungs tun wirklich alles für ihn, glaub mir.*

Ich weiß. Mehr brachte ich im Moment nicht über die Lippen. Mein Arme und Beine fühlten sich mit einem Mal tonnenschwer an und jede einzelne meiner Muskelfasern erschlaffte spürbar. Eine bleierne Müdigkeit breitete sich plötzlich über meinem gesamten Körper aus. Toni Schütz musste mir über die Infusion wohl auch ein starkes Beruhigungsmittel verabreicht haben, dachte ich, teils entrüstet, teils fast schon ein wenig belustigt. Entgegen meinem Willen fielen mir immer wieder die Augen zu.

Isabelle beobachtete mich einen Moment lang schweigend, dann drückte sie mir noch einmal kurz aufmunternd den Oberschenkel und wandte sich anschließend zum gehen. *Ich werde mal nachsehen, ob ich Neuigkeiten in Erfahrung bringen kann, okay?* Ihr Blick ruhte prüfend auf meinem Gesicht. *Kann ich Dich denn einen Augenblick alleine lassen?*

Ich versuchte weiterhin krampfhaft, meine Augen offen zu halten und brachte lediglich ein stummes Nicken zustande. Isabelle drehte sich seufzend um, stieg aus dem Rettungswagen und verschwand im Getümmel der laufenden Bergungsarbeiten.

Ich blieb allein auf meiner Trage liegend zurück und sank schließlich betend in einen künstlich herbeigeführten, traumlosen Schlaf.

19

Der Herr ist mein Hirte, nichts wird mir fehlen.

Er lässt mich lagern auf grünen Auen und führt mich zum Ruheplatz am Wasser.

Er stillt mein Verlangen, er leitet mich auf rechten Pfaden, treu seinem Namen.

Und muss ich auch wandern in finsterer Schlucht, ich fürchte kein Unheil,
denn Du bist bei mir,
Dein Stock und Dein Stab geben mir Zuversicht.

Du deckst mir den Tisch vor den Augen meiner Feinde,
Du salbst mein Haupt mit Öl, Du füllst mir reichlich den Becher.

Lauter Güte und Huld werden mir folgen mein Leben lang
Und im Haus des Herrn darf ich wohnen für lange Zeit.

Die Trauergemeinde lauschte stumm und zutiefst erschüttert den Worten des Psalms 23, den der Pfarrer an Adrians Sarg mit überzeugender, klarer Stimme rezitierte.

Ich stand mit versteinerter Mine zwischen Adrians Eltern und Leonie und blickte auf den mit weißen Rosen übersäten Sarg vor mir und das dunkle, schwarze Loch daneben in der Erde, in dem Adrians Körper seine letzte Ruhe finden würde.

Meine Gedanken schweiften immer wieder zurück zu jener Nacht vor vier Tagen, in der das schreckliche Unglück geschehen war.

Irgendwann mitten in der Nacht, durch das mir verabreichte Sedativum hatte ich jegliches Gefühl für die Zeit verloren, öffneten sich die Türen des Rettungswagens, in dem mich die Unfallhelfer zurückgelassen hatten.

Ich erwachte durch das Geräusch aus meinem unnatürlichen Schlaf, als Johannes in Begleitung von Anton Schütz und Isabelle zu mir in die Transportkabine des Rettungsfahrzeugs stiegen. Aus ihren betretenen, zutiefst niedergeschlagenen Gesichtern konnte ich sofort ablesen, dass sie keine guten Nachrichten mit sich brachten.

Toni Schütz trat schweigend und mit zusammengepressten Lippen an meine rechte Seite, Johannes an meine Linke. Isabelle blieb am Fußende der Trage stehen, die angespannten Gesichter der drei sprachen Bände.

Es tut mir sehr Leid, Sarah. Tonis Stimme bebte ein wenig, als er schließlich das 'Unvermeidliche aussprach und damit meine schlimmsten Befürchtungen in reale Worte fasste: *Wir haben wirklich alles versucht, doch die Verletzungen Deines ehemaligen Verlobten waren zu gravierend.* Er betonte das Wort 'Alles' überdeutlich und brachte dadurch seine eigene Verzweiflung über den dramatischen Ausgang des schrecklichen Unfalles zum Ausdruck. *Er ist tot.*

Johannes erzählte mir später in der Nacht, nachdem ich mich wieder ein wenig gefangen hatte, auf mein drängendes Nachfragen hin letztendlich auch noch nähere Details zum Bergungsverlauf.

Die Helfer hatten leider eine nicht unerhebliche Zeit benötigt, um Adrian aus dem völlig zerstörten Autowrack zu bergen. Sie mussten schweres Gerät einsetzen, die beiden A-Säulen des Fahrzeugs mittels einer hydraulischen Rettungsschere durchtrennen und anschließend das gesamte Dach nach hinten umbiegen, damit sie Adrian endlich befreien konnten. Zwar war er unmittelbar nach der Bergung aus dem Wrack noch am Leben gewesen, doch die Schwere seiner Verletzungen und deren massive Ausmaße ließen jeden Helfer daran zweifeln, dass auch nur ein kleiner Funken Hoffnung bestand, diesen Horrorunfall zu überleben.

Man hatte Adrian zwar kurzfristig noch einmal stabilisieren können, um ihn in den Rettungswagen zu bringen, doch dort brach sein Kreislauf immer wieder zusammen. Die schweren Thorax- und Bauchverletzungen mit massiven inneren Blutungen und der daraus resultierende Blutverlust hatten schließlich zum vollständigen Zusammenbruch seines Herz-Kreislaufsystems geführt.

Nach fast einstündiger, zunehmend verzweifelter und letztendlich leider doch erfolgloser Reanimation hatte Anton Schütz abschließend nur noch den Tod des Patienten feststellen können.

Wie im Trance hatte ich daraufhin die letzten Tage erlebt. Ich empfand es natürlich als meine Pflicht als Adrians ehemalige Verlobte, dass ich seine Eltern persönlich über den Tod ihres Sohnes informierte und ich unterstützte sie anschließend auch nach Kräften bei den Formalitäten für die Überführung des Leichnams in Adrians Heimatstadt Frankfurt. Dort sollte er, gemäß dem Wunsch seiner Eltern, auf dem Zentralfriedhof seine letzte Ruhestätte finden.

Gino und Lucia Falconelli hatte die Todesnachricht ihres einzigen Kindes natürlich völlig aus der Bahn geworfen.

Ich erfuhr von ihnen im Laufe der stundenlangen Gespräche, die wir im Rahmen der Bestattungsvorbereitungen gemeinsam führten, dass sich Adrian nach unserer Trennung sehr verändert hatte. Seine Eltern hatten ihm damals bittere Vorwürfe wegen seines Verhaltens gemacht, nachdem sie erfahren hatten, was Adrian mir angetan hatte, worauf hin dieser anschließend versuchte, seine schlimmen Schuldgefühle in Alkohol zu ertränken.

Nachdem er dann auch noch betrunken zum Dienst in der Praxis erschienen war, hatten ihn seine Kollegen kurzerhand freigestellt und aus der Gemeinschaftspraxis ausgeschlossen. Durch den Verlust seines Arbeitsplatzes rutschte Adrian letzten Endes vollständig ab. Er musste sogar seine geschätzte Penthousewohnung im Westhafen aufgeben und Gino und Lucia waren somit mehr oder weniger gezwungen gewesen, ihren Sohn nach all den Jahren seiner Selbständigkeit wieder bei sich aufzunehmen, was für die beiden aufgrund der besonderen Situation natürlich eine absolut selbstverständliche Sache war.

Doch Adrian schaffte es dennoch nicht, sich wieder zu fangen. Er ließ sich weiterhin gehen, versank zunehmend in Selbstmitleid, begann den Tag bereits früh mit Whisky und Grappa und wollte sich von niemandem helfen lassen. Seine einst so stolze Erscheinung und sein gepflegtes Äußeres verschwanden bald vollkommen und zurück blieb ein gebrochener, dem Alkohol verfallener Mann.

Gino und Lucia Falconelli hielten jedoch weiter an ihrem Sohn fest und versuchten alles, um ihn wieder auf den rechten Weg zu bringen. Irgendwann gelang es ihnen dann doch, zu ihm vorzudringen und ein ernsthaftes Wort mit ihm über seine Zukunftsperspektiven zu sprechen. Adrian suchte sich auf Anraten seiner Eltern professionelle Hilfe bei einem Therapeuten, um seine Alkoholexzesse in den Griff zu bekommen. Dort arbeitete er auch die Trennung von mir auf.

Irgendwann setzte er sich dann in den Kopf, mich wiederzusehen und um Verzeihung zu bitten. So war auch er es gewesen, der mich die ganzen Wochen vor seinem Erscheinen in meinem Sprechzimmer verfolgt hatte. Zum damaligen Zeitpunkt hatte er aber noch nicht den Mut gefunden, mich persönlich anzusprechen. Leider hatte unser Wiedersehen schließlich in einem Desaster geendet.

Die Tatsache, dass eine große Trauergemeinde, unter ihr auch seine früheren Kollegen aus der Praxis und viele ehemalige Patienten, dicht gedrängt an diesem kalten und regnerischen Tag im November um Adrians frisches Grab standen, ließ es zur traurigen Gewissheit werden, dass sein Plan nicht aufgegangen war.

20

Die düsteren Tage und lang andauernden dunklen Nächte des fort-schreitenden Novembers drückten mir sehr aufs Gemüt. Oft hing der Frühnebel den ganzen Tag hindurch im Talkessel von Oberstdorf fest, denn die das Dörfchen umzingelnden, über 2000 Meter hoch aufragen-den Gipfel der Allgäuer Alpen ließen dem Dunst keine Möglichkeit, zu entweichen. Nicht ein Sonnenstrahl erreichte den Boden und die Welt schien nur noch in schwarz und weiß zu existieren.

Entsprechend dem Wetter war auch meine Stimmungslage. Nach den schrecklichen Ereignissen um Adrians Tod war nichts und Niemand in der Lage, mich auch nur annähernd aufzuheitern. Ich ver-fiel mehr und mehr in Lethargie, erledigte meine Arbeit in der Praxis nur noch lustlos und desinteressiert und verkroch mich nach Feierabend in meiner Wohnung, um meinen trüben Gedanken nachzuhängen.

An wieder einmal genau so einem trostlosen Abend riss mich die Türklingel aus meiner endlosen Grübelei. Entnervt über diese uner-wünschte Störung stellte ich scheppernd meine Teetasse auf den Wohn-zimmertisch und schlurfte in meinem Kuschelpyjama und nur mit di-cken Wollsocken an den Füßen zur Haustür, um nachzusehen, welcher Störenfried zu dieser fortgeschrittenen Stunde meine derzeit absolut un-gastfreundliche Gesellschaft suchte.

Ich schaltete das Außenlicht an der Haustüre an, öffnete die Tür einen Spalt breit… und erschrak fürchterlich.

Vor meinem Gesicht tanzten dutzende bunter Luftballons umher. Luft-schlangen flogen mir entgegen und wickelten sich um meinen Kopf und Oberkörper. Die bunten Figur- und Herzchenballons wurden schließlich von mehreren Händen auf die Seite geschoben und es ertönte ein laut-starkes

HAPPY BIRTHDAY, liebe Sarah… aus vielen Mündern.

Ich stand wie angewurzelt und mit offenem Mund im Türrahmen und starrte in die mich anstrahlenden, fröhlichen Gesichter. Im nächsten

Augenblick fiel es mir wie Schuppen von den Augen: ich hatte tatsächlich meinen eigenen Geburtstag vergessen.

Ww...was.. macht ihr denn alle hier?, stotterte ich völlig perplex, wurde aber prompt von Johannes, der als Erster vorgetreten war und die Wortführung der kleinen Gruppe übernahm, sogleich unterbrochen.

Meine liebe Kollegin. Seine Stimme klang warm und feierlich und augenblicklich überlief mich ein Schauer der Rührung.

Auch wenn Du im Moment glaubst, dass es niemanden mehr auf der Welt gib, dem Du etwas bedeutest, so solltest Du diese Ansicht schnellstmöglich revidieren. Er breitete mit theatralischer Geste die Arme aus und deutete auf die ihn umringenden, mich breit angrinsenden Gestalten. Gerührt über soviel unerwartete Aufmerksamkeit schossen mir unvermittelt die Tränen in die Augen und durch den Tränenschleier hindurch versuchte ich, einzelne Gesichter meiner Besucher zu erkennen.

Während Johannes redete, wurde mir bewusst, dass er alle unsere gemeinsamen Bekannten für diese Geburtstagsüberraschung mobilisiert hatte. Neben Johannes stand natürlich Isabelle, sie hielt ein riesiges Geschenk vor ihrem mittlerweile deutlich wachsenden Schwangerschaftsbauch. Hinter ihr konnte ich Gabi und Monika erkennen, unsere medizinischen Fachangestellten aus der Praxis. Zu meiner großen Überraschung entdeckte ich auch die Gesichter von Leonie und Marco. Die beiden waren extra aus Frankfurt angereist, nur um meinen Geburtstag zu feiern. Außerdem waren Toni Schütz und meine anderen Kollegen aus der Rettungswache Oberstdorf dabei, allesamt mit Geschenken beladen. Für den Bruchteil einer Sekunde glaubte ich sogar, Sebastians Gesicht unter den Gästen erkannt zu haben. Doch ich hatte mich natürlich getäuscht. Es war lediglich Jan Harter, einer der Rettungssanitäter der Oberstdorfer Wache, der Sebastian äußerlich ein wenig ähnlich sah.

Ich schüttelte, von der Überraschung nach wie vor völlig überwältigt, den Kopf und wischte mir mit einem Taschentuch, dass Isabelle mir in weiser Voraussicht diskret zugesteckt hatte, die Tränen aus dem Gesicht.

Woher habt ihr das gewusst, ich meine... ich hab doch selbst überhaupt nicht mehr daran gedacht? Noch immer schwankte meine Stimme gefährlich und ich war völlig aufgelöst.

Na, wozu hat man denn Freunde, wenn nicht für Erinnerungen jeglicher Art, erklärte Johannes leichthin, machte anschließend einen Schritt auf mich zu, schloss mich herzlich in seine Arme und drückte mich an seine muskulöse Brust. Die anderen folgten der Reihe nach seinem Beispiel und es wurde minutenlang gedrückt und gebusselt.

Natürlich sind wir nicht alle bloß hergekommen, um Dir zu gratulieren und Dir die Geschenke zu überreichen, Isabelle schüttelte lachend den Kopf, *wir werden Dich jetzt auch noch entführen, denn wir haben noch eine weitere Überraschung für Dich.*

Ich blickte völlig perplex von einem zum andern, doch meine Geburtstagsüberraschungsgäste blieben mir eine weitere Erklärung schuldig und lächelten mich statt dessen nur vielsagend an.

Los komm, zieh Dir was anständiges an, Isabelle betrachtete mich missbilligend von oben bis unten. So, wie ich im Augenblick vor meinen Gästen stand, mit Wollsocken und wuscheligen Haaren, würden sie mich wohl kaum mitnehmen. Kurzerhand schob mich Isabelle durch die Haustür zurück in den Flur und bugsierte mich zielstrebig ins Schlafzimmer.

Minuten später stand ich ordentlich angezogen und frisch gestylt vor der auf mich ungeduldig wartenden Geburtstagsgesellschaft und konnte es selbst vor Aufregung kaum abwarten, welche Überraschung nun noch folgen würde.

Unsere kurze Autofahrt endete schließlich an der Erding-Arena. Zu meiner großen Verwunderung führten mich Johannes und Isabelle mitsamt meinen Gästen zur Talstation der Nebelhornbahn, wo ein Gondelführer uns bereits erwartete, um uns mit der Bergbahn auf die Station Höfatsblick zu bringen.

Wie um alles in der Welt habt Ihr das geschafft?, fragte ich meinen Kollegen zum wiederholten Male neugierig, doch Johannes wechselte nur einen vielsagenden Blick mit seiner Frau und beide schwiegen mit einem Augenzwinkern in meine Richtung.

Die Gondel trug uns allesamt in einer knappen Viertelstunde den Berg hinauf zum Höfatsblick, wo im Restaurant der Bergstation die Vorbereitungen für meine Geburtstagsparty längst abgeschlossen waren.

Bereits am Ausstieg wurden wir von jungen, hübschen Servicekräften in klassischer Dirndltracht zum Sektempfang erwartet und im Restaurant war ein Buffet kulinarischer Meisterwerke aufgebaut. Eine kleine, einheimische Musikband übernahm zudem die musikalische Gestaltung des Abends.

Ich ließ mich von der guten Laune meiner feierwütigen Freunde anstecken und zum ersten Mal seit Wochen verblassten endlich die schrecklichen Erinnerungen an die Ereignisse, die ich in den letzten Monaten erlebt hatte. Das, was mit Adrian passiert war, würde ich zwar niemals vergessen, doch es wurde mit jedem weiteren Tag, der verging zu einem weiteren Teil meiner Vergangenheit, der nun einmal nicht mehr zu ändern war. Sein unerwarteter Tod hatte mir wieder einmal meine eigene Vergänglichkeit deutlich gemacht, und niemand konnte schließlich wissen, wie viel Zeit einem selbst noch blieb. Ich musste wohl oder übel endlich lernen, das Schicksal anzunehmen und trotzdem meinen Weg zu gehen, egal welche positiven oder negativen Überraschungen das Leben für mich noch bereithielt.

Irgendwann zu fortgeschrittener Stunde schafften es meine sentimentalen Gedanken dann doch wieder, die Oberhand über meine bereits vorsichtig aufkeimende innere Zufriedenheit zu gewinnen. Meine Gedanken wanderten schließlich zu Sebastian hin und ich spürte einen schmerzlichen Stich tiefen Bedauerns in meinem Herzen.

Der junge Bergführer war bisher noch immer nicht nach Oberstdorf zurückgekehrt, obwohl er schon deutlich länger fort war, als geplant. Seit meiner überaus bescheuerten Reaktion an diesem schicksalhaften Viehscheidabend hatte ich nichts mehr von ihm gehört und ich wünschte mir inständig endlich eine Möglichkeit, mich persönlich bei ihm für mein dummes Verhalten zu entschuldigen und ihn um Verzeihung zu bitten.

Doch bisher war mir diese Gelegenheit verwehrt geblieben. Ich hatte das zarte Pflänzchen unserer gegenseitig füreinander aufkeimenden Zuneigung aus schierer Unwissenheit, persönlicher Scham und banalem Trotz zertreten und ich konnte nur weiterhin hoffen und beten, dass Sebastian eines Tages zurückkommen würde und mir eine zweite Chance gab.

Kurz vor Weihnachten fiel der erste, dauerhafte Schnee bis ins Tal hinunter und verwandelte die Landschaft ein eine verzauberte Märchenwelt.
Die Bäume waren verhüllt von Bergen der weißen Pracht und ächzten förmlich unter der schwerer Last und die Felder und Wiesen funkelten wie ein Meer aus Edelsteinen, wenn die Sonne vom strahlend blauen, wolkenlosen Himmel auf den Boden des Tals hinab schien und alles zum Glitzern brachte.
Die schlimmen Ereignisse der vergangenen Monate verblassten langsam und der alltägliche Praxistrott gewann wieder die Oberhand über mein Leben. Morgens behandelte ich gemeinsam mit Johannes die Kranken, in der Mittagspause diktierte ich Befunde, oder gönnte mir einen kleinen Happen zur Stärkung beim Pizza-Lieferservice, bevor die Nachmittagssprechstunde wieder begann. Zwischendurch mussten natürlich auch die Hausbesuche erledigt werden und am Wochenende versah ich gemeinsam mit Toni Schütz und anderen Kollegen den Notdienst in der Rettungswache.

Je weiter die immer kürzer werdenden Tage in Richtung Heiligabend wanderten, desto melancholischer wurde meine Stimmung. Die Menschen um mich herum steckten bis über beide Ohren in ihren Weihnachtsvorbereitungen. Laufend fing ich Gesprächsfetzen auf wie: Was schenkst Du Deinem Mann oder Freund oder Kindern zum Fest? ...Bei uns gibt es Rehbraten an den Feiertagen... Ja, natürlich kommt die gesamte Verwandtschaft zu Besuch...oder: Ich habe eine neue Sorte Laible (gemeint sind Plätzchen) gebacken, ein Gedicht sag ich Dir, das Rezept muss ich Dir unbedingt mal geben...

Für mich selbst würden die Feiertage, mein erstes Weihnachten in meiner neuen Heimat, wohl eher im Sparprogramm ablaufen. Auch die überall aufgehängten Lichter in der Marktgemeinde, die dem Ort eine kuschelige, warme Atmosphäre verliehen, konnten meine Aussichten darauf nicht beschönigen.

Leonie war mit ihrem Freund natürlich bei der Familie eingeladen. Sie hatte zwar wie im letzten Jahr auch schon darauf beharrt, mich dorthin mitzunehmen, damit ich nicht ganz alleine hier unten festsaß, doch ich hatte entschieden abgelehnt. Ich würde schon zurechtkommen und sie solle sich keine Sorgen um mich machen, hatte ich ihr mehr oder weniger glaubhaft versichert.

Schließlich hatte ich mich für die beiden Feiertage zum Bereitschaftsdienst in der Rettungswache eintragen lassen, sehr zur Freude meiner Kollegen, die allesamt Familien zuhause hatten und meines Erachtens nach dort besser aufgehoben waren. Ich redete mir hingegen unermüdlich ein, dass das für mich kein Problem war, zumal ich auch das letzte Weihnachtsfest, allerdings damals noch in Frankfurt, gearbeitet hatte. Den Gedanken an die schlimmen Geschehnisse am Uniklinikum Frankfurt verdrängte ich noch immer hartnäckig und weitgehend erfolgreich.

An Heiligabend würde ich nach langen Jahren der Abwesenheit endlich einmal wieder eine Christmette besuchen, nahm ich mir fest vor. Die Ereignisse der letzten Monate hatten mich irgendwann diese Entscheidung treffen lassen. Anschließend würde ich mich dann in meine vier Wände verkriechen und einfach den ganzen restlichen Abend heulen…

Ich hatte mich bereits für die Kirche fertiggemacht und war gerade im Begriff, mir meinen warmen Wintermantel anzuziehen, als die Klingel an der Haustüre läutete. Irritiert hielt ich in der Bewegung inne und überlegte, wer an diesem heiligen Abend denn noch etwas von mir wollen könnte.

Bevor mir eine entsprechende Antwort einfiel, läutete es erneut, diesmal deutlich fordernder.

Ja, ja, ich komme ja schon!, rief ich merklich gereizt dem Unbekannten hinter der verschlossenen Haustüre entgegen. Wenn ich eines nicht leiden konnte, dann waren es ungebetene Besucher, die zudem noch ungeduldig wurden.

Ich beeilte mich, den einen Ärmel des Mantels bereits angezogen, die andere Hälfte baumelnd hinter mir her schleifend, zur Tür zu kommen. Hektisch drehte ich den Schlüssel im Schloss herum und riss hastig die Haustüre auf.

Was soll denn...? begann ich unwirsch loszupoltern, doch als ich die beiden mir freundlich zulächelnden Gestalten auf dem schummerig beleuchteten Treppenabsatz erkannte, blieb mir vor Verblüffung der Mund offen stehen.

Na, da sind wir ja gerade noch rechtzeitig gekommen. Ich hatte schon die Befürchtung, Du könntest bereits losgelaufen sein. Isabelles von der Kälte bereits geröteten Wangen leuchteten unter ihrer dicken, weißen Wollmütze hervor. *Dann wäre immerhin ein Teil unserer Überraschung leider hinfällig gewesen.*

Johannes, der neben Isabelle stand und gegen die klirrende Kälte an diesem Abend ebenfalls in eine dicke Winterjacke mit Wollschal gehüllt war, streckte mir einladend seine behandschuhte Hand entgegen: *Komm schon, wir müssen uns ein wenig sputen, sonst kommen wir drei noch zu spät zum Gottesdienst.*

Ja, aber... Woher habt Ihr denn gewusst, dass ich in die Christmette gehen wollte? Ich schüttelte ungläubig den Kopf und Johannes und Isabelle warfen sich vielsagende Blicke zu.

Das bleibt ein Teil unseres Geheimnisses, antwortete Isabelle mit verschwörerisch klingender Stimme und knuffte Johannes keck in die Seite. Dann fasste sie entschlossen nach dem immer noch hinter mir her hängenden Teil meines Mantels und half mir, den losen Ärmel zu finden. Ich schlüpfte hinein und begann, die klobigen Knöpfe des Wintermantels zuzuknöpfen.

Aus meinem anfänglichen Erstaunen war mittlerweile pure Freude über das Erscheinen der beiden geworden. Es schien tatsächlich noch Menschen auf dieser Erde zu geben, denen ich noch etwas mehr als nur höfliche Gleichgültigkeit bedeutete.

Natürlich wollen wir nicht nur mit Dir gemeinsam in die Christmette gehen, ergriff Johannes wieder das Wort, als hätte er meine Gedanken gelesen, *Isabelle und ich haben beschlossen, dass Du den heiligen Abend mit uns beiden bei uns zu Hause verbringen wirst.*

Ich öffnete den Mund, um zu protestieren, diese Einladung konnte ich wirklich nicht annehmen, doch Johannes schnitt mir mit einer gebieterischen Geste das Wort ab: *Und keine Widerrede,* sagte er in einem Tonfall, der tatsächlich keinen Widerspruch duldete.

Meine Wangen glühten vor Freude und tief in meinem Inneren breitete sich mit einem Mal eine angenehme, wunderbare Wärme aus, die bis in meine bereits kalt gewordenen Fingerspitzen hinein reichte. In diesem Moment war ich einfach nur unendlich glücklich.

Gerne nehme ich Eure großzügige Einladung an, flüsterte ich gerührt und schluckte dann entschlossen den Kloß hinunter, den die aufsteigenden Freudentränen in meinem Hals hatten entstehen lassen.

Auf dem Weg von der Kirche zum Haus von Isabelle und Johannes war ich noch immer vollkommen gefesselt von den Eindrücken, die die festliche Christmette bei mir hinterlassen hatte. Die gigantische Akustik der Kirche hatte mir bei den Liedern >Stille Nacht, heilige Nacht< und >Oh Du fröhliche< einen Schauer nach dem anderen über den Rücken gejagt und der Pfarrer hatte in seiner mahnenden Predigt die Menschen zu mehr Zusammenhalt aufgefordert in dieser vom Kapitalismus mittlerweile derart vereinnahmten Gesellschaft. Nicht das Streben nach immer mehr materielle Dingen, sondern das füreinander Einstehen und die familiäre und auch gesellschaftliche Verbundenheit sollten das erstrebenswerte Ziel eines jeden Einzelnen sein.

Johannes führte mich in das festlich geschmückte Wohnzimmer, während Isabelle kurz in der Küche verschwand, um nach der Gans zu sehen, die im Herd vor sich hin schmorte. Ein mit dunkelroten und silbernen Kugeln geschmückter Christbaum war neben dem Kamin aufge-

stellt und sein warmes, einladendes Licht weckte längst verloren ge-
glaubte Kindheitserinnerungen in mir.

Zuhause hatten wir auch immer einen echten Weihnachtsbaum,
sagte ich mehr zu mir selbst, als zu Johannes, der gerade dabei war, uns
ein Glas Sekt einzugießen. *Mein Vater ist ein paar Tage vor Heiligabend stets mit mir zusammen in eine große Tannenschonung gefahren,
in der er den Baum, den ich ganz alleine aussuchen durfte, jedes Jahr
frisch geschlagen hat.*

Vor meinem inneren Auge hatte sich unmittelbar eine sorgsam gehütete
Erinnerung aufgetan: Ich stand als kleines Mädchen mit leuchtenden
Kinderaugen vor der wunderschön geschmückten Tanne im Wohnzimmer unseres Hauses in Bad Homburg und sang gemeinsam mit meinen
Eltern >Süßer die Glocken nie klingen<, bevor die von mir bereits
sehnsüchtig erwartete Bescherung begann. Unter dem Weihnachtsbaum
lagen Berge von Geschenken, das Christkind hatte mich immer überaus
großzügig damit bedacht.

Der unerwartete Klang von Johannes Stimme ließ mich kurz zusammenzucken, ich hatte seine Anwesenheit für Sekunden gänzlich ausge-
blendet. Er stand neben mir und legte mir tröstend seine warme Hand
auf meinen Unterarm.

*Es ist bestimmt nicht einfach für Dich, hier ganz alleine zu le-
ben, ohne Angehörige meine ich, und ohne die Freunde aus Deiner alten Heimat.*

Ich wandte ihm mein Gesicht zu und lächelte tapfer die plötzlich aufsteigenden Tränen fort: *Dafür hab ich doch jetzt neue Freunde gefunden, oder?*

Johannes stand mit dem Rücken zum Weihnachtsbaum. Das Licht der
Kerzen schien durch seine langen, blonden Haare hindurch und ließ ihn
wie einen ehrfurchtgebietenden Rauschgoldengel erscheinen.

Du kannst immer auf mich und Isabelle zählen, Sarah. Er zog
mich kurzerhand an sich und schloss mich, zur Bestätigung seiner Worte, freundschaftlich in die Arme.

Isabelles Gänsebraten war phänomenal. Ich konnte mich fast nicht mehr einkriegen vor lauter Lobeshymnen, auch bezogen auf das selbstgemachte Rotkraut und die Semmelknödel.

Bei mir kommen generell keine Fertigprodukte auf den Tisch, entgegnete Johannes Frau bestimmt und reichte mir noch einen ihrer leckeren Klöße aus eigener Herstellung. Ich beneidete Isabelle insgeheim um ihr Können als begnadete Köchin, ich selbst hatte dafür leider weit weniger Talent. Vermutlich würde ich mir einen Koch als Mann nehmen müssen, wenn ich nicht weiterhin, wie bisher von Tiefkühlmahlzeiten und dem gottlob stets zuverlässigen Pizzalieferservice leben wollte.

Für Isabelle hingegen war Kochen die zweite Leidenschaft neben ihrer Schneiderei, ganz zur Freude von Johannes, dem dieses Talent als Küchenchef auch nicht unbedingt in die Wiege gelegt war. Er begnügte sich vielmehr mit Handlangerdiensten wie Zwiebeln schneiden oder frische Kräuter aus dem hauseigenen Garten ernten, das Kochen lag ganz und gar in Isabelles Verantwortung.

Du hast Deine Praxis und ich habe meinen Laden und die Küche, sagte sie gerade bestimmt, Johannes dabei aber warmherzig anlächelnd.

Und bald auch noch unser gemeinsames Kind. Johannes, der neben Isabelle auf der bequemen Ledercouch Platz genommen hatte, streichelte liebevoll ihr immer kugeliger werdendes Babybäuchlein.

Für den Bruchteil einer Sekunde verspürte ich ein wenig Neid gegenüber den beiden. Diese Art der Familienvergrößerung würde mir wahrscheinlich zeitlebens verwehrt bleiben, dachte ich traurig. Mittlerweile lief mir die Zeit für so etwas davon und meine biologische Uhr tickte unaufhaltsam. Doch ich hatte noch nicht einmal eine feste Beziehung und das war in meinen Augen die Grundvoraussetzung dafür, einen neuen Erdenbürger in die Welt zu setzen. Manchmal fragte ich mich allerdings im Hinblick auf die vielen jungen Mädchen, die offiziell ungewollt und ohne festen Freund schwanger geworden waren schon, ob meine Einstellung nicht doch ein wenig veraltet und nicht mehr ganz zeitgemäß war.

Durch meine introvertierte Grübelei bekam ich nicht gleich mit, dass Johannes und Isabelle verstohlen miteinander tuschelten und erst, als

Isabelles Stimme aufgeregter und drängender klang als sonst, merkte ich, dass die beiden offensichtlich etwas auf dem Herzen hatten.

Frag Du sie lieber, Isabelle knuffte Johannes sanft auffordernd in die Seite, doch Johannes ließ sich nicht beirren und beharrte standhaft: *Oh nein, wir haben ausgemacht, dass Du sie fragst und das wirst Du jetzt auch tun.* Aufmunternd lächelnd fügte er leise flüsternd hinzu: *Du wirst schon sehen, sie wird uns bestimmt deshalb nicht böse sein.*
Ich blickte die beiden mit hochgezogenen Brauen und durch ihre Heimlichtuerei neugierig geworden an.

Okay, Isabelle atmete tief ein, straffte ihre Schultern und wandte sich schließlich entschlossen an mich, *Johannes und ich, also wir, wollten Dich fragen, ob Du für unser Baby die Patenschaft übernehmen möchtest. Wir könnten uns keinen Menschen vorstellen, dem wir unser Kind lieber anvertrauen würden, als Dir.*

Bei Isabelles Worten wurde mir plötzlich ganz warm ums Herz und ich freute mich riesig über ihr Angebot. Natürlich war mir auch bewusst, dass die Übernahme einer Patenschaft eine große Verantwortung mit sich brachte. Es ging schließlich nicht nur darum, dem Kind an Geburtstagen oder bei anderen Gelegenheiten Geschenke zu machen. Als Patentante musste man tatsächlich auch bereit sein, gänzlich für das Kind zu sorgen und es bei sich aufzunehmen in dem Fall, dass den Eltern etwas zustieße. Dieser Tatsache waren sich wohl die wenigsten Menschen beim sofortigen Ja-sagen bewusst.
Ich blickte erst in Isabelles, dann in Johannes gespannt abwartendes Gesicht, dann breitete sich ein Lächeln über meinem Gesicht aus und ich bekam vor Freude rote Wangen.

Es ist mir eine Ehre und ein großes Vergnügen, für Euer erstes gemeinsames Kind die Patenschaft zu übernehmen, antwortete ich schließlich feierlich.
Isabelle beugte sich mit ihrem üppigen Kugelbauch zu mir herüber und umarmte mich überschwänglich. *Ach, ich freue mich schon so auf das Baby,* sagte sie und ihre Stimme bebte leicht, so glücklich war sie in diesem Augenblick.

Noch nie in meinem bisherigen Leben gingen mir die beiden Monate Januar und Februar derart auf das Gemüt, als in diesem Jahr. Die tristen, kurzen Tage, der viele Schneematsch, der in riesigen grauen Bergen die Straßenränder säumte und das mangelnde Sonnenlicht ließen diese Zeit für mich schier zur Qual werden.

Oft grübelte ich in dieser Zeit über den bisherigen, nach wie vor unbefriedigenden Verlauf meines bisher zurückliegenden Lebens nach. Außer meinem Beruf hatte ich für mich persönlich noch immer nichts erreicht, was für mich selbst von größerer Bedeutung war. Die Tage meines derzeitigen Lebens plätscherten in einer derart nervtötenden Gleichmäßigkeit dahin, dass ich es manchmal schon nicht mehr ertragen konnte.

Die Arbeit mit meinen Patienten lenkte mich natürlich am Tag weitgehend ab, doch die einsamen Abende waren oft sehr lang und trostlos.

War es das wirklich schon gewesen, fragte ich mich immer öfter selbst und ertappte mich mehr als einmal dabei, wie ich in Gedanken die Jahre bis zu meinem möglichen Todeszeitpunkt im Alter hochrechnete.

In ein paar Jahren schon würde auch ich 40 werden und auch diese Tatsache bereitete mir plötzlich zunehmendes Unbehagen, obwohl ich früher immer über die Frauen und Männer schmunzeln musste, die wegen ihres immer näher kommenden runden Geburtstags regelrecht in Panik gerieten.

Ich riss mich immer wieder gewaltsam von diesen düsteren Gedanken los und motivierte mich selbst damit, dass es bald Frühling werden würde und die dann zu erwartenden Sonnenstrahlen meine Melancholie hoffentlich auflösen würden wie die Frühnebelschwaden, die wie wabernde Wogen morgens über den Flüssen und Bächen hingen und erst am Vormittag wieder verschwanden, wenn die strahlende Sonne schließlich zum Leben erwachte.

Isabelle und Johannes bekamen von der ganzen Tristess des Winters überhaupt nichts mit. Sie waren derart auf ihren neuen und stetig wachsenden Familienzuwachs fixiert, dass sie alles andere um sich herum nur noch am Rande wahrnahmen. Johannes wich mit fortschreitender Schwangerschaftswoche fast nicht mehr von Isabelles Seite, sie durfte in seiner Gegenwart nicht einmal mehr einen Korb Wäsche alleine tragen. Diese Art der Gluckerei nervte Isabelle, die bisher immer eine äußerst selbstständige Person gewesen war, zeitweise gewaltig und mehr als einmal wies sie Johannes deshalb äußerst bestimmt in die Schranken.

Ich bin weder behindert, noch bin ich krank! Ich bin lediglich schwanger, verstanden?!, blaffte sie den werdenden Vater ein ums andere Mal und zunehmend gereizter an, wenn dieser wieder einmal mit seiner natürlich nur gutgemeinten Art der Hilfestellung eindeutig über die Stränge zu schlagen drohte.

Ich selbst freute mich ebenfalls riesig auf das immer näher rückende Großereignis, schließlich würde damit auch wieder etwas mehr Abwechslung in mein derzeitiges, ödes Leben kommen.

21

Der erste Notruf des Abends erreichte uns unmittelbar nach meinem Dienstbeginn. Ich unterhielt mich gerade noch mit Toni Schütz, dem medizinischen Leiter der Rettungswache, der seinen 24Stundendienst durch meine Ablösung bereits hinter sich gebracht hatte, über die Ereignisse seines Dienstes, als über die zentrale Leitstelle sämtliche Rettungswagen und Notärzte der Wache angefordert wurden.

Ein junger Rettungsassistent, der noch nicht allzu lange im Dienst in unserer Wache war, riss hektisch die Tür zu unserem Besprechungszimmer auf, streckte seinen blonden Haarschopf hindurch und rief aufgeregt: *Großeinsatz! Es hat einen bewaffneten Raubüberfall in der Fußgängerzone von Oberstdorf gegeben. Bei der Schießerei gab es mehrere Verletzte. Über die Anzahl der Opfer und Art und Umfang der jeweiligen Verletzungen ist bis jetzt noch nichts genaueres bekannt. Wir sollen sofort alle verfügbaren RTWs schicken!*

Toni und ich sprangen gleichzeitig von unseren Stühlen auf, griffen hektisch nach unseren Einsatzjacken und folgten dem jungen Rettungsassistenten zu den schon bereitstehenden Einsatzfahrzeugen. Für Toni stand es außer Frage, dass er mich, obwohl sein Dienst bereits offiziell geendet hatte, begleiten würde. Schließlich war er der Dienststellenleiter der Rettungswache und bei diesem Einsatz würde aller Voraussicht nach ein geschulter Koordinator von großem Nutzen sein. Als wir uns nach kurzer, rasanter Fahrt dem Einsatzort im Zentrum von Oberstdorf näherten, schnürte es mir unvermittelt die Kehle zu und mein Herzschlag setzte einen Augenblick aus.

Unmittelbar vor der Dirndlboutique der Familie Mayrhofer standen mehrere Polizeiwagen mit Blaulicht kreuz und quer in der Fußgängerzone und etliche Uniformierte liefen hektisch zwischen den Fahrzeugen und Isabelles Geschäft umher. Mehr konnte ich fürs Erste jedoch nicht erkennen, da mir eine stetig anwachsende Menge an Schaulustigen die weitere Sicht auf das Geschehen versperrte. Ich sprang, bis zum Äußersten angespannt, aus dem Wagen, noch bevor dieser richtig zum stehen gekommen war, und rannte auf eine kleine Gruppe vor dem Laden stehender Polizeibeamten zu.

An meiner Seite tauchte plötzlich, durch die Anstrengung seines kurzen Spurtes bereits zunehmend schwer atmend, mein Kollege Toni Schütz auf. Er hatte mich innerhalb weniger Sekunden eingeholt und hielt mich unwirsch am Ärmel meiner signalroten Jacke fest.

Lass mich vorgehen!, herrschte er mich noch im laufen an. Seine Stimme klang überaus bestimmt und duldete keinen Widerspruch. Auch er wusste natürlich sofort, um wen es sich bei dem Inhaber des Ladens handelte.

Widerwillig verlangsamte ich meine Schritte und ließ meinem Kollegen somit den Vortritt. Er trat an die Beamten heran und holte sich schließlich die, für unseren Arbeitsbeginn zwingend notwendigen Informationen zum Tathergang. Unsere Mannschaft lud in der Zwischenzeit unsere Ausrüstung aus den Rettungswagen und wartete anschließend ungeduldig auf weitere Instruktionen.

Ein junger Mann hat mit einer Pistole bewaffnet die Inhaberin des Ladens überfallen, erklärte ein Uniformierter an Toni Schütz gewandt, *Er hat mehrfach auf sie geschossen und einen zu Hilfe eilenden Passanten ebenfalls verletzt. Auf der Flucht ist er dann von einem meiner Männer niedergeschossen worden, als er das Feuer gegen uns eröffnete. Einen meiner Leute hat er ebenfalls getroffen.*

Über Tonis Schultern hinweg hatte ich regungslos und schweigend die Darstellung des Polizisten zum Tathergang verfolgt. Als ich allerdings hörte, dass der Räuber Isabelle angeschossen hatte, versuchte ich mich hastig an Toni vorbei zu zwängen, um in den Laden zu rennen, in dem sich Isabelle aller Wahrscheinlichkeit nach noch befand. Der in solchen Einsätzen überaus erfahrene Mediziner packte mich jedoch fast schon grob am Arm, riss mich entschieden zurück und zischte anschließend drohend: *Ich geh zu ihr, verstanden! Sieh Du nach dem verletzten Täter und die anderen sollen sich um den Passanten und den verwundeten Polizisten kümmern.*

Ich öffnete blitzschnell den Mund, um heftig über diese, in meinen Augen äußerst ungerechte Art der Rollenverteilung zu protestieren, doch ein Blick in Tonis angespanntes Gesicht genügte, um selbigen sofort wieder zu schließen. Wortlos nickend machte ich auf dem Absatz kehrt, um mich, wenn auch überaus widerwillig, meiner zugeteilten Aufgabe zu widmen.

Mein Patient saß zusammengesunken gegen eine Hauswand gegenüber Isabelles Laden gelehnt und hielt sich mit schmerzverzerrter Mine den verletzten Oberschenkel. Seine Hände waren blutverschmiert und sein Gesicht wirkte blass. Eine Kugel aus einer Polizeiwaffe hatte ihn auf der Flucht in den Oberschenkel getroffen und dadurch schließlich zu Fall gebracht. Zwei Polizisten flankierten den jungen Mann von je einer Seite und traten bei meinem Eintreffen höflich nickend einen Schritt zurück, um mir und meinen beiden Assistenten den nötigen Freiraum zum Arbeiten zu verschaffen. Das spärliche Licht des fortschreitenden Abends und die bläulich aufleuchtenden Signallichter der Streifenwagen tauchten die ganze Szenerie um uns herum in ein surreales Licht und jagte mir unvermittelt einen Schauer über den Rücken.

Es kostete mich meine ganze zur Verfügung stehende, mentale Kraft, um meine unendliche Wut auf diesen kleinen Mistkerl, der nun hilflos vor mir auf dem kalten Boden kauerte und vor sich hin jammerte, unter Kontrolle zu halten. Am liebsten hätte ich ihm mit meinen festen Winterstiefeln zusätzlich noch einen kräftigen Tritt in die Rippen verpasst.

Stattdessen kniete ich mich wortlos neben den noch immer lauthals jammernden Straftäter und begann unwirsch und fast schon ein wenig zu grob mit den ersten Untersuchungen seiner Verletzungen. Die beiden Rettungsassistenten, die mich begleiteten, tauschten ein ums andere Mal mahnende Blicke untereinander aus, wenn ich den jungen Mann allzu unsanft anfasste.

Der Typ war höchstens 18, mager und hochgewachsen und hatte zudem dicke Pubertätspickel im Gesicht.

Angewidert wandte ich den Blick von seinem Gesicht ab und konzentrierte mich ausschließlich auf seine Verletzung am Oberschenkel. Sie war an und für sich nicht besonders schlimm und blutete auch nicht übermäßig stark. Ein glatter Durchschuss, so erkannte ich schnell, der lediglich das umliegende Gewebe verletzt hatte. Nicht einmal der

Oberschenkelknochen war von dem Projektil touchiert worden und es waren auch keine größeren Gefäße in Mitleidenschaft gezogen.

Jan Harter, einer meiner beiden Helfer, hatte die schmuddelige Jeans des jungen Mannes über der Wunde bereits mittels einer Kleiderschere aufgeschnitten und wir versorgen anschließend gemeinsam und routiniert, wie immer, die Fleischwunde. Markus Bechthold, der erfahrenere meiner beiden Begleiter, kniete neben mir auf dem kalten Steinboden und hielt mir dezent, mich aber trotzdem sehr deutlich damit auffordernd, eine Venenverweilkanüle entgegen. *Sie wollen dem Typen doch bestimmt einen Zugang legen, um ihm ein Schmerzmittel zu geben, nicht wahr, Frau Doktor?!* Am Klang seiner Stimme war merklich zu hören, dass es sich bei seinen Worten nicht wirklich um eine Frage gehandelt hatte.

Ich blickte zögernd auf und schaute Markus direkt in sein, mich augenscheinlich ausdruckslos anblickendes Gesicht. Seine Augen waren jedoch warnend auf mich gerichtet und ich realisierte plötzlich, dass mich die beiden Polizisten, die noch immer neben uns zur Bewachung des Täters standen, misstrauisch beobachteten.

Mir wurde mit einem Mal schlagartig klar, dass ich mich mit meinem unprofessionellen Verhalten auf sehr dünnem Eis bewegte. Ich sollte meine Gefühle wirklich besser unter Kontrolle haben, schalt ich mich selbst eindringlich. Ich wusste natürlich, dass ich schneller, als mir lieb war, wegen unterlassener Hilfeleistung von diesem Bastard zu meinen Füßen belangt werden konnte und so straffte ich meine Schultern und griff beherrscht nach der mir von Markus entgegengehaltenen Viggo.

Danke, Markus. Und bitte noch eine Ampulle Dipidolor, forderte ich laut und klar von meinem Assistenten, damit es auch die Polizisten deutlich hören konnten. Erleichtert wandte sich der angesprochene Rettungssanitäter ab, um mir aus dem Ampullarium der Notfalltasche heraus das gewünschte Medikament aufzuziehen.

Nachdem die Wunde des Räubers fertig versorgt, der Patient zum Abtransport in die nahegelegene Klinik vorbereitet und in den Rettungswagen verladen worden war, wandte ich mich an den nächstbesten Polizisten, der mir vor die Füße lief, da ich Toni Schütz, unseren Einsatzkoordinator nirgendwo entdecken konnte, und fragte diesen: *Haben Sie etwas von der verletzten Ladenbesitzerin mitbekommen? Geht es ihr gut? Wie schwer ist sie verletzt?*

Noch ehe mir der Beamte eine Antwort auf meine Fragen geben konnte, entdeckte ich plötzlich ein mir vertrautes Gesicht in der großen Menschenmenge, die sich mittlerweile rund um den Schauplatz des Verbrechens angesammelt hatte.

Johannes versuchte mit aller Gewalt und unter großzügigem Einsatz seines gesamten Körpers, sich durch die Schaulustigen nach vorne zu kämpfen. Seine Mine war angstverzerrt und die Panik über die Unwissenheit, was eigentlich geschehen war, stand ihm deutlich ins Gesicht geschrieben. Mit einem verzweifelten, kräftigen Seitenhieb entledigte er sich auch der letzten, ihm noch im Wege stehenden Person, die ihn von seinem Ziel trennte. Als er schließlich schwer atmend und mit vor Zorn gerötetem Gesicht die Menge endlich hinter sich gelassen hatte, blieb er unvermittelt auf dem freien Platz vor Isabelles Laden stehen, um sich suchend umzuschauen.

Sarah, um Gottes Willen, was ist passiert? Johannes panische Stimme überschlug sich fast vor Aufregung, als er mich neben dem Polizisten stehend erblickte. Er kam auf mich zugestürzt, packte mich unsanft am Arm und schüttelte mich ungehalten.

Ich weiß leider im Moment genauso wenig wie Du. Das pulsierend aufflackernde blaue Licht der zahlreich um uns herum stehenden Rettungs- und Polizeifahrzeuge warf gespenstisch aussehende Schatten auf unsere angespannten Gesichter und das ganze Geschehen wirkte auf mich noch bizarrer und unwirklicher, als es ohnehin schon war. Ein unwillkürlicher Schauer durchfuhr erneut meinen Körper und ich schlang instinktiv beide Arme fest um meinen Oberkörper und versteckte meine mittlerweile kalt gewordenen Hände eilig unter den Achseln, auch, um das aufsteigende, adrenalingeladene Zittern in ihnen dadurch zu unterbinden.

Im selben Moment öffnete sich die Ladentür und Toni kam, von seinen beiden Assistenten begleitet, mit einer Trage, auf der Isabelle festgeschnallt und bis zu den Schultern zugedeckt lag, aus der Boutique heraus. Johannes und ich stürzten beim Anblick der kleinen Gruppe wie auf Kommando gleichzeitig nach vorn und rannten den armen Polizisten, der noch verzweifelt versuchte, uns zurückzuhalten, fast über den Haufen.

Da Johannes natürlich erwartungsgemäß der bessere Sprinter war, als ich, und eindeutig die längeren Beine besaß, erreichte er Isabelle und Toni eine Sekunde vor mir. Die Sanitäter versuchten erst noch, ihn von der Patientin wegzuschieben, doch der Leiter des Rettungsdienstes gab ihnen mit einem Einhalt gebietenden Wink mit seiner Hand zu verstehen, dass es sich bei dem unwirsch auf sie zugestürzten Fremden um den Ehemann der Verletzten handelte, und sein unangekündigtes Erscheinen daher in Ordnung war.

Ich kam leicht außer Atem kurz vor Anton Schütz zum stehen. Dieser packte mich, als er mich erblickte, blitzschnell am Arm und zog mich einige Schritte weit von Johannes und der Trage mit Isabelle fort, bevor ich ihn mit meinen brennenden Fragen über das Ausmaß von Isabelles Verletzungen bombardieren konnte.

Was ist mit ihr und dem Baby?, platze ich ohne Umschweife heraus. Ich blickte meinem Kollegen vom Rettungsdienst geradewegs in die Augen, ich wollte keine beschönigende Antwort von ihm hören als nur die reine Wahrheit.

Er hielt meinem Blick kurz stand, dann senkte er traurig den Kopf und starrte sekundenlang mit zusammengepressten Lippen vor sich auf die kopfsteingepflasterte Straße. Seine Gesichtszüge verloren mit einem Mal jegliche Haltung und er wirkte plötzlich sehr alt, eingefallen und gebrechlich. Fahrig hob er eine Hand und fuhr sich damit über die Augen und durch sein kurzes, graumeliertes Haar. Erschrocken realisierte ich, dass auch er leicht zitterte.

So niedergeschlagen hatte ich unseren Dienststellenleiter noch bei keinem unserer gemeinsamen Einsätze erlebt. Er war bisher immer, und nicht nur mir gegenüber, stets der unnahbare, kühle Profi gewesen. Ihn nun derart bekümmert vor mir stehen zu sehen, erfüllte mich mit zunehmender Panik.

Nach wenigen Sekunden hatte sich mein Kollege schließlich wieder unter Kontrolle. Er richtete sich auf, straffte seine hängenden Schultern und hob entschlossen den Kopf. Seine blassgrünen Augen musterten mich sehr ernst.

Sarah, ich will Dir nichts vormachen. Tonis Stimme klang rau und er musste sich kurz räuspern, bevor er fortfuhr, *es sieht nicht gut aus für Isabelle. Der Kerl hat mehrfach auf sie geschossen und sie unter anderem in den Bauch getroffen. Sie hat sehr viel Blut verloren.* Unwillkürlich hielt ich mir eine Hand vor den Mund, um einen Aufschrei gerade noch zu unterdrücken und meine Augen weiteten sich vor Entsetzen.

Toni warf mir einen mahnenden Blick zu und deutete dann mit einem eindringlichen Kopfnicken zur Seite. Johannes stand nur wenige Schritte von uns entfernt und konnte in jedem Augenblick zu uns hinüber schauen und uns beobachten. Derartige unkontrollierte Reaktionen meinerseits würden ihn natürlich erst Recht in Panik versetzen und das wollte ich eigentlich um jeden Preis verhindern. Er würde schon noch früh genug erfahren, wie schlecht es um seine Frau bestellt war.

Doktor Schütz ergriff daher hastig meine Hand, die noch immer meinen Mund bedeckte, zog sie entschieden von dort fort und hielt sie anschließend einfach nur fest mit seiner eigenen umschlossen.

Die Helfer hatten die Verletze mittlerweile in den bereitstehenden Rettungswagen verladen und deuteten dem Einsatzkoordinator mit einem Handzeichen an, ebenfalls einzusteigen. Isabelle musste schnellstens in die Klinik gebracht werden.

Toni nickte den Sanitätern zur Bestätigung kurz zu und machte bereits einen Schritt in Richtung Rettungswagen, dann drehte er sich allerdings noch einmal zu mir um.

Wir werden Johannes definitiv nicht bei uns im Wagen mitnehmen, Sarah. Er zuckte entschuldigend mit den Achseln, während ich jedoch zustimmend nickte. *Natürlich verstehe ich,* fuhr er an mich gewandt ruhig fort, *dass er im Augenblick bei seiner Frau sein möchte, aber ein aufgebrachter Ehemann ist viel zu hinderlich in dem beengten Raum des RTW, das weißt Du ja selbst am Besten.*

Mein Rettungskollege hatte natürlich in der Tat vollkommen Recht. Es gab nichts schlimmeres, als panische Angehörige während des Transportes in einem Rettungsfahrzeug mitzunehmen, insbesondere dann, wenn im schlimmsten Falle auch noch etwas Unvorhersehbares mit dem Patienten geschah. Da spielte es leider auch keine Rolle, dass der mitfahrende Angehörige selbst Mediziner war.

Ich werde ihn in unserem NEF mitnehmen und Dir damit in die Klinik folgen, entgegnete ich zustimmend. Toni nickte mir noch einmal erleichtert zu und wandte sich dann entschlossen zum gehen.

Er stieg eilig in das hell erleuchtete Patientenbeförderungsabteil des wartenden Rettungswagens und wenige Sekunden später verließ ein überaus aufgebrachter Johannes Bronner das selbige. Die Hecktür des Fahrzeugs wurde vor seiner Nase von innen geschlossen, dann setzte sich der RTW mit der verletzten Isabelle an Bord zügig in Richtung Klinikum Immenstadt in Bewegung.

Johannes blieb völlig fassungslos alleine zurück. Er konnte das soeben Geschehene noch immer nicht recht begreifen, und blickte dem sich rasch entfernenden Fahrzeug mit versteinerter Mine hinterher, bis dieses schließlich hinter der nächsten Straßenecke verschwand.

Von Johannes unbemerkt tauchte ich unvermittelt neben ihm auf und fasste ihn sanft am Arm, wodurch er erschrocken zusammenfuhr. Als er mich erkannte, klammerte er sich Halt suchend an meine Schultern und rüttelte mich anschließend derart ungehalten und panisch, dass ich mir dabei fast auf die Zunge gebissen hätte. Ich packte ihn nachsichtig an beiden Unterarmen, legte seine angespannten Arme um meine Taille und zog ihn, Trost spendend, einfach an mich.

Ich spürte die Schluchzer, die in bebenden Wellen seinen Körper durchliefen, als er aus schierer Verzweiflung heraus seinen bisher zurück gehaltenen Tränen, eng an meine Schulter gelehnt, endlich freien Lauf ließ.

Wir standen einige Momente dicht beieinander und hielten uns gegenseitig fest. Schließlich löste ich mich vorsichtig aus der Umarmung, trat entschlossen einen Schritt zurück und deutete mit einem einladenden Kopfnicken auf das bereits auf uns wartenden Notarzteinsatzfahrzeug. Ich wandte mich, ohne auf meinen Kollegen zu warten, entschieden zum gehen, um Johannes noch einen Moment Zeit zu verschaffen, um sich ein wenig zu sammeln, bevor auch er zu den Rettungssanitätern und mir in das NEF stieg.

Er senkte den Kopf, schloss kurz die Augen und rieb sich anschließend mit beiden Händen kräftig durch sein Gesicht. Dann hob er den Kopf, richtete sich merklich auf und folgte mir entschlossenen Schrittes zu dem NEF, welches mit laufendem Motor bereits auf uns wartete.

Also gut, lass uns fahren. Johannes Gesicht war noch immer blass, doch seine Stimme klang zumindest wieder einigermaßen gefestigt, als er mit mir gemeinsam am Notarztfahrzeug ankam. In meiner Magengegend lag ein bleiernen Kloß, dessen eisige Kälte sich bei dem Gedanken an das, was uns innerhalb der nächsten Stunden noch bevorstehen würde, langsam in meinem gesamten Körper ausbreitete.

22

Isabelle war unmittelbar nach ihrer Ankunft in der Notaufnahme des Klinikums Immenstadt in den OP gebracht worden. Nur eine sofortige Notoperation konnte jetzt noch ihr eigenes Leben und auch das ihres ungeborenen Kindes retten.

Als Johannes und ich das Krankenhaus nach knapp zwanzig minütiger Fahrt schließlich erreichten, wartete Toni Schütz bereits, ungeduldig von einem Bein auf das andere tretend, im Flur der Notaufnahme auf uns, um uns über den aktuellen Stand der Dinge zu unterrichten.

Wir haben Isabelle auf der Fahrt hierher weitgehend stabil halten können, erklärte er bei unserem eintreffen. *Die unfallchirurgischen Kollegen haben sie dann nach der Übernahme im Schockraum sofort weiter in den OP gefahren. Mehr kann ich Euch im Augenblick leider nicht sagen.* Der Leiter des Rettungsdienstes zuckte entschuldigend mit den Schultern. Er wirkte unendlich müde und sein Gesicht war eingefallen. Die dunklen Ringe unter seinen Augen erinnerten mich plötzlich daran, dass er offiziell schon seit Stunden Feierabend hatte. Er war aufgrund der Ereignisse seit mittlerweile mehr als siebenundzwanzig Stunden ohne Unterbrechung im Dienst, wie ich mit einem ungläubigen Blick auf meine Armbanduhr feststellte.

Ich legte Toni fürsorglich meine Hand auf seinen Unterarm und drückte ihn sanft. *Danke, dass Du diesen Einsatz hier so hervorragend koordiniert hast, Toni. Wir können nun nichts mehr weiter tun, als abwarten.* Ich versuchte ein zuversichtliches Lächeln, bevor ich, das Wort nach wie vor an meinen Rettungsdienstkollegen gerichtet, fortfuhr: *Ich denke, Johannes und ich kommen jetzt alleine zurecht.*

Johannes nickte bei meinen Worten zustimmend und fügte schließlich noch hinzu: *Ja, ich glaube auch, dass wir nicht zu dritt hier warten müssen.* Er ergriff Tonis Hand und schüttelte sie aufrichtig dankbar:

Vielen Dank noch einmal, Herr Kollege, dass Sie sich so um meine Frau bemüht haben. Sarah wird Sie auf dem Laufenden halten, sobald wir etwas Neues erfahren haben. Mit diesen abschließenden Worten entließ Johannes den leitenden Notarzt in seinen wohlverdienten Feierabend.

Die nächsten Stunden vergingen regelrecht wie in Zeitlupe. Fast jede zweite Minute fiel mein Blick auf die große Uhr, die in dem fensterlosen Flur vor dem Operationsbereich über unseren Köpfen an der Wand hing. Der Minutenzeiger bewegte sich schier überhaupt nicht vom Fleck und ich hatte manchmal sogar das Gefühl, als würde er absichtlich rückwärts laufen, nur um mich für meine Ungeduld zu verhöhnen.

Das grelle Licht der Neonröhren ließ zudem jedes Zeitgefühl von uns zusätzlich abhanden kommen. Ich konnte zeitweise nicht einmal mehr sagen, ob es draußen noch tiefe Nacht war, oder ob mittlerweile bereits das blasse Licht des nahenden Morgens zaghaft einen neuen Tag am Horizont ankündigte.

Da ich vor lauter Nervosität einfach nicht mehr still sitzen konnte, lief ich ständig im Flur vor den OPs auf und ab. Manchmal zählte ich zur Ablenkung die Anzahl meiner Schritte, die ich zum ablaufen für eine Seite des Ganges benötigte, doch eine Sekunde später hatte ich die Zahl schon wieder vergessen, nur um erneut auf diese blöde Uhr zu starren. Das Geräusch meiner eigenen Schritte war das einzige, was neben dem nervtötenden *tick-tick* des Sekundenzeigers der Wanduhr in dem stillen Flur zu hören war.

Johannes hatte sich, im krassen Gegensatz zu mir, vollständig in sich zurückgezogen. Er saß fast regungslos, mit nach vorn gebeugtem Oberkörper auf der Bank im Wartebereich vor dem Operationstrakt, hatte die Ellenbogen auf seinen Knien abgestützt und das Gesicht in den Händen vergraben. Nur gelegentlich deutete ein Beben seiner kräftigen Schultern darauf hin, dass er weinte.

Zu fortgeschrittener Stunde gab ich mir einen Ruck und ging zu Johannes hinüber. Ich hatte ihn eigentlich nicht stören wollen, aber meine eigene innere Unruhe wurde mittlerweile fast unerträglich und ich musste einfach irgendetwas tun. Ich berührte meinen Kollegen leicht an der Schulter, doch er hob nicht einmal den Kopf, als ich ihn fragte, ob ich ihm einen Kaffee vom Automaten im Flur um die Ecke mitbringen solle. Er schüttelte unendlich langsam den Kopf und murmelte etwas Unverständliches, was ich als ein: *Nein, Danke,* interpretierte.

Ich ließ Johannes allein im Flur vor dem OP zurück und wandte mich in Richtung des Kaffeeautomaten, den ich während meiner zahlreichen Wanderungen auf dem Nachbarflur entdeckt hatte. Ungeduldig wartete ich, bis das dampfende und nach aromatischem Kaffee riechende Gebräu in den Plastikbecher getropft war, dann ging ich eiligen Schrittes, den heißen Becher in der Hand, zurück zu meinem noch immer regungslos auf der Bankreihe verharrenden Kollegen.

Gerade in dem Augenblick, als ich mich wieder auf einen der zahlreichen leeren Sitzplätze neben Johannes niederlassen wollte, um mir mit meinen Latte Macchiato die schier nicht enden wollende Wartezeit zu vertreiben, öffnete sich die automatische Schwingtür zu den OP-Sälen und gab schließlich einen von Isabelles Operateuren frei. Der mittelalte Unfallchirurg sah nach den vielen anstrengenden Stunden im OP müde und abgeschlagen aus und nach seiner ernsten Mine zu urteilen, brachte er nicht unbedingt freudige Nachrichten mit sich.

Er verharrte, sich kurz orientierend, einen Schritt hinter der Schwingtür mitten im Flur, dann straffte er die Schultern und kam zielstrebig auf Johannes und mich zu. Wir waren bei seinem erscheinen gleichermaßen aufgesprungen und Johannes blickte dem Chirurgen in unheilvoller Vorahnung auf das, was nun im schlimmsten Fall kommen könnte, entgegen.

Ich blickte Johannes besorgt von der Seite an. Er war beim auftauchen des Arztes plötzlich kreidebleich geworden und sah aus, als ob er im nächsten Moment kollabieren würde. Ich trat blitzschnell einen Schritt näher an meinen Kollegen heran. Zwar würde ich den hochgewachsenen und etliche Kilogramm schwereren Mann nicht alleine auf den Beinen halten können, doch ich würde seinen drohenden Sturz zumindest ein wenig abfangen.

Auch der abgekämpfte Unfallchirurg schien Johannes' labilen Kreislaufzustand bemerkt zu haben, denn er machte zwei ausfallende Schritte auf uns zu, packte Johannes entschieden am Arm und bugsierte ihn mit einem Gesichtsausdruck, der keinerlei Widerspruch duldete, zurück auf die Wartebank.

Noch bevor Johannes den Mund aufmachen konnte, um dem Operateur die für diesen Augenblick wohl wichtigste Frage überhaupt zu stellen, sagte der Unfallchirurg, ohne sich großartig vorzustellen oder mit anderen unnötigen Höflichkeitsfloskeln kostbare Zeit zu verschwenden, direkt heraus: *Ihre Frau lebt und es geht ihr den Umständen entsprechend gut. Es besteht im Moment keine unmittelbare Lebensgefahr mehr.*

Die Erleichterung, die wir in diesem Moment bei den hoffnungsvollen Worten des Arztes empfanden, war nicht in Worte zu fassen. Die ganze Anspannung der letzten Stunden fiel mit einem Mal wie eine tonnenschwere Last von Johannes Schultern und ein unkontrollierter Schluchzer durchfuhr seinen Körper. Er war wieder auf die Bank zurückgesunken, hatte die Augen geschlossen und beide Hände derart fest zu Fäusten geballt, dass seine Fingerknöchel weiß hervortraten.

Ich ließ mich neben ihm auf die Bank sinken, legte meinen Arm um seine Schultern und drückte ihn aufmunternd an mich. *Du wirst schon sehen, es wird alles wieder gut werden.* Dabei blickte ich, Bestätigung suchend, zu dem Operateur hinauf, doch dieser presste nur betreten die Lippen zusammen. Neben dieser guten Nachricht über Isabelles derzeit stabilen Zustand schien der Mediziner leider auch noch eine weniger gute mitgebracht zu haben.

Noch bevor ich dem Chirurgen signalisieren konnte, vorerst besser nichts weiter zu sagen, hatte Johannes, der im Augenblick ultra sensibel zu sein schien, die Veränderung der Stimmungen um ihn herum bereits bemerkt. Er hob ruckartig den Kopf, dann erhob er sich fast in Zeitlupe von seinem Sitzplatz, richtete sich zu seiner vollen Größe vor dem Mediziner auf und blickte seinem Kollegen mit versteinerter Mine direkt in die Augen. Seine Stimme klang völlig ruhig und gefasst, als er schließlich fragte:

Was ist mit unserem Kind?

Die Mine des Operateurs versteinerte sich unvermittelt und er sog hörbar die Luft ein, bevor er langsam antwortete und damit das Unvermeidliche schließlich aussprach: *Ihr kleines Mädchen hat es leider nicht geschafft. Es tut mir schrecklich Leid. Wir haben alles in unserer Macht stehende für sie getan.* Er starrte fast hilflos auf den steinernen Fliesenboden vor sich und flüsterte abschließend noch einmal leise, fast schon wie zu sich selbst: *Es tut mir Leid.*

Man konnte dem Mann deutlich ansehen, dass ihm dieser Fall, selbst für einen derart erfahrener Unfallchirurgen, wie er es war, sehr nahe ging. Er senkte noch einmal betroffen den Kopf, dann drehte er sich wortlos um und eilte, fast schon fluchtartig, in Richtung der nahen Intensivstation davon, auf welche man Isabelle nach der schweren Operation zur Überwachung hin verlegt hatte.

Was empfindet eine Frau wohl, die kurz vor der Geburt ihr Kind verliert? Wie kann man einen Menschen in einer derartigen Situation trösten? Wie geht wohl ein Mann mit diesem tragischen Verlust um?

Diese und hundert anderer Fragen purzelten konfus und ohne eine befriedigende Antwort zu finden durch meine Gedanken, während ich mit Johannes an Isabelles Bett auf der Intensivstation im Klinikum Immenstadt saß und wartete, bis die Frau meines Kollegen endlich wieder zu sich kam.

Ich hatte meinen Blick starr auf den Monitor über dem weiß bezogenen Bett geheftet, der in beruhigender Regelmäßigkeit Isabelles Herzschlag anzeigte.

Johannes saß mir gegenüber auf der anderen Bettseite. Er hatte die Augen fest auf das Gesicht seiner Frau gerichtet und suchte bei der kleinsten Regung nach ersten Anzeichen für das Erwachen aus der tiefen Bewusstlosigkeit nach der starken Narkose. Seine große, kräftige Hand ruhte auf der seiner Frau, welche blass und unheimlich zerbrechlich wirkend neben ihrem regungslosen Körper auf der Bettdecke lag.

Eine schimmernde Träne bahnte sich ihren Weg über Johannes versteinertes Gesicht, rann über seine Wange hinweg bis zur Kinnspitze, tropfte unbeachtet auf die weiße Bettdecke unter ihm und leistete dort den unzähligen anderen Tränen Gesellschaft, die sich über Stunden hinweg bereits auf die selbe Weise ihren Weg durch Johannes` Gesicht gesucht hatten.

23

Die körperlichen Wunden nach dem Überfall auf Isabelle heilten schnell und weitgehend komplikationslos. Nach zwei Wochen war sie soweit wieder hergestellt, dass sie die Klinik verlassen konnte.

Johannes hatte mich gebeten, ihn für die nächsten Wochen in der Praxis zu vertreten und ich hatte mich natürlich sofort dafür bereit erklärt. Er wollte Isabelle in der ersten Zeit zuhause unter keinen Umständen alleine lassen und einfach in ihrer Nähe sein, was ich nur allzu gut verstehen konnte.

Ich stattete den beiden nach einigen Tagen der Eingewöhnung zuhause während meiner Mittagspause einen unangekündigten, kurzen Besuch ab. Mit klopfendem Herzen und einem eigenartigen Gefühl in der Magengegend wartete ich nach dem Läuten auf dem Treppenabsatz vor der Haustür, bis mir jemand öffnete. In der einen Hand hielt ich einen bunten Frühlingsblumenstrauß, in der anderen ein kleines Körbchen mit frischen Marktprodukten aus der Region.

Johannes hatte sich seit Isabelles Entlassung noch nicht wieder bei mir gemeldet und mir war schon ein wenig mulmig zumute, als ich endlich Schritte im Flur hinter der Eingangstür vernahm und der Schlüssel von innen im Schloss herumgedreht wurde. Die Massivholztür öffnete sich schließlich und Johannes stand vor mir. Er blickte zuerst erstaunt zu mir herunter, dann jedoch hellte sich sein Gesicht unvermittelt auf und er breitete einladen seine Arme aus, um mich zu begrüßen.

Sarah, schön dass Du kommst. Er blickte über seine Schulter hinweg und rief in Richtung des Wohnzimmers: *Isabelle, Sarah ist hier, um uns einen Besuch abzustatten.*

Aus dem Wohnzimmer kam allerdings keinerlei Regung und ich blickte Johannes fragend an: *Wenn es Euch nicht Recht ist, komme ich später noch mal wieder.* Die Verunsicherung in meiner Stimme war nicht zu überhören. Johannes winkte jedoch entschieden ab, fasste mich am Arm und zog mich in den Flur.

Kommt überhaupt nicht in Frage. Du hast Dir die Zeit doch sicherlich von Deiner wohlverdienten Mittagspause abgezwackt, sagte er laut in Richtung Wohnzimmer, dass es Isabelle, die ich dort vermutete, auch sicher hören musste.

Er hinderte mich jedoch vorerst noch am weitergehen, indem er mich mit seiner Hand auf meinem Arm zurückhielt und mir, den Zeigefinger der anderen Hand auf seinen Mund legend, eindringlich zu verstehen gab, ihm auf seine folgenden Wort vorerst nicht zu antworten. Er beugte sich ein wenig zu mir herunter und flüsterte leise, sodass es nur für meine Ohren bestimmt war:

Bitte entschuldige Sarah. Aber Isabelle hat sich leider seit ihrer Klinikentlassung sehr verändert. In seiner Stimme schwang mit einem Mal unendlich viel Trauer und Bitterkeit mit, und ich zog bei seinen Worten überrascht die Augenbrauen nach oben. Noch immer flüsternd, fuhr mein Kollege schließlich fast schon verzweifelt fort: *Ich weiß wirklich nicht, was ich noch machen soll, aber sie lässt einfach niemanden an sich heran.*

Meine Stimme war ebenfalls nur ein Flüstern, als ich abwehrend antwortete: *Gib ihr einfach Zeit, Johannes.* Ich legte meine Hand tröstend auf seine angespannte Schulter. *Ein solcher Verlust ist für eine jede Frau nur sehr schwer zu verkraften. Bedräng´ sie jetzt bitte nicht, okay?*

Johannes senkte schuldbewusst den Blick und nickte schweigend. Nach ein paar Sekunden richtete er sich schließlich auf und lächelte mich, schon wieder etwas zuversichtlicher, an: *Ich weiß. Du hast ja Recht.*

Ich hatte mir natürlich sehr viele Gedanken über diesen ersten Besuch gemacht und etliche Szenarien in meinem Geiste durchgespielt, wie Isabelle sich wohl mir gegenüber verhalten würde. Doch keine meiner Vorstellungen war auch nur annähernd so unangenehm gewesen, wie das, was ich in den folgenden Minuten erleben sollte.

Als ich das Wohnzimmer betrat, saß Isabelle im Pyjama auf der Couch. Ihr langes und einst so schön gepflegtes, glänzendes braunes Haar hing ihr kraftlos in fettigen Strähnen zu beiden Seiten ihres hager gewordenen Gesichts herunter. Sie hatte beide Beine bis unters Kinn hochgezogen und ihre Knie dabei mit den Armen fest umschlungen. Eine derart ablehnende Körperhaltung hatte ich nun wirklich nicht erwartet und ich blieb ein paar Sekunden äußerst irritiert mitten in der Wohnzimmertür stehen, um mich erst einmal wieder zu sammeln.

Bei meinem eintreten in den Raum hatte sie nicht einmal den Kopf gehoben, doch als ich nun dicht vor ihr stand und meine Mitbringsel auf den Wohnzimmertisch legte, regte sich schließlich doch ein kleines Lebenszeichen in ihr. Sie blickte kurz zu mir auf und der Anflug eines Lächelns umspielte sogar ihre blassen Mundwinkel.

Hallo Sarah, schön Dich zu sehen. Ihre Stimme war nicht mehr als ein heiseres Flüstern und genauso schnell, wie das Lächeln erschienen war, verschwand es auch schon wieder hinter der steinernen Mauer unendlicher Traurigkeit.

Ich setzte mich neben Isabelle auf das Sofa und Johannes nahm mit gegenüber auf dem Sessel   Platz. Betretenes Schweigen breitete sich in den nächsten Sekunden wie ein schwarzer Schleier über unseren Köpfen aus und ich hatte mit einem Mal das Gefühl, als würde mir eine tonnenschwere Last auf meine, vor Unbehagen mittlerweile fast schon bis zum zerreißen angespannten Schultern drücken. Die anhaltende Stille wurde fast unerträglich.

Völlig teilnahmslos starrte Isabelle weiter vor sich hin, ihr ausgezehrter Körper regte sich nicht einen Millimeter von der Stelle. Johannes blickte hilfesuchend zu mir herüber, doch in diesem Augenblick konnte ich ihm wirklich auch keinen Rat geben. Ich war genauso fassungslos über Isabelles desolaten Zustand, wie er selbst.

Mit jeder weiteren Sekunde des anhaltenden Schweigens stieg mein Unbehagen und schließlich räusperte ich mich laut, um diese unerträgliche Anspannung, die wie ein Damokles-Schwert über uns in der Luft hing, endlich zu lösen. Ich nahm allen Mut zusammen und ergriff schließlich das Wort:

Ich war eben noch kurz auf dem Markt und habe an einem Stand diese leckeren und gesunden Köstlichkeiten für Dich erstanden. Ich blickte Isabelle aufmunternd an und forderte sie somit deutlich auf, sich an meinem unverfänglichen Gespräch zu beteiligen. *Hoffentlich habe ich Deinen Geschmack getroffen?*

Ein zentnerschwerer Stein fiel mir vom Herzen, als Isabelle sich plötzlich langsam regte. Ihr Kopf hob sich leicht und sie blickte mich aus unendlich müden Augen traurig an. Eine Strähne ihres ungewaschenen Haares fiel ihr über die Augen und sie schob es unbewusst mit einer Hand beiseite. Endlich schien ein Funken Lebens in sie zurückzukehren, denn ein leises Lächeln fand beim Anblick des üppigen Marktkorbes einen Weg aus ihren Mundwinkeln heraus und breitete sich langsam auf ihrem blassen Gesicht aus.

Ich atmete erleichtert aus und auch Johannes entspannte sich merklich. Ihm selbst schien Isabelles Verhalten offensichtlich ebenfalls derart fremd zu sein, dass er damit nur sehr schwer umgehen konnte. Er hatte Isabelle stets als lebensbejahende und lustige Frau kennen und auch lieben gelernt. Ihre drastische Wesensveränderung schien ihn nunmehr völlig aus der Fassung zu bringen, obwohl er aufgrund der Ereignisse sämtliches, ihm zur Verfügung stehendes Verständnis für seine Ehefrau aufzubringen versuchte.

Isabelles erstarrter Körper bewegte sich endlich. Sie streckte steif ihre Beine aus und rutschte an die Kante der Couch vor, um sich über den Inhalt meines Marktkorb herüberzubeugen. Ihre dünnen, langen Finger schwebten unentschlossen über den Leckereien, bis sie schließlich in einer Laugenbrezel ihr auserwähltes Ziel fanden. Sie zog sie vorsichtig aus dem Korb heraus und setzte sich damit mit überkreuzten Beinen zurück auf das Sofa.

Vielen Dank für Deinen Besuch und die leckeren Geschenke, Sarah. Isabelles aufrichtiges Lächeln ließ mich neuen Mut schöpfen, dass sie ihre schlimme Krise vielleicht doch schon bald überwinden würde. Doch bereits ihr nächster Satz, mit einem gezielten, kalten Seitenblick auf ihren Ehemann, ließen meine Hoffnungen wie eine Seifenblase zerplatzen: *Du bist der einzige echte Lichtblick in diesen trostlosen Tagen.*

Johannes sog hörbar die Luft ein und versteifte sich in seinem Sessel. Er blickte starr auf den Boden vor seinen Füßen und die Finger seiner rechten Hand trommelten gereizt auf die Armlehne des Sessels ein. Die

Luft war plötzlich wieder zum bersten aufgeladen und ich hatte das Gefühl, als würde ein Vulkanausbruch unmittelbar bevorstehen.

Isabelle schien das alles jedoch nicht weiter zu interessieren. Sie steckte sich demonstrativ, und von Johannes Reaktion vollkommen unbeeindruckt ein Stück Brezel in den Mund und kaute gedankenverloren darauf herum. Dabei wanderte ihr Blick abwägend ständig zwischen mir und Johannes hin und her, als würde sie auf den rechten Moment warten, um eine Bombe platzen zu lassen.

Ich rutschte unbehaglich auf meinem Sitzplatz hin und her und verwünschte innerlich meine Entscheidung, Isabelle diesen Besuch abgestattet zu haben. Sie führte augenscheinlich irgendetwas im Schilde, womit Johannes überhaupt nicht einverstanden zu sein schien und ich war nun unwissentlich unmittelbar zwischen die Kriegsfronten der beiden geraten.

Ich habe mich übrigens entschieden, Oberstdorf für einige Zeit zu verlassen. Isabelles Bombe platzte mit einem lauten Knall.

Mein Kopf fuhr ruckartig in ihre Richtung und ich starrte sie erstaunt an. *Wie bitte?* Ich glaubte fast schon, mich verhört zu haben.

Isabelle blickte abschätzend von mir zu Johannes und wieder zu mir zurück. *Ich werde nach München gehen.* Ihre Augen funkelten triumphierend, als sie in Johannes frustriertes Gesicht blickte.

Ein befreundeter Designer hat mir angeboten, dort in seinem hervorragend laufenden Laden meine neue Dirndl-Kollektion zu präsentieren mit der Option, später einmal, sollte das Geschäft mit meiner Kollektion gut anlaufen, unsere Zusammenarbeit noch weiter auszubauen. Wie findest Du das, Sarah?

Diese Neuigkeit warf mich buchstäblich fast vom Stuhl. War ich bis zu diesem Zeitpunkt davon ausgegangen, dass Isabelle noch immer nicht mit ihrem traumatischen Erlebnis des Überfalles und der erlittenen Fehlgeburt fertig wurde, so erkannte ich nun, dass die derzeitigen Probleme der beiden noch viel schlimmer waren, als ich bisher angenommen hatte.

Isabelle schien ihr Trauma für sich offensichtlich nur überwinden zu können, wenn sie nicht jeden Tag wieder aufs Neue damit konfrontiert werden würde. Doch allein die Tatsache, dass sie sich Tag für Tag in der gleichen Umgebung aufhielt und die selben Menschen um sich herum hatte, verstärkten diese negativen Gefühle nur noch mehr.

Bereits lange vor dem Überfall hatte Isabelle mir gegenüber ihren Wunsch geäußert, eine Boutique mit ihrer Kollektion in München zu eröffnen, doch damals hatte sie den Gedanken daran aus Rücksicht auf ihren Ehemann schnell wieder verworfen. Eine längerfristige Trennung von Johannes war für Isabelle zum damaligen Zeitpunkt noch undenkbar gewesen.

Dies schien sich nach dem Überfall jedoch grundlegend geändert zu haben.

Mich an Isabelles gestellte Frage erinnernd, suchte ich stotternd nach einer passenden Antwort.

Ähm, nun ja.... begann ich zögernd und war mir der taxierenden Blicke meiner beiden Freunde nur allzu bewusst. Ich wollte mit meiner Antwort keinem der beiden einen Triumph gegenüber dem anderen gönnen, doch egal, wie meine Antwort letztendlich auch ausfiel, entweder würde ich Johannes oder Isabelle damit in den Rücken fallen. Meine Lage schien aussichtslos zu sein.

Ich glaube nicht, dass ich mich in dieses offensichtlich Streitthema zwischen Euch einmischen sollte und ich empfände es als überaus unfair, wenn einer von Euch beiden von mir erwarten würde, dass ich mit meiner Antwort für den einen oder anderen Partei ergreife. Meine Wut auf Isabelle wuchs sekündlich, trotz allem Verständnis für ihre derzeitige, quälende Situation, und ich war sehr enttäuscht und gleichzeitig verärgert darüber, dass sie sich von mir erhoffte, ich würde mich auf ihre Seite und damit gegen ihren Mann und meinen Kollegen stellen.

Ich möchte nicht in diese Angelegenheit hineingezogen werden, verstanden?!. Meine Stimme klang fest und bestimmt und duldete keinerlei Widerspruch.

Isabelle blickte mit zusammengekniffenen Lippen schuldbewusst zu Boden und schwieg. Johannes warf ihr über den Couchtisch hinweg einen eiskalten Blick zu.

Ich für meinen Teil hatte fürs Erste genug davon , zwischen den beiden das Zünglein an der Waage zu spielen und daher ich erhob mich entschlossen, um mich zu verabschieden.

Also, ich geh dann mal wieder, die Pflicht ruft. Ich blickte demonstrativ auf meine Armbanduhr, um zu verdeutlichen, dass meine Mittagspause bereits zu Ende war.

Isabelle nickte mir nur schweigend zu, machte aber von sich aus keinerlei Anstalten, mich noch zur Tür zu begleiten. Johannes hingegen war gemeinsam mit mir zusammen aufgestanden und folgte mir schweigend bis in den Flur.

Vor der Haustür blieb ich stehen und drehte mich noch einmal zu meinem Kollegen um. Sein Gesicht war von unendlicher Trauer verhärtet und ihm war allzu deutlich anzusehen, dass die beiden diese Diskussionen schon seit Tagen führten mit genau dem Ergebnis, dass Isabelle wohl ihren Willen durchsetzen würde.

Obwohl ich beide wirklich sehr gern mochte, hatte ich in diesem Augenblick mehr Mitleid und Verständnis für Johannes, als für Isabelle.

Natürlich hatte diese, vor dem Überfall noch mit beiden Beinen mitten im Leben stehende, taffe Frau durch tragische Umstände ihr ungeborenes Kind verloren und damit wurde sie verständlicherweise nur schwer fertig. Und ich konnte sogar auch Isabelles Wunsch nachvollziehen, sich von ihrem bisherigen Leben eine Auszeit zu nehmen, um Abstand von dem Erlebten zu bekommen. Doch was würde dann aus Johannes werden?

Mein Kollege musste nicht nur über den Verlust seines ersten Kindes hinwegkommen, sondern er hatte gleichzeitig auch noch seine Ehefrau verloren, die sich unaufhaltsam immer weiter von ihm zu entfernen schien. Seine Situation schien aussichtslos zu sein und das war ihm, als wir so dicht voreinander an der Haustüre standen, offensichtlich genauso klar wie mir.

Johannes schien meine Gedanken lesen zu können, denn er flüsterte plötzlich mit erstickter Stimme: *Wenn sie tatsächlich geht, wird sie vermutlich nicht wieder zu mir zurück kommen.*

Die Hoffnungslosigkeit, die in seiner Stimme mitschwang, trieb mir eine Gänsehaut über den Rücken und ein dicker Kloß steckte plötzlich in meiner Kehle fest. Ich schluckte hart und schwieg betroffen, um Johannes durch eine in dieser Situation sowieso sinnlose Antwort nicht noch weiter hinunter zu ziehen. Stattdessen umarmte ihn einfach nur.

Er legte ebenfalls die Arme um mich und zog mich Halt suchend fest an seine muskulöse Brust. Mein Gesicht an seine kräftige Schulter gepresst verharrten wir einige Sekunden schweigend, dann machte ich mich wieder von ihm los. Ich blickte betrübt in seine einstmals so stolzen und selbstsicheren, doch nun von Trauer und Schmerz mit unschönen dunklen Ringen umrandeten, blauen Augen.

Gib ihr Zeit, sie wird sich schon wieder fangen., sagte ich schließlich, krampfhaft um Zuversicht bemüht. Doch die Zweifel, die in meiner Stimme deutlich mitschwangen, strafte meinen aufmunternden Worten Lügen. Johannes wusste genauso gut wie ich, dass Isabelle wahrscheinlich tatsächlich nicht mehr nach Oberstdorf zurückkommen würde, wenn sie erst einmal gegangen war.

Ich nahm meine ganze Kraft zusammen und lächelte zuversichtlich, dann drehte ich mich zur Tür um und verließ ohne ein weiteres Wort das Haus. Johannes blickte mir gedankenverloren hinterher, bis ich um die nächste Straßenecke verschwunden war, dann schloss er leise die Haustür und ging geradewegs in sein Arbeitszimmer.

Er ließ Isabelle allein im Wohnzimmer zurück. Für weitere Auseinandersetzungen bezüglich dieses Themas fehlten ihm mittlerweile einfach die Kräfte.

24

Oh, mein Gott! Die sind doch nicht etwa alle noch für mich?
In gespieltem Entsetzen schlug ich die Hände vors Gesicht und blinzelte Julia durch meine abgespreizten Zeigefinger hindurch mit großen
Augen an. *Es wird höchste Zeit, dass Johannes endlich wieder hier auf-
taucht, damit ich mich nicht ständig auch noch um seine Arbeit kümmern muss.*

Resigniert nahm ich den Stapel Arztanfragen von unserer neuen
medizinischen Fachangestellten entgegen, den diese mir mit leicht irri-
tierter Mine schüchtern überreichte. Julia Guggemoos war die Nachfol-
gerin unserer langjährigen Mitarbeiterin Gabi, die sich der Liebe wegen
entschieden hatte, unsere Praxis und zudem auch das Allgäu zu verlassen.

Ich schenkte dem blonden Wuschelkopf mit den noch sehr
kindlichen Gesichtszügen und großen blauen Augen ein freundliches
Lächeln, um ihr verständlich zu machen, dass meine Äußerung keinerlei Kritik gegen sie persönlich bedeutete.

Mein Unmut galt eher meinem treulosen Kollegen, der mich
mittlerweile die fünfte Woche in Folge alleine die Praxis führen ließ.
Mir drohte die viele Arbeit langsam, aber sicher über den Kopf zu
wachsen.

*Schon gut, Julia, Sie können ja nichts persönlich dafür, dass
unser lieber Doktor Bronner es nicht für nötig hält, seinen Pflichten
gegenüber den Krankenkassen nachzukommen und die ganze Arbeit
stattdessen an mir kleben bleibt.* Das Mädel zuckte schüchtern mit ihren
schmalen Schultern und lächelte mich zaghaft an.

*Na schön, dann werde ich mich wohl meinem Schicksal fügen
müssen und meine Mittagspause, über diesem Mist hier brütend, wieder einmal ausfallen lassen.* Ich ließ beide Hände auf den Stapel Papier
sinken, als könne ich diesen durch meine magische Geste irgendwie
verschwinden lassen und schloss resigniert die Augen, während sich Ju-

lia auf leisen Sohlen aus meinem Sprechzimmer schlich und vorsichtig, als ob sie mich bloß nicht aus einem wunderschönen Traum aufwecken wollte, die Tür hinter sich schloss.

Die letzten Tage und Wochen waren in der Tat sehr anstrengend und kräftezehrend für mich gewesen. Hatte ich doch seit geraumer Zeit die alleinige Verantwortung für die von je her schon recht große Patientenzahl in unserer Gemeinschaftspraxis.

Von Johannes hatte ich seit meinem letzten und bisher auch einzigen Krankenbesuch bei Isabelle vor über einer Woche nichts mehr gehört und diese Tatsache beunruhigte mich wirklich sehr. Isabelles Plan, in München eine Zweigstelle ihrer Boutique zu eröffnen und dadurch für vorerst unbestimmte Zeit Oberstdorf, und somit auch ihren Ehemann zu verlassen, stieß logischerweise bei Johannes auf absolutes Unverständnis. Er wollte seine Frau in dieser für alle Beteiligten schweren Zeit in seiner Nähe haben, denn auch er litt sehr unter den Folgen des Überfalles, auch wenn er dies vor Isabelle nie offen zugeben würde. Doch ich hatte auch ihn bei meinem Besuch genau beobachtet. Die Art und Weise, wie er mit Isabelle umging, ließ eindeutig auf erhebliche Schuldgefühle seinerseits schließen. Schuldgefühle dahingehend, dass Johannes seine Frau wieder einmal nicht hatte beschützen können.

Weder bei diesem kaltblütigen Überfall, noch im Verlauf ihres erlittenen anaphylaktischen Schocks an seinem Geburtstag hatte er sich in ausreichender Form um seine Frau kümmern können. An Johannes Geburtstag war ich diejenige gewesen, die Isabelles Leben gerettet hatte, und nicht er selbst, was er sich vermutlich nur allzu gerne gewünscht hätte und nach dem Überfall hatte notgedrungen letztendlich Toni Schütz und die unfallchirurgischen Kollegen aus Immenstadt um Isabelles Leben gekämpft.

Sein, in Johannes eigenen Augen klägliches Versagen damals, quälte seinen Stolz bis heute und mit der brutalen Attacke gegen Isabelle und dem damit verbundenen Verlust seines ungeborenen Kindes brachen diese alten Wunden erneut auf. Wenn sie ihn nun verließ, würde er ihr, es konnte schließlich so vieles in München geschehen, wieder einmal nicht beistehen können und dieser Gedanke war für ihn fast nicht mehr zu ertragen.

Ich erinnerte mich plötzlich an mein Gespräch mit Isabelle vor etlichen Monaten, in dem sie mir von ihrem Traum, einen zweiten Laden in München zu eröffnen, erzählt hatte. Zum damaligen Zeitpunkt war es für Isabelle noch vollkommen indiskutabel gewesen, dieses Vorhaben, ohne Johannes an ihrer Seite zu wissen, durchzuführen. Diese Tatsache schien sich nun allerdings grundlegend geändert zu haben.

Natürlich verstand ich auch Isabelles Beweggründe, den Ort des Schmerzes und der Pein erst einmal für eine gewisse Zeit zu verlassen, um Abstand zu bekommen. Doch dass sie dies offensichtlich ohne Johannes plante, der ihr schon alleine wegen seiner Praxis hier nicht folgen konnte, ließ einen gewissen Unmut gegen die Frau meines Kollegen in mir aufkeimen.

Ich würde die Praxis sicherlich nicht für einen längeren Zeitraum alleine weiter führen können, ohne dass die Qualität meiner Arbeit darunter litt. Ich tat mir ja nach dieser kurzen Abwesenheit von Johannes schon mitunter schwer, ausreichend Zeit für alle unsere Patienten aufzubringen. Und es war nun einmal eine ungeschriebene Tatsache, dass, wenn sich ein Patient nicht gut gehandelt fühlte, er schneller die Praxis gewechselt hatte, als man gucken konnte. Ganz zu schweigen von der negativen Mundpropaganda, die eine oberflächliche und unpersönliche Behandlung eines Patienten durch einen Arzt nach sich zog.

Das alles konnte und wollte ich mir und unserer, durch Johannes` und auch bereits seines Vorgängers, sorgfältig und mühsam aufgebauten Praxis nicht leisten. Johannes musste endlich wieder her, und das schnellstmöglich, entschied ich entschlossen.

Ich griff zum Telefonhörer und wählte die private Nummer der Bronners. Das Freizeichen tutete höhnisch in mein Ohr, tuuut… keiner da, ….tuuut… keiner da. Nach über einer Minute erfolgloser Tuterei legte ich den Hörer frustriert zurück auf die Gabel und lehnte mich mit verschränkten Armen in meinem Schreibtischstuhl zurück. Ich überlegte gerade angestrengt, wo die beiden bloß stecken konnten, als es verhalten an meiner Sprechzimmertür klopfte.

Ja, herein! Mein Blick fiel auf die Zeitangabe meines Radioweckers neben dem Telefon. Ein Patient konnte es schlecht sein, die Praxis war aufgrund der noch andauernden Mittagspause geschlossen. Und unsere beiden Angestellten fuhren mittags auch immer nach Hause zum Essen und blieben an sich nie in ihrem Aufenthaltsraum in der Praxis.

Die Tür öffnete sich langsam und Johannes stand im Türrahmen. Ich runzelte irritiert die Stirn und kniff verwundert die Augen zusammen. Mit diesem unangekündigten Besuch hatte ich nun überhaupt nicht gerechnet. Doch wie lautete noch der schöne Spruch: wenn man vom Teufel spricht…

Als ich schließlich jedoch in das Gesicht meines Kollegen blickte, fuhr ich alarmiert aus meinem Sessel hoch. *Johannes, mein Gott, was ist denn passiert? Du siehst ja schrecklich aus!*

Und das war nicht im Geringsten übertrieben. Johannes hatte sich Halt suchend mit seiner Rechten am Türrahmen abgestützt. Sein Gesicht war alarmierend blass, seine müden Augen lagen tief in den Höhlen und seine sonst so hübschen und makellosen Gesichtszüge waren vor Schmerz und Kummer verzerrt.

Mein Herz schlug mir vor Aufregung bis zum Hals und meine Stimme zitterte leicht, als ich meine Frage noch einmal eindringlich wiederholte. Ich schob eilig meinen Stuhl zurück, stand hastig auf und stürzte auf Johannes zu. Ich packte ihn am Arm, bevor er mir mitten im Türrahmen zusammenbrechen konnte, und führte ihn zu einem Stuhl vor meinem Schreibtisch. Er ließ sich kraftlos hinein sinken und bedeckte sein Gesicht mit beiden Händen. Ein jähes Schluchzen ließ seine kräftigen Schultern erzittern. Zutiefst bestürzt erkannte ich, dass er weinte. Ich kniete mich etwas umständlich vor ihn und legte mitfühlend meine Hand auf seinen Oberschenkel.

Was ist denn los, nun sag schon? fragte ich drängend und meine Stimme klang überaus besorgt. Mit meiner anderen Hand ergriff ich eine seiner Hände und zog sie behutsam von seinem Gesicht fort. Schließlich ließ er auch seine zweite Hand sinken und legte sie kraftlos in seinen Schoß.

Seine Stimme war nicht mehr als ein tonloses Flüstern, als er endlich antwortete. *Isabelle.... Sie... ist fort.* Seine Worte kamen abgehackt, als kostete es ihn unendliche Anstrengung, dies auszusprechen.

Was ist passiert? Ich sprach ruhig und hielt noch immer seine eine Hand fest.

Ich habe sie geschlagen.... Ich wollte sie doch bloß aufhalten! Die Worte sprudelten nur so aus Johannes Mund heraus.

Mein Unterkiefer klappte unvermittelt nach unten und vor Schreck blieb mir sekundenlang erst einmal der Mund offen stehen. Völlig entgeistert starrte ich ihn an.

Schließlich poltere ich, noch immer ungläubig, lautstark drauflos: *Du hast WAS????* Was ich da soeben aus seinem Mund gehört hatte, musste ganz sicher ein blöder Übermittlungsfehler sein, dachte ich verwirrt. Mein Gehirn musste die Worte aus meinem Ohr wohl falsch interpretiert haben.

Doch ein Blick in sein Tränen feuchtes und verzweifeltes Gesicht genügte, um mir schlagartig bewusst zu werden, dass ich ihn in der Tat richtig verstanden hatte.

Johannes ließ meine Hand los und begrub sein Gesicht erneut in seinen Händen. Jenen Händen, die vor Kurzem Isabelle geschlagen haben sollten. Ich konnte es einfach nicht glauben.

Aufgewühlt fuhr ich mir mit einer Hand durchs Haar. Das konnte doch wohl wirklich alles nicht mehr wahr sein.

Warum hast Du das getan, in dreiteufels Namen?! Ich stand auf und schüttelte ihn unsanft an seinen Schultern. *WAS ist denn bloß in Dich gefahren, Johannes?!*

Es ist alles meine Schuld! Johannes Stimme klang dumpf durch seine Handflächen hindurch, mit denen er noch immer sein Gesicht bedeckte. *Ich wollte sie doch nur aufhalten. Sie sollte einfach nicht gehen.* Ein erneutes Schluchzen unterbrach ihn und ich wartete ungeduldig, bis er sich wieder ausreichend unter Kontrolle hatte. Endlich nahm Johannes die Hände von seinem Gesicht und blickte zu mir auf. Aus seinem Blick sprach pure Verzweiflung.

Wir haben uns wieder einmal gestritten, erklärte er mir schließlich, nun wieder etwas ruhiger, *wegen ihres Planes zu gehen und ihre Geschäftspläne in München zu verwirklichen.* Ich nickte und Johannes fuhr, noch immer sichtlich aufgewühlt, fort. *Sie hat mich vor vollendete Tatsachen gestellt. Sie habe bereits ein kleines Appartement für sich in der City angemietet, unweit ihres neuen Ladens. Für mich wäre dort allerdings kein Platz, hat sie gesagt. Sie wollte das allein durchziehen und auch erst einmal eine räumliche Distanz zu mir bekommen.* Johannes spie die Worte regelrecht aus und ich zuckte unwillkürlich zusammen.

Ich habe ihr gesagt, dass ich das so nicht hinnehmen werde. Wir haben schließlich beide eine schreckliche Zeit durchgemacht und ich würde sie nicht gehen lassen, schon gar nicht jetzt. Er machte eine kurze Pause und heftete starr seinen Blick auf den Boden vor meinen Füßen.

Da wurde sie richtig wütend und hat mir an den Kopf geworfen, ich wäre ein widerlicher Egoist, dem es nur immer um sich selbst und um das eigene Wohl gehen würde. Es ginge bloß immer um meine Interessen und ich würde mich um ihre Belange einen feuchten Kehricht scheren. Wieder stockte er und schluckte hart. *Sie hat gesagt, dass sie das nicht länger mitmachen würde, dass sich die ganze Welt nur um mich drehen würde und sie endlich ihren eigenen Weg gehen wollte. Da bin ich ausgerastet und hab ihr eine Ohrfeige gegeben, damit sie endlich wieder zur Vernunft kommt.* Seine Stimme wurde fast zu einem Flüstern: *Sie hat sich auf dem Absatz herumgedreht, hat ihre wichtigsten Sachen zusammengepackt und ist einfach gegangen.*

Johannes hob den Kopf und blickte mich vollkommen verzweifelt an: *Und jetzt sag mir bitte, dass ich ein total bescheuerter Idiot bin, Sarah.*

Du bist ein total bescheuerter Idiot, Johannes, echote ich und meinte es tatsächlich bitterernst. *Wie konntest Du Dich nur zu solch hirnlosen Handgreiflichkeiten hinreißen lassen?* Ich konnte es einfach nicht fassen, was ich da soeben gehört hatte.

Johannes schüttelte schuldbewusst den Kopf, als könne er selbst nicht glauben, was geschehen war. *Es tut mir schrecklich leid, Sarah.*

Entschuldige Dich nicht bei mir, entschuldige Dich bei Deiner Frau, rief ich entschieden. Ich griff zum Telefonhörer und hielt ihm diesen aufgebracht entgegen. *Hier, ruf sie an und sag ihr, dass es Dir Leid tut.*

Das geht leider nicht, Johannes hielt erneut inne und fuhr sich aufgewühlt mit einer Hand durch seine langen, blonden Haare, *sie hat ihr Handy nicht mitgenommen und ich habe im Moment auch keinerlei Kontaktdaten, wo ich sie in München erreichen könnte.* Er schloss die Augen und flüsterte verzweifelt: *Ich habe sie verloren, Sarah.*

Fassungslos sah ich auf meinen Kollegen herunter. Das konnte doch wohl alles nicht wahr sein. Ich war stets davon ausgegangen, dass die

Beziehung zwischen Johannes und Isabelle unerschütterlich war und nichts und niemand auf der Welt die beiden dazu bringen könnte, auch nur für kurze Zeit getrennte Wege zu gehen. Auch mit diesem schweren Schicksalsschlag würden die beiden schon gemeinsam fertig werden, da war ich mir absolut sicher gewesen. Ich hatte fest geglaubt, dass Isabelles Wunsch nach einer Zweitboutique ein surreales, zeitlich begrenztes Begehren war und sie früher oder später über den schmerzlichen Verlust ihres ersten gemeinsamen Kindes hinweg kommen würden. Dass die Situation nun derart eskalierte und Isabelle sich von Johannes tatsächlich abwandte, damit hatte ich zu keiner Sekunde gerechnet.

Was wirst Du jetzt tun? Meine Frage durchschnitt die bedrückende Stille, die sich zwischen uns ausgebreitet hatte.

Ich weiß es nicht... Ich weiß es wirklich nicht, Sarah. Die Verzweiflung in Johannes Stimme schnürte mir die Kehle zu und ich zog ihn vom Stuhl hoch, legte tröstend meine Arme um ihn und zog ihn an mich. Er legte die Arme um meine Schultern und hielt mich an sich gepresst, als wolle er mich nie wieder loslassen. Sein Gesicht berührte meine Stirn, er war gut einen Kopf größer als ich, und ich spürte seinen warmen Atem über meine Kopfhaut streichen.

Nach Isabelles Verschwinden stürzte sich Johannes regelrecht in die Arbeit. Er erschien morgens als erster in der Praxis, obwohl meine Wohnung im Dachgeschoss des Hauses lag und ich sonst immer vor ihm die Praxis aufgeschlossen hatte. In den Pausen verschanzte er sich in seinem Sprechzimmer und beantwortete sämtliche Arztanfragen, die ihm zwischen die Finger kamen und Abends, wenn alle, einschließlich mir die Praxis schon längst wieder verlassen hatten, sah ich von meinem Balkon aus noch bis spät in die Nacht hinein Licht in seinem Sprechzimmer unterhalb meiner Wohnung brennen.

Allmählich begann ich mir ernsthaft Sorgen um meinen Kollegen zu machen. Ich dachte schmerzlich zurück an die Zeit, als ich mich von Adrian getrennt hatte und durch was für eine Hölle ich in den folgenden

Monaten gegangen war. Der krönende Abschluss war schließlich der Tod eines Patienten gewesen, der durch meine Verschulden oder, besser gesagt, durch mein Versagen aus dem Leben gerissen worden war und eine wunderbare Frau und herzallerliebste kleine Tochter alleine zurückließ. Ich würde mit Johannes reden müssen, und zwar schnellstens.

25

Er hat wirklich gestern angerufen? Und Johannes hat mir bisher nichts davon gesagt? Ungläubig starrte ich in Julias irritiertes Gesicht.

Tja, also… die junge Arzthelferin brachte vor Verlegenheit die Worte nur mühsam hervor, *Herr Kramer wollte ausdrücklich mit Herrn Doktor Bronner sprechen und ich habe, ehrlich gesagt, ja auch nicht gewusst, dass Sie ihn wohl ebenfalls dringend sprechen wollten.* Julia blickte bestürzt auf den Boden vor meinem Schreibtisch, vor dem sie soeben stand und mir nebenbei von einem Telefonanruf aus Nepal erzählte, den sie gestern entgegen genommen hatte.

Ich sprang von meinem Stuhl auf und rannte an ihr vorbei aus dem Zimmer. An der Türschwelle drehte ich mich jedoch noch einmal um und hob beschwichtigend die Hand. *Schon okay, Julia, das konnten Sie ja wirklich nicht wissen. Nehmen Sie mein Verhalten bitte nicht persönlich.* Und schon rauschte ich weiter über den Flur und direkt in Johannes´ Sprechzimmer.
Als ich die Tür ohne anzuklopfen aufriss, zuckten Johannes und der Patient, der gerade seinen Oberkörper freimachte, um sich von meinem Kollegen abhören zu lassen, erschrocken zusammen. Johannes warf mir einen tadelnden Blick zu.

Warum hast Du mir noch nicht erzählt, dass Sebastian Dich gestern aus Nepal angerufen hat?, platzte ich ohne Vorwarnung heraus und Johannes Augen weiteten sich erstaunt über die Zuverlässigkeit der Neuigkeitenübermittlung in unserer Praxis. Er deutete seinem Patienten an, sich das Hemd noch einmal kurz überzuziehen und einen Moment auf ihn zu warten, dann kam er mit schuldbewusster Mine auf mich zu, ergriff meinen Oberarm und bugsierte mich zielstrebig aus seinem Zimmer hinaus in Richtung Kaffeeküche.
Dort angekommen schob er mich auf einen Stuhl und zog einen zweiten daneben, um mir gegenüber darauf Platz zu nehmen.

Tja, ...also,... *Sebastian hat gestern angerufen,* Johannes Augen blitzen verstohlen und in seinen Mundwinkeln zuckte es verdächtig, was mich noch mehr auf die Palme brachte.

Und...?, ich reckte ungeduldig das Kinn, *was hat er gesagt? Hat er nach mir gefragt?* Meine Handflächen wurden vor Aufregung plötzlich ganz feucht und ich ballte die Hände unwillkürlich zu Fäusten. Mein Kollege zog den Mund kraus und zögerte kurz, bevor er, seine anschließenden Worte mit Bedacht wählend, antwortete: *Es geht ihm soweit wieder gut... und... naja... Nein, er hat nicht über Dich gesprochen.*

Enttäuscht senkte ich den Blick. Doch Moment mal, was hatte mein Kollege da zuerst gesagt?

Was soll das heißen, es geht ihm WIEDER gut? Mein Kopf fuhr alarmierend in die Höhe, *soll das etwa heißen, es ging ihm einmal NICHT gut?*

Johannes entwaffnendes Lächeln sollte mich eigentlich beschwichtigen, doch auch in seinen Augen war nun deutlich die Sorge um seinen Freund zu erkennen. *Nun ja,... Sebastian hat sich bei seiner letzten Tour das linke Schlüsselbein gebrochen und wurde in der Klinik in Kathmandu behandelt.* Sorgenfalten durchzogen plötzlich sein Gesicht, als er, mich direkt anblickend, fortfuhr: *Ich wollte es Dir eigentlich gar nicht erzählen, Sarah, aber ich mache mir mittlerweile wirklich wieder große Sorgen um den Jungen. Er fällt zunehmend in sein altes Muster zurück. Du weißt schon, die Zeit nach Tamaras Tod.* Er fuhr sich fahrig mit einer Hand durch die Haare. *Er hat mir gestern mit regelrechtem Feuereifer von seiner letzten Expedition erzählt und ich muss gestehen, mir standen schon beim alleinigen Zuhören die Haare zu Berge.*

Ich hatte Johannes´ Ausführungen bis zu diesem Punk wortlos gelauscht, doch bei seinen letzten Worten sog ich alarmiert die Luft ein. *Du meinst, er wird wieder derart leichtsinnig, dass er auch in Kauf nimmt, dass ihm etwas geschehen könnte?,* fragte ich ihn überaus bestürzt. Meine Augen hatten sich vor Schreck geweitet bei dem Gedanken daran, Sebastian könne etwas Schlimmes zustoßen. Ich blickte ängstlich zu Johannes hinüber, in der Hoffnung, er würde meine Befürchtungen mit seiner Antwort doch noch zerstreuen.

Das tat er allerdings zu meinem Leidwesen nicht. Ganz im Gegenteil. Bekümmert nickend fuhr er statt dessen fort: *Tja, genau das meinte ich damit.*

Mit Grauen erinnerte ich mich an die waghalsigen Erzählungen, die Sebastian nicht ohne einen gewissen Stolz in seiner Stimme, bereits im Laufe unseres Kennenlernens zum Besten gegeben hatte. Er hatte sich nach dem Tod seiner Verlobten in die adrenalingeladensten und gefährlichsten Abenteuerexpeditionen gestürzt, die man sich als Flachländer nur vorstellen konnte. Alleine die Erinnerungen an seine lebhaft erzählten Geschichten jagten mir heute noch einen Schauer nach dem anderen über den Rücken. Mehr als einmal hatte ich mich damals gefragt, wie viele Schutzengel er bei seinen Expeditionen wohl verschlissen hatte, denn dass Sebastian dies alles unbeschadet überlebt hatte, grenze schon an mehr als nur ein Wunder.

Umso glücklicher war ich damals gewesen, als Sebastian mir im Verlauf unserer immer fester werdenden Bindung irgendwann gleichmütig mitgeteilt hatte, er würde es in Zukunft wohl ein wenig ruhiger angehen lassen. Sowohl ich, als auch sein bester Freund, mein Kollege Johannes Bronner, waren sehr erleichtert über diese Entscheidung gewesen. Wir hatten damals beide inständig gehofft, dass sich Sebastian endlich wieder vollkommen fangen und seine Adrenalinsucht ein für alle Mal in den Griff bekommen würde. Bis zu meiner bescheuerten Eifersuchtsszene beim Viehscheid hatte dies auch sehr gut funktioniert. Doch ich hatte alles kaputt gemacht, weil ich die Situation hinter der Schaubude völlig falsch eingeschätzt hatte, und nun wollte Sebastian von der dummen Nuss, wie er mich bestimmt mittlerweile nannte, verständlicher Weise nichts mehr wissen.

Ich seufzte tief und rieb mir kräftig mit einer Hand die Stirn, um den sich anbahnenden Kopfschmerzen Einhalt zu gebieten.

Was sollen wir denn jetzt bloß tun? Flehentlich blickte ich zu Johannes hinüber, in der Hoffnung, er hätte eine zündende Idee, wie wir Sebastian wieder von diesem Horrortrip herunterholen konnten. Doch mein Gegenüber zuckte nur unglücklich mit den Schultern und entgegnete zutiefst resigniert: *Ich weiß es leider auch nicht Sarah. Ich weiß es wirklich nicht.*

Schweigend, saßen wir uns einige Zeit gegenüber, jeder für sich in seine Gedanken versunken.

Mit einem Mal fuhr ich von meinem Stuhl auf, derart hastig, dass dieser nach hinten überfiel und krachend auf dem Fliesenboden landete. Johannes zuckte vor Schreck merklich zusammen.

Ich fliege nach Kathmandu. Schon morgen, wenn es geht!, verkündete ich bestimmt, jegliche Zweifel an meinem Plan bereits im Keim erstickend.

Johannes blickte mich mit großen Augen an. *Glaubst Du wirklich, dass das etwas bringt?* In seiner Stimme lagen genau diese Zweifel, die ich zu diesem Zeitpunkt überhaupt nicht hören wollte, als er schließlich hinzufügte. *Ich meine, Sebastian ist genauso stur wie Du!*

Johannes´ Mundwinkel verzogen sich zu einem kurzen, ironischen Grinsen, bevor er weiter redete: *Er wird sicher auf nichts anderes warten, als auf jemanden, der ihm eine Moralpredigt über seine übertriebene Risikobereitschaft hält.* Mein Kollege schüttelte nach wie vor überaus skeptisch den Kopf. *Ich glaube kaum, dass Du Erfolgt haben wirst, Sarah.*

Während Johannes Einwände war ich rastlos auf und ab gewandert, doch nun blieb ich unvermittelt vor ihm stehen. *Ich will ihm doch keine Moralpredigt halten. Ich muss mich endlich bei ihm entschuldigen. Schließlich bin ich mit an Sicherheit grenzender Wahrscheinlichkeit der alleinige Grund für seine neuerlichen Eskapaden.* Regelrecht um Verständnis flehend fügte ich leise hinzu: *Ich muss einfach zu ihm, verstehst Du das denn nicht?*

Johannes blickte mich eine Zeit lang schweigend an, bevor er langsam nickte: *Vielleicht hast Du ja recht, Sarah.*

Das monotone Brummen der Flugzeugturbinen lullte mich langsam ein und mir fielen immer wieder die Augen zu. Ich war schon seit gefühlten 100 Stunden unterwegs und es lagen noch gefühlt genauso viele vor mir.

Johannes hatte seine guten Beziehungen für mich spielen lassen und mir tatsächlich für den folgenden Tag einen Flug von München über Dubai nach Kathmandu organisiert. Er hatte mich sogar an den Flughafen nach München gefahren und dafür unsere Praxis für einen halben Tag geschlossen. Jetzt lag es ausschließlich an mir, unseren gemeinsamen Freund Sebastian wieder zur Vernunft zu bringen.

Der Flug war bisher ohne große Probleme verlaufen, außer, dass ich beim Umsteigen in Dubai fast meinen Anschlussflug verpasst hätte. Ich hatte mir auf der großen Anzeigetafel für die Connectingflights die Nummer meines Gates für den Weiterflug gemerkt, in der Aufregung allerdings irgendwie die Zahlen vertauscht.

So wartete ich versehentlich am falschen Gate auf meinen Weiterflug, ohne es zu bemerken. Erst als das Boarding für den nächsten Flug an diesem Gate los ging und die Dame am Schalter beim durchsehen meiner Bordkarte energisch den Kopf schüttelte und mich am weitergehen hinderte, fiel der Fehler auf.

Sie griff beherzt zum Telefonhörer und schnatterte aufgeregt in einer mir fremden Sprache hinein. Schließlich legte sie den Hörer mit zufriedener Mine zurück auf die Gabel und gab mir in akzentfreiem Englisch zu verstehen, dass ich mich am falschen Gate befand, sie aber mit dem korrekten Abfluggate bereits Rücksprache gehalten habe. Man würde dort schon ungeduldig auf mich warten, da das Boarding für meinen Weiterflug nach Kathmandu bereits so gut wie abgeschlossen wäre. Sie beschrieb mir kurz den Weg und ich rannte los.

Schließlich saß ich doch noch im richtigen Flieger nach Kathmandu und kam meinem Ziel, Sebastian endlich wiederzusehen und ihm alles zu erklären, mit jeder zurückgelegten Flugmeile ein kleines Stückchen näher. Zufrieden schloss ich die Augen und begann zu dösen.

Plötzlich durchfuhr ein heftiges rütteln die Maschine und ich zuckte vor Schreck zusammen. Unmittelbar danach erklang ein akustisches Gong-Signal und über unseren Sitzen begannen die Leuchtsymbole für das Anlegen der Sicherheitsgurte auf zu blinken. Während ich hektisch nach den beiden Enden meines Bauchgurtes suchte, meldete sich auch schon das Cockpit über den Kabinenfunk. Der Kapitän kündigte, soweit ich es mit meinen rudimentären Englischkenntnissen verstehen konnte, eine Unwetterfront an, die nicht umflogen werden konnte. Man müsse mit einigen Turbulenzen rechnen und die Passagiere sollten bitte angeschnallt auf ihren Plätzen bleiben.

Wie zur Bestätigung seiner Worte sackte die Maschine plötzlich stark nach unten und ich hatte das Gefühl, als würde mir mit einem Mal der Sitz unter meinem Hintern weggezogen werden. Ich stieß einen erstickten Schrei aus und klammerte mich Halt suchend an der Rückenlehne meines Vordermannes fest. Um mich herum gerieten auch die anderen Passagiere zunehmend in Panik und die Stewardessen hatten alle Hände voll zu tun, die Reisenden wieder zu beruhigen. In den Sitzreihen vor mir fing ein Kleinkind ängstlich an zu weinen. Das Schütteln wurde heftiger und heftiger und ich schloss kurzerhand die Augen.

Ich war noch nicht allzu oft geflogen, doch mit jedem überstandenen Flug wuchs mein Unbehagen vor dem nächsten. Ganz nach dem Motto: Jetzt hast Du den einen überlebt, doch wirst Du bei dem nächsten wieder genauso viel Glück haben?

Meine Hände klammerten sich an die Armlehnen rechts und links von mir und ich versuchte krampfhaft, die plötzlich tief aus meinem Inneren her aufsteigende Übelkeit zu unterdrücken. Die folgenden Minuten schien mir dies auch mehr oder weniger gut zu gelingen, doch als wir schließlich erneut in ein Luftloch sackten, war das eindeutig zu viel für meinen gequälten Magen. Hastig zog ich die Spucktüte aus der Sitzfachtasche vor meinen Knien und ehe ich es noch verhindern konnte, landete mein zuvor eingenommenes Mittagessen weitgehend noch unverdaut im Sicksac.

Zitternd und mit kalten, feuchten Händen wischte ich mir mit einem Tuch über den Mund. Ich lehnte mich erschöpft in meinem Sitz zurück und legte mein Leben anschließend schicksalsergeben in die Hände meines Schöpfers.

26

In Nepal angekommen tauschte ich in eine völlig andere Welt ein. Die Gerüche und Geräusche, ja selbst die Farben unterschieden sich grundlegend von allem, was ich bisher kannte. Ich war noch immer völlig fertig von dem Horrorflug, den ich wider erwartend letztendlich doch überlebt hatte, als ich aus dem schattigen Flughafengebäude hinaus in das grelle Sonnenlicht trat. Schützend hob ich eine Hand vor meine Augen und blinzelte mehrfach, bis ich endlich wieder deutlich sehen konnte. Zu Beginn meiner Reise hatte ich mir einen sorgfältigen Plan zurecht gelegt, wie ich nach meiner Ankunft in Kathmandu bis zu meinem Treffen mit Sebastian vorgehen wollte.

Zuerst würde ich mir ein Taxi nehmen und zur Klinik fahren, in der sich Sebastian, seinen eigenen Angaben zufolge, aufgrund seiner Clavikulaverletzung in Behandlung befand. Anschließend würde ich ihn in seinem Krankenzimmer aufsuchen und ihn einfach mit meiner unangekündigten Anwesenheit überrumpeln. Ich würde mich vor ihn stellen, ihm die ganze Sachlage ruhig erklären und ihn letztendlich um Verzeihung bitten. Er musste mir dann einfach verzeihen, eine Ablehnung seinerseits kam in meinem Plan nicht vor. Ich hoffte inständig, dass ich Erfolg haben würde. Es musste schlichtweg klappen!

Das Taxi hielt an und ich stieg aus. Mit klopfendem Herzen stand ich auf dem Vorplatz des Gebäudes, welches der Taxifahrer mir als Krankenhaus von Kathmandu zugesichert hatte.

Skeptisch ließ ich meine Blicke einen Moment über das bereits in die Jahre gekommene Gemäuer schweifen. Für europäische Verhältnisse nicht gerade das Aushängeschild für ein modernes, seriöses Klinikum, fand ich, aber nun ja. Wie sagte man so schön: Andere Länder, andere Krankenhäuser.

Ich straffte meine Schultern und stieg entschlossen die Stufen bis zur Eingangtür empor. In wenigen Minuten würde ich Sebastian endlich wiedersehen. Mein Puls begann zu rasen, als ich die Tür öffnete und den Eingangsbereich der Klinik betrat.

Im Foyer war es, im Gegensatz zum gleißenden Sonnenschein draußen, eher dunkel und meine Augen brauchten einen Moment, bis sie sich an die veränderten Lichtverhältnisse gewöhnt hatten. Ich blieb kurz stehen und sah mich blinzelnd um.

Einige Meter vor mir stand ein großer Tresen, der augenscheinlich die Anmeldung darstellte und ein junges Mädchen, welches sich dahinter gerade wieder aufrichtete, lächelte mich bei meinem Anblick freundlich an.

Hello, how can I help you?, fragte sie mich auf englisch mit einem starkem Akzent, den ich noch nie zuvor gehört hatte, der aber sehr angenehm klang. Ich trat näher an den Tresen heran und antwortete, ebenfalls freundlich lächelnd, in meinem bestmöglichen englisch:

Hello, I'm looking for Sebastian Kramer. He is here in the hospital as a patient. Meine Gedanken kramten noch in den Tiefen meiner Erinnerungskästchen nach der korrekten Grammatik und Aussprache meines Anliegens, da nickte das Mädchen bereits höflich und senkte ihren Kopf über ein vor ihr auf dem Tisch liegendes, dickes Buch. Sie begann darin herum zu blättern und fuhr mit dem Zeigefinger suchend die Spalten vor ihr auf dem Papier ab.

Ich trat näher an den Tresen heran und lehnte mich auf Zehenspitzen ein wenig vor, um ihr bei der Suche zu helfen. Doch auf dem Kopf lesen war noch nie meine Stärke gewesen und die Handschrift in dem Buch glich eher ägyptischen Hieroglyphen. Also ließ ich mich wieder auf die Hacken zurücksinken und wartete ungeduldig mit immer schneller schlagendem Puls auf die Nummer des Zimmers, in dem ich Sebastian in wenigen Minuten endlich wiedersehen würde.

Die Sekunden verstrichen, während das Mädchen konzentriert die einzelnen Seiten und Spalten, Zeile für Zeile und Name für Name durchging, wobei ihre Nase immer tiefer in den Seiten des Buches versank. Ich platzte fast vor Aufregung und begann unwillkürlich, mit den Fingern auf die hölzerne Platte des Tresens zu trommeln.

Nach schier nicht enden wollender Zeit richtete sich das Mädchen schließlich wieder auf. Ich schenkte ihr ein erleichtertes Lächeln, doch als ich den enttäuschten Ausdruck in ihrem Gesicht bemerkte, verschwand mein Lächeln schlagartig wieder.

Entschuldigend lächelnd blickte sie mich an und schüttelte dann langsam den Kopf, wobei ihr einzelne Strähnen ihres dunkelbraunen Haares in die Stirn fielen. Sie strich die Strähnen beiläufig beiseite und sagte schließlich: *I'm sorry, but Sebastian Kramer has left the hospital this morning.*

Meine Augen weiteten sich ungläubig und mein Herzschlag schien für einige Sekunden auszusetzen. *W..was soll das heißen, ...er ist nicht mehr da?,* stammelte ich, noch immer unfähig, das soeben Gehörte in die richtige Kategorie einzuordnen. Ich hatte all die Kilometer und Stunden umsonst hinter mich gebracht? Das konnte doch jetzt alles nicht wahr sein. Ich fuhr mir zitternd mit der Hand über den Mund und merkte erst jetzt, dass mich das Mädchen besorgt von der Seite ansah. Sie hatte mich natürlich nicht verstanden und konnte sich auch keinen Reim auf meine ungewöhnliche Reaktion machen. Ich nahm die Hand von meinem Mund und versuchte ein Lächeln, welches mir allerdings nur mäßig gelang. Dann machte ich mit einem gemurmelten *Thank you* kehrt und verließ fast fluchtartig das Gebäude. Das Mädchen starrte irritiert einige Sekunden lang hinter mir her, bis die massive Eingangstür hinter mir ins Schloss fiel.

Ich stand auf dem Treppenpodest in der grellen Sonne und heiße Tränen des Zorns liefen über meine Wangen.

Ich war wütend.

Wütend auf Sebastian, dass er die Klinik einfach so verlassen hatte und ich nun nicht wusste, wo ich ihn finden konnte.

Wütend auf mich selbst, dass ich das alles derart blauäugig angegangen war. Ich war einfach in den nächstbesten Flieger gestiegen und hatte mir, naiv wie ich war vorgestellt, ich würde nach den ganzen Monaten einfach wieder in Sebastians Leben spazieren und wir würden noch einmal von vorne anfangen.

Letztlich war ich sogar wütend auf Johannes, dass er mich hatte einfach so gehen lassen. Er hätte mich schließlich zurückhalten und mich wieder zur Vernunft bringen müssen. Doch auch er hatte versagt.

Ich war einfach wütend auf Alles und Jeden.

Schließlich setzte ich mich erschöpft von der ganzen Aufregung des Tages auf die Stufen vor der Klinik und vergrub mein Gesicht Trost suchend in meinen Händen. Was sollte ich jetzt bloß tun?

Sollte ich einfach aufgeben und wieder nach Deutschland fliegen? Nein, das kam auf gar keinen Fall in Frage. Ich war Sebastian hier in Nepal so nah, wie seit Monaten nicht mehr. Wenn ich jetzt einfach zurückflog, würde ich möglicherweise niemals mehr wieder eine Gelegenheit bekommen, mit Sebastian über mein blödes Verhalten zu sprechen. Es war nicht auszuschließen, dass er während einer seiner waghalsigen Expeditionen irgendwann den Tod fand und das könnte ich mir niemals verzeihen. Ich musste unbedingt mit ihm reden, ihm alles erklären. Ich musste ihn finden!

Wieder neuen Mut fassend stoppte ich ein Taxi und ließ mich in ein Hotel mit noch verfügbaren, freien Betten bringen. Bei meiner sehr kurzen Reiseplanung war mir nicht einmal in den Sinn gekommen, zu welcher Reisezeit ich mich überhaupt nach Nepal begab. Glücklicherweise war es fast Frühjahr und der Hauptansturm auf die Mount Everest Region weitestgehend vorüber. Es waren zwar noch genügend Touristen in der Region, doch die Suche nach einem freien Zimmer in Kathmandu gestaltete sich als nicht allzu schwierig.

Der Taxifahrer setzte mich vor einer unscheinbar wirkenden, aber einigermaßen gemütlich aussehenden Herberge ab und ich ergatterte mit ein wenig Glück noch ein recht ordentliches, sauberes Zimmer. Nachdem ich meine paar Habseligkeiten verstaut und mich ein wenig frisch gemacht hatte, rief ich Johannes Bronner an.

Hallo Sarah, schön dass Du Dich meldest. Erzähl, wie ist es mit Sebastian gelaufen?, fragte mich mein Kollege gespannt, als ich mich am Telefon zu erkennen gab.

Ich pustete genervt in den Hörer: *Sebastian ist nicht mehr im Kranken-haus. Er ist heute morgen bereits entlassen worden und ich habe kei-nen blassen Schimmer, wo ich ihn nun finden könnte.* Die Enttäuschung in meiner Stimme war nicht zu überhören und Johannes versuchte um-gehend, mich aufzumuntern. *Komm schon, Sarah. Lass den Kopf nicht hängen.*

Für einen Moment war es still am anderen Ende der Welt, dann meldete sich mein Kollege wieder zu Wort: *Lass mich überlegen, was Sebastian während unseres Telefonats alles gesagt hat. Vielleicht fin-den wir einen Anhaltspunkt, wo er nun stecken könnte.* Die Stimme am anderen Ende der Leitung verstummte erneut und ich konnte Johannes' konzentriertes Gesicht in meinen Gedanken fast schon real vor mir se-hen.

Warte, ich zuckte beim Klang seiner vertrauten Stimme unwill-kürlich zusammen, *ich glaube, ich hab etwas.* Johannes zögerte erneut, als er sich an Sebastians Worte während ihres letzten gemeinsamen Te-lefongesprächs zu erinnern versuchte. *Er erwähnte ein kleines, fast un-erforschtes Tal im Khumbu-Gebiet. In der Nähe von Namche Bazar.* Mein Kollege suchte in Gedanken nach weiteren Anhaltspunkten: *Ver-flixt, ich kann mich an den Namen nicht mehr erinnern. Die klingen aber alle auch immer so exotisch.*

Johannes gab ein frustriertes Grunzen von sich und ich bemühte mich schnell um eine beschwichtigende Antwort: *Na, das ist doch zumindest schon einmal etwas, worauf man aufbauen kann.*

Ich hatte bereits von Namche Bazar, dieser Stadt (nun ja, besser gesagt diesem Dörfchen) am Eingang des Hoch-Himalaya gehört. Der Ort war eine wichtige Wegkreuzung für Trekking-Routen im Himalaya und Dreh- und Angelpunkt vieler Trekking-Touristen. Vielleicht würde Sebastian dort auf seinem Weg in das mir noch unbekannte Tal Halt machen. Und vielleicht würde ihn dort sogar jemand kennen und mir letztendlich verraten, wo ich ihn schließlich finden konnte.

Viel Glück, Sarah, hörte ich Johannes noch sagen. *Das werde ich vermutlich auch brauchen,* murmelte ich, mehr zu mir selbst, bevor ich den Hörer zurück auf die Gabel legte.

27

Der Flug von Kathmandu nach Lukla dauerte nur etwa eine halbe Stunde, doch es waren die wahrscheinlich atemberaubendsten, haarsträubendsten und vermutlich auch gefährlichsten dreißig Minuten meines bisherigen Lebens.

Der kleine Turbinenjet bot Platz für etwa 40 Personen mit jeweils 2 mal 2 Sitzplätzen pro Reihe. Die Passagierliste setzte sich aus einer kunterbunten Mischung aus Nepalesen und Touristen zusammen, die das verbleibende Wetterfenster für Trekkingtouren im Khumbu nutzen wollten. Beim einsteigen in Kathmandu wurde mir ein Platz am Mittelgang des Flugzeuges zugeteilt. Rechts neben mir am Fenster saß ein junger, recht gutaussehender Amerikaner, der sich mir in einem ersten kurzen Gespräch als Darren McLeod vorstellte.

Der junge Mann war mir von Anfang an sehr sympathisch und da Darren auch noch hervorragend Deutsch sprach, waren wir bereits kurz nach dem Start der Maschine in eine angeregte Unterhaltung vertieft. Als Darren dann erfuhr, dass ich zum ersten Mal in der Himalaya-Region war, bot er sofort an, seinen Platz am Fenster gegen meinen Sitzplatz am Gang zu tauschen, damit ich den atemberaubend schönen Ausblick auf die aberhundert Gipfel des mächtigen Gebirges unter uns genießen konnte.

Nur allzu gerne nahm ich Darrens großzügiges Angebot an, doch schon bald darauf geriet durch den fantastischen Anblick der imposanten Gebirgskette unsere nette Unterhaltung ins Stocken. Ich starrte statt dessen gebannt aus dem kleinen Bullauge der Maschine und meine Gedanken wanderten wieder zu Sebastian, der irgendwo dort draußen, in Mitten dieser schroffen Gipfel und schattigen Täler, sein musste.

Der Pilot machte eine kurze Durchsage, die ich allerdings nicht verstand, und kurze Zeit später setzte die kleine Maschine zum Landeanflug an. Leicht irritiert lehnte ich mich ein wenig zurück, um die unmittelbare Umgebung vor dem Flugzeug besser sehen zu können. Ich konnte zu meiner Verwunderung außer fast senkrecht vor uns aufragenden Felswänden nichts erkennen. Keinen Flughafen, kein angedeutetes Rollfeld, nichts.

Mein Herzschlag beschleunigte sich unwillkürlich und ich rutschte unbehaglich in meinem Sitz hin und her, in der Hoffnung, doch noch eine geeignete Landemöglichkeit zu entdecken. Doch um uns herum erstreckte sich, soweit das Auge nur blicken konnte, nichts als nackter Fels.

Darren blieb meine aufsteigende Angst nicht verborgen. Er beugte sich ein wenig zu mir hinüber und legte beruhigend seine Hand auf die meine, welche sich in zunehmender Panik an die seitliche Armlehne meines Sitzes klammerte.

Ich bin schon oft hier gelandet, redete Darren unbekümmert drauflos, um mich ein wenig abzulenken. Fürs Erste gelang ihm das auch recht gut, denn meine verkrampften Muskeln entspannten sich ein wenig bei seinen aufmunternden Worten. Doch mit seinen nächsten Sätzen machte er unbewusst im Nu wieder alles zunichte: *Wusstest Du, das Lukla zu den gefährlichsten Flughäfen weltweit zählt?* Meine Muskeln verhärteten sich augenblicklich wieder, doch Darren schien das dieses mal nicht zu bemerken. Er redete munter weiter: *Die Landepiste ist nur rund 530 Meter lang und hat eine Neigung von 12 Prozent. Am Ende der Landebahn befindet sich eine mehrere hundert Meter hohe Felswand und das Ende der Startbahn bricht abrupt 600 Meter tief zum Dudh Kosi ab, einem Fluss, der die Khumbu-Region südlich vom Mount Everest entwässert. Die Startbahn ist übrigens auch gleichzeitig die Landebahn, was in der Hochsaison schon öfters zu Problemen geführt hat, da täglich bis zu 50 Flüge starten und landen und zwischen einem Start und einer Landung manchmal nur wenige Minuten liegen.*

Der junge Amerikaner redete ohne Punkt und Komma weiter: *Das abhebende Flugzeug bleibt nach dem Start auf etwas tieferer Flughöhe im Dudh Kosi Tal, um dort der sich im Landeanflug befindlichen Maschine in geringem Höhenabstand in Gegenrichtung zu begegnen.* Er versuchte mir mit seinen beiden Händen das Prozedere zu verdeutli-

chen. *Oftmals erschweren schlechte Sichtbedingungen durch aufzie-*
hendes Schlechtwetter den Flugbetrieb, doch das ist heute ja zum
Glück kein Thema. Darren sah mich breit lächelnd von der Seite an,
doch ich wollte seine Zuversicht nicht so recht teilen und klammerte
mich statt dessen umso fester an meine Sitzlehnen. *Naja,* fuhr der junge
Mann fort, *wenn man bedenkt, wie gefährlich die Starts und Landun-*
gen auf diesem Airport an sich sind, ist es ja fast schon verwunderlich,
das bisher lediglich wohl noch kein Dutzend schwere Unglücke pas-
siert sind. Da wollen wir doch heute keine Ausnahme machen, oder?
Darren grinste mich unbekümmert an, doch der Anblick meines immer
grünlicher werdenden Gesichts ließ ihn schließlich endlich verstummen
und ich verbrachte die letzten Minuten der Landung mit geschlossenen
Augen in stillem Gebet.

Unser Pilot machte tatsächlich an diesem Tag keine Ausnahme und
kurze Zeit später kam die kleine Maschine nach ein paar unsanften
Hüpfern beim Aufsetzten auf die seit 2001 asphaltierte Landebahn vor
dem winzigen Abfertigungsgebäude des Tenzing-Hillary-Airports zum
stehen.
Ich konnte mir ein erleichtertes *Uff* nicht verkneifen und Darren breitete
einladend seine Arme aus und sagte theatralisch: *Willkommen in Lukla.*
Darren blieb auch während der Abwicklung der Formalitäten im Flughafengebäude an meiner Seite. Schließlich standen wir kurze Zeit später mit unseren beiden Gepäckstücken vor der Flughafenhalle nebeneinander und genossen wortlos das unglaubliche Panorama, welches sich
vor unseren Augen erstreckte. Nach einer Weile des Schweigens räusperte sich Darren verlegen und fragte mit einem verstohlenen Seitenblick auf mich: *Du hast mir noch gar nicht erzählt, was Du hier in Luk-*
la vorhast, Sarah. Möchtest Du Dich einer Trekkinggruppe anschließen
oder nimmst Du Dir alleine einen persönlichen Guide für eine Tour,
ohne Gruppenanschluss?
　　　Während unseres kurzen Gespräches nach dem Start in Kathmandu hatte ich in der Tat noch keine Ambitionen gehabt, Darren den
näheren Zweck meiner Reise nach Lukla zu erklären. Der junge Mann
musste wohl nach wie vor davon ausgehen, dass ich mich zum Trekkin-
gurlaub im Khumbu aufhielt, wobei ich das selbe auch von Darren an-

nahm, denn auch er hatte mir noch nicht erzählt, was ihn zu der Reise nach Lukla bewogen hatte.

Langsam drehte ich meinen Kopf in Richtung des blonden Amerikaners, unschlüssig, in wie weit ich diesem Fremden meine tatsächlichen Reisepläne offenbaren sollte. Das Licht der tiefstehenden Sonne verfing sich in Darrens Gesicht und seine grünen Augen funkelten wie Smaragde. Dieser Anblick faszinierte mich irgendwie und ohne es wirklich beeinflussen zu können, musterte ich den jungen Mann ziemlich unverfroren von Kopf bis Fuß.

Er war etwas größer als ich, von sportlicher Statur, hatte ebenmäßige Gesichtszüge und seine Haut war durch offensichtlich regelmäßigen Aufenthalt unter freiem Himmel leicht gebräunt. Aufgrund seines noch frischen, makellosen Hautbildes schätzte ich den Amerikaner auf etwa Ende Zwanzig, höchstens Anfang Dreißig. Der rötliche Schimmer, den die Sonne in seinem blonden, kurzen Haar hervorrief, ließ mich auf irische oder schottische Wurzeln Darrens tippen, was nicht zuletzt auch sein Nachname McLeod vermuten ließ.

Nachdem ich die kurze Analyse meines Gegenübers abgeschlossen hatte, erinnerte ich mich wieder an die Frage, die Darren mir zuvor gestellt hatte. Anstelle einer Antwort darauf entschloss ich mich statt dessen zu einer Gegenfrage: *Du hast mir im Flugzeug erzählt, Du bist schon oft nach Lukla geflogen. Nimmst Du denn regelmäßig an Trekkingtouren hier im Khumbu teil?* Wenn Darren schon des Öfteren Touren in diesem Gebiet unternommen hatte, vielleicht kannte er dann ja sogar zufälliger Weise auch Sebastian.

Allein der kurze Gedanke an Sebastian schnürte mir vor Sehnsucht fast die Kehle zu und ich hätte Darrens Antwort beinahe nicht mitbekommen. *Nun ja,* sagte der junge Mann nicht ohne einen gewissen Stolz in der Stimme, *ich nehme nicht nur an Touren teil, sondern ich arbeite hier regelmäßig als Guide, entweder für kleine Gruppen, oder aber auch für einzelne Personen. Wenn Du also noch keinen Anschluss an eine bestimmte Gruppe oder noch keinen anderen Tourguide fest gebucht hast, würde ich mich freuen, wenn ich Dich als Dein persönlicher Guide auf Deiner Trekking-Expedition begleiten dürfte.*

Du arbeitest auch als Tourguide?, platze ich unvermittelt heraus und Darren zog verwundert die Augenbrauen nach oben. Mein Puls begann zu rasen und die Schläge meines Herzens hallten laut in meinen Ohren wider.

Ich versuchte krampfhaft, meine Gedanken wieder unter Kontrolle zu bringen und rief mich innerlich eindringlich zur Ordnung auf. Wenn der junge Amerikaner ebenfalls als Guide tätig war, kannte er vermutlich auch Sebastian. Und wenn er Sebastian tatsächlich kannte, wusste er vielleicht auch, wo er im Augenblick zu finden war. Das Ende meiner verzweifelten Suche schien plötzlich in greifbare Nähe zu rücken.

Meinen ganzen Mut zusammennehmend fragte ich schließlich: *Du kennst nicht zufällig einen deutschen Trekking-Guide namens Sebastian Kramer?* Innerlich zum Zerreißen angespannt suchte ich nach einer Regung in Darrens hübschem Gesicht.

Natürlich kenne ich Sebastian, antwortete McLeod prompt und ich bekam unvermittelt weiche Knie. *Wir sind schon oft Touren gemeinsam gegangen. Ein netter Kerl.* Neugierig musterte mich Darren von der Seite: *Ihr kennt Euch?* Ein freches Lächeln breitete sich unvermittelt in McLeods Gesicht aus und ich errötete ungewollt bis in die Haarspitzen.

Sebastian und ich ...kennen uns schon seit einiger Zeit, und..., erklärte ich, plötzlich stotternd und vor Scham und Ärger über mich selbst errötete ich umso mehr. Darrens Grinsen wurde daraufhin nur noch breiter. Er neigte leicht den Kopf und fragte sehr interessiert: *Und...?*
Das provokante Verhalten McLeods brachte mich zunehmend auf die Palme und meine Antwort fiel daher ungewollt heftig aus: *Und was?*, blaffte ich zurück und Darren runzelte verdutzt die Stirn. Fast schon vor Wut kochend fuhr ich schließlich, mich noch immer rechtfertigend, fort: *Ich bin mit Sebastian befreundet und wollte ihn in Kathmandu treffen. Doch leider haben wir uns dort verpasst und ich kenne seinen genauen Aufenthaltsort derzeit nicht. Ich weiß nur, dass er sich in der Region um Namche Bazar aufhält und ich bin nun auf dem Weg dorthin.* Demonstrativ verschränkte ich abschließend die Arme vor meiner Brust und beendete meine Ausführen damit.

Darren besann sich letztendlich zurück auf seine Gentleman-Manieren. Sein freches Grinsen verschwand unvermittelt und er wurde wieder erst. *Entschuldige bitte, ich wollte Dir auf keinen Fall zu nahe treten, Sarah.* Nach kurzem Schweigen hakte er nach: *Du möchtest also nach Namche Bazar?*

Ich nickte stumm, zu aufgewühlt, um einen klaren Gedanken zu fassen. Würde ich Sebastian mit Darrens Hilfe tatsächlich finden können? Ich wagte es kaum zu hoffen.

Nun denn, Darren hielt mir einladend seine ausgestreckte Hand entgegen und wartete darauf, dass ich einschlug, *dann bringe ich Dich wohl nach Namche Bazar.* Ich ergriff dankbar McLeods Hand und drückte sie fest.

Nachdenklich blickte mein neuer Guide an mir herunter und musterte schließlich auch meine winzige Reisetasche, mein einziges Gepäckstück, welches ich bei meinem übereilten Aufbruch nach Nepal mitgenommen hatte. *Du reist offensichtlich mit ziemlich leichtem Gepäck,* stellte Darren ernüchtert fest, *ich vermute wohl richtig, dass sich in Deiner kleinen Tasche dort wohl keine hinreichende Trekkingausrüstung verbirgt?* Der zweifelnde Tonfall in seiner Stimme war unüberhörbar. Zu guter Letzt senkte Darren noch einmal seinen Blick und heftete ihn demonstrativ auf meine Schuhe.

Natürlich war ich nicht für eine Wanderung im Himalaya ausgerüstet und ich starrte schuldbewusst auf meine dünnen Leinenschuhe, welche zwar sehr hübsch anzusehen waren, die aber selbst eine leichte Wanderung in den gemäßigten Höhenlagen des Taunus nicht unbeschadet überleben würden.

Dann werden wir beide wohl vor unserem Aufbruch noch ein wenig shoppen gehen müssen, Darren ergriff kurzerhand meinen Arm und zog mich entschlossen in Richtung der kleinen Ladenstraße von Lukla, in der sich glücklicher Weise ein Trekkingausrüster an den nächsten reihte.

Ein paar Stunden später saß ich bestens ausgerüstet und mit gut gefülltem Magen auf der kleinen Terrasse vor einer Pension, in welcher Darren uns für die Nacht untergebracht hatte. Ich war mehr als dankbar, dass ich dem jungen Mann zufällig begegnet war. Er schien sich bestens in der Region auszukennen und auch die Menschen und deren fremde Sprache waren ihm sehr vertraut.

Darren hatte nach unserer Einkaufstour, auf der ich ein paar neue Wanderstiefel, einen Helm und passende Bekleidung für unseren Marsch erstanden hatte, schnell noch eine passende Unterkunft für die Nacht organisiert. Wir waren zwar relativ früh in Lukla angekommen, doch der Weg nach Namche Bazar würde etwa 6-8 Stunden in Anspruch nehmen und da ich noch immer nicht bei bester Kondition war und sich auch der Höhenunterschied bei mir mit leichten Kopfschmerzen bemerkbar machte, hatte Darren noch einen großzügigen Zeitpuffer einkalkuliert. Daher hatte er entschieden, dass wir erst am nächsten Tag aufbrechen würden.

Ich lehnte mich entspannt auf der hölzernen Sitzbank vor der spartanisch eingerichteten Hütte zurück und streckte meine müden Beine aus. Es war mittlerweile fast völlig dunkel um mich herum und ich lehnte meinen Kopf zurück und betrachtete gedankenverloren die abertausend Sterne, die über mir im Nachthimmel um die Wette funkelten. Meine Gedanken gingen auf Wanderschaft und mit einem Mal saß ich nicht mehr vor einer Pension in den Bergen Nepals, sondern auf einer hölzernen Bank vor der Mindelheimer Hütte in den bayrisch-österreichischen Alpen.

Ich schloss die Augen und konnte beinahe sogar Sebastians warmen Körper wieder neben mir spüren, seine liebevolle Umarmung, das Gefühl seiner samtweichen Lippen auf den meinen, seine wohlklingende Stimme, die mir die wundervolle Geschichte über die Sternenpfade im Himalaya erzählte. Eine tiefe Traurigkeit machte sich plötzlich in mir breit und ich spürte, wie unvermittelt Tränen in meinen Augen aufstiegen. Meine Sehnsucht nach Sebastian war fast unerträglich und ich zählte einmal mehr die Stunden, die mich noch von ihm trennten.

Am nächsten Morgen machten wir uns schon früh auf den Weg. Ich hatte die Nacht nicht wirklich viel geschlafen, meine Gedanken waren stets bei Sebastian und unserem hoffentlich schon bald unmittelbar bevorstehenden Wiedersehen gewesen. Bis ins kleinste Detail hatte ich unser Treffen immer wieder durchgespielt. Was würde ich ihm sagen, wie würde er darauf reagieren? Ich wollte und durfte dieses Mal nicht den geringsten Fehler machen, denn ich wollte Sebastian in keinem Fall noch einmal verlieren.

Gedankenverloren trottete ich hinter Darren her, der genügend Menschenkenntnis besaß, um zu spüren, dass ich im Augenblick lieber keine Unterhaltung führen wollte.

Unser Weg führte die erste Zeit leicht bergab. Diesen Umstand hatte ich auf unserer Route überhaupt nicht erwartet und ich erkundigte mich leicht irritiert bei Darren, ob dies der richtige Weg war nach Namche Bazar. Doch der junge Mann lächelte nachsichtig und versicherte mir glaubhaft, dass er den Weg schon mehrere hundert Mal gegangen sei. Um mich auf andere Gedanken zu bringen, begann Darren, mich auf die verborgenen Schönheiten unserer Wanderung aufmerksam zu machen.

Die Landschaft, durch die mich Darren führte, unterschied sich grundlegend von allem, was ich bisher gesehen hatte. Zu Beginn wanderten wir noch durch eine Hochgebirgsflora mit spärlicher Vegetation, welche mich an die Berge rund um Oberstdorf erinnerte, doch je weiter wir uns von Lukla entfernten, umso karger wurde der Boden. Nach einer Weile hatten wir eine Talsohle erreicht und der Weg begann, kontinuierlich wieder anzusteigen.

Darren wählte ein Tempo, bei dem ich gut mithalten konnte und so vergingen die Stunden, in denen ich stoisch hinter meinem Guide hertrottete und meinen Gedanken nachhing, fast wie im Flug. Schließlich führte uns der Weg, den man inzwischen nur noch als Pfad bezeichnen konnte, durch eine öde Geröll-Landschaft. Nirgends war mehr ein Lebenszeichen zu entdecken, ich kam mir vor, als wären Darren und ich auf einem fremden Planeten ausgesetzt worden. Die einzigen Lebewesen weit und breit waren wir selbst.

Bei diesem Gedanken begann ich unwillkürlich zu frösteln und ich kuschelte mich Schutz suchend in meinen neuen Parka, der mir in diesen Höhenlagen und bei den recht frostigen Temperaturen um diese Jahreszeit hervorragende Dienste leistete. Die Luft war kristallklar und schneidend kalt und durch die dauerhafte Kälteexposition begann meine Nase permanent zu laufen.

Als ich zum gefühlt hundertsten Mal stehen blieb, um meine Nase zu putzen, drehte sich Darren schließlich zu mir um. *Es ist mit den Touries wirklich immer das gleiche. Kaum wird es mal ein bisschen kalt, da läuft auch schon das Näschen.* Der junge Mann lächelte nachsichtig und ich schnaubte übertrieben laut in mein Taschentuch. *Wenn wir allerdings irgendwann heute noch in Namche Bazar ankommen wollen, müssen wir nun aber mal einen Zahn zulegen.* Er klatschte sich dabei aufmunternd auf die Schenkel, drehte sich um und gab einen zügigeren Schritt vor. Ich verstaute mein Taschentuch in meiner Jackentasche, zog ein letztes Mal die Nase hoch und folgte Darren eilig, da er bereits hinter einem Felsvorsprung verschwunden war.

Die Stunden verstrichen, während wir uns ständig bergauf bewegten und unserem Ziel auf über 3000 Meter Höhe immer näher kamen. Als wir eine enge Passage in einem Canyon durchquerten, ragte rechts und links neben uns blanker Fels meterhoch empor. Das donnernde Rauschen des Flusses, der sich in Jahrtausenden tief in den Fels der Schlucht eingegraben hatte, verschluckte Darren Stimme, als er mir plötzlich etwas zurief. Er bleib unvermittelt stehen und ich prallte unsanft gegen ihn.

Durch das Tosen des Flusses hindurch hatte ich das Poltern des sich nähernden Steinschlages über unseren Köpfen nicht vernommen, doch Darrens Erfahrung und sensibles Gespür für Gefahr hatte uns rechtzeitig anhalten lassen. Etwa fünf Meter vor uns stürzten mehrere größere und kleinere Gesteinsbrocken auf unseren Weg. Darren stieß mich unsanft zur Seite, drückte mich mit seinem Körper gegen die Felswand links von uns und hielt meinen Kopf mit seinen Armen nach unten gedrückt, um mich zu schützen. Ich war starr vor Schreck und rührte mich keinen Millimeter vom Fleck.
Als sich der Staub schließlich wieder gelegt hatte, ließ er mich los und trat vorsichtig einen Schritt auf den Pfad zurück. Er blickte prüfend nach oben und als er sicher war, dass keine weiteren Steine mehr herabstürzen würden, winkte er mir auffordernd zu.

Puh, das war aber knapp, Darrens Stimme klang bei diesen Worten allerdings nicht wirklich beunruhigt, sondern vielmehr noch immer recht unbekümmert und ich fragte mich insgeheim, ob vielleicht alle Guides einen gewissen Hang zur Selbstzerstörung hatten. Mir persönlich schlotterten noch immer die Knie und ich blickte ängstlich die steile Felswand hinauf, als erwartete ich von dort bereits den nächsten Felsbrockenhagel.

Darren hingegen setzte unbeeindruckt seinen Weg fort und stiegt vorsichtig über die auf dem Pfad zum liegen gekommenen Steine. Nach ein paar Metern drehte er sich zu mir um, ich hatte mich noch immer nicht vom Fleck gerührt. *Na komm schon Sarah,* McLeod streckte mir einladen seine Hand entgegen, *es ist alles in Ordnung. Wir müssen weiter, wenn wir Namche Bazar noch vor Einbruch der Dunkelheit erreichen wollen.*

Noch ein letztes Mal prüfend nach oben blickend, setzte ich mich schließlich ebenfalls wieder in Bewegung und folgte Darren weiter durch den engen Canyon.

Nach einiger Zeit hatten wir die Klamm ohne weitere Zwischenfälle hinter uns gelassen. Der Weg wurde wieder breiter und schlängelte sich in sanften Windungen einen Steilhang hinauf. Rechts neben uns fiel das Gelände mehrere hundert Meter steil ab. Ich spähte vorsichtig über den Rand des Abgrundes. Soweit das Auge blicken konnte, erstreckte sich von rechts nach links ein riesiges Geröllfeld. Kein Grün, kein Leben, nichts weiter als nackter Fels.

Mir wurde wieder einmal mulmig zumute und ich heftete meinen Blick konzentriert auf Darrens Rücken, der unmittelbar vor mir in gleichmäßigen Schritten bergauf strebte, unserem Ziel entgegen. Meine Gedanken wanderten erneut zu Sebastian. Nur noch etwa zwei Stunden hatte Darren erst vor kurzem verkündet, dann würden wir Namche Bazar endlich erreicht haben. Ich konnte es kaum erwarten.

Wir schritten eine Weile schweigend hintereinander her, jeder seinen eigenen Gedanken nachhängend.

Ohne Vorankündigung begann der Boden unter unseren Füßen plötzlich zu schwanken und ein unheimliches, lautes Grollen aus den Tiefen der Erde ließen mir meine Nackenhaare buchstäblich zu Berge stehen. Darren drehte sich blitzschnell zu mir um. Seine Augen waren vor Entsetzen weit aufgerissen und er öffnete den Mund, um mir etwas zuzuschreien. Doch er kam nicht mehr dazu.

Unvermittelt gab der Weg unter unseren Füßen nach. Der gesamte Boden unter uns kam ins Rutschen und riss uns mitsamt Erde und Geröll den Abhang hinunter, in die Tiefe. Mir blieb nicht einmal Zeit, zu schreien. Die Erde um mich herum begann sich schneller und schneller zu drehen, ich schlug immer wieder hart auf den Boden auf, mal mit den Knien, dann mit der Schulter, den Ellenbogen, dem Kopf. Einmal sah ich kurz Darrens Hand, die dicht an meinem Gesicht vorbeihuschte, dann verlor ich ihn wieder aus den Augen.

Wir stürzten unaufhaltsam den Abhang hinunter und der letzte klare Gedanke, den ich noch fassen konnte, war: Jetzt sterbe ich!

Dann war es plötzlich dunkel.

28

Lichtblitze zuckten vor meinen geschlossenen Augen.

Ich öffnete die Augen einen Spalt breit und bewegte vorsichtig meinen Kopf, um die bunten Kreise und Punkte zu vertreiben. Ein stechender Schmerz ließ mich zusammenzucken und ich lag still.

Was war geschehen? Ich kramte in den Tiefen meines Gedächtnisses nach einer plausiblen Antwort. Vorsichtig öffnete ich erneut die Augen, diesmal allerdings, ohne meinen Kopf zu bewegen. Um mich herum Staub und überall Steine. Große und kleine. Ein Teil der Felsmasse lag auf mir, ein anderer Teil bohrte sich in meinen schmerzenden Rücken. Ich versuchte krampfhaft, Ordnung in das Chaos in meinem Hirn zu bekommen. Wo war ich?

Eine Weile lag ich still und lauschte. Kein Geräusch drang an mein Ohr. Nichts, was mir Aufschluss darüber geben konnte, was passiert war.

Mein ganzer Körper war ein einziger Schmerz. Übelkeit stieg in mir auf und mir wurde erneut schwarz vor Augen. Dankbar ließ ich mich in eine weitere Bewusstlosigkeit gleiten, ohne Schmerzen, ohne Angst, einfach nur tröstende Dunkelheit.

Als die Dämmerung hereinbrach, erwachte ich schließlich wieder. Mein Kopf raste wie wild und immer wieder verkrampfte sich mein Magen, sodass ich würgen musste. Benommen versuchte ich, mich aufzurichten. Sofort schoss ein stechender Schmerz in meine rechte Schulter und ließ mich verwundert aufschreien.

Einen weiteren Moment lang blieb ich still liegen, dann versuchte ich es erneut, dieses Mal jedoch um einiges vorsichtiger. Ich drehte mich in

Zeitlupe auf meine linke Seite und stützte mich mit meinem Ellenbogen umständlich vom Boden ab. Okay, kein weiterer Schmerz, gut so, mach weiter.

Endlich hatte ich mich in eine sitzende Position gebracht. Vorsichtig betastete ich mit der linken Hand meine Stirn. Als ich die Hand zurückzog und sie mir vor mein Gesicht hielt, klebte Blut an meinen Fingern. Nun ja, ich hatte nichts anderes erwartet. Ich begann mit einer rationellen Bestandsaufnahme der Schäden an meinem Körper, indem ich alle Körperteile gedanklich unter die Lupe nahm.

Mein Kopf schmerzte noch immer wahnsinnig und ich hatte zudem eine blutende Wunde an der Stirn. Dazu die Übelkeit ließen mich auf eine sichere Gehirnerschütterung tippen. Also gut, Commotio cerebri. Was sonst noch?

Ich tastete noch einmal vorsichtig mit der linken Hand nach meiner rechten Schulter. Die unnatürliche, kleine Stufe über meinem Schlüsselbein war unter meinen mit einem Mal merklich zitternden Fingern deutlich zu spüren. Clavikulafraktur rechts, vermutlich leicht disloziert, diagnostizierte ich emotionslos weiter.

Nach und nach bewegte ich die verschiedensten Körperteile, sämtliche mehr oder minder schmerzhaft. Multiple Prellungen am gesamten Körper, hätte vermutlich schlimmer kommen können, schlussfolgerte ich ernüchtert.

Bei der Bestandsaufnahme meiner unteren Extremität durchfuhr mich erneut ein stechender Schmerz, als ich meinen linken Fuß bewegte. Wahrscheinliche Weber A, B oder C-Fraktur, vielleicht aber auch nur eine sehr starke, schmerzhafte Prellung des Sprunggelenks, oder aber eine Bandläsion, schloss ich meine Diagnostik schließlich fürs Erste ab.

Erschöpft fielen mir ein ums andere Mal die Augen zu und ich widmete mich wieder der Frage, was zur Hölle mit mir geschehen war. Immer wieder versuchte ich, mir das Geschehene der letzten Stunden ins Gedächtnis zu rufen, doch vergebens. Es bleib nichts als ein großes, schwarzes Loch in meinem Hirn. Also kramte ich einfach weiter zurück in der Zeit. Was war das Letzte, woran ich mich tatsächlich erinnern konnte?

Langsam lichtete sich der dunkle Schleier der Amnesie und einzelne Momente der Vergangenheit tauchten klar und deutlich vor meinem inneren Auge auf. Ich stand mit Darren auf dem kleinen Rollfeld des Flugplatzes in Lukla.

Oh, mein Gott, DARREN….

Entsetzt riss ich die Augen auf und mein Kopf fuhr panisch zur Seite. Ein fataler Fehler…

Ein wahnsinniger, alles vernichtender Schmerz durchfuhr meinen gesamten Körper. Mit einem erstickten Aufschrei fiel ich unvermittelt nach hinten über. Noch bevor mein Kopf unsanft den felsigen Boden berührte, versank ich erneut in der dunklen Tiefe der Bewusstlosigkeit.

Ich spürte die tröstende Wärme eines Lebewesens unter mir und meine Hände gruben sich instinktiv in das lange, warme Haar zwischen meinen Fingern. Mein Kopf schmerzte schrecklich und vor meinen geschlossenen Augen tanzten wieder einmal tausende bunter Lichtpunkte. Ich versuchte krampfhaft, mir einen Reim auf diese seltsamen Reize zu machen, die ich unscharf und wie durch einen dichten Wolkenschleier hindurch empfand, doch zwecklos. Es ergab einfach alles keinen Sinn. Erschöpft gab ich meine Bemühungen auf und glitt zurück in die tröstliche Dunkelheit.

Irgendwann kam ich wieder zu mir. Ich lag auf dem Rücken, etwas warmes, weiches bedeckte meinen geschundenen, schmerzenden Körper. Ganz langsam öffnete ich die Augen.

Über mir erspähte ich eine aus groben Balken gezimmerte Holzdecke. Unendlich vorsichtig ließ ich meinen Blick weiter schweifen, um nur nicht wieder diese vernichtenden Kopfschmerzen heraufzubeschwören.

Ich befand mich in einem karg eingerichteten Raum. Meine Umgebung lag im Halbdunkel, nur schemenhaft konnte ich Gegenstände darin ausmachen. Zu meiner linken stand ein einfacher Holzschemel, grob gezimmert, vermutlich echte Handarbeit. Die Wände des Zimmers schienen einen Lehmputz oder ähnliches zu haben. Etwas derartiges hatte ich bisher noch nicht gesehen. An der rechten Wand befand sich zudem eine hölzerne Tür, relativ niedrig für europäische Verhältnisse. Die Tür war geschlossen, ich war alleine in dem Raum. Ein offenes Fenster konnte ich nicht ausmachen, folglich wusste ich nicht einmal, ob es Tag war draußen, oder tiefste Nacht. Ich hatte jegliches Zeitgefühl verloren.

Versuchsweise bewegte ich meine linke Hand und den rechten Fuß. Ich war nicht gefesselt. Emotionslos tastete ich weiter. Unter mir spürte ich eine Schicht warmer Haare, eine Art Fell oder Pelz. Selbiges war zudem als Zudecke über mir ausgebreitet. Sehr befremdlich.

Erschöpft von der Bestandsaufnahme meiner Umgebung, die anstelle von Antworten nur weitere neue Fragen aufgeworfen hatte, schloss ich schließlich wieder die Augen und fiel alsbald in einen traumlosen, unruhigen Schlaf.

Die Tür meines Zimmer öffnete sich und jemand betrat den düsteren Raum. Ich blinzelte verstört, als ich im Schein einer Petroleumlampe eine gebeugte Gestalt erkannte. Es war ein alter Mann. Nach den Furchen und Falten in seinem wettergegerbten Gesicht zu urteilen, schon uralt, ein wahrer Greis. Seine Kleidung bestand im westlichen Vergleich aus Lumpen, eine viel zu weite leinenartige Hose hatte er mit einem Jutekordel um seine ausgemergelte Hüfte geschnürt. Sein kariertes Hemd war dreckig vom Kragen bis zu den Hemdsärmeln und der Mann stank nach Schweiß und Tier und sonstigen undefinierbaren Gerüchen. Sofort meldete sich mein angeschlagener Magen zu Wort und ich musste unwillkürlich würgen.

Doch dann blickte ich erneut in das Gesicht des Alten und jede Abscheu und jeder Ekel verschwand schlagartig aus meinen Gedanken.

Seine Augen strahlten eine fast übernatürliche Güte und Freundlichkeit aus und sein fast zahnloses, schüchternes Lächeln trieb mir vor Rührung fast schon Tränen in die Augen. Unschlüssig machte er ein paar Schritte auf mich zu, als wolle er mich in keinem Fall erschrecken. Ich wandte ihm mein Gesicht entgegen und lächelte ihn, gleichfalls sehr schüchtern, an.

Der Alte stellte seine Petroleumlampe vorsichtig auf den unebenen, lehmigen Fußboden und zog den Schemel zu sich heran. Bedächtig ließ er sich in einiger Entfernung zu meinem Schlafplatz darauf nieder und betrachtete mich mit unverhohlenem Interesse. Ich versuchte, mich ein wenig aufzurichten. Ein kurzer, heftiger Schmerz zog durch meine rechte Schulter und ich stieß einen überraschten, erstickten Schmerzlaut aus, woraufhin der Fremde erschrocken zusammenzuckte.

Trotz des starken Schmerzes brachte ich irgendwie ein gequältes Lächeln zustande und der Alte entspannte sich schließlich wieder. Ich deutete vorsichtig mit meiner Linken auf meine rechte Schulter und verzog dabei demonstrativ schmerzverzerrt das Gesicht. Der Greis verstand meine Geste und nickte sogleich überaus verständnisvoll. Dann kramte er etwas aus den Tiefen seiner Hosentasche hervor und reichte es mir mit Worten einer mir bis dato völlig unbekannten Sprache. Ich ergriff das mir angebotene Etwas und drehte es im Schein der flackernden Petroleumlampe neugierig in meiner linken Hand hin und her. Es war ein undefinierbares Stück was auch immer, doch nach den Gesten des Alten zu urteilen, wohl offensichtlich essbar, denn der Fremde führte mehrfach seine knorrige Hand zu seinem geöffneten Mund und machte dabei schmatzende Geräusche.

Überaus skeptisch betrachtete ich das Stück vermeintlichen Brotes, oder was auch immer es sonst sein mochte, in meiner Linken eine Weile, dann legte ich es neben mich auf meine warme Zudecke und lächelte den Alten freundlich an. *Ich werde es später essen, wenn es mir wieder besser geht,* versicherte ich meinem Gastgeber, wohl wissend, dass er kein einziges meiner Worte verstand. Doch er verstand meine Geste, denn er erhob sich, noch immer freundlich lächelnd, von seinem Schemel, nahm seine Lampe vom Boden und verließ auf leisen Sohlen meinen Schlafraum. Ich schloss, von dieser ersten, sonderbaren

Begegnung mit meinem offensichtlichen Lebensretter erschöpft, meine Augen und fiel unvermittelt wieder in den tiefen Schlaf der Genesung.

Am darauf folgenden Morgen ging es mir bereits deutlich besser. Mein Zimmer hatte doch ein Fenster, wie ich schließlich erkannte, durch das nun die aufgehende Morgensonne herein flutete. Der alte Mann hatte für mich die hölzernen Fensterläden, die zuvor geschlossen gewesen waren, geöffnet, um die belebenden Strahlen des neuen Tages zu mir ins Zimmer zu lassen, was tatsächlich wahre Wunder bewirkte.

Mein Körper schmerzte mittlerweile nur noch halb so schlimm, bis auf die schwereren Verletzungen am Kopf, der rechten Schulter und des linken Sprunggelenkes. Diese waren noch allgegenwärtig und erinnerten mich bei jeder Bewegung an die Schwere meines offensichtlich stattgehabten Sturzes.

Zwischenzeitlich war ich nämlich zu der Erkenntnis gelangt, dass ich mir die Verletzungen bei einem Sturz zugezogen haben musste. Allerdings konnte ich mich noch immer nicht an Details erinnern. Zu meiner großen Erleichterung wusste ich allerdings bereits wieder, wer ich war. Ich erinnerte mich an meinen Namen und daran, dass ich als Ärztin in einer Praxis in Frankfurt arbeitete.

Doch was war danach geschehen? Wie war ich hierher gekommen, zu diesem alten Mann, meinem offensichtlichen Retter? Ich wusste darauf einfach keine Antwort.

Da mich diese ständige Grübelei sehr anstrengte und meiner körperlichen Genesung überhaupt nicht dienlich schien, beschloss ich, einfach abzuwarten. Irgendwann würde sich die Gedächtnislücke schon wieder füllen und ich würde mich hoffentlich wieder an alles, vor allem aber am die Geschehnisse der letzten Tage, erinnern können. Ich musste bloß noch eine Weile Geduld haben, redete ich mir stoisch ein. Bis dahin widmete ich meine ganze Energie der Heilung meiner körperlichen Wunden.

Mein unfreiwilliger Gastgeber unterstützte mich dabei nach bestem Wissen und Gewissen. Er versorgte mich mit ausreichend Nahrung, die zwar meinen europäischen Magen-Darm-Trakt anfänglich heftig auf die Probe stellte, doch sie erfüllte letztendlich definitiv ihren Zweck. Nach anfänglicher Überwindung empfand ich mit der Zeit sogar fast schon so etwas wie Genuss für die fremden Speisen, die überwiegend aus einer Art Fladenbrot und undefinierbarer Milch bestanden. Zudem reichte mir mein Retter mehrmals täglich eine Art Tee oder Sud, der aus verschiedenen Blättern gebraut war und den ich heiß in kleinen Schlucken trinken musste.

In der ersten Zeit nahm ich die Mahlzeiten noch ich Bett liegend zu mir, doch nach wenigen Tagen schaffte ich es bereits, mich aufzusetzen und meine Beine über die Bettkante baumeln zu lassen, ohne dass mich eine weitere Schwindelattacke mit einhergehender Übelkeit zum erneuten hinlegen zwang.

Ich gewann mit jedem vergehenden Tag mehr und mehr von meiner körperlichen Kraft zurück, bis ich es schließlich sogar alleine schaffte, einige wenige Schritte in meinem Zimmer hin und her zu humpeln. Mein linker Fuß schmerzte natürlich noch deutlich und ich konnte ihn nach wie vor nicht richtig belasten, doch das tagelange Ruhen hatte Wunder bewirkt und ich war mir mittlerweile fast sicher, dass letztendlich doch nichts gebrochen war an meinem Sprunggelenk.

Einzig und allein die mangelhafte Kommunikationsmöglichkeit mit meinem Retter machte es mir schier unmöglich, dem Alten meine derzeitige, unglückliche Situation, vor allem in Bezug auf die noch immer bestehende Amnesie, zu erklären. Ich versuchte es anfangs mit englisch, ohne Erfolg. In Schulzeiten hatte ich irgendwann auch ein paar Jahre Französisch gebüffelt, doch beim Klang dieser fremden Sprache hob der Greis lediglich verblüfft die Augenbrauen und lächelte mich verständnislos an. Mit meinen wenigen Brocken spanisch versuchte ich es erst gar nicht.

Also beschränkte sich unsere Kommunikation auf rudimentäre Gebärdensprache, mit der ich zwar diverse Grundbedürfnisse recht gut ausdrücken konnte, doch meine dringenden Fragen, wo ich überhaupt war und wie ich hierher gekommen war, blieben natürlich nach wie vor ungeklärt. Es blieb mir schließlich nichts anderes übrig, als weiterhin abzuwarten, bis sich mein Gehirn irgendwann doch noch von selbst heilte und mir die notwendigen Antworten endlich freiwillig preis gab.

Am nächsten Morgen brachte mir der Alte, wie jeden Tag, mein Frühstück, bestehend aus Fladenbrot, Milch und heißem Tee.

Doch irgendetwas war diese mal anders als sonst. Das Gesicht des Greises war sonderbar angespannt, die ausgeprägten Furchen in seiner Haut wirkten durch seine besorgte Mine umso tiefer. Er stellte mein Essen zwar wie gewohnt auf den Schemel neben meinem Bett, doch anstatt mir, wie sonst auch immer, beim Frühstücken zuzusehen, stand er unschlüssig im Raum und trat überaus nervös von einem Fuß auf den anderen. Ich setzte mich vorsichtig auf und blickte fragend zu ihm hinauf.

Unverständliche Worte sprudelten schließlich aus dem zahnlosen Mund des Alten, und er machte mehrfach hintereinander unmissverständliche Handbewegungen, mit denen er mir zu verstehen gab, dass ich ihm sofort dringend nach draußen folgen solle.

Umständlich befreite ich mich aus meiner kuscheligen, wärmenden Felldecke, schwang die Beine aus dem Bett und stand vorsichtig auf. Der Schwindel war mittlerweile vollständig verschwunden und auch der Schmerz in meinem linken Fuß war zu einem nur noch unbedeutenden Pochen bei Belastung geworden. Einzig mein gebrochenes rechtes Schlüsselbein und die Folgen der schweren Gehirnerschütterung schränkten mich nach wie vor noch immer ein.

Bisher hatte ich mein, über all die Tage hinweg zunehmend vertraut gewordenes Zimmer aufgrund meines angeschlagenen Gesundheitszustandes noch nicht einmal verlassen. Daher begann mein Herz vor Aufregung über das, was ich gleich zu sehen bekommen würde, schneller zu schlagen, als mein Retter die Tür öffnete und mir schließlich einen ersten Blick nach draußen freigab.

Ich machte ein paar unsichere Schritte auf die Tür zu. Dann blieb ich jedoch, unvermittelt von plötzlicher, unerklärlicher Panik erfüllt, unschlüssig wenige Meter vor dem Türrahmen stehen und schirmte meine empfindlich gewordenen Augen mit meiner linken Hand gegen das mir grell entgegen scheinende Sonnenlicht im Freien draußen ab. Das Licht schmerzte jedoch zunehmend unangenehm in meinen Augen, da ich mich in letzter Zeit ausschließlich in der Dämmerung meines Zimmers aufgehalten hatte, und ich schloss sie daraufhin schnell für einige Sekunden.

Ungeduldig wartete ich einen Moment, im hölzernen Türrahmen stehend, bis ich schließlich, noch einmal mehrfach hintereinander blinzelnd, die Augen langsam öffnete und einen ersten, vorsichtigen Blick auf die unbekannte Welt vor mir erhaschte.

Der Schock war kaum in Worte zu fassen.

Vor mir erstreckte sich, soweit das Auge nur reichte, eine schroffe, fast schon unwirklich erscheinende Gebirgslandschaft mit hoch aufragenden, schneebedeckten Gipfeln und steil abfallenden Hängen. Vollkommen überwältigt, und mit vor Fassungslosigkeit weit offen stehendem Mund ließ ich meinen Blick schließlich auch über die nähere Umgebung meines Standortes schweifen. Die kleine Lehmhütte, die mir in den letzten Tagen als Ort der Genesung gedient hatte, stand auf einem schmalen Hochplateau inmitten einer kargen Felsöde. In unmittelbarer Nähe meiner spartanischen Herberge entdeckte ich anschließend noch drei weitere Hütten mit der gleichen Bauweise.

Hinter der dritten Hütte war ein kleiner, hölzerne Pferch errichtet, in dem sich zwei schwarze, zottelige Tiere befanden. Ich blinzelte, um die unscharfen Konturen der seltsamen Kühe besser erkennen zu können und schluckte schließlich hart. Bei den beiden Tieren handelte es sich definitiv um Yaks.

Die Windungen in meinem Gehirn arbeiteten auf Hochtour. Wenn dies tatsächlich Yaks waren, dann musste ich mich wohl allem Anschein nach irgendwo im Himalaya befinden. Ungläubig musterte ich den Alten, der keine zwei Meter entfernt neben mir im grellen Sonnenlicht neben der Hütte stand und ungeduldig auf mich zu warten schien. Auch er passte perfekt in diese Region, seine einfache Kleidung, sein altertümliches Aussehen.
Ich holte noch einmal tief Luft, dann machte ich einen ersten unsicheren Schritt nach vorn und folgte dem Greis anschließend, bis aufs Äußerste angespannt, in Richtung der zweiten Hütte, auf die er, noch immer wild gestikulierend, zielstrebig zusteuerte.

An der Hütte angekommen öffnete der Ureinwohner mit einer Hand etwas umständlich die rustikale, hölzerne Tür. Dann trat er, nachdem die Tür mit einem lauten Ächzen aufgesprungen war, einen Schritt zur Seite, um mich an ihm vorbei und in das dunkle Hütteninnere eintreten zu lassen. Einige Sekunden lang stand ich wie angewurzelt im Türrahmen und starrte mit klopfendem Herzen in die Dämmerung des dahinter liegenden Raumes.

Das Zimmer war ähnlich dem meinen in der anderen Hütte ausgestattet. An der einen Wand stand ein kleiner Holzschemel, auf dem eine Öllampe brannte, an der gegenüber liegenden Wand befand sich ein grob gezimmertes Bettgestell.

Ich machte vorsichtig einen ersten Schritt in den winzigen Raum hinein und wartete anschließend ungeduldig, bis sich meine Augen an das Dämmerlicht der Hütte gewöhnt hatten. Auf dem Bett konnte ich schließlich eine Gestalt erkennen. Sie lag auf dem Rücken, beide Hände entspannt auf dem Bauch ruhend. Es waren die Umrisse eines menschlichen Körpers, der zu schlafen schien.

Mein Herz klopfte mir bis zum Hals, als ich langsam näher an das Bett heran trat, um die Gestalt darauf genauer zu betrachten. Sie war bis über die Brust mit einer Felldecke zugedeckt, lediglich der Kopf und die auf der Decke ruhenden Arme waren zu erkennen.

Ich stand mittlerweile nur noch etwa einen Meter von dem Lager entfernt. Angespannt beugte ich mich vor, um noch besser sehen zu können. Mein Begleiter, der zwischenzeitlich ebenfalls den Raum betreten hatte, stellte die auf dem Schemel stehende Petroleumlampe näher an das Bett heran, damit ich die Person darauf besser erkennen konnte. Offenbar vermutete er, dass ich denjenigen, der da vor mir lag, kannte.

Es war ein junger Mann. Sein rötlich schimmerndes Haar hob sich im Licht der flackernden Laterne deutlich von seinem bleichen Gesicht ab. Er hatte die Augen leicht geöffnet und sein Blick war starr zur Decke gerichtet. Er bewegte sich nicht.

Zitternd vor Aufregung stand ich da und betrachtete das Gesicht des Mannes eindringlich, als wäre dies der Schlüssel zu meinen noch immer verlorenen Erinnerungen. In meinem Gehirn zuckten plötzlich wilde Gedanken unkontrolliert durcheinander und bizarre Bilder erschienen vor meinem inneren Auge. Ich sah mich eine Wanderung unternehmen, hohe Berge, ein Flugzeug, ein Canyon, doch noch immer konnte ich das alles nicht richtig zusammensetzen. Aufgewühlt ballte ich die Hände zu Fäusten und versuchte krampfhaft, die wilden, ungeordneten Eindrücke, die auf mich einstürzen, endlich zu sortieren. Erneut heftete ich den Blick, fast schon beschwörend, auf das blasse Gesicht des jungen Mannes. Ich suchte zunehmend verzweifelt darin nach Antworten, nach meinen fehlenden Erinnerungen, nach meinem verloren gegangenen Gedächtnis.

Und mit einem Schlag war plötzlich alles wieder vorhanden.

Oh mein Gott, DARREN! Ich stieß einen spitzen Schrei aus und der Alte neben mir zuckte erschrocken zusammen. Im Bruchteil einer Sekunde ließ ich mich neben dem Bett auf die Knie fallen und beugte mich panisch über den jungen Amerikaner. Ich suchte hektisch an der Schlagader seines Halses nach einem Puls. Negativ!

Sein Brustkorb bewegte sich nicht. Keine Atmung!

Mit dem Daumen der linken Hand öffnete ich Darrens Augen ein Stück weiter. Lichtstarre, entrundete Pupillen ohne jegliche Reaktion!
Oh nein, Darren, bitte nicht!! Verzweifelt stieß ich Darrens blasse, leblosen Hände von seiner Brust und begann mit extrathorakaler Wiederbelebung. Noch bevor ich allerdings, mit durchgestreckten Armen, meine ganze Kraft auf den korrekten Druckpunkt über Darrens Sternumspitze konzentrieren konnte, durchfuhr mich ein vernichtender Schmerz, der von meinem gebrochenen Schlüsselbein ausgehend in den rechten Arm zog. Ich schrie, total empört über diesen überraschenden, heftigen Schmerz auf, doch meine Arme knickten einfach willenlos ein und ich sank unvermittelt über Darrens Brust zusammen.
Das kannst Du mir doch jetzt nicht antun, hörst Du, schluchzte ich völlig verzweifelt gegen den kalten Oberkörper des jungen Mannes und Tränen rannen heiß über meine glühenden Wangen. Ich richtete mich wieder auf und streichelte mit zitternden Fingern sanft über das Gesicht des Amerikaners. Seine Haut war bereits kühl und alles Blut war aus seinem sonst so rosigen Gesicht gewichen. Es sah aus, als trüge er im Schlaf eine Maske aus Wachs.

Die Leichenstarre hatte noch nicht eingesetzt, er konnte noch nicht lange tot sein, meldete sich unvermittelt mein medizinisches Ich. Doch das spielte jetzt keine Rolle mehr.

Umständlich rappelte ich mich schließlich auf. Eine Weile stand ich regungslos vor Darrens Lager und starrte mit tränenverschleiertem Blick auf den leblosen Körper vor mir. Was zur Hölle sollte ich jetzt bloß tun?

Herrjeh, Johannes!, schrie ich mit einem Mal auf. *Ich muss sofort Johannes anrufen!* Ich wirbelte unvermittelt herum und wandte mich vollkommen aufgelöst an den Alten, der völlig regungslos noch immer im Eingang der Hütte wartete und mich mit undurchdringlichem Blick anstarrte. Beim Klang meiner alarmierenden Worte zuckte er zwar merklich zusammen, doch er konnte natürlich den Sinn meiner plötzlichen Aufregung nicht wirklich verstehen.

Telefon..., ich brauche dringend ein Telefon... Wild gestikulierend fuchtelte ich mit meinem gesunden Arm vor dem Gesicht des Greises herum. Dieser konnte mir jedoch erwartungsgemäß natürlich noch immer nicht folgen. Ich formte umständlich mit meiner linken Hand das Symbol eines Telefonhörers, Daumen und Kleinfinger von den restlichen, zur Faust geballten Fingern abgespreizt und rief immer wieder eindringlich: *Telefon... ich muss dringend nach Deutschland telefonieren!*

Doch der Alte sah mich nur weiterhin verständnislos an und schüttelte immer wieder seinen mit dünnem, weißen Haar spärlich bedeckten Kopf. Er musste wohl annehmen, ich wäre beim Anblick von Darrens Leichnam total verrückt geworden, wie ich aufgeregt vor seiner kantigen Nase herumfuchtelte und unaufhörlich in einer seltsamen Sprache auf ihn einredete, dachte ich irgendwann resigniert.

Schließlich riss ich mich zusammen und versuchte, mich etwas zu beruhigen. Aller Wahrscheinlichkeit nach hatte der alte Mann noch nie zuvor in seinem Leben ein Telefon zu Gesicht bekommen. Folglich konnte er also auch nicht wissen, was ich von ihm wollte. Ich musste einen anderen Weg finden.

Fieberhaft überlegte ich, welchen Schritt ich als nächstes tun sollte. Einige Sekunden später kam mir endlich der rettende Gedanke: Ich musste dringend nach Namche Bazar.

Darren hatte mir damals in Lukla erzählt, dass dieses Dorf der Dreh-und Angelpunkt für Reisende in die Khumbu-Region war. Folglich musste es dort zumindest die Möglichkeit geben, mit der Außenwelt in Kontakt zu treten. Vielleicht gab es dort ein Satelliten-Telefon, oder Ähnliches, mit dem ich Johannes in Oberstdorf kontaktieren konnte. Er musste mittlerweile schon schier umkommen vor Sorge, denn schließlich hatte ich mich seit Tagen nicht mehr bei ihm gemeldet.

Also gut, zunehmend erleichtert stieß ich schnaufend durch meine Nase die Luft aus. Endlich hatte ich einen Plan. D*ann also auf nach Namche Bazar,* sagte ich schließlich laut, doch mehr zu mir selbst, als zu meinem Retter. Beim Klang des Namens des kleinen Dörfchens hielt der Alte jedoch plötzlich inne und sein Gesichtsausdruck erhellte sich merklich. Er hatte mich offensichtlich verstanden.

Bitte bringen Sie mich und Darren, ich deutete mit einem Finger erst auch mich und dann auf den toten Körper meines Begleiters, *nach Namche Bazar.* Um die Dringlichkeit meines Anliegens zu verdeutlichen, sprach ich noch einmal ganz langsam und deutlich den Namen meines Zielortes aus: *Namche Bazahr, verstehen Sie? Ich muss nach N-A-M-C-H-E... B-A-Z-A-R.*

Und der Greis verstand. Er nickte kurz, dann drehte sich abrupt um und verschwand eilig in Richtung des Schuppens, in dem seine beiden Yaks geduldig auf ihren nächsten Einsatz warteten.

Kurze Zeit später erschien er wieder, beide Yaks an jeweils einem Hanfstrick ungeduldig hinter sich herziehend. Eines seiner Tiere trug ein Geschirr, an dem eine provisorische Trage befestigt war, auf der Darrens Leichnam transportiert werden konnte. Das andere Yak hatte einen improvisierten Sattel auf seinem breiten Rücken, bestehend aus mehreren Decken, die mit einer derben Schnur um den Bauch des Tieres an Ort und Stelle gehalten wurden. Dieses Yak sollte mir als Reitgelegenheit dienen, wie mir der Greis mit ein paar fahrigen Bewegungen seiner knorrigen Hände zu verstehen gab. Ich war derart gerührt von der Fürsorge des Alten, dass sich beim Anblick meines zotteligen Reittieres ein dicker Klos in meinem Hals festsetzte.

Durch die Verletzung an meinem Fuß war es mir noch immer nicht möglich, längere Wegstrecken fußläufig zurückzulegen, geschweige denn, einen stundenlangen Gewaltmarsch durch das unwegsame Gelände des nepalesischen Himalaya zu bewältigen. Daher nahm ich das Angebot des Greises, auf seinem Yak nach Namche Bazar zu reiten, nur allzu dankbar an.

Nach einer guten Stunde Schwerstarbeit, in der Darrens toter Körper auf die improvisierte Trage verladen, sicher festgezurrt worden war und ich letzte, eindringliche Instruktionen des Alten für einen Ritt auf seinem gutmütigen Yak erhalten hatte, waren wir endlich reisefertig und brachen eilig auf.

Zwei Stunden später erreichten wir ohne einen Zwischenfall schließlich das kleine Dorf inmitten des gewaltigen Bergmassives der Khumbu-Region. Nach kurzem Debattieren in rudimentärem Englisch mit einem Ladenbesitzer an der Dorfstraße des Ortes fand sich auch tatsächlich ein Satelliten-Telefon. Mit zitternden Fingern wählte ich Johannes Bronners Telefonnummer.

Bitte Johannes, geh dran, bitte... flehte ich inständig, als das Freizeichen sekundenlang ein erfolgloses tut-tut von sich gab. Endlich wurde das tut-tut von der vertrauten Stimme meines Kollegen in Oberstdorf unterbrochen.

Bronner... meldete sich Johannes warme, wohlklingende Stimme von der anderen Hälfte des Globus, viele tausend Kilometer von mir entfernt.

Johannes..., ich bin es..., Sarah..., begann ich stotternd und meine Stimme überschlug sich fast vor Aufregung. Am anderen Ende der Leitung herrschte einige Sekunden lang ungläubiges Schweigen. *Sarah..., bist Du das wirklich?* Die Erleichterung in Johannes Stimme war unüberhörbar. *Mein Gott, Sarah, ich dachte schon, Dir wäre etwas zugestoßen.*

Während Johannes diese Worte sagte, fiel mit einem Mal die ganze Anspannung und Ungewissheit der letzten Tage wie eine schwere Last von meinen Schultern. Ich war endlich in Sicherheit, es würde alles wieder gut werden. Zitternd hielt ich den Telefonhörer mit beiden Händen krampfhaft fest, meine einzige Verbindung zur Außenwelt, zu meinem alten Leben, den gewohnten Menschen darin, der Zivilisation, die ich kannte, bitter vermisste und in die ich schnellstens wieder zurück wollte.

Ach, Johannes, es war so furchtbar... Ein aufsteigendes, erschöpftes Schluchzen unterbrach vorerst den Beginn meiner Darstellung der schrecklichen Ereignisse der letzten Tage. Doch bereits wenige Sekunden später hatte ich mich wieder weitgehend gefangen und erzählte Johannes alles, was seit meiner überstürzten Abreise aus Deutschland auf der Suche nach Sebastian geschehen war.

29

Ach Leonie, es tut so wahnsinnig gut, Deine Stimme zu hören.
Beim Klang der vertrauten Stimme meiner Freundin, Leonie Wagner, klammerte ich mich an den Telefonhörer wie ein Schiffbrüchiger, der in sturmgepeitschter See nach dem letzten Stück Treibholz greift, welches ihn vor dem sicheren Ertrinken bewahrte.
Ich kuschelte mich tief in meinen großen Relax-Sessel an der Panorama-Fensterfront meines Wohnzimmers, zog die weiche Wolldecke über meinen Schultern zurecht und blickte zufrieden über die am nicht allzu fernen Horizont aufragenden Gipfel der Oberstdorfer Alpen.

Die Ereignisse der zurückliegenden Wochen hatten natürlich deutliche Spuren an mir hinterlassen. Die körperlichen Wunden, die ich durch meinen Trip nach Nepal davongetragen hatte, heilten planmäßig. Mein tatsächlich gebrochenes, rechtes Schlüsselbein konnte konservativ, ohne Operation behandelt werden, da der Bruch noch ausreichend im Lot stand. Das linke Sprunggelenk war lediglich schwer verstaucht gewesen und auch von der erlittenen Gehirnerschütterung würde ich keine Folgeschäden davon tragen.

Doch fast jede Nacht suchten mich quälende Alpträume heim und ich durchlebte die schrecklichen Geschehnisse in Nepal in diesen Träumen immer und immer wieder aufs Neue. Unzählige Male stürzte ich diesen steilen Hang hinunter, Nacht für Nacht erwachte ich schreiend, schweißgebadet und mit rasendem Herzen, als ob ich einen Marathonlauf absolviert hätte.

Sowohl Johannes, als auch Leonie hatten mir umgehend, nachdem ich ihnen die Abläufe meines Aufenthaltes auf der Suche nach Sebastian geschildert hatte, unabhängig voneinander versichert, dass ich in keiner Weise Schuld am Tod des jungen Amerikaners Darren McLeod war. Und meine rationale Seite glaubte das natürlich auch. Doch immer wieder meldete sich diese andere, dunkle Hälfte meines Gewissens und hinterfragte bohrend: Was wäre wohl passiert, wenn ich

Darren auf dem Flug nach Lukla nie begegnet wäre? Wäre er auch dann mit mir zusammen nach Namche Bazar aufgebrochen, wenn ich ihn nicht gefragt hätte, ob er zufälligerweise Sebastian kennt? Würde er vielleicht heute noch leben, wenn ich ihm nie begegnet wäre?

Allein die Vorstellung, dass ich auch nur einen Funken dazu beigetragen hatte, dass dieses schreckliche Unglück geschehen war, machte mich schier wahnsinnig. Wieder einmal eine Rolle am Tod eines Menschen gespielt zu haben, dieser Gedanke war fast unerträglich für mich. Dagegen konnten auch Leonies permanente Versicherungen, dass das alles nicht in meiner Hand gelegen hätte, sondern ausschließlich eine unglückliche Fügung des Schicksals gewesen war, rein gar nichts ausrichten.

Johannes hatte natürlich sofort nach meinem Anruf aus Nepal alle ihm zur Verfügung stehenden Hebel in Bewegung gesetzt, um mich schleunigst nach Deutschland zurückzuholen. Auch hatte er die Überführung von Darrens sterblichen Überresten in seine Heimatstadt Denver/Colorado organisiert und die unliebsame Aufgabe übernommen, Darrens Eltern telefonisch den Tod ihres einzigen Sohnes mitzuteilen.

Meine Erleichterung darüber, endlich wieder vertrauten, sicheren Boden unter den Füßen zu spüren, als ich schließlich in München aus dem Flugzeug stieg, war nicht in Worte zu fassen. Überglücklich, dieses Horror-Abenteuer Nepal überlebt zu haben, fiel ich meinem, am Ausgang des Sicherheitsbereiches im Airportgebäude bereits ungeduldig auf mich wartenden Kollegen in die Arme.

Ich war zwar im Nachhinein sehr enttäuscht, dass meine Suche nach Sebastian nicht von Erfolg gekrönt gewesen war, doch ich erkannte letztendlich, dass man sein Glück eben leider nicht erzwingen konnte. Es würde sich bestimmt irgendwann eine neue Gelegenheit bieten, mit dem jungen Bergführer ins Reine zu kommen, davon war ich noch immer felsenfest überzeugt.

Diese Überzeugung bekam allerdings im Verlauf des Telefonats mit meiner Freundin Leonie einen deutlichen Dämpfer. Als ich ihr entschieden mitteilte, dass ich einfach auf die nächste Gelegenheit warten würde, mich bei Sebastian zu entschuldigen, schwieg sie einige Sekunden lang ins Telefon, bis sie schließlich zögernd antwortete:

Sag mal Sarah, hast Du Dir eigentlich auch mal Gedanken darüber ge-
macht, dass Sebastian vielleicht gar nichts mehr mit Dir zu tun haben
möchte? Leonie sprach langsam und wählte ihre Worte sorgfältig und
mit Bedacht: *Schließlich hätte er sich bei seinem Freund Johannes ja*
auch schon mal über Dich erkundigen können. Er hätte bei ihm nach-
fragen können, warum Du Dich damals so dämlich verhalten hast!

Völlig fassungslos und zutiefst schockiert über das soeben gehörte starrte ich einige Sekunden lang mit weit aufgerissenen Augen
auf das Telefon in meiner Hand. Diese Möglichkeit hatte ich zu keiner
Zeit auch nur annähernd in Betracht gezogen. In meinem Hirn überschlugen sich plötzlich die Gedanken und purzelten alle wild durcheinander.

Was, wenn Leonie tatsächlich Recht hatte? Sebastian hatte
mehr als einmal die Gelegenheit gehabt, mit Johannes über den verhängnisvollen Abend des Viehscheid und mein irrationales Verhalten
damals zu sprechen. Wenn Sebastian ernsthaft Interesse an mir gehabt
hätte, hätte er doch auch von sich aus das Gespräch mit mir suchen
können. Er musste schließlich geahnt haben, dass es sich bei meiner
dummen Aktion mit der Ohrfeige um ein schreckliches Missverständnis
gehandelt haben musste. Doch schlussendlich schien er seinerseits an
einer Aufklärung der Angelegenheit nicht wirklich interessiert zu sein.

Ein eiskalter Schauer kroch meinen Rücken hinauf und meine feinen
Nackenhaare standen buchstäblich zu Berge. Ich hatte plötzlich das Gefühl, als würde sich eine Faust um mein Herz schließen und unerbittlich
zudrücken, bis es schließlich aufhörte zu schlagen. Ein riesiger Klos
setzte sich in meiner Kehle fest und nur mühsam brachte ich die nächsten Worte hervor. *Oh mein Gott, Leonie.... Du hast vermutlich recht...,*
hauchte ich ins Telefon. Ein unkontrollierter Schluchzer entwich meiner Kehle und meine Stimme erstarb.

Ich war für Sebastian allem Anschein nach nichts anderes als
eine unbedeutende Liebelei gewesen. Nichts wirklich Ernstes und erst
recht nichts, worauf man eine gemeinsame Zukunft aufbauen konnte.
Vermutlich wanderte er bereits wieder auf Freiersfüßen durch die Welt
und hielt Ausschau nach der nächsten Willigen, die er mit seinem umwerfenden Charme bezirzen und anschließend abschleppen konnte.

Wieder einmal hatte mich ein Mann allem Anschein nach an der Nase herum geführt und ich war, ohne es zu merken, wohl erneut darauf hereingefallen.

30

Das zunehmend energischer werdende Klingeln an meiner Haustür riss mich aus einem unruhigen Schlaf. Irritiert tastete ich nach dem Wecker auf meinem Nachttisch und drückte die Beleuchtungstaste. Im grünlich schimmernden, fahlen Licht der Uhr konnte ich nach einigem Augenzwinkern die Ziffern erkennen. Es war gerade einmal halb neun in der Früh. Mein Gehirn kam nur langsam in Gang. Heute war Freitag, bestimmte ich schließlich den Wochentag korrekt, und ich war noch bis einschließlich heute durch die Folgen meines Unfalles krankgeschrieben. Johannes führte seit meiner Rückkehr aus Nepal vorerst alleine unsere Praxis. Ich hatte ihn seit einigen Tagen nicht mehr gesehen, da ich mich überwiegend zuhause aufhielt und über Leonies Gedankenanstoß bezüglich einer nicht mehr allzu wahrscheinlichen, gemeinsamen Zukunft von Sebastian und mir betrübt vor mich hin grübelte.

Die Türglocke ertönte erneut. *Ich komm' ja schon!*, rief ich laut, um den ungeduldigen Gast zur Raison zu bringen, dann schwang ich umständlich die Bettdecke beiseite, ergriff meinen Morgenmantel und stürmte barfuß in Richtung Haustüre. Noch bevor der lästige Besucher die Klingel ein weiteres Mal quälen konnte, riss ich schwungvoll die Haustüre auf.

Meine, auf dem Weg zur Tür hin geplante, unfreundliche Begrüßung blieb mir allerdings beim Anblick von Julia im Halse stecken. Die junge Arzthelferin stand schüchtern, wie eine fremde Taube, auf dem Treppenabsatz und starrte mich mit ihren großen, blauen Kulleraugen verängstigt an. Ich musste auf sie wohl wie ein erzürnter Rauschgoldengel gewirkt haben, wie ich mit meiner in alle Himmelsrichtungen wild abstehender Lockenmähne vor ihr im Türrahmen stand, denn sie machte unsicher einen kleinen Schritt rückwärts, als erwartete sie, dass ich sie im nächsten Moment anfallen würde.

Mein Unmut verschwand umgehend und ich lächelte die junge Frau entwaffnend an. *Oh, hallo Julia,* sagte ich freundlich und das junge

Mädchen entspannte sich zunehmend, *mit Dir habe ich ja überhaupt nicht gerechnet. Wie kann ich Dir denn weiterhelfen?*
Unsere Praxisangestellte hatte ihre Hände vor ihrer Brust zusammenge-faltet und knetete diese nun verlegen hin und her.

Guten Morgen Frau Doktor Steinbach, begann sie fast stotternd, *nun, ich weiß ja, dass Sie heute eigentlich noch im Krankenstand sind, aber...,* sie machte eine kurze Pause und errötete zunehmend. ... *Aber Herr Doktor Bronner ist heute morgen leider nicht in der Praxis erschienen und Monika und ich können ihn auch telefonisch nicht erreichen...* Julia unterbrach sich erneut und holte tief Luft, bevor sie den eigentlichen Grund ihres unerwarteten Auftauchens in einem sprudeln-den Wortschwall hervorbrachte. ... *Und darum hat Monika vorgeschla-gen, ich solle einfach mal nach oben zu Ihnen gehen und Sie fragen, ob Sie für heute vielleicht die Sprechstunde übernehmen könnten. Das Wartezimmer sitzt nämlich voll und die Patienten werden langsam schon ungeduldig...* Zufrieden, dass sie ihre Mission erfüllt hatte, stieß das junge Mädchen erleichtert die restliche Luft aus ihren Lungen.

Mit skeptischem Blick schaute ich auf Julia, die fast einen halb-en Kopf kleiner war als ich, hinunter. *Das sieht Johannes aber über-haupt nicht ähnlich. Er ist doch sonst die Zuverlässigkeit in Person,* sagte ich mehr zu mir selbst und schüttelte ungläubig den Kopf. Dann blickte ich in das noch immer angespanntes Gesicht der jungen Arzthel-ferin und nickte schließlich zustimmend: *Natürlich übernehme die Sprechstunde. Gib mir noch zwei Minuten, damit ich mich fertig ma-chen kann. Ich komme dann runter.*

Julia lächelte mich hoch erfreut an, dann machte sie eilig auf dem Absatz kehrt und sprang, immer zwei Stufen auf einmal nehmend, die Treppe herunter, um wenige Sekunden später hinter der Hausecke zu verschwinden.

Ich schloss gedankenverloren die Tür und lehnte mich von innen gegen das Türblatt. Irgend etwas Gravierendes musste geschehen sein, denn Johannes würde niemals ohne triftigen Grund der Sprechstunde fern-bleiben. Doch, was auch immer dieser Grund sein mochte, ich hatte im Augenblick keine Zeit, ihn herauszufinden. In der Etage unter mir saß ein Wartezimmer voller kranker Menschen, die meiner Hilfe bedurften.

Um meinen unzuverlässigen Kollegen würde ich mich wohl frühestens in der Mittagspause kümmern können.

Ich schlüpfte hastig in meine Jeans, stülpte mir ein T-shirt über den Kopf, ergriff im vorbeigehen ein Haarband, um meine wüste Lockenmähne zumindest einigermaßen unter Kontrolle zu bringen und verließ eilig die Wohnung.

Die Praxis war wirklich brechend voll an diesem Tag. Ich war sogar gezwungen, die Mittagspause ausfallen zu lassen, um die Massen an kranken Menschen zu bewältigen. In den letzten Wochen hatte sich durch das zunehmend schöner werdende Frühlingswetter eine üble Magen-Darmgrippen-Welle aufgebaut, die nun ihren Höhepunkt zu erreichen schien. Die Lebensmittel verdarben in diesen warmen Tagen schneller, als von manchen Menschen erwartet und generell ließ die Sauberkeit bei der Speisenzubereitung, sowohl im gastronomischen, als auch im häuslichen Bereich, leider mehr und mehr zu wünschen übrig.

Und so kämpfte ich mich an diesem Freitag durch eine nicht enden wollende Menge an erbrechenden, Durchfall geplagten und kreislauflabilen Patienten, und tat mein Bestes, um diesen armen Menschen Linderung ihrer Beschwerden zu verschaffen. Monika und Julia unterstützten mich dabei nach Kräften und ich war sichtlich erleichtert, als der letzte Patient gegen 18 Uhr endlich die Praxis verließ.

Himmel, was für ein Tag, seufzte ich und streckte meine verspannten Arme vorsichtig über den Kopf.

Ich hatte den ganzen Tag über nicht eine Sekunde Zeit gehabt, mich mit Johannes zu beschäftigen, allerdings hatte ich Monika noch vor Beginn der Sprechstunde die Anweisung gegeben, weiterhin zu versuchen, meinen Kollegen telefonisch zu erreichen. Doch erst jetzt fand ich die Zeit nachzufragen, ob sie mit Johannes mittlerweile gesprochen hatte.

Nein, tut mir Leid, Monika schüttelte resigniert den Kopf, *ich habe es wirklich fast alle zehn Minuten versucht...,* die erfahrene Arzthelferin blickte Bestätigung suchend zu ihrer jungen Kollegin, die neben ihr vor meinem Schreibtisch im Sprechzimmer stand. Julia nickte eifrig und Monika fuhr schließlich fort. ... *Doch Herr Doktor Bronner ging einfach nicht an seine Telefone. Ich habe es über alle mir bekannten Nummern versucht, leider ohne Erfolg.* Resigniert ließ sie die Schultern hängen und auch Julia zuckte hilflos mit den Achseln.

Gedankenverloren griff ich nach einem Stift, der vor mir auf dem Schreibtisch lag und ließ in sekundenlang unschlüssig durch meine Finger gleiten.

Okay, der Stift fiel klappernd zurück auf die Schreibtischunterlage, *Johannes wird wohl nicht einfach mir nichts, dir nichts verschwinden. Er war gestern noch ganz normal in der Praxis und hat seine Patienten behandelt, richtig?* Ich blickte fragend zu Monika und Julia auf und die beiden nickten zustimmend. *Und heute morgen ist er einfach nicht erschienen und hat sich auch bei keinem von Euch abgemeldet?* Wieder zustimmendes Nicken. *Nun...,* fuhr ich analysierend fort, ... *da ich nicht glaube, dass er über Nacht einfach so ausgewandert ist oder Oberstdorf aus anderen Gründen verlassen hat, gehe ich davon aus, dass er sich wohl trotz seiner telefonischen Nichterreichbarkeit zuhause aufhält. Vielleicht hat er sich bei einem der zahlreichen Patienten mit dem Magen-Darm-Virus infiziert und kann deshalb nicht ans Telefon gehen.*

Für meine interessante, in meinen Augen jedoch durchaus nicht abwegigen Theorie, erntete ich zwar skeptische Blicke der beiden jungen Frauen, doch keine der beiden wagte es öffentlich, mir zu widersprechen. Um endlich Klarheit über den tatsächlichen Grund seines Fernbleibens zu erhalten, würde ich allerdings wohl oder übel selbst zu Johannes Haus fahren müssen, um nachzuschauen, ob er sich tatsächlich dort aufhielt. *Also gut, ich werde hinfahren und nachsehen.*

Da das Haus der Bronners nicht allzu weit von der Praxis entfernt lag und das Wetter an diesem Abend noch überaus mild war, beschloss ich spontan, die kurze Strecke zu Fuß zu gehen. Ich holte noch schnell eine leichte Übergangsjacke aus meiner Wohnung über den Praxisräumen und machte mich dann auf den Weg.

Während ich durch die langsam wieder deutlich belebter werdenden Straßen im Zentrum von Oberstdorf hastete, spielte ich in Gedanken die unterschiedlichsten Szenarien durch, die mich beim Eintreffen an Johannes Wohnung erwarten konnten. Ich konnte mir auf das Verhalten meines Kollegen noch immer keinen Reim machen. Es war einfach überhaupt nicht Johannes Art, völlig abzutauchen und sich so gar nicht zu melden. Ein ungutes Gefühl kroch schließlich langsam in mir auf und ich beschleunigte meine Schritte automatisch.

Wenige Minuten später erreichte ich, etwas außer Atem, mein Ziel. Johannes und Isabelles Zuhause lag am Ende einer Sackgasse in einem wohlhabenden Viertel von Oberstdorf in der Nähe der Erding-Arena mitsamt seiner bekannten Skisprungschanze.

Das Haus wirkte bereits auf den ersten Blick irgendwie verlassen. Die Rollläden waren nicht verschlossen, doch es brannte auch kein Licht, welches ich im abnehmenden Licht des zu Ende gehenden Tages zwangsläufig hätte wahrnehmen müssen. Ein mulmiger Schauer lief mir den Rücken hinunter, während ich mit klopfendem Herzen die Stufen des Treppenaufganges hinaufstieg und unschlüssig auf dem Podest vor der Haustür stehen blieb. Ich holte noch einmal tief Luft, dann streckte ich entschlossen die Hand aus und betätigte die Türklingel.

Während der Sekunden, die ich wartend auf dem Treppenabsatz stand, schlug mir mein Herz vor Nervosität fast bis zum Hals. Ich lauschte angestrengt, ob im Inneren des Hauses irgendein Laut, ein Lebenszeichen meines Kollegen zu vernehmen war, doch vergebens. Es war alles totenstill. Mit zitternden Fingern betätigte ich erneut die Glocke, doch es blieb nach wie vor alles ruhig. Wieder und wieder klingelte ich, nun zunehmend stürmischer. Irgendwo musste dieser verflixte Mann doch stecken.

Ich trat einen Schritt zurück und blickte unschlüssig an beiden Seiten des Hauses entlang. Vielleicht konnte ich durch eines der Fenster ins Innere der Wohnung spähen. Doch aufgrund der Ausrichtung des Hauses und der Anordnung der Fenster war mir dies leider nicht möglich, wie ich nach einigen Sekunden enttäuscht erkennen musste. Nach wie vor unschlüssig stand ich auf dem Treppenpodest und überlegte fieberhaft, was ich als Nächstes tun sollte.

Plötzlich fiel mir die Geschichte mit dem Haustürschlüssel wieder ein, die mir Isabelle einmal nebenbei erzählt hatte. Johannes war oft schusselig und ließ seinen Schlüssel von Innen in der Haustür stecken, wenn er das Haus verließ, hatte Isabelle mir damals schmunzelnd erklärt. Um nicht ständig Isabelle hinterher rennen zu müssen, um sich ihren Schlüssel auszuleihen, wenn sich mein Kollege wieder einmal ausgesperrt hatte, hatte Johannes stets einen Ersatzschlüssel im Garten deponiert. Isabelle hatte mir damals sogar gesagt, wo sich dieses Versteck genau befand und ich überlegte, zunehmend ungeduldig werdend, welchen Ort sie mir in unserem Gespräch genannt hatte.

Ich versuchte krampfhaft, mir ihre Worte wieder in Erinnerung zu rufen. Der Schlüssel lag im Garten…., gleich neben dem Teich mit den Zierfischen…, in einem Haufen von Basaltsteinen befand sich eine einzelne Steinattrappe, in dessen Inneren sich der Ersatzschlüssel befand. Isabelles Ausführungen hallten klar und deutlich in meinem Kopf wider. Der Schlüssel musste einfach dort sein.

Fest entschlossen, den unechten Stein ausfindig zu machen, drehte ich mich um und hastete die Treppenstufen hinunter. Ich lief um das Haus herum in den Garten und stieß alsbald auf den besagten Gartenteich. Gleich rechts neben dem Fischteich lagen mehrere große und kleinere Basaltsteine dekorativ drapiert im niedrigen Gras. Ich kniete mich auf den Rasen und nahm einen Stein nach dem anderen abwiegend in die Hand. Keiner der Steine fühlte sich jedoch wie eine Attrappe an, alle lagen kühl und schwer in meinen Händen.

Ich wollte mich gerade enttäuscht wieder aufrichten, als ich, etwas weiter vom Stapel entfernt, jedoch noch ganz in der Nähe des Teiches, einen letzten, relativ kleinen und unscheinbaren Stein erblickte. Langsam streckte ich die Hand danach aus. Dieser Stein war meine letzte Hoffnung.

Und tatsächlich, er fühlte sich anders an, als die vorherigen. Er war nicht so kalt wie die anderen und auch wesentlich leichter. Ich schüttelte den Stein vorsichtig hin und her und aus dessen Inneren ertönten klappernde Geräusche. Mit zitternden Fingern begann ich, die Attrappe zu untersuchen. Irgendwo musste sich ein Öffnungsmechanismus verbergen. Ich drehte den Stein eine Weile hin und her, inspizierte jeden Quadratzentimeter der Oberfläche, doch nichts.
Zunehmend entnervt fuhr ich wieder und wieder über das Plastikgehäuse des Geheimversteckes. Plötzlich ertastete ich mit dem Finger eine

winzige Erhebung. Ich drückte hektisch auf den Schalter und mit einem Mal öffnete sich eine kleine Klappe und gab den Blick ins Innere des Steins endlich frei. Der Schlüssel fiel in meine ausgestreckte Handfläche, als ich die Attrappe auf den Kopf drehte. Überaus erleichtert stieß ich die Luft aus, die ich vor lauter Anspannung zuvor unbewusst angehalten hatte und schloss rasch meine Hand zur Faust, um die einzige Zugangsmöglichkeit zum Haus der Bronners bloß nicht zu verlieren.

Wenige Sekunden später stand ich wieder auf dem Treppenabsatz und steckte den Schlüssel in das Schloss der massiven Eichenholzhaustüre. Die Tür schwang auf und ich betrat mit klopfendem Herzen Johannes Zuhause.

Hallooooo, jemand zuhause? Meine Stimme hörte sich seltsam fremd an und ich hielt, nachdem ich den ersten Schritt über die Türschwelle gemacht hatte, nervös inne, um zu lauschen. Jede einzelne Faser meines Körpers war vor Nervosität zum Bersten gespannt und meine Nackenhaare sträubten sich unwillkürlich. Normaler Weise war es natürlich nicht meine Art, auf einem solchen Wege unerlaubt in fremde Wohnungen einzudringen, doch meine Sorge um Johannes stieg mit jeder Sekunde, die er verschollen blieb. Ich nahm allen Mut zusammen, machte einen weiteren, entschlossenen Schritt nach vorn und öffnete schließlich die Korridortür, die das Treppenhaus von der eigentlichen Wohnung trennte. Mit einem unguten Gefühl in der Magengrube betrat ich das Reich von Isabelle und Johannes.

Hallo, Johannes, bist Du da? Ich bin es, Sarah. Während ich Schritt für Schritt tiefer in das augenscheinlich leere Haus vordrang, lauschte ich angestrengt, ob irgendein Geräusch zu hören war, welches mich vielleicht doch noch zu meinem, wie vom Erdboden verschluckten Kollegen führen könnte.

Vom geräumigen Wohnzimmer aus gelangte ich in die Küche, in der ich schon oft während meiner zahlreichen Besuche bei den Bronners mit Isabelle gemeinsam gekocht hatte. Das alles schien plötzlich Jahre her zu sein und ein dicker Klos setzte sich unvermittelt in meiner Kehle fest. Es waren wunderschöne Stunden gewesen, die ich hier in der warmherzigen Gastfreundschaft meines Kollegen und dessen Frau verbracht hatte, gelegentlich auch zusammen mit Sebastian. Beim Gedanken an den jungen Bergführer verspürte ich einen heftigen Stich in meiner Herzgegend. Ich vermisste diese gemeinsame, wenn auch leider sehr kurze Zeit mit ihm sehr.

Energisch schüttelte ich den Kopf, um diese aufsteigenden, sentimentalen Gedanken wieder loszuwerden. Es war ein für alle Mal aus und vorbei zwischen uns. Und außerdem war ich im Moment hier, um Johannes zu finden. Entschlossen wandte ich mich um und setzte meine Suche in den nächsten Räumen des Hauses fort.

Systematisch durchkämmte ich jeden Winkel des gepflegten Anwesens. Vom Erdgeschoss aus erreichte man neben den Hauswirtschaftsräumen auch die Garage. Ich drückte vorsichtig die Klinke der schweren Feuerschutztür herunter, hinter der sich die Garage befand, doch sie ließ sich nicht öffnen. Angespannt hielt ich inne und lauschte, doch es drang kein Laut aus dem dahinterliegenden Raum. Ich versuchte es erneut, diesmal energischer. Mit aller Kraft drückte ich gegen die Tür. Endlich gab sie mit einem zähen quietschen meinem Willen nach und ließ sich langsam aufstoßen. Mein Herzschlag beschleunigte sich erneut, als ich das dunkle Innere der Garage betrat. Ich tastete mit meiner Rechten an der Wand entlang. Irgendwo musste es doch sicher einen Lichtschalter geben. Nach wenigen Sekunden wurde ich fündig und kurze Zeit später wurde die geräumige Doppelgarage in das gleißende Licht mehrerer Neonröhren getaucht.

Johannes Auto stand auf seinem gewohnten Platz und kurzfristig stieg erneut Panik in mir auf. Da Johannes nicht mit seinem Wagen unterwegs war, musste er sich doch noch irgendwo in der Nähe aufhalten, kam ich zu der für mich logischen Schlussfolgerung.
Unvermittelt drängten sich grauenhafte Bilder in meine Gedanken und eine Gänsehaut kroch meinen angespannten Rücken empor. Schon oft war ich während meiner Tätigkeit als Notärztin zu derartigen Schauplätzen gerufen worden. Orten, an denen Menschen freiwillig aus dem Leben geschieden waren, zu verzweifelt, um selbst für sich einen Ausweg zu finden und zu alleine, um sich einen tröstenden Rat von Freunden zu holen.
In letzter Zeit hatte sich Johannes mehr und mehr zurückgezogen, er musste noch immer sehr unter der Trennung von Isabelle leiden. Doch

ich hatte, egoistisch wie ich war, genug mit meinen eigenen Problemen zu tun gehabt, als mich um Johannes' angeschlagenen Gemütszustand zu kümmern.

Nach meiner Rückkehr aus Nepal war ich in erster Linie mit meiner Genesung und der Tatsache beschäftigt gewesen, dass ich von Sebastian an der Nase herum geführt worden war. In all der Zeit hatte ich nicht eine Sekunde an Johannes gedacht und wie es ihm nach dem Verlust seines ungeborenen Kindes und der Trennung von seiner Ehefrau ging. Ich war wirklich ein miserabler Freund, schalt ich mich insgeheim selbst.

Energisch schüttelte ich diese gruseligen Gedanken beiseite und setzte meine Suche nach Johannes weiter fort.

Ich öffnete jede Türe des Erdgeschosses und blickte in jeden dahinterliegenden Raum, doch mein Kollege blieb verschwunden. Mein ungutes Gefühl wuchs mit jeder Minute, in der ich ihn nicht fand. Ich stieg die große Holztreppe zum Obergeschoss hinauf, um meine Suche dort fortzusetzen.

Im Badezimmer war niemand, ebenso in den beiden Gästezimmern und in Johannes Arbeitszimmer. Mit zitternden Händen öffnete ich langsam die Tür, hinter der sich das ehemalige, gemeinsame Schlafzimmer der Bronners befand. Ich kam mir plötzlich wie ein Einbrecher vor, der kaltblütig in die wohlbehütete Privatsphäre seiner Opfer eindringt. Doch ich wollte schließlich einfach nur meinen Kollegen finden, und so stieß ich entschlossen die Tür einen Spalt weiter auf und schlüpfte in das im Halbdunkeln liegende Zimmer hinein.

Das Bett war leer und auch rechts und links daneben auf dem Boden war nichts auffälliges zu finden. Erleichtert atmete ich aus. Manche Menschen zogen es erfahrungsgemäß vor, ihre letzte Ruhe in ihrem eigenen Bett zu finden, doch Johannes zählte Gott sei Dank offensichtlich nicht zu dieser Sorte. Der Knoten, der mir seit geraumer Zeit die Brust zuschnürte, löste sich ein wenig und ich wandte mich hastig der hölzernen Treppe im Flur zu, die hinauf ins Dachgeschoss führte, um meine Suche dort oben fortzusetzen.

Im obersten Geschoss des Hauses befand sich meines Wissens nach allerdings nur Isabelles ehemaliges Schneider-Atelier. Auch hier durchsuchte ich akribisch jeden Winkel, alles ohne Erfolg. Entmutigt ließ ich mich auf Isabelles Arbeitsschemel niederplumpsen. Wenn Johannes nicht im Haus war, wo zum Kuckuck war er dann? Das ergab doch alles keinen Sinn! Was war bloß in diesen Mann gefahren? Einfach so mir nichts, dir nichts zu verschwinden, das sah ihm eigentlich doch überhaupt nicht ähnlich, entschied ich.

Ich trat zurück ins Treppenhaus und wandte mich enttäuscht zum gehen. Beim schließen der Tür von Isabelles Arbeitszimmers entdeckte ich jedoch aus den Augenwinkeln heraus plötzlich noch eine weitere Tür. Diese war, als ich zuvor die Treppe hochgestiegen war, durch die offen stehende Ateliertür verdeckt gewesen und ich hatte sie daher nicht gleich wahrgenommen.

Mein Puls schnellte erneut nach oben. Dieser Teil des Hauses war mir bis dato völlig unbekannt. Mit klopfendem Herzen drückte ich die Klinke nach unten. Die Tür sprang auf und ich trat vorsichtig in den kleinen Raum, der sich, völlig im Dunklen liegend, dahinter verbarg.

Ein durchdringender, unangenehmer Geruch strömte mir unvermittelt entgegen und ich hielt instinktiv die Luft an. Meine rechte Hand ertastete an der Wand rechts neben dem Türrahmen einen Lichtschalter und eine Sekunde später wurde die kleine Kammer von einer überaus spärlich glimmenden Glühlampe mühsam erleuchtet.

Hier fand ich ihn schließlich.

Er lag bäuchlings auf einem Bett, welches bereits einen großen Teil des winzigen Raumes ausfüllte, mit unmodernem Metallrahmen und einer offensichtlich schon in die Jahre gekommenen Matratze, und regte sich nicht. Sein Gesicht hatte er der Tür zugewandt, durch die ich soeben getreten war, doch es wurde zum überwiegenden Teil von Johannes langem Haar, welches ihm wüst und zerzaust um den Kopf hin, verdeckt.

In drei großen Schritten war ich neben ihm und ließ mich panisch neben dem Bett auf die Knie sinken. Ich strich hektisch sein Haar beiseite und tastete an der Halsschlagader nach seinem Puls. Überaus erleichtert stieß ich die Luft aus. Stark und regelmäßig spürte ich die Schläge seines Herzens unter meinen Fingerspitzen. Johannes Brustkorb hob und senkte sich zudem gleichmäßig. Er schien im Moment offensichtlich zumindest nicht in akuter Lebensgefahr zu sein.

Zum bereits wiederholten Mal stieg mir schließlich erneut dieser überaus aufdringliche Geruch in die Nase, den ich schon beim eintreten in das Zimmer registriert hatte. Ich beugte mich irritiert dicht über Johannes Kopf und schnupperte vorsichtig. Angewidert wich ich zurück und richtete mich abrupt auf. Dabei stieß mein Fuß gegen einen Gegenstand, der neben dem Bett auf dem Boden lag. Ich bückte mich und griff mit meiner Rechten nach der Flasche, die sich durch meinen Schubs mit dem Fuß leise polternd von ihrem ursprünglichen Standort entfernt hatte.

Mit offenem Mund starrte ich auf die leere Flasche Whisky und drehte sie mit immer größer werdenden Augen ungläubig in meiner Hand hin und her. Mein Blick fiel anschließend prüfend auf den Boden neben dem Bett. Dort lagen noch zwei weitere Flaschen, ebenfalls leer.

Verflucht, Johannes! Bist Du denn völlig übergeschnappt? Erneut sank ich neben dem Kopfteil des Bettes auf die Knie und schnupperte. Das konnte doch wohl nun wirklich nicht wahr sein.

Meine rechte Hand fuhr an die mir zugewandt liegende Schulter meines Kollegen und ich schüttelte ihn, zuerst noch einigermaßen verhalten, dann zunehmend kräftiger und ungehaltener. Johannes gab undefinierbare Grunzgeräusche von sich und hob fahrig eine Hand, um meine Schüttelei zu unterbinden.

Lassss........, kam undeutlich aus seinem Mund, der halb in die Matratze gedrückt war.

Ich richtete mich erneut auf und starrte fassungslos auf meinen völlig betrunkenen Kollegen herab. Was sollte ich denn jetzt bloß mit ihm anfangen? Meinen ersten Gedanken, sofort den Rettungsdienst zu informieren und Johannes in die nächste Klinik bringen zu lassen, verwarf ich schnell wieder. Zwar befand sich Johannes durch die Menge an Alkohol, die er offensichtlich zu sich genommen hatte, in einem durchaus kritischen Zustand, doch eine Klinikeinweisung würde ein ordentliches Gerede im Ort hervorrufen. Und das war etwas, was wir beide in dieser jetzigen Situation nun überhaupt nicht gebrauchen konnten. Johannes war sowohl in seinem Heimatort als auch unter den Kollegen des Rettungsdienstes eine sehr angesehene Person. Ihn in einem solch erbärmlichen Zustand seinen Kollegen oder gar seinen Nachbarn zu präsentieren, die vermutlich durch die Ankunft eines RTW vor dem Haus der Bronners neugierig aus ihren Fenstern blicken würden, das wollte und konnte ich Johannes wirklich nicht antun.

Dann werde ich Dich eben hier unter meiner Aufsicht ausnüchtern, erklärte ich entschieden, mehr zu mir selbst, als an Johannes gewandt und fügte zunehmend erzürnt hinzu: *Und wenn Du erst wieder nüchtern bist, dann Gnade Dir Gott, mein lieber Kollege!*
Ich brachte Johannes in eine stabile Seitenlage, um zu verhindern, dass er eventuell Erbrochenes aspirierte und in meiner kurzen Abwesenheit, während ich nach der für eine zügigere Ausnüchterung notwendige Infusionslösung suchte, noch erstickte. Dann machte ich mich entschlossen auf den Weg nach unten, um in Johannes Arbeitszimmer nach Infusionsflaschen und dem dazugehörigen Verbrauchsmaterial zu suchen. Das allerwichtigste im Moment war, dass Johannes´ Blutalkoholspiegel schnellstens deutlich gesenkt wurde und das erreichte man natürlich am ehesten, indem man das Blut erheblich verdünnte.

Leider fand ich jedoch nirgends das passende Equipment für mein Vorhaben. Ich durchsuchte alle möglichen Stellen, an denen Johannes die benötigten Hilfsmittel gelagert haben könnte, doch vergebens. Entnervt brach ich meine Suche im Haus schließlich ab und entschied mich statt dessen, die Infusionen aus der Praxis zu holen. Unsere beiden Mädels waren mittlerweile schon längst in ihrem wohlverdienten Feierabend und daher würde ich auch nicht Gefahr laufen, von ihnen entdeckt zu werden und sogleich eventuelle Fragen über den Verbleib von Johannes beantworten zu müssen.

Entschlossen wandte ich mich, nachdem ich den Haustürschlüssel meines Kollegen sicher in meiner Hosentasche verstaut hatte, zum gehen. Fast schon wie ein Einbrecher verließ ich auf leisen Sohlen das Haus. Ich schlich, mich permanent nach rechts und links um blickend, die Außentreppe bis zur Straße hinunter und wandte mich dann eilig nach links. Ich hastete durch die schon dunkel gewordenen Gassen von Oberstdorf und erreichte wenige Minuten später, und nach einem letzten kurzen Sprint mittlerweile völlig außer Atem, die Praxis.

In unserem gut sortierten Materiallager fand ich schließlich zwei Einliterflaschen Sterofundin samt Infusionsbesteck und Venenverweilkanüle. Ich verstaute alles, was ich zum legen der Infusion benötigte, in einer großen Tüte und machte mich eilig wieder auf den Weg zurück zum Hause der Bronners.

Während ich durch die Straßen lief, grübelte ich ein ums andere Mal darüber nach, was Johannes wohl derart aus der Bahn geworfen haben konnte, dass er sich so gehen gelassen hatte. Ich kannte meinen Kollegen mittlerweile schon recht gut, um einschätzen zu können, dass er üblicherweise nicht gleich zum Alkohol griff, wenn ihm eine Laus über die Leber gelaufen war. Es musste also etwas überaus Gravierendes vorgefallen sein. Doch wie ich auch hin und her überlegte, mir fiel vorerst keine schlüssige Erklärung dafür ein. Und so blieb mir erst einmal nichts anderes übrig, als abzuwarten, bis Johannes wieder soweit nüchtern war, dass ich ihn diesbezüglich persönlich fragen konnte.

Wieder zurück in der Dachbodenkammer legte ich Johannes mit routinierten Handgriffen den Venenzugang und verabreichte ihm darüber die erste Flasche der Infusionslösung. Johannes ließ das alles, ohne auch nur den geringsten Widerstand zu leisten, über sich ergehen. Er zuckte nicht einmal zusammen, als ich die Braunülennadel entschieden durch seine Haut auf seinem linken Handrücken hindurch in die darunter liegende Vene stieß und anschließend die Viggo mit Braunülenpflaster sorgfältig dort befestigte. Er lag regungslos auf der Matratze und schnaufte und pustete lautstark vor sich hin.

Meine Gedanken kreisten anschließend fieberhaft um die weiteren Schritte, die als Nächstes zu tun waren. Ich konnte meinen Kollegen über Nacht unmöglich alleine auf dem Dachboden zurücklassen, denn es bestand noch immer die Gefahr einer plötzlichen Aspiration, also einatmen von Erbrochenem und dadurch Tod durch Ersticken. Resigniert blickte ich mich in dem kleinen Raum um, und suchte, von der unausweichlichen Maßnahme noch immer nicht allzu begeistert, nach einer passenden Übernachtungsmöglichkeit für mich.

In einer dunklen Ecke des Zimmers entdeckte ich schließlich einen hölzernen Küchenstuhl. Ich zog ihn dicht neben das Bett auf Höhe des Kopfteils heran und ließ mich probeweise darauf nieder. *Na, das wird ja eine interessante Nacht werden,* murmelte ich schicksalsergeben, als sich die hölzerne Rückenlehne schmerzhaft in meine sowieso bereits deutlich verspannte Rückenmuskulatur bohrte. Die unangenehmen und noch immer massiven Alkoholausdünstungen meines Kollegen begannen mir zudem allmählich selbst die Sinne zu benebeln. Ich erhob mich noch einmal von meinem unbequemen Schlafplatz und ging entschieden zu dem kleinen Dachflächenfenster hinüber, der einzigen Lüftungsmöglichkeit des Raumes. Angenehm strömte die kühle, klare Bergluft in mein Gesicht, als ich den Flügel so weit wie möglich öffnete. Gierig sog ich den frischen Sauerstoff in meine Lungen und tat mehrere tiefe Atemzüge.

Mittlerweile war es draußen vollkommen dunkel geworden, ich hatte während meiner Suche nach Johannes jegliches Zeitgefühl verloren. Der Mond war bereits aufgegangen und sein fahles Licht leuchtete in den kleinen Dachgeschossraum. Ich atmete ein letztes Mal tief ein, dann ging ich zurück zu meinem Patienten. Johannes lag noch immer in stabiler Seitenlage auf seiner rechten Körperseite, die Augen fest geschlossen, das Gesicht im Schlaf völlig entspannt. Ich zog den Stuhl noch ein wenig näher an das Bett heran und ließ meinen Blick minutenlang gedankenverloren über meinen schlafenden Kollegen schweifen.

Er hatte ein schönes Gesicht, ebenmäßige Gesichtszüge, eine markante Nase, fein geschwungene Lippen. Seine blonden, schulterlangen Haare wellten sich leicht neben seinem Kopf auf dem Kissen. Eine kleine Strähne hatte sich in seinem Gesicht verfangen, doch ich widerstand der Versuchung, sie ihm zurück zu streichen.
Er trug lediglich ein dünnes T-shirt und eine ausgewaschene Jeans. Unter dem leichten Stoff des eng anliegenden Oberteils waren seine Muskeln deutlich zu erkennen, ein ausgeprägter Bizeps ragte unter dem kurzen Ärmel hervor, sein muskulöser Unterarm mit der großen, gepflegten Hand, in der im Moment der Venenzugang steckte, lag entspannt auf dem Kissen neben seinem Kopf. In der schmal geschnittenen Jeans, die er trug, kam sein durchaus knackiger Po gut zur Geltung und seine langen, wohlproportionierten Beine ruhten dicht nebeneinander entspannt auf der Matratze.

Urplötzlich empfand ich tiefes Mitgefühl für meinen Kollegen, wie er so da lag, hilflos, allein, offensichtlich zutiefst verzweifelt. Ein Kloß bildete sich plötzlich in meiner Kehle und unvermittelt schossen mir Tränen in die Augen und verschleierten meinen Blick. Auch ihm hatte das Schicksal in letzter Zeit übel mitgespielt und auch er war vom Leben bitter enttäuscht worden, genau wie ich. Auch er war völlig allein, verlassen von dem Menschen, den er einst geliebt hatte. Genau wie ich. Unser beider Leben wies leider deutliche Parallelen auf. Hatte das alles vielleicht irgend etwas zu bedeuten, fragte ich mich mit einem Mal verwirrt.

Mein Blick war noch immer starr auf den regungslos vor mir liegenden Körper gerichtet. Obwohl ich Johannes schon immer als sehr attraktiv empfunden hatte, er war nach wie vor ein verheirateter Mann, auch wenn sich Isabelle seit ihrem Umzug nach München, meines Wissens nach, nicht mehr bei ihm gemeldet hatte. Zudem war er immer noch mein Kollege und ich hatte mir einst geschworen, mich in diesem Leben niemals mehr mit einem Kollegen einzulassen. Das waren schon zwei sehr gute Gründe, die dagegen sprachen, dass diese ominösen Parallelen auch nur das geringste zu bedeuten haben könnten.

Verdammt Sarah, Du kannst es aber auch einfach nicht lassen, wie?!, schimpft ich lauthals über mich selbst.

Um meinen Worte noch zusätzlich Nachdruck zu verleihen, riss ich meinen Blick entschieden von Johannes Körper los, erhob mich umständlich von meinem improvisierten Nachtlager und kontrollierte die sich dem Ende neigende, erste Infusionsflasche. Routiniert wechselte ich die Flaschen aus, suchte anschließend in der Etage weiter unten nach einer geeigneten Zudecke für meinen Kollegen und mich, fand schließlich im Gästezimmer zwei kuschelige Wolldecken und stieg damit erneut die Stufen hinauf, zurück ins Dachgeschoss.

Etwas umständlich breitete ich eine Decke über Johannes entspannt daliegenden Körper aus und deckte ihn sorgfältig zu, damit er über Nacht nicht auskühlte. Das Fenster ließ ich einen Spalt breit offen, die alkoholischen Ausdünstungen meines Kollegen waren noch immer ziemlich penetrant. Dann machte ich es mir, so gut es eben unter diesen Umständen möglich war, auf meinem Holzstuhl bequem, kuschelte mich in meine warme Decke und wartete ungeduldig auf den nächsten Morgen.

Irgendwann in der Nacht musste ich tatsächlich doch noch eingeschlafen sein, denn ich erwachte ruckartig, als Johannes sich schwerfällig in seinem Bett herumdrehte. Die Morgensonne schien bereits durch das Dachfenster und tauchte den Raum in ein freundliches, erfrischendes Licht. Schlaftrunken öffnete ich die Augen, ich war völlig gerädert.

Ich streckte, noch immer recht benommen, meine über Nacht eingeschlafenen Arme und Beine aus und verlor plötzlich unvermittelt das Gleichgewicht. Mit einem erstickten Aufschrei und einem lauten *Plumps* landete ich unsanft auf dem Boden neben meinem unkomfortablen Schlafplatz und Johannes fuhr vor Schreck fast senkrecht aus dem Bett hoch.

Ungläubig starrte er auf mich herunter, wie ich neben seinem Schlafplatz auf dem Boden neben einem Küchenstuhl saß und nun meinerseits erbost zu ihm aufblickte. Er blinzelte mehrfach ungläubig, so als ob meine für ihn unplausible Erscheinung dadurch vielleicht verschwinden könnte. Als ich ihm diesen Gefallen natürlich nicht tat, beäugte er mich schließlich erneut, noch immer äußerst irritiert.

Was zur Hölle machst Du denn hier?, fragte Johannes, als er endlich seine Stimme wiedergefunden hatte und rieb sich mit beiden Händen kräftig über seinen offensichtlich ziemlich schmerzenden Schädel. Dabei riss er sich fast die Infusionsnadel heraus, die noch immer in seiner linken Hand steckte. Vollkommen perplex wanderte sein Blick von der Viggo auf seinem Handrücken über den Infusionsschlauch bis hin zu der leeren Flasche, die ich provisorisch an einem Nagel in der Wand über seinem Bett, an dem sich ursprünglich ein Bild befunden hatte, aufgehängt hatte.

Und was hat das hier zu bedeuten?, Johannes blickte noch einmal skeptisch auf die Viggo, dann wandte er seine Aufmerksamkeit wieder ganz und gar mir zu. Ich saß noch immer auf dem Boden neben seinem Bett und rieb mir mein schmerzendes Hinterteil. Durch die blöden Fragen meines Kollegen geriet ich zunehmend in Rage.

Ich hatte mir die ganze Nacht auf diesem Höllenstuhl um die Ohren geschlagen, nur um ihm eine Einweisung in die nächste Klinik zu ersparen und alles, was ich nun zu hören bekam, waren diese stichelnden und nörgelnden Fragen? Mit einem Mal platze mir der Kragen.

Was fällt Dir eigentlich ein, Johannes Bronner?, ich schrie die Worte fast heraus, so aufgebracht war ich plötzlich, *einfach mir nichts, Dir nichts von der Bildfläche zu verschwinden, ohne ein einziges Lebenszeichen. Ich habe gestern den ganzen Tag DEINE Patienten behandelt, nachdem DU nicht in der Praxis erschienen bist. Und anstatt Du einen wirklich guten Grund für Deine Abwesenheit hast, nämlich den, dass Du krank zuhause liegst und dich nicht rühren kannst, finde ich Dich hier, im abgelegensten Winkel Deines Hauses, sturzbesoffen und schon fast im Koma vor und DU fragst mich jetzt auch noch blöd, was DAS hier soll?????* Die Worte sprudelten nur so aus meinem Mund heraus und Johannes blickte mich zunehmende entgeistert an. *Ich habe mir die ganze Nacht auf diesem beschissenen Stuhl hier um die Ohren geschlagen,* ich warf einen wütenden Blick auf den Holzstuhl, der neben mir stand, *habe so gut wie nicht geschlafen und mein Rücken schmerzt, dass ich heulen könnte. Und wenn ich in den nächsten Sekunden nicht einen triftigen, und ich meine wirklich TRIFTIGEN Grund von Dir höre, warum ich das alles getan habe, dann Gnade Dir Gott, Johannes Bronner.*

Zornestränen liefen mir plötzlich über das Gesicht und ich wischte sie ärgerlich beiseite. Ich zog mehrere Male entschieden die Nase hoch, dann rappelte ich mich umständlich vom Boden auf, baute mich zu meiner vollen Körpergröße vor meinem Kollegen auf und stemmte demonstrativ noch beide Arme in die Hüften. *Ich bin gaaaanz Ohr,* zischte ich überaus drohend.

Johannes starrte mich eine Zeit lang schweigend an. *Es tut mir Leid, dass Du Dir Sorgen um mich gemacht hast,* antwortete er schließlich, mit einem Mal ziemlich kleinlaut. Er ließ sich erschöpft zurück auf die Kissen sinken und schloss erneut die Augen. *Was passiert ist, ist eine längere Geschichte,* murmelte er und verzog dabei schmerzverzerrt das Gesicht, *doch bevor ich sie Dir erzähle, möchte ich zuerst duschen.* Er öffnete die Augen wieder und rappelte sich umständlich auf. Probeweise hob er seinen linken Arm und schnüffelte vorsichtig unter seiner Achsel. Entsetzt verzog er das Gesicht und rümpfte angewidert die

Nase. *Herr im Himmel, ich stinke wie ein nasser Hund! Befreist Du mich bitte von diesen Kabeln hier,* er deutete mit der Nase auf die Viggo in seiner linken Hand. Bei der Drehung seines Kopfes zuckte er heftig zusammen und hielt sich mit der Rechten seinen schmerzenden Schädel. *Oh verdammt, hab ich einen Kater,* presste er zwischen zusammengebissenen Zähnen hervor.

Geschieht Dir voll und ganz recht, tadelte ich ihn, doch meine Wut auf Johannes verrauchte bereits langsam. Routiniert entfernte ich die Infusionsnadel aus seiner Hand und gab ihm anschließend den Weg zur heißersehnten, und zudem tatsächlich dringend notwendigen Dusche frei.

Kurze Zeit später erschien Johannes, frisch geduscht und schon deutlich besser aussehend, im Wohnzimmer und ließ sich, allerdings noch immer ziemlich angeschlagen, auf die lederne Couch sinken. Ich hatte in der Zwischenzeit für uns in der Küche ein karges Frühstück zusammengesucht. Außer ein paar Scheiben Brot, etwas angetrockneten Käsescheiben und zwei Tassen Kaffee, hatte ich nichts essbares gefunden. Johannes schien nach Isabelles Auszug keinen großen Wert auf ordentliche Nahrungsaufnahme gelegt zu haben, sämtliche Vorratsschränke in der Küche waren weitestgehend leer. Ich stellte das Tablett mit dem improvisierten Frühstück auf den Wohnzimmertisch, dann ließ ich mich Johannes gegenüber auf einem Sessel nieder und beäugte meinen Kollegen abwartend.

Er trug nur ein kurzes Shirt und eine ebenfalls kurze Boxershort und roch zudem unheimlich angenehm nach Deodorant. Ich musste bei seinem Anblick unwillkürlich an meine visuelle Begutachtung der letzten Nacht denken. Unvermittelt wurde ich rot und senkte schnell den Blick, damit Johannes davon nichts mitbekam.

Seine Haare waren noch feucht vom duschen und einzelne Strähnen klebten ihm in seinem Gesicht. Er strich sie fahrig zur Seite, dann bedeckte er sein Gesicht anschließend mit beiden Händen. Für einen Moment saß er völlig regungslos da, die langen Beine erschöpft von sich gestreckt, dann ließ er seine Hände langsam wieder sinken, rieb sich noch einmal kräftig über die Augen und blickte mich anschließend unvermittelt an.

Zuerst einmal: Danke, dass Du letzte Nacht für mich da warst Sarah. Seine Stimme klang rau von den Exzessen der vergangenen vierundzwanzig Stunden, doch der warme Unterton darin ließ meine Knie unvermittelt weich werden. Da ich nicht wusste, was ich in diesem Augenblick darauf antworten sollte, schwieg ich einfach und wartete, bis mein Kollege schließlich fortfuhr.

Nach kurzer Zeit hatte sich Johannes soweit gesammelt, dass er mir endlich erzählen konnte, was gestern geschehen war. Mit noch immer leicht belegter Stimme begann er mit seiner Zusammenfassung der Ereignisse des gestrigen Tages.

Ich habe diese Ungewissheit nicht mehr ausgehalten, Sarah. Ich musste einfach endlich mit Isabelle reden, verstehst Du? Johannes blickte mich fragen an und ich nickte nur, ohne ihn in seiner Erklärung zu unterbrechen. Schließlich fuhr er, noch immer ziemlich aufgewühlt, fort: *Also habe ich gestern morgen, bevor ich in die Praxis fahren wollte, bei ihr im Laden angerufen. Ich weiß, dass sie eine Frühaufsteherin ist und ihr Geschäft immer schon sehr zeitig geöffnet hat, auch hier in Oberstdorf. Doch es war nur eine Angestellte von ihr dort. Ich gab mich schließlich einfach als Kunde aus und sagte dem jungen Mädchen, dass ich ihre Chefin wegen eines Auftrages dringend sprechen müsste.*

Ich zog zweifelnd die Stirn kraus und Johannes beeilte sich um eine Erklärung. *Isabelle hat damals nicht einmal ihr Handy mitgenommen, als sie fort gegangen ist. Sie wollte also folglich nicht, dass ich noch einmal Kontakt mit ihr aufnehme. Daher hätte mir die Angestellte doch sicherlich auch wohl kaum ihre Privatnummer gegeben, wenn ich mich als ihr Ehemann zu erkennen gegeben hätte.*

Diese Erklärung leuchtete mir ein und ich nickte verständnisvoll. Johannes fuhr unterdessen fort: *Also habe ich dem Mädel gesagt, ich wäre ein Großkunde und ich müsste Frau Bronner dringend wegen einer Änderung eines Auftrages persönlich sprechen. Schließlich hat mir die Kleine dann die Privatnummer von Isabelles Wohnung gegeben.* Johannes hielt kurz inne und ballte unbewusst eine Hand zur Faust, bevor er weitersprach: *Ich habe die Nummer gewählt und gewartet. Doch statt Isabelles Stimme höre ich plötzlich eine fremde Männerstimme, am Telefon in der Wohnung meiner Frau!* Die Stimme meines Kollegen wurde zunehmend lauter, so aufgebracht war er. *Und nun sag Du mir bitte, was ich davon halten soll, dass ein fremder Mann früh morgens in der Wohnung meiner Ehefrau an ihr Telefon geht?* Er fuhr sich aufgewühlt mit beiden Händen durch die Haare.

Ich beobachtete ihn einen Moment schweigend, bevor ich langsam antwortete: *Vielleicht gibt es eine ganz einfache, logische Erklärung dafür? Könnte es nicht der Geschäftspartner von Isabelle gewesen sein, von dem sie uns schon mehrfach erzählt hat, bevor sie nach München gegangen ist? Möglich wäre doch zum Beispiel, dass die beiden eine neue Kollektion durchgegangen sind und sie daher gerade nicht in der Lage war, ans Telefon zu gehen?* Ich zuckte unschlüssig mit den Schultern, *es kann tausend Gründe geben, warum ein Mann an Isabelles Festnetzanschluss gegangen ist, Johannes.*

Diese Antwort ließ mein Kollege allerdings nicht gelten. Er sprang unvermittelt vom Sofa auf und begann, rastlos im Wohnzimmer auf und ab zu gehen. *Das glaubst Du doch wohl selbst nicht, Sarah.* Mit zusammengekniffenen Lippen funkelte Johannes mich anklagend an, als wäre ich Isabelles Verteidiger und hätte in meiner Abschlussrede auf unschuldig plädiert. *Du weißt genauso gut wie ich, was das bedeutet! Sie hat längst einen Anderen und traut sich einfach noch nicht, es mir zu sagen. Du wirst sehen, es wird nicht mehr lange dauern und ich werde einen Brief von ihrem Anwalt bekommen, dass sie die Scheidung einreichen will.*

Johannes war zwischenzeitlich wieder an seinem Sitzplatz angekommen. Erschöpft ließ er sich zurück aufs Sofa sinken und vergrub erneut sein Gesicht in beiden Händen. Ein plötzliches Schluchzen ließ unvermittelt seine Schultern erzittern und er murmelte verzweifelt durch seine Hände hindurch: *Was soll ich bloß ohne sie machen, Sarah? Sie fehlt mir so unendlich und es tut mir wahnsinnig Leid, was damals passiert ist. Ich liebe sie doch noch so sehr.* Seine Stimme erstarb schließlich und er weinte sekundenlang stumm in seine großen, fürsorglichen Hände. Die selben Hände, die Isabelle einst geschlagen und sie so zur Trennung von Johannes veranlasst hatten.

Obwohl ich ihn noch vor wenigen Stunden überaus wütend verwünscht hatte, mit einem Mal tat mir Johannes unendlich leid und ich stand auf, um mich dicht neben ihn auf die Couch zu setzen. Tröstend legte ich ihm einen Arm um seine breiten Schultern und zog ihn sanft an mich. Widerstandslos ließ er sich gegen meine Brust sinken und eine Weile saßen wir so zusammen, dicht aneinandergedrängt, unfähig, etwas zu sagen. Ich streichelte sacht über sein, vom duschen noch immer feuchtes Haar und er zog mich noch enger an sich heran, als wäre ich ein Rettungsanker und er ein Ertrinkender. Lange Zeit hielten wir uns einfach nur schweigend fest.

31

Aufgewühlt wählte ich Leonies Telefonnummer und wartete ungeduldig, bis sich die vertraute Stimme endlich meldete.

Hallo Leonie, antwortete ich erleichtert, *schön, dass Du da bist. Ich muss Dir dringend etwas berichten.*

Hi, Sarah. Du hast aber jetzt schon lange nichts mehr von Dir hören lassen, erklang die Stimme meiner Freundin am anderen Ende der Leitung, wie immer bestens gelaunt.

Sag mal , hast Du eigentlich nie schlechte Laune?, blaffte ich unvermittelt in den Hörer, deutlich schärfer als eigentlich beabsichtigt.

Wow..., rief Leonie leicht entrüstet über meinen aggressiven Unterton aus, *na dann erzähl aber mal ganz schnell, welche Laus Dir über die Leber gelaufen ist, meine Liebe!*

Sorry Leonie, antwortet ich kleinlaut, *aber im Moment läuft bei mir irgendwie alles aus dem Ruder. Ich habe das Gefühl, ich verliere wieder einmal die Kontrolle über mein Leben und das will ich nicht!* Aufgewühlt brach ich ab. Ich kuschelte mich auf meiner Couch Schutz suchend in die weiche Wolldecke, die zusammengelegt am Fußende lag. Mir war plötzlich kühl geworden, trotz der frühsommerlichen Temperaturen draußen.

Also komm schon, Sarah, sag endlich, was los ist. Leonie wartete geduldig, bis ich zu erzählen begann.

Ich habe mir Deine Worte aus unserem letzten Telefonat noch einmal gründlich durch den Kopf gehen lassen. Vermutlich hast Du recht, was Sebastian betrifft. Er hätte sich wirklich selbst auch mal melden können, um nachzufragen, was in mich gefahren ist. Und wenn er sich nicht direkt bei mir hätte melden wollen, so hätte er aber in jedem Fall Johannes nach dem Grund meines Gefühlsausbruches fragen können.

Leonie grunzte zustimmend ins Telefon, als ich eine kurze Pause machte. Meine Enttäuschung schwang deutlich in meiner Stimme mit, als ich fortfuhr: *Ich denke, es ist das Beste, wenn ich Sebastian ein für alle Mal aus meinem Leben streiche. Es bringt einfach nichts, etwas hinterher zu jagen, was nie zum Erfolg führen wird.*

Auch Leonie war die Enttäuschung über meinen Misserfolg anzumerken, als sie antwortete: *Ich fürchte, auch wenn es schwer fällt, es wird das Beste für Dich sein, Sarah. Man kann im Leben einfach nichts erzwingen, was nicht sein soll. Es tut mir wirklich sehr Leid für Dich.*

Wir schwiegen beide eine Weile, ein jeder in seine Gedanken vertieft. Schließlich räusperte ich mich und begann, Leonie von Johannes exzessiver Alkoholentgleisung zu erzählen.

Ach Du liebe Zeit, damit hätte ich ja nun überhaupt nicht gerechnet, rief Leonie aus, als ich mit meinem Bericht über die besagte Nacht geendet hatte.

Was glaubst Du, wie es mir ging, entgegnete ich trocken, *ich habe wirklich fest damit gerechnet, dass Johannes sich irgendetwas angetan hat. Ich war die ganze Zeit so mit mir selbst und meinen eigenen Problemen beschäftigt, dass ich überhaupt nicht daran gedacht habe, dass es Johannes vielleicht auch schlecht geht. Wochenlang habe ich ihm die Praxis alleine überlassen, ohne auch nur einmal nachzufragen, ob er zurecht kommt oder ob ich ihm irgendwie helfen kann. Ich war schon sehr egoistisch, oder?*

Da kann ich Dir leider nicht widersprechen, streute Leonie weiter Salz in meine Wunden und verstärkte mein schlechtes Gewissen damit noch. *Johannes war immerhin stets für Dich da gewesen, wenn es Dir nicht gut ging. Er ist eingesprungen, wann immer Du ihn gebraucht hast. Das solltest Du ihm nun endlich auch einmal zurückgeben.*

Du hast Recht, Leonie. Er braucht im Augenblick dringend jemanden, der ihn auf andere Gedanken bringt. Auch wenn Isabelle tatsächlich nicht wieder zu ihm zurückkommt, er muss einfach erkennen, dass das Leben für ihn weitergeht und dass es auch noch andere Menschen gibt, denen er etwas bedeutet.

Genau das will ich von Dir hören Sarah! Die aufmunternden Worte meiner Freundin zerstreuten meine unterschwelligen Bedenken, ich könnte wieder einmal in etwas hineingeraten, was ich früher oder später bereuen würde. Johannes war mein Kollege und er brauchte im Moment dringend meine Hilfe. Und darauf würde er auch zählen können, entschied ich still für mich und damit war das Thema vorerst erledigt.

Was gibt es denn bei Dir Neues? Du klingst so ausgelassen und glücklich, Leonie. Hab ich etwas verpasst? Neugierig wartete ich auf eine Antwort.

Nun...., Leonie zog ihre Antwort absichtlich in die Länge und machte es damit umso spannender. *Marco hat mir einen Heiratsantrag gemacht....,* platzte sie schließlich heraus und ihre Freude darüber war nicht zu überhören.

Völlig überrumpelt fehlten mir für einige Sekunden die Worte. Einst war auch ich so glücklich gewesen, damals, in einem anderen Leben, viele tausend Lichtjahre vom hier und jetzt entfernt, dachte ich betrübt.

Meinen herzlichsten Glückwunsch Leonie, entgegnete ich schließlich leicht gequält und bereute sofort meinen neidischen Unterton.

Doch Leonie hatte ihn offensichtlich sowieso überhört, denn sie flötete schließlich beschwingt weiter: *Es war total romantisch, weißt Du. Marco hatte eine Fahrt mit dem Heißluftballon für uns gebucht. An Bord gab es dann ein tolles Abendessen und anschließend kam ein kleines Flugzeug auf uns zugeflogen. Es zog ein großes Banner hinter sich her und darauf stand: Leonie, ich liebe Dich. Willst Du meine Frau werden? Ich wäre vor Glück fast aus dem Ballon gefallen.* Die Worte sprudelten nur so aus meiner Freundin heraus und es war unüberhörbar, dass sie auf Wolke sieben schwebte.

Das freut mich wirklich sehr für Dich, sagte ich noch einmal und dieses Mal meinte ich es auch tatsächlich so. *Wann soll denn die große Hochzeitsparty stattfinden?* Leonie würde in jedem Fall mich und auch Johannes an diesem Großereignis dabeihaben wollen, da war ich mir absolut sicher. Je früher ich wusste, wann die Feierlichkeiten stattfanden, desto leichter konnte man die Abwesenheit für die Praxis planen.

Leonies folgende Worte versetzten mir allerdings einen gehörigen Dämpfer: *Nun ja,* begann sie zögerlich und man merkte, dass ihr das, was nun kommen würde, sehr unangenehm war, *es wird leider vorerst keine große Party geben.*

Überaus verwundert prustete ich ins Telefon, sagte jedoch erst einmal nichts weiter und wartete statt dessen auf Leonies weitere Erklärung. Schließlich fuhr sie fort: *Marco hat über seinen Arbeitgeber eine super Stelle in Kanada angeboten bekommen. Diese Gelegenheit kann er sich in keinem Fall entgehen lassen. Der Job ist eine riesige Chance für seine zukünftige berufliche Karriere und ein absoluter Vertrauensbeweis seines Chefs.* Leonie machte eine kurze Pause, bevor sie zähneknirschend fortfuhr. *Natürlich möchte Marco, dass ich ihn begleite. Er wird für vorerst zwei Jahre nach Vancouver gehen. Doch dafür müssen wir heiraten, denn nur als seine Ehefrau bekomme ich auch eine Aufenthaltsgenehmigung für diese Zeit. Marco muss allerdings schon in vier Wochen aufbrechen und da bleibt einfach keine Zeit mehr für großartige Hochzeitsvorbereitungen und überdimensionale Feste.* Meine Freundin holte tief Luft, bevor sie die letzte ihrer Hiobsbotschaften preisgab: *Wir werden bereits nächste Woche in kleinstem Kreis standesamtlich heiraten. Doch die riesige Party wird ganz sicher nachgeholt, sobald wir wieder zurück in Deutschland sind, versprochen!*

Fassungslos starrte ich auf den Telefonhörer in meiner Hand. Das saß! Meine beste und auch einzige Freundin würde nicht nur ohne mich heiraten, sie würde auch noch für zwei Jahre, oder auch 24 Monate, beziehungsweise einhundertundvier Wochen das Land verlassen. In wie weit ein regelmäßiger Kontakt dann überhaupt noch weiterhin möglich war, war sehr zweifelhaft. Plötzlich fühlte ich mich sehr, sehr einsam.

Bist Du noch dran, Sarah?, Leonies Stimme klang durchaus besorgt. Sie wusste natürlich selbst nur allzu genau, welche Wirkung ihre Ankündigung auf mich haben musste. Schließlich standen wir seit meiner Umsiedelung nach Oberstdorf regelmäßig, mindestens ein bis zwei mal wöchentlich in Telefonkontakt miteinander. Wir konnten bisher immer über alles reden, uns alles erzählen, uns gegenseitig nach Rat fragen. Wir waren einfach sehr gute Freundinnen. Und das sollte alles mit einem Mal vorbei sein? Auch Leonie war plötzlich sehr betrübt.

Ja, ich bin noch da, Leonie..., meine Stimme bebte merklich und ich konnte nur schwer die aufsteigenden Tränen zurückhalten. *Du wirst Dich aber doch regelmäßig melden, oder?* Es war einfach ein winziges

Strohhälmchen Hoffnung, an das ich mich klammerte, um nicht gleich loszuheulen.

Natürlich telefonieren wir weiterhin miteinander..., auch Leonies Stimme klang gepresst, sie selbst kämpfte mittlerweile ebenfalls mit den Tränen. *Ich werde immer Deine Freundin bleiben, hörst Du? Egal wie weit ich auch weg bin, Du kannst jederzeit auf mich zählen, okay....?* Ihre Stimme erstarb plötzlich und ich vernahm nur noch ein deutliches Schluchzen am anderen Ende der Leitung.

Pass bitte auf Dich auf, Leonie....! Ich hauchte ein letztes *Leb wohl...* in den Hörer, dann legte ich auf, ohne eine weitere Antwort abzuwarten.

Die Sonne schien durch die großen Wohnzimmertüren und verbreitete eine beschwingte, sommerliche Atmosphäre. Vögel zwitscherten gutgelaunt auf der großen Lerche vor meinem Fenster, ihr munterer Gesang drang durch die geöffnete Balkontür zu mir hinüber. Doch ich registrierte das alles nicht. Ich saß wie versteinert auf meinem Sofa, in meine Wolldecke gehüllt, regungslos und unfähig, auch nur einen klaren Gedanken zu fassen. Meine Lippen kribbelten und meine Hände schienen plötzlich taub zu werden. Mehrere Minuten saß ich so da. Still. Leblos.

Dann endlich brach der Damm und ich ließ den mühsam zurückgehaltenen Tränen schließlich ihren Lauf.

32

Der Schock über die Nachricht von Leonies baldiger Abreise aus Deutschland saß tief. Mit ihr würde ich meine einzige Freundin verlieren, meine Ratgeberin in kritischen Lebenslagen, meine letzte Verbindung in meine Vergangenheit. Diese Tatsache beschäftigte mich Tag und Nacht und so suchte ich schließlich Zerstreuung, indem ich mich ganz und gar um Johannes baldige Genesung kümmerte.

Mein Kollege erholte sich schnell von den Nachwirkungen seines Alkoholexzesses und bereits am folgenden Montag stand er wie gewohnt wieder in der Praxis. Wir hatten beide gemeinsam entschieden, dass wir unserem Praxisteam die Version einer schweren Magen-Darm-Grippe als Johannes' Abwesenheitsgrund präsentierten. Dieses taten wir sehr glaubhaft und keine der beiden Mädels schöpfte auch nur den geringsten Verdacht über den wahren Grund, warum mein Kollege nicht erreichbar gewesen war.

Routiniert wie immer zogen wir gemeinsam die Sprechstunden durch. In den Mittagspausen ließ ich Johannes allerdings nicht mehr aus den Augen, damit er gar nicht erst auf den Gedanken kam, irgendwelchen Unsinn anzustellen und auch nach den Abendsprechstunden blieben wir stundenlang zusammen und redeten. Mit jedem Tag, den wir gemeinsam so verbrachten, wuchs eine unbeabsichtigte Vertrautheit zwischen uns, die allerdings keiner von uns beiden so wirklich wahrhaben wollte.

Ich redete mir stetig ein, dass meine Suche nach Johannes Nähe durch mein ausgeprägtes Helfersyndrom begründet war, schließlich hatte ich zudem noch massive Gewissensbisse, dass ich mich damals so egoistisch verhalten, und kein Auge für Johannes schlimmen Gemütszustand hatte.

Dass sich auch Johannes überaus gerne mit meiner Gesellschaft umgab, schuldete ich hingegen der Tatsache, dass er bei mir Zerstreuung seiner trüben Gedanken über Isabelles Trennung von ihm suchte.

Einige Tage später verbrachten Johannes und ich unseren gemeinsamen Feierabend bei einem Glas Rotwein auf meinem Balkon. Ein früher Sommer hatte mittlerweile im Allgäu Einzug gehalten. Die Bäume erblühten in einem satten Grün und auf den Wiesen rund um den Markt Oberstdorf graste zahlreich das Allgäuer Braunvieh. Sämtliche Singvögel waren längst aus ihren Winterquartieren zurückgekehrt und die Natur wurde erfüllt vom Klang ihrer wundervollen, abwechslungsreichen Gesänge. Es lag eine alles umfassende Harmonie in der Luft, von der sich auch Johannes und ich anstecken ließen.

Wir saßen nebeneinander auf meiner Rattanbank und hingen minutenlang schweigend unseren Gedanken nach. Johannes hatte seine langen Beine entspannt von sich gestreckt und die Arme gelassen hinter seinem Kopf verschränkt. Ich kuschelte mich mit angezogenen Beinen zufrieden auf meiner Seite der Sitzbank zusammen und hielt die Knie mit meinen Armen eng umschlungen. Gemeinsam lauschten wir den zutiefst entspannenden Klängen der Natur.

Johannes bewegte sich und das Rattangewebe der Bank ächzte unter seiner plötzlichen Gewichtsverlagerung auf. Er drehte den Oberkörper in meine Richtung und zog sein Knie mit hinauf auf die Bank, um mich so direkt ansehen zu können. Ich blickte, noch immer vollkommen tiefenentspannt, zu ihm herüber und zog dann, als ich den sonderbaren Ausdruck in seinem Gesicht bemerkte, fragend die Augenbrauen nach oben. Er begegnete meinem Blick und hielt ihm, vollkommen regungslos, einige Sekunden lang stand. In seinen blauen Augen war deutlich zu lesen, dass er etwas überaus Wichtiges auf dem Herzen hatte.

Zögernd ergriff Johannes meine Hand und schloss die seine fest darum. Als er endlich zu sprechen begann, war seine Stimme nicht mehr als ein leises Flüstern: *Ich weiß noch immer nicht, wie ich Dir danken soll, Sarah,* in seiner Stimme schwang tiefe Zuneigung und Dankbarkeit mit.*Wenn Du nicht gewesen wärst, ich weiß nicht, was dann in den letzten Wochen mit mir passiert wäre. Du bist eine wun-*

dervolle, bezaubernde Frau und ich werde niemals vergessen, was Du in dieser schweren Zeit für mich getan hast. Unfähig, etwas auf seine rührenden und schmeichelnden Worte zu antworten, blickte ich einfach weiterhin gebannt in das attraktive Gesicht meines Kollegen, weniger als einen halben Meter von meinem eigenen entfernt.

Johannes hob langsam, fast schon so, als wäre er eine willenlose Marionette und ein unsichtbarer Puppenspieler würde spielerisch die Fäden an seiner Hand bewegen, seinen linken Arm und streckte ihn zögernd nach meinem Gesicht aus. Ich folgte seiner Bewegung mit meinen Augen, noch immer nicht in der Lage, mich auch nur einen Millimeter weit von der Stelle zu bewegen.

Seine Fingerspitzen berührten zaghaft und fast schon ehrfürchtig meine rechte Wange und glitten anschließend langsam hinunter zu meinem Mund. Mit dem Daumen strich er zärtlich über meine Unterlippe.

Ich schloss verwirrt die Augen und mein Herz begann unvermittelt zu rasen. Meine Kehle war plötzlich wie ausgedörrt und ich schluckte hart. In diesem Moment purzelten meine Gedanken in wildem Chaos durcheinander. Ein winziger Teil meines noch vorhandenen Verstandes protestierte gegen diese zärtliche, intime Berührung, doch der überwiegende Anteil genoss sie einfach nur, schweigend, fasziniert und regungslos. Unbewusst hielt ich den Atem an.

Unvermittelt ließ Johannes seine Hand Sekunden später jedoch wieder sinken, fast so, als hätte er sich an meiner Haut verbrannt. Zutiefst verlegen starrte er zu Boden. *Es.... tut mir Leid, ...das hätte ich nicht tun dürfen...,* stammelte er und schüttelte verwirrt den Kopf. Auch ich erwachte plötzlich wie aus einem Tranche. Ich öffnete ruckartig meine Augen und wandte blitzschnell mein Gesicht zur Seite, da ich mit einem Mal puterrot vor Scham wurde.

Johannes sprang fast schon panisch von seinem Sitzplatz auf meiner Bank auf und wandte sich eilig zum gehen. *Ich seh´ Dich dann morgen in der Praxis. Gute Nacht..,* presste er noch schnell hervor, bevor er fluchtartig den Balkon verließ und somit aus meinem Blickfeld entschwand.

Wie betäubt blieb ich alleine zurück und meine Gedanken überschlugen sich. Was zur Hölle war da soeben zwischen uns passiert?

33

In der darauffolgenden Nacht schlief ich erwartungsgemäß kaum. Immer und immer wieder stahlen sich die Bilder des vergangenen Abends in meine Gedanken. Johannes´ Gesicht, nur eine Armeslänge von meinem entfernt, seine sanften Berührungen auf meiner Haut, der liebevolle Blick, mit dem er mich angesehen hatte. Ich war völlig durcheinander und wälzte mich stundenlang schlaflos von einer Seite auf die andere. Doch egal, welches Szenario ich auch durchspielte, ich kam immer zu ein und demselben Entschluss: Das durfte einfach nicht sein!

Kurz vor der Morgendämmerung schlief ich schließlich doch noch ein und erwachte entsprechend gerädert, als der Wecker unerbittlich das Ende meiner Nachtruhe verkündete.

Mit einem flauen Gefühl im Magen machte ich mich nach einem schnellen, kargen Frühstück auf den Weg hinunter in die Praxisräume. Monika und Julia waren bereits voll und ganz in ihre Arbeit vertieft und hoben nur kurz grüßend ihre Köpfe, als ich durch die Eingangstür trat und schnellen Schrittes die kleine Treppe zu meinem Sprechzimmer hinaufstieg.

Ich warf einen kurzen Blick in die Teeküche, doch sie war leer. Erleichtert ging ich zur Kaffeemaschine und zog mir eilig einen starken Morgenkaffee. Dabei blickte ich mich ständig wachsam um und lauschte auf jedes Geräusch, als erwartete ich jeden Augenblick, dass der Leibhaftige plötzlich hinter mir auftauchte.

Doch es blieb alles ruhig und es war weder der Teufel, noch sonst jemand in der Nähe. Ich nahm meine dampfende Tasse in die Hand, huschte eilig über den Flur und schlüpfte fast lautlos in mein Sprechzimmer. Ich stellte meine Kaffeetasse auf den Schreibtisch, ließ mich in meinen Bürostuhl fallen und betätigte mit dem Zeigefinger die Ruftaste unserer Gegensprechanlage. Als sich Julia aus der Etage unter mir Sekunden später meldete, bat ich sie, mir den ersten Patienten des Tages in mein Sprechzimmer zu schicken. Nebenbei fragte ich, so beiläufig wie möglich: *Ist Doktor Bronner schon in seinem Zimmer?*

Die Stimme am anderen Ende der Sprechanlage antwortete: *Ja, Frau Doktor Steinbach. Doktor Bronner war heute sogar schon vor uns in der Praxis und hatte die Computer bereits hochgefahren, als wir ankamen.* Verwunderung klang in der Stimme der jungen Arzthelferin mit, *wir haben ihn allerdings noch nicht persönlich gesehen, er hat sich nur über die Sprechanlage gemeldet und um den ersten Patienten gebeten.*

Okay, Danke Julia. Erleichtert stieß ich die Luft durch die Nase aus, nachdem ich die Sprechanlage wieder ausgeschaltet hatte. Vorerst bestand also keine akute Gefahr, dass ich meinem Kollegen unvorbereitet über den Weg lief. Doch ich würde dringend mit ihm reden müssen, noch heute. Jetzt jedoch musste ich mich zuerst einmal um meine Patienten kümmern, meine privaten Angelegenheiten mussten bis zur Mittagspause warten.

Es klopfte verhalten an meiner Sprechzimmertür und die erste Patientin des Tages betrat, in Begleitung ihres Sohnes, mein Behandlungszimmer.

Hallo Frau Lang, begrüßte ich sie freundlich und bedeutete ihr mit einer Handbewegung, auf einem der Stühle vor meinem Schreibtisch Platz zu nehmen, *was kann ich denn heute für Sie tun?*

Frau Lang blickte betreten auf den Boden, steuerte dann aber, wie befohlen, auf einen der ihr angebotenen Stühle zu und setzte sich schweigend. Ihr Sohn tat es ihr gleich und nahm auf dem zweiten Stuhl mir gegenüber Platz. Schließlich ergriff er an ihrer statt das Wort.

Frau Doktor Steinbach, seine Stimme hatte einen breiten allgäuer Dialekt, *meine Mutter hat sich wohl auf der rechten Rippenseite wund gelegen. Sie müssen sich bitte unbedingt diese Wunde einmal ansehen.*

Ich blickte verwundert von dem Sohn zurück zur Patientin. Die Dame war zwar schon fast 80 Jahre alt, doch für ihr Alter noch überaus rüstig und fit. Mir war erst einmal schleierhaft, wie sich Frau Lang hatte wundliegen können, zumal sie noch auf ihren eigenen zwei Beinen zu mir in die Praxis gekommen war. Diese Anamnese des Sohnes klang überaus seltsam, fand ich.

Frau Lang rutschte unbehaglich auf ihrem Stuhl hin und her. Es war ihr anzusehen, dass ihr die ganze Angelegenheit überaus peinlich und unangenehm war. Ich kam meiner Patientin entsprechend zu Hilfe, indem ich an ihren Sohn gewandt, schließlich erklärte: *Vielen Dank, Herr Lang, dass Sie mir erzählt haben, was für Beschwerden Ihre Mutter derzeit hat. Ich würde sie jetzt allerdings gerne untersuchen und ich denke, Sie warten vielleicht in dieser Zeit kurz unten im Wartebereich.* Ich wies mit einem freundliche, jedoch auch überaus bestimmten Kopfnicken in Richtung Tür. Der Sohn meiner Patientin verstand den Wink mit dem Zaunpfahl sofort. Er erhob sich unvermittelt, nickte mir noch einmal höflich zu und verabschiedete sich von seiner Mutter. *Ich warte dann unten auf Dich. Und zeig der Frau Doktor auch wirklich Deine Wunde, verstanden?* Er tätschelte ihr noch einmal aufmunternd den Arm, dann drehte er sich um und verließ das Sprechzimmer. Als die Tür hinter ihm ins Schloss gefallen war, atmete Frau Lang erleichtert aus.

Sie nestelte umständlich an ihrer Handtasche, die sie auf dem Schoß hatte und blickte betreten zu Boden.

Also gut, Frau Lang. Dann zeigen Sie mir mal, was für ein Problem Sie haben. Ich erhob mich von meinem Bürostuhl, umrundete den Schreibtisch und führte Frau Lang anschließend zu meiner Behandlungsliege hinüber. Ich ließ sie darauf Platz nehmen und bedeutete ihr, den Oberkörper frei zu machen. Irgendwie hatte ich plötzlich ein ungutes Gefühl bezüglich dem, was ich sogleich zu sehen bekommen würde.

Meine Patientin zog sich langsam ihr T-shirt über den Kopf, dann hob sie mit zusammengepressten Lippen ihren Büstenhalter an.

Obwohl ich schon einiges in meinem Leben als Medizinerin gesehen hatte und auch auf vieles vorbereitet gewesen war, beim Anblick der rechten Brust meiner Patientin stockte mir trotz aller Erfahrung erst einmal der Atem. Ich versuchte krampfhaft, einen weitgehend neutralen Gesichtsausdruck beizubehalten, doch ich konnte nicht verhindern, dass ich mir betreten auf die Unterlippe biss.

Die rechte Brust meiner Patientin war hoch entzündet und prall gespannt, das Gewebe in allerlei Rot- und Blautönen unnatürlich verfärbt. An der Außenseite der Brust befand sich zudem eine fast handtellergroße, gelblich belegte Wunde, die Frau Lang notdürftig mit einem Wattelläppchen, auf das sie Johanneskrautsalbe geschmiert hatte, abgedeckt hatte.

Sekundenlang starrte ich betreten auf die Brust und schwieg. Frau Lang heftete ihren Blick starr auf mein Gesicht, in der irrwitzigen Hoffnung, ich würde zu einem anderen Schluss kommen, als sie selbst bereits zuvor schon gekommen war.

Wie lange wissen Sie schon von dem Knoten?, fragte ich schließlich und blickte meiner Patientin dabei prüfend in die Augen.

Nun ja, wissen Sie Frau Doktor, vor etwa einem Jahr hat das angefangen, antwortete Frau Lang vorsichtig, noch immer nicht recht wahr haben wollend, was ich ihr in den kommenden Minuten bestätigen würde.

Und wie lang haben Sie diese Wunde hier bereits?, hakte ich nach.

Seit etwa drei oder auch vier Monaten, gab Frau Lang leise zu. *Es tut zeitweise derart weh, dass ich mich nicht mehr bewegen kann. Es zieht mir bis in den Rücken, die Arme und den Bauch hinein.*

Ich sog bei ihren Worten betreten die Luft ein. Schließlich stellte ich eine letzte Frage an meine Patientin: *Sie wissen selbst, was das ist, nicht wahr Frau Lang?*

Ihre Augen füllten sich unvermittelt mit Tränen und sie nickte nur stumm, noch immer unfähig, das für sie Unfassbare auszusprechen. *Ich möchte aber keine Chemo, Frau Doktor*, platze sie plötzlich überaus bestimmt heraus, sodass ich verwundert die Augenbrauen hochzog.

Das ist ganz allein Ihre Entscheidung, Frau Lang, antwortete ich ruhig. Einige Sekunden lang schwieg ich und betrachtete meine Patientin, selbst mittlerweile zutiefst betroffen. Dann hakte ich jedoch noch einmal nach und fragte, fast schon verzweifelt: *Warum sind Sie denn nicht schon früher gekommen?*

Frau Lang blickte zu mir auf. In ihrem Blick lag eine derartige Hoffnungslosigkeit, dass es mir kurzfristig die Kehle zuschnürte. Schließlich antwortete sie leise: *Ach Frau Doktor Steinbach, mein Sohn hat mittlerweile seinen dritten Herzinfarkt erlitten. Ich wollte ihn jetzt nicht auch noch mit meinen Wehwehchen belasten. Er hat doch schon genug mit sich selbst zu tun, verstehen Sie?*

Ich nickte betreten, obwohl ich sie einerseits nicht wirklich verstand. Diese Frau hatte wissentlich über ein Jahr lang ihren Brustkrebs ignoriert, um ihren Sohn nicht aufzuregen. Damit hatte sie allerdings ihr sicheres Todesurteil unterschrieben, denn in dem jetzigen Stadium, in dem sich der Tumor nun befand, war die Prognose leider hundertprozentig in faust. Diese Tatsache schien meiner Patientin in diesem Moment plötzlich vollkommen zu Bewusstsein zu kommen, denn sie stammelte noch einmal, zutiefst schockiert: *Frau Doktor, ich möchte aber keine Chemo. Ich möchte in ein Hospiz. Können Sie das für mich in die Wege leiten?*

Natürlich, Frau Lang, das werde ich tun. Doch zuerst einmal müssen wir uns um diese Wunde kümmern, das kann so nicht bleiben. Ich deutete mit dem Kinn auf das provisorische Läppchen und Frau Lang nickte zustimmend.

Ich werde für Sie einen stationären Termin in der Gynäkologie des Klinikum Immenstadt ausmachen. Sie werden allerdings noch heute dort hinfahren müssen, verstanden?

Meine Patientin nickte erneut: *Das hat mein Sohn auch schon gesagt, dass ich deshalb...,* sie blickte, fast schon angewidert, auf ihre rechte Brust hinab, *...in ein Krankenhaus müsse. Er hat bereits meine Tasche dabei.*

Noch immer überaus aufgewühlt ging ich zurück zu meinem Schreibtisch. Ich ergriff den Telefonhörer und wählte die Nummer des diensthabenden Kollegen der Gynäkologie von Immenstadt.

Nachdem ich ihm die besondere Situation meiner Patientin am Telefon erklärt und mein Kollege mir daraufhin versichert hatte, dass er sich gut um Frau Lang kümmern würde, legte ich erleichtert den Hörer zurück auf die Gabel. Frau Lang hatte das Telefongespräch schweigend mitverfolgt. Nachdem ich geendet hatte, erhob sie sich von ihrem Sitzplatz auf meiner Liege und kam langsam auf mich zu. Sie streckte mir zum Abschied ihre knochige, gebrechliche Hand entgegen und ich ergriff sie, einen dicken Klos im Hals verspürend.

Auf Wiedersehen, Frau Doktor Steinbach, und Danke für Alles, sagte Frau Lang schlicht.

Auf Wiedersehen, Frau Lang, antwortete ich leise.

Wir wussten allerdings beide, dass es vermutlich kein Wiedersehen mehr für uns geben würde.

Ich schloss schweigend die Tür hinter Frau Lang, nachdem sie mein Sprechzimmer verlassen hatte und lehnte mich einige Sekunden lang regungslos gegen das Türblatt. Es dauerte noch mehrere Minuten, bis ich mich schließlich meinem nächsten Patienten widmen konnte.

Die Sprechstunde war wie immer brechend voll und die Zeit verging wie im Fluge. Ohne dass ich es tatsächlich gemerkt hatte, war es Mittag geworden und ich blickte überrascht auf die Uhr auf meinem Schreibtisch. *Habe ich noch einen Patienten?,* fragte ich durch die Gegensprechanlage, doch Monika verneinte erleichtert. Ich ordnete die Karteikarten und legte sie sorgfältig auf einen Stapel, dann erhob ich mich von meinem Schreibtischstuhl und rieb mir gedankenverloren den schmerzenden Rücken. Es war nun höchste Zeit, Johannes zur Rede zu stellen.

Ich war schon halb auf dem Weg zur Tür, als sich diese plötzlich öffnete. Johannes trat in mein Sprechzimmer. Mit ernster Mine und zusammengekniffenen Lippen schloss er die Tür leise hinter sich. Sekundenlang stand er schweigend da und starrte mich durchdringend an. Schließlich fand er seine Stimme wieder: *Sarah, das was gestern Abend zwischen uns passiert ist...,*

Pssst!, ich hob mahnend den Zeigefinger an meine Lippen und schnitt ihm dadurch das Wort ab. *... war ein riesengroßer Fehler, hörst Du, Johannes Bronner!,* vollendete ich schließlich an seiner statt den begonnenen Satz. Ich betonte deutlich jede einzelne Silbe, um auch den aller geringsten Zweifel an der Glaubwürdigkeit meiner Worte im Keim zu ersticken.

Johannes blickte schuldbewusst zu Boden und schwieg, woraufhin ich hastig fortfuhr: *Mensch Johannes, wir würden uns doch beide nur furchtbar unglücklich machen.* Hilflos hob ich die Hände auf der Suche nach den passenden Worten: *Sieh mal..., Du bist verheiratet und ich bin mir sicher, dass Isabelle früher oder später zu Dir zurückkommen wird...* Johannes hob ruckartig den Kopf und schnaubte zweifelnd, doch ich ließ mich durch seine Geste nicht beirren und fuhr entschieden fort: *... und ich bin nach dem Desaster mit Adrian und der Enttäuschung mit Sebastian scheinbar einfach nicht geschaffen für eine dauerhafte Bindung.*

Ich hielt kurz inne und blickte traurig aus dem Fenster, bevor ich meine Erklärung wieder aufnahm. *Ich will einfach nicht noch einmal in meinem Leben enttäuscht werden und ich schätze Dich als Freund und Kollegen viel zu sehr, um zuzulassen, dass auch Du Gefahr läufst, Dich in etwas zu verrennen, was von vorne herein zum Scheitern verurteilt ist, verstehst Du?!*

Johannes hatte mir die ganze Zeit schweigend zugehört. Nachdem mein Redefluss schließlich versiegt war, regte er sich endlich. Er nickte langsam, denn er wusste selbst nur allzu gut, dass ich Recht hatte. Dennoch lag in seinem Blick ein gewisses Bedauern, welches er nicht zu verbergen vermochte. Als mir dieses bewusst wurde, sah ich ihm direkt in die Augen und beschwor ihn noch einmal eindringlich: *Johannes, bitte! Ich möchte Dich als Freund nicht verlieren. Du bist ein wichtiger Teil meines Lebens geworden und das alles wird kaputt gehen, wenn wir jetzt nicht aufhören!!*

Ich machte zwei große Schritte auf ihn zu und streckte ihm schließlich auffordernd meine rechte Hand entgegen. *Freunde?,* fragte ich und wartete mit klopfendem Herzen auf seine Reaktion. Johannes ergriff meine Hand und drückte sie fest. *Freunde!,* antwortete er endlich bestimmt und die Erleichterung über die Klärung dieser unangenehmen Situation stand uns beiden deutlich ins Gesicht geschrieben.

In den nächsten Tagen gingen wir uns allerdings trotzdem weitestgehend aus dem Weg, so gut es eben ging. Es stand natürlich außer Frage, dass unsere beiden Angestellten von dem eigenartigen Verhalten ihrer beiden Chefs nichts mitbekommen sollten und so versuchten Johannes und ich inständig, einen weitgehend normalen Praxisalltag zu führen. In den Pausenzeiten fuhren wir allerdings, was normalerweise so eher nicht vorkam, abwechselnd zu Hausbesuchen, um eine logische Erklärung dafür zu haben, warum wir unsere Pausen nicht, wie in der letzten Zeit an sich üblich, gemeinsam verbrachten.

Ich hatte in dieser Woche viel Zeit zum nachdenken. Gerade an den langen, einsamen Abenden vermisste ich die angenehme Gesellschaft von Johannes sehr, die unterhaltsamen, lustigen oder tiefgründigen Gespräche, die ich oft bis spät in den Abend hinein mit ihm geführt hatte. Auch vermisste ich irgendwie seine körperliche Nähe, seine bloße Anwesenheit hatte mir stets ein zutiefst zufriedenes Gefühl gegeben. Ich hatte mich seit langer Zeit endlich wieder einmal geborgen und sicher gefühlt. Doch ich konnte es einfach nicht ertragen, dass etwas zwischen uns begann, was uns letztendlich unsere teure Freundschaft kosten könnte. Und ich war mir sicher, dass es so ausgehen würde. Allerdings konnten wir uns auch nicht bis zum Ende unserer Tage aus dem Weg gehen.

Daher beschloss ich, schließlich doch in die Offensive zu gehen und schmiedete einen Plan, der uns als einfach bloß gute Freunde wieder zusammenführen sollte.

Das folgende Wochenende wurde von Meteorologen als Mega-weekend angepriesen. Überall wurden die Menschen durch die Medien animiert, ins Freie zu gehen. Die Grillhersteller ließen ihre Werbung von morgens bis abends über alle TV-Kanäle und Radiosender flimmern, die Lebensmittelindustrie war rund um die Uhr damit beschäftigt, Grillgut, Getränke und alles weitere Zubehör an den Mann, beziehungsweise an die Frau zu bringen und Freizeitausrüster priesen sämtliche Sportarten an, die man unter freiem Himmel nur unternehmen konnte. Kurz gesagt, es versprach ein unglaublich tolles Wochenende zu werden.

Dieses Wochenende wollte ich dafür nutzen, um die Bergwelt rund um Oberstdorf ein wenig besser kennen zu lernen. Ich war zwar schon seit über einem Jahr hier im Ort, doch durch die ganzen, turbulenten Zeiten hatten sich mir noch nicht allzu viele Gelegenheiten geboten, die heimischen Gipfel zu erklimmen. Es gab immer noch sehr viele Täler, in denen ich noch nie zuvor gewesen war, obwohl sich diese in unmittelbarer Nähe zu meiner Wohnung befanden. Doch natürlich würde ich nicht alleine gehen.

Du kommst also mit?, fragte ich Johannes hoffnungsvoll, als ich ihm von meinem Vorhaben, das Oybachtal zu erkunden, erzählte.

Johannes lächelte aufrichtig, als er mir die Zusage gab, mich auf meiner geplanten Tour zu begleiten. Außerdem schlug er zu meiner großen Freude seinerseits noch vor, dass wir in einer urigen Almhütte am Ende des Oybachtals, kurz unterhalb eines Bergkammes, übernachten könnten. Dort gab es weder fließendes Wasser, noch Strom oder sonstigen Komfort. Dafür aber unermesslich viel Ruhe. Ganz zu schweigen natürlich von den zahllosen Wildtieren, die man in der Abgeschiedenheit des Tals beobachten konnte. Nach Johannes Aussagen gab es dort neben den obligatorischen Murmeltieren und Hirschen selbstverständlich auch Gämsen, Steinböcke und sogar Steinadler. Ich war hin und weg von seinem Vorschlag, meine geplante Tageswanderung um eine Übernachtung zu erweitern und freute mich riesig auf das Wochenende.

Das Wetter hielt diese Mal ausnahmsweise, was es versprochen hatte. Leider lagen die Wetterfrösche aufgrund der geologischen Besonderheit der Alpenregion mit ihren Prognosen für das Gebiet auch allzu oft vollkommen daneben, doch an diesem Wochenende hatte Petrus mit den Menschen wirklich ein Einsehen.

Die Sonne schien von einem strahlend blauen Himmel herab und kein einziges Wölkchen, und sei es auch noch so klein, hatte auch nur die geringste Chance gegen ihre unerbittliche Strahlkraft.

Johannes hatte mich vereinbarungsgemäß pünktlich an meiner Wohnung abgeholt. Zu meiner Erleichterung billigte er dieses Mal mein Wanderoutfit. Schließlich hatte ich mittlerweile schon ein wenig Erfahrung in Sachen Ausrüstung gesammelt. Mein Kollege war, wie erwartet, natürlich perfekt gerüstet für unser Vorhaben. Er trug ein kurzärmeliges Karohemd und eine Funktionshose, deren Beine man oberhalb des Knies an einem Reißverschluss abtrennen konnte und somit eine Shorts erhielt. Seine Füße steckten in knöchelhohen, robusten Alpinstiefeln, die für das felsige Terrain, in das wir uns später begeben würden, bestens geeignet waren. Lässig an das Geländer an dem Eingangspodest vor meiner Haustür gelehnt, wartete er geduldig darauf, bis ich meinen Rucksack geschultert und sorgfältig die Haustür abgeschlossen hatte.

Ich hatte beim Packen meines Rucksacks noch immer Sebastians Stimme in meinem Ohr, der mir unerbittliche Vorträge darüber gehalten hatte, was zur Grundausrüstung eines jeden Alpinwanderers gehörte und was nicht. Über meine Kleidung hätte auch der junge Bergführer heute nicht gemeckert, wenn er denn hier gewesen wäre. Beim Gedanken an Sebastian verfinsterte sich meine Mine kurzfristig und dunkle, traurige Schatten huschten mir über das Gesicht. Doch ich schüttelte in Gedanken beharrlich den Kopf und vertrieb diese bösen Geister schnell wieder. Der heutige Tag sollte ein glücklicher werden, ich würde ihn in einvernehmlicher Gemeinschaft mit meinem guten Freund und Kollegen verbringen.

Gemeinsam liefen wir in gemäßigtem Schritttempo in Richtung Oybachtal. Da ich der noch immer schlechter Konditionierte von uns beiden war, durfte ich die Geschwindigkeit vorgeben und somit wählte ich ein Tempo, in welchem ich mich noch gut mit Johannes unterhalten konnte. Unsere beiden Rucksäcke beinhalteten neben unserem Proviant für zwei Tage eine leichte Isomatte und einen Schlafsack. Zudem hatte Johannes zwei leuchtstarke Taschenlampen und seine Kamera dabei und ich natürlich ein Erste-Hilfe-Verbandskit und mein Mobiltelefon.
Mein Kollege hatte ausdrücklich darauf bestanden, zumindest ein Handy mitzunehmen. Es konnte immer etwas passieren in den Bergen, hatte er mir heute morgen eindringlich erklärt. Schnell war man aus Unachtsamkeit einmal umgeknickt und konnte nicht mehr weitergehen und dann war man froh, wenn man per Telefon Hilfe anfordern konnte. Vorausgesetzt natürlich, man hatte Empfang. Doch das würden wir heute nicht brauchen, erklärte Johannes zuversichtlich lächelnd, als er meinen beunruhigten Gesichtsausdruck bemerkte. Ich schnaubte hoffnungsvoll und trabte weiter, zufrieden mit mir und der Welt, neben meinem Kollegen her.

Der Weg, den ich mir ausgesucht hatte, war vorerst noch asphaltiert, doch schon bald liefen wir über einen breiten Schotterweg, ständig leicht bergan.
Rechts und links von uns erhoben sich schroffe Felswände viele hundert Meter hoch in den strahlenden Sommerhimmel. Vögel zwitscher-

ten für uns ein frohes Konzert und das monotone Summen der Bienen, die in den bunten Blüten der vielfältigen Blumenpracht auf den Almwiesen nach Nektar suchten, veranlasste mich, kurz stehen zu bleiben und die üppige Natur zu bestaunen.

Wie wundervoll es hier ist, und so friedlich. Ich stand still am Wegesrand und schloss für einige Sekunden die Augen. Der Kies unter Johannes Füßen knirschte, als auch er anhielt und es mir gleichtat. Schweigend standen wir eine Weile nebeneinander, ein jeder seinen eigenen Gedanken nachhängend.

Komm, lass uns weiter gehen, es ist noch ein weiter Weg bis zur Hütte, gab Johannes schließlich zu bedenken und ich setzte mich leicht widerwillig in Bewegung.

Wir machten gegen Mittag Rast auf einer hölzernen Bank, welche Jäger gerne zur Ausschau nach Wild nutzen, wie mir Johannes nebenbei erklärte. Die Bank stand im Schatten von mehreren großen Fichten, die uns dadurch etwas Schutz vor der mittlerweile unerbittlich auf uns hinunter scheinenden Sonne boten. Johannes hatte vor unserem Aufbruch darauf bestanden, dass ich mich mit Sonnenschutz einzucremen hatte. Die Kraft der Sonne in diesen Höhenlagen wurde von vielen Menschen unterschätzt, was oft unschöne Sonnenbrände und schlimme Hautschäden zur Folge hatte. Natürlich hatte ich seiner fachmännischen Anweisung Folge geleistet. Das Resultat war allerdings, dass mir nun mein eigener Schweiß, gemeinsam mit der öligen Sonnenmilch vom Gesicht ständig in die Augen lief und diese zunehmend zu brennen begannen. Frustriert wischte ich mir mit einem Taschentuch immer wieder die reizende Brühe aus den Augen und blinzelte energisch, um wieder klar sehen zu können.

Johannes, der noch nicht einen einzigen Schweißtropfen vergossen zu haben schien, sagte belustigt: *Na, an Deiner Kondition müssen wir aber wirklich noch ein wenig arbeiten,* und zwickte mich neckend in mein kleines Speckröllchen, welches sich im sitzen unerbittlich über meinen Hosenbund wölbte. Ich funkelte ihn finster mit geschürzten Lippen an, wohl wissend, dass er natürlich Recht hatte.

Als Johannes meine Gesichtsausdruck bemerkte, brach er in schallendes Gelächter aus und ich ließ mich schließlich davon anstecken. Nachdem sich unsere Lachmuskeln wieder beruhigt hatten, kramte mein Kollege in seinem Rucksack nach unserem Mittagsproviant und

reichte mir eine belegte Semmel (Brötchen). *Damit Du mir nicht vom Fleisch fällst und ich Dich womöglich noch die letzten paar hundert Höhenmeter Huckepack tragen muss.*
Wieder musste ich lachen und nahm Johannes dankbar das angebotene Brötchen aus der Hand. Zufrieden kauend genossen wir anschließend schweigend die harmonische Stille des Tals.

Nach etwa einer halben Stunde brachen wir wieder auf. Der Weg, welcher mittlerweile nur noch spärlich als Trampelpfad zu erkennen war, schlängelte sich in Serpentinen den steilen Hang hinauf. Wir mussten teilweise über größere Felsen klettern und manchmal auch schmale Rinnen durchqueren, deren Boden mit losem Geröll bedeckt war. Die letzte Strecke des Weges führte mehr oder weniger Querfeld ein, doch Johannes führte uns sicher unserem Ziel entgegen.

Am späten Nachmittag erreichten wir schließlich unser Komfort freies Nachtlager. Die winzige Holzhütte lag am Rande eines kleinen Plateaus, umgeben von hohen Kiefern. Im ersten Moment erinnerte mich die Hütte an das Haus von Heidis Großvater, des Almöhis. Als Kind hatte ich diese Sendung regelmäßig im Fernsehen geschaut und schon damals hatte mich diese imposante Naturlandschaft der Berge in ihren Bann gezogen. Ich hielt einen Augenblick am Rande des Plateaus stehend inne, um diese faszinierenden Eindrücke auf mich wirken zu lassen.

Gleich links neben der Hütte stand eine massive Holzbank und davor ein uriger Tisch, ebenfalls aus grobem Holz gezimmert. Mein Blick wanderte rechts an der Hütte vorbei in Richtung Kiefernwald und ich machte einen großen Stapel Brennholz aus, der sich an die Wand eines windschiefen Stadls anlehnte. *Na prima,* dachte ich beruhigt, einen Blick auf das Hausdach der Blockhütte mit seinem ausladenden Kamin werfend, *wenigstens werden wir heute Nacht nicht frieren müssen.* Trotz der sommerlichen Temperaturen am Tage waren die Nächte in den Bergen oftmals empfindlich kalt.

Johannes war vorausgegangen und hatte die Hütte zwischenzeitlich erreicht. Er entfernte den hölzernen Balken, der die Hütte vor ungebetenen Gästen sichern sollte, und stieß mit einem Fuß die massive

Holztüre auf. Es quietschte laut, als sich die Scharniere nach offensichtlich längerer Ruhezeit wieder einmal bewegen mussten.

Mein Kollege stellte seinen Rucksack auf die Bank neben der Eingangstür und verschwand für einen kurzen Augenblick im Inneren unserer Behausung. Ich setzte mich auch wieder in Bewegung, schritt vorsichtig über die mit Wildblumen üppig bewachsene Almwiese und erreichte die Hütte in dem Moment, als Johannes wieder ins Freie trat.

Alles in Ordnung, wir können hier unser Nachtlager aufschlagen, verkündete er beruhigt, nachdem er die Hütte sorgfältig inspiziert und sich von deren ordnungsgemäßen Zustand überzeugt hatte. Er ergriff seinen Rucksack und ich folgte ihm in das dunkle, etwas muffig riechende Räumchen, welches den einzigen Innenraum der Hütte bildete.

Die beiden kleinen Fenster waren noch mit den hölzernen Klappen an der Außenwand verschlossen. Ich trat an das erste der Fenster heran, öffnete mit einigen Mühen den metallenen Bügel, welcher die beiden Fensterflügel verschlossen hielt, bekam ihn schließlich auf und stieß mit einem Ruck die hölzernen Läden auf. Unvermittelt strömte die kühle, klare Bergluft in das Innere der Hütte und ich atmete erleichtert durch. Nachdem ich auch das zweite Fenster zum lüften geöffnet hatte, schaute ich mich nach Johannes um.

Dieser war gerade dabei, ausreichend Feuerholz für die Nacht in die Hütte zu tragen. Er ließ einige große Scheitel auf den Holzboden neben dem offenen Kamin fallen, richtete sich auf und rieb sich andächtig den Rücken. *Da merkt man mal wieder, dass man solch schwere körperliche Arbeit überhaupt nicht mehr gewöhnt ist. Ich kann immer nur wieder die alten Bergbauern bewundern, die unter den widrigsten Bedingungen in den Bergen überlebt haben. Das waren wirklich zähe Burschen, diese Bauern.* Er pfiff anerkennend durch die Zähne, dann wandte er sich entschlossen um, eine weitere Fuhre Brennholz holen.

Ich folgte ihm nach draußen, um unsere Rucksäcke zu holen und die Hütte für unser Nachtlager vorzubereiten. Das einzige Inventar der Behausung bestand aus einem großen Holztisch und zwei Holzbänken, die rechts und links neben dem Tisch aufgestellt waren. Für unsere beiden Schlafsäcke war allerdings auf dem staubigen Dielenboden noch ausreichend Platz und so breitete ich die mitgebrachten Isomatten auf dem Holzboden aus und bedeckte sie anschließend mit unseren Schlafsäcken. Fertig war unser spartanisches Nachtlager.

Johannes kam mit einer weiteren Ladung Holz zurück und stapelte es sorgfältig neben der Feuerstelle. *Das dürfte für die Nacht reichen, was meinst Du?* Er wandte sich fragend zu mir um. *Ich denke schon,* antwortete ich zögerlich, denn ich hatte nicht die geringste Ahnung, wie viel Holz ein solcher Kamin in einer Nacht auffraß. Doch Johannes war überzeugt, das es nun genug war, denn er klopfte sich ausgiebig den Staub aus der Hose und ließ sich anschließend zufrieden auf eine der Holzbänke sinken.

Ich tat es ihm gleich und nahm auf der gegenüber liegenden Bank Platz. Eine Weile saßen wir uns schweigend gegenüber und hingen wieder einmal unseren Gedanken nach. Neugierig blickte ich mich noch einmal intensiv in der Holzhütte um. Eine Zimmerdecke war über unseren Köpfen nicht vorhanden, statt dessen blickte man von unten auf den grob gezimmerten Dachstuhl mitsamt seiner Dacheindeckung aus soliden Holzschindeln. Der Boden war mit abgewetzten Dielen ausgelegt und ich fragte mich insgeheim, wie viele Wanderstiefel schon über diese Holzplanken gelaufen sein mochten. Die Wände der Hütte bestanden allesamt aus dicken Blockbohlen, die massive Eingangstüre und die Fensterrahmen nebst den außenliegenden Fensterklappen waren aus stabilen Holzbrettern gezimmert. Der Innenraum wies durch die offene Feuerstelle bereits deutliche, schwarze Rußspuren an den Wänden und der Decke auf und ich hoffte inständig, dass der Kamin ausreichend Durchzug hatte und wir in der Nacht nicht noch an einer Kohlenmonoxidvergiftung sterben würden.

Doch Johannes schien sich darüber keine Gedanken zu machen und ich vertraute meinem Kollegen in dieser Angelegenheit blind. Nach einigen Minuten erhob ich mich von der Bank und kramte in meinem Rucksack nach der Wasserflasche. Johannes hob fragend die Augenbrauen. *Ich setzte mich einen Augenblick vor der Hütte auf die Wiese,* verkündete ich und wandte mich der offenstehenden Eingangstüre zu. Mein Kollege nickte schweigend, machte aber keine Anstalten, mit zu folgen.

Schließlich trat ich alleine in die bereits tiefstehende Spätnachmittag-Sonne und suchte mir ein lauschiges Plätzchen in der Blumenwiese, wo ich mich niederließ und meine vom wandern müden Beine entspannt von mir streckte. Minuten später sank ich vollständig ins Gras und verschränkte beide Arme hinter meinem Kopf. Ich blickte in den noch immer strahlend blauen Himmel über mir und schloss alsbald die Augen, um den intensiven Geräuschen der Natur und seiner zahlreichen Bewohner zu lauschen. Um mich herum summten die Bienen ein monotones Konzert und selbst in diesen Höhenlagen zwitscherten noch zahlreiche Vogelarten ihre unterschiedlichen, heiteren Gesänge. Grillen zirpten dicht neben meinem Ohr im Gras und ein laues Lüftchen lief die Zweige der rings um das Plateau herum stehenden Bäume rascheln. Ich empfand unvermittelt eine tiefe Zufriedenheit. Sämtliche Alltagssorgen fielen mit einem Mal von mir ab, meine Gedanken hörten auf, sich ständig im Kreis zu drehen und ich spürte, wie sich mein Herzschlag merklich verlangsamte. Regungslos lag ich da und genoss diesen angenehmen Zustand völliger Körperlosigkeit.

Mit einem Mal vernahm ich Schritte ganz in meiner Nähe. Missmutig öffnete ich, ein wenig verärgert über diese Störung, die Augen und drehte den Kopf in Richtung der Hütte, aus der die Schritte kamen.

Johannes steuerte auf mich zu. Als er sah, dass ich die Augen offen hatte, lächelte er. Er ging neben mir in die Hocke, als er meinen Liegeplatz erreicht hatte, und blickte gedankenverloren in die Ferne. Seine muskulösen Unterarme ruhten entspannt auf seinen Knien.

Ein herrlicher Platz, nicht war? Seine Stimme klang abwesend, als spräche er mehr zu sich selbst als zu mir und ich nickte nur schweigend. Nach einigen Sekunden fuhr er schließlich fort: *Ich komme oft hier herauf, um meinen Kopf frei zu bekommen. Das Plateau liegt fernab vom Massentourismus, man muss den Weg hier herauf schon sehr genau kennen, um ihn auch zu finden. Es verirren sich nur wenige Menschen hier herauf.* Johannes schwieg erneut und hob zufrieden den Kopf in Richtung Himmel. Eine Strähne seiner blonden Lockenmähne hatte sich aus seinem Zopf gelöst und kitzelte ihn an der Wange. Gedankenverloren strich er sie hinter sein Ohr zurück und erhob sich schließlich wieder. Er streckte ausgiebig seine Rückenmuskeln und blickte dann aufmunternd zu mir herunter. *Nicht weit von hier gibt es einen Platz, an dem man oft Steinadler und manchmal sogar Bartgeier*

*beobachten kann. Man muss einfach nur dem Pfad folgen, der hinter
der Hütte in den Wald führt. Es ist nicht mehr als eine gute viertel
Stunde Fußmarsch.* Einladend streckte mir mein Kollege seine Hand
entgegen: *Kommst Du mit?*

Ich überlegte eine Weile hin und her, doch letztendlich schüttelte ich den Kopf. Meine Oberschenkelmuskulatur rebellierte noch immer vom anstrengenden Aufstieg und die Aussicht auf eine weitere halbe Stunde Kletterei über Stock und Stein schien mir nicht allzu verlockend, Steinadler und Bartgeier hin, oder her. *Ich bleibe lieber hier und genieße weiterhin diese herrliche Ruhe,* verkündete ich schließlich, allerdings mit einem gewisses Bedauern in der Stimme.

Na schön, antwortete Johannes leichthin, doch auch in seiner Stimme klang Enttäuschung mit. Er wandte sich zum gehen. *Ich bin in etwa einer Stunde zurück. Vielleicht kannst Du bis dahin schon einmal das Abendessen vorbereiten.*

Das mach ich, versprochen, entgegnete ich bereitwillig und blickte meinem Kollegen nach, der mit ausladenden Schritten auf den Wald hinter der Hütte zusteuerte und schließlich zwischen den dichten Bäumen verschwand. Ich ließ mich zurück ins Gras sinken und träumte weiter vor mich hin.

Ich musste eingeschlafen sein, denn ich erwachte urplötzlich durch ein Geräusch. Orientierungslos schüttelte ich den Kopf und blickte mich angestrengt um, bis ich schließlich wieder zurück in die Gegenwart fand. Ich lag noch immer im Gras auf der Wiese vor der Hütte. Plötzlich fröstelte mich und ich rappelte mich umständlich auf, um zur Holzhütte zurückzukehren. Mein Zeitgefühl war mir durch meine Döserei völlig abhanden gekommen und ich fragte mich, ob Johannes bereits schon wieder auf dem Rückweg zu mir war.

Auch der Blick in Richtung Sonne ergab für mich keinen Aufschluss auf die etwaige Uhrzeit, doch ich entschied mich, dass es an der Zeit war, das Abendessen vorzubereiten.

Johannes hatte dafür in seinem Rucksack mehrere Scheiben Brot eingepackt. Dazu gab es für jeden von uns ein großes Stück Tiroler Schinken und Bergkäse und jeweils einen Apfel. Als I-Tüpfelchen hatte mein Kollege zwei Flaschen Weißbier mitgenommen, welches ich schmunzelnd ebenfalls auf den hölzernen Tisch im Inneren der Hütte stellte. Abschließend verließ ich die Hütte wieder, setzte mich auf die Holzbank neben der Eingangstür und wartete auf Johannes Rückkehr.

Die Zeit verging, doch von meinem Kollegen war weit und breit nichts zu sehen. Zunehmend beunruhigt ging ich immer wieder zum Anfang des schmalen Pfades, welcher hinter der Hütte im dichten Wald verschwand, und spähte angestrengt in die, mit jeder verstreichenden Minute dunkler werdenden Schatten zwischen den Bäume. Ich lauschte auf jedes noch so kleine Geräusch, doch es blieb alles beängstigend ruhig.

Die Sonne sank bereits unaufhaltsam in Richtung Horizont und es konnte nicht mehr allzu lange dauern, bis sie hinter den hoch aufragenden Berggipfeln im Westen verschwunden war. Danach würde das Tageslicht rapide abnehmen und ich hatte nicht die geringste Lust, alleine hier oben im Dunkeln zu sitzen und auf die Rückkehr meines wieder einmal abhanden gekommenen Kollegen zu warten.

Entschlossen ging ich zurück in die Hütte, kramte aus meinem Rucksack die große Taschenlampe hervor und steuerte anschließend zielstrebig auf den schmalen Weg zwischen den hohen Fichten hinter dem Blockhaus zu.

Im Schatten der dicht stehenden Bäume war es deutlich kühler als auf dem Hochplateau und ich zog fröstelnd die Schultern hoch. Entschlossen strebte ich vorwärts, weiterhin auf jedes auch noch so kleine Geräusch lauschend. Nach einer gefühlten Ewigkeit, die vermutlich jedoch nicht mehr als wenigen Minuten gedauert hatte, erreichte ich schließlich den gegenüberliegenden Rand des kleinen Waldes. Ich trat aus dem Schatten der dicht an dicht stehenden Bäume und schirmte meine empfindlichen Augen gegen das mir grell entgegen strahlende Tageslicht ab. Von meinem aktuellen Standort aus war die Sonne nun wieder deutlicher zu sehen, sie ragte noch immer beruhigend hoch über den Gipfeln der Berge empor. Ich hatte auf meinen Weg durch den Wald einiges an Höhenmetern zurückgelegt und so blieb ich, etwas außer Atem, einen Augenblick lang am Fuße einer großen Fichte stehen, um durchzuatmen und den weiteren Verlauf des Weges auszuspähen.

Dieser führte weiterhin recht steil bergauf und verschwand nach mehreren hundert Metern unvermittelt hinter einem Felsvorsprung. Die Vegetation um mich herum entsprach zunehmend der kargen Hochgebirgslandschaft, die man in solchen Höhen erwartete. Aus dem mit spärlichem Gras bewachsenen Boden ragten überall große Felsplatten und wuchtige Gesteinsbrocken hervor, zwischen denen sich der schmale Pfad hindurch stetig bergauf schlängelte. Mächtige Felsrinnen verliefen hunderte von Metern lang steil den Berg hinunter und an manchen Stellen querte der Wanderweg eine solche Rinne. Ich hielt weiterhin fieberhaft nach Johannes Ausschau, doch noch immer war mein Kollege nirgends zu entdecken. Zunehmend beunruhigt formte ich beide Hände zu einem Trichter, legte sie an meinen Mund und schrie, so laut ich konnte, Johannes Namen. Ich lauschte angestrengt, doch es kam keine Antwort.

Das ungute Gefühl, welches mich seit meinem Aufbruch vom Plateau beharrlich begleitete, wuchs mit jeder Sekunde, die mein Kollege verschwunden blieb. Ich schluckte entschieden die Panik hinunter, die allmählich in mir aufstieg und setzte entschlossen meine Suche fort. Immer wieder blieb ich auf dem schmalen Pfad stehen, um Johannes Namen zu rufen, doch jedes Mal antwortete mir nur mein eigenes Echo. Meter um Meter stieg ich bergauf, bis ich schließlich die Wegbiegung an der Felsnase erreicht hatte. Ich umrundete den großen Brocken, der mir den Blick auf den Verlauf des weiteren Weges und das dahinter liegende unbekannte Terrain versperrte.

Vor mir öffnete sich unvermittelt ein großer Kessel, dessen steile Felswände fast senkrecht über meinem Kopf in die Höhe ragten. Links neben dem Weg, der sich, mittlerweile nur noch wenige Zentimeter breit, immer weiter zwischen den Felsen hindurch schlängelte, fiel das Gelände steil bergab und endete mehrere Meter unterhalb meines Standortes in einem riesigen Geröllfeld. Auch vor mir auf dem Weg keine Spur von Johannes.

Panik begann allmählich die Kontrolle über meinen Körper zu übernehmen. Ich schnappte mehrfach hintereinander hektisch nach Luft und spürte, wie meine Hände und Füße plötzlich zu kribbeln anfingen.

Verdammt Sarah, ermahnte ich mich eindringlich, *fang jetzt bloß nicht an zu hyperventilieren!*

Ich versuchte krampfhaft, meine Atemfrequenz zu senken und allmählich ließ das Taubheitsgefühl wieder nach. In meinem Kopf drehte sich allerdings noch immer alles und ich klammerte mich Halt suchend an einen Felsvorsprung zu meiner Rechten. Nach kurzer Zeit ließ auch das Schwindelgefühl wieder nach und ich machte schließlich einen entschlossenen, wenn auch vorsichtigen Schritt nach vorne, um besser Ausschau nach Johannes halten zu können. Ein weiteres Mal rief ich laut seinen Namen und lauschte anschließend angestrengt.

S-A-R-A-H....

Von irgendwo vernahm ich endlich den Ruf meines verschollenen Kollegen. Hektisch klammerte ich mich mit beiden Händen wieder an den Felsvorsprung, um sicheren Halt zu haben, und suchte mit den Augen anschließend jeden Quadratzentimeter des riesigen Geröllfeldes um mich herum ab.

Johannes, wo bist Du?, schrie ich und ließ meinen Blick verzweifelt über das felsige Gelände schweifen.

Hier unten..., erklang es vom Fuße des Geröllfeldes und ich starrte angestrengt in den Abgrund links neben mir. Und tatsächlich...

Etliche Meter unterhalb meines Standortes konnte ich endlich die signalroten Farben von Johannes Hemd in der Tiefe ausmachen. Erschrocken sog ich die Luft ein und hielt abrupt den Atem an. Wie zur Hölle sollte ich da bloß hinunter kommen?

Meine nächste Frage war eigentlich mehr obligatorisch, doch ich schrie sie trotzdem in Richtung meines Kollegen: *Bist Du verletzt?*

Ja..., erklang es kurz und knapp von unten herauf, doch die Antwort überraschte mich an sich nicht wirklich. Beim näheren Betrachten der Felsrinne, durch die Johannes offensichtlich abgestürzt war, grenzte es eher schon an ein Wunder, dass er überhaupt noch lebte.

Verdammter Mist aber auch, murmelte ich wütend vor mich hin. Ich verlagerte mein Gewicht ein wenig nach vorne, um den Ort, an dem Johannes nach seinem Sturz schließlich liegen geblieben war, genauer zu betrachten.

Er lag in einer kleinen Senke, unweit eines großen Felsbrockens, etwa in der Mitte des riesigen Steinfeldes. Ich konnte die tatsächliche Distanz zwischen ihm und meiner jetzigen Position nur schlecht abschätzen, doch ich vermutete, dass Johannes ungefähr dreißig bis vierzig Meter tief abgestürzt war.

Vorsichtig machte ich einen kleinen Schritt nach vorn. Unvermittelt löste sich durch meine plötzliche Gewichtsverlagerung ein nicht unerhebliches Geröllbrett und der Boden unter meinem Fuß gab mit einem Mal nach. Erschrocken trat ich wieder einen Schritt zurück und klammerte mich erneut an einer hervorstehenden Felsnase fest. Auf diesem Wege konnte ich Johannes unmöglich erreichen, ich würde schnellstens eine andere Abstiegsmöglichkeit finden müssen.

Beweg Dich nicht von der Stelle, ich komme zu Dir runter, hörst Du? schrie ich entschlossen den Hang hinunter, wohl wissend, dass sich mein Kollege vermutlich nicht vom Fleck bewegen konnte, selbst wenn er es gewollt hätte.

Johannes hob zum Zeichen, dass er meinen Anweisungen garantiert Folge leisten würde, seinen rechten Arm und winkte mir zu. Ich drehte mich vorsichtig um, penibel darauf bedacht, nicht noch mehr Steine loszutreten, die meinen Kollegen unten in der Senke treffen, und dadurch eine zusätzliche Verletzungsgefahr für ihn darstellten könnten, und ging ein kleines Stück auf dem Pfad zurück. Dabei umrundete ich erneut die Felsspitze und das Geröllfeld verschwand schließlich aus meinem Blickfeld.

Hier, wenige Meter vor der Biegung, war der Hang zwar genauso steil, doch der Untergrund bestand überwiegend aus Erde und darauf wachsendem Gras. Es lagen lediglich vereinzelte Felsen herum, an denen man sich beim Abstieg bei Bedarf sogar auch noch festhalten konnte. Ich ging in die Hocke, setzte mich an den Rand des Pfades und schwang fest entschlossen beide Beine über den steilen Abhang.

Es dauerte einige Sekunden, bis meine Füße ausreichend Halt in dem unwegsamen Gelände gefunden hatte und ich schickte dankbar ein Stoßgebet zum Himmel, dass ich entsprechende Alpinwanderschuhe mit fester Sohle an meinen Füßen trug. Das Licht der unaufhaltsam immer weiter sinkenden Sonne wurde mit jeder Minute, die verstrich, spärlicher und ich musste mich nun wirklich beeilen, wenn ich Johannes noch vor Einbruch der Dunkelheit zurück zur Blockhütte bringen wollte.

Ich krallte mich an allem, woran man sich auch nur im entferntesten in diesem Steilhang festhalten konnte, mit den Händen fest und rutschte, zeitweise sogar auf dem Hosenboden Meter für Meter den steilen Hang hinunter. Immer wieder riss ich mir dabei die Hände an den scharfen Kanten der Felsen auf, und ein ums andere Mal krallten sich meine Finger in silbrige Disteln, die überaus zahlreich auf dem felsigen Boden des Abhanges wuchsen und deren spitze Dornen sich zum Dank für meine rüde Störung tief in meine Haut bohrten. Doch diese kleinen, banalen Verletzungen, die ich mir dadurch zuzog, spürte ich in diesem Augenblick kaum. Meine Gedanken waren gänzlich mit der Bergung meines verletzten Kollegen beschäftigt. Ich musste einfach so schnell wie möglich zu ihm.

Nach einigen Minuten hatte ich geschätzt die Höhe erreicht, auf der sich Johannes einige Meter voraus zu meiner Rechten und durch den Bergrücken für meinen Blick vorerst noch verborgen, befinden musste. Vorsichtig, und mich nach wie vor noch immer krampfhaft festklammernd, stieg ich nun weiter geradeaus und überquerte schließlich den Bergrücken. Vor mir erstreckte sich nun wieder das riesige Geröllfeld und ich hielt kurz inne, um zu Atem zu kommen. Ich suchte fieberhaft nach dem großen, markanten Felsen, hinter dem Johannes in einer kleinen Senke lag.

Wenig später konnte ich ihn schließlich, unweit von meiner derzeitigen Position entfernt und nur wenige Meter unterhalb, ausmachen. Auf Händen und Knien rutschte ich vorsichtig die letzten Meter über das lose Geröll, welches unter meinem Gewicht natürlich sofort in Bewegung geriet. Lose Steine, teils fußballgroß, kugelten bergab, genau in Johannes Richtung.

Achtung Steine!, rief ich vorsorglich, obwohl der Körper meines Kollegen durch den großen Felsen einigermaßen geschützt war. So hoffte ich zumindest.

Endlich hatte ich den Brocken erreicht. Mit einem einzigen, großen Schritt umrundete ich ihn schließlich und wäre anschließend fast über Johannes gestolpert.

Er lehnte in halb sitzender Position mit dem Oberkörper gegen den Felsklotz. Seinen linker Arm hielt er mit der rechten Hand vorsichtig gestützt und sein rechtes Hosenbein war Blut durchtränkt. *Mist!,* entfuhr es mir unvermittelt und ich ließ mich eilig neben meinem Kollegen auf den steinigen Boden sinken.

Johannes hatte bei meinem Eintreffen die Augen geschlossen. Ein dünnes Rinnsal Blut zog eine dunkelrote Spur von seiner Stirn ausgehend durch sein Gesicht. Er war blass und seine Haut fühlte sich kühl und feucht an. Alarmiert zog ich meine Hand zurück, die an seiner Carotis nach dem Puls gefühlt hatte. Zu schnell und zu flach, eindeutige Anzeichen für einen beginnenden Kreislaufschock. *Johannes! Hörst Du mich?* Ganz sacht berührte ich meinen Kollegen an der rechten Schulter.

Natürlich höre ich Dich, antwortete er prompt und blinzelte mich mit einem Auge vorsichtig an, *Du machst ja einen Lärm, als hättest Du eine ganze Elefantenherde zu meiner Rettung mitgebracht!*
Ich gab ein empörtes Schnauben von mir. So schlimm konnte es dann wohl doch nicht um Johannes bestellt sein, wenn er noch genügend Energie hatte, mich derart aufzuziehen. Ich richtete mich etwas auf und begann schließlich routiniert mit einer ersten Bestandsaufnahme seiner Verletzungen.

Wo hast Du Schmerzen?, fragte ich knapp und er deutete mit dem Kopf vorsichtig in Richtung seiner linken Schulter. Dabei verzog er schmerzverzerrt das Gesicht.

Linke Schulter! Tut höllisch weh, vermutlich luxiert! Ich kann sie überhaupt nicht bewegen.

Na super, dachte ich entnervt und verdrehte dabei die Augen. Genau das, was ich in meiner medizinischen Laufbahn schon immer einmal machen wollte. Eine luxierte Schulter in fast 2000 Meter Höhe reponieren. Natürlich ohne die komfortablen Schmerz- und Muskelrelaxansmittel wie Fentanyl, Midazolam und Ketanest oder, noch besser, Propofol für eine Kurznarkose, und natürlich auch ohne die tatkräftige Unterstützung von Anästhesisten und Notaufnahmepersonal. Resigniert zuckte ich schließlich mit den Schultern. *Also gut, was sonst noch?*

Johannes öffnete die Augen und blickte, offensichtlich sehr erleichtert, zu mir auf. Es war unschwer zu erkennen, wie froh er war, dass ich ihn endlich gefunden hatte. Er verzog die Wundwinkel zu einer Grimasse, bevor er zögerlich auf meine Frage antwortete: *Offene Tibia- oder Fibulafraktur rechter Unterschenkel, vielleicht auch beides. Hoffentlich aber keines davon.*

Überaus bestürzt und mit weit aufgerissenen Augen wandte ich mich seinem rechten Unterschenkel zu. Das war nun wirklich das Allerletzte, was wir hier oben brauchen konnten. Blutende Wunden hatten zudem stets Vorrang vor geschlossenen Verletzungen, wie zum Beispiel einer Schulterluxation.

Umständlich zerrte ich mit zitternden Fingern an dem Reißverschluss des rechten Hosenbeins, der Johannes' lange Hose in wenigen Sekunden in eine Kurze verwandeln konnte. Als sich der Reißverschluss endlich öffnete, zog ich hektisch den dünnen Stoff nach unten und riskierte schließlich einen ersten Blick auf Johannes' verletzten Unterschenkel.

Nicht auf das Blut achtend, was in nicht gerade geringer Menge aus der großen Fleischwunde an Johannes' Schienbeinvorderkante floss, untersuchte ich die Wunde und überprüfte vorsichtig, soweit es unter diesen rudimentären Bedingungen eben möglich war, die Stabilität der darunter liegenden Knochen.

Erleichtert ließ ich mich auf die Haken zurücksinken und wischte anschließend meine blutverschmierten Hände achtlos an meiner Bluse ab. *Okay. Auf den ersten Blick keine wesentliche Fraktur zu erkennen. Die Tibia fühlt sich soweit stabil an, was mit der Fibula ist, kann ich allerdings ohne Röntgen nicht sicher sagen. Zweifelsohne hast Du aber eine große Fleischwunde, die bis auf das Periost der Tibia reicht.* Auf dem Wundgrund konnte ich den gelblich-weißen Knochen des Schienbeins deutlich erkennen.

Johannes schnaubte resigniert, während ich fieberhaft darüber nachdachte, wie ich die Wunde so steril wie möglich erstversorgen konnte. Um den nicht unwesentlichen Blutverlust daraus zu unterbinden, musste schnellstmöglich eine geeignete Kompression her.

Kurzerhand zog ich meine Bluse aus. Johannes beäugte mich mit hochgezogenen Augenbrauen und ich schnitt eine entrüstete Grimasse, als ich seinen belustigten Gesichtsausdruck sah. Dann schlüpfte ich aus meinem weißen Unterhemd und stand schließlich nur noch im BH vor meinem Kollegen. *Das ist leider das einzig noch einigermaßen saubere Kleidungsstück, welches ich derzeit am Körper trage,* verkündete ich herausfordernd und Johannes rang sich ein müdes Lächeln ab. *Es ist zwar ein wenig verschwitzt, doch das muss für die Erstversorgung Deiner Wunde vorerst reichen.* Ich kniete mich erneut neben Johannes' rechtes Bein, faltete das Unterhemd sorgfältig zusammen und presste es anschließend fest auf die noch immer heftig blutende Wunde. Johannes verzog das Gesicht und biss sich auf die Unterlippe, um nicht zu schreien.

Schweigend drückte ich mein Unterhemd einige Minuten lang auf die Wunde an Johannes Unterschenkel und überlegte dabei immer wieder, wie ich meinen Kollegen den ganzen Berg hinauf und anschließend wieder zurück zur Hütte bringen sollte. Das alles sollte zudem in der nächsten halben Stunde geschehen, denn danach würde es ziemlich schnell ziemlich dunkel hier oben werden und ich wollte in keinem Fall eine Rettungsaktion mit Taschenlampe durchführen.
Nebenbei hatte ich zudem bei meiner zeitlichen Kalkulation die winzige Tatsache auch noch gar nicht berücksichtigt, dass ich davor erst noch die luxierte Schulter meines Kollegen würde reponieren müssen, denn mit ausgekugelter Schulter würde ich ihn wohl keinen Zentimeter weit bewegen können.

Frustriert stieß ich immer wieder die Luft durch meine Nase aus und bemerkte erst einige Zeit später, dass mich Johannes schmunzelnd beobachtete.
Das glaub ich doch jetzt nicht!, polterte ich empört drauf los, als ich den Gesichtsausdruck meines Kollegen sah, *ich zermartere mir den Kopf, wie ich Dich am Besten von diesem verdammten Berg hier herunter bekomme und Du lachst mich aus?*
Johannes senkte schuldbewusst seinen Blick, doch einige Sekunden später wandte er sein Gesicht wieder in meine Richtung und sagte, nun wieder vollkommen ernst: *Danke, Sarah, dass Du Dich auf*

die Suche nach mir gemacht hast. Ohne Dich würde ich vermutlich die kommende Nacht hier oben nicht überleben. Ich bin froh, dass Du da bist. Er ließ vorsichtig seinen linken Arm los und griff mit seiner gesunden Rechten nach meiner freien Hand.

Nochmals, Danke. Er drückte sanft meine Hand und blickte erneut reumütig zu Boden.

Schon okay, mein Zorn hatte sich binnen Sekunden wieder in Luft aufgelöst, *das Gleiche hättest Du für mich doch auch getan.*

Johannes nickte wortlos und ließ meine Hand los. Ich gab mich anschließend weiter meiner Grübelei hin, wie ich meinen Patienten am Besten von hier fortbringen konnte.

Die Minuten verstrichen, ohne dass mir eine sinnvolle und einigermaßen praktikable Lösung meines Problems eingefallen wäre. Schließlich erhob ich mich entschlossen. Ich hatte mich endlich zu einer Entscheidung durchgerungen.

Ich kann das hier nicht alleine bewältigen, Johannes. Ich kriege Dich nie und nimmer ohne fremde Hilfe von hier fort. Eindringlich musterte ich meinen Kollegen, der mir mit einem Kopfnicken zustimmte. *Ich werde zurück zur Hütte laufen und über mein Mobiltelefon die Bergrettung alarmieren. Wenn ich mich beeile, wird es noch hell genug sein, um Dich mit dem Hubschrauber zu bergen.* Instinktiv blickte ich in den Himmel. Die Sonne war bereits im Begriff, hinter den Bergen zu verschwinden. Ich musste mich wirklich sehr beeilen.

Ich legte Johannes aufmunternd meine Hand auf seine rechte Schulter. *Ich bin bald zurück und dann bringen wir Dich in Sicherheit, okay?*

Okay. Sei bitte vorsichtig, Sarah.

Ich nickte noch einmal kurz zum Abschied, dann wandte ich mich entschlossen um und machte mich an den beschwerlichen Aufstieg zurück zum Wanderpfad.

Bergauf war es überraschender Weise allerdings wesentlich einfacher als zuvor bergab. Ich bewegte mich überwiegend auf allen Vieren vorwärts, und krabbelte und kletterte, Ellenbogen und Knie zu Hilfe nehmend, eilig den steilen Hang hinauf. Ich erreichte den Wanderweg in geschätzt der Hälfte der Zeit, die ich zuvor für den Abstieg benötigt hatte.

Doch zum verschnaufen blieb mir leider keine Zeit. Ich rannte, so schnell es das unwegsame Gelände unter meinen Füßen zuließ, den Weg zurück zu dem kleinen Fichtenwäldchen. Im Wald musste ich mein Tempo allerdings dann doch ein wenig verringern. Es war bereits fast stockdunkel darin, das spärliche Restlicht des Tages reichte nicht mehr aus, um mir genügend Helligkeit für meinen Rückweg zu spenden.

Hektisch knipste ich im laufen die Taschenlampe an. Der gleißende Lichtkegel warf unheimliche Schatten in die Tiefen des Waldes, erleuchtete den Weg vor mir aber soweit, dass ich wieder schneller laufen konnte, ohne die Gefahr, über am Boden liegende Zweige oder hochstehende Wurzeln zu stolpern. Eine Gänsehaut kroch mir eiskalt den Rücken empor. Natürlich hatte ich vor Johannes´ Wundversorgung mittels meines Unterhemdes meine Bluse wieder übergezogen, doch das fehlende Kleidungsstück machte sich nun doch unangenehm bemerkbar. Mich fröstelte unvermittelt und ich beschleunigte meinen Schritt noch ein weiteres Mal.

Innerhalb weniger Minuten hatte ich den Wald durchquert und erreichte endlich das Plateau mit der Blockhütte. In wenigen großen Schritten stand ich in der Hütte und kramte hektisch in meinem Rucksack nach meinem Handy. Während ich den Einschaltknopf drückte, schickte ich ein Stoßgebet zum Himmel, dass ich hier oben in der Abgeschiedenheit bitte Empfang haben möge.

Zu meinem Glück hatte der liebe Gott ein Einsehen mit mir und der misslichen Lage, in der sich Johannes noch immer befand. Innerhalb kurzer Zeit hatte sich das Telefon in einen erreichbaren Sender eingebucht und in der Empfangsanzeige leuchtete eine ausreichende Anzahl Balken auf, um telefonieren zu können.

Meine Finger zitterten leicht, als ich die Notrufnummer 112 wählte. Das Display leuchtete kurz auf und ein Freizeichen war zu hören, dann wurde es nach drei schrillen Pieptönen jedoch plötzlich wieder schwarz.

Verwundert drehte ich das Telefon in meinen Händen. Was zur Hölle war denn jetzt mit diesem Gerät los. Immer, wenn man sie am dringendsten benötigte, versagte diese verdammte Technik. Ich schimpfte leise vor mich hin, dann startete ich das Telefon erneut.

Dieses Mal gab das Gerät die drei Piep-Töne bereits schon von sich, bevor es sich richtig eingebucht hatte und auf dem Display leuchtete für einen kurzen Moment sichtbar das Symbol *Akku schwach* auf.

Wie bitte? Akku schwach!, empört drückte ich ein drittes Mal den Einschaltknopf, doch auch dieser Versuch endete in der abrupten Abschaltung des Gerätes. *Ich hab das verdammte Teil doch heute morgen erst komplett aufgeladen. Wie kann denn dann der Akku schwach sein?*

Wütend feuerte ich das Handy zurück in meinen Rucksack. Mit einem Mal plötzlich todmüde, sank ich auf die neben mir stehende Holzbank nieder und bedeckte mein Gesicht mit beiden Händen. Tiefe Hoffnungslosigkeit machte sich unvermittelt in mir breit und ein verzweifeltes Schluchzen stieg in meiner Kehle auf.

Was sollte ich jetzt bloß tun.

Mein an sich perfekter Plan, per Telefon die Bergwacht zu alarmieren und Johannes mit dem Hubschrauber noch vor Einbruch der Nacht bergen zu können, hatte sich mit einem Mal in Luft aufgelöst. Ich würde es auch niemals zu Fuß bis ins Tal hinunter schaffen, um Hilfe zu holen, bevor es zu dunkel war, um einen Hubschrauber einzusetzen. Heiße Tränen bitterer Verzweiflung rannen mir über die Wangen und tropften auf die hölzerne Tischplatte unter meinem Gesicht.

Du kannst hier nicht für Ewig sitzen bleiben und jammern, ermahnte mich schließlich eindringlich eine Stimme in meinem Kopf, *Johannes liegt ganz allein dort oben in dem Geröllfeld und verlässt sich auf Dich! Du musst endlich etwas unternehmen!!*

Verdammt, das weiß ich selbst!, polterte ich aufgebracht drauflos, als gehöre die Stimme einer anderen Person, und nicht mir selbst.

Was mach ich bloß?, fragte ich mich immer und immer wieder, ohne allerdings eine entsprechende Antwort zu erhalten.

Also gut, entschlossen sprang ich auf und hätte dabei in meinem neu entfachten Eifer fast die Holzbank mit umgerissen, *dann werde ich ihn eben alleine retten!*

Zwar hatte ich persönlich selbst noch immense Zweifel an der realistischen Durchführbarkeit meines neuen, durchaus tollkühnen Planes, doch mein Entschluss stand immerhin fest. Ich konnte Johannes wohl kaum über Nacht seinem Schicksal überlassen.

Entgegen dessen eigener Aussage glaubte ich selbst zwar nicht wirklich, dass Johannes die Nacht dort oben in dem Geröllfeld nicht überleben würde, doch auch ich würde schließlich erwarten, dass mein Kollege alles Mögliche zu meiner Rettung unternahm, sollte ich mich einmal in einer gleichen oder ähnlich misslichen Situation befinden.

Einmal mehr war ich überaus erleichtert, dass ich zumindest eine kleine Notfallausrüstung in meinem Rucksack verstaut hatte. In dem Kit befanden sich neben diversen, nützlichen Verbandssachen auch einige Medikamente, wie zum Beispiel ein Schmerzmittel, welches ich über die Vene verabreichen konnte. Ich räumte die restlichen Sachen, die sich noch in meinem Rucksack befanden, auf den großen Holztisch und packte anschließend nur die Utensilien wieder zurück, die ich für meine Rettungsaktion auch tatsächlich benötigen würde.

So fand neben dem Notfallkit die zusätzliche Taschenlampe ihren Weg in meinen Rucksack, ebenso ein stabiles Seil, welches ich in der Hütte an einer Wand hängend gefunden hatte, und Johannes' Windjacke. Durch das lange Stillliegen an einem Fleck musste er bereits ziemlich durchgefroren sein und auch gegen den gefürchteten Kreislaufschock, der bei dieser Art von Verletzungen allzu schnell zusätzlich zu einem ernsten Problem werden konnte, würde ein wenig Wärme schon helfen. Zu guter Letzt packte ich auch noch meine Isomatte ein. Im Notfall würde ich Johannes darauf vielleicht den steilen Berghang hinauf nach oben ziehen können, nur für den Fall, dass er aus eigener Kraft nicht mehr in der Lage war, hinaufzukommen. Doch darüber wollte ich im Augenblick lieber nicht nachdenken. Mein Vorhaben war ohnehin schon kompliziert genug. Ich schlüpfte gleichfalls in meine Windjacke, schulterte meinen Rucksack und wandte mich entschlossen zur Tür.

Da mir der Weg von meiner ersten Erkundung noch überaus vertraut war, dauerte es dieses Mal nur wenige Minuten, bis ich die Stelle erreicht hatte, an der ich den Steilhang hinuntersteigen musste. Die Sonne war mittlerweile vollständig hinter der Bergkette im Westen verschwunden und lediglich ihre allerletzten Strahlen tauchten die Bergwelt um mich herum in ein atemberaubend schönes, rötlich-goldenes Licht.

Doch für diesen wunderschönen Anblick des sogenannten Alpenglühens hatte ich im Moment leider keinen Gedanken übrig. Ich stolperte und hastete den Abhang hinunter, wobei ich mir erneut, und wie bereits beim ersten Abstieg, die Hände an Disteln und scharfen Steinkanten aufriss.

Endlich hatte ich das Geröllfeld erreicht und ich rief laut, *Johannes, ich bin wieder da...*, noch bevor ich meinen Kollegen in seinem Felsenversteck entdeckt hatte. Die Erleichterung in seinem Gesicht war unverkennbar, als ich um den Felsen herum gerannt kam und mich unvermittelt neben ihm niederplumpsen ließ. Mein Gesicht glühte vor Anstrengung und es dauerte einige Sekunden, bis ich genügend Atem geholt hatte, um ihm zu erklären, was passiert war.

Seine Augen wurden immer schmaler und verengten sich schließlich fast zu Schlitzen, als ich ihm von dem leeren Akku meines Handys und der somit nicht realisierbaren Rettung durch einen Hubschrauber der Bergwacht berichtete. Auch war er von meinem neuen Plan, ihn ohne fremde Hilfe aus diesem Geröllfeld zu bergen, bis zur Hütte zu schleppen und dort die Nacht abzuwarten, um am nächsten Morgen alleine ins Tal zurückzulaufen und Hilfe zu holen, nicht allzu begeistert.

Die Zweifels standen ihm deutlich ins Gesicht geschrieben, als er schließlich etwas sagte, und es waren natürlich zudem bei weitem nicht die Worte, die ich gerne von ihm gehört hätte: *Sarah, das schaffst Du niemals alleine. Ich bin viel zu schwer für Dich und außerdem kann ich mich wegen der Schmerzen in meiner ausgekugelten Schulter sowieso fast nicht bewegen. Zudem scheine ich mir auch noch die ein oder andere Rippe bei dem Sturz gebrochen zu haben, ich habe nämlich tierische Schmerzen beim atmen.* Bei seinen Worten verdrehte ich entnervt die Augen, doch er fuhr fort, ohne mir die Möglichkeit eines Einwandes zu geben: *Du musst mich hier liegen lassen, alleine zurück zur Hütte gehen und die Nacht dort abwarten. Morgen früh steigst Du dann bei Sonnenaufgang gleich ins Tal ab und verständigst die Bergwacht, damit sie eine Rettung mittels Hubschrauber einleiten können. Bitte Sarah, geh und lass mich hier.* Ein Blick in sein ausdrucksloses Gesicht strafte seinen drängenden Worten allerdings Lügen. Es war nur allzu deutlich zu erkennen, dass das, was er soeben zu mir gesagt hatte, nicht im geringsten dem entsprach, was er an sich in Wirklichkeit wollte.

Doch Johannes würde niemals direkt von mir verlangen, dass ich mein eigenes, beziehungsweise unser beider Leben für seine Rettung in Gefahr brachte. Lieber würde er hier alleine eine ganze, lange Nacht verletzt ausharren, bloß um mich in Sicherheit zu wissen. Seine ausgesprochene Fürsorge mir gegenüber trotz seiner eigenen, im Moment scheinbar aussichtslosen Situation schnürte mir vor lauter Rührung für einen Augenblick die Kehle zu.

Das, mein Lieber, kommt überhaupt nicht in Frage, zischte ich schließlich trotzig und hob energisch die Hand, und jegliche erneute Einwände seinerseits bereits im Keim zu ersticken. Johannes hatte schon den Mund geöffnet, um lauthals zu protestieren, doch ich fiel ihm entschieden ins Wort.

Entweder verlassen wir beide gemeinsam diesen Ort, was bedeutet, Du wirst Dir von mir helfen lassen, oder..., ich wedelte fahrig mit den Händen durch die Luft, *ich bleibe hier, bei Dir.* Trotzig schob ich das Kinn vor, bevor ich fortfuhr: *Du glaubst doch nicht allen Ernstes, dass ich seelenruhig zur Hütte zurückkehre, dort nächtige und Dich hier in der Kälte Deinem Schicksal überlasse? Wofür hältst Du mich denn eigentlich, Johannes Bronner? Für einen Feigling?*

Aufgebracht baute ich mich vor ihm auf und stemmte energisch beide Hände in die Hüften: *Ich bin Deine Kollegin und auch eine Freundin und ich werde, verdammt noch mal, heute Nacht bei Dir bleiben. Und Du...,* mit ausgestrecktem Zeigefinger fuchtelte ich anklagend vor seiner Nase herum und Johannes begann unvermittelt, zu schmunzeln, *... lässt Dich jetzt gefälligst von mir verarzten, damit ich Dich noch vor Einbruch der Dunkelheit zumindest einigermaßen transportfähig bekomme!*

Auf Johannes´ Gesicht breitete sich ein erleichtertes Lächeln aus und er stimmte meinem kühnen Vorschlag schließlich ohne einen weiteren

Protest zu. *Okay, dann lass uns anfangen, Frau Doktor.*, sagte er schlicht und begab sich somit schicksalsergeben in meine fachkundigen Kollegenhände.

Zuerst nahm ich mir erneut seine noch immer blutende Wunde am rechten Schienbein vor. Ich entfernte meine provisorische Abdeckung in Form meines Unterhemdes, spülte die Wunde mit Mineralwasser vorsichtig etwas aus und legte einige sterile Kompressen aus meinem Notfallkit darüber, welche ich zum Schluss noch mit einer leichten Kompressionsbinde fixierte. Zufrieden mit meinem Werk erhob ich mich schließlich und streckte meine verspannte Rückenmuskulatur.

Tja, und nun zu Deiner Schulter. Johannes presste die Lippen fest aufeinander, als ich mit einer ersten, grob orientierenden Untersuchung begann. Er hatte offensichtlich große Schmerzen, lehnte es jedoch vorerst noch kategorisch ab, dass ich ihm etwas von dem mitgebrachten Schmerzmittel verabreichte.

Das halte ich schon aus..., erklärte er hochmütig, doch schon bei der geringsten Bewegung fing er heftig an zu schwitzen und seine Gesichtsfarbe wandelte sich von normal nach ziemlich blass.

Ich schnaubte verächtlich, beließ es jedoch fürs Erste bei seiner ablehnenden Entscheidung. Vermutlich würde er bereits in wenigen Minuten selbst zur Vernunft kommen, wenn ich erst mit der äußerst schmerzhaften Prozedur des Einrenkens seiner ausgekugelten Schulter begonnen hatte. Zuvor musste ich allerdings noch weitgehend sicherstellen, dass sich hinter der offensichtlichen Luxation nicht noch zusätzlich eine Fraktur des Oberarmkopfes oder -schaftes verbarg, denn dann könnte mein Einrenkversuch großen Schaden anrichten. Ohne Röntgenbildgebung war dies zweifelsohne ein fast aussichtsloses Unterfangen, doch ich musste es zumindest versuchen. Sorgfältig betastete ich Johannes Oberarm, wobei sein ausgeprägter Bizeps und Deltamuskel zwar recht hübsch anzusehen, für meine Untersuchung jedoch leider überaus hinderlich war. Doch für den ersten Moment wagte ich, Entwarnung zu geben. Soweit beurteilbar war der obere Humerus-Teil stabil.

Versuch, so locker wie möglich zu bleiben, wies ich meinen Patienten an, denn nur mit einer weitgehend entspannten Muskulatur bestand, wenn überhaupt, eine geringe Chance, eine luxierte Schulter ohne Narkose zu reponieren. Auch mittels Medikamenten war es in einigen Fällen, zumindest ohne richtige Kurznarkose, die für eine vollkommene Muskelrelaxation des Patienten sorgte, eine überaus schweißtreibende und anstrengende Prozedur für einen Mediziner, einen ausgekugelten Humeruskopf wieder zurück an seinen ursprünglichen Platz im Schultergelenk zu bugsieren. Unter derart widrigen Bedingungen allerdings standen mir kurzfristig buchstäblich erst einmal die Haare zu Berge.

Ich brachte mich dennoch in Position, mir blieb keine andere Wahl. Entschlossen kniete ich mich an Johannes linke Seite, ergriff seinen linken Unterarm und stemmt ihm vorsichtig meinen linken Fuß, von dem ich zuvor den Wanderstiefel abgestreift hatte, in seine linke Achselhöhle. Ein letztes Mal dachte ich sehnsüchtig an die Hilfsmittel, wie etwa einen Repositionsstuhl, die einem in der Klinik für derartige Fälle zur Verfügung standen. Doch ich war nun einmal hier in den Bergen auf mich alleine gestellt und da half auch kein erneutes Jammern.

Beherzt begann ich, mittels der in meiner Zeit als Assistenzärztin in der Unfallchirurgie immer wieder einstudierten Dreh- und Beugebewegungen, Johannes Oberarmkopf in Richtung Schulterpfanne zu bewegen. Johannes biss krampfhaft die Zähne zusammen und sein Gesicht nahm eine alarmierend blasse Farbe an. Doch ich konnte darauf im Moment leider keine Rücksicht mehr nehmen. Ich zog und drückte immer weiter behutsam den Humeruskopf in Richtung seiner Ursprungsposition.

Obwohl ich ihn vorher eindringlich angehalten hatte, seine Muskeln so locker wie irgend möglich zu lassen, die Schmerzen waren für Johannes schier unerträglich. Seine rebellierenden Muskeln spannten sich derart aufgebracht gegen meine Bemühungen, dass es für mich schier unmöglich war, noch länger dagegen zu arbeiten. Meine körperlichen Kräfte schwanden sekündlich, doch ich würde definitiv nicht aufgeben, und wenn es mich alle Reserven kosten würde, die mir noch übrig blieben, schwor ich mir verbissen. Trotz der Kühle, die mittlerweile die Hitze des Tages abgelöst hatte, strömte mir der Schweiß aus jeder Pore meines Körpers und tropfte von der Spitze meiner Nase ungeachtet auf den felsigen Boden.

Mit einem letzten, verzweifelten Aufstöhnen stemmte ich mich noch einmal mit aller, mir noch zur Verfügung stehenden Kraft gegen die widerspenstige Schulter meines Kollegen und zog ein letztes Mal beherzt an seinem linken Arm.

Johannes stieß einen langen, schrillen Schmerzensschrei aus und sank dann unvermittelt in sich zusammen. Im selben Augenblick spürte ich endlich das lang ersehnte *Plop,* als der Oberarmkopf schließlich an seinen alten Platz im Schultergelenk zurückglitt.

Ich betastete noch ein Mal prüfend Johannes' Schulter, um sicherzustellen, dass sich der Kopf auch tatsächlich wieder an seinem ursprünglichen Platz befand, dann legte ich Johannes' linken Arm vorsichtig auf seinen Bauch und fixierte ihn in dieser Position mit einem großen Verbandstuch, welches ich bereits vor Beginn der Prozedur aus meinem Notfallkit gekramt hatte.

Völlig erledigt und mit von der Anstrengung noch immer heftig zitternden Händen wischte ich mir umständlich den Schweiß aus dem Gesicht, dann rutschte ich auf Knien dichter an meinen Kollegen heran und streichelte ihm sacht über sein blasses Gesicht.

Johannes, alles okay?, fragte ich, noch immer überaus besorgt. Johannes begann schließlich langsam, wieder die Augen zu öffnen. Zuerst flatterten seine Lider nur, doch nach wenigen Sekunden klärte sich sein Blick und er drehte erschöpft den Kopf in meine Richtung. Erleichtert atmete ich aus.

Wie sieht es mit Deinen Schmerzen aus? Soll ich Dir nicht doch etwas geben?

Zu meiner Überraschung nickte Johannes langsam mit dem Kopf. Er war noch zu schwach, um zu sprechen und auch noch immer sehr blass im Gesicht. Ich begann langsam, mir ernsthaft Sorgen um ihn zu machen. In diesem Zustand würde ich ihn nie und nimmer von hier fort bekommen. Und die Zeit drängte unaufhörlich.

Ich suchte in meinem Rucksack nach dem entsprechenden Analgetikum, zog es routiniert auf und ließ mich rechts neben Johannes auf den Geröllboden sinken.

Gott sei Dank braucht man bei Deinen Venen keinen Stauschlauch, versuchte ich die angespannte Situation ein wenig auf zu lockern, doch in mir stieg mittlerweile unaufhaltsam Panik auf. Johannes zuckte noch nicht einmal mit den Wimpern, als ich die Kanüle durch seine feuchte Haut in der Ellenbeuge stach. Er lag völlig still und rührte sich nicht. Einzig sein Atem ging, zu meiner großen Erleichterung, regelmäßig und ich spürte seinen Puls beruhigend gleichmäßig unter meinen Fingerspitzen, als ich diesen im Anschluss an die Injektion kontrollierte.

Trotz der aufziehenden Dunkelheit blieb mir nichts anderes übrig, als abzuwarten, bis sich der Zustand meines Patienten wieder etwas stabilisierte. Ich holte die mitgebrachte Isomatte aus meinem Rucksack hervor und breitete sie sorgfältig über Johannes' erschöpftem Körper aus. Seine Haut war in den letzten Minuten zunehmend kälter geworden und er hatte zudem begonnen, unkontrolliert zu zittern.

Die Minuten verstrichen, ohne dass sich Johannes' Zustand merklich gebessert hatte. Immer wieder überprüfte ich seine Vitalfunktionen. Er schien eingeschlafen zu sein und ich gab ihm schließlich die Zeit, die sein Körper brauchte, um sich von den starken Schmerzen, welche die Reposition verursacht hatte, zu erholen und ließ somit auch dem Schmerzmittel die Möglichkeit, zu wirken.

Doch an sich hatten wir genau diese Zeit nicht mehr. Es wurde immer dunkler um uns herum. Obwohl sich meine Augen dem abnehmenden Licht vorerst noch einigermaßen anpassen konnten, verschwammen die Konturen um mich herum nun mehr und mehr im einheitlichen Grau-schwarz der aufsteigenden Nacht. Schließlich ergriff ich die beiden Taschenlampen, die ich in weiser Voraussicht mitgenommen hatte, und schaltete sie ein. Das grelle Licht blendete mich unvermittelt und auch Johannes kniff überrascht im Halbschlaf die Augen zusammen.

Ich berührte meinen Kollegen vorsichtig an seiner gesunden Schulter. *Es tut mir Leid, Johannes, doch wir müssen aufbrechen. Es ist schon dunkel und je länger wir warten, desto ungemütlicher wird es nachher für uns.*

Johannes hatte die Augen endlich ganz geöffnet und blickte noch immer leicht benommen zu mir hinüber. *Es wird schon gehen,* seine Stimme sollte mir gegenüber natürlich zuversichtlich klingen, doch er sah noch immer völlig fertig aus.

Sein desolater Zustand änderte allerdings leider nichts an der Tatsache, dass wir jetzt wirklich dringend aufbrechen mussten. Entschlossen nahm ich die Isomatte von Johannes Körper herunter und verstaute sie sorgfältig wieder in meinem Rucksack.

Johannes hatte sich zwischenzeitlich unter einigen Mühen in eine sitzende Position gebracht und machte nun Anstalten, alleine aufzustehen. Er erhob sich dabei allerdings ein wenig zu schnell und begann unvermittelt zu schwanken. Ich machte einen beherzten Satz auf ihn zu und packte ihn an seinem gesunden Arm, um ihn abzufangen. Doch er hob abwehrend seine Rechte und wiederholte entschieden, wenn auch durch zusammengebissene Zähne: *Es geht schon!*

Ich trat einen kleinen Schritt zurück, blieb aber dennoch nahe genug an seiner Seite, um ihn, sollte er erneut ins straucheln geraten, festhalten zu können. Johannes hatte die Lippen fest zusammengekniffen und seine Augen waren zu schmalen Schlitzen verengt. Trotz des Analgetikums schien er noch immer heftige Schmerzen zu haben.

Vorsichtig belastete er sein verletztes rechtes Bein. Unvermittelt sog er die Luft ein, als ihn ein stechender Schmerz durchfuhr. Doch es nutzte alles nichts, er musste aus eigener Kraft den Hang hinauf kommen und dafür brauchte er nun einmal seine beiden Beine. Er versuchte es erneut und dieses Mal schien der Schmerz etwas erträglicher zu sein, oder aber er war besser darauf vorbereitet.

In der Zwischenzeit hatte ich die restlichen Sachen zusammengepackt und meinen Rucksack geschultert. Um Johannes etwas mehr Bewegungsfreiheit unter den gegebenen Umständen zu verschaffen, behielt ich eine der starken Taschenlampen in meiner Hand, die andere steckte ich in den Gürtel meiner Hose. So war sie bei Bedarf noch schnell zu erreichen und mein Kollege hatte zumindest seine gesunde Hand frei, um sich unter deren Zuhilfenahme mühsam den steilen Hang hinauf zu kämpfen.

Ich ließ ihn voran klettern und leuchtete mit der Lampe an ihm vorbei, um ihm den Weg zu zeigen. Er bewegte sich überaus langsam und setzte vorsichtig einen Fuß vor den anderen. Das kleine Problem war, dass sich seine verletzte linke Schulter auf der dem Berg zugewandten Seite befand und sobald er ins stolpern geriet, war er jedes Mal versucht, sich mit Links abzufangen.

Als wir endlich den Wanderpfad erreichten, hatte die Dunkelheit uns bereits vollständig eingehüllt. Einzig meine Taschenlampe spendete uns verlässlich Licht und erleuchtete den Weg zurück zur Blockhütte. Johannes hinkte stark wegen seines verletzten Beins und stolperte daher mehrfach. Ich konnte einen Sturz jeweils nur knapp verhindern, indem ich hastig an seine rechte Seite sprang, ihn unter dem Arm packte und somit abfing. Er war mit seinen Kräften völlig am Ende und atmete stoßweise. Kein gutes Zeichen in Anbetracht seiner vermutlichen Rippenfraktur, die er sich als krönenden Abschluss durch seinen Sturz mit großer Wahrscheinlichkeit noch zugezogen hatte.

Zu gern hätte ich ihm etwas von seinen Schmerzen abgenommen, doch da das natürlich nicht möglich war, blieb mir nichts anderes übrig, als für ihn da zu sein und ihm, so oft es eben nötig war, hilfreich unter die Arme zu greifen.

Wir durchquerten das Fichtenwäldchen und erreichten endlich die Blockhütte. Düster und fast schon ein wenig unheimlich hob sich die Silhouette gegen den dunkelgrauen Nachthimmel ab. Ein Schauer lief mir den Rücken hinunter und ich drängte mich unwillkürlich näher an Johannes. Dieser legte mir wie selbstverständlich seinen gesunden Arm um meine Taille und zog mich noch dichter an sich heran. Gemeinsam erreichten wir so, dicht nebeneinander hergehend und zutiefst erleichtert, unser Nachtlager.

Ich stieß die schwere Holztür mit dem Fuß auf und wir betraten das Innere der Hütte. Es war mittlerweile empfindlich kalt geworden und ich machte mich daran, während Johannes sich überaus erleichtert auf der Holzbank vor dem massiven Esstisch niederließ, im Kamin Feuerholz aufzuschichten.

Ich hatte noch nie zuvor einen Kamin angezündet, bisher hatte ich immer auf moderne Technik wie Heizkörper mit Thermostatreglern zurückgreifen können, doch hier in der Abgeschiedenheit der Berge gab es solchen Komfort natürlich nicht. Wenn man es warm haben wollte, musste man eben zuerst selbst Hand anlegen und sich ordentlich die Finger schmutzig machen. Und genau das stand mir nun bevor.

Zum Glück war Johannes noch in der Lage, mir zumindest verbale Anweisungen zu geben, wie ein solcher Feuerholzstapel auszusehen hatte, wie zuerst das Anzündholz in Brand gesteckt werden musste und nach und nach erst größere Scheite auf die Feuerstelle gelegt werden durften. Doch ich schien alles richtig umgesetzt zu haben, denn nach einer Weile brannte ein ansehnliches Feuer im Kamin und die Blockhütte wurde im Nu von wohliger Wärme erfüllt.

Zufrieden ließ ich mich auf die Bank neben Johannes sinken und wir starrten beide eine Weile gedankenverloren in die knisternden Flammen. Mein Magen begann plötzlich völlig unverblümt laut zu knurren und trotz seiner Erschöpfung breitete sich ein Lächeln über Johannes noch immer blasses Gesicht aus. Er legte mir seinen rechten Arm um meine Schultern und zog mich ein wenig dichter an sich heran. Seine Worte waren nicht mehr als ein Flüstern und seine Stimme klang rau von den durchgemachten Strapazen. Doch es lag eine derartige Wärme und Zuneigung darin, dass mir eine Gänsehaut über den Rücken lief, als er sagte: *Ich werde niemals im Leben vergessen, was Du heute für mich getan hast, Sarah. Wenn Du mich nicht gefunden hättest...*
Ich hob eine Hand und berührte sanft mit meinem Zeigefinger seine spröden Lippen, um ihn am Weiterreden zu hindern.

Du hättest das Gleiche für mich getan. Schließlich sind wir Freunde, schon vergessen? Ich blickte lächelnd zu ihm auf und er erwiderte meine Freundschaftsgeste umgehend. Ein unbeschreibliches Bedürfnis nach Geborgenheit und Schutz überkam mich mit einem Mal und ich kuschelte mich noch ein wenig dichter an Johannes' mittlerweile wieder warmen Körper. Seine tröstende Nähe gab mir, trotz seiner Verletzungen, nach langer Zeit endlich wieder das Gefühl, mich behütet und sicher zu fühlen. Ich war in letzter Zeit zu oft alleine gewesen und hatte diesen starken Wunsch, mich an eine kräftige Schulter lehnen zu können und selbst auch einmal schwach sein zu dürfen, sehr lange unterdrückt.

Doch in diesem Augenblick, hier in dieser abgelegenen Blockhütte inmitten der bayrischen Alpen, so dicht neben einem starken, attraktiven Mann sitzend und nach all den nervenaufreibenden Ereignissen dieses langen Tages, konnte ich meine Gefühle nicht länger zurückhalten. Ich begann unvermittelt zu zittern, derart heftig, dass meine Zähne unkontrolliert aufeinander schlugen und ein regelrechter Weinkrampf ließ meinen Körper heftig erbeben.
Johannes hatte die Situation sofort richtig eingeschätzt, denn er zog mich mit seinem gesunden Arm noch näher an sich und hielt mich ein-

fach nur schweigend ganz fest, bis ich mich wieder beruhigt hatte. Dabei streichelte er mir unaufhörlich über mein, von der Anstrengung des Marsches noch immer feuchtes Haar und flüsterte dabei beruhigend in mein Ohr. *Es wird alles wieder gut*, wiederholte er immer und immer wieder leise und ich glaubte ihm jedes Wort.

Schließlich versiegten die Tränen wieder und mein aufgewühlter Geist kam zur Ruhe. Mein Atem ging gleichmäßig und wurde nur noch gelegentlich von einem unkontrollierten Schluchzen unterbrochen. Nach einer Weile befreite ich mich, allerdings recht widerwillig, aus Johannes tröstender Umarmung und richtete mich umständlich auf.

Er betrachtete mich prüfend von der Seite und fragte schließlich: *Alles wieder okay?*

Ich nickte tapfer und versuchte es mit einem zuversichtlichen Lächeln. *Es wird schon wieder.*

Ein beklommenes Schweigen entstand plötzlich, während Johannes mich mit nunmehr ausdruckslosem Gesicht weiter von der Seite ansah. Ich unterbrach die Stille schließlich, indem ich abrupt aufstand und entschieden verkündete: *Jetzt wird es aber höchste Zeit, dass wir etwas zu essen bekommen. Ich sterbe mittlerweile fast vor Hunger und Dir müsste es doch mindestens genauso gehen.*

Nachdem wir anschließend mit etlichen Stunden Verspätung unser wohlverdientes Abendessen eingenommen hatten, breitete ich unsere beiden Isomatten vor dem Kamin aus und wir ließen uns entspannt vor dem Feuer nieder. Die Ereignisse des Tages hatten uns jedoch noch zu sehr aufgewühlt, um im Schlaf die dringend benötigte Ruhe und Erholung zu finden, und so saßen wir dicht nebeneinander auf dem Boden und begannen ein unverfängliches Gespräch.

Einmal mehr genoss ich die Nähe von Johannes und auch ihn schien es magisch immer dichter an mich heran zu ziehen. Ohne, dass ich es tatsächlich beabsichtigt hatte, lag ich irgendwann schließlich mit meinem Kopf auf seinem Oberschenkel, doch dieser Umstand war in diesem Moment für uns beide vollkommen in Ordnung. Mit seinen langen Fingern zeichnete Johannes gedankenverloren die Konturen meines Gesichts nach. Es war ein ungewohntes und doch zugleich zutiefst vertrautes, angenehmes Gefühl, welches ich bei seinen zärtlichen Berührungen empfand.

Über das heimelige Knistern des Feuers hinweg ertönte in der Ferne dumpfes Donnergrollen. *Ein Gewitter zieht auf,* sagte Johannes beiläufig, ohne seine Streicheleinheiten zu unterbrechen. Ich zog leicht beunruhigt die Augenbrauen nach oben, doch er strich mir beruhigend über meine Wange. *Keine Angst, hier sind wir sicher. Die Hütte hat schon viele Gewitter überstanden, da wird sie nicht ausgerechnet heute, wo wir darin Schutz suchen, eine Ausnahme machen.* Er lächelte zuversichtlich zu mir herunter und ich kuschelte mich beruhigt noch tiefer in seinen Geborgenheit spendenden Schoß.

Wir nahmen schließlich unsere Unterhaltung, die im Laufe des fortschreitenden Abends zwischenzeitlich weitgehend zum erliegen gekommen war, wieder auf. Johannes erzählte mir, wie er in Oberstdorf aufgewachsen war, von seinen Eltern und dem schrecklichen Lawinenunglück, bei dem sie damals ihr Leben verloren hatten. Ich lauschte gebannt seinen Erzählungen und hatte plötzlich das Gefühl, als würde ich ihn schon mein ganzes Leben kennen, so vertraut war mir seine Gegenwart. Anschließend sprach er darüber, wie er und Isabelle sich kennengelernt hatten, wie sie zusammenkamen und sich schließlich verliebten.

Die nach wie vor liebevolle Art und Weise, mit der Johannes über seine Noch-Ehefrau sprach, versetzte mir einen kleinen Stich und ich verspürte unvermittelt so etwas wie Eifersucht in mir aufsteigen. Entschieden verbannte ich dieses Gefühl jedoch sofort wieder, ich wollte im Augenblick einfach nur diesen wunderbaren Abend genießen. Was letzten Endes daraus entstand oder auch nicht, darüber wollte ich mir in diesem Moment überhaupt keine Gedanken machen.

Das Gewitter kam unaufhaltsam näher und das heftige Donnergrollen ließ zeitweise sogar die massiven Wände der Holzhütte vibrieren.

Es tut mir sehr Leid, dass das zwischen Dir und Isabelle so gekommen ist, sagte ich gerade in dem Moment, als ein überaus heftiger Donnerschlag die Blockhütte erzittern ließ und ich zuckte unwillkürlich zusammen. *Hätte ich damals, als Isabelle mir zum aller ersten Mal von ihren Plänen einer Boutique in München erzählte, geahnt, dass sie das tatsächlich ernst meint und auch ohne Dich nach München geht, hätte ich Dir sofort von ihren Plänen erzählt.* Johannes hob überrascht die

Augenbrauen und seine Hand ruhte bewegungslos auf meiner linken Schulter, die er zuvor noch liebkost hatte. *Du hast davon gewusst? Und Du hast mir nichts davon erzählt?,* fragte er erstaunt.

Nun ja, räumte ich ein und mir wurde mit einem Mal unbehaglich zumute. Ich rappelte mich widerwillig auf und Johannes ließ seine Hand von meiner Schulter sinken. Im Schneidersitz blieb ich neben ihm sitzen und er musterte mich plötzlich eindringlich.

Sie sagte, sie wolle Dich damit überraschen und ich musste ihr versprechen, Dir nichts davon zu erzählen. Verlegen biss ich mir auf die Unterlippe, während Johannes mich weiterhin mit immer ausdrucksloserer Miene anstarrte.

Und außerdem, hob ich zu meiner weiteren Verteidigung an, *habe ich doch damals nicht geglaubt, dass sie tatsächlich irgendwann Ernst machen würde.* Unvermittelt wurde ich zornig, da mich Johannes nach wie vor musterte, als würde ich mich in einem Kreuzverhör befinden.

Ich ging schlussendlich in die Offensive. *Und wenn Du Dich nicht so unendlich bescheuert verhalten und Deine Fäuste besser unter Kontrolle gehabt hättest, dann wäre sie ja auch vermutlich noch hier!*

Johannes zuckte bei meinen letzten Worten deutlich zusammen, als hätte ich ihn geohrfeigt. Ich nahm im sitzen eine Abwehrhaltung ein, als rechnete ich jeden Augenblick damit, dass mir mein Kollege tatsächlich eine Ohrfeige verpassen würde, und ballte unbewusst meine Hände zu Fäusten. Trotzig schob ich das Kinn vor und wartete auf seine nächste Reaktion.

Er blieb jedoch, wider erwartend, nach wie vor mit regungsloser Miene neben mir sitzen und starrte mich ausdruckslos an. Schließlich wiederholte er fast tonlos: *Du hast es gewusst und mir nichts davon gesagt!*

Aufgebracht sprang ich auf und warf verzweifelt die Arme in die Luft. Die vertraute und intime Atmosphäre, die noch vor wenigen Sekunden zwischen uns geherrscht hatte, war unvermittelt dahin.

Himmel, Johannes. Was hätte ich denn Deiner Meinung nach tun sollen? Ich starrte aufgewühlt auf ihn hinunter. *Hätte ich gleich zu Dir gehen und sie verpetzen sollen? Dann hättest Du zwar Bescheid gewusst, doch mich hätte Isabelle danach mit Sicherheit niemals mehr angesehen.*

Johannes erhob sich nun ebenfalls etwas umständlich und baute sich, mit zur Faust geballter Rechten, nur wenige Zentimeter von mir entfernt, bedrohlich auf. *Ach, darum ging es Dir also?,* ätzte er in meine Richtung, sein Gesicht im Schein des Feuers vor Wut verzerrt, *Du wolltest es Dir mit ihr nicht verderben, ich verstehe.*

Nein, das tust Du nicht..., fiel ich ihm aufgebracht ins Wort, doch er ließ mich nicht ausreden.

Ich als Dein Kollege, und auch Dein Freund, war Dir doch völlig gleichgültig. Es ging wieder einmal nur um Dich und wie Du vor den Leuten dastehst!

Seine Augen blitzten vor Zorn auf, als er unbeirrt fortfuhr: *Du bist ein egoistisches, selbstverliebtes und beziehungsunfähiges Weib, unfähig, Dir Deine Gefühle einzugestehen. Ein Glück für Sebastian, dass er seine Finger letztendlich von Dir gelassen hat, auch wenn er anfänglich noch während unserer Telefonate ständig nach Dir gefragt hat.*

Das ist nicht wahr! Du lügst!, schrie ich ihn an. Ich wollte und konnte einfach nicht glauben, was er mir da alles soeben gegen den Kopf warf.

Doch ein Blick in Johannes Gesicht reichte, und mir wurde unvermittelt klar, dass er tatsächlich die Wahrheit sagte. Er verzog seine Mundwinkel zu einem gehässigen Grinsen, äußerst zufrieden, dass er mir meine Unlojalität ihm gegenüber nun mit doppelter Münze heimgezahlt hatte.

Natürlich hat Sebastian nach Eurem Streit nach Dir gefragt. Er wollte von mir wissen, was in Dich gefahren ist. Doch da Du ja nicht einmal mich, Deinen Freund, in Deine düstere Vergangenheit eingeweiht hast, musste ich meinem Freund Sebastian eben den kameradschaftlichen Rat geben, sich lieber eine Partnerin zu suchen, die besser zu ihm passt. Eine, die nicht so launisch und unberechenbar ist, wie Du! Er spie mir die Worte regelrecht vor die Füße und seine Augen funkelten triumphierend, als er meinen entsetzten Gesichtsausdruck sah.

Ich öffnete den Mund und schnappte ein paarmal nach Luft, wie ein Fisch, den man aus seiner lebensspendenden Umgebung Wasser herausreißt und nun auf dem Trockenen seinem Schicksal überlässt.

Du widerlicher, gemeiner....

Weiter kam ich nicht mehr, denn im nächsten Augenblick brach die Hölle um uns herum los.

34

Ein ohrenbetäubender Knall ließ die Wände der kleinen Holzhütte und den Boden unter unseren Füßen erbeben. Der Einschlag war derart gewaltig, dass Teile des Daches regelrecht explodierten und die einfache Dachkonstruktion über unseren Köpfen zusammenstürzte. In der Luft lag ein unverkennbarer Ozongeruch.

Etwas Hartes traf mich heftig an der linken Schulter und riss mich zu Boden. Von überall her stürzten Trümmerteile auf mich nieder. Etwas traf mich am Kopf, etwas anderes an der rechten Hüfte. Meine Augen brannten vom beißenden Qualm des Kamins, der unvermittelt den gesamten Raum ausfüllte und in meinen Ohren klingelte es unaufhörlich. Ich rollte mich wie ein Igel auf dem Boden der Hütte zusammen und hielt mir schützend die Arme über den Kopf.

Der Rauch biss mir in der Kehle und reizte meine Atemwege. Ein Hustenanfall nach dem anderen ließ meinen Körper immer wieder heftig zusammenzucken. Ich hatte die Augen zum Schutz vor dem Qualm fest geschlossen. Erst als ich ganz in meiner Nähe das Knistern von Feuer vernahm, riss ich sie panisch wieder auf.

Die Glut, die durch die Detonation aus dem noch immer brennenden Kamin heraus auf den Boden gefallen war, hatte Teile des eingestürzten Daches entzündet.

Das trockene Holz fing sofort an zu brennen und im Nu stand alles um mich herum in Flammen. Die Hitze versengte einen Teil meiner Haare und es roch unvermittelt nach verbranntem Horn. Wie bei einem Schmied, der einem Pferd das Hufeisen anpasst.

Panisch rappelte ich mich hoch. Auf allen Vieren kroch ich in die Richtung, in der ich die Eingangstüre der Blockhütte vermutete. Ich hatte im Moment jegliche Orientierung verloren und hoffte inständig, dass ich den korrekten Weg eingeschlagen hatte.

Der Rauch im Raum war mittlerweile so dicht, dass ich meine eigene Hand vor Augen fast nicht mehr erkennen konnte. Meine Augen brannten wie Feuer und ich bekam kaum noch genügend Luft.

Hustend und spuckend kroch ich vorwärts. Dabei stießen meine Knie und Hände ständig an zersplitterte, scharfkantige Gegenstände, woran ich mir immer wieder die Haut aufriss.

Endlich konnte ich direkt vor mir die Umrisse der massiven Holztüre ausmachen und meine Erleichterung darüber war kaum zu beschreiben. Ich kroch hastig darauf zu und zog mich unter einigen Mühen an der stabilen Holzlattung nach oben.

Mit zitternden Händen zerrte ich an dem Eisengriff. Ich bekam mittlerweile fast keine Luft mehr und musste immer wieder würgen, da mir der viele Qualm erhebliche Übelkeit verursachte. Mit meiner ganzen noch verbliebenen Kraft rüttelte ich an der massiven Tür. Diese sprang zu meinem großen Glück ohne weitere Gegenwehr schließlich auf und ich kroch auf Händen und Knien über die hölzerne Schwelle hinaus, und hinein in ein Höllenunwetter.

Grelle Blitze zuckten ohne Unterlass über den pechschwarzen Himmel und das tiefe, bedrohliche Grollen und Rumpeln des darauf folgenden Donners hallte ohne Unterlass von den steilen Hängen der umliegenden Berggipfel wider. Es war ein wahrhaft unheimliches, surreales Szenario, welches sich dort vor meinen Augen abspielte.

Ich kroch ein Stück weit von der Hütte fort, dann drehte ich mich um und sank erleichtert im kühlen Gras zusammen. Mein Rachen und meine Lungen brannten wie Hölle. Ein neuer Hustenanfall durchschüttelte mich, diesmal derart heftig, dass ich mich im Anschluss daran übergeben musste.

Spuckend, würgend und weinend saß ich im Gras und versuchte zu begreifen, was soeben mit uns passiert war.

Oh, mein Gott! JOHANNES!!!!

Erst jetzt realisierte ich, dass Johannes nirgends zu sehen war. Panik stieg unvermittelt in mir auf und schnürte mir die Kehle zu. Mit weit aufgerissenen Augen starrte ich fassungslos auf das mittlerweile fast vollständig in Flammen stehende Blockhaus.

JOHANNES........!!!!! Ich rappelte mich vom Boden auf und rannte die wenigen Meter zur Eingangtür der Hütte zurück. Die Hitze schlug mir mit aller Macht entgegen und ich hielt mir schützend die Arme vors Gesicht. *JOHANNES...,* schrie ich noch einmal, mittlerweile fast schon hysterisch, gegen das Tosen der Feuersbrunst an, doch ich erhielt noch immer keine Antwort.

Verdammter shit! Laut fluchend, um meine eigene Panik zu überspielen, bahnte ich mir erneut einen Weg in die Flammenhölle, aus der ich noch vor wenigen Sekunden einigermaßen unbeschadet entkommen war. Doch ich konnte Johannes auf gar keinen Fall in dem Flammenmeer seinem Schicksal überlassen. Wenn ich ihn allerdings nicht innerhalb der nächsten paar Minuten fand...

Das Feuer schlug mir mit aller Macht entgegen, sobald ich auch nur einen Fuß über die Schwelle der Hütte gesetzt hatte. Meine hochgehobenen Arme boten nicht den geringsten Schutz vor der sengenden, alles vernichtenden Hitze und binnen Sekunden konnte ich durch den dichten, um mich herum wabernden Qualm so gut wie nichts mehr sehen.

Ich kniff entschlossen meine heftig tränenden Augen zusammen, fiel auf die Knie und kroch, so nah wie eben möglich, über dem Boden weiter. Hier unten war der Rauch nicht ganz so dicht wie nur wenige Zentimeter weiter oben, doch nach wie vor brannte er in meiner Lunge und nahm mir den Atem.

Ich versuchte immer wieder, die Luft für einen kurzen Moment anzuhalten, um nicht übermäßig große Mengen des reizenden Gases einzuatmen. Ein hoffnungsloses Unterfangen, wie ich schnell feststellte. Binnen kürzester Zeit brannten meine Schleimhäute derart, dass mir erneut kotzübel wurde und ich musste all meine Beherrschung aufbieten, um mich nicht direkt hier in der Flammenhölle ein weiteres Mal zu übergeben.

Mir wurde schlagartig klar, dass, wenn ich Johannes nicht in den nächsten Sekunden fand, dies auch für mich den sicheren Tod bedeuten würde. Die Hitze war schier unerträglich, doch die panische Angst um meinen Kollegen trieb mich unaufhaltsam vorwärts. Ich tastete mich entschlossen Zentimeter für Zentimeter vorwärts, immer tiefer in die mittlerweile lichterloh brennende Hütte hinein.

Mit der rechten Hand stieß ich plötzlich gegen etwas Weiches, unmittelbar vor mir. Ich tastete hektisch daran herum. Es war Johannes, genauer gesagt, ein für den Moment undefinierbarer Teil von ihm.

Zeit, Erleichterung über das Auffinden meines Kollegen zu empfinden, blieb mir allerdings keine. Ich befand mich in höchster Lebensgefahr. Wenn ich Johannes nicht in den nächsten Sekunden aus der Hütte herausbringen würde, war es um uns beide geschehen.

Ich packte den vor mir liegenden Körper mit beiden Händen und zog mit aller Kraft daran. Johannes lag unter einer großen Menge Schutt und Balken begraben, doch ich machte mir erst gar nicht die Mühe, ihn noch davon zu befreien.

Mir wurde unvermittelt schwindelig und leuchtende Blitze zuckten vor meinen geschlossenen Augen. Immer wieder blieb mir einfach die Luft weg und ich war kurz davor, selbst das Bewusstsein zu verlieren. Auch im Nachhinein wunderte es mich immer und immer wieder, welche unermesslichen Kräfte ein Mensch in Todesangst mobilisieren konnte.

Johannes war über zwanzig Zentimeter größer als ich und gut und gerne auch dreißig Kilogramm schwerer, doch das hielt mich nicht davon ab, ihn schließlich Zentimeter für Zentimeter aus dem brennenden Inferno zu zerren. Ich blendete alles um mich herum aus und koppelte mein eigenes Überleben einzig und allein an die Rettung meines Freundes. Versagte ich, würden wir beide in den Flammen sterben.

Mit letzter Kraft zog ich Johannes schlaffen Körper über die Schwelle der Tür, hinaus ins Freie, hinaus in Sicherheit. Ich schaffte es gerade noch, ihn einige Meter weit von der brennenden Hütte fortzuziehen, bevor ich schließlich, am Ende meiner Kräfte, über seinem leblosen Körper zusammenbrach.

Einige Sekunden lang blieb ich einfach so liegen und versuchte krampfhaft, bei Bewusstsein zu bleiben. Surreale, bunte Lichtpunkte tanzen vor meinen Augen und die Welt drehte sich unaufhörlich im Kreis.

Ich sog gierig die kalte Luft in meine brennenden Lungen und schloss erschöpfte die gereizten Augen. Irgendwann verschwanden die Lichtpunkte schließlich und ganz allmählich ließ auch das unangenehme Schwindelgefühl nach.

Erst, als mein Verstand wieder annähernd klar denken konnte, bemerkte ich, dass ich noch immer halb auf Johannes Oberkörper lag. Umständlich rappelte ich mich hoch und beugte mich über seinen Brustkorb.

Verflucht, lass mich jetzt bloß nicht im Stich. Panik erfüllte mich von neuem, als ich hektisch nach Johannes Puls an seiner Carotis tastete.

Nichts. Kein Puls.

Noch einmal suchten meine zitternden Finger über der Halsschlagader nach einem Herzschlag.

Nichts. Kein Puls.

Ich blickte auf Johannes Brustkorb hinunter. Im Schein des noch immer lodernden Feuers suchte ich nach einer auch noch so kleinen Bewegung, einem winzigen Anzeichen von Leben.

Nichts. Keine Atmung.

Verdammt noch mal, tu mir das jetzt nicht an, hörst Du?!, schrie ich ihn aufgebracht an, wohl wissend, dass er mich nicht hören konnte. Ich schüttelte ihn grob an einer Schulter, doch natürlich änderte auch das nichts an seinem Zustand.
Heiße Tränen schierer Verzweiflung rannen mir übers Gesicht, als ich mich schließlich neben Johannes an seine rechte Seite kniete, grimmig entschlossen beide Hände etwas links über dem unteren Drittel seines Sternums auf seinen Brustkorb aufsetzte, die Arme fest durchdrückte und mit der Reanimation begann.

Ich achtete nicht mehr darauf, dass es zwischenzeitlich heftig zu regnen begonnen hatte und die Feuchtigkeit innerhalb kürzester Zeit meinen Körper völlig durchtränkte. Ich achtete auch nicht weiter auf die nach wie vor tosende Feuersbrunst in der Hütte, oder das zischende Geräusch von Wasser, als es durch den herabfallenden Regen endlich gegen die Flammen in der Blockhütte anzukämpfen begann.

Für mich zählten im Moment einzig und allein der richtige Rhythmus und die ausreichende Drucktiefe der durchzuführenden Thoraxkompression.

Nachdem ich Johannes Brustkorb dreißig mal niedergedrückt hatte, rutschte ich schnell einige Zentimeter höher an seinen Kopf. Ich war alleine bei der Wiederbelebung, daher musste ich auch die Beatmung übernehmen.

Mit beiden Händen bog ich seinen Kopf weit nach hinten, hielt mit der rechten Hand seinen Unterkiefer fest und zog ihn nach oben, um den Hals meines Kollegen zu überstrecken. Dann beugte ich mich über ihn, mein Mund umschloss fest seine Nase und ich blies zwei Mal eine ausreichende Menge Luft in seine Lungen. Dabei kontrollierte ich akribisch, dass sich sein Brustkorb mit jedem Luftstoß, den ich ihm gab, hob und wieder senkte.

Ganz im Rhythmus der laufenden Reanimation gefangen, wiederholte ich die lebenserhaltenden Maßnahmen immer und immer wieder. Zwischendurch überprüfte ich regelmäßig, ob Johannes bereits einen eigenen Kreislauf hatte.

Doch nichts. Sein Herz wollte einfach nicht wieder anfangen, alleine zu schlagen.

Meine Verzweiflung wuchs mit jeder Minute, die erfolglos verging. Ich konnte jedoch nicht zulassen, dass Johannes mir jetzt einfach unter meinen Händen wegstarb.

Los, komm schon..., forderte ich sein Herz immer wieder eindringlich auf, endlich seinen eigenen Rhythmus, ohne meine permanente Unterstützung, zu finden. Doch es wollte, verdammt noch mal, einfach nicht auf mich hören.

35

Das Rattansofa raschelte laut, als ich mein Gewicht ein wenig verlagerte. Ich saß, lediglich in Shorts und T-Shirt gekleidet, auf meinem Balkon und streckte meine nackten Beine in die sommerliche Mittagssonne.

Gedankenverloren ließ ich meinen Blick über Oberstdorf schweifen. Die heiße Luft über dem Talkessel begann in der Sommerhitze zu flimmern und das Bild vor meinen Augen wurde zunehmend unscharf. Erst einige Sekunden später merkte ich, dass nicht die Hitze des Tages meinen Blick verschleierte, sondern meine eigenen Tränen, die mir unbemerkt aus den Augenwinkeln getreten waren und feucht über meine Wangen rollten. Mit einer fahrigen Handbewegung wischte ich sie beiseite.

Das schicksalhafte Wochenende, welches eigentlich seit langem wieder einmal ein Highlight in meinem trüben Leben hatte werden sollen, hatte letztendlich ein unverhofftes, überaus dramatisches Ende genommen. Noch immer ziemlich verstört blickte ich auf die beiden dicken Verbände an meinen Händen und Unterarmen hinab. Zeichen dafür, dass ich vor wenigen Tagen buchstäblich durch die Hölle gegangen war.

Ich hatte das Inferno überlebt, und auch Johannes war nach vielen bangen Minuten schlussendlich doch noch erfolgreich von mir reanimiert worden. Immer und immer wieder tauchten die Bilder dieser Nacht vor meinen Augen auf und ich durchlebte wieder und wieder die panische Verzweiflung, mit der ich Johannes Brustkorb auf dem feuchten Boden vor der brennenden Hütte niedergedrückt hatte, in der verzweifelten Hoffnung, er würde endlich zurück zu mir ins Leben kommen.

Irgendwann spürte ich schließlich einen schwachen Puls an seinem Hals. Er schnappte mehrmals hintereinander hektisch nach Luft, dann begann er heftig zu husten und zu würgen. Ich drehte ihn eilig auf seine gesunde Seite und er übergab sich schwallartig ins nasse Gras. Danach sank er bewusstlos in sich zusammen.

Die ganze Nacht über saß ich im strömenden Regen am Fuße des Plateaus im nassen Gras einer schönen Alpwiese, meinen schwer verletzten Kollegen schützend gegen die aufsteigende Kälte in meinem Schoß wiegend, Wärme spendend meine Arme über seinen kalten, kraftlosen, verletzlichen Körper ausgebreitet und stoisch auf das Licht des neuen Tages wartend.

Ich kann gar nicht sagen, welche Gedanken mir in dieser Nacht durch den Kopf gingen, oder ob ich überhaupt etwas dachte. Die Stunden waberten wie dichte Nebelschleier durch meine Erinnerungen, real, aber doch so unwirklich, dass ich sie nicht konkret festhalten konnte.

Ganz früh am nächsten Morgen, als das erste Licht der aufgehenden Sonne vorsichtig über den Berggipfeln hervorlugte und als traumhafte Dämmerung einen neuen Tag ankündigte, war ich schließlich alleine ins Tal abgestiegen, um Hilfe zu holen.

Im Laufe der Nacht hatte ich regelmäßig Johannes' Kreislauf überprüft. Er war in eine tiefe Bewusstlosigkeit geglitten, doch sein Brustkorb hob und senkte sich regelmäßig mit jedem Atemzug, den er selbständig tat und sein Puls schlug gleichmäßig und kräftig gegen meine Finger, die die ganze Zeit wachsam über seiner Hauptschlagader an der rechten Halsseite ruhten.

Ich hatte ihn vor meinem Aufbruch in eine stabile Seitenlage gebracht, um zu verhindern, dass er sich erneut übergab und auf dem Rücken liegend an seinem Erbrochenen erstickte. Ein letztes Mal blieb ich am Randes des Plateaus stehen und warf einen Blick zurück auf die völlig verkohlten Überreste der Blockhütte.

Sie hatte den Blitzeinschlag und das danach entfachte, verheerende Feuer natürlich nicht überlebt. Die Reste der schwarzen, größten Teils eingestürzten Holzwände hoben sich wie mahnende Finger gegen den mittlerweile wieder wolkenlosen Morgenhimmel empor.

Der Abstieg war schwieriger als erwartet. Der Boden des Trampelpfades war aufgeweicht von den ergiebigen Regenmassen der letzten Nacht und ich rutschte mehrfach aus und landete auf dem Hosenboden. Meine Kleidung war beinahe ein einziger Schlammklumpen, als ich nach, ich weiß nicht wie vielen Stunden endlich die Teerstraße erreichte, die aus dem Tal hinaus zurück in den Ort führte.

Am ersten Wohnhaus, welches mir auf meinem Rückweg begegnete, hielt ich an. Ich drückte stürmisch die Klingel an der alten, hölzernen Eingangstüre des einige hundert Meter vom Ortsrand entfernt liegenden Aussiedlerhofes, geflissentlich ignorierend, dass dessen Bewohner zu dieser frühe Stunde vermutlich noch in den mollig warmen Federn ihrer Betten lagen.

Es dauerte einige Minuten, bis ein mittelalter Mann mir im Pyjama noch ziemlich schlaftrunken die Tür öffnete. Als er jedoch meinen völlig desolaten Zustand bemerkte, wurde er schlagartig hellwach. Er bat mich freundlich in seine gemütliche Wohnstube, ungeachtet der unschönen Pfützen, die meine über und über mit Schlamm bedeckten Wanderstiefel auf dem blankpolierten Holzboden hinterließen.

Ich lehnte die mir angebotene Tasse Kaffee dankend ab, obwohl ich nichts lieber getan hätte, als aus meinen schmutzigen Sachen zu schlüpfen, eine heiße Dusche zu nehmen und mir anschließend ein ausgiebiges Frühstück mit viel heißem, dampfenden, wohlriechenden Kaffee zu gönnen.

Doch in diesem Augenblick interessierte mich einzig und allein der Standort des Telefons im Haus. Der Mann führte mich auf mein Drängen hin umgehend zu dem fast schon antiken Fernsprechapparat, der nach seinen Aussagen allerdings noch vollkommen funktionsfähig war. Mit zitternden Fingern wählte ich die Nummer der Rettungsleitstelle. Eine überaus bekannte Stimme meldete sich schließlich am anderen Ende der Leitung: *Die Rettungsleitstelle Immenstadt, Anton Schütz am Apparat. Um welche Art von Notfall handelt es sich?*
Meine Erleichterung war nicht in Worte zu fassen und vor Erschöpfung wäre mir fast der betagte Hörer aus der Hand gefallen.
Hallo Toni, Sarah Steinbach hier…

Hallo Sarah, von Dir hab ich ja schon etliche Tage nichts mehr gehört. Ist alles in Ordnung bei Euch?

Die beruhigende, fürsorgliche Stimme des Leiters der Rettungswache Immenstadt trieb mir unvermittelt die Tränen in die Augen. Doch ich riss mich noch einmal zusammen und erzählte ihm in kurzen, knappen Sätzen, was in der Nacht im Oytal geschehen war.

Ich werde sofort einen Hubschrauber verständigen, der Johannes aus dem Berg fliegt. Mach Dir keine Sorgen Sarah, er ist zäh, der Bursche, er wird es schon schaffen.

Er ließ sich noch die Adresse des Hauses geben, in dem ich mich zur Zeit, dank der überaus freundlichen Genehmigung des Eigentümers befand, dann versprach er, sich umgehend mit einem Team der Bergwacht und dem Rettungsdienst aufzumachen, um mich persönlich dort abzuholen.

Es dauerte tatsächlich nicht lange, da konnte man in der Ferne bereits das Rotorengeräusch eines nahenden Helikopters vernehmen. Kurze Zeit später hielt zudem ein NEF mit RTW und ein Einsatzfahrzeug der Bergwacht vor der Tür des Wohnhauses, in dem ich ungeduldig wartete.

Ich riss ungestüm die Haustüre auf, sprang in großen Sätzen die Stufen hinunter, rannte durch den weitläufigen Garten und flog meinem Kollegen Toni Schütz anschließend regelrecht in seine ausgebreiteten Arme.

Die taffen Jungs von der Bergwacht kannten natürlich den genauen Standort der Blockhütte, in der Johannes und ich ursprünglich ein wunderschönes, gemeinsames Wochenende hatten verbringen wollten. Der angeforderte Hubschrauber landete währenddessen auf der großen Wiese vor dem Aussiedlerhof unweit der Ortsgrenze von Oberstdorf und zwei erfahrene Bergwachtler, sowie Toni Schütz gingen an Bord, um Johannes endlich zu bergen. Ich blieb mit der Besatzung des Rettungswagen zurück und wartete ungeduldig auf die Rückkehr des Bergungstrupps.

Es dauerte gefühlte Stunden, bis endlich der orangene Hubschrauber als kleiner Punkt zwischen den Bergen des Oytals wieder auftauchte. Die Sanis hatten darauf bestanden, dass ich meine oberflächlichen, diversen, kleinen Verletzungen vorab im Rettungswagen behandeln lassen sollte. Zuerst lehnte ich kategorisch ab, doch sie ließen nicht mit sich handeln.

So lag ich schließlich bei der Landung des Helis in dem bereitstehenden RTW und ließ ungeduldig meine Wunden versorgen, während die Bergungsmannschaft meinen verletzten Kollegen aus dem Hubschrauber lud und ihn anschließend in einem zweiten, nachgeorderten RTW unverzüglich ins Krankenhaus nach Immenstadt brachte.

Toni begleitete seinen verletzten Freund in die Klinik, versprach mir aber im Vorbeilaufen, dass er sich umgehend, sobald er etwas Genaueres über Johannes´ Verletzungsausmaß in Erfahrung gebracht hatte, bei mir melden würde.

Mich selbst brachten die Sanis zur ambulanten Behandlung in die Klinik nach Oberstdorf. Diese konnte ich allerdings nach einer guten Stunde Wundversorgung wieder verlassen.

Als ich zuhause ankam, hatte mir Toni Schütz bereits mehrfach auf den Anrufbeantworter gesprochen. Er verkündete, dass Johannes´ Zustand den Umständen entsprechend stabil sei und ich ließ mich bei seinen Worten erleichtert, ungeachtet meiner schmutzigen Klamotten, auf mein Sofa im Wohnzimmer sinken.

Toni erklärte zudem weiter, dass Johannes´ Schulter meine Reposition unbeschadet überstanden hatte. Der Humeruskopf befand sich ordnungsgemäß an seiner ursprünglichen Position, eine mögliche Fraktur war radiologisch ausgeschlossen worden.

Neben seiner großen Wunde am rechten Schienbein, die in einer aufwendigen Wundversorgung im OP gründlich gereinigt und fachkundig versorgt worden war, hatte er sich noch einige Rippen angebrochen, die aber konservativ ohne Folgeschäden zu verursachen, heilen würden. Durch meine erfolgreiche Reanimation hatte er sich zudem noch eine deutliche Prellung des Sternums zugezogen, doch das war in Anbetracht der lebensbedrohlichen Situation, in der sich Johannes nach seiner Bergung aus der Hütte befunden hatte, völlig nebensächlich. Aufgrund der erlittenen Rauchgasvergiftung würde er allerdings noch einige Tage stationär zur Beobachtung in der Klinik bleiben, seine weiteren Blessuren, wie die diversen kleinen Brandwunden, Abschürfungen, Prellungen und Rippenfrakturen könnten anschließend ambulant weiterbehandelt werden.

Alles in Allem hatte Johannes wahnsinniges Glück gehabt, dass er überhaupt noch lebte, was zu guter Letzt meiner, unter diesen widrigen Umständen herausragenden, medizinischen Erstversorgung zu verdanken war, wie Toni Schütz am Ende seiner letzten Nachricht auf meinem Anrufbeantworter überdeutlich betonte.

Das Ganze war vor vier Tagen gewesen.

Ich hatte am Montag unseren beiden Arzthelferinnen telefonisch von den Vorfällen des Wochenendes berichtet und sie angewiesen, die Praxis für die folgende Woche geschlossen zu halten. Obwohl meine Verletzungen als absolut geringfügig bewertet werden konnten, war ich mental nicht in der Lage, einfach so weiter zu machen, als wenn nichts geschehen wäre.

Meine Gedanken kreisten immer wieder um das letzte Gespräch in der Blockhütte, in dessen Verlauf Johannes und ich in Streit geraten waren.

Einerseits empfand ich noch immer eine unglaubliche Wut gegenüber meinem Kollegen, dass er mir verschweigen hatte, dass sich Sebastian unmittelbar nach dem verhängnisvollen Vorfall am Viehscheid bei ihm gemeldet und nach mir gefragt hatte.

Andererseits wusste ich aber auch, dass Johannes natürlich überhaupt keine Schuld an der ganzen Sache traf. Wenn ich Sebastian von Anfang an reinen Wein zu meiner verkorksten Vergangenheit mit Adrian eingeschenkt, oder mich zumindest Johannes damals schon eher anvertraut hätte, dann wäre mir das ganze Dilemma wahrscheinlich wohl erspart geblieben.

Wie ich es auch drehte und wendete und so wenig mir das Ergebnis auch gefiel, es lief immer auf ein und dasselbe hinaus: Der einzig wirklich Schuldige an dem ganzen Desaster war ich selbst.

Dafür hasste ich mich. Und ich hasste auch Johannes, dass ich die Schuld nicht auf ihn abladen konnte. Und ich hasste zum Schluss auch Sebastian, dass er sich nicht konsequenter um mich bemüht, nicht noch weiter nachgebohrt hatte, nicht hinter mir hergelaufen war.

Kurz und knapp, ich hasste alles und jeden. Doch vor alledem hasste ich mich selbst.

Meine Gedanken kreisten zudem immer wieder um Johannes und wie ich ihm zukünftig wieder unter die Augen treten konnte.

Zwar hatte ich sein Leben gerettet, ein deutlicher Pluspunkt für mich, doch ich hatte ihn auch genauso schwer enttäuscht, als Freund, als Kollegen, als Partner unserer erfolgreichen Gemeinschaftspraxis. Ich hatte ihn in der schwersten Zeit seines Lebens im Stich gelassen, hatte viel zu viel mit mir selbst zu tun gehabt, um zu erkennen, wie sehr er litt.

Auch wurde mir im nachhinein klar, dass ich Johannes damals in das Vorhaben seiner Frau hätte einweihen müssen , als mir Isabelle von ihren Plänen mit der Münchner Boutique erzählte, trotz meines Verschwiegenheitsversprechens ihr gegenüber. Es wäre nur fair gewesen, wenn Johannes zumindest vorgewarnt gewesen wäre. Er hätte mir zwar in jedem Fall das Versprechen geben müssen, meine brisanten Informationen weiterhin für sich zu behalten. Doch er hätte sich schon einmal Gedanken über ihre weitere, gemeinsame Zukunft machen können. Er hätte mit seiner Frau darüber sprechen, sich irgendwie mit ihr einigen können.

Doch ich hatte geschwiegen, aus genau den Gründen, die Johannes mir in der Hütte am Kamin deutlich an den Kopf geworfen hatte. Ich fühlte mich hundeelend. Alleingelassen. Völlig isoliert von allem, was mir einst wichtig und heilig gewesen war.

Nicht einmal Leonie war mir noch übrig geblieben. Sie weilte seit einigen Tagen mit ihrem frisch angetrauten Ehemann in den Weiten Kanadas und baute sich dort eine neue Zukunft auf.

Zum abertausendsten Mal nach diesem schicksalhaften Wochenende verschleierten Tränen meinen Blick und ich vergrub mein Gesicht in meinen beiden Händen, um hemmungslos zu weinen.

36

Johannes wurde nach fünftägigem, stationärem Aufenthalt zum Ende der Woche hin aus der Klinik entlassen. Seine körperlichen Wunden heilten den Erwartungen entsprechend gut. Ich hatte mich lediglich einmal telefonisch bei ihm nach seinen Genesungsfortschritten erkundigt, und wir führten ein kurzes, belangloses Gespräch.

Doch ich vermied es auch nach seiner Entlassung nach wie vor, ihm persönlich unter die Augen zu treten. Normalerweise wäre es meine Pflicht als seine Kollegin und Freundin gewesen, ihn persönlich aus der Klinik abzuholen und nach Hause zu bringen, wozu ich mich allerdings aufgrund meiner Feigheit nicht durchringen konnte.

Und so ließ sich Johannes wohl oder übel mit einem Taxi von Immenstadt zurück zu seinem Haus nach Oberstdorf fahren. Ich verschanzte mich weiterhin in meiner Wohnung, setzte auch über das folgende Wochenende hinaus nicht einen einzigen Fuß vor meine Wohnungstür, nach wie vor nicht wissend, wie ich mich bei einer ersten, zufälligen Begegnung mit Johannes ihm gegenüber verhalten sollte.

Zu Beginn der folgenden Woche öffnete unsere Praxis wieder und Johannes und ich kümmerten uns beide, wie gehabt, gemeinsam routiniert um unsere kranken Patienten. Doch wie schon oftmals zuvor, vermieden wir es beide geschickt, uns in den Praxisräumen über den Weg zu laufen.

Monika und Julia steckten allerdings bereits tuschelnd die Köpfe zusammen, wenn sie sich unbeobachtet fühlten und ratschten sich die Mäuler fusselig, was mit ihren beiden, sich mittlerweile überaus sonderbar verhaltenden Chefs an diesem letzten, gemeinsam verbrachten Wochenende in den Bergen tatsächlich passiert sein mochte.

Meine Bedenken, dass es lediglich noch eine Frage der Zeit sein würde, bis auch unsere Patienten irrationale Gerüchte in die Welt setzten und vermeintlich völlig falsche Schlüsse aus unserem Verhalten ziehen würden, wuchsen mit jedem Tag, den Johannes und ich uns beharrlich aus dem Weg gingen.

Ich musste wieder einmal zwangsläufig dringend mit ihm reden. Doch ich hatte nicht den geringsten Plan, wie ich das anstellen sollte.

Johannes nahm mir diese Entscheidung ab, als er am folgenden Abend nach der wie immer übervollen Nachmittagssprechstunde unvermittelt persönlich vor meiner Wohnungstür stand.

Er sah abgearbeitet und müde aus. Mit verschränkten Armen lehnte er angespannt an dem metallenen Geländer auf dem Treppenabsatz vor meiner Haustüre und wartete ungeduldig, dass ich ihm auf sein drängendes Schellen hin die Tür öffnete.

Johannes trug noch die selbe, verwaschene Jeans und das kurzärmelige Hemd, welches er tagsüber in der Praxis getragen hatte. Ich selbst war bereits chill-bereit umgezogen und hatte nur ein übergroßes, luftiges Big-shirt angezogen, da ich es mir eigentlich nach Feierabend auf meinem Balkon gemütlich machen wollte. Doch dieser Plan wurde durch das ungebetene Auftauchen meines Kollegen wieder einmal, zu meinem großen Leidwesen, durchkreuzt.

Mit angespannter Mine stand er vor mir, die Lippen entschlossen aufeinander gepresst und mich mit durchdringendem Blick musternd. Sein Gesicht hatte zwar wieder seine ursprüngliche, gesunde Farbe zurückgewonnen, doch tiefe Sorgenfalten zogen sich nun hindurch und um seine strahlend blauen Augen hatten sich unschöne, dunkle Ringe gebildet. Seine langen, blonden Haare waren zum Teil den Flammen zum Opfer gefallen und er trug seit einigen Tagen einen ungewohnten, aber doch sehr ansprechenden, Kurzhaarschnitt, der seine markanten, maskulinen Gesichtszüge noch deutlicher hervorhob. Er sah ungewohnt anders aus, allerdings noch genauso gut wie eh und je.

Bei seinem unerwarteten Anblick wäre ich für den Bruchteil einer Sekunde fast der Versuchung erlegen, ihm die Türe prompt wieder vor der Nase zuzuschlagen und mich weiterhin in meiner Festung zu verschanzen, doch im letzten Moment kam ich doch noch zur Vernunft. Ich trat einen Schritt zur Seite und ließ meinen Kollegen in den dämmerigen Flur meiner Wohnung treten.

Wir müssen reden..., sagte er im Vorbeigehen bestimmend und keine Widerrede duldend zu mir. Anschließend schritt er, hoch erhobenen Hauptes und ohne mich auch nur eines weiteren, einzigen Blickes zu würdigen, an mir vorbei und verschwand wortlos in meinem Wohnzimmer.

Tja, das müssen wir wohl, gab ich tonlos zurück, ohne dass er es hören konnte. Ich schloss langsam die Haustür und folgte ihm anschließend mit klopfendem Herzen in die Höhle des Löwen.

Er stand mitten in meinem Wohnzimmer, zu seiner vollen, Respekt einflößenden Körpergröße aufgerichtet. Mit vor seiner breiten Brust verschränkten Armen wartete er ungeduldig darauf, dass ich hinter ihm her kam.

Fast erinnerte er mich an eine griechische Götterstatur, nur dass er eben nicht aus kostbarem Marmor war, sondern aus Fleisch und Blut. Seine Gesichtszüge waren bei meinem eintreten starr auf mich gerichtet und kein noch so kleiner Muskel seines schönen, makellosen Gesichtes wagte es auch nur annähernd, sich zu bewegen.

Ich stellte mich ihm auf etwas mehr als eine Armeslänge gegenüber. Mein Unbehagen wuchs mit jeder Sekunde, die er mich schweigend musterte, und ich blickte verlegen zu Boden. Instinktiv wanderte mein Blick über meinen blanken Holzfußboden, in der aberwitzigen Hoffnung, es könnte sich vielleicht dieses eine Mal ein Mauseloch öffnen, in dem ich einfach verschwinden und dieser unangenehmen Situation entgehen könnte.

Doch erwartungsgemäß öffnete sich auch an diesem Tag wieder einmal keines und so hob ich schließlich trotzig den Kopf und blickte meinen Kollegen herausfordernd an.

Johannes schwieg noch immer und ein unangenehmes Kribbeln lief mir unvermittelt den Rücken hinunter. Um überhaupt etwas von mir zu geben und die quälende Stille dadurch endlich zu durchbrechen, sagte ich schließlich salopp: *Nette Frisur. Steht Dir übrigens sehr gut.* Ich versuchte es mit einem schwachen Lächeln und dieses wurde unvermittelt breiter, als sich Johannes unbewusst mit seiner Rechten durch sein, für seine Verhältnisse wirklich sehr kurzes Haar fuhr.

Als er seine Geste schließlich bemerkte, kniff er überaus verärgert die Lippen zusammen und funkelte mich böse an. Mein Lächeln erstarb unvermittelt und ich starrte beschämt zu Boden.

Nach gefühlt endlosen Minuten brach Johannes schließlich sein Schweigen. Seine Stimme klang überaus aufgebracht, als er mir in kurzen Sätzen berichtete, was ihm heute in der Praxis zu Ohren gekommen war.

Hast Du mitbekommen, welche Gerüchte mittlerweile dank unseres bescheuerten Verhaltens durch den Ort gehen? Sein Blick war noch immer stur auf mein Gesicht geheftet. Ohne eine Antwort abzuwarten, fuhr er schließlich fort: *Die Leute reden bereits über die Auflösung unserer Praxis, sie würde sicherlich bald geschlossen werden. Wir hätten uns übelst gestritten, behaupten die einen, wir hätten bestimmt ein Verhältnis, und das, obwohl ich noch verheiratet bin, sagen andere.*

Sichtlich verzweifelt fuhr er sich immer wieder mit einer Hand durch seine stoppeligen Haare. Schweigend beobachtete ich ihn, überaus bestürzt, wie schnell die Gerüchteküche in einem solch kleinen Ort wie Oberstdorf doch arbeitete.

Was sollen wir denn Deiner Meinung nach jetzt machen? Ich wurde langsam zornig, doch das lag einzig und allein an den Verleumdungen, die unsere an sich doch so netten Patienten in die Welt setzten. Johannes hingegen projizierte meine Wut sofort auf sich und polterte unvermittelt los.

Wenn Du Dich damals nicht so vollkommen verblödet verhalten hättest, dann wäre das alles hier doch überhaupt nicht passiert! Drohend stand er vor mir und schnaufte wie eine Dampfwalze.

Der Zorn und der Unmut der letzten Tage gewannen nun auch bei mir wieder die Oberhand. Was bildete sich dieser aufgeblasene Mann denn eigentlich ein? Ich stemmte entschieden meine Hände in die

Hüften, um zumindest annähernd so bedrohlich auszusehen, wie Johannes. Dieser stand mit gespreizten Beinen und nun ebenfalls in die Hüften gestemmten Armen nur wenige Meter von mir entfernt und funkelte mich wild entschlossen an.

Ach ja, natürlich bin ich an allem schuld, wie!?, fauchte ich ihn an.

Ja, das bist Du!, fiel mir Johannes unwirsch ins Wort. Er ließ mich überhaupt nicht weiter reden und hackte stattdessen erneut auf mir herum: *Du mit Deiner verdammten Geheimniskrämerei. Hättest Du uns allen von Anfang an reinen Wein eingeschenkt, dann wäre uns vermutlich vieles erspart geblieben.*

Er holte kurz Luft. *Du hättest Sebastian sagen müssen, was damals geschehen ist, statt dessen lässt Du den armen Kerl voll auflaufen, machst ihm Hoffnung, dass Du etwas mit ihm anfangen möchtest und in Wirklichkeit bist Du völlig beziehungsunfähig.*

Wütend schrie ich auf: *Das stimmt doch überhaupt nicht...,* doch Johannes kam jetzt erst richtig in Fahrt.

Er hat sich damals in Dich verknallt, obwohl Du ihn nur hingehalten hast. Du wolltest ihm etwas geben, wozu Du scheinbar überhaupt nicht fähig bist. Und jetzt ist er ein weiteres Mal in seinem Leben enttäuscht und verletzt worden und daran bist alleine Du schuld. Drohend hob er seine zur Faust geballte Hand, *... und wenn dem Jungen in ferner Zukunft irgendetwas zustößt, wenn er wieder einmal über die Stränge schlägt und durch irgendwelche leichtsinnigen Klettertouren oder Sonstiges zu Schaden kommt, dann ist das ganz allein Deine Schuld, Sarah Steinbach! Hörst Du, Deine alleinige Schuld!!*

Unvermittelt und ohne Vorwarnung stürmte ich auf ihn los.

Ungeachtet dessen, dass er einen ganzen Kopf größer war als ich. Ungeachtet dessen, dass er um einiges mehr Körpermasse und Muskeln besaß, als ich und ungeachtet dessen, dass er mir auch in Sachen Verteidigung etliches mehr entgegenzusetzen hatte, als ich vermutet hatte.

Doch in diesem Augenblick spielte das alles keine Rolle mehr. Mit geballten Fäusten sprang ich auf ihn zu, trommelte wild gegen seinen massigen Oberkörper und versuchte alles, um meine seit Tagen angestaute, blinde Wut gegen Alles und Jeden, aber vor allem gegen mich selbst, an ihm auszulassen.

Er reagierte jedoch blitzschnell. Wie ein Panther drehte er geschmeidig seinen Oberkörper zu Seite, er hatte meinen Angriff irgendwie kommen sehen. Er packte mich grob an meinen beiden Handgelenken und drehte mir meine Arme unvermittelt auf den Rücken.

Erbost schrie ich auf und versuchte, ihn durch Tritte gegen seine Beine abzuwehren, doch auch damit hatte ich keinen Erfolg. Wie ein Schraubstock hielt er mich fest umklammert. Sein Brustkorb hob und senkte sich schnell und er atmete schwer. Als ich selbst wieder ein wenig zu Atem gekommen war, startete ich einen neuen Versuch, um mich aus seiner Umklammerung zu befreien, doch Johannes parierte diesen mühelos und drängte mich unsanft gegen die Wand.

Er hielt mich derart fest, dass mir die Luft weg blieb. Noch einmal wandte ich wie wild meine Handgelenke und versuchte, sie aus seinem eisernen Griff zu befreien.

Unvermittelt riss er meine Arme nach oben, über meinen Kopf. Sein Gesicht war nur noch wenige Zentimeter von meinem entfernt. Sein muskulöser Körper fixierte mich an der Wand, wie in einem Gefängnis, überaus grob und unnachgiebig, wütend und beherrschend. Seine Hände umklammerten meine Handgelenke, als würde er sie niemals wieder loslassen.

Als ich jedoch schließlich in seine blauen Augen blickte, lag darin ein Ausdruck, den ich in diesem Augenblick absolut nicht erwartet hatte.

Noch nie in meinem Leben hatte mich ein Mann derart flehend angesehen. In seinem verzweifelten Blick lag der ganze Kummer, den er all die Monate alleine mit sich herumgetragen hatte, nun offen sichtbar für mich. Seine Brust hob und senkte sich mittlerweile langsamer und er ließ mir ebenfalls ein wenig mehr Raum, um wieder zu Atem zu kommen.

Auch seine Hände lockerten sich etwas um meine Handgelenke. Ich hatte dadurch die Möglichkeit, mich endlich zu befreien. Doch ich bewegte mich nicht.

Stumm und still blickte ich durch seine traurigen Augen hindurch direkt in seine verwundete Seele.

Ich will Dich..., flüsterte er heiser und seine Lippen bewegten sich kaum bei seinen Worten. Gebannt blickte ich zu ihm auf, schweigend, fasziniert, plötzlich willenlos.

Ich will Dich! Jetzt!, wiederholte er. Seine Stimme war nicht mehr als ein leises, drängendes Flüstern und sein Atem strich warm an meinem Ohr vorbei. Eine glühende Woge heißer Erregung durchflutete unvermittelt meinen Körper und ich drängte mich instinktiv gegen ihn. Er senkte seinen Kopf und seine Lippen streiften sanft über die empfindliche Haut an meiner rechten Halsseite. Ein Schauer nach dem anderen lief mir meinen Rücken hinab und ich stöhnte ungewollt auf, betete eindringlich, er möge weitermachen.

Seine Hände glitten langsam von meinen Handgelenken und fuhren liebkosend durch meine Haare. Sie streichelten sanft über mein Gesicht und fuhren weiter meinen Hals hinunter. Ich wagte nicht, mich zu bewegen, in ständiger Angst, er könnte plötzlich damit aufhören.

Doch das tat er nicht. Er fasste nach dem Saum meines Shirts und zog es mir mit einer einzigen, fließenden Bewegung über den Kopf. Achtlos ließ er es anschließend auf den Boden gleiten.

Mit nacktem Oberkörper stand ich vor ihm und hielt gebannt den Atem an. Seine Hände, warm und stark und doch so unendlich sanft, fassten nach meinen Brüsten. Unendlich zärtlich, fast ehrfürchtig, strichen seine Daumen über meine Brustwarzen, dann senkte er den Kopf und beugte sein Gesicht zu dem meinen hinunter. Seine Lippen berührten meinen Mund, zuerst äußerst zaghaft, fast schüchtern.

Doch dann, als meine Lippen seinen Kuss schließlich erwiderten, wurden seine Berührungen zunehmend fordernder. Seine Zähne gruben sich in die empfindlich Haut meines Halses und aus meiner Kehle drang ein unterdrückter Schrei, doch es war kein wirklicher Schmerz, den ich empfand.

Meine Hände zerrten an seinem Hemd. Er ließ für eine Sekunde von mir ab und zog es sich über den Kopf. Mit nun ebenfalls nacktem Oberkörper stand er da, schwer atmend, nur wenige Zentimeter von mir entfernt.

Ich ließ meinen Blick fasziniert über seine wundervollen Muskeln gleiten. Meine Hände berührten seine breite Brust und fuhren schließlich weiter hinauf, über seine kräftigen Oberarme in seinen muskulösen Nacken. Er zog mich ungestüm an sich, unsere Körper berührten sich und wir standen unvermittelt in Flammen. Meine Fingernägel gruben sich tief in die empfindliche Haut seines Rückens und er warf den Kopf zurück und stöhnte auf.

Seine Hände glitten an meinen Flanken hinunter und umfassten die prallen Rundungen meines Pos. Mühelos hob er mich hoch und fixierte mich mit seinem Becken an der Wand, die ich nebenbei rau in meinem nackten Rücken spürte. Doch das spielte im Moment keine Rolle. Ich schlang instinktiv meine Beine um seine Hüften und spürte seine Erregung hart und drängend durch den dünnen Stoff zwischen meinen Schenkeln. Er hielt mich fest gegen die Wand gedrückt und ich drängte mich auffordernd mit meinen Hüften gegen ihn.

Seine Berührungen wurden immer fordernder und auch ich wollte schließlich nur noch eins. Ihn endlich in mir spüren. Er hob mich hoch, ließ mich vorsichtig zu Boden sinken und beugte sich über mich. Sein Körper bedeckte den meinen wie ein Schutzschild, stark, undurchdringlich, unverwundbar. Die Umgebung um uns herum verschwand vollständig aus der Realität, als ich einladend meine Schenkel für ihn öffnete und ihn gierig empfing.

37

Als ich am nächsten Morgen erwachte, war ich allein. Ich lag ordnungsgemäß in meinem Bett und ich überlegte ernsthaft, ob das, was gestern
Abend geschehen war, Realität war oder nur ein sonderbarer, wenn-
gleich äußerst intensiver Traum.

Doch Träume hinterlassen keine Blutergüsse und Kratzer auf
einem Körper und auch zwischen meinen wunden Schenkeln waren die
Spuren der ereignisreichen Nacht noch deutlich sichtbar. Wie betäubt
lag ich da, meinen Blick stur auf die dicken Holzbalken über meinem
Bett geheftet, regungslos, fassungslos. Was zur Hölle war nur in uns
gefahren?

Heute war Freitag. Ich musste mich dringend für die Sprechstunde fertig machen, stellte ich mit einem entsetzten Blick auf die Uhr fest.
Doch wie um alles in der Welt sollte ich nach dieser Nacht Johannes
unter die Augen treten?

Ich richtete mich auf, blieb aber noch eine Zeit lang ratlos auf
der Bettkante sitzen. Jeder einzelne Muskel meines Körpers schmerzte
und ich betrachtete ungläubig die zahlreichen roten Striemen und Kratzer, die sich wild über die verschiedensten Teile meines Körpers zogen.
Wie sollte ich die alle bloß vor unliebsamen Blicken schützen, es war
schließlich Hochsommer und ich konnte wohl schlecht mit langen Är-
meln und hochgezogenem Kragen in der Praxis erscheinen.

Die Leute im Dorf zerrissen sich sowieso bereits den Mund
über uns. Dann würden sie heute eben erst Recht einen triftigen Grund
dafür bekommen, entschied ich trotzig. Ich schlüpfte in eine blickdich-
te, langärmlige Bluse, zog meine langen Jeans über und band mir ein
dünnes Tuch dekorativ um den Hals, um die unverkennbaren Male der
Nacht zumindest einigermaßen zu verbergen.

Wieder einmal mehr beschäftigte mich diese eine Frage, die mittlerweile bei mir zur Gewohnheit zu werden schien, als ich langsam die Stufen von meiner Wohnung zur Praxis hinunter stieg. Wie um alles in der Welt sollte ich meinem Kollegen heute unter die Augen treten? Wie sollte ich mich ihm gegenüber bloß verhalten? Mit klopfendem Herzen öffnete ich die Eingangstür zu unseren Praxisräumen und prallte unvermittelt zurück. An der Anmeldung stand, elegant gegen den Tresen gelehnt, Isabelle Bronner.

Beim öffnen der Tür drehte sie sich erwartungsvoll um. Als sie mich erkannte, stürmte sie euphorisch auf mich zu und umarmte mich überschwänglich.

Sarah, ich hab Dich so lange nicht gesehen. Wie geht es Dir?

Noch immer völlig überrumpelt vom unerwarteten Auftauchen von Johannes' Noch-Ehefrau befreite ich mich schließlich unauffällig aus ihrer herzlichen Umarmung. Ich trat einen Schritt zurück und musterte sie anschließend ungeniert von oben bis unten. Sie sah wie immer umwerfend gut aus.

Ihr attraktiver, sportlicher Körper steckte, wie nicht anders erwartet, in einem wundervollen Dirndl, welches aller Wahrscheinlichkeit nach aus ihrer eigenen Kollektion stammte. Ihre braunen, langen Haare hatte sie zu einer kunstvollen Frisur geflochten und sie war unauffällig und doch äußerst adrett geschminkt. Die Zeit in München schien ihr überaus gut getan zu haben.

Endlich hatte ich meine Fassung wieder gefunden. Was auch immer zwischen den Bronners geschehen war, es war eine Sache zwischen Johannes und Isabelle gewesen. Ich hatte mich in ihre Angelegenheiten nicht einzumischen.

Was durchaus korrekt war, wenn man die klitzekleine Tatsache außer Acht ließ, was letzte Nacht zwischen Johannes und mir passiert war.

Unvermittelt wurde ich rot und blickte verlegen zu Boden. Um nicht noch Isabelles Misstrauen durch mein dämliches Verhalten auf mich zu ziehen, beeilte ich mich schnell, ihr meine längst überfällige Antwort auf ihre Frage von vorhin zu geben:

Hallo Isabelle. Schön, dass Du endlich wieder da bist. Mir geht es Bestens. Ich deutete auf mein Halstuch, zu dieser Jahreszeit ein eher ungewöhnliches Kleidungsstück. *Ich hab mich bloß ein wenig erkältet,* erklärte ich und hustete demonstrativ zwei mal hintereinander.

Isabelle trat unbewusst einen Schritt zurück. Dann lächelte sie mich mitfühlend an und sagte: *Hoffentlich bist Du bald wieder gesund.* Ich nickte zuversichtlich und Isabelle wandte sich wieder unserer Arzthelferin Monika zu, die hinter dem Tresen saß und unser Geplänkel mit angehört hatte.

Ist mein Mann schon in der Praxis?, wollte sie von unserer Angestellten wissen. *Ja, Frau Bronner* , entgegnete diese, *Er ist bereits in seinem Sprechzimmer. Soll ich ihn rufen?*

Nein, nein. Lassen Sie nur. Ich werde selbst hinauf zu ihm gehen. Sie drehte sich zu mir um und zwinkerte mir übermütig zu, *es soll eine Überraschung werden.*

Na, die wird es vermutlich wirklich. Und was für eine, dachte ich und hoffte inständig, dass sich Johannes genauso freuen würde, seine Frau endlich wiederzusehen, wie diese sich offensichtlich auf ihn zu freuen schien.

Noch immer völlig durcheinander von den Ereignissen der letzten Nacht und dem unerwarteten Auftauchen von Johannes′ Ehefrau, stieg ich die Stufen zu meinem Sprechzimmer hinauf und bestellte mir, nachdem ich mich in meinen Bürostuhl hinter meinem Schreibtisch hatte plumpsen lassen, über die Gegensprechanlage den ersten Patienten des Tages, um mich fürs Erste von meinen konfusen Gedanken abzulenken.

Der letzte Patient vor der Mittagspause hatte es noch einmal in sich und ich musste alle, mir an diesem Tag zur Verfügung stehende Geduld aufbringen, um die immer und immer wieder gleichen Fragen des besorgten Mannes bezüglich seines Krankheits-, beziehungsweise Gesundheitszustandes zu beantworten.

Entsprechend genervt schlug ich den Weg in Richtung Kaffeeküche ein. An der geschlossenen Tür blieb ich unvermittelt stehen, als ich dahinter die vertrauten Stimmen von Johannes und Isabelle vernahm.

Sie lachten ausgelassen miteinander und schienen ihre Beziehungskrise bereits schon längst überwunden zu haben. Ich überlegte noch, ob ich lieber wieder gehen sollte, doch bevor ich mich umdrehen und unbemerkt über den Flur zurück zu meinem Sprechzimmer entschwinden konnte, öffnete sich unvermittelt die Tür und Johannes stand im Türrahmen. Sein Gesicht glühte regelrecht vor Freude über Isabelles Wiederkehr und sie schienen sich bereits ausgesprochen und neuen Frieden miteinander geschlossen zu haben.

Als Johannes mich auf dem Flur erblickte, flackerte es kurz in seinen Augen auf und er blickte verunsichert an mir herunter. Doch ich schüttelte fast unmerklich den Kopf und er drehte sich sogleich wieder in Isabelles Richtung und winkte sie zu sich heran.

Isabelle, hast Du Sarah schon begrüßt? Isabelles Gestalt erschien neben Johannes im Türrahmen. Auch ihr Gesicht war vor Freude und Aufregung gerötet.

Ja, wir haben uns heute morgen schon gesehen, antwortete ich an ihrer statt und Isabelle lächelte mich glücklich an.

Isabelle wird wieder zurück nach Oberstdorf ziehen, verkündete Johannes erleichtert, fügte allerdings mit einem kurzen Seitenblick auf seine Frau hinzu, *zumindest die überwiegende Zeit. Sie wird natürlich ihre Boutique in München weiterhin führen, allerdings hat sie einen Geschäftsführer eingestellt, der ihr die gröbste Arbeit dort abnehmen wird.* Er legte liebevoll einen Arm um Isabelles Schulter, die sich zärtlich an ihn schmiegte. *Sie wird natürlich weiterhin der Boss in München sein, doch ihr Hauptaugenmerk wird in den Entwürfen neuer Kollektionen liegen und dies wird sie hier, in ihrem Zuhause in Oberstdorf, bei mir, tun.*

Ich freue mich wirklich sehr für Euch und dass ihr wieder einen gemeinsamen Weg gefunden habt, sagte ich mit fester Stimme und freute mich tatsächlich aufrichtig für Johannes und Isabelle.

Sie luden mich im Anschluss noch zu einem gemeinsamen Mittagessen ein, doch ich lehnte höflich ab. *Ihr habt Euch doch bestimmt vieles zu erzählen, was nicht unbedingt für die Ohren Dritter bestimmt ist, oder?*, entgegnete ich mit einem neckenden Seitenblick auf Isabelle, die verstohlen kicherte und mich schließlich dankbar anlächelte.

Entschlossen machte ich auf dem Absatz kehrt und verließ anschließend fast fluchtartig die Praxis. Dieser Tag und seine Ereignisse waren eindeutig zu viel für mein verwirrtes Gemüt. Ich musste dringend nachdenken, und zwar ganz allein.

38

Meine Entscheidung überraschte Johannes nicht wirklich. Er hatte schon fast damit gerechnet, als ich ihm am Anfang der folgenden Woche noch vor Beginn der Sprechstunde verkündete: *Ich möchte, zumindest für eine Zeit, aus unserer Gemeinschaftspraxis aussteigen.*
Mein Kollege nickte stumm und irgendwie erleichtert, als ich ihm meinen Entschluss, Oberstdorf vorerst einmal den Rücken zu kehren und mir anderswo eine neue Anstellung zu suchen, mitteilte.

Er saß an seinem Schreibtisch in seinem Sprechzimmer und wollte gerade den ersten Patienten rufen lassen, als ich durch die Tür schlüpfte, sie leise hinter mir schloss und mich unschlüssig mit meinem Körper dagegen lehnte.
Johannes erkannte sofort, dass ich etwas Wichtiges auf dem Herzen hatte und er sagte unverblümt gerade heraus: *Egal, was es ist, spuck es aus, Sarah, und spann mich nicht länger auf die Folter.*

Ich habe nachgedacht.., begann ich zögerlich, nach den passenden Worten suchend.

Ach, tatsächlich?, konterte mein Kollege, nicht im Geringsten überrascht. Ich steuerte auf seinen Schreibtisch zu und ließ mich, um ein wenig mehr Zeit zu gewinnen, etwas umständlich auf einen Stuhl vor seinem Arbeitsplatz sinken.

Ich kann vorerst nicht länger hier bleiben. Ich werde Oberstdorf, zumindest für eine gewisse Zeit, verlassen. Bei meinen Worten hatte ich Johannes nicht ansehen können, doch nun blickte ich auf und sah im direkt in seine wunderschönen, blauen Augen.
Er lehnte sich in seinem Schreibtischstuhl zurück und verschränkte die Arme hinter seinem Kopf. *Ich kann Dich natürlich verstehen,* erklärte er schließlich langsam, *doch wenn es wegen Isabelle ist...*

Es ist doch nicht nur wegen Isabelle, Johannes..., fiel ich ihm aufgebracht ins Wort. Ich schwieg anschließend einige Sekunden, bis ich endlich kleinlaut zugab, *doch natürlich ist es auch zum Teil wegen ihr.*

Johannes wollte mir nun ebenfalls ins Wort fallen, doch mit einer Handbewegung unterband ich seine Einwende, indem ich schnell fortfuhr: *Es ist wegen allem. Auch wegen dem, was zwischen uns passiert ist. Das hätte niemals geschehen dürfen...*

Ich sprang von meinem Stuhl hoch und begann, rastlos im Zimmer auf und ab zu laufen, viel zu aufgewühlt, um noch länger still zu sitzen. Johannes blickte betreten auf den Boden vor seinem Schreibtisch und nickte.

Ich weiß, das war ein großer Fehler. Ich hätte mich auf gar keinen Fall dazu hinreißen lassen dürfen. Es tut mir wirklich sehr Leid, Sarah.

Doch es ist jetzt nun einmal passiert, verdammt noch mal. Und nun ist auch noch, zur ultimativen Vervollständigung der Katastrophe, Deine Frau plötzlich wieder da. Hilflos warf ich die Hände in die Luft. *Wie soll ich ihr denn jemals wieder ruhigen Gewissens unter die Augen treten? Kannst Du mir das mal verraten, Johannes?*

Johannes presste betroffen die Lippen aufeinander und schwieg. Er wusste genau, dass ich Recht hatte. Das, was in dieser einen Nacht zwischen uns gewesen war, bedeutete uns beiden im Nachhinein nichts. Es war schiere Not und Verzweiflung, die uns dazu verleitet hatte.

Johannes liebte Isabelle nach wie vor, mehr als alles andere auf der Welt und er konnte sein Glück kaum fassen, dass sie sich endlich entschlossen hatte, zu ihm zurück zu kehren.

Für mich hieß das allerdings, dass ich aufbrechen musste. Zu groß war meine eigene Scham, sobald ich in Isabelles leuchtende Augen blickte. Ich würde ihr niemals sagen können, was passiert war, warum ich ihr aus dem Weg gehen musste und sie würde irgendwann vielleicht falsche Schlüsse, oder, viel schlimmer noch, gar die richtigen, aus meinem sonderbaren Verhalten ziehen.

Zudem hatten mich Johannes´ Vorwürfe, auch wenn sie in diesem Moment aus seiner eigenen, blinden Wut heraus gesagt wurden, zutiefst verletzt. Ich bereute seit dem verdammten Vorfall am Viehscheidabend Tag für Tag, dass ich Sebastian nicht von Beginn an die Wahrheit gesagt hatte. Vielleicht war ich wirklich, wie Johannes mir vorgeworfen hatte, beziehungsunfähig. Ich konnte es mittlerweile selbst nicht mehr ausschließen. Und wenn Sebastian tatsächlich etwas zustieße, woran ich letztendlich die Schuld trug, weil er sich von mir getäuscht fühlte, dann wollte ich es zumindest einfach nicht mehr erfahren.

Ich musste gehen, und zwar schnellstens.

Johannes beobachtete mich nach wie vor schweigend, wie ich wie ein angeschossener Wolf in seinem Zimmer auf und ab lief. Schließlich erhob er sich von seinem Platz und kam auf mich zu. Er blieb in angemessenem Abstand vor mir stehen, hinderte mich allerdings so am weiterlaufen.

Was ist mit Sebastian?, wollte er plötzlich unvermittelt von mir wissen, *Ich habe zwar, seit er sich das letzte Mal aus Nepal gemeldet hat, nichts mehr weiter von ihm gehört. Doch was sage ich ihm, wenn ich wieder Kontakt zu ihm haben sollte? Soll ich ihm nicht doch erklären, welche Ereignisse aus Deiner Vergangenheit zu Deiner unverständlichen Reaktion damals geführt haben, oder möchtest Du das noch immer selbst tun?*

Ich stand mit gesenktem Kopf vor ihm und überlegte kurz. An sich spielte es für mich keine Rolle mehr. Vermutlich würde ich den jungen Bergführer sowieso niemals mehr wiedersehen.

Sag es ihm, oder sag es ihm nicht. Ich überlasse Dir die Entscheidung. Es ändert so oder so nichts mehr für mich.

Mit hängenden Schultern stand Johannes vor mir. Seine Stimme klang belegt, als er schließlich wiederholte: *Es tut mir Leid, was passiert ist, Sarah. Das musst Du mir glauben. Das hab ich so nicht gewollt.*

Ich blickte zu ihm auf. Blickte in seine tiefblauen Augen, in denen sein ehrliches, tiefes Bedauern allzu deutlich geschrieben stand. *Mir tut es auch Leid, Johannes*, antwortete ich leise.

Ein letztes Mal schloss er mich in seine starken Arme und ich schmiegte mich traurig an seine Schulter. Nach einigen Sekunden machte ich mich von ihm los. Ich trat einen Schritt zurück und blickte ihn schweigend und mit ausdrucksloser Mine an.

Wohin wirst Du gehen?, wollte Johannes schließlich wissen. *Wirst Du irgendwann wieder zurückkommen?* Unschlüssig schüttelte ich langsam den Kopf. *Ich weiß es noch nicht, Johannes. Vielleicht, vielleicht auch nicht.*

Was wird aus unserer gemeinsamen Praxis?, versuchte er ein letztes Mal ansatzweise, wenn auch nicht wirklich ernsthaft, mich doch noch umzustimmen, *Ich werde auf die Schnelle niemanden finden, der so kompetent und hochqualifiziert ist, um Deinen Platz hier auszufüllen.*

Ich lächelte traurig, diese Lobeshymnen sahen meinem Kollegen an sich so gar nicht ähnlich, und antwortete schließlich: *Ich habe bereits, Dein Einverständnis vorausgesetzt, meine früheren Kontakte noch einmal angezapft. In meiner alten Heimat gibt es tatsächlich einen jungen, überaus dynamischen, wissbegierigen und experimentierfreudigen Allgemeinmediziner, der sich auf das Abenteuer, mit Dir in einer Gemeinschaftspraxis tätig zu werden, einlassen würde.* Schnell fügte ich hinzu: *Zumindest für eine gewisse Zeit.*

Ich wollte zum jetzigen Zeitpunkt nicht generell ausschließen, dass ich irgendwann später, wenn sich die Wogen hier wieder geglättet hatten, eventuell nach Oberstdorf zurückkehren würde.

Ich hatte mich all die Zeit über sehr wohl in dieser Region gefühlt, die Landschaft hatte mich mit ihren facettenreichen Jahreszeiten stets fasziniert und die Menschen waren mir überwiegend sehr freundlich begegnet.

Natürlich hatte ich auch hier einige schlimme Dinge erlebt, doch so war nun einmal das Leben, das hatte ich zwischenzeitlich erkannt. Es würde nirgends auf der Welt einen Ort geben, an dem einem überhaupt nichts passierte, an dem das Leben geruhsam und ohne Aufregung an einem vorbeilief.

Das, was geschehen war, war nun mal mein Schicksal. Und genau dieses Schicksal zeigte mir jetzt an, dass für mich nun die Zeit gekommen war, nochmals aufzubrechen.

Doch wer konnte schon wissen, wohin einen dieses Schicksal später einmal verschlug?

39

Die Notaufnahme der unfallchirurgischen Klinik Innsbruck war an diesem Spätsommertag erwartungsgemäß brechend voll.
Nachdem ich meinen Entschluss, vorerst aus der gemeinschaftlichen Praxis mit Johannes Bronner auszusteigen und Oberstdorf zu verlassen, erst einmal gefasst hatte, ging alles rasend schnell.
Ich hatte Johannes kurzfristig einen sehr netten Nachfolger für meinen Platz in unserer Gemeinschaftspraxis präsentiert und nur wenige Wochen, nachdem ich Alexander Bergmann, dem Junior meines ehemaligen Kollegen Klaus Bergmann aus Frankfurt, der seine Facharztanerkennung für Allgemeinmedizin erst seit Kurzem in der Tasche hatte, ein wenig die Nase lang gemacht und die Vorzüge eines Lebens im südlichsten Zipfel Deutschlands angepriesen hatte, packte der Junggeselle kurz entschlossen seine Koffer und zog in meine Dachgeschosswohnung über Johannes Praxis ein.

Da europaweit seit Jahren überall Fachärztemangel herrschte, war es für mich nicht allzu schwer gewesen, innerhalb kürzester Zeit eine neue Stelle zu finden.
Ich entschied mich wieder einmal für eine Anstellung in einer Klinik, da ich die Vorzüge und Nachteile einer eigenen Praxis in der letzten Zeit zu Genüge ausgekostet hatte.

Dieses Mal jedoch interessierte mich ein völlig anderes Fachgebiet. Schon nach meiner Approbation hatte ich in den Jahren bis zu meiner Facharztanerkennung gerne in der Unfallchirurgie gearbeitet. Da ich mich damals allerdings nicht besonders gut mit den dortigen Kollegen, vor allem mit den damaligen Vorgesetzten, verstanden hatte, wechselte ich schließlich doch in die Innere Medizin und spezialisierte mich später auf die Kardiologie, worin ich letztendlich auch meinen Facharzt gemacht hatte.

Doch die Chirurgie und speziell die Unfallchirurgie hatte es mir nach wie vor noch immer angetan. Und daher zögerte ich nicht lange, als ich die Zusage für eine Assistenzarztstelle in der Notaufnahme der Unfallklinik Innsbruck erhielt. Zwar war diese Stelle deutlich unterhalb meiner tatsächlichen Qualifikation, schließlich war ich bereits Fachärztin für Innere Medizin und Kardiologie und hätte dort locker auch eine solche Oberarztstelle bekleiden können, doch ich entschied mich gezielt für die Sparte der Unfallchirurgie.

Durch meine Zeit bei Johannes und auch bei dem Rettungsdienst Immenstadt war ich mehrfach mit unfallchirurgischen Notfällen konfrontiert worden und es faszinierte mich immer wieder aufs Neue, welche umfangreichen Behandlungsmöglichkeiten heutzutage in diesem Bereich bestanden.

Während meiner Weiterbildungszeit hatte ich die Pflichtstunden für das Fach Chirurgie in einer unfallchirurgischen Abteilung der Uni-Klinik Frankfurt absolviert und ich war mit den Behandlungsgrundlagen noch immer einigermaßen vertraut.

Trotzdem war ich überaus froh, dass mir für meine ersten Arbeitswochen in Innsbruck meine neue Kollegin, die erfahrene unfallchirurgische Oberärztin Veronika Taufers, als Mentorin zur Seite gestellt worden war, um mir in den ersten Wochen meiner Tätigkeit in der Notaufnahme hilfreich über die Schulter zu blicken.

Zwar war ich nach all den Jahren ein wenig außer Übung, was die Wundversorgung und das korrekte Lesen und Deuten von Röntgenbildern unfallchirurgischer Verletzungen anging, doch Veronika versicherte mir immer wieder freundlich, ich würde mich schon sehr gut schlagen.

Etwas gewöhnungsbedürftig war nach wie vor für mich die noch immer teilweise fremde Sprache, beziehungsweise die vielen kleinen, unbekannten Wörter, über die ich im Laufe meiner Tätigkeit als Medizinerin in Bayern und nun auch in Österreich stolperte.

So war ich vollständig verwirrt, als mir mein Patient, dessen Anamnese ich soeben erheben wollte, mitteilte, er hätte sich am Vortag einen Spreißel eingezogen.

Bitte, was ist Ihnen passiert?, fragte ich verständnislos und Veronika Taufers konnte sich ein Lachen hinter meinem Rücken kaum verkneifen. Ich drehte mich mit hochgezogenen Augenbrauen zu ihr um, doch sie verwies mich nur mit einem Fingerdeut wieder an meinen Patienten zurück und gab mir so zu verstehen, dass ich diese Frage mit ihm selbst zu klären hatte.

Herr Guggemoos blickte irritiert von mir zu meiner Kollegin, und dann wieder zurück zu mir. Als ich erkannte, dass von Veronika in dieser Situation keine Hilfe zu erwarten war, gab ich, mit einem entschuldigenden Lächeln an meinen Patienten gewandt, zu: *Bitte entschuldigen Sie, Herr Guggemoos, aber ich komme ursprünglich aus Mitteldeutschland und einige Fachwörter sind mir in der hiesigen Sprache noch nicht ganz geläufig.*

Mein Patient begann, breit zu grinsen. Dann hob er seinen verbundenen linken Zeigefinger und klärte mich endlich auf: *Ach Frau Doktor, nix für ungut, aber ich habe doch nur einen, wie sagt man im Hochdeutschen, Splitter im Finger.*

Hinter meinem Rücken ertönte schallendes Gelächter, doch ich drehte mich nicht um. Diese kleinen Kommunikationsprobleme waren mir noch zu gut aus meiner Zeit in Oberstdorf bekannt und ich hatte mich mittlerweile tatsächlich daran gewöhnt.

Ich stand lächelnd auf und ging vor meinem Patienten, der mir gegenüber auf seinem Patientenstuhl in einem der zahllosen Behandlungsräume der Notaufnahme saß, in die Hocke. *Na, dann werde ich Sie mal von Ihrem Spreißel befreien, Herr Guggemoos,* sagte ich freundlich und deutete mit einer einladenden Handbewegung in Richtung der Behandlungsliege.

Nachdem ich meinen ersten Patienten an diesem Tag erfolgreich versorgt hatte, klopfte mir Veronika anerkennend auf die Schulter.

Sie war etwa so alt wie ich, doch von unserem Äußeren waren wir so unterschiedlich, wie es nur möglich war. Ihre kleine, zierliche Gestalt mit den kurzen, roten Haaren und den ausdrucksvollen grünen Augen entsprach so gar nicht dem Bild, welches man normalerweise von einer erfolgreichen Oberärztin haben würde. Doch ihr entschiedenes, energisches und dominantes Auftreten machten diesen kleinen, optischen Mangel im Nu wett. Durch ihre herrische, bestimmte Art hatte sie sich binnen kürzester Zeit in der bisher noch immer weitgehend von Männern dominierten Welt der Unfallchirurgie erfolgreich durchgesetzt. Zu mir war sie allerdings bisher überaus freundlich und zuvorkommend gewesen.

Und so sagte sie in verständnisvollem Tonfall zu mir: *Ich kann mir vorstellen, dass das hier für Dich nicht einfach ist, Sarah, doch ich muss Dich wirklich loben. Du schlägst Dich erstaunlich gut dafür, dass Du so lange schon nicht mehr in diesem Fachbereich tätig warst.*

Ich goss mir gerade eine Tasse dampfenden Kaffee im Aufenthaltsraum der Notaufnahme ein und nahm Veronika anschließend ihre eigene Tasse ab, die sie mir einladend entgegen hielt, um sie ebenfalls zu befüllen.

Mir gefällt es wirklich sehr gut hier, bei Euch in Innsbruck, erwiderte ich lächelnd, gab jedoch sogleich auch zu: *doch ich habe noch tierischen Respekt vor angekündigten unfallchirurgischen Schockraumpatienten. Was, wenn ich etwas bei meiner Untersuchung übersehe? Da habe ich schließlich keine Zeit, eine eventuelle Fehlentscheidung noch einmal zu revidieren.*

Veronika winkte beschwichtigend ab: *Darüber brauchst Du Dir im Augenblick noch keine Sorgen zu machen. Du wirst in der ersten Zeit in den Schockräumen sowieso nur Mitläufer sein. Bleib einfach an meiner Seite und ich erkläre Dir alles, worauf Du als zukünftige, gute Unfallchirurgin achten musst.*

Erleichtert nickte ich meiner neuen Kollegin zu und setzte mich mit ihr an den Küchentisch, um ein schnelles Frühstück zwischen den nächsten, bereits auf uns wartenden Patienten einzunehmen.

Der erste Schockraumeinsatz ließ natürlich nicht allzu lange auf sich warten. Per Telefon wurde uns über die Rettungsleitstelle ein schwer verletzter Patient angekündigt, der mit dem Hubschrauber auf dem Weg zu uns war.

Ich notierte hastig die kargen Daten, die mir der Disponent der Leitstelle über den Zustand des Patienten, das Verletzungsmuster und das Unfallereignis mitteilte, auf einen Schmierzettel: *Männlich, dreißig Jahre alt, Deutscher, beim Klettern im Axamer-Lizum in eine Felsrinne gestürzt, Polytrauma-Verletzungsmuster, im Moment kreislaufstabil. Kommt mit dem Heli und Notarztbegleitung in circa zehn Minuten zu uns. Okay, ich habe verstanden, Danke.*

Mein Herzschlag beschleunigte sich unvermittelt, als ich den Anruf entgegen nahm und ich spürte meinen Adrenalinpegel sprunghaft ansteigen. Ich informierte umgehend das für heute eingeteilte Schockraumteam über den angekündigten Patienten und wartete anschließend gemeinsam mit meiner Mentorin Veronika auf die Ankunft des Hubschraubers. Meine Hände wurden in den Schutzhandschuhen vor Nervosität schon ganz feucht und Veronika legte mir beruhigend ihre Hand auf meinen angespannten Unterarm.

Wir schaffen das schon, Du wirst sehen. Beim ersten Mal ist es noch total aufregend, doch wenn Du das ein paar Mal gemacht hast, kommt mit der Zeit auch die Routine, glaub mir.

Sie lächelte mich aufmunternd an und im nächsten Moment kamen die Sanis in Begleitung des Notarztes mit unserem ersten Polytrauma-Patienten um die Ecke gebogen. Ich drängte mich in eine hintere Ecke des Schockraums, um nur niemandem im Weg zu stehen und beobachtete gebannt, wie routiniert und ruhig die Patientenübernahme erfolgte.

Das gesamte Team, bestehend aus einem diensthabenden chirurgischen Oberarzt, in diesem Fall Doktor Veronika Taufers, einem chirurgischen Assistenzarzt, meiner Wenigkeit als Beobachter, dem Anästhesisten mit einem Anästhesieassistenten, dem Radiologen und mehreren Pflegern wartete geduldig, bis die Sanis mit der Trage, auf der sich unser Patient befand, in den Schockraum gefahren kamen. Alle notwendigen Geräte waren vorher auf ihre Funktionsfähigkeit überprüft worden und jeder stand an seinem Platz neben dem Schockraumtisch, um schweigend der Übergabe durch den Notarzt zu lauschen.

Dieser, ein kauziger, erfahrener Mediziner mit ausgeprägtem steirischen Dialekt, berichtete uns routiniert, was wir über den Patienten und das Unfallgeschehen wissen mussten.

Herr Christian Mathies, dreißigjähriger deutscher Urlauber, ist beim Klettern am Axamer-Lizum etwa 50 Meter tief ein eine Felsrinne gestürzt. Bei unserem Eintreffen war er ansprechbar und allseits orientiert, soweit beurteilbar keine neurologischen Ausfälle, er klagte

aber über Übelkeit und hat bisher nach eigenen Angaben einmal erbrochen. Er deutete auf die Vakuumschiene am rechten Bein des jungen Mannes und fuhr fort: *Vermutliche Tibiafraktur, der Unterschenkel war ziemlich instabil und der Patient hat gegen die Schmerzen 0,3 Fenta und gegen die Übelkeit eine Ampulle Vomex bekommen. Des Weiteren gibt er Schmerzen im Brustbereich links an, hier besteht der Verdacht auf eine Rippenfraktur. Außerdem Schmerzen in der rechten Schulter und Abwehrspannung im linken Oberbauch. Vitalwerte bisher völlig stabil, Druck bei 135/85, Sättigung 90, Puls 89. Keine Allergien bekannt, keine Vorerkrankungen. Noch Fragen?*
Der Notarzt blickte mit hochgezogenen Brauen in die Runde. Als es weiter still blieb, wies er schließlich die Rettungssanitäter an, den jungen Mann von der Trage auf unseren Schockraumtisch umzulagern.

Sofort setzte sich die routinierte Maschinerie des Schockraumteams in Gang. Ein Pfleger übernahm die Dateneingabe in den Computer, die beiden anderen begannen, den jungen Mann zügig zu entkleiden. Der Anästhesist übernahm die Überwachung der weiteren Vitalwerte, während die beiden Chirurgen den Patienten befragten, einen weiteren Venenzugang legten, eine grob orientierende körperliche Untersuchung durchführten und ein Fast-Sono machten, um sich einen ersten Überblick über mögliche innere Verletzungen des Mannes zu verschaffen. Labor wurde abgenommen und der Patient wurde anschließend dem Radiologen für die Durchführung eines Polytrauma-CTs zum Ausschluss schwerwiegender innerer Verletzungen übergeben. Dieses ganze Prozedere dauerte nicht mehr als knappe 10 Minuten.
Völlig überwältigt von der Professionalität eines jeden einzelnen Mitarbeiters, stand ich staunend in meiner Ecke an die Wand gelehnt und musste erst einmal verarbeiten, was ich soeben erlebt hatte.

Als der junge Mann vom CT wieder zurück in den Schockraum kam, ermunterte mich Veronika, nun doch selbst auch einmal Hand an den Patienten anzulegen. Seine Verletzungen stellten sich nach der CT-Traumaspirale als zum Glück nicht lebensbedrohlich heraus.
Zwar hatte er sich, was von Beginn an offensichtlich war, das rechte Schienbein gebrochen, doch außer noch einigen angebrochenen Rippen hatte er keine weiteren inneren Verletzungen oder sonstige Frakturen durch seinen Sturz erlitten. Allerdings war da noch diese kleine Kopfplatzwunde, die genäht werden musste, bevor er zur Versorgung seiner

mehrfragmentären Tibiafraktur in den OP ging und ich bekam von Veronika Taufers die Möglichkeit, die Wundversorgung zu übernehmen. Eifrig machte ich mich unter der tatkräftigen Assistenz meiner Mentorin ans Werk. Während ich die Wunde betäubte, nutze ich die Gelegenheit, ein kleines Gespräch mit dem jungen Mann zu beginnen.

Er erzählte mir, dass er aus Deutschland kam, in der Region Innsbruck seinen Urlaub verbringen wollte und zum klettern am Axamer-Lizum unterwegs gewesen war. Dort war er aus Unachtsamkeit auf einem Gratweg gestolpert und etwa 50 Meter tief eine Felsrinne hinuntergestürzt. Wanderer, die zu diesem Zeitpunkt ebenfalls in diesem Gebiet unterwegs waren, hatten seinen Sturz beobachtet und umgehend die Bergwacht verständigt. Diese hatte ihn dann mit Hilfe eines Hubschraubers aus dem steilen Gelände geborgen und zur notfallmäßigen Versorgung zu uns in die Unfallklinik nach Innsbruck gebracht.

Der junge Mann hatte ein hübsches, freundliches Gesicht und war hoch erfreut, als er erfuhr, dass ich selbst auch aus Deutschland kam. Während ich seine Kopfplatzwunde mit vier Stichen nähte, unterhielten wir uns recht nett miteinander und meine zu Beginn noch vorherrschende Nervosität schwand von Sekunde zu Sekunde.

Schließlich übernahm der Anästhesist wieder das Ruder und spannte mir meinen Patienten für die Narkoseaufklärung aus. Anschließend übernahm Veronika noch die Aufklärung für die anstehende Operation der erlittenen Schienbeinfraktur, wobei ich ihr akribisch über die Schultern schaute und alle Informationen, die sie dem Patienten gab, begierig wie ein Schwamm in mir aufsaugte. Letztendlich wurde der junge Mann noch von den beiden Pflegern zur OP vorbereitet und anschließend zur Schleuse des Operationstraktes gebracht.
Der Schockraum war wieder frei für den nächsten Patienten.

Vollkommen überwältigt von den vielen Eindrücken, die soeben im Schockraum auf mich niedergeprasselt waren, verzog ich mich gegen Mittag in den Pausenraum, um durchzuatmen. Zwar hatte ich in meiner Zeit als Assistenzärztin in der Unfallchirurgie in Frankfurt selbstverständlich auch im Schockraum mitgearbeitet, doch das war alles schon viele Jahre her und die Arbeitsabläufe hatten sich bereits ebenfalls um einiges verändert.

An diese spezielle, nervenaufreibende und adrenalingeschwängerte Art der Erstversorgung musste ich mich definitiv erst wieder gewöhnen. Langsam fiel mein Adrenalinspiegel wieder auf sein normales Maß und ich wurde zusehends ruhiger. Beim nächsten Schockraumeinsatz würde ich in jedem Fall aktiver mitmachen, das nahm ich mir bereits jetzt schon fest vor.

Doch vorerst warteten erst einmal wieder die weniger spannenden Fälle in der Notaufnahme auf mich. Ich verließ den Pausenraum, um mir an der zentralen Patientenaufnahme ein Bild über das aktuelle Patientenaufkommen zu machen.

Die Notaufnahme der Unfallklinik Innsbruck arbeitete, wie die meisten Kliniken europaweit, mit dem sogenannten Manchester-Triage-System, einem System, welches Patienten mittels eines ausgeklügelten Fragekataloges in Prioritätskategorien einstuft.

In der roten Stufe hat der Patient überhaupt keine Wartezeit. Diese Patienten haben aufgrund ihres Verletzungsbildes sofortige Behandlungspriorität, da sie sich in akuter Lebensgefahr befinden.

In der orangenen Stufe beträgt die maximale Wartezeit auf einen Arzt 10 Minuten, das heißt, der Patient ist zwar nicht unmittelbar durch den Tod bedroht, doch er ist sehr schwer verletzt und muss umgehend untersucht werden.

Die gelbe Stufe steht für eine Wartezeit von maximal 30 Minuten. Hier ist das Verletzungsbild nicht mehr ganz so dramatisch, allerdings sollte baldmöglichst der zuständige Arzt den Patienten ansehen.

Die grüne Stufe steht für einen normalen Verletzungsgrad mit einer Wartezeit von 90 Minuten und die blaue Stufe für banale Verletzungen mit einer Wartezeit von 120 Minuten. Diese beiden letzten Stufen machen allerdings normaler Weise den überwiegenden Teil des täglichen Patientenaufkommens in einer Notaufnahme aus.

So auch an diesem Spätsommertag. Ein Blick auf die Triageliste bedeutete mir, dass ich es für die nächste Zeit erwartungsgemäß ausschließlich mit grünen und blauen Patienten zu tun haben würde. Schicksalsergeben machte ich mich ans Werk.

In den nächsten Stunden kümmerte ich mich um vertretene Knöchel, verstauchte Handgelenke, verletzte Fußballspieler, verunfallte Kinder auf dem Trampolin und Wanderer, die gestürzt, gestolpert, umgeknickt oder sonst wie zu Fall gekommen waren. Schürfwunden, Platzwunden, Verletzungen an jeder nur denkbaren Körperstelle, jedoch nichts weltbewegendes. Für mich reichte es allerdings schon voll und ganz. Ich war völlig ausgelastet und hochzufrieden mit mir, als die Leitstelle einen weiteren Schockraumpatienten für diesen Tag ankündigte.

Erneut wurde das Schockraumteam zusammengerufen und wieder standen wir alle beisammen und erwarteten angespannt die Ankunft des Patienten, mit dem winzigen Unterschied, dass ich bei diesem Schockraum nun endlich auch aktiv dabei sein würde.

Die Rettungswache hatte uns einen verunfallten Motorradfahrer gemeldet, ebenfalls ein Polytrauma, welcher, wie bereits der andere Patient zuvor auch, per Hubschrauber und Notarzt zu uns in die Notaufnahme kommen sollte. Da der Fahrer allerdings keine Papiere bei sich gehabt hatte, war seine genaue Identität im Augenblick noch unklar.

Ich hatte meine Position diese Mal am Kopfteil der Schockraumliege bezogen, direkt neben Veronika Taufers, um besser an der Diagnostik und der Patientenversorgung teilnehmen zu können.

Wieder bogen die Sanis um die Ecke und das gleiche Prozedere, wie bereits einige Stunden zuvor, wiederholte sich erneut.

Der Notarzt, der selbe, der uns zuvor den verletzten Bergwanderer gebracht hatte, bezog neben der Trage des Patienten Stellung und begann umgehend mit seiner Übergabe. Alle anwesenden Augenpaare waren auf ihn gerichtet und lauschten schweigend seinem steirischen Akzent.

Männlicher Patient, etwa 25 bis 35 Jahre alt, Identität bisher noch unbekannt. Als Motorradfahrer allein beteiligt, vermutlich aufgrund zu hoher Geschwindigkeit, von der Fahrbahn abgekommen und circa 15 Meter eine Böschung hinuntergestürzt. Er hat sich vermutlich schwere Kiefer- und Gesichtsschädelverletzungen zugezogen, da er lediglich einen zum Gesicht hin offenen Schutzhelm getragen hat. Wir haben ihn bereits vor Ort prophylaktisch intubiert aufgrund einer wahrscheinlich bestehenden Kieferfraktur, sein Gesicht ist bereits massiv angeschwollen.

Ich warf von meinem Standort am Kopfteil der Trage aus einen ersten Blick auf das Gesicht des jungen Mannes. Es war in der Tat bis zur Unkenntlichkeit zugeschwollen und über und über mit schwarzem, bereits geronnenem Blut verschmiert. Während meine Augen erschüttert und zugleich irgendwie fasziniert auf dem schwerst verletzten Patienten ruhten, fuhr der Notarzt stoisch mit seiner Übergabe fort:

Bei unserem Eintreffen war er bereits nicht mehr ansprechbar gewesen. Verdacht auf stumpfes Thorax- und Bauchtrauma, Verdacht Beckenfraktur, Verdacht auf Oberarmfraktur rechts. Kreislaufmäßig bisher noch einigermaßen stabil, Blutdruck aber mittlerweile runter auf 90/50, Puls 118, Sättigung 85 bei 4 Liter O2 über den Tubus. Den Stifneck haben wir vorsorglich wegen nicht auszuschließender HWS-Beteiligung angelegt.

Er hat bereits 0,7 Fentanyl bekommen und 2 Liter Jonosteril über die zwei Zugänge, sonst sind keine weiteren Informationen zur Person bekannt. Wenn keine Fragen sind, sollten wir ihn jetzt schleunigst umlagern, sein Kreislauf macht mir ein wenig Sorgen. Ich vermute stark, dass er innere Blutungen hat, was anhand des massiven Unfallmechanismus nicht groß verwunderlich wäre. Der Notarzt blickte fragend in die Runde und nachdem wir alle schwiegen, gab er den Rettungssanitätern das Zeichen, den Verletzten auf den Schockraumtisch umzulagern.

Sofort startete der immer gleiche Ablauf eines Schockraums von Neuem. Der Anästhesist übernahm gemeinsam mit dem Anästhesieassistenten die Vitalwertkontrolle, die zwei Schockraumassistenten, dieses Mal ein Pfleger und eine Krankenschwester, entkleideten den Mann nebenbei umgehend, während Veronika die körperliche Erstinspektion übernahm und den Abdomenultraschall durchführte. Ich stand dicht hinter Veronika und blickte gebannt auf den Ultraschallmonitor. Uns allen war klar, dass dieser Patient in einem kritischeren Zustand war, als der Vorherige und wir arbeiteten schweigend und hochkonzentriert.

Die beiden Schockraumassistenten waren noch immer dabei, den jungen Mann aus seiner schweren Lederkluft zu befreien. Dabei nahmen sie, um zügiger voran zu kommen, auch die beiden Kleiderscheren zur Hand. Anne, die junge Assistentin aus der Notaufnahme, fing plötzlich laut an zu fluchen, während sie ihre Kleiderschere hastig sinken ließ. Ich blickte fragend zu ihr hinüber und sie verzog entschuldigend das Gesicht. *Sorry, aber ich bin mit der Schere an dem Venenzugang hier hängen geblieben.* Sie blickte betroffen auf den linken Arm des Mannes hinab, den sie soeben aus seinem Lederkombi befreit hatte. *Ich fürchte, wir brauchen zügig eine neue Viggo, denn diese hier läuft nun leider para.*

Das schien endlich mein Stichwort zu sein. Veronika wandte den Blick kurz von ihrem Sono-Monitor ab und gab mir mit einem Kopfnicken zu verstehen, dass ich diese Aufgabe übernehmen sollte. Ich ergriff die Nierenschale mit den notwendigen Utensilien, die mir Anne sogleich unter die Nase hielt, und machte mich entschieden ans Werk.

Veronika ließ den Schallkopf des Sonogerätes weiter routiniert über das Abdomen des Patienten gleiten. Ihre Augen verengten sich plötzlich unvermittelt zu schmalen Schlitzen und sie sog alarmierend die Luft ein. Verdammt, hier ist 'ne Menge Flüssigkeit, er blutet offensichtlich innerlich sehr stark. *Wir müssen uns verdammt noch mal beeilen!*

Sie blickte zu mir hinüber. Ich hatte mich gerade ans Werk gemacht, um den zweiten Venenzugang zu legen. *Los, mach schon, Sarah....,* herrschte sie mich ziemlich ruppig an, doch in diesem Augenblick nahm ich ihr das nicht weiter übel. Die Oberärztin war mit einem Mal bis aufs Äußerste angespannt, der Zustand des Mannes plötzlich hoch kritisch.

Wir brauchen hier sofort zwei EKs, ungekreuzt, Null negativ..., rief sie in den Raum hinein und sofort drehte sich Anne auf dem Absatz um und verschwand unaufgefordert in Richtung Labor, um die angeforderten Blutkonserven zu holen.

Ich stand an der linken Seite des Mannes und griff entschlossen nach dem Stauschlauch, der neben den anderen Utensilien in der Nierenschale bereit lag. Mit vor Nervosität nun doch leicht zitternden Händen nahm ich den linken Arm des Patienten und drehte ihn so, dass ich die Venen an seinem muskulösen Unterarm deutlich sehen konnte. Unvermittelt stutze ich plötzlich, als ich an der Innenseite seines nackten Oberarmes etwas aufblitzen sah.

Ich drehte den Arm noch ein wenig mehr nach außen, um das, was meine Aufmerksamkeit erregt hatte, genauer betrachten zu können. In der nächsten Sekunde stockte mir der Atem.

An der Innenseite des Oberarms befand sich ein kleines Tattoo. Es war ein Edelweiß, etwa vier bis fünf Zentimeter groß. Irritiert und zunehmend verwirrt betrachtete ich das Bild.

Ein solches Tattoo trug auch Johannes Bronner, an der gleichen Stelle. Ich hatte es zufällig an ihm entdeckt, als er einmal sein Hemd vor mir ausgezogen hatte, um sich umzuziehen. Eine Jugendsünde, hatte er mir damals lächelnd erklärt. Sie hatten es sich vor vielen Jahren gemeinsam in einem Tattoostudio in Immenstadt stechen lassen, er und…..

Oh, mein Gott……, Sebastian?!

Die Viggo, die ich gerade in die Vene am Unterarm des Patienten stechen wollte, fiel mir unvermittelt aus der Hand. Fassungslos blickte ich auf, suchte in dem zugeschwollenen und durch den schweren Unfall bis zur Unkenntlichkeit entstellten Gesicht des Unbekannten nach etwas, was mir sagte, dass ich mich irrte.

Ich betrachtete seine blutverschmierte Nase, seine hohen Wangenknochen, die blassen Lippen, die durch die Tubusfixierung größtenteils verklebt waren. Meine Hände wurden plötzlich taub und meine Lippen begannen, alarmierend zu kribbeln.

Ich blickte zu den Händen des jungen Mannes hinunter, die weiß und leblos auf der dünnen Decke ruhten, mit der man den Rest seines schwer verletzten Körpers notdürftig zugedeckt hatte.

Du kennst den Mann…? hörte ich auf einmal Veronikas Stimme dicht neben mir.

Ich…. bin mir nicht sicher…, stotterte ich verwirrt, doch je länger ich den Körper vor mir betrachtete, desto sicherer war ich mir.

Der verunfallte, namenlose Motorradfahrer war… Sebastian Kramer.

Unvermittelt trat eine beklommene Stille im Schockraum ein, während alle anwesenden Augenpaare verwundert auf mich geheftet waren. *Können wir bitte hier endlich weitermachen!,* ertönte einige Sekunden später die durchdringende, drängende Stimme des Anästhesisten.

Sofort nahm jeder wieder seine ursprüngliche Tätigkeit auf. Veronika hatte mich zur Seite geschoben und übernahm indes meine Aufgabe eines weiteren Venenzugangs.

Wie betäubt stand ich da, unfähig einen klaren Gedanken zu fassen. Abertausend Sachen purzelten mir wild durch den Kopf. Unvermittelt wurden meine Knie weich. Meine Beine gaben plötzlich nach und ich ließ mich in letzter Sekunde auf einen Hocker, der in einer Ecke des Schockraums stand, plumpsen.

Wie im Trance beobachtete ich, wie alle im Raum anwesenden Personen nun verbissen um das Leben des einstmals unbekannten Patienten kämpften, der nun einen Namen hatte: Sebastian Kramer.

Plötzlich gab die Anästhesie-Überwachungseinheit unvermittelt Alarm.

Verflucht! Asystolie...!, rief Garry Leitner, der Anästhesist am Kopf des Patienten plötzlich aus. Alle im Saal blickten kurz erschrocken auf, doch schon innerhalb der nächsten Sekunden lief der immer wieder eingeübte Reanimationsprozess an. Hektik machte sich trotz allem nicht breit, jeder Einzelne im Schockraum funktionierte wie ein Uhrwerk. Wolfgang Schmiederer, der erfahrene Krankenpfleger aus der Notaufnahme, übernahm als Erster vom Team die Thoraxkompression. Mit durchgedrückten Armen lehnte sich der hochgewachsene Mann über den Brustkorb des Patienten und begann, während er Sebastians Thorax kräftig niederdrückte, laut zu zählen: *Eins, zwei, drei, vier....* Hubert Mayr, der Anästhesiepfleger, bereitete hastig den Defi vor und klebte die beiden Elektroden-Paddels auf Sebastians nackte Brust. Doktor Garry Leitner übernahm die Sicherstellung der Beatmung und als Anästhesist zudem die Gesamtleitung der laufenden Reanimation.

Sofort eine Ampulle Adrenalin i.v., fordert Garry Veronika nach etwa einer Minute Thoraxkompression auf und diese folgte, ohne mit einer Wimper zu zucken, seiner Anordnung. In dieser Situation galten keine Hierarchie-Gesetze mehr, es zählte einzig und allein das Leben des Patienten. Völlig bewegungsunfähig verfolgte ich, wie das gesamte Team verbissen um Sebastians Rückkehr ins Leben kämpfte.

Die Minuten vergingen, während sich die komplette Mannschaft regelmäßig alle zwei Minuten mit der anstrengenden Thoraxkompression abwechselten. Mehrfach forderte Garry eine weitere Dosis Adrenalin, doch was immer er auch unternahm, Sebastians Herz wollte einfach nicht wieder anfangen, selbstständig zu schlagen.

Die Frustration des gesamten Teams über die nach wie vor erfolglosen Reanimationsversuche wuchs minütlich. Keiner von ihnen wollte diesen jungen Mann wirklich aufgeben, doch mit jeder verstrichenen Minute schwand die Hoffnung eines Jeden auf einen glücklichen Ausgang.

Mein Kopf war vollkommen leer, während ich wie betäubt die surreale Szenerie von meinem Hocker in der Ecke des Schockraumes aus verfolgte.

Die Motivation der Belegschaft sank in den darauf folgenden Minuten fast gen null und immer wieder beobachtete ich das ein oder andere Teammitglied, wie es mit zusammengekniffenen Lippen betreten vor sich auf den Boden starrte und das Unausweichliche plötzlich zu realisieren schien: Es bestand so gut wie keine Hoffnung mehr. Sie hatten den Kampf offensichtlich verloren.

Doch Garry Leitner wollte und konnte diese Niederlage nicht so ohne Weiteres auf sich sitzen lassen. *Los, lad' die Paddels auf 180 Joule!,* wies er Hubert rüde an, der neben dem Defi stand und mit versteinerter Mine die Null-Linie des EKGs verfolgte.

Aber wir haben hier eine Asystolie, und kein Kammerflimmern..., wandte der Pfleger irritiert ein, doch Garry unterbrach ihn barsch mit einer unerbittlichen Handbewegung.

Das sehe ich wohl selbst, herrschte er den jungen Mann ungehalten an, *doch hast Du eine bessere Idee? Der Typ ist doch im Moment sowieso schon tot und schlimmer machen kann man in dieser Situation wohl eh nichts mehr. Denn toter als tot geht wohl nicht, oder?* Er funkelte Hubert wütend an, *... und jetzt lad' gefälligst diesen verdammten Defi auf 180, verstanden?!*

Hubert nickte schweigend und tat, was Garry ihm befohlen hatte. Als der Defi aufgeladen war, forderte Garry das gesamte Team auf, vom Tisch zurückzutreten. Nachdem alle einen Schritt zurück gemacht hatten und demonstrativ die Hände hoben, um zu verdeutlichen, das niemand mehr den Patienten anfasste, löste Garry den Schock aus.

Sebastians Körper zuckte unter dem intensiven Stromstoß deutlich zusammen. Alle Augenpaare starrten anschließend gebannt auf den Monitor, der das EKG darstellte, doch leider zeigte dieser nach wie vor diese eine, schicksalhafte Nulllinie. Garry presste enttäuscht die Lippen zusammen und wandte sich dann erneut an Hubert. *Laden auf 200!*, forderte er den Krankenpfleger auf und dieses Mal kam Hubert der Aufforderung des Anästhesisten ohne weiteren Kommentar nach.

Geladen auf 200..., verkündete Hubert nach wenigen Sekunden. *Und alle Mann weg vom Tisch*, herrschte Garry erneut und das Team trat noch einmal geschlossen einen Schritt zurück. Sekunden später durchfuhr ein weiterer Stromstoß Sebastians Körper. Ich hatte mittlerweile die Augen geschlossen. Mein Verstand wollte einfach nicht wahrhaben, was meine Augen in diesem Moment verarbeiten mussten. Sebastian war tot.

Sinusrhythmus! Dem Himmel sei Dank, wir haben ihn wieder!, ertönte plötzlich Garrys überaus erleichterte Stimme vom Kopfteil der Trage aus und ich öffnete verwirrt die Augen. Das gesamte Team atmete merklich auf und ein jeder musste für einige Sekunden erst einmal kurz durchatmen, bevor jeder einzelne von ihnen seine ursprüngliche Tätigkeit wieder aufnahm.

Okay, wenn ihr alle soweit seid, dann ab mit ihm in den OP. Wir müssen schnellstens diese verdammte Blutung im Bauchraum stillen., ordnete Garry lautstark an und die Pfleger der Notaufnahme bereiteten Sebastian umgehend auf die anstehende Not-OP vor.

Ohne, dass ich sie tatsächlich hatte kommen sehen, stand plötzlich Veronika neben mir. Sie ging vor mir in die Hocke und berührte mich, besorgt dreinschauend, am Ellenbogen.

Alles okay bei Dir? fragte sie leise und ich nickte stumm, noch immer unfähig, auch nur ein einziges Wort über meine eiskalten, tauben Lippen zu bringen.

Du kennst den jungen Mann?, wiederholte sie noch einmal ihre Frage von vorhin und wieder bewegte ich nur leicht den Kopf, um ihr zustimmend zuzunicken.

Ich muss mich dringend für den OP fertig machen, die schweren Verletzungen Deines Bekannten dulden keinerlei Aufschub. Veronika musterte mich besorgt. *Kann ich Dich vorerst alleine lassen?,* fragte sie mitfühlend und ich versuchte ein zuversichtliches, schwaches Lächeln.

Ich komme schon klar, versicherte ich ihr leise, wobei meine Stimme leicht zitterte. Veronika erhob sich und wandte sich eilig in Richtung Tür. Ein letztes Mal noch drehte sie sich um und warf mir einen prüfenden Blick zu, dann verschwand sie mit wehendem Kittel im Flur der Notaufnahme in Richtung Operationstrakt.

Ich weiß nicht, wie lange ich regungslos im Schockraum gesessen hatte. Die Ereignisse der letzten halben Stunde hatten mein Zeitgefühl vollkommen ausgeschaltet. Immer wieder fragte ich mich, wie es sein konnte. Warum das Schicksal so gnadenlos mit mir umsprang. Vor wenigen Minuten erst war Sebastian völlig unvermittelt wieder in mein Leben gerauscht, und im nächsten Moment sollte ich ihn auch schon wieder verlieren? So ungerecht konnte das Schicksal doch wirklich nicht sein, oder etwa doch?

Irgendwann kam Sabine, eine der Notaufnahmeschwestern, und begleitete mich in den Pausenraum, um anschließend den Schockraum für den nächsten Notfall, der sicherlich nicht allzu lange auf sich warten lassen würde, wieder herrichten zu können. Sie goss mir fürsorglich eine Tasse Kaffee ein, stellte sie vor mir auf den Tisch und streichelte mir aufmunternd über den Rücken. Dann drehte sie sich wortlos um und ich blieb alleine im Aufenthaltsraum zurück.

Der Kaffee in der Tasse vor mir auf dem Tisch wurde erst lauwarm und schließlich kalt, doch ich rührte ihn nicht an. Meine Kehle war wie zugeschnürt. Meine Hände fühlten sich eiskalt an und taub und mein Blick war starr auf die Kaffeetasse vor mir gerichtet.

Irgendwann kam Veronika wieder. Sie zog einen Stuhl dicht neben den meinen und setzte sich zu mir. Mit zusammengepressten Lippen ergriff sie meine rechte Hand und drückte sie fest.

Sie operieren ihn noch immer. Professor Reitmayer, unser Chefarzt, ist ebenfalls dazu gekommen, deswegen bin ich rausgegangen, um Dich über den aktuellen Stand der Dinge zu unterrichten, flüsterte sie leise, als wolle sie mich mit ihrer normalerweise ziemlich dominanten, klaren Stimme nicht erschrecken. *Er hat eine Rippenserienfraktur rechts, wodurch sich ein Pneumothorax entwickelt hat. Er bekommt jetzt gerade eine Thoraxdrainage. Außerdem ist seine Milz zerfetzt. Diese hat die massive Blutung in den Bauchraum verursacht, welche letztendlich auch zu dem Kreislaufstillstand geführt hat. Wir mussten die Milz entfernen, sie war nicht mehr zu erhalten. Er hat dadurch leider sehr viel Blut verloren.* Sie warf einen prüfenden Blick auf mein blasses Gesicht, bevor sie schließlich fortfuhr: *Seine weiteren Verletzungen sind im Moment eher nebensächlich. Er hat eine Humerus-Mehrfragmentfraktur rechts, die vermutlich erst später operativ versorgt werden wird...* Sie sprach es nicht aus, doch ich konnte in ihrem Gesicht lesen, was sie dachte: sofern er es überhaupt bis dahin überlebt.

Ich schluckte hart, blieb aber weiter regungslos sitzen und starrte auf meine Kaffeetasse. *Sein Becken ist leider ebenfalls frakturiert...,* fuhr Veronika vorsichtig fort, unsicher, wie viele schlechte Nachrichten sie mir überhaupt noch zumuten konnte. *Doch Gott sei Dank hat er keine wesentlichen Kopfverletzungen erlitten. Aufgrund eines massiven Hämatoms am Hinterhaupt befürchtete der Radiologe bereits das Schlimmste, doch im CT konnte eine Blutung zum Glück bereits ausgeschlossen werden. Auch die vermutete Kieferfraktur hat sich nicht bestätigt, er hat lediglich üble Prellungen im Gesicht davon getragen. Allerdings ist sein rechter Jochbogen nicht ganz heil geblieben, doch das ist im Moment absolute Nebensache.*

Sie drückte mir noch einmal aufmunternd die Hand, dann erhob sie sich von ihrem Stuhl und wandte sich zum gehen. *Tut mir Leid, Sarah, doch ich muss weitermachen. Die Notaufnahme ist brechend voll und durch den Schockraum warten die Patienten schon viel, viel länger, als geplant.* Sie betrachtete mich kritisch. *Kann ich Dich wirklich alleine lassen?* Ich nickte, noch immer viel zu verstört, um auch nur ein Wort zu sagen.

Ich sehe später wieder nach Dir, okay. Im OP habe ich schon Bescheid gegeben, dass sie mich benachrichtigen sollen, sobald die Operation vorüber ist. Garry wird Deinen Bekannten vorerst im künstlichen Koma belassen, doch sobald er auf der Intensivstation angekommen ist, denke ich, dass es in Ordnung geht, und Du zu ihm kannst.

Ich nickte ein letztes Mal, dann verschwand Veronika eilig in Richtung Notaufnahmen, hin zu den bereits ungeduldig wartenden Patienten.

Die Notoperation, die Sebastians Leben retten sollte, hatte viele Stunden gedauert und es war bereits kurz vor Mitternacht.

Sichtlich erschöpft erschien plötzlich und fast wie aus dem Nichts heraus, der Chefarzt der Unfallchirurgie, Professor Doktor Reitmayer, an meiner Seite. Der erfahrene Unfallchirurg mit silbernem Haar und einer wulstigen Hornbrille auf der Nase ließ sich müde auf den freien Platz neben mir auf der Bank vor dem Eingang der Intensivstation sinken, auf der ich seit Stunden regungslos ausharrte.

Wir konnten Ihren Bekannten weitgehend stabilisieren, Frau Kollegin,... begann der Chirurg unvermittelt mit seiner Erklärung zum Ablauf der OP. *Wir mussten leider seine Milz entfernen, er hat sehr viel Blut verloren. Den Pneu haben wir mit einer Thoraxdrainage wieder in den Griff bekommen. Einige seiner gebrochenen Rippen hatten die Lunge durchstoßen und so den Pneu verursacht.* Professor Reitmayer fuhr sich abwesend mit der Hand durch sein verschwitztes, weißes Haar. Die Operation hatte ihn offensichtlich ziemlich viel Kraft gekostet. Nach einer Pause fuhr er schließlich fort: *Herr Kramer wurde soeben auf sein Zimmer gebracht. Sobald der Anästhesist grünes Licht gibt, können Sie natürlich zu ihm. Aber nicht zu lange, verstanden?,* mahnend hob er den rechten Zeigefinger, *Er ist noch längst nicht über den Berg, verstehen Sie?*

Er blickte überaus ernst in mein blasses Gesicht, *...wir können zum jetzigen Zeitpunkt leider noch nicht wirklich sagen, ob er es tatsächlich schaffen wird. Seine Verletzungen waren sehr, sehr schwer, müssen Sie wissen. Doch...,* fügte er nach einer kurzen Pause schnell mitfühlend hinzu, als er den unvermittelt panischen Ausdruck in meinem Gesicht bemerkte, … *er ist noch jung und sein Körper ist stark und zäh. Er wird es schaffen, sie müssen nur ganz fest daran glauben, okay?*

Er drückte mir zum Abschied fest die Hand, dann erhob er sich und schlurfte müde den Flur entlang, seinem wohlverdienten Feierabend entgegen.

40

Die Intensivschwester hatte das Deckenlicht etwas gedämmt und so saß ich im Halbdunkeln an Sebastians Bett und blickte mit tränenverschleiertem Blick auf seinen regungslos daliegenden, übel zugerichteten Körper.

Ein Tubus ragte aus seinem Mundwinkel heraus und er war an die Beatmungsmaschine angeschlossen, die in regelmäßigen Abständen Luft in seine Lungen presste. Garry Leitner, der Anästhesist hatte sich aufgrund der Schwere seiner Verletzungen direkt im Anschluss an die Not-OP entschieden, Sebastian vorerst in einem künstlichen Koma zu halten, um seine starken Schmerzen und den damit verbundenen Stress für seinen geschwächten Körper auf ein Minimum zu reduzieren. Aus diesem Grund musste er somit auch künstlich beatmet werden. Überall an seinem Bett hingen Schläuche herab, von der Thoraxdrainage, dem Blasenkatheter, den unzähligen Infusionen und Perfusoren.

Zwar war mir das Bild der intensivmedizinischen Überwachung Schwerstverletzter an sich aus meinen langen Praxisjahren an der Klinik vertraut, schließlich war ich Medizinerin, doch einen Menschen, den man kennt und liebt, so daliegen zu sehen, das überstieg schon fast die Grenze dessen, was ich verkraften und ertragen konnte.

Ich saß auf einem Hocker an Sebastians linker Seite und hielt seit Stunden seine kalte Hand. Er konnte mich nicht wirklich verstehen, dass wusste ich, doch ich murmelte ihm immerzu tröstende und aufmunternde Worte ins Ohr.

Der Zustand eines künstlichen Komas war nicht zu vergleichen mit einem echten Koma. Entgegen dem echten Koma war das Künstliche medikamentös durch Narkosemittel herbeigeführt und es handelte sich eher um eine Art tiefer Schlaf, wobei die Tiefe des Schlafes durch die Dosis des Narkotikums vom Anästhesisten noch variiert werden konnte. Folglich war es nicht ausgeschlossen, dass Sebastian zumindest unterbewusst wahrnahm, dass ich bei ihm war.

Auch wenn Du mich nicht verstehst, murmelte ich immer wieder mit tränenerstickter Stimme, *es tut mir alles wahnsinnig Leid, was passiert ist. Ich hätte Dir von Anfang an die Wahrheit sagen sollen. Heute weiß ich, dass es ein riesiger Fehler war, es nicht zu tun.* Ich redete einfach weiter, in der Hoffnung, so meinen schlimmen, unerträglichen Schuldgefühlen, die mich seit langer Zeit quälten, ein wenig Linderung zu verschaffen.

Ich hätte Dir sofort sagen sollen, was damals in Frankfurt passiert ist, wer Adrian war und was er mir angetan hat. Du hättest mich verstanden, das weiß ich, denn ich glaube, Du warst damals bereits genauso verliebt in mich, wie ich in Dich. Heiße Tränen rannen unkontrolliert über meine Wangen und erstickten für einen Moment meine Stimme.

Wenige Augenblicke später hatte ich mich bereits wieder unter Kontrolle und in den nächsten Stunden erzählte ich Sebastian alles. Alles, was in meinem Leben bisher geschehen war. Alles, worunter ich einst gelitten hatte. Alles, was mich je geprägt und zu guter Letzt auch irgendwie verändert hatte. Zwischendurch brach meine Stimme immer wieder ab und ich ließ meinen zahllosen Tränen ungehindert freien Lauf.

Irgendwann, ich hatte mittlerweile jegliches Zeitgefühl verloren, endete ich schließlich. Ich fühlte mich vollkommen leer und doch zugleich unbeschreiblich erleichtert. Endlich war ich diese erdrückende Last losgeworden, welche all die Zeit meine Seele zerdrückt hatte. Ich hatte in dieser Nacht mein Innerstes nach Außen gekehrt und fühlte mich das erste Mal nach schier endloser Zeit wieder frei.

Mein Blick schweifte langsam über Sebastians im Moment überaus zerbrechlich wirkenden Körper. Sein Gesicht war noch immer übelst angeschwollen, doch die umsichtigen Intensivschwestern hatten bereits zumindest die schlimmsten Blutspuren des stattgehabten, schweren Traumas daraus entfernt.

Ich wusste nicht, ob Sebastian überhaupt ein einziges Wort von dem, was ich in all den vergangenen Stunden zu ihm gesagt hatte, mitbekommen hatte, doch es war mir in diesem Moment gleich. Ich würde ihm alles noch einmal erklären, wenn er erst wieder auf dem Weg der Besserung war. Er würde es verstehen, daran hatte ich nicht den geringsten Zweifel.

Und er würde überleben, daran glaubte ich inzwischen ganz, ganz fest.

Ich liebe Dich, Sebastian Kramer, hörst Du?!, flüsterte ich leise und hielt seine Hand mit der meinen dabei ganz fest umschlossen.

Plötzlich spürte ich ein leises Zucken unter meinen Fingern. Es war nicht mehr als ein leichtes Flattern, doch ich hatte es definitiv gespürt.

Verwundert hob ich den Kopf und blickte ungläubig in Sebastians aufgequollenes und von den durchgemachten Strapazen noch überaus deutlich gezeichnetes Gesicht.

Er hatte seine Augen nach wie vor geschlossen. Doch eine einzige, silberne Träne hatte sich in seinem Augenwinkel gebildet. Sie schwoll weiter an, lief alsbald über, bahnte sich ihren Weg über seine Wange, rollte vorbei an seinem Ohr und verschwand schließlich in dem weißen, weichen Stoff seines Kissens.

- ENDE -